D1704128

H.-G. Wolf

I ALKATAR –
DIE DYNASTIE TALSTAL

2. KALARAN VON TALSTAL

H.-G. Wolf

Mainz, 23.06.2022

Literareon

Namensliste zu »Kalaran von Talstal«

Tar Kalkata – *Systemgouverneur von Pheriolan*
Pheriolan – *Sonnensystem mit sieben Planeten*
Pherol – *Zweiter Planet von Pheriolan*
Fletuli – *Sonnensystem*
Fetu – *Dritter Planet von Fletuli, bewohnt*
Leli – *Vierter Planet von Fletuli, bewohnt*
Walpa Vuoga – *ehemaliger imperialer General, dann Präsident der pherolischen Republik*
Plenoi Karudin – *zuerst Oberst der imperialen Flotte, dann General der pherolischen Flotte und Stellvertreter Walpa Vuogas*
Cherenu – *imperiales Sonnensystem*
Surero – *Erster Planet von Cherenu*
Selniru Wetebe – *Hauptmann, dann Major, Kommandant des Flaggschiffs von Vuoga*
Heti Naro – *Leiter der Werft auf Pherol*
Kondio Xeriot – *Händler und Ratsherr der Gilde pherolischer Händler*
Bolg Calanui – *Systemgouverneur von Cherenu*
Larut Galgion – *General und höchster Militär auf Cherenu*
Salka Wariot – *Mitglied des Sicherheitsdienstes auf Cherenu*
Morgi Belmnod – *Mitglied des Sicherheitsdienstes auf Cherenu*
Rion – *ein zum Tode Verurteilter auf Pherol*
Moxyr – *ein zum Tode Verurteilter auf Pherol*
Major Silata – *kommandierender Offizier des Kontrollzentrums auf Pherol*
Usmida – *Flaggschiff Vuogas*
Klutags – *unabhängiges System, Erzverarbeitung, später Mitglied des Imperiums*
Lötip – *Leiter der Erzverarbeitung auf Klutags und Regierungsmitglied*

Ewelkin – *Abteilungsleiter in der Erzverarbeitung auf Klutags*
Blodesku – *einziger Überlebender des Frachters auf Veschgol*
Tlipox – *der Seuchenfrachter*
Wiltö – *ein Händler*
Petrulkuma – *Systemgouverneur von Fletuli*
Owdun – *leichter Kreuzer*
Iladwin – *Kommandant der Owdun*
Düvjiklämp – *Sonnensystem, kein Teil des Imperiums*
Tescherketu – *medizinischer Wissenschaftler auf Düvjiklämp*
Eswordon – *Sonnensystem, kein Teil des Imperiums*
Symbol der Gilde – *stilisierter Frachter und ein*
                          Sonnensystem mit sieben Planeten,
                          eingefasst in einen Kreis, Farbe schwarz
Spesiluwo – *medizinischer Wissenschaftler auf Eswordon*
Neschtem – *Kommandant eines Syntagikriegsschiffs*
Oibotene – *Sonnensystem in einem äußeren Sektor*
Vlitom – *Systemgouverneur von Oibotene*
Utrak – *medizinischer Wissenschaftler auf Eswordon*
Rekila – *medizinische Wissenschaftlerin auf Eswordon*
Sipor – *Anführer der Aufständischen auf Oibotene*
Praston – *Sonnensystem, Teil des Imperiums*
Saphulon – *Systemgouverneur von Praston*
Präterask – *Frachter von Kondio Xeriot*
Nmetoxl – *Basissystem des Echsenstaats*
Qtloxr – *Titel eines Gouverneurs im Echsenstaat, aber mit*
              mehr Befugnissen
Sigoxr – *Qtloxr von Nmetoxl*
Zerlgtoxr – *Titel des Herrschers des Echsenstaats*

Die Wahl des neuen Herrschers ....

Im Ystaron, dem Versammlungssaal des Adelspalasts, versammelten sich die Mitglieder des Adelsrats, um den Nachfolger Coraks von Talstal zu wählen. Als der Ratsvorsitzende und auch gleichzeitige Interimsherrscher bis zur Wahl des neuen Alkt, Kelago Var Debegan, an das Rednerpult trat, kehrte augenblicklich Stille im Saal ein. Bevor er zu sprechen begann, glitt sein Blick über die Anwesenden. »Verehrte Ratsmitglieder! Nach dem tragischen Tod des ersten Alkt, Corak von Talstal, ist es nun unsere Aufgabe, einen neuen Alkt von Alkatar zu wählen. Zunächst bitte ich Sie, mir Ihre Kandidatenvorschläge zu übermitteln.« Debegan machte einen Schritt nach rechts und wartete auf die eingehenden Namen. Mit einem äußerst verwunderten Gesichtsausdruck nahm der Vorsitzende zur Kenntnis, dass ihm im Gegensatz zur letzten Wahl statt neunzehn nur vier Vorschläge unterbreitet wurden. Zu seinem großen Erstaunen stimmten die Kandidaten bis auf Kalaran mit den letzten vier Personen der vorigen Wahl überein. Der Vorsitzende gab einen Befehl ein und die Namen erschienen auf der großen Anzeigetafel hinter ihm. Anschließend schritt er nach links vor das Rednerpult. »Wie Sie alle sehen, gibt es nur vier Kandidaten: Admiral Alta Lar Tunga, Systemgouverneur Ruja Kar Ynudon, Systemgouverneur Klad Ser Beredil sowie Admiral Kalaran von Talstal.« Alta sah zu den beiden Gouverneuren und stand von seinem Stuhl auf. »Vorsitzender, ich bitte um das Wort.« »Sprechen Sie bitte, Admiral.« »Hiermit erkläre ich meinen Verzicht auf die Kandidatur.« Nach Alta standen auch Ynudon und Beredil auf und gaben eine gleichlautende Erklärung ab. Danach ließen sich alle drei Personen auf ihren Plätzen nieder. Daraufhin löschte Debegan die drei Namen von der Liste und richtete sein Wort an die Ratsmitglieder. »Da nur noch ein Kandidat übrig ist, bitte ich Sie, über Kalaran von Talstal abzustimmen.« Erneut trat Debegan beiseite, machte einige Eingaben und schaltete die Abstimmung frei. Zügig gaben die Mitglieder ihre Stimme ab und innerhalb kurzer Zeit lag ihm das Ergebnis vor, welches der Vorsitzende auf der Tafel anzeigen ließ. Die aufgekommenen Gespräche verstummten sofort, als Debegan vor dem Rednerpult stand. »Wie Sie alle sehen können, ist das Ergebnis eindeutig ausgefallen. Einundneunzig Prozent stimmten mit Ja, acht Prozent mit Nein und ein Prozent enthielt sich der Stimme. Kalaran von Talstal, nehmen Sie die Wahl an?« »Ich nehme die Wahl an, Vorsitzender.« »Wie Ihnen bereits übermittelt, findet heute Nachmittag die Amtseinführung im Audienzsaal des Regierungsgebäudes statt. Die Sitzung ist geschlossen.« Debegan ging vom Rednerpult weg, um sich den Gratulanten anzuschließen.

*

In dem Nebenraum des Audienzsaals stand Kalaran und zog mit beiden Händen an seiner Uniformjacke und strich sie mit beiden Händen glatt. »Du bist genauso nervös wie dein Bruder Corak vor seiner Amtseinführung.« »Ich muss an meinen Bruder denken. Ihm war nicht viel Zeit vergönnt, das Imperium zu regieren.« »Lass uns rausgehen, Kalaran.« Debegan nahm die Kiste mit dem Sternenstab vom Tisch und verließ als Erster den Raum. Mit seinem Erscheinen im Audienzsaal verebbten die Gespräche der Gäste nach und nach. Kalaran trat neben Debegan und sah auf die große Zahl der Anwesenden. »Verehrte Gäste! Wir sind heute Nachmittag zusammengekommen, um Kalaran von Talstal in sein Amt einzuführen«, begann Debegan, öffnete die Kiste und entnahm ihr das Herrschersymbol. »Kraft meines Amtes ernenne ich Kalaran von Talstal zum Alkt von Alkatar.« Auf seinen flachen Händen hielt er Kalaran den Sternenstab hin, den dieser entgegennahm und in die Höhe hielt. »Hiermit verspreche ich, Kalaran von Talstal, das Imperium nach bestem Wissen und Gewissen zum Wohle aller zu regieren.« Applaus brandete auf, der erst endete, als Kalaran den Sternenstab senkte. »Ich danke euch. Bitte bedient euch am Büfett.« Während die Gäste der Aufforderung Kalarans nachkamen, legte dieser den Sternenstab in die Kiste zurück und verschloss diese. »Kelago, bitte bringe die Kiste an ihren Aufbewahrungsort.« »Das hatte ich auch gerade vor.« Debegan nahm die Kiste auf und verschwand aus dem Saal. Kalaran verließ das Podium und mischte sich unter die Menge, um sich ebenfalls an dem Büfett zu bedienen.

Pheriolan ....

Drei Etappen von Lorgan entfernt stand die Flotte Vuogas in einer Parkposition, da es nur darum ging, Abstand von dem System zu gewinnen. Der neue Kommandant des Flaggschiffs, Selniru Wetebe, ging zu Vuoga, der vor dem Hauptbildschirm stand und daraufstarrte. »Was machen wir nun, General? Im Imperium können wir uns nicht mehr blicken lassen.« »Das weiß ich auch, Hauptmann. Es gilt, das Problem zu lösen, wohin wir uns begeben können, ohne gleich in Schwierigkeiten zu geraten.« »Auf alle Fälle sollten wir Abstand zum Imperium und dem Staat der Echsen gewinnen.« Der General verzichtete darauf, das Gespräch weiterzuführen, da er es für nutzlos erachtete. Eine Weile standen beide schweigend nebeneinander und blickten auf den Hauptbildschirm. Plötzlich drehte sich Vuoga um, ging zum Platz des Kommandanten und ließ sich auf dem Stuhl nieder. Wetebe sah ihm nach und fragte sich, was Vuoga wohl beabsichtigte. Sofort begann der General, an der Konsole zu arbeiten, weswegen Wetebe ihn irritiert beobachtete. Neugierig geworden, löste sich der Kommandant von der Stelle, begab sich zu Vuoga, stellte sich neben ihn und sah auf den Bildschirm. Verständnislos blickte der Kommandant einige Zeit auf das, was Vuoga las, dann sah er zu dem General. »Ich verstehe nicht, wieso Sie sich das ansehen.« »Das kann ich mir denken, Hauptmann. Lassen Sie mich bitte allein. Es macht mich nervös, wenn Sie die ganze Zeit neben mir stehen.« »Da es im Moment sowieso nichts zu tun gibt, gehe ich in die Kantine.« »Machen Sie, was Sie wollen, nur gehen Sie endlich.« »Eine Frage habe ich noch an Sie.« »Meinetwegen, noch diese eine Frage, aber danach verschwinden Sie.« »Was suchen Sie eigentlich?« »Ich suche einen Neuanfang.«

* * *

Ächzend erhob sich Tar Kalkata, der Systemgouverneur von Pheriolan, aus seinem Stuhl, goss aus einer Karaffe eisgekühltes Wasser in ein großes Glas, wobei die hineinfallenden Eiswürfel ein klingendes Geräusch hervorriefen. Er stellte die Karaffe auf seinem Schreibtisch ab und ging mit dem Glas in der rechten Hand zu dem Fenster seines Büros. Kalkata blickte auf das Landefeld, über dem die heiße Luft flirrte, was ihn dazu bewog, sich das kalte Glas an seine rechte Wange zu halten. Sein Blick ruhte auf den zwei Frachtern, die auf dem viel zu großen Landefeld verloren wirkten. Der Gouverneur nahm das Glas von seiner Wange, nahm einen Schluck des kühlen Getränks und blickte nach rechts, wo sich direkt hinter dem Landefeld der Werftbereich anschloss. In diesem Augenblick erinnerte sich Kalkata daran, dass er mit Heti Naro, dem Leiter der Werft, sprechen wollte. Er trank das Glas in einem Zug leer, wandte sich vom Fenster ab und ging zu seinem Schreibtisch, um dort das Glas abzustellen. Anschließend verließ er sein Büro und blieb im Vorzimmer kurz stehen. »Falls mich jemand suchen sollte, erreichen Sie mich bei Heti Naro.« Die Frau hob langsam den Kopf und sah den Gouverneur gelangweilt an. »In Ordnung, ich erreiche Sie auf der Werft.« Sie blickte wieder auf ihre Finger und feilte weiter an ihren Nägeln, woraufhin Kalkata das Vorzimmer verließ.

*

Rechts vor der großen Halle parkte Kalkata seinen Gleiter, stieg aus und ging durch das offen stehende Tor hinein. Während er das Werftgebäude durchquerte, sah er sich nach Heti Naro um, entdeckte ihn aber nirgends, weswegen er das einzige Schiff, welches am anderen Ende stand, ansteuerte. Nach der Hälfte des Wegs blieb er stehen, zog aus der linken Tasche seiner Hose ein Tuch hervor und wischte sich den Schweiß von der Stirn. Kalkata ließ das Tuch wieder in der Hosentasche verschwinden und lief weiter auf das Schiff zu. Wenige Schritte davor vernahm der Gouverneur einen lauten Fluch. »Das klingt ganz nach Heti«, brummte Kalkata, umrundete das Schiff zur Hälfte und entdeckte Naro, der auf einer Hebebühne stand. An der Stelle, wo ein Stück der Außenverkleidung entfernt worden war, machte sich Naro mit grimmigem Gesicht zu schaffen. »Hallo, Heti! Gibt es vielleicht Schwierigkeiten?« Naro sah nach unten und erblickte den Gouverneur, der neben der Hebebühne stand. »Hallo, Tar! Warte, ich bin gleich bei dir.« Naro legte das Werkzeug auf den Boden und gab dann einen Befehl an dem Steuerpult ein, woraufhin die Bühne nach unten fuhr. »Du machst wohl Witze, Tar. Um deine Frage zu beantworten: Das Schiff ist eine einzige Schwierigkeit. Auch meine Kunst der Improvisation ist irgendwann am Ende. Ich benötige die bestellten Ersatzteile, aber die lassen auf sich warten. Beim Lieferanten kann ich noch nicht einmal reklamieren, da zurzeit eine Verbindung nicht möglich ist.« »Genau aus diesem Grund suche ich dich auf, Heti. Wann willst du das defekte Relais instand setzen?« »Du bist heute wirklich spaßig aufgelegt, Tar. Kannst du mir vielleicht erklären, wie ich das bewerkstelligen soll? Um das Relais wieder in Ordnung zu bringen, benötige ich dieses Schiff, vor dem wir beide stehen. Dummerweise fliegt das Schiff nicht. Ein anderes steht uns nicht zur Verfügung. Das weißt du genauso gut wie ich.« »Ja, natürlich weiß ich das. Ich habe schon vor längerer Zeit noch ein Schiff angefordert, aber du weißt, welchen Stellenwert Pheriolan hat. Willst du wissen, was sie zu mir gesagt haben?« »Ich kann es mir lebhaft vorstellen.« »Sie wollen mein Gesuch prüfen und baten mich um Geduld.« »Jede andere Antwort hätte mich überrascht. Am liebsten würde ich zu dem Verantwortlichen fliegen und ihm meine Meinung sagen, was ihm garantiert eine schlaflose Nacht beschert. Diese Bürokraten machen mich rasend.« Kalkata wunderte sich immer wieder, wie sich der schlanke Naro dermaßen aufregen konnte. »Beruhige dich, Heti. Ich ärgere mich auch jedes Mal. Uxbeija interessiert Pheriolan nicht. Selbst Fepulkrt hat kein Interesse an dem System.« »Ja, leider. Zumindest bekämen wir unter Fepulkrt das, was benötigt wird.« »Ach, hör auf, Heti. Lieber verzichte ich auf die Ersatzteile, auch wenn das Schiff nie wieder fliegt.« Naro setzte zu einer Entgegnung an, doch in diesem Moment rannte die Mitarbeiterin von ihm auf sie zu. »Gouverneur Kalkata! Ich habe einen dringenden Anruf vom kommandierenden Offizier der Raumhafenkontrolle erhalten!« Vor Kalkata und Naro blieb die Frau stehen und atmete mehrmals tief durch. »Seit wann gibt es auf Pherol etwas Dringendes? Hat er gesagt, um was es sich handelt?« »Nein, Gouverneur. Major Silata lässt Ihnen nur ausrichten, dass Sie ihn sofort in der Zentrale aufsuchen sollen.« »Dringend, sofort! Diese Worte gefallen mir bei dieser Hitze überhaupt nicht. Sagen Sie Silata, dass ich ihn aufsuche.« Ohne eine Entgegnung wandte sich die Frau ab und rannte zu ihrem Büro zurück. »Du solltest dich gleich aufmachen, Tar. Das klingt in der Tat nicht gut. Silata ist ein fähiger Mann. Ohne Grund drängelt er dich nicht.« »Drängle mich nicht auch noch, Heti.« Kalkata ging vier Schritte in die Richtung des Ausgangs, blieb stehen und wandte sich Naro zu. »Ich wünsche dir noch viel Spaß bei der Reparatur.« Der Gouverneur grinste und begab sich ohne Eile zu seinem Gleiter. »Hoffentlich vergeht Tar nicht der Humor«, murmelte Naro und ließ die Bühne nach oben fahren.

*

In dem Moment, als das Schott der Kontrollzentrale hinter Kalkata zuglitt, stürzte Major Silata auch schon auf ihn zu. »Gut, dass Sie endlich da sind, Gouverneur!« »Was soll das bedeuten, Silata? Warum drängeln Sie so?« »Das müssen Sie sich unbedingt ansehen.« Der Major ging mit großen Schritten voraus zur Ortungsstation und Kalkata folgte ihm mit verständnisloser Miene. Silata deutete auf die Konsole der Ortungsstation und sah den Gouverneur dabei mit einem bedeutungsvollen Blick an. »Aus diesem Grund habe ich Sie gerufen.« Kalkata sah auf die Anzeige und zuckte zusammen. »Was ist das für eine Flotte, Silata?« »Das Einzige, was ich Ihnen dazu sagen kann, ist, dass es sich um imperiale Einheiten handelt.« »Habt ihr sie schon kontaktiert?« »Das versucht der Funker schon seit dem Eintreffen der Flotte, aber es gab bislang keine Reaktion.« »Das ist doch äußerst merkwürdig. Wenn es sich um imperiale Einheiten handelt, müssten sie sich doch melden. Das Prozedere ist doch vorgeschrieben.« »Genau das macht mich ebenfalls nachdenklich.« »Ich kenne auch keinen Staat, der diese Schiffsform verwendet.« »Woher denn auch, Silata? Seit die Diktatoren herrschen, ist das Imperium doch immer mehr in die Isolation geraten. Wir kennen doch nur noch den Staat der Echsen als unseren ärgsten Gegner. Dieser lange Konflikt hat alles andere ausgeblendet.« Silata seufzte, hob beide Arme als Geste der Ratlosigkeit und ließ sie wieder sinken. Beide beobachteten auf der Anzeige die Annäherung der Flotte, die langsam in das System von Pheriolan einflog. »Gouverneur, wir sollten Alkatar kontaktieren und nachfragen, was das bedeutet.« »Ich mache hier die Witze, Silata. Sie wissen ganz genau, dass wir eben genau das zurzeit nicht können.« »Verzeihen Sie, Gouverneur. Ich habe nicht daran gedacht.« »Das sollten Sie aber. Das Einzige, was uns bleibt, ist abwarten.« »Das ist nicht sehr tröstlich.« Der eiskalte Blick Kalkatas ließ Silata trotz der Hitze einen Schauer über den Rücken laufen. Der Gouverneur zog sein Tuch aus der linken Hosentasche, wischte sich den Schweiß von der Stirn und steckte es wieder ein. »Funker! Haben wir endlich Kontakt mit der Flotte?«

»Nein, Gouverneur. Sie reagieren immer noch nicht auf meine Anrufe.« »Das ist doch einfach nicht zu glauben, Silata: Zumindest unser systeminterner Funk arbeitet einwandfrei, aber es will niemand mit uns sprechen.« »Sie werden mit uns sprechen, nur stellt sich dann die Frage, ob es uns gefallen wird.« Die Flotte näherte sich weiterhin Pherol, dem zweiten Planeten des Systems von Pheriolan, mit gleichbleibender Geschwindigkeit. Sowohl Silata sowie auch Kalkata starrten gebannt auf die Anzeige und fühlten sich dabei vollkommen hilflos.

* * *

Im Büro von Oberst Rinlum Fegobol saß er mit Alta und Kalaran zusammen. »Es steht mir eine unangenehme Aufgabe bevor«, begann Kalaran. »Ich muss Soquezxl das Kommando über die Flotte entziehen, obwohl er uns einen großen Dienst erwiesen hat. Soquezxl hat einen maßgeblichen Anteil am Sieg bei der Schlacht um Morior gehabt.« »Warum lässt du ihm dann nicht das Kommando?« »Nach dem, was mir Alta schilderte, hegen die Kommandanten der Flotte trotz allem weiterhin ein großes Misstrauen gegen ihn. Daraufhin habe ich mich selbst mit anderen Befehlshabern in Verbindung gesetzt, um diesbezüglich mit ihnen zu sprechen. Auch sie haben mir nichts anderes gesagt. Ich kann das nicht einfach ignorieren, Rinlum.« »Das ist in der Tat ein Problem. Willst du Soquezxl und seine Leute etwa als Zivilist das Leben fristen lassen? Lange macht das keiner von ihnen mit.« »Nein, das will ich ihnen nicht zumuten. Ich werde Soquezxl eine neue Aufgabe anbieten.« »Was hast du ihm zugedacht?« »Das erfährst du auf Morior, Alta.« »Verrate mir nur nicht zu viel«, bemerkte Alta mit einem zynischen Unterton. »Alta, lass bitte die Berovu startklar machen. Wir brechen sofort nach Morior auf. Informiere auch Klad über unsere Ankunft. Er soll einen Raum reservieren, wo wir uns unterhalten können. Er soll auch Duroto und Werga dazubitten.« »Du willst ihm die schlechte Nachricht also selbst überbringen?« »Das bin ich ihm schuldig. Er soll es von niemand anderem als vom Alkt persönlich erfahren.« »Dann kann ich auch hier in Alkaton bleiben.« »Nein, ich will dich dabeihaben.« »Wenn du es befiehlst, dann fliege ich eben mit.« Mit beleidigter Miene stand Alta auf und verließ wortlos das Büro. Als sich die Tür hinter dem Admiral geschlossen hatte, beugte sich Fegobol zu Kalaran vor. »Du hättest ihm besser verraten sollen, was du vorhast, Kalaran. Alta kommt sich bei der Angelegenheit ziemlich überflüssig vor.« »Das war nicht zu übersehen. Alles hängt von Soquezxl ab. Es handelt sich nur um eine Idee von mir. Wenn sie ihm nicht zusagt, muss ich mir etwas anderes überlegen. Vielleicht fällt dann Alta eine Alternative dazu ein.« »Es handelt sich zwar um eine sensible Problematik, aber du wirst das schon richtig machen. Übrigens habe ich ebenfalls von dem Argwohn der Kommandanten gegenüber Soquezxl gehört. Ich kann die Offiziere durchaus verstehen. Die lange Auseinandersetzung mit dem Echsenstaat und der erhebliche Verlust von Systemen sind bei allen Kommandanten präsent. Ich wünsche dir jedenfalls ein gutes Gelingen. Berichte mir bitte, wie das Gespräch verlaufen ist.« »Danke, Rinlum. Ich informiere dich nach dem Gespräch umgehend.« Kalaran stand auf und verließ mit einem Gruß das Büro des Obersts. Fegobol sah Kalaran mit bedenklicher Miene nach, bis sich die Tür hinter ihm schloss.

* * *

Im Dienstraum von Ireipehl saß dieser mit Kölpa beieinander und berichtete seinem Kollegen, was es mit der Besatzung des unbekannten Frachters Tlipox auf sich hatte. Anschließend setzte er ihn über die bisherigen Untersuchungsergebnisse in Kenntnis. Ohne eine einzige Zwischenfrage zu stellen, hörte sich Kölpa den Rapport des leitenden Arztes der Jablost an. »Wir kommen einfach nicht weiter. Aus diesem Grund habe ich um Unterstützung gebeten«, stellte Ireipehl zum Abschluss fest. »Ich will mir die Leichen ansehen, damit ich mir selbst ein Bild davon machen kann. Erst danach suche ich nach einer Lösung. Mit den standardisierten Verfahren kommen wir offensichtlich nicht weiter. Bitte begleiten Sie mich in die Zentrale der Tlipox, Ireipehl. Sie kennen sich dort aus.« »Selbstverständlich schließe ich mich Ihnen an. Ich veranlasse sofort alles Notwendige, Kölpa. Ich bin froh, dass Sie hier sind.« Ireipehl stand auf und eilte aus seinem Büro. Auch Kölpa erhob sich und folgte dem leitenden Arzt hinaus. Vor dem Dienstraum blieb Kölpa stehen und sah Ireipehl dabei zu, wie dieser seine Mitarbeiter antrieb. Solange Ireipehl sich mit den Vorbereitungen beschäftigte, überdachte Kölpa den Bericht von Ireipehl. Ihn beschlich das Gefühl, dass der leitende Arzt der Jablost etwas nicht berücksichtigte, was er als beunruhigend empfand. Systematisch ging Kölpa gedanklich noch einmal alles durch, doch er kam nicht darauf, um was es sich dabei handelte. Die Ansprache von Ireipehl riss ihn aus seinen Überlegungen. »Wir sind so weit, Kölpa.« »Gehen wir«, sagte Kölpa ein wenig abwesend. Gedankenversunken folgte er Ireipehl und seinen zwei Mitarbeitern aus der medizinischen Station. Bis zu dem Zeitpunkt, als sie die Jablost verließen, nahm Kölpa nichts von seiner Umgebung bewusst wahr, da er immer noch nach dem Versäumnis suchte. Als sie die Rampe hinabschritten, fixierte Kölpa mit seinem Blick den Frachter und der negative Eindruck verstärkte sich bei ihm. Die Gruppe lief bis zu dem gewaltsam geöffneten Ausstieg des Schiffs, vor dem nach wie vor die Hebebühne stand. Einer der Assistenten stellte den Behälter mit dem Desinfektionsmittel ab und sein Kollege verteilte die

Schutzanzüge, die alle drei überstreiften. Zum Schluss legten sie die Gesichtsmasken an, der Assistent nahm den Behälter auf und schnallte ihn sich um. Anschließend betraten sie die Hebebühne, welche der Mitarbeiter mit einem Befehl auf der Steuerkonsole nach oben fahren ließ. Alle drei sahen sich an, nickten sich zu und Ireipehl verschwand mit Kölpa in dem Frachter.

* * *

Nachdem die Berovu auf dem Raumhafen von Nigyera gelandet war, standen sowohl Alta als auch Kalaran auf und verließen die Zentrale. Beide begaben sich zum Lift und ließen sich nach unten tragen. Auf dem Weg zum Ausstieg sah Alta den Alkt an. »Jetzt verrate mir doch endlich, was du planst, Kalaran. Als oberster Militär will ich informiert sein.« »Ich kann es dir nicht sagen, denn es hängt letztendlich alles von Soquezxl ab.« »Ich verstehe. Um ehrlich zu sein: Ich bin froh, das Gespräch nicht führen zu müssen.« Sie verließen die Berovu, blieben vor der Rampe stehen und sahen zu dem Kontrollgebäude hinüber, da sie von dort den Gleiter erwarteten, der sie abholen sollte. Es dauerte nicht lange, bis sie das Fahrzeug bemerkten, das auf sie zuflog. Als es nahe genug war, dass sie den Fahrer erkannten, stellten sie fest, dass der Gouverneur von Morior, Klad Ser Beredil, es persönlich steuerte. Schließlich flog Beredil eine elegante Kurve und stoppte vor ihnen. »Hallo zusammen!« Beide erwiderten den Gruß, machten aber keine Anstalten, einsteigen zu wollen. »Wollt ihr da noch länger herumstehen?« Auf den Appell hin stiegen Alta und Kalaran zu und Beredil flog, kaum dass sie saßen, ab. »Kalaran, Soquezxl scheint schon zu ahnen, was du ihm sagen willst.« »Wenn das so ist, dann vereinfacht das die Angelegenheit, Klad.« »Das glaubst auch nur du. Die Mentalität der Echsen macht es nicht gerade leichter. Deine Erfahrungen sind in dieser Hinsicht eher als rudimentär zu bezeichnen. Ich werde eingreifen, falls du die falsche Richtung einschlägst, denn ich habe mich mit Soquezxl oft während meiner Gefangenschaft unterhalten.« »Damit bin ich einverstanden. Deine Erfahrung ist für mich sehr hilfreich.« Beredil stoppte vor dem Gebäude, alle stiegen aus und er führte die beiden zu dem Besprechungsraum.

*

Sie begrüßten beim Eintreten die Anwesenden und gesellten sich zu ihnen an den Tisch. Zu Kalarans Überraschung eröffnete Soquezxl das Gespräch. »Reden Sie nicht lange herum, Alkt, und ersparen Sie mir vor allem irgendwelche Lobeshymnen, mit denen Sie Ihre Entscheidung nur beschönigen wollen.« Kalaran wirkte sichtlich irritiert wegen dieser Ansprache, was Beredil nicht entging. »Soquezxl, bitte lass uns die Angelegenheit sachlich angehen. Hör dir bitte an, was Kalaran zu sagen hat.« »Wie du willst, Klad.« Für einen kurzen Moment trat Stille ein, bis Kalaran schließlich das Wort ergriff. »Soquezxl, ich halte meine Ansprache kurz. Ich muss dir leider die Position als Kommandeur entziehen, ebenso die Anstellung als General.« »Das habe ich mir bereits gedacht. Ich habe euch geholfen, die Schlacht zu gewinnen, und dafür werde ich zum Zivilisten degradiert.« »Ich verstehe deine Verärgerung. Sie wissen, dass das Kommando, welches mein Bruder Corak dir übergab, nicht ganz unproblematisch war.« »Ich war hilfreich, deswegen hat Corak mir das Kommando übergeben.« »Corak hat dir vertraut, Soquezxl. Das eigentliche Problem liegt in dem lange währenden Konflikt zwischen dem Imperium und dem Staat der Echsen begründet. Die Kommandanten misstrauen dir. Wie würden eure Offiziere reagieren, wenn Alta plötzlich eine eurer Flotten befehligen würde?« »Es gäbe die gleiche Reaktion, Klad. Aus diesem Grund verüble ich die Entscheidung des Alkt auch nicht.« »Ich habe eine Bitte an dich: Führe die Ausbildung Durotos und Wergas zu Kommandeuren fort. Gib ihnen dein Wissen weiter. Ich denke, dass du damit noch eine gewisse Zeit beschäftigt sein wirst.« »Einverstanden, ich werde Duroto und Werga weiter ausbilden. Sie sind gut und haben sich in der Schlacht um Morior bewährt. Es wird mir eine Freude sein, ihnen auch noch das beizubringen, was ich ihnen bislang noch nicht vermittelt habe. Wenn die Schulung beendet ist, werden Sie zwei erstklassige Kommandeure haben, Alkt.« »Davon gehe ich aus. Halten Sie mich bitte auf dem Laufenden. Nach Abschluss der Ausbildung lassen Sie mir ihre Beurteilung, von der ich weiß, dass sie sachlich und ohne Bonus für die beiden ausfällt, zukommen. Ich mache es von Ihrem Urteil abhängig, ob ich sie dann befördere oder ihnen eine andere Aufgabe zuweise.« »Letzteres wird mit Sicherheit nicht notwendig sein. Eine Forderung habe ich allerdings noch an Sie: Ich muss mit ihnen noch weitere Manöver durchführen können. Ich muss sehen, ob sie die Theorie auch richtig in die Praxis umsetzen können.« »Das stellt kein Problem dar. Damit Sie Ihre Aufgabe auch mit der dafür notwendigen Autorität zu leiten in der Lage sind, ernenne ich Sie mit sofortiger Wirkung zu meinem Sonderbeauftragten. Für den Zweck der Ausbildung und der Manöver haben Sie faktisch die Befugnisse eines Generals. Damit werden die Kommandanten arbeiten können, denn Sie sind nicht mehr in die Befehlshierarchie der Flotte eingebunden. Ich lasse Ihnen noch die Urkunde zukommen. Eine Kopie geht an Admiral Tunga.« »Ich danke Ihnen, Alkt.« »Alta, für alles, was Soquezxl benötigt, wird er dich ansprechen. Kommuniziere den Kommandanten, die an den Manövern teilnehmen, seine Position.« »Das geht in Ordnung, Kalaran. Soquezxl, sollten Sie etwas benötigen, dann setzen Sie sich bitte mit Klad in Verbindung. Er wird Ihr Gesuch dann an mich weiterleiten. Anschließend komme ich auf Sie zu, um dann alles zu besprechen. Danach leite ich alles Notwendige in die Wege, damit Sie kurzfristig alles, was Sie brauchen, erhalten. Klad, du nimmst im Falle einer Anfrage Kontakt mit Rinlum auf. Er weiß immer, wo ich mich gerade aufhalte.« »Ja, das ist am einfachsten.« »Nun zu euch beiden: Werga, Duroto, wollt ihr weiter von Soquezxl unterrichtet werden?« »Wir sind dabei. Bis jetzt hat uns Soquezxl viel beigebracht und wir freuen uns auf die weitere Ausbildung«, antwortete Zakatek und sah dann, ebenso wie Werga, Soquezxl an. »Damit ist alles gesagt. Duroto, Werga, begleitet mich. Wir machen sofort mit dem Unterricht weiter.« Soquezxl stand auf und verließ, gefolgt von seinen Schülern, den Besprechungsraum. »Soquezxl ist schon eigen«, stellte Kalaran fest, nachdem die drei den Raum verlassen hatten. »Was ich an ihm schätze, ist, dass er keine unnötigen Worte verliert. Da alles Notwendige gesagt war, gab es keinen Grund mehr für ihn, noch länger hier zu verweilen.« »Es ist effizient. Wenn ich an die eine oder andere Besprechung denke, wird mit heute noch schlecht. Manche redeten nur um des Redens willen, aber der Inhalt ließ sehr zu wünschen übrig.« »Aus diesem Grund habe ich ihn zu schätzen gelernt, wenn auch sonst der Umgang mit ihm nicht immer einfach ist.«

* * *

Die Flotte erreichte schließlich Pherol, den zweiten Planeten des Systems von Pheriolan, und ging dort in eine Parkposition. »Legen Sie die Ansicht auf den Schirm«, forderte Kalkata den Orter auf. Auf dem Monitor erschien der Anblick der vor Pherol stehenden Flotte, was sowohl von Kalkata als auch von Major Silata mit einem säuerlichen Gesichtsausdruck zur Kenntnis genommen wurde. »Gouverneur, wir werden gerufen!« »Endlich lassen sie sich dazu herab, mit uns in

Kontakt zu treten. Das war schon längst überfällig. Stellen Sie das Gespräch durch. Ich nehme es auf dem Hauptbildschirm entgegen.« Nach wenigen Schritten stand Kalkata im Bereich der Aufnahmeoptik. In diesem Moment wechselte das Bild und ein Offizier in der Uniform der imperialen Flotte erschien auf dem Monitor. Mit strengem Gesichtsausdruck musterte er Kalkata einen Augenblick, bevor er zu sprechen begann. »Ich bin Hauptmann Selniru Wetebe, der Kommandant vom Schlachtschiff Usmida. Mit wem spreche ich?« »Ich bin Tar Kalkata und bin der Systemgouverneur von Pheriolan. Warum haben Sie nicht auf unsere Anrufe reagiert, wie es vorgeschrieben ist?« »Ich bin nicht befugt, Ihnen diese Frage zu beantworten.« »Wer ist dann dazu befugt, wenn Sie es nicht sind?« »Das erfahren Sie noch rechtzeitig. Erteilen Sie mir die Landeerlaubnis.« »Verlassen Sie Pheriolan wieder, wenn ich Ihnen die Landeerlaubnis nicht erteile?« »Nein, dann erzwingen wir die Landung.« »Das habe ich mir gedacht. Unter diesen Umständen erteile ich Ihnen die Landeerlaubnis.« »Kommen Sie mit einem Gleiter zur Usmida, sobald wir niedergegangen sind.« Wetebe verschwand vom Schirm und sie sahen die Flotte auf dem Schirm. Alle in der Zentrale sahen ein Schiff, das sich aus dem Verband löste und auf Pherol zuflog. »Das ist eine Unverschämtheit! Dieser Wetebe hätte die Landung auf Pherol erzwungen! Seit wann verfährt die imperiale Flotte auf diese Art und Weise?«, grollte der Gouverneur. »Vielleicht steckt Uxbeija dahinter. Zu dumm, dass wir keine Nachrichten empfangen können.« »Ja, uns entgehen dadurch viele wichtige Mitteilungen. Hoffentlich treffen bald die Ersatzteile ein, damit wir nicht mehr von allem abgeschnitten sind. Jetzt haben wir zuerst ein anderes Problem. Major Silata, Sie begleiten mich zur Usmida.«

*

Vor dem Kontrollgebäude standen Kalkata und Silata neben einem Gleiter und blickten in den Himmel. Sie verfolgten das Schlachtschiff, welches sich langsam auf den Raumhafen der Hauptstadt hinabsenkte. »Sobald das Relais repariert ist, werde ich mich bei Uxbeija über das Vorgehen von diesem Wetebe beschweren.« »Der Kommandant ist doch nur der Ausführende. Dahinter steckt der Kommandeur der Flotte, wer auch immer das sein mag. Finden Sie es nicht auch äußerst seltsam, dass ein Hauptmann der Kommandant eines Schlachtschiffs ist, Gouverneur? Dazu können wir davon ausgehen, dass die Usmida nicht irgendein Schiff ist, sondern obendrein das Flaggschiff des Kommandeurs.« »Damit liegen Sie bestimmt richtig, Major.« Beide verfolgten die Landung der Usmida mit einem unguten Gefühl. »Gleich wissen wir mehr, ob es uns gefällt oder nicht, Major. Steigen Sie ein. Wir fliegen zum Ausstieg.« Silata steuerte den Gleiter über das Landefeld, stoppte vor der Usmida und stieg ebenso wie Kalkata aus. Sie stellten sich vor das Fahrzeug und warteten darauf, dass sich der Ausstieg öffnete. »Ich bin darauf gespannt, wer für dieses Vorgehen verantwortlich zeichnet«, knurrte Kalkata. Der Major schwieg zu dieser Bemerkung, da er einen Kommentar als überflüssig erachtete. Beide starrten mit einem grimmigen Gesichtsausdruck auf das Schiff. Es dauerte nicht mehr lange, bis sich der Ausstieg öffnete und die Rampe ausgefahren wurde. Kurz darauf kam Wetebe aus der Usmida, schritt auf die Wartenden zu und blieb vor ihnen stehen. »Wir hatten bereits das Vergnügen, Gouverneur.« Mit einer herablassenden Miene sah er dann Silata an. »Wer sind Sie bitte?« »Ich bin Major Silata, Hauptmann Wetebe.« Die Lippen des Kommandanten der Usmida zuckten leicht, da er sich ärgerte, nicht auf das Rangabzeichen Silatas geachtet zu haben. Er beschloss, die ihm unangenehme Zurechtweisung zu ignorieren. »Der Kommandeur kommt gleich heraus.« »Wir haben keine Eile«, antwortete Kalkata und sah Wetebe dabei mit einem eiskalten Blick an, weshalb der Hauptmann auf eine Entgegnung verzichtete und sich zum Ausstieg umdrehte. In diesem erschien der Kommandeur und schritt mit einem unergründlichen Grinsen die Rampe hinab. Innerlich fluchte Kalkata, als er erkannte, um wen es sich bei dem Kommandeur handelte. Als er vor ihnen stehen blieb, fixierte Kalkata den Offizier mit seinem Blick. »General Vuoga. Ich hätte wissen müssen, dass nur Sie auf diese Art und Weise auftreten.« »Eine freundlichere Begrüßung von Ihnen wäre mit Sicherheit angemessen gewesen, Kalkata.« »Geben Sie mir einen einzigen Grund, warum ich das machen sollte.« »Ich sehe Ihnen die Beleidigung noch einmal nach. Wetebe, gehen Sie wieder in die Zentrale der Usmida und warten Sie dort auf mich.« Die Aufforderung an den Kommandanten erfolgte, ohne dass Vuoga ihn dabei ansah, weshalb er sich vor Kalkata und dem Major zurückgesetzt vorkam. Erst als Selniru Wetebe im Schiff verschwand, sprach der General weiter. »Gouverneur, wir beide müssen ein Gespräch führen. Fliegen wir zum Kontrollgebäude hinüber. Sicher finden Sie einen freien Raum, in dem wir ungestört sind.« Ohne eine Antwort zu geben, bestieg Kalkata den Gleiter und würdigte Vuoga keines Blickes. Auch Vuoga und Silata stiegen ein und der Major flog los.

*

Zusammen mit Vuoga und Kalkata betrat auch Major Silata den Besprechungsraum, weswegen der General ihn missbilligend ansah. »Was wollen Sie hier, Major? Ich habe ein Gespräch mit dem Gouverneur.« »Er bleibt hier. Schließlich muss auch Major Silata informiert sein.« »Meinetwegen, wenn Sie das so wollen, Kalkata.« Alle drei nahmen an dem Tisch Platz und Vuoga musterte sowohl Kalkata als auch Silata kritisch. »Reden Sie schon, Vuoga. Was wollen Sie wirklich hier?«, forderte der Gouverneur ihn in einem scharfen Tonfall auf. »Wie Sie sicher bereits wissen, hat sich die Flotte unter dem Kommando von Admiral Tunga gegen mich gestellt. Dazu kommt die Ermordung Vondals durch Corak von Talstal. Ich gehe davon aus, dass Optuj Uxbeija geraume Zeit benötigt, um den Status quo ante wieder herzustellen.« Vuoga stoppte seine Rede und sah die beiden überrascht an, denn ihre äußerst verwunderten Gesichtsausdrücke verrieten ihm, womit er überhaupt nicht rechnete. »Ihr wisst nichts von all dem?« »Nein, aber das sind interessante Neuigkeiten. Vuoga, glauben Sie im Ernst, dass Uxbeija sich an der Macht halten kann, wenn die Flotte sich in der Hand von Admiral Tunga befindet?« »Optuj Uxbeija hat mehr Möglichkeiten, als Sie sich vorstellen können.« Kalkata sah den General an und gestattete sich ein kurzes Grinsen, verzichtete aber darauf, das Gesagte zu kommentieren, denn der Tonfall Vuogas klang alles andere als überzeugt. »Wieso habt ihr eigentlich keine Kenntnis von den Ereignissen, Kalkata?« »Bedauerlicherweise ist ein Relais der Fernverbindung defekt. Dazu kommt, dass unser einziges Schiff, das wir für die Wartung benötigen, nicht flugfähig ist. Wir haben weder für das eine noch für das andere die Ersatzteile. Sie sind bestellt, wurden aber bis jetzt immer noch nicht geliefert.« »Ich will, dass das Relais instand gesetzt wird, Kalkata!« »Ob Sie wollen oder nicht, es geht nicht.« »Na schön, lassen Sie mich wissen, was Sie an Ersatzteilen benötigen.« »Ich werde Heti Naro, er ist übrigens der Leiter der hiesigen Werft, informieren. Er wird sich mit dem Kommandanten von Ihrem Schlachtschiff, Selniru Wetebe heißt er wohl, in Verbindung setzen und ihm die Liste schicken.« »Das geht in Ordnung, Kalkata. Ich muss wissen, was auf Alkatar vorgeht. Sie interessiert es bestimmt auch.« »Nach Ihrer Eröffnung können Sie davon ausgehen.« »Die Reparatur hat oberste Priorität. Ich mache meine weitere Entscheidung davon abhängig, was die neuesten Meldungen besagen. Sprechen Sie mit Naro. Wetebe wird von mir informiert, dass er dem Leiter der Werft jegliche Unterstützung zukommen lässt. Sie erreichen mich auf der Usmida.« Vuoga erhob sich und verließ wortlos den Besprechungsraum. »Als ob ich das Bedürfnis hätte, mit Vuoga zu sprechen«, brummte Kalkata und sah dabei Silata an.

* * *

Kölpa und Ireipehl betraten die Zentrale des Frachters Tlipox und Ersterer sah sich darin kurz um. »Das sieht ganz und gar nicht gut aus, Ireipehl.« »Jetzt sehen Sie, warum ich dringend Unterstützung anforderte.« »Ja, Ireipehl. Während ich mir die Mannschaft ansehe, machen Sie sich bitte Gedanken, wie wir weiter mit den Leuten verfahren. Wir können sie hier nicht länger auf ihren Sitzen herumliegen lassen.« Nach wenigen Schritten stand Kölpa neben einer der Leichen und sah sie sich an. Anschließend ging er zum nächsten Toten und betrachtete ihn sich ebenfalls. Danach begutachtete Kölpa auch die anderen Besatzungsmitglieder. Nachdem er einen Blick auf den letzten Abgeschiedenen geworfen hatte, ging Kölpa wieder zu Ireipehl. Auf dem kurzen Weg zu ihm dämmerte Kölpa, nach was er die ganze Zeit gesucht hatte. Als er vor ihm stand, blickte Kölpa Ireipehl durchdringend an, drehte sich plötzlich um und eilte mit großen Schritten zu dem letzten Dahingegangenen zurück. Er beugte sich über ihn und fixierte eine der Blasen eingehender als zuvor. Eine Weile stand Kölpa ungerührt da, dann kam wieder Bewegung in ihn. »Ireipehl, kommen Sie bitte zu mir.« Der leitende Arzt der Jablost begab sich zu Kölpa und blieb neben ihm stehen. »Was gibt es denn, Kölpa?« »Haben Sie auch diese Blasen bei der Obduktion untersucht?« Ireipehl sah Kölpa ein wenig irritiert an. »Nein, das habe ich nicht, da ich sie für einen Nebeneffekt der Krankheit halte. Die Gewebeproben hielt ich für vollkommen ausreichend.« »Das ist eine unhaltbare Nachlässigkeit. Sehen Sie sich eine der Blasen genauer an.« Der Arzt kam der Aufforderung ein wenig zögernd nach und beugte sich vor. Er blickte darauf und hob den Kopf wieder. Danach sah er Kölpa kurz verwundert an und bog sich wieder vor. Eingehend fixierte Ireipehl die Blase und richtete sich auf. »Das sieht äußerst merkwürdig aus.« »Genau das ist der springende Punkt. Ich habe bereits einen Verdacht.« Kölpa sah sich suchend um und entdeckte auf der linken benachbarten Konsole etwas Brauchbares. Er bemühte sich dorthin, nahm den Gegenstand auf und begutachtete ihn flüchtig. Wozu er benötigt wurde, erschloss sich ihm nicht, aber das störte Kölpa keineswegs. Wichtig war für ihn nur die Tatsache, dass der ungefähr zehn Zentimeter lange, nicht ganz fingerdicke Metallstift auf der einen Seite fast spitz zulief. Mit dem merkwürdigen Instrument in der Hand kehrte er zu Ireipehl zurück. »Gleich wissen wir mehr, Ireipehl. Treten Sie zurück.« Ireipehl ging drei Schritte rückwärts, ließ dabei die Hand Kölpas nicht aus dem Auge. Danach hielt er das Objekt mit der Spitze nach unten mehrere Handbreit über eine der Blasen. Darauf gab Kölpa den Gegenstand frei und sprang nach hinten. Das Instrument fiel fast mittig auf die Blase und brachte sie zum Platzen. Das Objekt rollte auf dem Oberkörper zur Seite, fiel zuerst auf den Stuhl und schließlich mit einem klimpernden Geräusch auf den Boden der Zentrale. Daraufhin traten Kölpa und Ireipehl vor den Leichnam, sahen auf die Stelle der geplatzten Blase und beugten sich anschließend ein Stück vor.

* * *

Der oberste Leiter der Erz verarbeitenden Anlagen auf Klutags las wie gewöhnlich morgens die Berichte seiner Abteilungsleiter. Zufrieden stellte er fest, dass alle Sektionen im üblichen Rahmen lagen. Doch bei der Durchsicht der letzten Dokumentation sank seine bis dahin gute Laune auf den Tagestiefpunkt. Erbost stellte er eine Verbindung zum Verfasser des Rapports her und wartete, dass dieser sich meldete. Statt des Verantwortlichen des Teilbereichs meldete sich jedoch zu seinem großen Ärgernis nur die Sekretärin, die ihn mit einem arroganten Blick bedachte. Lötip hegte von Anfang an eine Abneigung gegen diese Frau, die seit dem ersten Tag so hochmütig auftrat. Er fragte sich immer wieder, wieso Ewelkin sie engagiert hatte und die Sekretärin zu allem Überfluss auch noch behielt. »Ewelkin ist nicht in seinem Büro.« Den respektlosen Umgang, den sie ihm gegenüber pflegte, ärgerte ihn jedes Mal, weswegen Lötip auch nach einem Anlass suchte, um sich ihrer zu entledigen, doch gab sie ihm diesen bislang nicht. »Wissen Sie, wo er sich aufhält?« »Nein, in der Regel schweigt sich Ewelkin darüber aus, wohin er sich begibt.« »Dann sagen Sie ihm, dass ich umgehend seinen Anruf erwarte.« Ohne auf die Bestätigung der Frau zu warten, schaltete Lötip ab, nur um nicht länger als unbedingt notwendig mit der Assistentin sprechen zu müssen. Schon der Anblick ihrer lila und rot gefärbten Haare verursachte ihm Übelkeit. Er schüttelte das schlechte Gefühl ab, erhob sich von seinem Platz und ging zu dem großen Panoramafenster seines großzügigen Büros. Mit den Armen auf dem Rücken und ineinandergelegten Handflächen stand Lötip da und blickte über die weitläufigen Fabrikanlagen. Der Rauch, welchen die Hochöfen des weitläufigen Hüttenkomplexes ausstießen, gab dem Himmel ein ungesundes orangefarbenes Aussehen. Jedes Mal, wenn er diesen Anblick auf sich wirken ließ, erinnerte sich Lötip daran, dass erst vor nicht allzu langer Zeit Kolonisten aus dem Imperium auf Klutags landeten, um sich hier anzusiedeln. Schon bald darauf machten sie die reichen Vorkommen an Bodenschätzen ausfindig, deren Erschließung ihnen zu Wohlstand verhalf. Als dann auch noch diese Delegation auftauchte, deren Mitglieder ein reges Interesse an einer Vereinbarung zeigten, entwickelte sich binnen Kurzem eine einträgliche Geschäftsverbindung, die immer noch Bestand hatte. Es entstanden als Folge des Kontrakts sogar neue Industriezweige, die das Vermögen mehrten. Der allergrößte Vorteil zeigte sich jedoch darin, dass Klutags nie ein Teil des Imperiums war und außerdem auch noch schnell in Vergessenheit geriet, was bedeutete, dass nichts von den gesamten Einnahmen abgeführt werden musste.

*

Die Tür zum Büro von Litpö wurde geöffnet und Ewelkin streckte seinen Kopf herein. »Darf ich eintreten, Litpö?« »Reden Sie nicht herum, sondern kommen Sie schon herein.« Ewelkin stahl sich in den Raum, schloss die Tür hinter sich und blieb stehen. »Wollen Sie sich da vorn verewigen? Kommen Sie schon her, ich habe mit Ihnen zu reden.« Zögernd ging er bis zwei Schritte vor Litpö und hielt an dieser Stelle in seinem Lauf inne. »Was liegt an, Litpö? Sie hatten es eilig, mich zu sehen.« »Ja, das hatte ich aus einem guten Grund. Ich bin nur froh, dass Ihre unmögliche Sekretärin sich dazu herabließ, Ihnen mein Anliegen auszurichten.« »Sie mögen meine Sekretärin nicht?« »Das wissen Sie ganz genau, aber das soll jetzt nicht das Thema sein.« Die Gesichtszüge Ewelkins entspannten sich ein wenig. »Um was handelt es sich denn?« »Es geht um Ihren letzten Statusbericht. Die Zahlen liegen nicht nur hinter den vergangenen Zeiträumen, sondern sie unterschreiten diese deutlich. Wir dürfen keinesfalls in Lieferverzug geraten. Erklären Sie mir aus diesem Grund, wie es dazu kommen konnte, dass die Produktion in diesem Maß einbrach.« »Es hängt mit den Rohstofflieferungen zusammen. Ein Transport ist ausgeblieben.« »Aus welchem Grund ist der Frachter nicht gekommen?« »Diese

Frage kann ich Ihnen nicht beantworten. Ich habe keinerlei Informationen erhalten.« »Die eine ausgebliebene Lieferung erklärt aber nicht den mehr als deutlichen Rückgang der Erzeugung.« Der Sektionsleiter wirkte flagrant verunsichert, weshalb Litpö ihn mit einem ernsten Blick ansah. »Da gibt es noch etwas, das Sie mir sagen wollen?« »Ja, auch die beiden nachfolgenden Transporte sind nicht gekommen.« »Wie bitte? Sie hätten mich bereits nach dem Ausbleiben der ersten Lieferung sofort darüber in Kenntnis setzen müssen.« »Ich bin davon ausgegangen, dass es sich nur um eine Verzögerung handelt.« »Dann bleibt auch die planmäßig nächste Lieferung aus und Sie hielten es immer noch nicht für notwendig, mich zu informieren.« »Ich dachte ...« Mit einer vehementen Handbewegung brachte Litpö seinen Untergebenen zum Schweigen. »Sie haben gedacht! Genau das war Ihr Fehler!«, tobte Litpö lautstark. Verärgert wandte sich der Leiter ab, ging zum Fenster und sah hinaus. Nach einer Weile des Nachdenkens drehte er sich energisch zu Ewelkin um. »Jetzt habe ich das Problem und kann mir jetzt überlegen, wie es zu lösen ist. Das mache ich aber dieses Mal nicht allein. Sie werden mit von der Partie sein. Ich vereinbare ein Treffen mit unseren Auftraggebern und Sie nehmen ebenfalls daran teil. Sie werden der Abordnung erklären müssen, warum Sie diese wichtige Information nicht weitergegeben haben. Halten Sie sich zu meiner Verfügung. Wenn die Delegation hier eingetroffen ist, melde ich mich bei Ihnen. Gehen Sie mir aus den Augen, Ewelkin.« Völlig niedergeschlagen verließ der Abteilungsleiter das Büro von Litpö.

* * *

In dem Augenblick, als Vuoga die Zentrale der Usmida betrat, überdeckte das Geräusch des zugleitenden Schotts einen Fluch Wetebes. Trotzdem hörte der General genug, um zur

Kenntnis zu nehmen, dass die unfreundliche Äußerung dem Gesprächspartner galt, mit dem er soeben gesprochen hatte. Zügig durchquerte Vuoga die Zentrale und blieb bei Wetebe stehen. Noch bevor er dazu kam, dem Kommandanten eine Frage zu stellen, legte dieser auch bereits los. »Stellen Sie sich vor, General: Da ruft mich doch so einer an und gibt sich als Leiter der hiesigen Werft aus. Seinen Namen habe ich vergessen.« »Der Mann heißt Heti Naro«, half ihm Vuoga mit einem sehr ruhigen Tonfall aus. Der Kommandant bemerkte aufgrund seiner Aufgeregtheit nicht, dass der General den Namen kannte. »Dieser Leiter besitzt tatsächlich die Dreistigkeit, von mir zu verlangen, dass ich ihm Ersatzteile schicke. Die Materialliste hat er mir auch direkt geschickt. Außerdem bat er mich, dass ich ihm die Teile von meinen Leuten auch noch bringen lasse.« »Genau so habe ich es abgesprochen.« Vuoga sprach erneut in einem äußerst ruhigen Tonfall. Erneut bekam der Kommandant nicht mit, dass Vuoga auch darüber Kenntnis besaß. »Ich sollte diesen Mann für seine Unverschämtheit festnehmen und dafür sorgen, dass er in der Usmida in einer Zelle landet. Wie heißt der Leiter doch gleich?« »Sein Name ist Heti Naro.« Der auch dieses Mal von Vuoga verwendete ruhige Tonfall brachte Wetebe augenblicklich zur Besinnung, da es nicht zu dem General passte, wiederholt ruhig zu sprechen. Mit einem verblüfften Gesichtsausdruck sah der Kommandant Vuoga an und brachte zunächst kein Wort hervor. Stattdessen sprach der General grinsend zu ihm. »Geben Sie Naro alles, was er benötigt. Außerdem schicken Sie keine gewöhnlichen Soldaten zu ihm, sondern Techniker, falls sie Naro zur Hand gehen müssen.« »Wieso mache ich das jetzt? Wir sind doch nicht als Reparaturtruppe hierhergekommen.« »Sie machen das jetzt, weil ich es Ihnen befehle, und wenn Sie noch länger tatenlos hier herumstehen, dann versetze ich Sie nämlich genau zu diesem Reparaturtrupp, aber nicht als Vorgesetzter, sondern als Handlanger! Ich bin gerade zu Ihnen gekommen, um Sie darüber in Kenntnis zu setzen, dass ich das mit dem Gouverneur besprochen habe. Kalkata hat ebenso wie Naro schnell gearbeitet.« »Wenn das so ist ... « »Nun machen Sie schon hin.« Zu der Aufforderung machte Vuoga mit seiner rechten Hand eine wedelnde Bewegung. »Sofort, General.« »Natürlich sofort, sonst vergesse ich augenblicklich, dass ich Sie befördern wollte.« Vuoga wandte sich ab und ging in Richtung des Schotts, blieb aber nach einigen Schritten stehen und drehte sich zu Wetebe um. Grinsend nahm er zur Kenntnis, dass der Kommandant eine betriebsame Hektik entfaltete. »Bevor ich es vergesse, Wetebe: Sobald die Reparatur beendet ist, melden Sie mir das. Sie finden mich in dem Raum nebenan.« Der Angesprochene blickte den General kurz an und nickte nur, da sich gerade sein Gesprächspartner, den er angerufen hatte, meldete. Die Bestätigung nahm Walpa Vuoga zur Kenntnis und verließ daraufhin zufrieden die Zentrale und begab sich in den benachbarten Besprechungsraum, wo er sich an den dort befindlichen Tisch setzte. Er aktivierte die in der Platte eingelassene Konsole und begann mit der Suche nach einem Besatzungsmitglied, von dem er hoffte, dass er nicht zur Flotte Admiral Tungas überlief. Zu seiner Freude stellte Vuoga fest, dass er sich tatsächlich auf einem der Schiffe seiner Flotte aufhielt. Daraufhin nahm er mit dem Kommandanten des Schiffs, auf dem sich die besagte Person aufhielt, Kontakt auf und befahl ihm die sofortige Landung auf Pherol. Außerdem ordnete Vuoga an, dass sich der Offizier umgehend im Besprechungsraum neben der Zentrale der Usmida einfinden sollte.

*

Das Schott glitt auf und der gerufene Offizier betrat den Raum, dabei fand sein Blick den am Tisch sitzenden Mann.

Als sich hinter ihm der Eingang wieder schloss, stand Vuoga auf und kam ihm entgegen. »Oberst Plenoi Karudin, es ist wirklich schön, dich endlich wieder einmal zu sehen.« »Mich freut es ebenfalls, Walpa. Ich weiß schon gar nicht mehr, wie lange es her ist, dass wir uns das letzte Mal getroffen haben.« »Es gab so viel für mich zu tun, Plenoi. Ich musste mich ständig um die Flotte kümmern. Dazu kamen immer wieder die Sonderwünsche von Vondal und Uxbeija. Das hat sich alles erledigt. Musste es wirklich so weit kommen, dass wir uns unter diesen Umständen begegnen?« »Es ist alles mit einem Schlag aus dem Ruder gelaufen und dafür zeichnet nur Admiral Tunga verantwortlich.« »Das alles ist nicht nur Tungas Werk. Es sind noch andere an dem Ganzen beteiligt. Einer von ihnen ist dieser Corak von Talstal, der Vondal tötete.« »Weißt du, was gerade auf Alkatar geschieht, Walpa?« »Nein, leider nicht. Der Gouverneur von Pherol, Tar Kalkata, weiß es ebenso wenig, denn die Langstreckenverbindung ist ausgefallen. Ich hoffe, dass Heti Naro den Schaden bald behebt.« »Dann weiß zumindest niemand, dass wir uns jetzt in Pheriolan aufhalten.« »Wenigstens etwas verläuft zu unserem Vorteil, Plenoi. Nutzen wir die Zeit, bis das Relais repariert ist. Zunächst gehe ich von dem Szenario aus, dass wir vorerst nicht nach Alkatar zurückkehren können. Für diesen Fall habe ich einen Plan entwickelt, den ich dir gleich erläutern werde. Doch zunächst gilt es, noch eine andere wichtige Angelegenheit zu erledigen. Ich benötige einen Stellvertreter, auf den ich mich absolut verlassen kann. Dabei dachte ich an dich. Deshalb habe ich dich zu mir kommen lassen. Willst du diese Aufgabe übernehmen, Plenoi?« »Mit dem allergrößten Vergnügen.« »Ich habe fest mit deiner Zusage gerechnet. Plenoi, hiermit ernenne ich dich zum General. Das Rundschreiben an die Flotte habe ich bereits vorbereitet.« Vuoga ging zu der Konsole des Tisches, gab einige Befehle ein und wandte sich wieder an Karudin.

»Setzen wir uns. Ich schildere dir mein Vorhaben und dann beginnen wir mit der Planung.«

*

Der Lastengleiter mit dem Personal von der Usmida flog in die Werfthalle ein, wo sie bereits von Heti Naro erwartet wurden. Er dirigierte den Fahrer bis zu dem Schiff und wies dann den Lenker an zu stoppen. Die drei Insassen stiegen aus und begaben sich zum Leiter der Werft, nicht ohne vorher einen kritischen Blick auf den Raumer zu werfen. »Hallo zusammen. Ich bin Heti Naro, der Leiter der Werft von Pherol. Habt ihr alle Ersatzteile mitgebracht?« »Ja, es befindet sich alles auf dem Lastengleiter. Übrigens, wir sind alle drei Techniker. Falls Sie unsere Hilfe benötigen, sagen Sie es uns, ansonsten fliegen wir nach dem Entladen zur Usmida zurück«, antwortete einer der drei Männer. »Ihr drei seid Techniker? Natürlich kann ich eure Hilfe gebrauchen.« Sofort begann Naro damit, seine Anweisungen zu erteilen, die er zusätzlich mit den entsprechenden Gesten unterstrich. Zu viert luden sie das erste Kontingent von dem Fahrzeug und brachten die Teile anschließend in den Maschinenraum des Schiffs, wo Naro zwei der Männer instruierte. Danach verließ er mit dem dritten Techniker den Raumer und sie gingen zu dem Gleiter, um die restlichen Teile herauszuholen. Anschließend transportierten sie die Stücke zu der Hebebühne, legten sie darauf und stellten sich selbst darauf. Mit einer Eingabe auf der Steuerkonsole ließ Naro die Bühne nach oben fahren. »Bevor wir mit der Arbeit beginnen, habe ich eine Frage an Sie.« »Bitte sagen Sie mir, was Sie wissen möchten.« »Wieso haben Sie auf Ihrer Anforderungsliste vermerkt, dass die für das Relais benötigten Teile nachgeliefert werden?« »Weil mir nicht bekannt ist, mit welcher Art von Beschädigung ich es zu tun habe. Aus diesem Grund setzen wir zuerst das Schiff instand. Danach fliegen wir zu dem Relais, sehen es uns an und kehren anschließend nach Pherol zurück, um die Ersatzteile zu holen.« »Das ist doch umständlich. Warum nehmen wir nicht ein Beiboot?« »Zum einen muss das Schiff hier ohnehin repariert werden, zum anderen ist das benötigte Werkzeug bereits an Bord. Bis wir das umgeladen haben, fliegt der Raumer auch wieder.« »Sie haben recht, Naro. Fangen wir gleich an.«

* * *

Sowohl Kölpa als auch Ireipehl beobachteten eine kleine weiße Made, die von der Stelle, an der sich die Blase befand, wegkroch. Beide richteten sich auf und sahen sich kurz an, dann kam Bewegung in Kölpa. Er rannte aus der Zentrale des Frachters und steuerte den Ausstieg des Schiffs an. Dort angekommen, blieb Kölpa stehen und machte sofort eine abwehrende Handbewegung, da er bemerkte, dass der Arzt auf der Rampe die Desinfektion vorzunehmen gedachte. »Vergessen Sie das! Ich benötige zwei kleine Probenbehälter sowie das dazugehörige Einmalprobenbesteck.« »Ich dachte mir, dass Sie das brauchen.« Der Arzt bückte sich, hob eine verschlossene Plastiktüte vom Boden auf und warf sie Kölpa zu, der diese geschickt auffing und sofort wieder in dem Frachter verschwand. Bald darauf erschien er in der Zentrale, wo Kölpa seinen Kollegen immer noch an der gleichen Stelle stehend vorfand. Bei ihm angekommen, öffnete er den Beutel, entnahm die beiden kleinen runden Behälter sowie das Besteck und hielt Ireipehl das Behältnis hin, das dieser entgegennahm. Er hielt ihm auch eine der beiden Dosen hin, die Ireipehl ihm ebenfalls aus der Hand pflückte. Kölpa öffnete das Gefäß, beugte sich nach vorn und beförderte die Made mit dem Besteck hinein. Anschließend verschloss er den Behälter und warf ihn in den Beutel. Ireipehl hielt ihm die in der Zwischenzeit bereits geöffnete Dose hin, welche Kölpa ergriff. Sorgfältig schöpfte er dann von der Blasenflüssigkeit in das Gefäß und setzte den Deckel darauf. Auch dieses Behältnis ließ er in den Beutel fallen, den Ireipehl gleich hermetisierte. Das Besteck warf Kölpa achtlos auf den Boden und nickte dann Ireipehl zu. Der Kollege nickte zurück und verließ mit ihm die Zentrale, um sich zum Ausstieg zu begeben. Dort ließen beide die Desinfektion über sich ergehen, traten auf die Bühne und der Kollege ließ sie nach unten fahren. Alle drei verließen die Hebebühne und Ireipehl legte den Beutel in eine rechteckige weiße Kiste, die er verschloss, und streifte dann ein wenig umständlich, ebenso wie die beiden Kollegen, seinen Schutzanzug ab. »Wir werden die zwei Proben unverzüglich in Ihrer medizinischen Station unter höchsten Sicherheitsvorkehrungen untersuchen, Ireipehl. Dieser neue Fund macht die Angelegenheit ein wenig komplizierter.« »Damit habe ich nicht im Entferntesten gerechnet. Ich hielt, wie gesagt, die Blasen nur für eine Begleiterscheinung dieser Seuche.« Ireipehl bückte sich, nahm die Kiste auf und lief zusammen mit Kölpa zur Jablost. Dabei dachte er die ganze Zeit an das, was er in den Händen hielt. Erst als sie im Schiff waren und dort zum nächsten Lift liefen, brach Kölpa das Schweigen. »Was mich interessiert, Ireipehl: Haben Sie von Kommandant Fonmor schon etwas hinsichtlich des Logbuchs des Frachters gehört?« »Ich habe ihn darauf vor Kurzem angesprochen. Fonmor machte daraufhin einen ziemlich säuerlichen Gesichtsausdruck. Das war anscheinend keine so gute Idee von mir. Er ärgert sich immer noch mit dem Logbuch herum. Die Aufzeichnungen des Kommandanten des Frachters sind wenig professionell. Fonmor will das Logbuch noch ein zweites Mal durchgehen. Anschließend plant er, einen knappen Bericht darüber zu verfassen, damit wir schnell den Flug nachvollziehen können. Er wird mich informieren, sobald er mit der Arbeit fertig ist.«

»Ich hoffe, er benötigt nicht allzu lange dafür. Die Sache gefällt mir immer weniger, je mehr ich darüber nachdenke. Wir müssen zügig aktiv werden, sonst könnte uns die ganze Angelegenheit aus dem Ruder laufen.« »Was glauben Sie, um was es sich dabei handelt?« »Das will ich mir nicht vorstellen, Ireipehl.« Diese Aussage Kölpas ließ Ireipehl erschaudern.

* * *

Admiral Muruba betrat das Büro von Oberst Fegobol, der den Kopf hob und ihn überrascht ansah. »Leytek, mit deinem Besuch habe ich nicht gerechnet.« »Das ist schade. Soll ich wieder gehen?« »Rede keinen Unsinn, sondern setze dich schon hin.« Grinsend zog sich Muruba den Stuhl zurecht und ließ sich darauf nieder. »Ich vermute, du stattest mir nicht nur einen Höflichkeitsbesuch ab?« »Nein, ich benötige eine Auskunft von dir.« Seufzend lehnte sich Fegobol in seinem Stuhl zurück. »Niemand kommt zu mir, um einfach nur einmal mit mir zu plaudern.« Fegobol machte eine Kunstpause, bevor er weitersprach. »Na schön, Leytek. Was willst du von mir wissen?« »Gibt es inzwischen Neuigkeiten von Veschgol?« »In dieser Angelegenheit wollte ich mich ohnehin bei dir melden. Es gibt tatsächlich Neuigkeiten. Auf Veschgol fand inzwischen die Wahl zum Gouverneur statt. Nun rate einmal, wer die Position des Gouverneurs begleitet.« »Dazu habe ich keine Idee, Rinlum. Ich weiß doch überhaupt nicht, wer sich für diese Stelle beworben hat.« »Das musst du auch gar nicht. Du solltest es trotzdem versuchen. Ich gebe dir einen Tipp: Du kennst den neuen Gouverneur.« »Ach, ist das wirklich so?« »Na los, komm schon. Lass dich nicht so hängen.« »Du meinst doch nicht etwa Litreck?« »Die Richtung stimmt schon, aber du liegst trotzdem falsch.« »Penra ist die neue Gouverneurin von Veschgol?« »Volltreffer! Litreck ist übrigens ihr Stellvertreter. Den beiden kamen ihre Funktion in der Untergrundbewegung zugute und die Zusammenarbeit mit dir und Tinuwa. Ausschlaggebend war letztlich, dass die Herrschaft der Fremden gebrochen wurde. Penra hat mit mir Kontakt aufgenommen und mir das alles erzählt. Sie kam dann auf einen Punkt zu sprechen, der Litreck und sie beunruhigt.« Die Gesichtszüge Murubas verhärteten sich und er bog seinen Oberkörper Fegobol ein Stück entgegen. »Das klingt gar nicht gut, Rinlum. Um was handelt es sich dabei?« »Sie befürchtet, dass die Stelkudo nach Veschgol kommen, um die Lage zu begutachten. Wenn sie regelmäßig eine Meldung an die nächste höhere Stelle abgegeben haben, ist die Kontrolle überfällig. Außerdem steht immer noch der Frachter unweit der Mine. Die ausbleibenden Erzlieferungen lassen die Empfänger sicher bald misstrauisch werden.« »Mit dieser Einschätzung liegt Penra mit Sicherheit nicht falsch, Rinlum. Wir dürfen Penra auf keinen Fall mit diesem Problem allein lassen.« »Das sehe ich auch so, Leytek. Wir sollten ihr ein paar Schiffe schicken. Auch aus diesem Grund hätte ich ohnehin Kontakt mit dir aufgenommen. Ich habe allerdings noch keine Idee gehabt, wer den Verband kommandieren soll.« »Aber ich weiß, wer das Kommando übernehmen wird.« »An wen denkst du?« »An mich, Rinlum. Ich werde persönlich diese Mission leiten. Schließlich kenne ich die Geschichte am besten.« »Na ja, ganz so stimmt das auch wieder nicht.« Der Admiral sah Fegobol verblüfft an. »Es gibt da noch eine Person, die besser damit vertraut ist, nämlich Tinuwa.« »Das stimmt wohl. Während ich ohne Bewusstsein in der medizinischen Abteilung lag, hat er die ganzen Einsätze durchgeführt. Trotzdem nehme ich das Ganze in die Hand.« »Wie du willst. Warum nimmst du Tinuwa nicht mit?« »Die Idee ist gar nicht so schlecht.« Eine Weile dachte Muruba nach, dann sprach er weiter. »Wie läuft eigentlich die Ausbildung von Ulneske?« »Ulneske ist wirklich gut. Ich vermute, sie strengt sich deshalb so an, damit sie so schnell wie möglich auf die Nadilor zu Tinuwa zurückkehren kann.« Muruba musste unwillkürlich lachen. »Das ist garantiert der Grund dafür. Wie lange benötigt sie noch bis zur Abschlussprüfung?« »Nicht mehr allzu lange. Dank der Initiative von Corak erfährt sie diesbezüglich eine besondere Förderung, weshalb Ulneske das Programm schneller als andere absolvieren kann.« »Dann muss der gute Tinuwa eben noch eine Weile auf ihre Anwesenheit verzichten.« »Er wird damit keine Probleme haben.« Die Kommunikationsanlage meldete mit einem Summton ein ankommendes Gespräch an, das Fegobol auch sogleich annahm. Auf dem Bildschirm erschien das Gesicht der Ordonnanz Kalarans. »Was verschafft mir das Vergnügen Ihres Anrufs?« »Ob es sich dabei um ein Vergnügen handelt, wage ich stark zu bezweifeln, Oberst Fegobol. Kalaran ist der Ansicht, dass das Problem bei Ihnen am besten aufgehoben ist.« »Es ist schön, dass er dieser Ansicht ist. Um welches Problem handelt es sich?« »Er erhielt einen Anruf von Leukanza.« Als Fegobol den Namen des Planeten vernahm, verzog er sein Gesicht zu einer Grimasse. »Ausgerechnet Leukanza. Was läuft denn da schon wieder schief?« »Der Kommandant des schweren Kreuzers Jablost, Major Fonmor, meldete sich bei Kalaran. Er benötigt dringend ein Schiff zur Unterstützung. Die Anwesenheit der Jablost auf Leukanza ist unbedingt notwendig. Kölpa und Ireipehl benötigen die Möglichkeiten der medizinischen Abteilung für ihre Untersuchungen. Major Fonmor erwähnte nur, dass der Kommandant des Unterstützungsschiffs eine schwierige Aufgabe übernehmen wird. Worin diese besteht, wollte mir Kalaran nicht sagen. Der Kommandant muss eigenständig an der Lösung der Aufgabe arbeiten und auch spontan Entscheidungen ohne Rücksprache treffen. Die Angelegenheit hat höchste Priorität und ist sehr sensibel. Das Schiff soll schnellstmöglich starten und sich nach Leuka begeben. Bei

Leukanza angekommen, soll der Kommandant nicht landen, sondern nur in einen Orbit gehen. Er soll mit Major Fonmor Kontakt aufnehmen. Von ihm wird er über alles in Kenntnis gesetzt.« »In Ordnung. Admiral Muruba sitzt gerade bei mir. Mit ihm werde ich das geeignete Schiff auswählen und sofort losschicken.« »Ich danke Ihnen, Oberst Fegobol.« »Keine Ursache.« Der Schirm wurde dunkel und Fegobol sah den Admiral mit besorgter Miene an. »Du hast es gehört, Leytek.« »Ja, ich habe es gehört. Wenn Kölpa die medizinische Abteilung der Jablost auf Leukanza benötigt und deshalb gegen einen Start des Schiffs ist, dann ist die Lage keinesfalls so gut, wie wir bisher annahmen. In dieser Hinsicht vertraue ich Kölpa. Er ist zwar etwas eigen, aber eine Kapazität.« »Es wäre ganz sicher hilfreich, wenn deine ehemalige Kapazität von der Gyjadan uns einen Bericht über den aktuellen Stand gäbe. Kölpa hat bestimmt einen Grund dafür, dass er bislang noch keinen Bericht schickte. Entweder liegt das endgültige Ergebnis noch nicht vor oder Kölpa will vermeiden, dass der Bericht versehentlich in die falschen Hände gerät.« »Misstrauen ist zwar nicht falsch, aber ich finde, er übertreibt wirklich.« »Das wird sich alles noch herausstellen, Rinlum.« Muruba stand auf, ging zum Fenster des Büros und blickte über den Raumhafen von Alkaton. Auch Fegobol erhob sich aus seinem Stuhl, begab sich zu dem Admiral und sah ebenfalls hinaus auf das Landefeld. Nach einer Weile wandte sich Muruba dem Oberst zu. »Es gibt nur einen Kommandanten, der ideal für diese Aufgabe ist: Tinuwa. Er soll sofort mit der Nadilor starten.« »Warum ausgerechnet Tinuwa?« »Zum einen hat er an meiner statt das Problem mit den Fremden beseitigt und zum anderen kennt er Kölpa. Tinuwa kann beurteilen, ob das Anliegen Fonmors, hinter dem garantiert auch Kölpa steckt, wirklich diese Brisanz hat. Glaube mir, Rinlum: Tinuwa ist genau der Richtige für diese Aufgabe.« »Ich teile deine Ansicht, Leytek.« »Befiehl Tinuwa in mei-

nem Namen den sofortigen Abflug nach Leukanza und grüße ihn von mir. Ich kümmere ich um die Mission Veschgol.
Vor dem Abflug melde ich mich bei dir.« Mit ernster Miene
wandte sich Muruba ab und verließ das Büro Fegobols.

* * *

Auf dem Pilotensitz des Schiffs saß Heti Naro, auf den Plätzen des Funkers, der Ortung und der Triebwerkskontrolle
die drei Techniker von der Usmida. »Es ist so weit, Leute.
Jetzt wird es sich zeigen, ob unsere Reparaturen von Erfolg
gekrönt sind. Nehmen wir die notwendigen Überprüfungen
vor«, wies Naro die drei Männer an. Alle machten sich an
ihren Konsolen zu schaffen und kontrollierten sorgfältig die
Ergebnisse. »Die Funkstation arbeitet einwandfrei«, meldete der Techniker. »Die Ortungsstation ebenfalls.« »Die
Triebwerke laufen hervorragend, Heti. Wie sieht es bei dir
aus?« »Bei mir ist ebenfalls alles in bester Ordnung. Ruf
bitte wie besprochen meinen Mitarbeiter an, damit er das
Hangardach öffnet. Anschließend ersuche um die Startgenehmigung.« Der Techniker wurde aktiv und führte das erste Gespräch. Bald danach schoben sich die beiden Teile des
Hangardachs auseinander. Danach nahm der Mann Kontakt
mit der Raumhafenkontrolle auf. Naro bemerkte, dass das
Gespräch wohl nicht so lief, wie es gedacht war, weswegen
sein Blick auf dem Techniker ruhte. Dieser drehte sich auch
kurz darauf mit einem missmutigen Gesicht um. »Die Kontrolle verweigert uns die Startgenehmigung. General Vuoga habe jegliche Starts untersagt.« »Dann sagen Sie dieser
Person von der Kontrolle einen Gruß von mir. Es handelt
sich um eine Anweisung General Vuogas, der von mir verlangt, das defekte Relais so schnell wie möglich zu reparieren.
Wenn wir nicht starten können, wird bestimmt nichts aus der
Instandsetzung, und das wird dem General ganz bestimmt

nicht gefallen.« Wie ihm aufgetragen übermittelte der Techniker die Information an die Person von der Kontrolle. »Wir sollen warten. Er will sich erkundigen, ob unsere Behauptung stimmt.« »Er wird garantiert seine Entscheidung bereuen.« Es dauerte nicht lange, bis er sich bei dem Funker meldete. Das sehr knappe Gespräch zeigte Naro, wie die Erkundigung ausfiel. »Wir sollen sofort starten. Der Mann wirkte vollkommen aufgelöst.« »Wenn er Vuoga gefragt hat, wird er bestimmt eine schlaflose Nacht haben. Wir starten.« Naro gab einige Befehle auf seiner Konsole ein und das Schiff hob ab. Langsam stieg es aus dem Hangar hinaus und entfernte sich langsam schneller werdend von diesem. Der Raumer gewann immer mehr an Höhe und verließ schließlich Pherol. »Wie gehen wir jetzt vor, Heti?« »Wir werden uns jedes einzelne Relais von Pherol aus vornehmen, bis wir das defekte Teil ausfindig machen, dann prüfen wir, was daran nicht funktioniert.« Naro gab einen Befehl aus und auf dem Bildschirm erschien die Darstellung der Relaiskette. »Das hier liegt alles vor uns. Lasst uns hoffen, dass es nicht ausgerechnet das letzte Relais ist«, bemerkte Naro und spielte die Koordinaten ihres erstes Ziels ein, dann nahmen sie die erste Etappe.

* * *

Ein Gleiter stoppte vor dem Ausstieg der Nadilor und Oberst Zodomar stieg aus. »Sie können abfliegen. Ich brauche Sie nicht mehr.« »Startet die Nadilor etwa, Oberst?« »Ja, ich habe einen Auftrag von Admiral Muruba erhalten. Es handelt sich wohl um eine eilige Angelegenheit.« »Dann wünsche ich Ihnen viel Erfolg, Oberst.« »Ich danke Ihnen.« Während der Gleiter abflog, ging Zodomar in das Schiff, begab sich zum nächsten Lift und ließ sich zu dem Deck, auf dem sich die Zentrale befand, emportragen. Er lief nachdenklich den Gang entlang, bis er den Eingang der Zentrale erreichte.

Das Schott glitt auf, Zodomar trat ein und suchte, während sich der Eingang hinter ihm schloss, seinen Ersten Offizier Olugir, den er bei der Funkstation entdeckte. »Wie ist die Lage, Olugir? Können wir denn überhaupt starten?« »Ja, das können wir. Der Technikertrupp hat heute Morgen das Schiff verlassen. Sie versicherten mir, dass die Nadilor so gut wie neu sei.« »Deren Optimismus teile ich nicht. Wohin sollen wir überhaupt fliegen und weshalb? Was hat denn Leytek gesagt?« »Mit Leytek habe ich nicht gesprochen. Rinlum hat mich kontaktiert. Er hat nur Grüße von Leytek ausgerichtet.« »Das soll mir auch recht sein.« »Unser Ziel heißt Leuka.« »Och nö, nicht schon wieder so ein System am Rand des Imperiums. Als ob Veschgol nicht schon genug gewesen wäre. Was sollen wir dort?« »Das konnte mir Rinlum nicht sagen. Wir sollen vor Leukanza Position beziehen, aber auf keinen Fall landen. Von dort aus müssen wir Kontakt mit Major Fonmor von der Jablost aufnehmen. Von ihm erfahren wir, worum es geht.« »Dass Rinlum keine Details kennt, stimmt mich bedenklich. Hol die Startgenehmigung ein, Olugir.« »Die hat er mir direkt erteilt.« »Oha, dann ist es wirklich eilig. Gib den Startbefehl und dann lass einen Kurs auf Leuka setzen.« Olugir wandte sich ab und gab die entsprechenden Befehle heraus. Schon bald darauf hob die Nadilor vom Raumhafen von Alkaton ab. »Was wissen wir eigentlich über die Vorfälle im Leukasystem, Olugir?« »Das Einzige, was wir wissen, ist, dass der Gouverneur Dripal ein Problem mit einem treibenden Schiff hatte. Daraufhin hat er Corak angerufen, der ihm die Jablost zur Hilfe schickte. Das ist alles, was mir bekannt ist.« »Das ist wenig.« Inzwischen beschleunigte die Nadilor von Alkatar weg und verließ das System.

*

43

Mit mittlerer Geschwindigkeit flog die Nadilor in das System von Leuka ein. »Jetzt bin ich einmal gespannt, was wir hier erledigen sollen, Olugir.« »Du nicht allein, Tinuwa.« Das Schiff näherte sich Leukanza und ging über dem Raumhafen der Hauptstadt in eine Parkposition. »Funker, rufen Sie Kommandant Fonmor.« »Zu Befehl, Oberst.« Der Offizier wurde aktiv und rief die Jablost an. Fonmor meldete sich auch sogleich und sprach kurz mit ihm. »Funker, was ist los?«, fragte Zodomar ungeduldig. »Er will nur mit Ihnen sprechen. Niemand sonst soll das Gespräch verfolgen.« »Was soll dieses Theater? Na meinetwegen. Legen Sie das Gespräch in den Besprechungsraum neben der Zentrale. Olugir, du kommst mit.« Beide gingen hinaus und begaben sich in den benachbarten Raum. Sie setzten sich an den großen Tisch, Zodomar gab auf der in die Platte eingelassenen Konsole einen Befehl ein und der Bildschirm an der Wand erhellte sich. Der Gesprächspartner auf dem Bildschirm wurde sichtbar und der Major sah kritisch auf die beiden Anwesenden. »Ich bin Major Fonmor, Kommandant des schweren Kreuzers Jablost. Ich bat darum, mit dem Kommandanten allein zu sprechen.« »Ich bin Oberst Zodomar vom Schlachtkreuzer Nadilor. Das ist mein Erster Offizier Olugir. Ich bestehe darauf, dass er an dem Gespräch teilnimmt. Wenn ich nicht verfügbar bin, muss er über alles informiert sein.« »Sie haben recht. Das könnte durchaus passieren.« Zodomar und Olugir warfen sich einen vielsagenden Blick zu, dann blickten sie wieder auf den Bildschirm. »Worum geht es, Major Fonmor?« »Sind Sie über die Vorkommnisse in Leuka informiert und warum wir gerufen wurden?« »Unser Kenntnisstand endet mit der Entsendung der Jablost.« »Das dachte ich mir, Oberst. Dann hören Sie sich an, was sich seitdem ereignete. Danach wissen Sie, warum ich nicht will, dass andere davon erfahren.« Fonmor begann mit seinem Bericht, den sowohl Olugir als auch Zodomar mit zunehmend besorgter Miene verfolgten.

*

»Ihre Ausführungen sind mehr als bedenklich. Mir war nicht bekannt, dass sich Kölpa bei Ihnen auf dem Schiff befindet. Kann ich mit ihm sprechen?« »Kölpa wollte das ohnehin. Einen Moment bitte.« Fonmor verschwand vom Schirm und Kölpa nahm seinen Platz ein. »Das ist wirklich eine Überraschung, dass Sie mit dieser Mission betraut wurden, Oberst Zodomar.« »Es freut mich, dass Sie mit Ihrer Fachkenntnis an der Problemlösung arbeiten.« »Ich bin froh, dass Sie die schwierige Aufgabe übernehmen. Sie werden sie ebenso meistern wie die Angelegenheit auf Veschgol.« »Berichten Sie mir bitte aus medizinischer Sicht.« »Ich gebe Ihnen die Details, die Ihnen Fonmor nicht geben kann.« Kölpa gab Zodomar und Olugir einen knappen Abriss dessen, was er in Zusammenarbeit mit Ireipehl herausfand. »Es ist nicht viel, was Sie mir an Fakten geben können, Kölpa.« »Ich weiß, Oberst. Deswegen kommen Sie jetzt ins Spiel. Ich benötige Ihre Hilfe. Bisher erfuhren Sie von Fonmor und mir nur den aktuellen Stand. Ihre Aufgabe wird es sein, den Flug dieses Frachters nachzuvollziehen, um herauszufinden, wo einer oder mehrere der Besatzung infiziert wurden. Des Weiteren ist es noch wichtig zu erfahren, ob solche Fälle woanders auftreten und was über diese bekannt ist. Jede Information ist wichtig. Aus diesem Grund bitte ich Sie darum, mir einen knappen Bericht zukommen zu lassen, sobald Sie etwas herausgefunden haben. Viel Erfolg, Oberst.« »Ihnen auch, Kölpa.« Die Gesprächspartner wechselten erneut die Plätze und Fonmor erschien auf dem Schirm. »Oberst, ich will Ihnen auf keinen Fall zumuten, das Logbuch des Frachters zu lesen. Ich habe es zweimal durcharbeiten müssen, damit ich alles Wichtige in einem Bericht zusammenfassen konnte. Ich übermittle Ihnen jetzt meine Arbeit.« Zodomar sah auf seine Konsole und nickte dann. »Ich habe Ihre Dokumentation erhalten, Major.« »Sehen Sie sich die Unterlagen an und beginnen Sie an dem Ort, mit welchem mein Bericht anfängt. Alles Weitere liegt bei Ihnen. Auch ich wünsche Ihnen viel Erfolg.« »Auf den arbeiten wir hin. Sie hören von uns, Major.« Zodomar beendete das Gespräch und der Schirm wurde dunkel. »Das ist eine üble Geschichte, Tinuwa.« »Wir werden schon Licht in die Angelegenheit bringen.«

* * *

Die Überprüfung der ersten beiden Relais ergab, dass diese einwandfrei arbeiteten. Daraufhin steuerte Heti Naro das nächste Glied der Kommunikationskette an. Das Schiff fiel in den Normalraum und flog in langsamer Fahrt auf die Position des Relais zu. Als sie die Position des Teils erreichten, stoppte Naro den Raumer und warf einen Blick auf den Schirm. Auf den ersten Blick machte das Relais einen unbeschädigten Eindruck. »Setz das Testsignal ab«, forderte Naro den Techniker an der Funkstation auf. Der Mann setzte das Signal ab und sah das Ergebnis auf seiner Konsole. »Das Resultat ist negativ, Heti. Wir haben das defekte Relais vor uns.« »Das ging schneller, als ich gehofft habe. Holt es mit dem Traktorstrahl in den Frachtraum. Dort werden wir uns das Teil ansehen.« Einer der Mannschaft öffnete zuerst das Außenschott, dann aktivierte er den Traktorstrahl, mit dem er das Relais erfasste und es ganz vorsichtig an das Schiff heranzog, um es dann schließlich in den Frachtraum zu manövrieren, danach schloss er das Außenschott wieder. »Das defekte Relais steht im Hangar, Heti.« »Sehr gut. Wir gehen in den Frachtraum und überprüfen es.« Nach seiner Aufforderung stand Naro ebenso wie die anderen drei Männer auf und verließ mit ihnen die Zentrale. Sie gingen zum Lift, ließen sich nach unten tragen und suchten den Hangar auf. Alle vier stellten sich vor das Relais und begutachteten es von

allen Seiten. »Oberflächlich gesehen sieht das Teil völlig un-
beschädigt aus«, stellte einer der Techniker fest. »Darin sind
wir uns wohl alle einig. Sehen wir uns das Innere des Relais
an«, wies Naro sie an und ging mit ihnen zu der Stelle des
Hangars, wo das Werkzeug lagerte. Damit kehrten sie zurück
und begannen mit der Arbeit.

*

Es dauerte länger, als jeder von ihnen dachte, bis sie das defekte Teil ausfindig machten und es auch ersetzen konnten,
da sie erfreulicherweise das passende Teil mitführten. Dafür
ging der Zusammenbau schneller voran, nahm jedoch trotzdem noch viel Zeit in Anspruch. Als sie diese Arbeit abgeschlossen hatten, nahm Naro das defekte Teil vom Boden
auf, um es sich genauer zu betrachten. Sein prüfender Blick
ruhte einen Moment auf dem Bauteil, dann hielt er einem der
Techniker das Bauteil hin. »Begutachten Sie das einmal. Was
glauben Sie, wer so etwas geliefert hat?« Der Mann nahm es
entgegen und unterzog es einer optischen Kontrolle, dann
gab er es weiter. Auch seine beiden Kollegen warfen einen
Blick darauf und gaben es an Naro zurück. »Es gibt nur
einen Lieferanten, der dieses billige Produkt herstellt. Genau
genommen nimmt er in Kauf, dass es nach kurzer Zeit ausfällt. Der Lieferant konnte es sich allerdings leisten, weiter so
zu produzieren, denn Vondal verdiente auch sehr gut dabei.
Das Unternehmen gehört zu seinem Netzwerk. Jetzt nutzt es
ihm nichts mehr, denn er ist tot.« »Vondal ist tot?«, fragte
Naro überrascht. »Das können Sie nicht wissen, da dieses
Teil es verhindert hat. Auf dem Weg zur Zentrale schildere
ich Ihnen, was inzwischen passiert ist.« »Jetzt bin ich umso
mehr auf die neuesten Nachrichten gespannt. Zuerst schaffen wir das Relais wieder an seinen angestammten Platz.«
Alle nahmen ihre Plätze ein und einer der Techniker öffnete

das Außenschott des Frachtraums. Danach aktivierte er den Traktorstrahl, manövrierte das Teil aus dem Hangar und verschob es an seine Position. »Setz das Testsignal ab, dann werden wir sehen, ob noch mehr in der Kette defekt sind.« Während der Mann an der Funkstation der Aufforderung nachkam, schloss sein Kollege das Außenschott des Hangars. »Das Signal geht durch, Heti. Ich habe das Bestätigungssignal der Empfangsstation erhalten.« »Wunderbar! Fliegen wir zurück nach Pherol. Ich bin bereits auf die Neuigkeiten gespannt.« »Du nicht allein«, bestätigte der Techniker an der Ortungsstation. Naro ließ das Schiff Fahrt aufnehmen, beschleunigte und verließ schließlich den Normalraum.

*

Als sie vor dem System von Pheriolan ankamen, drehte sich Naro zu dem Techniker an der Funkstation um. »Sage bitte der Kontrolle, dass Vuoga und Kalkata zu ihnen kommen sollen.« »Ich richte es ihnen aus.« Das Schiff näherte sich mit mittlerer Geschwindigkeit ihrem Ziel und Naro verlangsamte erst kurz bevor sie Pherol erreichten. Sie tauchten in die Atmosphäre ein, sanken zum Raumhafen hinab und landeten dort. Jeder deaktivierte seine Station, stand auf und verließ die Zentrale, um sich zum Kontrollgebäude zu begeben. Von ihrer Neugier getrieben eilten sie mit schnellen Schritten dem Bauwerk zu, begaben sich darin zum Lift, ließen sich nach oben tragen und hasteten zum Kontrollraum, wo sie sowohl Vuoga als auch den Gouverneur antrafen. »Wie ist der Status, Naro?«, empfing der General sie, kaum dass die vier im Raum standen. »Die Verbindung funktioniert wieder einwandfrei. Wir hatten das benötigte Ersatzteil zu unserem Vorteil an Bord. Sie können einen Kontakt nach Alkatar herstellen, General.« »Das war gute Arbeit.« Vuoga wandte sich der Funkstation zu und blickte den Offizier an.

»Funker, stellen Sie eine Verbindung zu Oberst Rinlum Fegobol her und sagen Sie ihm, dass Gouverneur Kalkata ihn zu sprechen wünscht.« »Zu Befehl, General.« »Ich soll mit ihm sprechen, Vuoga? Warum reden Sie nicht mit Rinlum?« »Ich will nicht in Erscheinung treten. Damit Sie während des Gesprächs nicht auf dumme Gedanken kommen, habe ich ein Druckmittel für Sie.« Vuoga zog seinen Strahler und richtete ihn auf Kalkata. »So weit gehen Sie schon, Vuoga?« »Wenn es sich als notwendig erweisen sollte, sogar noch weiter. Stellen Sie sich in Position.« Der Gouverneur kam der Aufforderung nach und positionierte sich im Aufnahmebereich. »Die Verbindung steht«, meldete der Funker knapp. Auf dem großen Hauptbildschirm erschien das Antlitz von dem Oberst. »Hallo, Tar, was verschafft mir das Vergnügen?« »Hallo, Rinlum. Wir hatten längere Zeit ein Problem mit der Verbindung. Eines der Relais war ausgefallen und Heti sah sich nicht in der Lage, es instand zu setzen. Doch dazu komme ich gleich noch. Erzähle mir doch, ob sich in der letzten Zeit etwas Aufregendes ereignet hat.« »Aus deiner Frage schließe ich, dass du von den ganzen politischen Entwicklungen nichts mitbekommen hast. Hast du von den Geschehnissen um Morior etwas erfahren?« »Morior, was soll damit gewesen sein? Als ich kurz vor dem Ausfall mit Klad sprach, teilte er mir mit, dass die meisten Schiffe abgezogen worden seien und er deswegen die Befürchtung hegte, dass die Echsen nach Morior greifen würden.« »Dann weiß ich jetzt, womit ich meinen Bericht beginnen muss. Denn es geschah bald nach deinem Gespräch mit Klad.« Fegobol schilderte Kalkata die Ereignisse ab dem genannten Zeitpunkt.

*

Das Gesicht von Vuoga wurde im Laufe der Schilderung immer grimmiger und ärgerlicher. Am liebsten hätte er vor lauter Wut auf Kalkata geschossen, doch aufgrund der neuen Lage durfte er keinesfalls auffallen, stand doch zu befürchten, dass Kalaran von Talstal eine Flotte nach Pheriolan schickte, nur um ihn zu jagen. »Kalaran ist jetzt also der neue Alkt. Das ist doch eine positive überraschende Entwicklung. Es ist nur ärgerlich, dass es Vuoga gelang zu entkommen.« Im Augenwinkel nahm Kalkata wahr, dass der General den rechten Arm ganz ausstreckte und ein wenig anhob, sodass sein Strahler auf den Kopf des Gouverneurs zielte. »Ja, es ist ärgerlich, aber auch nicht tragisch. Solange er von der Bildfläche verschwunden ist, soll es uns allen recht sein.« »Ich komme jetzt zum eigentlichen Grund meines Anrufs. Ich habe für Heti Ersatzteile bestellt. Außerdem habe ich ein zusätzliches Schiff geordert. Die Reparatur hat sich deswegen hingezogen, da das einzige Schiff, das wir besitzen, aufgrund der noch nicht gelieferten Ersatzteile nicht flugfähig war. Reklamieren konnte ich nicht, da wir wegen des defekten Schiffs das defekte Relais nicht instand setzen konnten.« »Eine äußerst ungünstige Situation. Wieso konntet ihr das Relais trotzdem reparieren?« »Der Kommandant eines Frachters hat uns aus der Bredouille geholfen.« »Ihr könnt wirklich froh sein, dass er zufällig die benötigten Teile mit sich führte.« »Dafür sind wir auch dankbar gewesen.« »Ich kann mir denken, an welcher Stelle deine Bestellungen hängen. Es muss noch viel abgearbeitet werden. Wir versuchen, durch mehr Arbeitskräfte alles schneller zu bearbeiten, doch leider ist zu viel liegen geblieben, da Uxbeija regelmäßig die von ihm genehmigten Mittel reduziert hat. Er hat keine seiner Zusagen in vollem Umfang aufrechterhalten. Ich werde dafür sorgen, dass deine Bestellungen vorgezogen werden.« »Ich danke dir, Rinlum. Gib mir bitte Bescheid, bevor die Lieferung von Alkatar abgeht.« »Du erhältst von mir rechtzeitig die Information. Bis dann, Tar.« »Bis dann, Rinlum.« Der Schirm erlosch und alle sahen zu Vuoga, der seinen Arm ganz langsam sinken ließ und dann seinen Strahler wieder zu sich steckte. »Sie waren knapp davor, Kalkata.« »Reden Sie keinen Unsinn, General. Ich musste mich doch zu Ihrem Verschwinden äußern, um Rinlum nicht misstrauisch zu machen.« »Das stimmt auch wieder. Alles in allem bin ich mit dem Verlauf des Gesprächs zufrieden.« »Natürlich, oder glauben Sie, ich würde wegen Ihnen mein Leben einfach wegwerfen?« Vuoga verzichtete darauf, näher auf die Frage einzugehen, und wandte sich stattdessen zum Gehen. »Kalkata, halten Sie sich hier zu meiner Verfügung. Ich muss nur eine Kleinigkeit erledigen, dann komme ich zurück.« Ohne sich bei dem Gesagten umzudrehen, verließ der General danach den Raum. Der Gouverneur schickte Vuoga einen tödlichen Blick hinterher und blieb eine ganze Weile ungerührt stehen, bis dann wieder Bewegung in Kalkata kam. Er drehte sich um, ging zum Fenster des Kontrollraums und sah hinaus. In diesem Augenblick beobachtete er Vuoga, wie er gerade in seinem Schiff verschwand. Gedankenverloren starrte er weiter darauf, ohne es bewusst wahrzunehmen. Erst als ein Trupp Soldaten herauskam, riss ihn das aus seinen Überlegungen. Während die Einheit vor dem Schiff Aufstellung nahm, kam bereits eine zweite Gruppe aus der Usmida, der eine weitere Schar hinterherfolgte. »Was soll das denn werden?«, brummte der Gouverneur, denn ihn beschlich bei dem Anblick ein ungutes Gefühl. Kalkata löste sich von dem Anblick der antretenden Soldaten und drehte sich zur Funkstation um. »Rufen Sie Major Silata. Er soll so schnell wie möglich hierherkommen. Hier gehen gerade seltsame Dinge vor sich, die mir gar nicht gefallen wollen.« Während der Funker die Anweisung ausführte, wandte sich Kalkata erneut dem Fenster zu und verfolgte weiter das Geschehen vor der Usmida. Vor jeder der drei mit Gewehren bewaffneten Gruppen schritt je ein Offizier die Reihen entlang und gab den Soldaten ganz offensichtlich Anweisungen. In dem Moment, als die drei Einheiten über das Landefeld abmarschierten, bemerkte der Gouverneur Silata, der im Laufschritt dem Gebäude zustrebte. Mit Unbehagen sah Kalkata, dass die Truppen in Richtung der Stadt marschierten.

*

Major Silata stürmte in den Kontrollraum, hastete dem Gouverneur entgegen und blieb vor ihm mehrmals tief durchatmend stehen. »Wohin marschieren die Soldaten denn? Das sind nicht gerade wenige Leute.« »Genau deswegen habe ich Sie kommen lassen, Major. Aus dem Grund ließ ich Ihnen ausrichten, dass sich merkwürdige Dinge ereignen. Ich weiß nicht, was dieser Vuoga nun schon wieder plant. Darum sollen Sie sich kümmern. Versuchen Sie, auf die diskrete Art herauszufinden, was das alles bedeutet.« »Sie befürchten, dass wir die Kontrolle verlieren?« »Richtig. Diese Befürchtung beschleicht mich ganz akut. So wie sich die Lage darstellt, sind wir nicht mehr der Herr im eigenen Haus.« »Beurteilen Sie das Ganze nicht zu pessimistisch?« »Mein Pessimismus ist mit Sicherheit noch optimistisch.« Silata verzog sein Gesicht zu einer Grimasse. »Ich sehe die Situation nicht ganz so schwarz.« Weiter kam der Major nicht, denn das Schott zum Kontrollraum glitt auf und zwei Personen kamen herein. Das Geräusch des sich schließenden Schotts riss Kalkata und Silata aus ihrem Zustand der Überraschung. In Begleitung eines Offiziers ging Vuoga, der seine Uniform abgelegt und durch vornehme Zivilkleidung ersetzt hatte, auf sie zu. »Gouverneur, Major, darf ich Ihnen meinen Vertreter General Plenoi Karudin vorstellen? Wenn ich nicht erreichbar bin, haben Sie sich an ihn zu wenden.« Kalkata setzte zu einer Entgegnung an, doch Vuoga schnitt ihm mit einer energischen Handbewegung das Wort ab. »Ich beabsichtige, eine Ansprache an die Bevölkerung zu halten. Ist das von hier aus möglich?« »Nein, dazu müssen wir uns zu dem Übertragungszentrum des Senders begeben.« »Dann machen wir das doch. Bringen Sie uns hin. Major Silata, auch Sie begleiten uns. Sie sollen diesem großen Augenblick beiwohnen.« Ohne ein Wort zu verlieren, ging Kalkata voraus und verließ den Raum.

*

An ihrem Ziel angekommen, gab Kalkata nach einem Gespräch mit dem Leiter des Senders dem technischen Personal die Anweisung, die beabsichtigte Übertragung vorzubereiten. In aller Eile kamen sie seiner Aufforderung nach und entfalteten eine hektische Aktivität. Ohne eine Regung zu zeigen, verfolgte Vuoga die Arbeiten der Angestellten des einzigen Senders auf Pherol. Obwohl das Personal schnell seine Aufgaben bewältigte, kam ihnen die Wartezeit bis zum Beginn der Ausstrahlung lang vor. Endlich näherte sich den Wartenden eine Frau, welche die vier Männer kurz musterte. »Es ist alles vorbereitet. Halten Sie die Ansprache, Gouverneur?« »Nein, er wird sie halten«, antwortete Kalkata emotionslos und deutete mit dem Daumen seiner linken Hand lässig auf den neben ihm stehenden Vuoga, der ein Grinsen sehen ließ. »Bitte folgen Sie mir.« Die Angestellte führte Vuoga in das Studio, gab ihm einige Hinweise, verließ den Raum und schloss die Tür hinter sich. Sie trat zu den dreien, sah sie an und machte eine umfassende Armbewegung. »Es werden alle Bildschirme dieses Vorraums eingeschaltet. Sie haben also die freie Auswahl, wo Sie die Ansprache mitverfolgen wollen.« »Ich bleibe hier«, stellte Karudin fest. »Der Major und ich begleiten Sie.« Die Mitarbeiterin gesellte sich in Begleitung von Kalkata und Major Silata zu einer großen Gruppe, die sich vor zwei Bildschirmen verteilte. »Was wird er zu uns sagen, Gouverneur?«, fragte die Frau in einem verunsicherten Tonfall. »Das, was wir alle garantiert nicht hören wollen.« Auf diese Antwort Kalkatas hin drehten sich all jene, die sie vernommen hatten, um und sahen ihn mit bedenklichen Gesichtern an, jedoch verlor keiner der Angestellten ein Wort. Erst durch das Aufflammen der Bildschirme kam wieder Bewegung in das Personal. Alle drehten sich um und blickten auf die Monitore, welche das Signet des Senders zeigten. Bald darauf wechselte das Bild und ein Sprecher des Senders erschien auf dem Schirm. »Guten Tag, verehrte Zuschauer. Wir müssen unsere Sendung für eine höchst wichtige Ansprache unterbrechen. Danach setzen wir unser Programm fort. Ich bitte jetzt um Ihre Aufmerksamkeit.« Erneut wechselte das Bild und der General erschien auf den Monitoren. »Liebe Mitbürgerinnen und Mitbürger. Mein Name ist Walpa Vuoga. Ich spreche zu Ihnen, da sich die Lage im Imperium nicht zum Besten gewandelt hat. Überall macht sich Unsicherheit breit, was sich auch unweigerlich auf Pherol auswirken muss, auch wenn das System von Pheriolan abgelegen ist. Wir können hier nicht mit der Unterstützung von Alkatar rechnen. Aus diesem Grund ist es notwendig, dass wir einen neuen Weg beschreiben.« Während Vuoga eine kleine Kunstpause einlegte, stieß Silata den Gouverneur an. »Was erzählt Vuoga denn da für einen Unsinn?« »Ich weiß es nicht, Major. Sicher erfahren wir gleich, was das soll.« Mit einem unergründlichen Lächeln sprach Vuoga weiter. »Heute ist ein großer Tag für Pherol. Damit wir nicht von dem um sich greifenden Chaos angesteckt werden, muss sich Tiefgreifendes ändern. Die weitere Entwicklung auf Pherol darf nicht rückläufig werden, sondern wir müssen zum Wohle aller nach vorn blicken und unser Vorwärtsschreiten selbst in die Hand nehmen. Um das sinnvoll umsetzen zu können, gibt es nur einen Weg: Von diesem Augenblick an ist das System von Pheriolan aus dem Imperium gelöst. Ich proklamiere hiermit die pherolische Republik. Ich selbst werde die Position des Präsidenten bekleiden. Nur wenn alle mit mir zusammenarbeiten, werden wir Pherol in einen Ort des Wohlstands verwandeln. Wer es wagt, sich unserem Plan entgegenzustellen, ist ein Störfaktor unserer Entwicklung und muss mit dementsprechenden Maßnahmen rechnen. Die neue Gesellschaft darf solche Individuen nicht dulden. Aus diesem Grund habe ich Ordnungskräfte ausgeschickt, die solche missliebigen Personen ausfindig machen und entfernen. Arbeiten Sie mit ihnen zusammen und es wird zu Ihrem Vorteil gereichen. Neue Verlautbarungen entnehmen Sie bitte den Medien. Ich danke Ihnen für ihre Aufmerksamkeit.« Die Bildschirme wurden dunkel und die Stille in dem Raum lastete auf jedem. Keiner der Anwesenden wagte, zu dem soeben Gehörtem etwas zu sagen. Allen kam es so vor, als ergriff die Angst von ihnen Besitz. Silata fand als Erster seine Fassung wieder. »Vuoga muss doch vollkommen von Sinnen sein!« »Mitnichten, Major, Vuoga plant etwas. Uns bleibt nichts weiter übrig, als das Geschehen zu verfolgen. Übrigens sollten Sie das, was Sie soeben sagten, nicht wiederholen, Major Silata, sonst werden Sie als Störfaktor eliminiert.« »Das sind schöne Aussichten.« Die kurze Unterhaltung zwischen dem Gouverneur und Silata veranlasste die Angestellten des Senders dazu, ebenso ihr Schweigen zu brechen. Eine leise Unterhaltung setzte ein, doch gingen ihre Blicke dabei immer wieder zu Karudin, so als fürchteten alle, dass der General ihre Verhaftung anordnete.

* * *

Im Büro des Alkt saßen sich am Tisch Kalaran und Muruba gegenüber. »Was hat denn die Untersuchung des Schiffs der Stelkudo ergeben, Kalaran?« »In dieser Angelegenheit habe ich schlechte Neuigkeiten für dich. Die Stelkudo installierten eine Sicherheitsroutine, die unsere Leute nicht entdeckten.

Genau diese Routine aktivierte sich bei ihren Nachforschungen, was dazu führte, dass die gesamte Datenbank gelöscht wurde.« »Das ist übel. Das bedeutet, dass wir schon wieder vor dem Nichts stehen.« Der Admiral stieß seinen Atem hörbar aus, lehnte sich in seinem Stuhl zurück und dachte einen Augenblick nach. »Eine Möglichkeit sehe ich noch: Es geht um die Gefangenen, welche ich von Veschgol mitbrachte. Unter ihnen befindet sich der einzige Überlebende dieser Frachterbesatzung. Diesen Mann benötige ich unbedingt. Er ist möglicherweise der Schlüssel, um in dieser unseligen Geschichte weiterzukommen.« »Leytek, er befindet sich wie alle anderen im Gefängnis von Alkaton und sie warten dort auf ihr Gerichtsverfahren.« »Das ist mir bekannt, Kalaran. Liefere mir diesen Blodesku aus, damit ich ihn mit nach Veschgol nehmen kann.« Mit einer nachdenklichen Miene sah Kalaran Muruba an und schwieg einen Augenblick. »Ich greife ungern in die Justiz ein, Leytek.« »Das weiß ich, Kalaran, aber es liegt in hohem Interesse des Imperiums. Wenn sich die Stelkudo im Auftrag dieser Doreianer weiterer Systeme bemächtigen, stehen wir vor einem nur noch schwer zu lösenden Problem. Natürlich können wir sie mit Waffengewalt vertreiben, aber nur wenn wir auch erfahren, dass uns das System aus der Hand geglitten ist. Wir wissen nicht, woher sie kommen, weshalb wir ihnen auch keinen Einhalt gebieten können. Genau das will ich aber herausfinden: woher sie kommen, sowohl die Stelkudo als auch die Doreianer.« »In Ordnung, Leytek. Ich weise an, dass dir Blodesku überstellt wird. Hoffentlich hast du Erfolg mit deinem Vorhaben.« »Du weißt, dass ich alles daransetzen werde, um in dieser Angelegenheit weiterzukommen. Wir dürfen nicht unnötigerweise Zeit verstreichen lassen.«

*

Vor dem Gefängnis von Alkaton stoppte ein Gleiter, die Insassen stiegen aus und begaben sich zum Eingang des Gebäudekomplexes. Muruba betätigte den Signalgeber und kurz darauf wurde die Personentür geöffnet. Die Wache musterte die Militärs, welche vor ihm standen, mit einem kritischen Blick. »Was wünschen Sie?«, fragte der Soldat den vor ihm Stehenden. »Ich bin Admiral Leytek Muruba und will den Gefangenen Blodesku abholen.« »Darüber wurde ich informiert.« Die Wache blickte kritisch zu den vier Soldaten, die sich in Murubas Begleitung befanden. »Sie gehen wohl auf Nummer sicher, Admiral?« »Was haben Sie denn gedacht?« »Warten Sie bitte einen Moment.« Die Wache verschwand und ließ die Tür offen stehen. Schon bald darauf kehrte er mit dem Gefangenen zurück. »Hiermit überstelle ich Ihnen Blodesku auf Befehl des Alkt.« »Ich danke Ihnen, Soldat. Blodesku, kommen Sie mit.« Die vier Soldaten nahmen den Gefangenen in ihre Mitte und führten ihn zu dem Fahrzeug. Als sie alle in dem Gleiter saßen, sah Blodesku den Admiral an. »Weshalb haben Sie mich aus dem Gefängnis geholt, Admiral?« »Ich benötige Ihre Hilfe, Blodesku.« »Woher wollen Sie wissen, dass ich sie Ihnen auch gewähren werde?« »Ich kann Sie auch in das Gefängnis zurückbringen. Dort warten Sie auf ihren Prozess und auf die Aburteilung, die ihnen einen langen Aufenthalt dort bescheren wird. Die andere Möglichkeit, die sich Ihnen bietet, ist Ihre Zusammenarbeit mit mir. Im besten Fall kann ich mich für Ihre Amnestie stark machen.« »Das sind schöne Worte, aber ich schenke ihnen keinen Glauben.« »Das sollten Sie aber. Es ist Ihre einzige Chance. Denken Sie darüber nach, und das schnell.« Blodesku sah Muruba eine Weile mit einem unergründlichen Grinsen an. »Na schön. Einen Versuch ist es wert. Ich habe nichts zu verlieren.« »Das haben Sie gewiss nicht. Fahrer, bringen Sie uns zur Gyjadan.«

Die Rache der Syntagi ....

Farschgu, das Oberhaupt von Deschkan, dem Staat der Syntagi, bestellte zum wiederholten Mal Kelschin zu sich. Mit einem strengen Blick sah Farschgu den Oberbefehlshaber der Flotte an. »Wie weit sind Sie mit Ihrer Arbeit gediehen? Ist die Flotte voll einsatzbereit? Mir dauert das einfach zu lang.« »Ich habe in kurzen Abständen ständig Manöver angesetzt, aber die Ergebnisse waren noch nicht zufriedenstellend. Aus diesem Grund findet morgen die nächste Übung statt. Mir blieb auch nichts anderes übrig, als einige Kommandanten ebenso wie Kommandeure auszutauschen.« »Zumindest machen Sie etwas, Kelschin. Wann rechnen Sie damit, mir Vollzug zu melden?« »Das kann ich Ihnen leider nicht definitiv sagen. Nach meiner Einschätzung sollte es bald so weit sein.« »Ihre Aussage ist äußerst vage, Kelschin.« »Dessen bin ich mir bewusst. Mehr Druck kann ich allerdings nicht machen, sonst laufe ich Gefahr, das ganze Offizierskorps gegen mich aufzubringen. Ich halte Sie auf dem Laufenden, Farschgu.« »Nichts anderes erwarte ich von Ihnen, Kelschin. Enttäuschen Sie mich nicht.« Den letzten Satz empfand der General als eine erneute Drohung gegen ihn, die er als völlig unberechtigt einstufte. Es ärgerte ihn, da Farschgu ihm in jedem Gespräch drohte. »Noch einen Punkt habe ich anzubringen: Sie müssen sicherstellen, dass Deschkan immer ausreichend gesichert ist. So ein Vorfall wie der Angriff General Fepulkrts auf den Raumhafen von Deschkan darf sich auf keinen Fall wiederholen.« »Das habe ich doch in meiner Planung berücksichtigt.« »Zumindest dachten Sie daran, aber ständig ziehen Sie alle Schiffe ab und sie kommen irgendwann wieder zurück.« »Sie sind nur für den Zeitraum eines Manövers weg.« »Das passt mir ganz und gar nicht. Unterlassen Sie das künftig!« »Der gesamte Wachverband verlässt für die morgige Übung Deschkan. Er muss daran teilnehmen, denn sie müssen geschult sein.« Der General sah es dem Regierungsoberhaupt an, dass er gleich toben wird, weshalb er sich zu einer Beschwichtigung entschloss. »Es ist das letzte Mal, ich verspreche es Ihnen.« »Ich erinnere Sie an Ihre Aussage, dessen können Sie sich sicher sein. Anscheinend ist das bei Ihnen notwendig.« Diese Aussage stieß Kelschin bitter auf. Langsam wuchs der Groll des Generals gegen Farschgu, doch noch wollte er sich von seinem Unwillen nicht beherrschen lassen. »Gehen Sie, Kelschin. Ich habe noch zu arbeiten«, forderte Farschgu den General auf, ohne ihn dabei anzusehen. Auch das fasste Kelschin als eine nicht akzeptable Beleidigung auf, schwieg aber dazu. Ohne sich noch weiter zu äußern, verließ der General das Büro des Regierungsoberhaupts von Deschkan.

* * *

Die Nadilor erreichte das erste Ziel ihrer Reise, von dem sie nicht wussten, ob sie dort zu einem Ergebnis kamen. Nach dem Erhalt der Genehmigung landete der Schlachtkreuzer auf dem Raumhafen der Hauptstadt des Planeten. Zodomar erhob sich von seinem Platz und ging zu seinem Ersten Offizier. »Olugir, du behältst hier alles im Auge, bis wir wieder zurück sind.« »Die vier Soldaten warten am Ausstieg auf dich. Viel Erfolg, Tinuwa.« »Wenn ich den habe, wäre es gut. Ich habe keine Lust, die ganzen Systeme, die auf der Liste stehen, zu besuchen.« »Ich ebenso wenig, glaub mir das.« Nach einem kurzen Zunicken verließ Oberst Zodomar die Zentrale und begab sich zum Lift, von dem er sich nach unten tragen ließ. Wie von Olugir angekündigt, warteten die Soldaten bereits am Ausstieg auf ihn. »Wir gehen zuerst zu dem Kontrollzentrum und erkundigen uns dort.« Die Gruppe schritt die Rampe hinab und steuerte das Bauwerk am Rand des Landefelds an. Dort angekommen, betraten sie es und wandten sich nach links in den großen Raum, wo sich die ganzen Schalter befanden. An der linken Wand hing eine Informationstafel, von der Zodomar entnahm, welchen Schalter er aufsuchen musste. Während der Oberst dort hinging, blieben die Soldaten zurück und behielten alles im Blick, denn wenn die Informationen über die Hauptstadt stimmten, erwies sich die Maßnahme als unbedingt notwendig. Vor dem Schalter baute sich der Oberst auf, doch der Mann dahinter schenkte ihm zunächst keine Aufmerksamkeit. Intensiv arbeitete er an seiner Konsole, ohne sich von seinem einzigen Kunden irritieren zu lassen. Eine kleine Weile sah sich Zodomar das an, dann wurde er des Wartens überdrüssig. »Wenn Sie sich von Ihrer derzeitigen Arbeit einen Moment losreißen könnten, hätte ich eine Frage an Sie.« Ohne Hast drehte der Angestellte den Kopf zu Zodomar, sah ihn ganz kurz an und blickte wieder auf seinen Bildschirm. »Warten Sie gefälligst, bis ich Zeit für Sie habe«, gab der Mann in einem äußerst unfreundlichen Tonfall zurück. »Nein, ich warte nicht länger.« »Das werden Sie wohl müssen.« Der Geduldsfaden des Obersts riss bei dieser Antwort, weswegen er seinen Strahler zog und ihn an den Kopf des Mannes hielt. »Vielleicht verstehen Sie dieses Argument von mir.« Der Angestellte spürte die Mündung der Waffe an seinem Kopf und drehte sich ganz vorsichtig dem Oberst zu. »Sie müssen nicht gleich übertreiben.« »Anscheinend verstehen Sie es anders nicht. Also, erhalte ich jetzt eine Auskunft von Ihnen?« »Ja, natürlich. Was wollen Sie denn wissen?«, fragte der Mann mit einem Zittern in seiner Stimme. Der Oberst steckte den Strahler ein und sah den Angestellten durchdringend an. »Ich bin Oberst Zodomar von der imperialen Flotte. Ich benötige eine Information über einen Frachter, der hier Station gemacht hat. Der Name des Schiffs lautet Tlipox.« »Wozu wollen Sie das wissen?« Der Oberst neigte seinen Kopf dem Mann ein wenig entgegen und schnaubte veräcntlich. »Das geht Sie gar nichts an. Es handelt sich um eine Angelegenheit von höchster Priorität. Wenn Sie wollen, können Sie das gern mit dem Alkt besprechen.« »Ich glaube, das ist nicht notwendig.« Eifrig begann der Angestellte, in seinem System nachzuforschen, und wurde auch gleich fündig. »Tatsächlich. Die Tlipox hielt sich vor nicht allzu langer Zeit hier auf, aber sie ist schon bald nach der Landung wieder gestartet.« »Hat die Besatzung einen Abstecher in die Stadt gemacht?« »Nein, dazu hatte sie aufgrund des kurzen Aufenthalts keine Zeit. Sie hat wohl nur die Fracht aufgenommen und ist danach wieder abgeflogen. Mehr kann ich leider nicht sagen.« »Diese Information reicht mir völlig. Vielen Dank«, antwortete der Oberst und wandte sich ab. Seinen Soldaten gab er mit einer knappen Handbewegung zu verstehen, dass sie ihm folgen sollten. Die vier Männer liefen dem Oberst, der das Gebäude verließ und die Nadilor ansteuerte, hinterher. Bei dem Raumer angekommen, blieben die vier Soldaten zurück, während sich Zodomar zur Zentrale des Schiffs begab. »Was hast du in Erfahrung bringen können, Tinuwa?«, fragte Olugir, als Zodomar hereinkam. »Hier haben sie sich nur kurz aufgehalten. Mit anderen Worten: Es war ein Fehlschlag. Wir starten und fliegen zu unserem nächsten Ziel.«

* * *

Ein Soldat schlief in seinem Quartier in dem leichten Kreuzer Jablost. Plötzlich wachte der Mann schweißgebadet auf und drückte seinen Oberkörper empor. Sein Atem ging stoßweise und er sah sich irritiert um, bis der Soldat registrierte, wo er sich gerade befand. So saß er eine Weile da und sah sich verwirrt um, doch die Notbeleuchtung in dem Raum verhinderte, dass er viel erkannte. Reflexartig legte er seine Hand auf die rechte Wange, von der er glaubte, sie würde pochen. Der Soldat zog schnell seine Hand wieder weg und blickte darauf.

Mit dem Daumen fühlte er über seine Finger und er glaubte, eine klebrige Substanz zu spüren. Er schalt sich einen Narren, wischte die Hand mechanisch an der Decke ab und wollte sich wieder hinlegen, doch die innere Unruhe wollte ihn nicht loslassen. Noch einen Augenblick saß er so ungerührt da, dann schob er die Decke beiseite, schwang seine Beine von der Liegestatt und setzte seine Füße auf den Boden. Dem Gefühl spürte der Mann einen Moment nach, dann drückte er sich aus dem Bett empor. Als der Mann stand, vergewisserte er sich, dass er keine Gleichgewichtsstörungen, von denen er zunächst glaubte, sie zu haben, hatte. Beruhigt atmete er mehrmals tief durch und ging zwei Schritte nach vorn, hielt dann aber in seinem Lauf inne. »Licht!«, rief er und die Beleuchtung seines Quartiers flammte auf. Sein Blick hing auf dem Zugang zum Nebenraum, in dem sich die Nasszelle befand. Es kostete ihn Überwindung, dorthin weiterzulaufen. Schließlich raffte er sich auf, ging in den Nebenraum und blieb einen Schritt links neben dem an der Wand angebrachtem Spiegel stehen. Erneut atmete er einige Male tief durch, schloss seine Augen und machte einen Schritt nach rechts. Im Gedanken zählte er bis fünf, dann öffnete er seine Augen. Er sah im Spiegel sein Ebenbild, doch kam er sich irgendwie fremd vor. Seine glasigen Augen irritierten ihn, aber er konnte seinen Blick nicht gleich davon lösen. Schließlich rang er sich durch, seinen Kopf nach links zu wenden. Der Anblick seiner rechten Wange erfüllte ihn mit Grauen, weshalb er aus dem Raum rannte.

* * *

Kalkata sah von seinem Schreibtisch auf, als Vuoga sein Büro betrat. Mit ernstem Gesicht sah der Gouverneur den General an, sagte aber nichts zu ihm. Geduldig wartete Kalkata, bis Vuoga ihm gegenüber Platz genommen hatte. Beide blickten sich einen Augenblick wortlos an, bis der Gouverneur entnervt das Wort ergriff. »Sie wollten mit mir sprechen? Worum handelt es sich, General?« »Wenn Sie mich schon mit einem Titel ansprechen, dann nennen Sie mich Präsident.« »Ein selbst ernannter Präsident einer Republik, die eine Lachnummer ist.« »Sie lehnen sich wieder einmal zu weit raus, Kalkata.« »Und wenn schon. Weshalb suchen Sie mich auf?« »Ich bin hier, um Pherol weiterzubringen.« »Vuoga, Sie gestatten, dass ich später lache. Also, worum geht es? Kommen Sie endlich zur Sache!« »Ich bin der Ansicht, dass der Werftbetrieb vehement ausgebaut werden muss.« »Ach, und was sind Ihre Beweggründe?« »Wir sind dann in der Lage, einen schnellen und günstigen Service für alle Schiffe, die ihn benötigen, anzubieten. Das wird sich schnell herumsprechen. Für Pherol erschließt sich so eine gute Einnahmequelle.« »Die Idee ist nicht neu, Vuoga.« »Wie soll ich das denn verstehen?« »Kommen Sie mit zum Fenster.« Kalkata erhob sich aus seinem Stuhl, ebenso wie Vuoga, und sie begaben sich zu dem Fenster. »Sehen Sie hinaus in Richtung des Werftgeländes. Was können Sie dort erkennen?« »Auf einem beachtlichen Areal sind Bauarbeiten im Gange.« »Aha, Ihr Einfall ist bereits in Arbeit. Heti Naro und ich planten genau dieses Vorhaben, das, wie Sie selbst sehen, bereits ausgeführt wird. Wir erweitern das Gelände um die doppelte Größe. Die Frachterkommandanten sagten uns zu, dass sie ihre Schiffe hier instand setzen lassen, sobald die Erweiterung ausgeführt ist. Außerdem versprachen sie uns, diese Information an andere Frachterkommandanten weiterzugeben. Das einzige Problem ist, das erforderliche Material zu bezahlen. Wir rechneten mit Unterstützung, die uns bis jetzt leider versagt blieb. Wenn Sie jetzt schon Präsident sind, dann kümmern Sie sich um diese Kleinigkeit. Nur dann hat das Geschäftsmodell auch Aussicht auf Erfolg.« »Sie verlangen viel von mir.« »Wenn Sie es schon als Ihre Idee verkaufen werden, dann machen Sie auch etwas dafür.« Vuoga sah Kalkata von der Seite an, entgegnete aber zunächst nichts. »Sie sind sprachlos, Präsident?«, fragte der Gouverneur in einem herablassendem Tonfall. »Ich habe einen Plan, Kalkata. Er ist viel größer, als Sie es sich vorzustellen vermögen. Er wird auch die Mittel generieren, die wir für das Werftvorhaben benötigen.« »Lassen Sie mich an Ihrem Plan teilhaben, Vuoga.« »Noch nicht, Kalkata. Erst wenn der Plan in die Tat umgesetzt wird, erfahren Sie mehr. Sie werden ganz bestimmt staunen.« Vuoga wandte sich ab und verließ das Büro. »Ich staune nur über einen verrückten Präsidenten«, brummte Kalkata, verschränkte seine Arme hinter seinem Rücken und ließ seinen Blick auf dem Werftgelände und der Großbaustelle ruhen.

* * *

Ein zwanzig Einheiten umfassender Verband unter dem Kommando von Admiral Muruba erreichte das System von Veschgol. Der Funker des Flaggschiffs Gyjadan nahm Kontakt mit der Kontrolle von Veschgol auf, um die Flotte anzukündigen und die Landegenehmigung für das Schiff anzufordern, die ihm die Frau von der Überwachung erteilte. Admiral Muruba stand vor dem Hauptbildschirm und blickte darauf, wobei er an die Ereignisse seines letzten Aufenthalts denken musste. Muruba verdrängte die Erinnerung daran, dass er fast sein Leben verloren hätte, wenn Tinuwa nicht so schnell reagiert hätte. Er schüttelte den unangenehmen Gedanken ab und konzentrierte sich stattdessen auf das, was er auf dem Schirm sah. Das Bild überraschte ihn ein wenig, denn sie befanden sich bereits kurz vor ihrem Zielplaneten. Die Begleitschiffe bezogen wie vorher angeordnet eine Parkposition bei Veschgol und nur das Flaggschiff leitete das Landemanöver ein. Nachdem die Gyjadan auf dem ihm zugewiesenen Platz stand, löste sich vom Kontrollgebäude ein Gleiter, der direkten Kurs auf den Raumer nahm. Schon auf halbem Weg erkannten der Fahrer sowie seine Mitfahrerin, dass bereits der Ausstieg des Schiffs geöffnet und die Rampe ausgefahren wurde. Der Lenker flog eine sehr großzügige Kurve und stoppte das Fahrzeug ein Stück vor der Rampe. Beide stiegen aus, bauten sich davor auf und warteten schweigend auf den Admiral. Dieser ließ auch nicht allzu lange auf sich warten, denn bald darauf betrat er die Rampe, lief diese hinab und blieb vor den Wartenden stehen. »Penra, Litreck, es ist schön, euch zu sehen.« »Uns geht es ganz genauso, Leytek«, entgegnete Penra. »Ich sollte dich wohl besser Gouverneurin nennen.« »Rede keinen Unsinn, Leytek. Für dich bin ich immer noch Penra.« »Wie läuft es denn so auf Veschgol? Gibt es irgendwelche Schwierigkeiten?« »Nein, bislang ist alles ruhig. Ich hoffe, dass das auch so bleibt. Allerdings glaube ich nicht daran. Es ist mit Sicherheit nur eine Frage der Zeit, bis die Stelkudo nach dem ausbleibenden Frachter forschen. Dann haben wir erneut den Ärger.« »So einfach werden wir es ihnen nicht machen. Über dem Planeten stehen neunzehn Einheiten, deren Aufgabe es ist, eine feindliche Annäherung zu unterbinden.« »Ich weiß. Die Kontrolle hat mich darüber informiert. Die Anwesenheit des Verbands beruhigt mich. Wie ich dich kenne, wirst du nicht tatenlos in deinem Schiff sitzen.« Muruba musste auf diese Bemerkung hin lachen. »Zum Herumsitzen bin ich nicht hierhergekommen, vielmehr will ich mich diesem Frachter widmen.« »Du erhoffst dir, Hinweise zu erhalten?« »Genau das. Auf meinem Schiff befindet sich ein Besatzungsmitglied des Frachters. Er soll mir dabei helfen, die nötigen Informationen zu bekommen. Wollt ihr mich begleiten?« »Das lassen wir uns bestimmt nicht entgehen«, stellte Litreck fest. »Dann wartet hier. Ich hole Blodesku, dann fliegen wir zu dem Frachter.« Muruba wandte sich ab und begab sich in die Gyjadan.

Schon bald darauf kam der Admiral in Begleitung von Blodesku und zwei Soldaten wieder heraus. Sie begaben sich zu
dem Gleiter und stiegen ebenso wie Penra und Litreck ein.
Litreck flog ab, überquerte das Landefeld und nahm Kurs
in Richtung der Innenstadt von Olitra, die sie durchqueren
mussten. Penra indessen drehte sich um und sah Blodesku
an, der sie daraufhin merkwürdig angrinste. Da Penra den
Anblick nicht ertrug, sah sie sofort wieder nach vorn und
ballte ihre Hände zu Fäusten. Stillschweigend legten sie den
Flug zu dem Frachter zurück, wobei jeder seinen Gedanken
nachhing. Erst als das Schiff in Sicht kam, brach Blodesku das
Schweigen. »Der Frachter steht noch da. Das habe ich nicht
erwartet.« »Warum sollte er denn nicht mehr da stehen?«,
fragte Penra in einem bissigen Tonfall. Dort angekommen,
manövrierte Litreck den Gleiter hinter den Raumer, wo sich
der Ausstieg befand, und stoppte in der Nähe davon. Alle
stiegen aus und blickten zu dem Frachter, als stelle er eine
Bedrohung für sie dar. Keiner von ihnen achtete einen Augenblick lang auf Blodesku, der diese Gelegenheit nutzte und
plötzlich irre lachend auf die Rampe zustürzte, sie hochrann-
te und weiter lachend im Schiff verschwand.

* * *

Litpö nahm das eingehende Gespräch an und sah den dienst-
habenden Offizier, der ihn ernst anblickte, auf dem Schirm.
»Das Schiff, welches Sie erwartet haben, ist soeben gelandet.« »Endlich! Sie haben sich viel Zeit gelassen, um nach
Klutags zu kommen. Ich danke Ihnen.« Der oberste Produk-
tionsleiter unterbrach die Verbindung und stellte eine neue
her. Der von ihm Angerufene sah seinen Vorgesetzten mit
einem ängstlichen Gesichtsausdruck an. »Was kann ich für
Sie tun, Litpö?« »Bewegen Sie sich zu mir und beeilen Sie
sich gefälligst!« »Sind Sie angekommen?« »Was glauben

Sie denn, warum ich angerufen habe? Bestimmt nicht, um mich mit Ihnen zu unterhalten. Darauf kann ich gut verzichten, Ewelkin.« Verärgert schaltete Litpö ab und erhob sich von seinem Platz. Während er zum Fenster des Büros ging, sah er kurz zu der Tür des Lifts, der in seinem Büro endete. Er hatte ihn ausschließlich nur für die speziellen Kunden einbauen lassen, damit sie nicht die Empfangsbürokratie über sich ergehen lassen mussten und ihnen auch die Begegnung mit anderen Personen im Gebäude erspart blieb. Litpö sah durch die Fensteröffnung hinaus und ließ seinen Blick über das Werk wandern. Ihn beschlich ein ungutes Gefühl wie jedes Mal, wenn er mit den Stelkudo sprechen musste. Auf irgendeine Weise waren sie ihm ein wenig unheimlich, obwohl er sich aber- und abermals bewusstzumachen versuchte, dass er damit falschlag. Dankbar nahm er das Geräusch der sich öffnenden und wieder schließenden Tür zur Kenntnis. Ruckartig drehte Litpö sich um und sah vor dem Zugang Ewelkin stehen. »Hier bin ich, Litpö.« »Sie sind nicht zu übersehen, Ewelkin. Stehen Sie nicht sinnlos da herum, sondern kommen Sie her.« Zögernd setzte Ewelkin sich in Bewegung, blieb aber in einem sicheren Abstand zu Litpö stehen. »Sind Sie schon da?«, fragte Ewelkin völlig verunsichert. »Sehen Sie hier noch jemanden außer mir?« Ewelkin verzichtete sicherheitshalber auf eine Antwort, um Litpö nicht noch mehr zu verärgern.

*

Die Tür zum Lift öffnete sich und einer nach dem anderen betraten die fünf Stelkudo in ihren typischen Mänteln, deren Kapuzen sie über den Kopf gezogen hatten, das Büro. Sie gingen langsam auf Litpö und Ewelkin zu und blieben zwei Schritte vor ihnen stehen. Von keinem der Stelkudo konnten die beiden das Gesicht erkennen, da ihre herunterhängenden Kapuzen es verdeckten. Ohne Umschweife kam einer von ihnen sofort zum Thema. »Litpö, Sie ließen uns hierherkommen, da es Probleme mit der Lieferung gäbe.« »Das ist richtig. Aus diesem Grund stockt die Produktion.« »Welche Lieferung von welchem Planeten bereitet Schwierigkeiten?« »Das wird Ihnen Ewelkin erläutern«, sagte Litpö und sah Ewelkin mit einem bösartigen Grinsen an. »Erstatten Sie Bericht, Ewelkin.« »Also, eine Lieferung ist ausgeblieben, und zwar die von Veschgol.« »Es geht nur um eine einzige Lieferung? Jetzt sagen Sie uns nur nicht, dass wir deswegen nach Klutags kommen mussten.« »Nein, nicht nur diese eine Lieferung blieb aus, sondern auch die beiden darauffolgenden Zulieferungen. Ich versuchte, in Erfahrung zu bringen, was der Grund dafür ist, aber ich bekam keine Informationen, da niemand auf meine Anfragen antwortete.« »Warum haben Sie das nicht früher gemeldet, Ewelkin?« »Ich dachte, dass es sich nur um ein technisches Kommunikationsproblem handele.« »Das ist mir völlig gleichgültig! Sie hätten die Problematik sofort melden müssen! Litpö, wussten Sie über all das Bescheid?« »Nein, Ewelkin meldete mir das nicht. Ich habe es zufällig bei der routinemäßigen Kontrolle bemerkt. Erst auf meine Nachfrage hin erzählte Ewelkin von den Schwierigkeiten.« »Das ist ganz schlecht. Das darf nicht wieder vorkommen!« »Das wird es auch nicht.« »Ich nehme Sie beim Wort, Litpö.« Der Stelkudo trat vor Ewelkin, zog mit seiner rechten Hand eine Spritze aus einer Tasche unter seinem Umhang, presste sie gegen den linken Arm von Ewelkin und löste sie aus. »Er ist unbrauchbar«, stellte der Stelkudo fest, steckte die Spritze ein und ging zu seinen Begleitern zurück. Ewelkin stand einen Augenblick regungslos da, dann begann sein Körper zu zucken, seine Beine gaben nach und er stürzte haltlos zu Boden. Ein fürchterlicher Schrei entfuhr ihm und Ewelkin wälzte sich weiter schreiend hin und her, bis er ganz plötzlich verstummte. Sein Körper kam zur Ruhe und seine

Gliedmaßen sackten auf die Erde. Entsetzt sah Litpö zu dem auf dem Boden liegenden Ewelkin und rang nach Fassung. »Was ist mit ihm?«, fragte Litpö den Stelkudo. »Er ist tot.« »Musste das denn sein?« »Ja, denn Ewelkin war unbrauchbar.« Das ungute Gefühl, welches Litpö vor dem Treffen hatte, schlug in blankes Grauen um, dennoch versuchte er, nach außen hin die Haltung zu bewahren. »Sie haben Ihre Leute nicht richtig im Griff, Litpö. Ändern Sie das unverzüglich, sonst verliere ich die Geduld mit Ihnen.« Litpö versuchte weiterhin, seinen Schrecken nicht nach außen hin zu zeigen. »Was haben Sie jetzt vor?« »Wir werden Maßnahmen ergreifen.« Der Stelkudo drehte sich von Litpö weg, deutete zum Lift, in dem die fünf daraufhin verschwanden. Der Blick Litpös wanderte von der sich schließenden Tür zu der Leiche Ewelkins und er schüttelte sich innerlich. »Auf was haben wir uns da nur eingelassen?«, murmelte er völlig entsetzt.

* * *

Gerade als Kalkata aufstand, um sein Büro zu verlassen, betrat Vuoga den Raum. »Wollten Sie etwa gerade gehen, Kalkata?« »Genau das hatte ich vor. Wie ich Sie kenne, kommen Sie nicht auf einen Höflichkeitsbesuch zu mir.« »Höre ich da etwa einen Hauch Sarkasmus heraus?« »Wie Sie das auffassen, ist mir vollkommen egal.« »Lassen wir das, Kalkata. Ich habe keine Lust, meine Zeit mit Wortplänkeleien zu verschwenden. Mein Besuch dient nur dazu, Ihnen mitzuteilen, dass ich veranlasst habe, dass alle Gespräche aus Pheriolan heraus sowie auch die Ankommenden einzig über eine zentrale Stelle gehen werden. Zwecks der Beaufsichtigung durch meine Leute ist das jetzt nur noch in der Kontrollzentrale möglich. Den Anweisungen meiner Beauftragten dort ist unbedingt Folge zu leisten. Wenn Sie mit Fegobol sprechen, was notwendig sein wird, empfehle ich Ihnen, jeden Fehler zu

vermeiden, denn das endet tödlich für Sie.« »Ihre Freund-
lichkeit kennt wirklich keine Grenzen.« »Ich weiß, dass ich
ein gütiger Präsident bin«, erwiderte Vuoga jovial. »So viel
Güte kann ich nur sehr schwer ertragen.« »Übrigens werde
ich in Bälde abfliegen.« Ein Lächeln stahl sich auf das Gesicht Kalkatas. »Geben Sie sich keinen falschen Hoffnungen
hin. Ich bin früher zurück, als Sie es vermuten. Meine Soldaten bleiben selbstverständlich auf Pherol, um den Status
quo zu wahren.« »Die Besatzungstruppen bleiben also.«
»Sie missverstehen das, Kalkata. Meine Soldaten sind treue
Untergebene der pherolischen Republik.« »Sie sind zu gütig,
Vuoga.« »Ich weiß. Vor meinem Abflug suche ich Sie noch
einmal auf«, sagte Vuoga in einem drohenden Ton, wandte
sich ab und verließ das Büro des Gouverneurs. »Das wird
hier immer besser«, knurrte Kalkata und verließ ebenfalls
den Raum, um das zu machen, wobei ihn Vuoga störte.

*

Vor der Werfthalle stoppte der Gouverneur das Fahrzeug und
schickte sich an auszusteigen, als Naro gerade aus dem Gebäude kam. »Hallo, Tar! Was verschlägt dich denn hierher?«
»Ich gedachte, mit dir die Baustelle zu inspizieren. Hast du
gerade Zeit?« »Im Moment habe ich nichts vor.« »Prima,
dann steig ein.« Naro schwang sich in den Gleiter auf den
Platz neben dem Gouverneur, der sofort losflog. Eine Weile saßen sie schweigend nebeneinander, bis Naro das Wort
ergriff. »Deine Laune scheint mir nicht gerade die beste zu
sein.« »Ich hatte Besuch von unserem geliebten Präsidenten.« »Was wollte denn Vuoga von dir?« »Ärger machen,
was sonst?« In wenigen Sätzen berichtete der Gouverneur
von dem Gespräch. »Wo fliegt Vuoga eigentlich hin?« »Das
hat er mir nicht verraten.« »Wenn er nur fortbleiben würde.
Mit seinen Soldaten werden wir bestimmt fertig.« »Vergiss

das ganz schnell, Heti. Sobald er zurück ist, sind wir alle tot.«
»Pherol entwickelt sich zu einem gemütlichen Fleckchen,
von dem keiner mehr weg will.« »Zu allem Überfluss verkauft Vuoga unsere Idee als die seine.« »Meine Begeisterung
findet kein Ende.« Das Baustellengelände lag vor ihnen, der
Gouverneur flog ein und Naro begann, den Fortschritt der
Arbeiten zu erläutern. An jedem wichtigen Punkt legten
sie einen Halt ein und begutachteten das bisher Geleistete.
Nachdem sie das ganze Erweiterungsgelände abgeflogen
hatten, flog Kalkata wieder zu der Werfthalle zurück. »Die
Arbeiten sind weiter fortgeschritten, als ich dachte.« »Du
warst auch schon länger nicht mehr hier.« »Ich kam einfach
nicht dazu, Heti. Künftig werde ich in kurzen Abständen vorbeikommen, sonst macht mich Vuoga dafür verantwortlich,
wenn es zu langsam vorangeht.« »Ich achte schon darauf,
dass es so schnell wie möglich geht.« »Ich weiß deine Hilfe
zu schätzen, Heti.« Vor der Werfthalle hielt der Gouverneur
an, um Naro aussteigen zu lassen, dann flog er zu seinem
Büro zurück und überlegte dabei, was Vuoga wohl plante.

* * *

Die Nadilor erreichte die nächste Station der Route des
Frachters. Nachdem sie auf dem dortigen Raumhafen gelandet waren, verließ Zodomar in Begleitung der vier Soldaten
das Schiff. Ihr erstes Ziel war wieder das Kontrollgebäude,
wo sie zunächst eine Erkundigung einzuholen gedachten.
Seufzend reihte sich dort der Oberst in die Schlange vor dem
Schalter ein und hoffte, dass er nicht zu lange warten musste.
Zu seiner Überraschung ging die ganze Abfertigung schneller als gedacht voran. Als er an die Reihe kam, musterte die
Angestellte ihn mit einem kritischen Blick, bevor sie Zodomar ansprach. »Was kann ich für Sie tun, Oberst?« »Ich benötige Informationen über einen Frachter, der hier Station

gemacht haben soll. Der Name des Schiffs lautet Tlipox.«
»Ich gehe davon aus, dass Sie mir nicht verraten werden, worum es dabei geht.« »Damit liegen Sie vollkommen richtig.«
»Wenn sich schon die Flotte für die Tlipox interessiert, muss es sich um eine wichtige Angelegenheit handeln.« »Sie ist in der Tat wichtig.« »Dann sehe ich gern für Sie nach, Oberst.«
Die Angestellte lächelte Zodomar an, woraufhin er das Lächeln erwiderte. Sie begann, an ihrer Konsole zu arbeiten, und wurde auch schnell fündig. »Da ist es. Die Tlipox befand sich tatsächlich zwei Tage hier.« »Dann stimmt zumindest die Angabe im Logbuch.« »Sie misstrauen dem Logbuch offensichtlich, Oberst.« »Der Kommandant hat sich nicht gerade durch Sorgfältigkeit ausgezeichnet.« »Das ist wohl bei allen Frachterkommandanten gleich.« »Wissen Sie zufällig, mit welchem Händler er hier ein Geschäft abgewickelt hat? Das hat er nämlich nicht festgehalten.« »Das ist typisch. Sie wollen alle ihre Geschäftsverbindungen geheim halten. Warum haben Sie nicht vorher den Kommandanten gefragt?« »Leichen sind nicht sehr gesprächig.« »Oh, ich verstehe. Warten Sie bitte einen Augenblick. Ich muss ein kurzes Gespräch führen.« Von der Unterhaltung bekam Zodomar nichts mit, woran er sich aber nicht störte. Als die Frau das Gespräch beendet hatte, drehte sie sich wieder dem Oberst zu. »Ich habe mit demjenigen gesprochen, der für die Beladung der Frachter verantwortlich ist. Dieser Händler heißt Wiltö. Sie finden ihn in der hintersten der beiden Lagerhallen, die rechts hinten neben dem Landefeld stehen.«
»Vielen Dank für Ihre Hilfe.« »Gern geschehen, Oberst.«
Beide tauschten ein Lächeln aus und der Oberst verließ mit seinen vier Soldaten die große Abfertigungshalle.

*

Vor der oberen Querseite der besagten Halle blieben sie stehen und sahen auf das Schild, welches über dem Eingang hing. »Das hat auch schon bessere Tage gesehen.« »Es sieht nicht gerade vertrauenerweckend aus«, kommentierte einer der Männer die Feststellung seines Vorgesetzten. »Ihr beide haltet vor dem Eingang Wache. Lasst niemanden herein. Die anderen begleiten mich.« Die Angesprochenen postierten sich rechts und links des Eingangs, während die anderen beiden Männer mit dem Oberst das Büro betraten. Die zwei ihn begleitenden Soldaten folgten ihm und einer von ihnen schloss die Tür hinter sich. Davor blieben sie stehen und sahen sich in dem Raum, der schon länger nicht mehr gereinigt worden war, um. Der für seine Größe viel zu umfangreiche Händler sah auf und erhob sich ächzend aus seinem Stuhl. Er ging um seinen Schreibtisch herum und stellte sich vor den Oberst. »Militär?«, stellte Wiltö fest und sah auf die Schulterklappen von Zodomar. »Sogar ein Oberst. Ich kann mir nicht vorstellen, dass Sie mich aufsuchen, um Geschäfte mit mir zu machen. Fassen Sie sich kurz.« »Ich habe eine Frage bezüglich eines Händlers an Sie, Wiltö.« »Mich wundert es nicht, dass Sie meinen Namen kennen.« Der Händler verzog das Gesicht und blickte Zodomar unfreundlich an. »Vergessen Sie es, Oberst. Über meine Geschäftspartner erfahren Sie nichts.« Zodomar ignorierte das Gesagte und blickte Wiltö ebenso unfreundlich an. »Es geht mir um diesen Kommandanten der Tlipox. Er hat bei Ihnen eingekauft.« »Ja, und? Das ist doch nicht etwa ungewöhnlich?« »Nein, natürlich nicht.« »Ich sagte Ihnen bereits, dass ich nichts dazu sagen werde. Schließlich will ich mit ihm noch weitere Geschäfte machen.« »Das hat sich erledigt, denn er ist tot.« »Damit habe ich nichts zu tun!«, entgegnete Wiltö aufgebracht und machte dabei eine abwehrende Geste. »Das habe ich auch nicht behauptet. Ich will nur eines von Ihnen wissen: War jemand von der Besatzung in der Stadt oder woanders unterwegs?« »Nur darum geht es Ihnen also?« »Genau, nur darum geht es mir.« »Das geht Sie überhaupt nichts an.« Zodomar schnaubte und ergriff Wiltö am Kragen seiner Jacke. Er schob seinen Kopf ein Stück vor und sah Wiltö mit einem vernichtenden Blick an. »Reden Sie endlich, Wiltö! Ich verliere langsam die Geduld!« Einen Augenblick starrte Wiltö den Oberst an, dann grinste er schäbig. »Nur weil Sie Oberst sind, glauben Sie wohl, alles machen zu können.« »Reden Sie oder Sie werden diesen Tag noch bereuen.« »Von mir erfahren Sie nichts, Oberst.« Zodomar ließ den Kragen der Jacke los, trat einen Schritt zurück und rammte ihm seine rechte Faust mit solcher Wucht in das Gesicht, dass Wiltö nach hinten taumelte, das Gleichgewicht verlor und mit dem Rücken auf seinen Schreibtisch fiel, sodass dieser unter dem Gewicht des Händlers mit einem lauten Krachen nachgab. Der Händler kam in den Trümmern seiner Arbeitsfläche sowie mit den Gegenständen, die sich darauf befanden, zu liegen und sah den Oberst zweifelnd an. »Ist das die übliche Methode des Militärs?« »Nein, das ist meine ganz persönliche Handschrift.« Der Händler rieb sich mit seiner rechten Hand über sein Kinn, stützte sich ab und stemmte sich ächzend hoch. Mühsam kam Wiltö auf die Beine, rieb sich erneut das Kinn und überlegte einen Augenblick. »Dieser Händler der Tlipox beaufsichtigte mit einem seiner Leute das Verladen der Ware. Der Rest seiner Mannschaft ging in die Stadt, um zu feiern. Einer meiner Leute begleitete die Gruppe, hat sich aber rechtzeitig abgesetzt. Er kam zu mir und erzählte, dass die Situation anfing, aus dem Ruder zu laufen.« »Haben Sie die Leute gesehen, als sie zurückkamen?« »Den Anblick wollte ich mir auf keinen Fall entgehen lassen. Wir beide mussten auch nicht allzu lange warten, bis die Sicherheitskräfte die Leute zum Schiff brachten. Alle sahen ein wenig mitgenommen aus. Sie durften den Raumhafen bis zum Abflug nicht mehr verlassen. Der Kommandant tobte, weil er für seine Leute eine Strafe bezahlen musste. Vor dem Abflug kam er noch einmal zu mir und hat seinem Ärger Luft gemacht.« »Ansonsten gab es nichts, was irgendwie als ungewöhnlich zu bezeichnen war?« »Nein, er hat die Ersatzteile, die er immer bei mir bezieht, bezahlt und ist abgeflogen.« Zodomar griff in seine linke Hosentasche, beförderte einige Aykons hervor und hielt sie dem Händler hin. »Kaufen Sie sich bitte dieses Mal einen stabileren Schreibtisch oder nehmen Sie ab.« Wiltö nahm das Geld entgegen, überflog den Betrag und grinste. »Ihre Handschrift gefällt mir, Oberst.« Immer noch grinsend steckte Wiltö die Aykons ein. »Was ist an dem Tod eigentlich so ungewöhnlich, dass sich das Militär damit befasst?« »Das kann ich Ihnen leider nicht verraten. Ich sage Ihnen nur so viel: Es ist äußerst wichtig, dass wir in Erfahrung bringen, wo sich die Besatzung aufhielt.« »Ist er ermordet worden?« »Nein, es geht uns um die Umstände, die zu seinem Tod führten.« »Ich kann mich bei meinen Geschäftspartnern unauffällig umhören. Vielleicht erfahre ich etwas. Wie kann ich Sie erreichen, falls ich etwas Interessantes erfahre?« »Ich bin Oberst Zodomar und bin der Kommandant des Schlachtkreuzers Nadilor. Kontaktieren Sie Oberst Rinlum Fegobol auf Alkatar. Er wird mir Ihre Informationen zukommen lassen.« »In Ordnung, ich werde mit ihm gegebenenfalls Kontakt aufnehmen. Bis zum nächsten Mal, Oberst.« Zodomar erwiderte den Gruß, verließ mit seinen Leuten das Büro und machte sich auf den Rückweg zur Nadilor.

* * *

Kelschin zog seine Uniformjacke zurecht, atmete tief durch und betrat dann das Büro von Farschgu. Das Staatsoberhaupt sah auf und folgte dem General mit seinem Blick, bis dieser ihm gegenübersaß. Der ausbleibende Gruß von Farschgu bewog Kelschin dazu, ebenfalls darauf zu verzichten. »Ich gehe davon aus, dass Sie positive Nachrichten für mich haben, Kelschin.« Diese Ansprache verärgerte Kelschin, aber er ließ sich das nicht anmerken. »Ja, ich habe positive Nachrichten für Sie. Das letzte Manöver fiel zu meiner Zufriedenheit aus. Aus diesem Grund betrachte ich die Vorbereitungszeit als beendet.« »Das hat auch lang genug gedauert.« »Bedenken Sie bitte, dass es sich nicht um einige wenige Schiffe handelte, sondern um die gesamte Flotte.« »Ihre ständigen Ausreden nerven mich, Kelschin. Beginnen Sie sofort mit der Planung des Unternehmens. Lassen Sie sich nicht zu viel Zeit damit, denn ich will, dass die Aktion so schnell wie möglich anläuft. Wie ist es um die Verteidigung von Deschkan bestellt?« »Ich habe vorgesehen, dass Deschkan von eintausend Einheiten geschützt wird.« »Nur eintausend Einheiten sollen das System verteidigen? Falls Sie sich noch daran erinnern: General Fepulkrt erschien mit eintausenddreihundert Einheiten in unserem System.« »Ja, das ist mir nur zu gut bekannt. Berücksichtigen Sie bitte Folgendes: Unser Vorhaben wird das Risiko minimieren.« »Auch wenn ich es ungern mache, aber in diesem Punkt muss ich Ihnen recht geben.« Kelschin fragte sich abermals, warum Farschgu sich so negativ ihm gegenüber verhielt, denn diese Feststellung empfand der General als Beleidigung. Über einen Punkt war sich Kelschin vollkommen im Klaren: Lange wollte er sich das nicht mehr von ihm bieten lassen. »Morgen lege ich Ihnen meinen Plan vor, Farschgu.« »Nichts anderes erwarte ich von dem obersten Militär. Ein weiterer Tag Frist wäre auch von mir abgelehnt worden. Sie dürfen sich jetzt entfernen.« Verärgert stand der General auf und verließ mit großen Schritten den Raum. Auch das Vorzimmer durchquerte er im gleichen Tempo und blieb erst stehen, nachdem sich die Tür hinter ihm schloss. Nichts anderes als einen Augenblick der Ruhe benötigte der General, denn er musste nachdenken. Die Idee, welche

Kelschin verfolgte, ließ ihn einfach nicht mehr los. Zu Anfang handelte sich dabei um einen flüchtigen Gedanken, der sich aber im Laufe der Zeit immer mehr manifestierte. Letztendlich handelte es sich um eine mehr als schwerwiegende Entscheidung, doch erachtete Kelschin sie inzwischen als unabwendbar.

* * *

»Ihm hinterher!«, rief Muruba und alle stürmten daraufhin die Rampe hinauf. Am Ende vor dem Ausstieg blieb Muruba stehen, drehte sich um und hielt sowohl Penra als auch Litreck, die hinter ihm liefen, auf. »Ihre beide wartet hier.« »Warum das denn, Leytek?« »Weil ihr beide keine Waffen dabeihabt, Litreck. Wer weiß, was der verrückte Blodesku beabsichtigt?« »Na gut, dann verharren wir eben hier.« »Seid bitte vorsichtig.« Muruba nickte den beiden freundschaftlich zu und verschwand im Schiff, dabei seinen Strahler ziehend. Vor dem Lift traf er auf die beiden Soldaten, die an jener Stelle auf ihn warteten. »Wir haben uns hier unten bereits umgesehen. Auf diesem Deck befindet sich Blodesku nicht«, meldete einer der beiden Männer dem Admiral. »Das habe ich auch nicht erwartet. Ich vermute, dass Blodesku sich zur Zentrale begeben hat.« Einer nach dem anderen bestieg den Lift und ließ sich zu dem Deck hinauftragen. Oben angekommen, stiegen sie aus, blieben regungslos stehen und lauschten nach einem von Blodesku verursachtem Geräusch. Zunächst nahmen sie nichts wahr, weshalb die beiden Soldaten weitergehen wollten, doch Muruba legte jedem von ihnen eine Hand auf die Schulter, um sie zurückzuhalten, woraufhin sie stehen blieben. Eine Weile hörten sie noch nach Lauten, doch vernahmen sie weiterhin nichts, weshalb Muruba seine Hände von ihren Schultern wegzog. Mit einem Fingerzeig bedeutete er ihnen, weiter zur Zentrale zu gehen. Sie legten gerade einmal zwei Schritte zurück, als sie von weiter vorn ein schepperndes Geräusch vernahmen. »Er ist tatsächlich in der Zentrale«, zischte Muruba ihnen zu. Die zwei Männer nickten nur zum Einverständnis und gingen mit vorgehaltener Waffe weiter den Gang entlang. Jeden Laut vermeidend, liefen sie bis unweit des Eingangs zur Zentrale, wo alle erneut innehielten. Mit seiner linken Hand bedeutete der Admiral ihnen zu warten, dann steckte er seine Waffe ein und ging bis zum offen stehenden Eingang. Ganz vorsichtig spähte er in den Raum hinein und versuchte, mit seinem Blick Blodesku zu erhaschen. Er sah, dass auf der rechten Seite der Räumlichkeit alle möglichen Gegenstände auf dem Boden verteilt lagen, die der Mann achtlos hinwarf. Blodesku selbst riss gerade ein weiteres Fach auf und beförderte ein Objekt nach dem anderen wegwerfend auf den Fußboden. »Wo ist nur die Waffe?«, stieß er ungeduldig hervor. Wütend riss er das nächste Fach auf und setzte auf die gleiche Weise seine Suche fort. »Da ist der Strahler!« Der freudige Ausruf war für Muruba der Anlass, in die Zentrale zu stürmen. Nach drei Sätzen gelangte der Admiral zu ihm, schlug mit der rechten Faust auf den rechten Unterarm Blodeskus, sodass der Strahler polternd zu Boden fiel. Dann riss er den Mann herum und versetzte ihm einen Hieb, der ihn nach hinten taumeln ließ. Dabei stolperte er über einen größeren Gegenstand und fiel mit dem Rücken auf den Fußboden. Viel schneller, als Muruba erwartete, kam Blodesku wieder auf die Beine und stürzte sich mit einem Schrei auf den Admiral. Dieser konnte gerade noch die Wucht des Anpralls abfangen und es kam daraufhin zu einem Handgemenge, bei dem zunächst keiner von ihnen die Oberhand gewann. Die zwei Soldaten standen inzwischen im Eingang und richteten ihre Waffen auf die Kämpfenden, doch sie mussten bald erkennen, dass sie keinen Gebrauch von ihnen machen konnten, wollten sie ihren Vorgesetzten nicht in Gefahr bringen. Blodesku und Muruba fielen zu Boden und rangen dort weiter, wobei jeder von ihnen kurzzeitig oben zu liegen kam, bis der Admiral es endlich schaffte, Blodesku auf den Bauch zu drehen. Dabei ergriff er den rechten Arm von ihm und drehte diesen unsanft auf den Rücken. Ein Stöhnen entrang sich Blodesku und er blieb daraufhin unbewegt liegen. »Es ist aus, Blodesku! Gib endlich auf!« »Schon gut, Admirälchen. Sie haben gewonnen«, antwortete Blodesku und lachte meckernd. Vorsichtig erhob sich Muruba und zog dabei den Mann vorsichtig auf die Beine, ohne seinen Arm dabei loszulassen. Die zwei Soldaten kamen heran und richteten ihre Waffen auf den Gefangenen. »Tot nütze ich Ihnen nichts, Muruba.« »Im Moment liegen Sie damit richtig. Wenn ich Sie jedoch nicht mehr benötige, sollten Sie große Vorsicht walten lassen.« Unsanft stieß er Blodesku zum Arbeitsplatz des Kommandanten. »Die Daten, welche ich benötige, sind die Koordinaten des Systems, zu dem ihr das Erz bringt. Mehr will ich nicht von Ihnen.« »Was haben Sie davon?« »Das braucht Sie nicht zu interessieren. Los, machen Sie schon hin!« »Ich benötige dazu meinen rechten Arm.« »Diesem Argument kann ich mich nur schlecht verschließen.« Muruba ließ den Arm los, behielt Blodesku aber ganz genau im Auge. Dieser machte ein paar Eingaben auf der Konsole, dann hob er seine Arme und hielt kurzzeitig seinen Kopf mit den Händen. Plötzlich streckte er sie ganz empor und Muruba ahnte, was Blodesku beabsichtigte. Rasch ergriff er seine Arme und hielt sie fest. »Machen Sie das nicht, Blodesku!« »Die Stelkudo! Sie werden mich sicher töten!« »Ich kann Sie beruhigen: Wenn die Stelkudo das nicht tun, dann erledige ich das.« Kraftlos ließ Blodesku seine Arme sinken, nachdem Muruba sie losgelassen hatte. Hektisch begann Blodesku, die Konsole zu bearbeiten, und hörte mit einem Schlag auf. »Da haben Sie die Koordinaten von Klutags. Dorthin liefern wir das Erz.« Ungerührt blieb der Mann einen Augenblick stehen und begann dann mit einem Mal, irre zu lachen. »Ich bin des Todes!«, schrie Blodesku hysterisch und lachte weiter. »Der Mann spinnt doch komplett!«, stellte einer der Soldaten fest. »Er wird anscheinend wegen der Aussichten wahnsinnig. Major Sinkara, meine neue Leiterin der medizinischen Abteilung, wird sich seiner annehmen. Ich hoffe, sie kann ihm helfen. Nehmt ihn in Gewahrsam.« Jeder der beiden Soldaten ergriff einen Arm von Blodesku und sie zogen ihn sanft von der Konsole weg. Muruba indessen betrachtete die Anzeige und setzte sich dann auf den Platz des Kommandanten. Nach vielen Mühen gelang es dem Admiral, die Daten an die Gyjadan zu schicken. »Das war es«, stellte Muruba aufatmend fest. »Gehen wir zu unserem Fahrzeug.« Von den beiden Soldaten ließ sich Blodesku widerstandslos aus der Zentrale führen. Hinter ihnen ging Muruba und murmelte vor sich hin. »Ich muss unbedingt mehr über Klutags wissen. Hoffentlich befinden sich Informationen in der Datenbank der Gyjadan.«

* * *

Kaum saß Kalkata an seinem Schreibtisch, als die interne Kommunikation sich mit einem Summton meldete. Der Gouverneur nahm das Gespräch an und sah die Frau aus seinem Vorzimmer auf seinem Schirm. »Was gibt es?« »Ein Gespräch wurde für Sie angemeldet. Sie sollen sich unverzüglich in der Kontrollzentrale einfinden.« »Sagen Sie ihnen, dass ich gleich komme.« »Das richte ich aus, Gouverneur.« Der Schirm erlosch, Kalkata stand auf und hastete aus seinem Büro. Verwundert sah die Vorzimmerdame ihm nach, als er an ihr vorbeirannte, denn so schnell hatte sie Kalkata noch nie rennen sehen. Da die Kontrollzentrale sich im gleichen Gebäude befand, benötigte der Gouverneur nicht lange, um dort zu erscheinen. Als er in dem Raum ankam, blickte Kalkata erwartungsvoll in die Runde. »Wer will denn mit mir sprechen?« Kaum hatte er das gesagt, als das Schott aufging und Vuoga hereinkam. »Es ist Oberst Fegobol für Sie, Gouverneur.« »Dann vermitteln Sie bitte das Gespräch.« Als das Schott zuging, drehte sich Kalkata um. »Höre ich richtig? Sie sprechen jetzt mit Fegobol?« Der Gouverneur blickte Vuoga durchdringend an. »Ja, Sie haben richtig gehört, Präsident.« »Dabei leiste ich Ihnen Gesellschaft.« »Alles andere hätte mich auch verwundert.« Vor dem großen Bildschirm baute sich Kalkata auf und wartete, bis die Verbindung geschaltet wurde. Ein Offizier Vuogas, der außerhalb der Aufnahmeoptik stand, zog seinen Strahler und richtete ihn auf Kalkata. »Nur nette Leute hier«, brummte der Gouverneur und sah, wie sich der Schirm erhellte. »Hallo, Tar! Ich habe gute Neuigkeiten für dich.« »Das freut mich. Was hast du mir zu sagen, Rinlum?« »Das Schiff, welches du angefordert hast, startet in diesem Augenblick. Ich schicke dir einen leichten Kreuzer. Ich denke, dass er dir sehr hilfreich sein wird. Die Mannschaft des Schiffs untersteht deinem Befehl. Außerdem haben sie die angeforderten Ersatzteile dabei. Ich habe meine Beziehungen spielen lassen und dir noch ein paar andere Sachen mitgeschickt.« »Das ist wunderbar.« »Sonst läuft alles gut auf Pherol? Du siehst nicht gerade entspannt aus.« Kalkata sah in seinem Augenwinkel, dass der Offizier mit dem Strahler auf seinen Kopf zielte. »Es ist nur die Hitze, die mir zu schaffen macht.« »Ich weiß das. In der Hauptstadt ist es um diese Jahreszeit nicht gerade angenehm.« »Ich danke dir für deine Hilfe, Rinlum.« »Keine Ursache. Sollte wieder ein Problem auftauchen, dann lass es mich wissen.« »Natürlich kontaktiere ich dich dann. Bis zum nächsten Mal, Rinlum.« »Bis zum nächsten Mal, Tar.« Bevor Fegobol abschaltete, legte er noch eine bedenkliche Miene auf. »Sehr gut, Kalkata. Ich bewundere Ihre Ausreden.« »Sie zwingen mich dazu, Vuoga. Es kostet mich jedes Mal Überwindung.« »Das machen Sie doch gern, Kalkata.« »Ich kann mir schon gar nichts anderes mehr vorstellen.« Vuoga begab sich zu dem Offizier, der gerade seine Waffe einsteckte, und sprach leise mit ihm, damit keine andere Person im Raum etwas davon hörte. Danach ging er zu dem Gouverneur und blieb vor ihm stehen. »Mein lieber Kalkata.« Als dieser das hörte, stöhnte er innerlich. »Ich fliege jetzt mit der ganzen Flotte ab. In Kürze bin ich wieder hier.« »Ich kann es kaum erwarten. Sie sind einfach zu gütig.« »Ich gebe mir die größte Mühe. Kommen Sie mir nicht auf dumme Gedanken.« »Einen Versuch ist es wert.« Vuoga klopfte ihm freundschaftlich auf die Schulter und verließ die Kontrollzentrale. Kalkata sah Vuoga hinterher und setzte sich dann ebenfalls in Bewegung. »Wo gehen Sie denn hin, Gouverneur?« »In mein Büro. Im Gegensatz zu Ihnen habe ich zu arbeiten.« »Beherrschen Sie sich, Gouverneur!«, schnarrte der Offizier in einem aggressiven Tonfall. »Wozu soll das gut sein?«, gab Kalkata lustlos zurück, winkte mit der linken Hand ab und verließ den Raum.

* * *

Das Flaggschiff Vuogas stieß zu der Flotte, die unweit Pherols in einer Parkposition stand. »Es ist so weit, Plenoi. Nun geht es darum, unseren Plan erfolgreich in die Tat umzusetzen. Lass einen Kurs setzen: Unser Ziel heißt Fletuli.« Karudin erteilte die dazu notwendigen Befehle, woraufhin die Flotte Fahrt aufnahm, aus dem System beschleunigte und schon bald darauf verließen sie Pheriolan. Nach wenigen Etappen erreichten sie das nicht weit von Pheriolan gelegene Fletuli. »Wir werden von Fetu aus gerufen, General.« »Legen Sie das Gespräch auf den Schirm«, befahl Karudin und baute sich davor auf. Der Schirm erhellte sich und ein Mann in Uniform wurde sichtbar. »Identifizieren Sie sich bitte.« »Ich bin General Plenoi Karudin von der imperialen Flotte. Ich erbitte die Landeerlaubnis von jeweils drei Schiffen für Fetu und für Leli.« »Zu welchem Anlass, General?« »Seit wann ist ein Anlass erforderlich, wenn imperiale Schiffe auf Planeten landen wollen, die zum Imperium gehören?« »Verzeihen Sie bitte, General. Selbstverständlich erteile ich Ihnen die Landeerlaubnis.« »Ich danke Ihnen.« Der Schirm erlosch und Karudin drehte sich mit einem ärgerlichen Gesichtsausdruck Vuoga zu. »Dieser Soldat kann froh sein, dass er nicht vor mir stand, sonst hätte ich ihn womöglich erschossen, Walpa.« »Ich hindere dich nicht daran, das noch nachzuholen.« Die Flotte flog in das System ein und teilte sich auf, um den dritten Planeten Fetu sowie den vierten Planeten Leli anzufliegen. Während jeweils drei Raumer zur Landung in die Atmosphäre der beiden Planeten eintauchten, bezogen die restlichen Schiffe eine Parkposition. Kaum standen die jeweils drei Einheiten auf den Raumhäfen der Hauptstädte von Fetu und Leli, als auch schon die Ausstiege und Luken aufgingen, aus denen Bodentruppen zu Fuß oder mit dem Gleiter herauskamen. Zusätzlich verließen Jägerverbände die Schiffe, um bei Problemen notfalls die Bodentruppen zu unterstützen. Der gut vorbereitete Angriff verlief reibungslos und ohne Schwierigkeiten. Die Truppen stießen auf keinerlei Gegenwehr, was auch auf die Anweisung des Systemgouverneurs von Fletuli zurückzuführen war, da er sehr schnell erkannte, dass ein Widerstand keinen Erfolg hätte. In der Zwischenzeit flog ein Schiff aus der Flotte Vuogas zum ersten Relais, um vorläufig die Fernverbindung zu unterbrechen, um dadurch einen Hilferuf nach Alkatar zu unterbinden. In der Zentrale des Flaggschiffs von Vuoga, das sich bei dem Flottenteil über Fetu befand, nahmen Vuoga und Karudin die Meldungen entgegen, bis die endgültigen Bestätigungen, dass Fetu sowie Leli sich vollständig in ihren Händen befanden, hereinkamen. »Unser Plan ist durchgeführt, Walpa.« »Es ging besser und schneller, als wir beide annahmen, Plenoi. Sage dem Funker, er soll sich mit der Kontrolle von

Fetu in Verbindung setzen. Der Systemgouverneur soll auf dem Raumhafen unsere Ankunft erwarten. Wir beide werden dann ein Gespräch mit ihm führen.« Karudin gab die Anweisung weiter, dann erteilte er den Befehl zur Landung auf dem Raumhafen von Fetu.

*

Nachdem das Schlachtschiff auf dem Raumhafen stand, öffnete sich der Ausstieg und sowohl Vuoga als auch Karudin schritten die Rampe gefolgt von zehn Soldaten hinab. Die Gruppe überquerte das Landefeld und schritt auf das Kontrollgebäude des Raumhafens zu. Auf dem Weg dorthin blickte Vuoga zu den drei Raumern, deren Kommandanten die Einnahme Fetus oblag, hinüber. Dabei musste er sich eingestehen, dass die ganze Aktion fast schon zu rund ablief. Diesen Gedanken schob Vuoga beiseite und fixierte die kleine Gruppe, welche vor dem Gebäude stand und offensichtlich auf sie wartete, was ihn ärgerte, denn er erwartete, dass sie ihm entgegenkamen, doch er beschloss, darüber hinwegzusehen. Als sie vor der Gruppe stehen blieben, sah er den Systemgouverneur an und ignorierte die anderen Personen, welche sich in seiner Begleitung befanden. »General Walpa Vuoga, ich hätte mir denken können, dass Sie hinter dieser Ungeheuerlichkeit stecken.« »Gouverneur Petrulkuma, Ihre Begrüßung erachte ich als nicht angemessen.« »Soll das etwa eine Drohung sein, General Vuoga?« »Sie haben eine schnelle Auffassungsgabe.« »Damit beeindrucken Sie mich nicht, doch lassen wir das. Ich will kein unnötiges Blutvergießen. Aus diesem Grund habe ich jeden Widerstand gegen Ihre Soldaten untersagt.« »Das war eine vernünftige Entscheidung.« »Jetzt erklären Sie mir bitte, was das Ganze bedeutet.« »Sobald ich die Ansprache an die Bevölkerung halten werde, erfahren Sie es.« »Sie gedenken nicht, mich vorher in Kenntnis zu setzen?« »Nein!« Die knappe harte Antwort bedeutete dem Gouverneur, dass er auf jede weitere Frage keine Antwort bekam. »Wann wollen Sie die Ansprache halten?« »Es gilt, keine Zeit zu verlieren, weshalb ich jetzt die Ansprache halte.« »Ich bringe Sie zu dem Sendezentrum, von wo aus ich immer meine Ansprachen halte.« Petrulkuma gab seinen Begleitern mit einer Handbewegung zu verstehen, dass sie sich entfernen sollten. »Wir nehmen drei Gleiter, da Sie Ihre Soldaten ganz sicherlich mitnehmen.« »Natürlich kommen sie mit.« Mit einem mürrischen Gesicht wandte sich der Gouverneur ab und führte sie zu dem Gleiterparkplatz. Sie verteilten sich auf die Fahrzeuge, wobei sich Vuoga und Karudin zu Petrulkuma, der auf dem Sitz des Lenkers Platz nahm, gesellten. Nur kurz blickte Petrulkuma nach hinten, ob alle Personen in den Gleitern saßen, dann startete er das Verkehrsmittel, gefolgt von den anderen beiden Fahrzeugen.

*

Im Sendezentrum angekommen, beorderte der Gouverneur das notwendige Personal herbei und wies es an, alle Vorbereitungen für eine Ansprache zu treffen. Alle kamen sie seiner Aufforderung nach und beeilten sich, die Arbeiten auszuführen, vor allem, weil ihnen Vuoga nicht ganz geheuer erschien. Vor einem Bildschirm im Vorraum wartete Petrulkuma darauf, dass die Ansprache von Vuoga begann. Neben ihn stellte sich Karudin und blickte ihn von der Seite an. »Sie sind sicher schon gespannt darauf, was Vuoga zu sagen hat.« »Natürlich, was denken Sie denn?« Zu einer Entgegnung kam Karudin nicht mehr, da in diesem Augenblick sich der Bildschirm erhellte und die Übertragung begann. »Bevölkerung von Fetu und Leli. Ich stelle mich Ihnen zunächst vor: Mein Name ist Walpa Vuoga. Heute ist ein denkwürdiger Tag für alle Einwohner, denn Fletuli ist an diesem Tag freiwillig ein Teil der pherolischen Republik geworden, deren Präsident ich bin. Ich weiß, dass Sie alle diese gute Nachricht mit Freuden vernehmen. Sie alle werden von der neuen Konstellation profitieren, dafür werde ich Sorge tragen. Es war mir wichtig, dass auch Fletuli an dem großen Plan teilhaftig wird. Ich danke allen für das Vertrauen, dass Sie mir entgegenbringen, und wünsche jedem von Ihnen noch einen schönen Tag.« Der Schirm wurde wieder dunkel und Petrulkuma blickte Karudin wütend an. »Das ist eine Frechheit! Niemand wurde gefragt, ob wir ein Teil der pherolischen Republik werden wollen!« »Das war auch völlig überflüssig. Wir mussten sie zu ihrem Glück zwingen.« »Ob das wirklich zu unserem Vorteil gereicht, wird sich noch zeigen. Außerdem hält sich meine Begeisterung stark in Grenzen. Ich vermute, ihr habt Gouverneur Kalkata auf die gleiche Art und Weise überredet.« »Kalkata konnte unseren Argumenten nichts entgegensetzen.« »Was ist das eigentlich für ein großer Plan, von dem Vuoga sprach?« »Das erfahren Sie zu gegebener Zeit, Petrulkuma«, antwortete Vuoga, der unbemerkt zu ihnen getreten war. Der Gouverneur drehte sich um und sah Vuoga unfreundlich an. »Wann werden Sie mir das sagen?« »Gedulden Sie sich noch. Wir begeben uns zusammen in Ihr Büro. Es gibt einige Punkte, die wir zusammen besprechen müssen.« »Verraten Sie mir bitte eines, Vuoga: Kennt Kalkata Ihren großen Plan?« »Nein, auch er kennt ihn nicht. Wenn der Zeitpunkt gekommen ist, ihn in die Realität umzusetzen, werde ich Sie beide darüber informieren, worum es sich dabei handelt.« Petrulkuma wurde das Gefühl nicht los, dass an der ganzen Sache etwas nicht stimmte, doch noch hatte er keine Idee, was das konkret sein könnte. Er nahm sich vor, bei der ersten sich bietenden Gelegenheit ein Gespräch mit Kalkata zu führen. Vielleicht fanden sie auf diese Weise heraus, was Vuoga wirklich plante, denn so verlogen wie seine Ansprache schätzte auch er auch diesen ominösen Plan ein. »Ich bringe Sie zu meinem Büro, Vuoga.«

* * *

Von Panik erfüllt ließ sich der Soldat auf sein Bett fallen, um das Gesehene zu verarbeiten. Seine Gedanken bewegten sich im Kreis und er versuchte verkrampft, wieder eine Struktur zu finden, um eine Lösung zu finden. Der Mann benötigte einige Zeit, um sich wieder zu fangen. Schließlich kam er einigermaßen zur Ruhe und erhob sich von seiner Liegestatt. Sein Blick ging zu seiner Uniform, die er über einen Stuhl gelegt hatte, und er schüttelte den Kopf. »Noch nicht einmal auf das Naheliegende komme ich«, murmelte der Mann verzweifelt und ging zu dem Stuhl, um die Kleidung zu wechseln. Diese Verrichtung erledigte er ohne Hast, wobei er den Gedanken verdrängte, dass er sich nicht zum Dienst begab. Mit aller Ruhe knöpfte der Mann seine Jacke zu, überprüfte kurz den Sitz und verließ sein Quartier. Auf dem Weg zum Lift begegnete ihm niemand von der Mannschaft, was ihm nicht unangenehm war. Der Soldat bestieg den Lift und ließ sich zwei Decks nach unten tragen, um dort die Krankenabteilung aufzusuchen. Ebenda verließ er den Lift und lief den Gang entlang, als eine Frau um die Ecke bog. Sie sah ihn an und blieb erst nach zwei weiteren Schritten stehen, da es dauerte, bis sie sich des Anblicks bewusst wurde. Einen Atemzug lang starrte sie den Mann an, dann stieß sie plötzlich einen entsetzten Schrei aus und rannte kreischend davon. »Warum müssen Frauen immer übertreiben?«, murmelte der Soldat und lief weiter. In diesem Moment öffnete sich vor ihm auf der linken Seite das Schott der medizinischen Abteilung und Ireipehl stürzte nach links auf den Gang. »Was ist denn hier los? Warum hat die Frau geschrien?«, fragte der Arzt in den Gang hinein, drehte sich zur anderen Seite um und sah den

Soldaten, der langsam auf ihn zukam. Sofort erkannte Ireipehl, was der Grund für die Reaktion der Frau war. »Bleiben Sie stehen!«, wies er den Mann in einem strengen Befehlston an. Ein kurzer prüfender Blick bestätigte ihm schließlich das, was er am liebsten nicht bestätigt haben wollte. »Folgen Sie mir in die Krankenstation, fassen Sie aber nichts an.« Ireipehl eilte in die Station und der Soldat hörte ihn schon brüllen. »Kölpa! Kommen Sie schnell!« Als der Mann drei Schritte hinter Ireipehl stehen blieb, kam Kölpa bereits herbeigeeilt. »Was gibt es denn so Dringendes?« »Wir haben ein riesiges Problem, Kölpa«, antwortete der Arzt und deutete lässig mit dem rechten Daumen hinter sich auf den Soldaten. Kölpa ging weiter, bis er neben Ireipehl stand, und starrte den Mann an. »Ein riesiges Problem ist wohl glatt untertrieben.«

* * *

Die Nadilor landete auf dem nächsten Planeten der Route der Tlipox. Erneut machte sich Zodomar in Begleitung der vier Soldaten auf den Weg zum Kontrollzentrum, um mit der Erkundigung zu beginnen. Die Reihe der Wartenden vor dem Schalter, zu dem der Oberst musste, ließ keine große Begeisterung bei ihm aufkommen. Geduldig verfolgte Zodomar die Reduzierung der Schlange, bis er endlich an die Reihe kam, um sein Anliegen vorzutragen. »Sie wünschen?«, fragte die Frau ihn emotionslos. »Ich benötige eine Auskunft über einen Frachter namens Tlipox.« »Haben Sie eben gerade Tlipox gesagt?« »Ich denke, meine Frage war klar formuliert.« »Was haben Sie denn mit denen zu tun? Die Leute haben hier einen Ärger veranstaltet, der jeder Beschreibung spottet.« »Sie werden hier nie wieder Ärger machen, denn alle Besatzungsmitglieder sind tot.« »Diese Nachricht gefällt mir.« »Etwas mehr Respekt wäre angebracht, doch lassen wir das. Inwiefern hat die Mannschaft hier Ärger veranstaltet?« »Ein paar der Leute der Besatzung meinten, sie müssten unbedingt einen Ausflug machen. Es hat sie nicht im Mindesten interessiert, dass sie verbotenes Gebiet betreten haben.« Diese Aussage rüttelte Zodomar förmlich auf. »Die Leute haben verbotenes Gebiet betreten? Weshalb ist diese Gegend verboten?« »Weil sich jeder, der sich dort hinbegibt, der Gefahr aussetzt, sich mit irgendetwas zu infizieren. Die oberste medizinische Behörde hat die Regierung dazu gedrängt, das ganze Gelände als Sperrzone auszuweisen.« »Wer kann mir Näheres dazu sagen?« »Fragen Sie den Leiter des hiesigen Zentralkrankenhauses. Er ist unter anderem auch ein Mitglied der obersten medizinischen Behörde.« »Wo befindet sich das Zentralkrankenhaus?« Die Frau beschrieb Zodomar den Weg zu dem Klinikum und nannte ihm den Namen des Arztes. »Ich danke Ihnen für Ihre Hilfe.« »Warum erkundigen Sie sich eigentlich danach, wenn die Leute nicht mehr am Leben sind, und wieso kümmert sich das Militär um diese Angelegenheit?« »Uns interessieren die Umstände ihres Todes.« »Sie vermuten doch nicht etwa, dass ihr Tod mit ihrem Aufenthalt in dieser Zone zu tun hat?« »Genau das versuche ich herauszufinden.« »Ich wünsche Ihnen viel Erfolg. Hoffentlich ist kein Problem damit verbunden.« »An diese Möglichkeit will ich gar nicht denken.« Zodomar grüßte und verließ mit seinen Leuten das Kontrollgebäude, um sich in die Stadt zu dem Zentralkrankenhaus zu begeben.

* * *

Die beiden Soldaten führten Blodesku in die medizinische Abteilung der Gyjadan hinein, zusammen mit Muruba, Litreck und Penra. Gerade in dem Moment, als Muruba nach der Majorin rufen wollte, kam sie in den großen Saal hinein, bemerkte die Gruppe und kam zu ihr. Sie registrierte, dass die Soldaten Blodesku an den Armen festhielten, weshalb sie prüfend in sein Gesicht sah. »Was ist mit dem Mann?« »Blodesku ist durchgedreht. Er ist der Ansicht, dass die Stelkudo ihn töten werden, und diese Vorstellung verkraftet er nicht mehr.« »Wie lange zeigt er schon diese Reaktionen?« »Es fing an, als wir bei dem Frachter ankamen. Er sollte uns eine Information beschaffen. Vielleicht dachte er auf dem Flug zu dem Schiff darüber nach und der Anblick des Frachters hat diese Reaktion hervorgerufen.« »Das ist gut möglich. Lassen Sie ihn hier. Ich versuche, ihn wieder zu stabilisieren.« »Die beiden Soldaten bleiben ebenfalls hier auf der Station, falls es Schwierigkeiten mit ihm geben sollte.« »Danke, das ist sehr hilfreich. Ich denke, dass Sie ihm auch ein Gefühl der Sicherheit geben. Sie erhalten einen Bericht von mir, sobald ich eine erste Einschätzung von Blodesku habe.« »Major Sinkara, Sie finden mich in der Zentrale.« Muruba verließ zusammen mit Litreck und Penra die medizinische Abteilung, um sich zum nächsten Lift zu begeben. Schweigend bestiegen sie ihn, ließen sich nach oben tragen, stiegen aus und liefen den Gang entlang zur Zentrale, welche die drei betraten. Dort folgten die beiden Muruba zu seinem Arbeitsplatz, auf dem er sich niederließ, während Penra und Litreck neben ihm stehen blieben. »Haben Sie die Datei, welche ich Ihnen geschickt habe, zu mir weitergeleitet, Kommandant?« »Selbstverständlich habe ich das erledigt, Admiral.« Auf die Antwort hin aktivierte Muruba seine Konsole, suchte die Datei und rief sie, nachdem er sie gefunden hatte, auf. Anschließend suchte er in der Datenbank des Schiffs nach dem System von Klutags. Tatsächlich dauerte es nicht lange, bis er ein Ergebnis angezeigt bekam. »Ich bin fündig geworden«, sagte er zu Penra und Litreck, ohne seinen Blick von der Konsole abzuwenden. Die beiden beugten sich leicht nach vorn, damit sie ebenfalls die Informationen mitlesen konnten. Alle überflogen den Eintrag über Klutags bis zum Ende, dann richteten die beiden sich wieder auf. »Ach ja? Das ist äußerst interessant. Klutags ist von Kolonisten aus Alkatar besiedelt worden.« Die Überraschung spiegelte sich im Tonfall Murubas wider. »Auf Klutags bauten sie eine bedeutende Industrie auf, und jetzt wird es spannend: Sie dient der Erzverarbeitung. Es gibt noch andere Unternehmen, die das gewonnene Metall abnehmen, um daraus irgendwelche Produkte herzustellen. Leider steht hier nichts darüber.« »Das liegt wohl daran, dass die Aufzeichnungen vor einigen Jahren abbrechen. Ich habe auch nichts darüber gelesen, ob Klutags zum Imperium gehört.« »Es gehört nicht dazu, denn sonst gäbe es ganz bestimmt nicht einen Bruch, sondern die Datei befände sich auf dem neuesten Stand, Penra.« »Mit dieser Industrie hätten sie im Imperium bestimmt gute Geschäfte machen können.« »Das schon, aber nur am Anfang. Vondal hätte so eine profitable Industrie nach und nach an sich gerissen«, antwortete Litreck der Gouverneurin. »Sie haben andere Geschäftspartner gefunden, die ihnen zu Wohlstand verhalfen: die Stelkudo«, stellte Muruba fest, schloss die Datei und stand auf. »Das ist es: Klutags verdankt seinen Reichtum den Stelkudo. Sie liefern ihnen das Erz und nehmen ihnen die Endprodukte, welche das auch immer sein mögen, ab. Aus diesem Grund versuchen sie zu verhindern, dass jemand erfährt, wohin das ganze Erz von Veschgol geliefert wird, und dazu ist ihnen jedes Mittel recht.« »Das ist gut und schön, Leytek. Nur was fangen wir jetzt mit dieser Feststellung an?« »Penra, ich habe Lust zu verreisen.«

* * *

Am nächsten Tag betrat General Kelschin das Büro von Farschgu ohne Gruß und setzte sich ihm gegenüber an den Schreibtisch. »Ich habe Ihnen meinen Plan geschickt, Farschgu. Fanden Sie schon Zeit, ihn zu prüfen?« »Natürlich habe ich mir ihr Elaborat angesehen, Kelschin. Es findet meine Zustimmung. Jetzt liegt es nur an Ihnen, dieses Vorhaben auch schnellstens in die Tat umzusetzen. Leisten Sie sich dabei keinen Fehler.« Aufgrund dieser beleidigenden Bemerkung schwappte Kelschins Groll gegen Farschgu wieder nach oben, weshalb er wieder an seine Idee denken musste. Da sich Kelschin darüber bewusst war, dass er zurzeit nichts in die Wege leiten konnte, suchte er, seine innere Ruhe wiederzufinden. »Es ist mein Plan und ich bin gewillt, ihn erfolgreich durchzuführen.« »Das Ergebnis wird zeigen, wie gewillt Sie wirklich waren, Kelschin.« Die Ruhe, welche der General gerade mühevoll wiedergefunden hatte, flog wie von einer plötzlichen Windböe erfasst davon. Da General Kelschin um seine Beherrschung fürchtete, beschloss er, so schnell wie möglich das Büro zu verlassen, wobei er hoffte, dass ihn Farschgu nicht aufhielt. »Wenn Sie mich nicht brauchen, gehe ich jetzt.« »Ich lege Ihnen nahe, sorgfältig zu sein. Halten Sie mich über den Fortgang auf dem Laufenden. Sie dürfen sich entfernen.« Diese Aufforderung kam Kelschin mehr als gelegen, weshalb er vom Stuhl aufsprang und aus dem Büro eilte. Er durchquerte hastig das Vorzimmer und trat auf den Gang. Erst hier wagte er es, kurz stehen zu bleiben und mehrmals tief durchzuatmen.

* * *

Nach dem Ende des Gesprächs mit dem Gouverneur von Fletuli gab Vuoga Petrulkuma die Gelegenheit, über die neue Situation nachzudenken. Dieser nahm die Chance auch wahr und dachte über die neue Lage nach, dabei vermied er den Augenkontakt mit Vuoga. Schließlich kam er zu einem Ergebnis, das ihm zwar nicht so unbedingt gefiel, aber sich ganz im Sinn der Bevölkerung darstellte. »Präsident Vuoga, ich werde mit Ihnen zusammenarbeiten, um zu vermeiden, dass

Sie die Einwohner im Fall einer Weigerung meinerseits dafür büßen lassen. Das bedeutet gleichzeitig meine Zusicherung, nicht mit Alkatar in Kontakt zu treten, um die Information Ihres Aufenthaltes hier preiszugeben.« »Ich freue mich über Ihre vernünftige Entscheidung.« »Haben Sie noch einen Auftrag für mich?« »Ja, Sie müssen zwei Dinge für mich erledigen: Zum einen benötige ich einen Besprechungsraum, zum anderen rufen Sie mir alle Frachterkommandanten dorthin. Mit ihnen will ich ausloten, inwiefern wir zu einer guten Zusammenarbeit kommen.« »An was denken Sie dabei?« »Darüber schweige ich mich noch aus. Es steht in Abhängigkeit zum Ergebnis der Beratung, ob Sie von mir über meinen Plan informiert werden.« »Sie können mein Büro benutzen, Präsident.« »Dann bleibe ich doch am besten gleich hier.« »Wie Sie wünschen. Ich kümmere mich persönlich darum, sämtliche Kommandanten so schnell wie möglich hierherzubeordern.« Petrulkuma stand auf und verließ sein Büro, um das Gesagte in die Tat umzusetzen. Als sich die Tür hinter Petrulkuma schloss, stand auch Vuoga auf und ging zum Fenster des Büros, das ihm einen Blick über die Hauptstadt gewährte. Er sah in die Straßenfluchten, die von Häusern in unterschiedlichen Farben flankiert waren. Auch die Höhen der Gebäude differierten stark, ebenso wie die vielen Baustile, in denen sie errichtet worden waren. Auf den Straßen herrschte wie jeden Tag um diese Uhrzeit viel Betrieb, was ihm bedeutete, dass er mit der Einnahme von Fletuli einen guten Griff machte. Dieser Anblick nährte seine Hoffnung, das Vorhaben möglicherweise schneller als gedacht umsetzen zu können. Das Eintreten Petrulkumas riss ihn aus seinen Visionen, doch drehte er sich nicht sogleich um, sondern blickte noch einmal kurz über die modernen und ältlichen Gebäude, welche sich vor ihm ausbreiteten. Vuoga löste sich von dem Anblick und drehte sich zu Petrulkuma um. »Was haben Sie mir zu berichten, Gouverneur?« »Es hat besser geklappt, als ich vermutete. Alle dreiundzwanzig Kommandanten sind über Ihren Wunsch in Kenntnis gesetzt worden. Die Einberufung zu dem Treffen wurde von mir als sehr dringlich deklariert.« »Es ist auch dringlich. Übrigens sollten Sie wissen, dass ich nur ungern warte.« Innerlich atmete Petrulkuma auf, denn es handelte sich um eine spontane Eingabe, es als eilig hinzustellen. Der Gouverneur deutete mit seiner rechten Hand auf den großen Tisch, welchen er für Konferenzen nutzte. »Es sind ausreichend Plätze für alle vorhanden. Wenn Sie mich nicht mehr benötigen, werde ich vor der Tür auf die Kommandanten warten und sie zu ihnen hineinschicken.« »Machen Sie das.« »Ich wünsche Ihnen für Ihre Verhandlung viel Erfolg.« Petrulkuma verließ das Büro und baute sich neben der Tür auf.

*

Nachdem der letzte Frachterkommandant am Konferenztisch Platz genommen hatte, ergriff Vuoga das Wort. »Ich danke Ihnen allen, dass Sie meiner Einladung gefolgt sind.« Einer der Anwesenden unterbrach Vuoga in seiner Rede. »Präsident Vuoga, warum haben Sie uns ein Startverbot auferlegt? Wir sind alle darüber verärgert. Sie haben kein Recht dazu, uns auf Fetu festzuhalten.« Weder von dem mehr als aufgebrachten Tonfall noch von dem zustimmenden Gemurmel der anderen ließ sich Vuoga irritieren. »Bitte beruhigen Sie sich doch. Hätten Sie mich ausreden lassen, dann wüssten sie bereits meine Beweggründe. Zum einen wollte ich vermeiden, dass Ihre Schiffe in den kurzen Wirren Schaden nehmen, zum anderen, weil ich mit Ihnen zu sprechen gedachte. Weshalb Sie hier sitzen, ist die Tatsache, dass es um Geschäfte für Sie geht. Um das Prosperieren der pherolischen Republik zu gewährleisten, benötigen wir Waren. Um welche es sich im Einzelnen dabei handelt, erfahren Sie, wenn mein Vorschlag

Ihre Zustimmung findet. Ich buche Ihre gesamte Frachtkapazität. Eine Bedingung dabei ist allerdings daran geknüpft: Sie müssen Stillschweigen darüber bewahren, wohin diese Waren geliefert werden. Kein anderer Händler erhält von mir einen Auftrag außer Ihnen.« »Soll das etwa heißen, dass wir Sie exklusiv beliefern?« »So lange, bis unsere Bestellliste abgearbeitet ist. Die Waren spedieren Sie allerdings nicht nach Fetu, sondern nach Pherol. Dort können Sie, solange der Auftrag läuft, auch Ihre Schiffe, sollten Sie ein Problem haben, instand setzen lassen. Ihre Frachter erhalten von mir den Vorrang.« »Wir kennen Pherol. Die dortige Werft hat nicht gerade eine große Kapazität.« »Daran arbeiten wir. Hoffen Sie einfach, dass nicht bei mehreren der Schiffe gleichzeitig ein Problem auftaucht.« »Das ist nicht gerade wahrscheinlich. Wenn ich an die Wartezeiten von den anderen Werften denke und wie viele Aykons mir deswegen verloren gehen, macht es mir Ihr Angebot direkt sympathisch.« »Dann sind wir uns einig? Es liegt an Ihnen allen, schnellstmöglich das benötigte Material zu liefern.« »Wir werden Ihre Offerte diskutieren, allerdings bitte ich Sie, vor der Tür zu warten. Wir rufen Sie, wenn wir uns einig geworden sind.« Vuoga stand auf und verließ siegesgewiss grinsend das Büro.

*

»Kommen Sie bitte herein, Präsident«, forderte einer der Händler Vuoga auf. Vuoga folgte der Aufforderung, ging mit dem Mann in das Büro des Gouverneurs und ließ sich auf seinem Platz nieder. Der Händler hingegen blieb stehen und präsentierte eine feierliche Miene. »Präsident Vuoga. Wir haben Ihr Angebot eingehend diskutiert und sind alle zu dem Schluss gekommen, dass der Auftrag von uns angenommen ist.« »Es freut mich, dass Sie meine Offerte akzeptieren. Auf eine gute Zusammenarbeit. Die Anforderungslisten gehen Ihnen so schnell wie möglich zu. Ich werde mich nach Pherol begeben, um mit dem Leiter der dortigen Werft, Heti Naro, die Sache durchzugehen. Naro wird die Bestellung an den Gouverneur weiterleiten, dann wird Petrulkuma mit Ihnen Kontakt aufnehmen. Ich danke Ihnen für Ihr Erscheinen.« »Gestatten Sie mir noch eine Frage: Hängt Ihre Bedingung des Stillschweigens vielleicht mit der veränderten politischen Situation auf Alkatar zusammen?« »Mit Ihrer Vermutung liegen Sie richtig.« »Wir schweigen uns darüber aus, wer unser Auftraggeber ist und wohin wir die Waren liefern. Ein gutes Geschäft ist unser Schweigen wert.« Die Händler erhoben sich und gingen aus dem Büro, um sich zu ihren Schiffen zu begeben. Als der Letzte von ihnen den Raum verlassen hatte, kam Petrulkuma hinein und ging zu Vuoga. »Wie ist die Verhandlung gelaufen, Präsident? Die Kommandanten wirkten alle sehr zufrieden.« »Wir sind zu einem vorteilhaften Konsens gekommen. Aus diesem Grund setzte ich auch Sie darüber in Kenntnis. Nehmen Sie Platz, Gouverneur.« Petrulkuma zog sich einen Stuhl zurecht und setzte sich zu Vuoga an den Tisch. Dieser schilderte ihm, um was es bei der Verhandlung ging.

* * *

Das Schott zur Kontrollzentrale des Raumhafens von Pherol glitt auf und Kalkata hastete in den Raum. »Was gibt es denn so Dringendes?«, fragte er ein wenig atemlos. »Ein imperialer leichter Kreuzer ist gerade angekommen. Der Kommandant bat mich darum, dass Sie bitte bei der Landung anwesend sein sollen, da er mit Ihnen zu sprechen wünscht.« »Endlich ist das Schiff angekommen. Nur die Mannschaft bedaure ich.« Während er das sagte, eilte Kalkata auch schon wieder aus der Zentrale. Der Gouverneur verließ das Gebäude und blieb vor dem Eingang stehen, um die Ankunft des

Schiffs zu erwarten. Um sich die Zeit bis zum Eintreffen sinnvoll zu vertreiben, überlegte Kalkata, wie er dem Kommandanten die neue Situation auf Pherol schonend beibringen sollte. Das sich auf den Planeten herabsenkende Schiff riss ihn aus seinen Gedanken. Geduldig verfolgte Kalkata den leichten Kreuzer, bis dieser schließlich auf dem Landefeld stand. Danach lief er zu dem Schiff, blieb davor stehen und wartete darauf, dass sich der Ausstieg öffnete. Bald darauf glitt das Außenschott auf und die Rampe wurde ausgefahren. Es dauerte nicht lange, bis der Kommandant erschien und mit großen Schritten auf ihn zukam. »Ich grüße Sie, Gouverneur Kalkata. Mein Name ist Iladwin und ich bin der Kommandant der Owdun.« »Ich grüße Sie, Iladwin.« »Mein Schiff, meine Mannschaft und meine Person stehen zu Ihrer Verfügung. Übrigens soll ich Ihnen viele Grüße von Oberst Fegobol ausrichten.« »Vielen Dank. Kommen Sie bitte mit mir. Wir suchen Heti Naro, das ist der Leiter der Werft, auf. Mit ihm können Sie besprechen, wo Ihre Fracht hingebracht werden soll. Auf dem Weg dorthin muss ich Sie über ein paar Dinge aufklären, die Ihnen ganz sicher nicht gefallen werden.« Das Lächeln wich aus dem Gesicht von Iladwin und machte einer ernsten Miene Platz. Beide liefen los und gingen zu dem Kontrollgebäude, vor dem die Fahrzeuge parkten. Dort bestiegen sie einen der Gleiter, Kalkata flog los und begann mit der Schilderung von den Ereignissen. Ohne eine Zwischenfrage zu stellen, hörte sich der Kommandant den Bericht an, bis der Gouverneur zum Ende kam. »Hier hält sich Vuoga also auf. Fegobol sucht ihn und seine Flotte. Wenn Fegobol nur wüsste, dass Vuoga sich hier aufhält.« »Ich sage es nur ungern, aber noch ist es besser, dass Fegobol es nicht weiß. Vuoga ist zu allem fähig. Ich traue ihm sogar zu, dass er die Bevölkerung von Pherol als Geisel nimmt, um sich des Zugriffs von Fegobol zu entziehen.« »Mit Ihrer Vermutung liegen Sie bestimmt richtig. Vuoga befahl sogar, auf

die eigenen Schiffe zu feuern. Ich war mit der Owdun dabei.«
Vor der Werfthalle hielt der Gouverneur das Fahrzeug an und
stieg ebenso wie Iladwin aus. Sie gingen in den Hallenbau hinein und Kalkata sah sich um. In diesem Moment kam Naro
aus seinem Büro, sah die zwei Besucher und ging ihnen entgegen. »Hallo, Tar! Hallo, ich bin Heti Naro.« »Ich bin Iladwin, der Kommandant der Owdun. Ich habe Ihre bestellte
Fracht und noch ein paar andere Sachen dabei. Wo müssen
sie hingebracht werden?« »In das große Lager rechts neben
dieser Halle. Am besten komme ich mit auf Ihr Schiff und
sehe mir die Fracht zuerst einmal an.« Die drei begaben
sich zum Gleiter und stiegen ein. Iladwin sah in den Himmel und erkannte dort ein Schlachtschiff, das gerade in die
Atmosphäre von Pherol eintauchte. Kalkata bemerkte, dass
Iladwin nach oben starrte, und sah in die gleiche Richtung.
»Das kann sich nur um Vuoga handeln. Er wird Ihnen garantiert einen Besuch abstatten.« »Exgeneral Walpa Vuoga. Auf
den kann ich gut verzichten.« »Sie nicht allein, Iladwin. Wir
wären ihn am liebsten sofort los.«

* * *

Vor dem Empfang des Zentralkrankenhauses der Hauptstadt
blieb Zodomar stehen. Die Frau hinter dem Tresen sah ihn
mit einem misstrauischen Blick an. »Was kann ich für Sie
tun?« »Ich bin Oberst Zodomar und muss dringend mit
dem Leiter des Hospitals sprechen.« »Um welche Angelegenheit handelt es sich dabei?« »Das sage ich nur ihm persönlich.« »Das ist hier nicht üblich.« »Mir ist es vollkommen egal, was hier üblich ist. Es ist äußerst wichtig.« »Na
schön, ich frage ihn«, antwortete sie sichtlich genervt und
stellte eine Verbindung über die interne Kommunikation
her. Sie sprach kurz mit dem Arzt und beendete die Verbindung. »Er hat gerade Zeit für Sie. Ich beschreibe Ihnen den

Weg.« Zodomar versuchte, sich die ganz hastig gegebene Information zu merken, verabschiedete sich knapp und ging mit den Soldaten zum nächsten Lift. Als sie das Vorzimmer betraten, blickte die Frau von ihrem Schreibtisch auf. »Bitte gehen Sie gleich hinein.« Wie aufgefordert, gingen sie in das angrenzende Büro hinein. Der Leiter stand auf und ging auf die Gruppe zu. »Oberst, Sie wollen mich in einer wichtigen Angelegenheit sprechen?« »Ja, es handelt sich um die Besatzung eines Frachters namens Tlipox.« »O nein, einige von ihnen haben sich in die verbotene Zone begeben.« »Genau darum geht es. Die Mannschaft ist tot. Sehen Sie sich bitte den Bericht von den Ärzten Kölpa und Ireipehl an.« »Kölpa? Dann muss es sich wirklich um ein ernstes Problem handeln.« »Sie kennen Kölpa?« »Wir haben zusammen studiert. Er ist eine Koryphäe.« Mit seiner rechten Hand fingerte Zodomar ein handflächengroßes Mobilgerät aus seiner Uniformjacke, aktivierte es und suchte den Bericht heraus. Anschließend hielt er dem Arzt das Mobilgerät hin, der es entgegennahm und sogleich zu lesen begann. Nach dem Durchgehen des Berichts reichte er das Gerät an Zodomar zurück, der es ausschaltete und in seiner Tasche verschwinden ließ. »Das Krankheitsbild ist mir vollkommen unbekannt. Wenn Kölpa das nicht kennt, ist das als bedenklich einzustufen. Das müssen sich die Leute woanders eingefangen haben. Ich hatte angeordnet, dass alle, die in der Zone waren, sich einer Untersuchung unterziehen müssen. Alle Tests erwiesen sich als negativ. Jeder von ihnen befand sich in einer guten Verfassung. Was hat eigentlich das Militär damit zu schaffen?« »Ich bin im Auftrag von Kölpa unterwegs, um herauszufinden, wo sie sich infizierten. Vielleicht gibt es dort ein Gegenmittel.« »Das hilft der Besatzung jetzt auch nicht mehr.« »Aber anderen vielleicht. Es steht die Frage im Raum, ob sie danach noch weitere Planeten aufsuchten. Das kann sich zu einer Katastrophe auswachsen. Vielleicht sieht

Kölpa zu schwarz.« »Ich hoffe, dass er zu schwarzsieht. Wo hält sich Kölpa zurzeit auf? Ich möchte mich bei ihm melden. Außerdem interessiert mich dieser Fall.« »Er hält sich auf Leukanza auf. Dort steht auch der Frachter mit den Toten.« »Ich wünsche Ihnen viel Erfolg, Oberst Zodomar. Es ist enorm wichtig.« »Ich danke Ihnen.« Er wandte sich ab und verließ mit seinen Männern den Raum, um zur Nadilor zurückzukehren.

* * *

Eine Sonde erschien im System von Minchoxr und begann sofort mit der Überprüfung des Systems. Nach Abschluss der Datensammlung verschwand die Sonde wieder und kehrte zu ihrem Ausgangspunkt zurück. Der Orter der Kontrollzentrale von Minchoxr blickte auf seine Anzeigen und wunderte sich. Er ließ sich die beiden Ortungen erneut zeigen, und da es ihm ungewöhnlich erschien, traf er die Entscheidung, General Gelutrxr darüber zu informieren. Zuvor jedoch entschloss er sich zu einem Systemtest. Da dieser Test das einwandfreie Funktionieren bestätigte, kontaktierte er den General über die interne Kommunikation und wartete darauf, dass er in der Zentrale erschien. Da sein Büro in der Nähe lag, kam er schon bald darauf in den Raum geeilt. »Was gibt es denn?«, fragte General Gelutrxr bereits beim Hereinkommen und ging zu dem Orter. »Ich habe zwei ganz kurze seltsame Anzeigen erhalten.« »Haben Sie schon eine Überprüfung des Systems vorgenommen?« »Ja, natürlich. Das System arbeitet einwandfrei.« »Zeigen Sie mir die Anzeigen.« Gelutrxr stellte sich neben den Offizier und sah sich die zwei Ortungen an. »Das sieht aus, als seien entweder zwei Objekte angekommen, oder es handelte sich nur um eines, das wieder verschwunden ist. Das gefällt mir ganz und gar nicht. Alles war bislang so schön ruhig. Sobald Sie wieder eine ungewöhnliche Anzeige erhalten, kontaktieren Sie mich.« Mit bedenklicher Miene ging Gelutrxr zum Ausgang, blieb ein Stück davor stehen, dachte einen Augenblick nach und drehte sich schlagartig um. Mit großen Schritten eilte er zu der Funkstation und stellte sich neben den Offizier. »Mit wem möchten Sie sprechen?« »Rufen Sie mir das Schiff des Unterkommandeurs. Ich muss sofort mit ihm reden.« »Jawohl, General.« Während der Offizier die Verbindung herstellte, stellte sich Gelutrxr in den Erfassungsbereich und blickte auf den Schirm. Bald darauf erhellte sich der Schirm und der Unterkommandeur sah den General an. »General, was liegt an?« »Hat Ihr Ortungsoffizier zwei ungewöhnliche Anzeigen erhalten?« »Ja, er hat zwei Anzeigen erhalten.« »Warum haben Sie mich nicht gleich darüber informiert?« »Wir hielten es für eine Fehlfunktion.« »Haben Sie auch einen Testlauf gemacht?« »Nein, wegen so einer Nebensächlichkeit doch nicht.« »Das hätten Sie besser machen sollen. Es handelte sich nämlich nicht um eine Fehlfunktion. Jetzt, da Sie das wissen: Was halten Sie davon?« »Es war viel zu unbedeutend, als dass ich ihm Bedeutung beimesse.« »Das sehe ich nicht so. Fliegen Sie zu den Koordinaten und sehen Sie sich dort einmal um.« »Wie Sie wollen«, antwortete der Offizier unwillig und unterbrach die Verbindung. Verärgert über die Reaktion ging Gelutrxr zum Fenster und sah hinaus, um sich abzulenken.

*

Das Schiff des Unterkommandeurs verließ den Verband, bei dem er stand, beschleunigte und flog zu den Koordinaten am Rand des Systems von Minchoxr. Als sie den Punkt erreichten, ließ er die Geschwindigkeit herabsetzen und ließ alles umher absuchen, doch sie machten nichts aus. »Hier ist nichts, Kommandeur«, meldete der Orter. »Das wundert mich nicht. Pilot, fliegen Sie langsam weiter. Wir suchen ein größeres Gebiet ab.« Sie nahmen ein erweitertes Gebiet unter die Lupe, allerdings ohne ein Ergebnis zu erzielen. »Sollen wir die Untersuchung abbrechen?« Der Kommandeur sah den Kommandanten seines Schiffs an und dachte eine Weile nach. »Nichts würde ich lieber machen, aber General Gelutrxr wird diese Entscheidung ganz bestimmt nicht mittragen. Wir erweitern die Zone noch ein zweites Mal. Sollten wir dann immer noch nicht fündig werden, stellen wir die Suche ein.« »Wir verschwenden hier nur unsere Zeit.« »Wie sollen wir etwas verschwenden, wenn wir ohnehin nichts zu tun haben?« »Das stimmt auch wieder«, antwortete der Kommandant hilflos und gab die Befehle heraus. Das Schiff flog die neue festgelegte Zone ab, bis der Kommandant von seinen Offizieren die abschließenden Meldungen entgegennahm. Er begab sich zum Kommandeur, hob die Arme und ließ sie machtlos wieder sinken. »Auch in diesem Gebiet gibt es nichts, was irgendwie als ungewöhnlich zu bezeichnen ist. Soll ich den Rückflug befehlen oder wollen Sie von hier aus den General kontaktieren?« »Wir fliegen langsam zurück. Ich werde gleich mit dem General sprechen.« Der Kommandant gab dem Piloten die Anweisung, das Schiff zu wenden und mit mäßiger Geschwindigkeit Kurs auf den Verband zu nehmen. Vor dem Hauptbildschirm stand der Kommandeur und starrte regungslos darauf. Nach einer Weile löste er sich von dem für ihn uninteressanten Anblick und sah zur Funkstation hinüber. Seine Absicht, den Offizier anzurufen, wurde vom Orter in diesem Augenblick zunichte gemacht. »Kommandeur! Ich habe soeben ein Objekt, das gerade angekommen ist, geortet. Die Anzeige ist wesentlich deutlicher als beim letzten Mal.« »Pilot, fliegen Sie sofort zu dieser Stelle, aber zügig bitte. Ich habe keine Lust, wieder eine sinnlose Suche durchzuführen.« Die Geschwindigkeit des Schiffs nahm immer mehr zu und näherte sich dem vom

Orter angegebenen Punkt. »Sobald das Objekt in Sichtweite ist, legen Sie es auf den Schirm.« »Es sind weitere Objekte an anderen Stellen angekommen.« Ruckartig drehte sich der Kommandeur zu dem Ortungsoffizier um, so als ob die Meldung dadurch zurückgenommen würde. »Ich habe das Objekt und lege es auf den Schirm.« Der Kommandeur sah ebenso wie der Kommandant wieder auf den Schirm und sah ein ovales, nicht allzu großes Objekt. Sie näherten sich ihm weiter an, als sich plötzlich etwas veränderte. »Was passiert denn jetzt damit?«, rief der Kommandeur entsetzt aus.

* * *

Lötip, der oberste Leiter der Erzverarbeitung, welcher auch gleichzeitig der Regierung von Klutags angehörte, bekam einen Anruf, weshalb er zu seinem Schreibtisch eilte und die Verbindung aktivierte. »Ja, was liegt an?« »Es sind drei Schiffe der Stelkudo angekommen. Einer der Kommandanten wünscht, Sie zu sprechen.« »Stellen Sie ihn mir durch.« Lötip sah auf dem Schirm einen Stelkudo, der, wie es bei ihnen üblich war, seine Kapuze tief in das Gesicht hinuntergezogen trug. »Ich habe eine Anweisung für Sie: Wir fliegen nach Veschgol weiter, um uns dieser mysteriösen Angelegenheit zu widmen. Sollte ich mich nicht bei Ihnen von dort aus melden, senden Sie eine verschlüsselte Nachricht. Wohin, ist Ihnen bekannt. Ich schicke Ihnen jetzt die Mitteilung zuzüglich ein paar weiterer Mitteilungen für Sie.« Der Stelkudo gab einen Befehl ein und Lötip sah den Eingang auf seinem Schirm. »Ich habe Ihre Mitteilung erhalten.« »Folgen Sie meiner Anweisung, wie ich sie in der Nachricht beschrieben habe.« Der Schirm wurde dunkel und Lötip lehnte sich nachdenklich zurück. Dann sprang er auf einmal von seinem Stuhl auf und begann, in seinem Büro hin- und herzulaufen, dabei sinnierte Lötip laut vor sich hin. »Wir haben uns zu

Sklaven der Stelkudo gemacht. Was haben wir denn nur getan? Sie erlauben sich einfach, mir Anweisungen zu geben. Wie können sie das nur wagen? Mit welchem Recht töten sie einen meiner Mitarbeiter?« Lötip blieb kurz stehen und atmete stoßweise, bevor er weiterlief. »Wir profitieren zwar von den Stelkudo, aber unseren Wohlstand haben wir mit Unfreiheit erkauft. Unsere Regierung hat nicht die Möglichkeit, sich gegen die Stelkudo zu wehren. Zu allem Überfluss wissen wir noch nicht einmal, welche Mittel ihnen zur Verfügung stehen. Wir haben den Fehler begangen, nicht den Versuch zu machen, mehr über die Stelkudo in Erfahrung zu bringen. Jetzt ist es zu spät. Klutags ist vollkommen hilflos.« Der Leiter ging zum Fenster, sah hinaus und dann brach es über ihn herein. Lötip verbarg das Gesicht hinter seinen flachen Händen und weinte verzweifelt.

* * *

Kalkata parkte den Gleiter vor dem Kontrollgebäude und alle stiegen aus. »Wir können auch gleich hier auf Vuoga warten, denn er wird uns ohnehin sprechen wollen«, stellte Kalkata fest. »Ja, das wird wohl wirklich das Beste sein«, brummte Iladwin. Sie beobachteten, wie das Schlachtschiff Usmida langsam tiefer sank und schließlich auf dem Raumhafen von Pherol landete. Kalkata deutete mit seiner rechten Hand zur Usmida hinüber. »Gehen wir zum Schiff. Mich interessiert, wo er gewesen ist.« Die drei liefen zum Flaggschiff und stellten sich neben die Rampe. Sie unterhielten sich über die aktuelle politische Lage, bis ihr Gespräch durch das Erscheinen Vuogas unterbrochen wurde. Er lief die Rampe hinunter und gesellte sich zu den Wartenden. »Ein Begrüßungskomitee wartet auf mich. Das ist wirklich nett.« »Bei so einem netten Präsidenten muss das einfach sein.« »Da ich Sie schon ein bisschen kenne, nehme ich Ihnen Ihre Aussage nicht ab,

Kalkata.« »Wo waren Sie mit Ihrer Flotte, Präsident?« »Es gibt sehr gute Neuigkeiten, Gouverneur. Ab sofort gehört Fletuli zur pherolischen Republik.« »Ich hoffe, Ihre Eroberung ging ohne Blutbad ab.« »Es gab dort genauso wenig ein Blutbad wie auf Pherol. Niemand kam zu Schaden, was auch der Initiative von Gouverneur Petrulkuma zu verdanken ist.« »Das nenne eine wirklich gute Neuigkeit.« »Ist der leichte Kreuzer das Schiff, welches Ihnen Fegobol schicken wollte?« »Ja, der leichte Kreuzer wurde auf Veranlassung von Fegobol nach Pherol gesandt«, antwortete Iladwin an Kalkatas Stelle. »Ich bin Hauptmann Iladwin, der Kommandant der Owdun.« »Gut, dass Sie hier sind. Das erspart mir die Mühe, Sie aufzusuchen, Iladwin. Ab sofort ist Ihr Schiff ein Teil der Flotte der pherolischen Republik.« »Ich wurde Gouverneur Kalkata persönlich unterstellt.« »Kalkata untersteht mir und demzufolge auch Sie. Außerdem interessiert es mich überhaupt nicht, was Fegobol Ihnen sagte. Das Imperium hat hier nichts mehr zu melden.« Das Gesicht Iladwins erstarrte zu einer Maske und der Hauptmann schwieg einen Augenblick, bis er sich dann dazu durchrang zu antworten. »Ich beuge mich Ihrem Befehl, Vuoga.« »Nichts anderes erwarte ich von Ihnen, Iladwin. Außerdem bin ich für Sie immer noch Präsident Vuoga.« »Ich nehme das zur Kenntnis, Präsident Vuoga.« Vuoga ließ ein unergründliches Grinsen sehen, das kurz darauf wieder aus seinem Gesicht verschwand. »Nun zu euch beiden. Was macht denn der Werftausbau?« »Es geht gut voran, Präsident.« »Das freut mich zu hören, Naro. Für Sie habe ich einen Auftrag: Stellen Sie mir eine Liste von allem zusammen, was Sie für den laufenden Werftbetrieb im Erweiterungsstadium benötigen, und das bitte so schnell wie möglich. Auf Fetu stehen dreiundzwanzig Frachter bereit, das Material einzukaufen, um es dann nach Pherol zu liefern.« »Sie sagten, es stehen dreiundzwanzig Frachter bereit?« »Ich habe Ihre gesamte Ladekapazität gebucht. Also beeilen

Sie sich bitte ein bisschen, bevor die Kommandanten der Schiffe ärgerlich werden. Wie ich Kalkata kenne, wird er Ihnen sicher gern hilfreich zur Seite stehen.« »Ich wollte schon immer einmal ein unfreiwilliger Freiwilliger sein.« »Was ist mit meiner Fracht für Sie, Naro?« »Ihre Leute schaffen die Fracht in das Lager neben der Halle, wie ich es Ihnen bereits sagte. Ich stelle einen meiner Mitarbeiter ab, der Ihnen sagen wird, wo was abgestellt werden soll, Iladwin.« »Dann kümmere ich mich gleich darum.« Hauptmann Iladwin wandte sich ab und ging zur Odwun hinüber. »Wir haben auch noch viel zu tun, Tar. Wir nehmen den Gleiter und fliegen zur Werft hinüber.« Die beiden ließen Vuoga einfach stehen und gingen zum Kontrollgebäude, wo das Fahrzeug stand. »Das war jetzt nicht sehr nett«, sagte Vuoga und starrte Kalkata und Naro hinterher.

* * *

»Kommen Sie mit uns«, forderte Ireipehl den Soldaten auf und führte ihn zur Isolierstation. Das Schott des Raums öffnete sich und Ireipehl deutete hinein. »Warten Sie dort auf uns. Ich muss mich zuerst mit Kölpa besprechen.« Der Soldat ging hinein und das Schott schloss sich hinter ihm. »Jetzt haben wir genau die Situation, welche ich unbedingt vermeiden wollte. Er war einer der Leute, mit denen sich Major Fonmor in der Zentrale des Frachters befand. Ich frage mich nur, wieso die Desinfektion bei ihm nichts genützt hat. Dieser Mann muss mit einem der Toten in Berührung gekommen sein. Wir werden ihn dazu befragen, vielleicht erfahren wir dann den Grund für das Versagen des Mittels. Ziehen wir die Schutzanzüge an, Kölpa.« Beide gingen zu dem Schrank, der an der Wand zur Isolierstation stand, holten sich je einen Anzug heraus und streiften sie sich über. Sie setzten das Kopfteil auf, verbanden es mit dem Anzug und aktivierten die Außenkommunikation, nickten sich zu und betraten den Raum. Der Soldat stand von seinem Stuhl auf, blieb aber davor stehen. »Was fehlt mir?« »Sie haben die Krankheit der toten Frachterbesatzung.« Entsetzt starrte der Mann die beiden Ärzte an. Nach einer Weile fand er seine Fassung wieder. »Das war mir klar, nur wollte ich von Ihnen Ihre Bestätigung.« »Bevor wir Sie untersuchen, wird Kölpa Sie noch befragen.« »Wir müssen von Ihnen wissen, wie Sie sich infiziert haben. Berührten Sie einen der Toten?« »Nein, ich habe keine der Leichen auch nur berührt, denn sie sehen schrecklich aus.« »Es muss doch etwas vorgefallen sein. Keiner der anderen, die mit Ihnen in der Zentrale waren, zeigt bis jetzt die Symptome.« Der Soldat dachte eine Weile nach, dann nickte der Mann, als erinnerte er sich eben erst daran. »Kurz bevor ich die Zentrale verließ, entschloss ich mich dazu, einen der Toten näher zu betrachten. Ich beugte mich über eine der Leichen und sah sie mir an. Da platzte plötzlich eine der Blasen und der Inhalt spritzte mir auf die rechte Wange. Mit dem Ärmel meiner Uniformjacke wischte ich mir die eklige Substanz ab.« Ireipehl und Kölpa sahen sich vielsagend an. »Sind Sie denn vollkommen wahnsinnig? Das hätten Sie unbedingt Ireipehl sagen müssen! Mit Ihrem unverantwortlichem Verhalten bringen Sie nicht nur die Besatzung der Jablost, sondern auch ganz Leukanza in Gefahr!« Der harte Tonfall Kölpas in Verbindung mit den strafenden Blicken der Ärzte ließ den Soldaten verlegen werden. »Jetzt ist es nicht mehr zu ändern. Was haben Sie denn gespürt, als der Inhalt der Blase Ihnen auf die Wange spritzte?« »Es brannte zuerst, dann spürte ich einen bohrenden Schmerz, der auch noch einen Augenblick anhielt, nachdem ich diese Substanz abwischte.« »Ich ahne Übles, Ireipehl. Wir sehen uns jetzt Ihre Wange an, dann entscheiden wir über das weitere Vorgehen.« Die beiden Ärzte stellten sich vor den Soldaten, der seinen Kopf nach links drehte. Aus der Nähe sahen sich Ireipehl und Kölpa die Wange an. In der Mitte prangte ein schwarzer Fleck, der nach außen hin heller wurde. Im Zentrum des Flecks begann sich eine Blase auszubilden. Nach der Begutachtung gingen die Ärzte drei Schritte zurück. »Durch die Desinfektionsschleuse gehen wir hinaus. In meinem Büro besprechen wir dann alles. Sie, Soldat, werden jetzt eine Liste all der Personen erstellen, mit denen Sie nach dem Verlassen des Frachters in direkten Kontakt kamen. In dem Schrank hinter der Liege finden Sie das Schreibmaterial«, ordnete Ireipehl an. »Ich weiß nicht, ob ich eine vollständige Liste erstellen kann.« »Dann strengen Sie sich eben gefälligst an!«, fauchte Ireipehl den Soldaten an und ging mit Kölpa in die Schleuse.

* * *

Am Tisch in seinem Büro saß Kalaran und studierte den neuesten Bericht Soquezxls über die Fortschritte Wergas und Durotos. »Das ist ganz typisch für die Echse. Er schreibt sachlich und kalt.« Er studierte die Fakten weiter, bis er dann schließlich zur Schlussbetrachtung kam, die aussagte, dass sie den beiden ein erstklassiges Weiterkommen bescheinigte, aber auch noch die bestehenden Schwächen aufzeigte. Im letzten Satz stellte Soquezxl fest, dass diese jedoch bald beseitigt sein würden. »Das ist fantastisch. Die zwei machen sich richtig gut. Soquezxl ist ein guter Lehrer für die beiden. Wenn sie fertig ausgebildet sind, bringen sie Kenntnisse mit, die der imperialen Flotte neue Taktiken bescheren wird.« Kalaran stand auf und ging zu der Kommunikationsanlage, um ein Gespräch zu führen. Nachdem er sich gesetzt hatte, stellte er eine Verbindung her und wartete, bis sie stand, was auch nicht lange dauerte. Eine Frau, die im Vorzimmer von Gouverneur Beredil arbeitete, erschien auf dem Schirm. »Mein Alkt, Sie wollen bestimmt den Gouverneur sprechen.« »Das ist vollkommen richtig. Befindet er sich in seinem Büro?« »Ja, ich stelle Sie durch.« Die Frau verschwand vom Schirm und kurz darauf sah er das Antlitz des Gouverneurs. »Kalaran, ich grüße dich.« »Ich dich auch, Klad.« »Was verschafft mir die Ehre deines Anrufs?« »Es geht um Werga und Duroto. Wie kommen Sie mit Soquezxl zurecht?« »Die beiden machen gute Fortschritte.« »Das wollte ich nicht wissen. Ich habe gerade den neuesten Bericht von Soquezxl gelesen. Wie kommen Sie mit ihm persönlich klar?« »Nach wie vor gut. Natürlich gibt es auch immer wieder Reibungspunkte mit ihm. Dann gehe ich mit den beiden essen und erkläre ihnen, wie sie damit umgehen müssen. Ich treffe mich auch regelmäßig mit Soquezxl. Mit ihm rede ich dann auch unter anderem über Werga und Duroto. Auch ihm gebe ich den einen oder anderen Hinweis.« »Wie nimmt denn Soquezxl das auf? Fasst er das nicht als Einmischung in seine Arbeit auf?« »Nein, Soquezxl und ich pflegen ein sehr gutes Verhältnis. Mache dir keine Gedanken, Kalaran. Alles läuft bis jetzt so, wie es sein sollte. Ich verfolge das alles ständig und greife rechtzeitig ein, wenn ich es für nötig erachte.« »Dafür danke ich dir, Klad. Wir sprechen uns wieder.« »Bis zum nächsten Mal, Kalaran.« Der Schirm erlosch, Kalaran stand auf und ging zu dem Tisch. Der Alkt nahm den Bericht von Soquezxl, sah noch einmal darauf und legte ihn dann beiseite.

* * *

Admiral Muruba betrat die Zentrale der Gyjadan und ging in Richtung seines Platzes. Der Funker drehte sich zu ihm um und entspannte sich ein wenig. »Gut, dass Sie gerade kommen, Admiral. Ich wollte Sie gerade anrufen.« »Was gibt es denn?« »Die Fernortung von Veschgol hat drei Schiffe ausgemacht, die gerade hier angekommen sind.« »Was sagen Sie da? Holen Sie sofort die Startgenehmigung ein! Pilot, Alarm-start. Wir fliegen zu unserem Verband. Mit ihm kümmern wir uns um die Ankömmlinge.« Muruba eilte zu seinem Platz und ließ sich darauf nieder. »Die Startgenehmigung wurde erteilt«, rief der Funkoffizier dem Piloten zu. Die Triebwerke fuhren weiter hoch, dann hob die Gyjadan vom Raumhafen von Veschgol ab und stieg in den Himmel. »Funker, geben Sie Befehl an den Verband: Alle Schiffe sollen sich zum Abflug bereit machen. Wir fangen die Schiffe ab, sobald wir zu ihnen gestoßen sind.« »Jawohl, Admiral.« Das Schlachtschiff ver-ließ die Atmosphäre von Veschgol, stieß zu dem Verband und flog mit ihm den drei Schiffen entgegen, die dem System von Veschgol näher kamen. Mit steigender Geschwindigkeit be-wegten sie sich auf die unbekannten Schiffe zu, bis sie nahe genug heran waren, um die Eindringlinge in Augenschein zu nehmen. »Gebt mir die Schiffe auf den Schirm«, befahl Muruba, stand auf und stellte sich vor den Hauptbildschirm. »So kann ich nicht viel erkennen. Vergrößern Sie mir die An-sicht.« Der Ortungsoffizier zoomte die Schiffe so weit heran, bis sie gut wahrgenommen werden konnten. »Ich dachte es mir. Es sind die Stelkudo. Funker, rufen Sie die Schiffe.« Der Offizier begann fieberhaft zu arbeiten, dann drehte er sich zu Muruba um. »Sie reagieren nicht auf meine Anrufe.« »Das wundert mich nicht im Geringsten. Befehl an alle Schiffe: Die Waffen und Schutzschirme aktivieren. Erst auf meinen Befehl hin wird gefeuert.« Der Verband kam noch weiter an die drei Schiffe heran und legte sich ihnen in den Weg. »Fun-ker, reagieren sie immer noch nicht?« »Nein, weiterhin keine Reaktion.« »Waffenoffizier, sobald wir uns in Reichweite be-finden, setzen Sie ihnen zwei Warnschüsse vor den Bug. Viel-leicht sind sie dann gesprächsbereiter.« Die Gyjadan erreich-te die notwendige Distanz und der Offizier feuerte wie ihm befohlen zwei Schüsse ab. »Admiral, sie rufen uns.« »Na bit-te, das geht doch. Legen Sie das Gespräch auf den Schirm.«

Das Bild wechselte und Muruba sah sein Gegenüber, das die Kapuze tief über das Gesicht heruntergezogen trug. »Warum feuern Sie auf uns?« »Sie haben hier nichts verloren. Verlassen Sie unverzüglich dieses System.« »Wie können Sie es wagen, diese Forderung zu stellen?« »Veschgol ist ein imperiales System und ich bin Admiral Muruba von der imperialen Flotte. Ich fordere Sie ultimativ auf abzufliegen oder ich vernichte Ihre Schiffe.« »Das wagen Sie nicht.« »Ich werde mich dazu zwingen.« Sein Gesprächspartner schwieg eine Weile, bevor er weitersprach. »Wir bestehen darauf, in unser System einzufliegen.« Diese Äußerung machte Muruba einen kurzen Augenblick sprachlos hinsichtlich der Selbstverständlichkeit, dass sie Veschgol beanspruchten. »Sie wollen es nicht anders. Ich gebe Ihnen noch eine letzte Chance. Fliegen Sie ab!« Als Antwort verschwand der Stelkudo vom Schirm und stattdessen sah der Admiral ihre drei Schiffe wieder. »Die spinnen doch!« »Admiral! Soeben haben die drei Raumer ihre Schutzschirme aktiviert«, meldete der Waffenoffizier. »Der Verband wartet noch. Sie eröffnen das Feuer auf das vorderste Schiff.« Noch bevor die Gyjadan zu schießen begann, schlugen die ersten Treffer, vom vordersten Schiff abgefeuert, in den Schutzschirm ein. »Die Schirmbelastung liegt bei siebzig Prozent!« Dann begann die Gyjadan zu feuern. Salve um Salve traf den Schirm des Stelkudoschiffs, er brach aber nicht zusammen. Die beiden anderen Stelkudoraumer eröffneten nun ebenfalls das Feuer. »Befehl an alle Schiffe: Feuer frei!« Alle Einheiten schossen auf die drei Schiffe der Stelkudo. Diesem massiven Beschuss widerstanden die drei Raumer länger, als Muruba erwartete, doch dann vergingen die Schiffe in einer Explosion. »Das war vollkommen überflüssig! Befehl an alle Schiffe: Wir fliegen nach Veschgol zurück.« Die Raumer wendeten und nahmen Fahrt nach Veschgol auf. »Über was für Waffen und Schutzschirme verfügen die Stelkudo nur?«, murmelte Muruba.

* * *

Die Hülle des ovalen, muschelförmigen Objekts, an dessen hinterem Ende sich der Antrieb befand, wurde abgesprengt und die vier Teile flogen davon und gaben handballgroße Kugeln frei, die plötzlich starteten. Die Metallbälle wurden immer schneller und nahmen direkten Kurs auf das Schlachtschiff des Kommandeurs. »Ansicht vergrößern!«, rief der Kommandant dem Orter zu. Dieser gab die Befehle auf seiner Konsole ein und auf dem Schirm sahen sie nun, was da auf sie zukam. »Was sind denn das für Dinger?«, fragte der Kommandant laut. »Ich weiß das auch nicht. Lassen Sie den Schutzschirm hochnehmen.« »Den Schutzschirm aufbauen!«, gab der Kommandant den Befehl seines Vorgesetzten weiter. Der Offizier an der Waffenstation begann zu arbeiten, doch es war zu spät. In dem Moment, als er ihn auslöste, befanden sich schon einige der Kugeln zwischen dem Schirm und dem Schiff. Sie schlugen in die Außenhülle des Raumers ein und explodierten eine nach der anderen. Einige der Kugeln, die außerhalb des Schirmes flogen, trafen auf den Schutzschirm und detonierten. Die in der Zentrale befindlichen Soldaten hörten mit Entsetzen die Explosionen, denen weitere aus dem Inneren des Schiffs folgten. Eine größere Detonation ließ den Schutzschirm zusammenbrechen, weshalb die übrig gebliebenen Kugeln das Schiff erreichten und explodierten. Diese erschütterten den angeschlagenen Raumer und rissen große Stücke aus der Hülle. Es folgten aus dem Inneren noch einige Detonationen, wobei die letzte dem Schiff den Rest gab. Das Schlachtschiff explodierte und an seiner Stelle stand ein Feuerball, der schnell in sich zusammenfiel und die in alle Richtungen davonfliegenden Trümmer des Raumers sichtbar werden ließ.

*

Die anderen Trägerobjekte, welche tiefer in das System ein-
flogen, sah der Ortungsoffizier nicht gleich auf dem Schirm,
da er einem anderen Ereignis seine Aufmerksamkeit schenkte.
Vollkommen entsetzt starrte der Offizier auf seinen Schirm.
»General Gelutrxr! Kommen Sie bitte schnell zu mir!« Gelutrxr wandte sich vom Fenster, vor dem er die ganze Zeit gestanden hatte, ab und hastete zu der Station. »Was ist denn
passiert?« »Das Schlachtschiff von Ihrem Unterkommandeur: Es ist vom Schirm verschwunden.« »Wie meinen Sie
das? Wieso ist es vom Schirm verschwunden?« »Das Schiff
verschwand von einem Moment auf den anderen, so als hätte
es das System verlassen.« »Das wäre gut möglich. Vielleicht
sind sie auf etwas Interessantes gestoßen.« Mit einem Befehl schaltete der Offizier den Bildschirm auf die Standard-
ansicht. Er sah zuerst zu dem General, um ihm seinen Einwand darzulegen. »Dann hätten sie uns doch sicher vorher
darüber informiert, General.« »Vielleicht blieb ihnen nicht
die Zeit dazu.« Die Antwort überzeugte den Offizier nicht
wirklich, er verzichtete aber auf eine Entgegnung und sah
stattdessen auf den Schirm. Er benötigte einen Augenblick,
um das, was er erkannte, zu realisieren. »General, ich habe
hier viele kleine Objekte auf dem Schirm.« Gelutrxr ging
um die Konsole, stellte sich neben den Offizier und blickte
auf den Schirm. »Was sind denn das für Dinger?« »Ich kann
mir das nicht erklären.« Plötzlich verschwanden die Punkte
nacheinander vom Schirm, was sowohl den General als auch
Gelutrxr irritierte. »Ist das System soeben ausgefallen?«
»Ich leite die Testfunktion ein, General. Sie dauerte aber eine
Weile.« »So lange müssen wir eben warten. Die Überprüfung ist wichtig.« Während sie auf das Ende der Testphase
warteten, erreichte jener Typ von Kugeln, welche bereits das
Schlachtschiff des Unterkommandeurs zerstörten, die unweit
des Planeten Minchoxr stehende Flotte. Sie schlugen in die
Schiffshüllen ein, explodierten und lösten einen Trümmer-

regen aus, der in die benachbarten Raumer einschlug und Schäden verursachte. Die Anzahl der Detonationen nahm zu, riss aber noch nicht ab. Es dauerte nicht lange, bis die ersten Schiffe explodierten, und sie zogen die Nachbarschiffe in Mitleidenschaft oder verursachten sogar deren Vernichtung. Die Flotte sah aus, als würde sie von einer Feuerwalze überrollt, und wurde ständig von neuen Explosionen genährt. Die Kommandanten versuchten, dem ganzen Chaos zu entrinnen, und versuchten, den Verband zu verlassen, doch standen die Schiffe viel zu nah beieinander, sodass ihr Ansinnen wenig Chancen hatte. Schutzschirme wurden aktiviert und brachen wieder zusammen. Schiffe, deren Antrieb ausfiel, rammten andere nahe stehenden Schiffe, was zur Vernichtung beider Einheiten führte. Nur einigen ganz außen befindlichen Schiffen gelang es, der Apokalypse zu entkommen, da sie auf der gegenüberliegenden Seite standen, wo die Kugeln einschlugen. Inzwischen endete der Testlauf, den der Offizier der Ortung startete. »Das System arbeitet einwandfrei.« »Ich sehe die Meldung. Schalten Sie die Anzeige aus, damit wir sehen, was da draußen passiert.« Der Offizier kam der Aufforderung nach, beide blickten auf den Schirm und trauten ihren Augen nicht. »Wo ist denn die Flotte abgeblieben?«, rief Gelutrxr ungläubig aus. »Da sind nur ein paar Schiffe, die aus dem System fliegen, warum auch immer.« »Die Frage kann ich Ihnen beantworten, General«, rief ihm der Funker zu. »Die Flotte wurde durch unscheinbare fliegende Bomben und durch benachbarte Schiffe vernichtet. Die Meldung erhalte ich von allen Kommandanten, die es geschafft haben zu entkommen.« »Wie viele sind es?« »Achtunddreißig Einheiten.« »Achtunddreißig Schiffe von eintausenddreihundert«, stöhnte Gelutrxr. »Wer ist für diesen heimtückischen, feigen Angriff nur verantwortlich?« »Die Verantwortlichen kommen gerade vor dem System an«, meldete der Ortungsoffizier dem General, der wortlos auf den Schirm starrte.

* * *

Der Funker der Usmida drehte sich um und nahm Augenkontakt mit Kommandant Wetebe auf. »Ich habe gerade eine Mitteilung von Heti Naro erhalten. Er hat mir eine lange Liste von Ersatzteilen geschickt, die er benötigt, Kommandant.« »Was soll das denn? Sind wir etwa sein Ersatzteillieferant?« Verärgert stellte er über seine Konsole eine Verbindung mit Vuoga her, der sich auch gleich meldete. »Was gibt es, Wetebe?« »Ich habe soeben eine Liste von diesem Naro erhalten. Was glaubt Naro eigentlich, was wir sind?« Statt ihm eine Antwort zu geben, unterbrach Vuoga einfach die Verbindung. Irritiert starrte Wetebe einen Moment auf seine Konsole, bevor er aufstand. »Drehen jetzt alle durch?« Ratlos starrte er auf den Bildschirm, der das Landefeld wiedergab. »Was soll ich mit dieser Liste machen?« Wetebe ging zu dem Funker, blieb bei ihm stehen und dachte nach, weswegen er dem Aufgleiten des Schotts keine Beachtung schenkte. »Löschen Sie diese Liste. Wenn Naro meint, er könne sich über uns lustig machen, soll er sich jemand anderes suchen.« »Hier wird nichts gelöscht!« Erschrocken drehte sich Wetebe um und sah Vuoga, der auf ihn zuging. »Diese Liste hat Heti Naro auf meine Anweisung hin erstellt und hierher übermittelt. Schicken Sie die Liste unverzüglich nach Fetu an Gouverneur Petrulkuma. Er weiß, was er damit zu machen hat.« Eilig befolgte der Funker den Befehl Vuogas, der ihm dabei über die Schulter sah. »Die Nachricht ist hinausgegangen.« »Dann kommt jetzt Bewegung in die Sache. Wetebe, kommen Sie mit mir ein Stück beiseite.« Vuoga ging mit ihm bis zur Mitte der Zentrale und stellte sich vor den Kommandanten. »Hört alle zu!« Die Besatzung der Zentrale heftete ihren Blick auf die in der Mitte Stehenden. »Ich will es formlos machen: Mit sofortiger Wirkung befördere ich Hauptmann Selniru Wetebe zum Major. Ihr könnt alle mit eurem Dienst weitermachen.« Die Besatzung widmete sich auf diese Aufforderung hin wieder ausnahmslos ihren Konsolen. »Wetebe, ein Hauptmann als Kommandant meines Flaggschiffs war nicht länger tragbar.« »Ich danke Ihnen, General.« »Ich habe eine Aufgabe für Sie: Suchen Sie mir den neuesten Stand über das Cherenusystem heraus.« Wetebe ging zu seinem Platz, ließ sich darauf nieder und begann, nach den Daten zu suchen. Als er die entsprechende Datei aufrief, blickte er anschließend zu Vuoga, der inzwischen neben ihm stand. »Wie aktuell sind die Informationen, Wetebe?« »Wenn sich seit dem Zeitpunkt, als wir hier eintrafen, nichts Wesentliches geändert hat, sind sie auf dem neuesten Stand.« »Das kann ich mir nicht vorstellen. So wichtig ist Cherenu auch wieder nicht. Lesen Sie sich das mit mir zusammen durch.« Beide studierten schweigend die Fakten über das System, bis sie zum Ende kamen. »Wozu lasen wir eigentlich die Einzelheiten über Cherenu?« »Major, Sie können mir jetzt beweisen, dass Ihre Beförderung zu Recht erfolgte. Es geht um folgenden Plan, den ich mir ausgedacht habe.« Vuoga schilderte Wetebe das Vorhaben, welches er entwickelt hatte. Der Major sah Vuoga, nachdem dieser die Schilderung beendete, ungläubig an. »General, das ist ein sehr gewagtes Unternehmen. Die Durchführung dieses Unternehmens ist mit einem hohen Risiko behaftet.« »Es ist Ihre Aufgabe, das Risiko soweit wie möglich zu minimieren.«

* * *

Mit einem Befehl auf seiner Konsole schaltete Olugir das Gespräch ab, stand von seinem Platz auf und stellte sich vor den Hauptbildschirm, auf dem nur die Schwärze mit den unzähligen Lichtpunkten entfernter Sonnen zu sehen war. Erst das Aufgleiten des Schotts riss Olugir aus seinen Betrachtungen. Zodomar ging zu seinem Ersten Offizier, stellte sich neben ihn und blickte ebenfalls auf den Schirm. »Auch ich betrachte gern solch ein Bild. Es macht mir immer diese Weite bewusst.« »Ich finde den Anblick beruhigend und beängstigend zugleich.« »Wie weit ist es noch bis Düvjiklämp?« »Wir müssen noch zwei Etappen hinter uns bringen. In unserem Schiffscomputer befinden sich nur wenige Angaben zu dem System. Das liegt wohl daran, dass es nicht zum Imperium gehört.« »Ich weiß das, denn ich sah ebenfalls nach. Die Angaben sind äußerst dürftig. Hoffentlich sind wir hier erfolgreicher als vorher.« »Wir erfahren bestimmt etwas über die Tlipox. Die Mannschaft verhielt sich auffällig genug.« Beide wandten sich vom Bildschirm ab, gingen zu ihren Plätzen und ließen sich darauf nieder. Bald darauf nahm die Nadilor den nächsten Abschnitt. Die nachfolgende Orientierungsphase nutzte Zodomar, um noch einmal den Eintrag über Düvjiklämp durchzulesen. Den Oberst ließ das ungute Gefühl hinsichtlich des Planeten nicht los. Die für ihn haltlosen Bedenken schob er beiseite, schloss die Datei und lehnte sich zurück. Die Unruhe wollte trotzdem nicht von ihm weichen, was ihn verärgerte. Schließlich bewältigte die Nadilor die letzte Etappe und sie kam vor dem System an, in welches das Schiff langsam einflog. Obwohl sie dem Planeten immer näher kamen, wurden sie von dort nicht kontaktiert, was Oberst Zodomar zu seiner eigenen Überraschung nicht verwunderte. Er stemmte sich aus dem Stuhl und trat vor den Bildschirm. Der Planet, welcher auf dem Schirm zu sehen war, füllte diesen mehr und mehr aus, bis nur noch ein Ausschnitt der Oberfläche übrig blieb. »Funker, rufen Sie die Kontrolle und legen Sie mir das Gespräch auf den Schirm«, befahl Zodomar. Der Offizier wurde tätig, doch es dauerte, bis eine Reaktion auf seine Anrufe erfolgte. »Endlich rühren die sich«, brummte der Funker und stellte das Gespräch durch. Das Bild auf dem Schirm wechselte und ein ungepflegt wirkender Mann wurde sichtbar. »Wer sind

Sie und warum stören Sie mich?«, fragte der Mann in einem unfreundlichen, aggressiven Tonfall, wovon sich Zodomar allerdings nicht beeindrucken ließ. »Ich bin Oberst Zodomar von dem imperialen Schlachtkreuzer Nadilor. Erteilen Sie mir bitte die Landeerlaubnis.« »Imperiale sind bei uns nicht gern gesehen. Am besten, Sie verschwinden gleich wieder.« »Diesen Gefallen bin ich nicht gewillt zu erfüllen. Es geht um eine wichtige Angelegenheit, die ...« Harsch unterbrach der Angestellte den Oberst mitten im Satz. »Was Sie wollen, interessiert mich überhaupt nicht. Sie erhalten von mir keine Landeerlaubnis. An Ihrer derzeitigen Position können Sie meinetwegen warten, bis Sie an Altersschwäche sterben. Ich rate Ihnen nur eines: Suchen Sie das Weite, je früher, desto besser.« Der Mann verschwand vom Schirm und stattdessen sah er wieder den Ausschnitt von Düvjiklämp. »Das war mehr als deutlich. Warum kann mich mein Gefühl nicht einmal trügen?« Der Erste Offizier stand auf und ging zu Zodomar, der immer noch ungerührt dastand. »So kommen wir nicht weiter. Was machen wir jetzt, Tinuwa?« »Das ist in der Tat eine gute Frage.« »Wir könnten doch die Landung erzwingen.« »Diesen Vorschlag überhöre ich besser, abgesehen davon wird uns, wenn wir das machen, keiner auch nur anhören.« »Warum verzichten wir nicht einfach darauf, diesen Planeten aufzusuchen, und nehmen uns dafür den nächsten vor? Vielleicht hat sich die Mannschaft die Krankheit erst später zugezogen.« »Lass mich einen Augenblick nachdenken.« Sein Blick blieb weiterhin auf den Schirm geheftet, bis er sich plötzlich zu Olugir umdrehte. »Deine Idee ist gut, Olugir. So machen wir das auch.« Ein Grinsen lag auf dem Gesicht des Obersts, der zu einer Station hinübersah. »Pilot, fliegen Sie uns aus diesem nicht gerade sehr gastfreundlichen System heraus.« Die Nadilor nahm wieder Fahrt auf und entfernte sich von Düvjiklämp. Sie querten die Umlaufbahnen der Trabanten des Systems, bis sie die äußerste Bahn erreichten. »Stoppen Sie hier an dieser Stelle.« Auch wenn der Offizier den Befehl nicht verstand, so befolgte er ihn trotzdem, und bald darauf verharrte der Schlachtkreuzer an diesem Ort. »Was willst du denn hier, Tinuwa?« »Die schöne Aussicht genießen.« Verständnislos sah Olugir den Oberst an, verzichtete aber darauf, noch einmal nachzufragen.

* * *

Die Gyjadan landete nicht auf Veschgol, sondern verblieb bei dem Verband, der über dem Planeten eine Parkposition einnahm. Muruba stand auf, ging zum Funkoffizier und stellte sich neben ihn. »Admiral, was kann ich für Sie machen?« »Stellen Sie mir eine Verbindung nach Alkaton her. Ich muss mit dem Alkt Kalaran sprechen. Legen Sie mir das Gespräch in den Besprechungsraum nebenan.« Während der Offizier die Anordnung des Admirals ausführte, verließ Muruba die Zentrale und begab sich in die angegebene Räumlichkeit. Dort nahm er sich einen Stuhl auf der Seite des Tischs, wo der Bildschirm an der Wand hing. Das Gespräch kam schneller zustande, als Muruba erwartete, was ihm jedoch recht war. Der Schirm wurde hell und Kalaran lächelte den Admiral an. »Leytek, was ist der Grund deines Anrufs?« »Es geht um die aktuelle Situation von Veschgol. Ich befürchte, dass die Lage langsam aus dem Ruder läuft. Hör dir an, was ich zu berichten habe.« In wenigen Sätzen schilderte Muruba das Zusammentreffen mit den Stelkudo. Die Miene Kalarans nahm einen ernsten Ausdruck an. »Deine Einschätzung teile ich voll und ganz, Leytek. Ich denke, die Stelkudo geben nicht so einfach nach. Ihr Verhalten scheint im ersten Moment irrational zu sein, aber ich glaube, da steckt mehr dahinter. Warum haben sie es so weit kommen lassen? Eigentlich macht das alles keinen Sinn, aber ich denke, so wie es lief, entsprach das ihrem Plan.« »Die Stelkudo töten sich lieber selbst, bevor sie in Gefahr geraten, gefangen genommen und danach befragt zu werden. Sie wollen mit allen Mitteln vermeiden, dass wir Informationen über sie erhalten, aber das, was geschah, passt nicht dazu. Sie hätten einfach abfliegen können, als ich sie dazu aufforderte. An Veschgol ist ihnen zwar gelegen, aber das hat sie keinen Schritt weitergebracht.« »Leytek, ich kann nicht zulassen, dass sie noch einmal Veschgol in ihre Hand bekommen. Ich schicke dir eine Flotte, falls es ein weiteres Mal zu einer Konfrontation kommen sollte.« »Ich werde nicht hier sein, Kalaran. Es gibt für mich noch etwas zu erledigen.« »Wen gedenkst du denn als Kommandeur der Flotte einzusetzen?« »Diese Position wird Alta begleiten. Er ist für diese Aufgabe der Richtige.« »Alta ist eine gute Wahl. Ich melde mich bei dir, wenn ich wieder hier bin.« »Viel Erfolg, Leytek.« »Bis demnächst, Kalaran.« Der Schirm verdunkelte sich, Muruba lehnte sich in seinem Stuhl zurück und überdachte die Situation, die ihm nicht gefiel.

* * *

Tar Kalkata nahm das eingehende Gespräch an und ein Offizier erschien auf dem Schirm. »Gouverneur, soeben ist ein Frachter vor Pheriolan angekommen. Präsident Vuoga wies uns an, Sie zu fragen welchen Landeplatz wir ihm anweisen sollen.« »Der Kommandant hat sich aber beeilt. Weisen Sie ihm einen Landeplatz nahe der Werft an. Die Ladung ist für Heti Naro bestimmt.« »In Ordnung, wir dirigieren ihn dorthin.« »Es kommen demnächst noch weitere Frachter nach Pherol. Auch sie haben Material für die Werft an Bord.« »Was will Naro denn mit so viel Ausrüstung?« »Das fragen Sie am besten Präsident Vuoga, denn es geschieht auf seine Anweisung.« »Schon gut. Wenn der Präsident das so will … « »Übrigens, falls er es Ihnen noch nicht sagte: Es handelt sich um zweiundzwanzig weitere Frachter.« »Was hat Vuoga denn nur vor?« »Wie ich Ihnen bereits sagte: Fragen Sie ihn einfach.« Kalkata schaltete ab, da ihm die Unterhaltung zu dumm wurde. Er stand auf und begab sich zu seinem Vorzimmer, wo die Frau, die dort arbeitete, aufsah, als er hereinkam. »Falls etwas Dringendes anliegen sollte, dann erreichen Sie mich über das Büro von Naro.« Eilig verließ er den Raum, um sich zu seinem Gleiter zu begeben, der vor dem Gebäude parkte. Hastig bestieg er das Fahrzeug und flog zur Werfthalle, vor der er den Gleiter abstellte und ausstieg. Sein Blick fiel in die Halle, aber er sah Naro nirgends, weswegen er direkt zu seinem Büro lief. Durch die offen stehende Tür sah er den Gesuchten an seinem Schreibtisch sitzen. »Heti, komm heraus! Es gibt gleich viel für dich zu tun«, rief er beim Eintreten. Erschrocken hob Naro den Kopf und blickte Kalkata verwundert an. »Was gibt es denn gleich so viel zu tun?« »Der erste von den angekündigten dreiundzwanzig Frachtern landet in Kürze.« »Jetzt schon?« »Mich hat das auch überrascht. Begleite mich vor die Halle.« Der Aufforderung kam Naro nach, stand auf und folgte dem Gouverneur aus dem Gebäude, vor dem sie stehen blieben. »Weißt du schon, wo du das ganze Material lagern willst? Die Halle nebenan wird bald aus allen Nähten platzen.« »Das stellt kein Problem dar. Ich habe der Errichtung der neuen Lagerhallen die höchste Priorität eingeräumt. Das geht ziemlich schnell, denn sie werden aus Fertigbauteilen errichtet. Wenigstens das geht zügig im Gegensatz zu meiner Suche nach zusätzlichem technischem Personal. In dieser Angelegenheit muss ich übrigens noch mit Vuoga sprechen, denn ich werde auf Pherol nicht genügend qualifizierte Mitarbeiter finden.« »Was hat unser geliebter Präsident Vuoga mit deinem Belegschaftsproblem zu schaffen?« »Ich will mit Gouverneur Petrulkuma das Thema erörtern. Er soll für mich auf Fetu und Leli nach Arbeitnehmern suchen.« »Das ist eine hervorragende Idee von dir, Heti. Vuoga wird dich in dieser Angelegenheit garantiert unterstützen.« Ihr Gespräch wurde von dem Frachter, der zur Landung ansetzte, unterbrochen. Schweigend warteten sie, bis das Schiff auf dem Landefeld niederging, dann liefen sie zu dem unweit von ihnen stehenden Raumer hinüber und warteten darauf, dass der Kommandant seinen Frachter verließ. Schon bald darauf öffnete sich der Ausstieg, der Kommandant kam heraus und ging zu ihnen. »Ist einer von Ihnen Heti Naro?« »Das bin ich und das ist Gouverneur Kalkata.« »Wo soll die Fracht hinbefördert werden?« »In die Halle dort rechts.« Naro drehte sich um und deutete die Richtung an. »Ich werde Sie anweisen, wo alles gelagert werden soll.« »Dann beginnen wir am besten gleich mit dem Entladen, bevor der nächste Frachter eintrifft.«

* * *

Im Besprechungsraum der Usmida saß Vuoga und wartete darauf, dass die Verbindung zu Karudin geschaltet wurde. Als der Anschluss stand, erschien Karudin auf dem Schirm. »Walpa, mit deinem Anruf habe ich bereits gerechnet.« »Wie weit bist du mit der weiteren Planung?« »Die wenigen imperialen Schiffe, welche sich auf Fetu und Leli befanden, habe ich in die Flotte integriert. Sicherheitshalber habe ich einige Positionen neu besetzt. Die Planung von unserem Projekt ist abgeschlossen. Ich kann jederzeit mit der Ausführung beginnen.« »Dann beginne unverzüglich mit der Durchführung. Die Unternehmung muss zügig über die Bühne gehen.« »Das ist mir vollkommen klar, aber nach der Verwirklichung werden bald unsere Ressourcen knapp sein.« »Ich arbeite daran, Plenoi. Nur leider geht das nicht so schnell, wie wir uns das wünschen.« »Bleibe bitte an der Sache dran, sonst geht uns binnen Kurzem die Luft aus.« »So weit wird es nicht kommen. Gutes Gelingen, Plenoi. Melde dich bei mir, wenn die Aktion beendet ist.« Vuoga beendete das Gespräch und dachte über die letzte Bemerkung von Karudin nach. Nach einer Weile sprang er auf, verließ den Raum und dann die Usmida, um sich zur Kontrollzentrale zu begeben. Kaum hatte er den Raum betreten, rief er auch schon in die Runde: »Ist schon ein Frachter angekommen?« »Ja, Präsident. Der Frachter wird gerade entladen.« »Funker, nehmen Sie Kontakt mit dem Kommandanten auf und sagen Sie ihm, dass ich ihn unverzüglich sprechen muss. Ich werde in Kürze bei seinem Schiff sein.« »Das wird erledigt, Präsident.« Vuoga lag eine Bemerkung auf den Lippen, doch verkniff er sie sich, da es ihm eilte. So schnell, wie er im Kontrollraum erschienen war, verschwand Vuoga auch wieder. Genauso rasch ließ er das Gebäude hinter sich und hastete über das Landefeld zu dem Frachter hinüber. Er sah den Kommandanten, welchen er von der Besprechung auf Fetu her kannte, vor seinem Schiff stehen. Mit großen Schritten ging er zu ihm und baute sich vor ihm auf. »Sie wollten mich sprechen, Präsident?« »Ja, aber bitte unter vier Augen. Es handelt sich um eine delikate Angelegenheit.« »Wenn Sie das schon so ausdrücken, wird es für mich wohl ein wenig gefährlich.« »Ich erläutere Ihnen, um was es dabei geht.« Der Kommandant ging mit Vuoga einige Schritte beiseite und hörte sich mit immer ernster werdender Miene den Plan an.

* * *

General Gelutrxr löste sich aus seiner Erstarrung und rannte zur Funkstation. »Setzen Sie sofort einen Notruf nach Tinokalgxr ab und teilen Sie mit, dass Minchoxr in Kürze erobert wird.« »Mehr soll ich nicht mitteilen?« »Es gibt nichts weiter zu sagen.« Hastig wandte sich der General ab und rannte aus dem Raum. Er verließ das Gebäude und stürmte über das Landefeld zu seinem Schiff. Im Laufschritt lief er die Rampe empor in den Raumer hinein, begab sich dort zur nächsten internen Kommunikationsstelle und wartete ungeduldig darauf, dass sich die Gegenseite meldete. »General?«, fragte der Kommandant knapp. »Alarmstart! Ich bin gleich in der Zentrale.« Während Gelutrxr zum nächsten Lift ging, schloss sich bereits der Ausstieg und der Antrieb fuhr hoch. Nachdem er den Lift erreichte, bestieg er ihn, ließ sich nach oben tragen und verließ ihn wieder. Eilig lief er den Gang bis zur Zentrale entlang, das Schott glitt auf und er ging mit großen Schritten zum Kommandanten. »Wo fliegen wir hin, General?« »Zu den verbliebenen achtunddreißig Schiffen, und das so schnell wie möglich. Wir müssen Minchoxr verlassen haben, bevor der Gegner hier eintrifft. Der Funker soll die Kommandanten der Einheiten verständigen. Wir fliegen nach Tinokalgxr.« »Warum nicht nach Nmetoxl?« »Ich habe keine Lust auf ein Gespräch mit dem Qtloxr Sigoxr. Er wird das, was hier in Minchoxr passiert ist, dazu benutzen, um über mich abfällig zu reden.« »Das kann ich nur zu gut verstehen. Sigoxr ist mehr als nur unangenehm.« Das Schiff akzelerierte genau wie die anderen achtunddreißig Raumer aus dem System heraus und verließ Minchoxr.

* * *

Grinsend sah Zodomar seinen Ersten Offizier an und klopfte ihm freundschaftlich auf seine rechte Schulter. »Du bleibst mit der Nadilor an dieser Position. Ich fliege mit einem kleinen Beiboot nach Düvjiklämp. Sage bitte den vier Soldaten, die mich bisher begleiteten, Bescheid. Sie sollen Zivilkleidung anziehen und zum Beiboothangar kommen.« »Glaubst du wirklich, dass sie dich dieses Mal landen lassen, Tinuwa?« »Nein, das wird dieser übellaunige Mann mir mit Sicherheit erneut verweigern. Ich verzichte darauf, ihn erst zu fragen.« »Das ist aber sehr riskant.« »Es geht nun mal nicht anders, Olugir.« Zodomar verließ die Zentrale und begab sich in sein Quartier, um ebenfalls die Uniform gegen Zivilkleidung auszutauschen. Anschließend steckte er seine Waffe und einige Ersatzenergiezellen zu sich, ging aus seiner Unterkunft und lief zum Lift, von dem er sich nach unten tragen ließ, um danach den Hangar aufzusuchen. Dort warteten bereits die vier Soldaten vor dem ihnen von Olugir zugeteiltem Beiboot auf den Oberst. »Habt ihre eure Waffen dabei?«, fragte Zodomar sie, als er bei ihnen ankam. »Ja, wie von Olugir befohlen.« »Gut, dann können wir die Aktion starten.« »Der Pilot und drei weitere Leute sind bereits an Bord.« Sie betraten das Schiff und gingen in die Zentrale, welche der einzig mögliche Aufenthaltsort in dem kleinen Beiboot war. Jeder suchte sich einen Platz und ließ sich darauf nieder. »Pilot, wir können starten.« »Zu Befehl, Oberst.« Der Pilot holte die Startgenehmigung ein und kurz darauf öffnete sich das Außenschott der Nadilor. Mit langsamer Geschwindigkeit steuerte er das Beiboot aus dem Schlachtkreuzer und beschleunigte in Richtung Düvjiklämp. In Gedanken versunken sah Zodomar nach vorn und hoffte, dass der Angestellte der Kontrolle auch dieses Mal die nötige Sorgfalt missen ließ. Andernfalls gab es keine Möglichkeit, auf dem Planeten unbemerkt zu landen, dessen war sich Zodomar sicher. Das Schiff flog tiefer in das System ein, bis sie schließlich in die Nähe von Düvjiklämp kamen. Die Anspannung in der Kabine wuchs, doch der befürchtete Anruf von der Kontrolle blieb aus. »Pilot, gehen Sie am Stadtrand nieder, fliegen Sie aber die Metropole nicht direkt, sondern in einem Bogen im Tiefflug an.« Das Beiboot tauchte in die Atmosphäre ein, verlor rasch an Höhe, bis sie Bodennähe erreichten, dann nahm der Pilot direkten Kurs auf die Stadt, bis er in einiger Entfernung an einer Stelle landete, von wo aus der Raumer nicht gesehen werden konnte. »Ihr bleibt hier und lasst niemanden an unser Beiboot heran. Wir machen uns in die Stadt auf.« Zusammen mit den vier Soldaten verließ Zodomar das Schiff und lief mit ihnen auf die Metropole zu. »Wo gedenken Sie eigentlich, Informationen über die Tlipox einzuholen, Oberst?« »Nennen Sie mich bitte, solange wir uns hier befinden, nur nicht Oberst, sondern Tinuwa. Eingedenk der Tatsache, dass die Mannschaft der Tlipox sich immer mehr als auffällig verhielt, dürfte ein etwas verrufenes Lokal genau das Richtige sein.«

* * *

An seinem Schreibtisch saß Litpö und versuchte, sich seine düsteren Gedanken mit Arbeit zu vertreiben, was ihm nicht gerade leichtfiel. Immer wieder schweiften seine Überlegungen ab und kehrten zu dem Problem mit den Stelkudo zurück. Dankbar nahm er das Signal der internen Kommunikation wahr und aktivierte sie. Zu seiner Überraschung sah er einen des Personals der Kontrolle auf seinem Schirm. »Was gibt es denn? Sind etwa die Stelkudo zurückgekehrt?« »Nein, Litpö. Vor dem System ist ein imperiales Schlachtschiff angekommen. Soll ich ihnen den Anflug verweigern?« »Nein, ganz im Gegenteil. Lassen Sie es hier auf dem Raumhafen landen. Ich werde persönlich mit dem Kommandanten sprechen. Hoffentlich kommen nicht gerade jetzt die Stelkudo. Das wäre mir äußerst unangenehm.« »Dann sollte das Schiff am besten so schnell wie möglich verschwinden.« »Überlassen Sie mir das Problem.« Ein wenig verärgert schaltete Litpö ab, stand auf und verließ sein Büro. Auf dem Weg zum Raumhafen sinnierte er darüber, warum der Kommandant nach Klutags gekommen war, doch kam Litpö zu keinem brauchbaren Ergebnis. Ihm blieb nur übrig, das Gespräch abzuwarten und sich den Grund des Hierseins anzuhören. Er parkte seinen Gleiter am Rand des Landefelds, lehnte sich bequem in seinem Sitz zurück und sah in den Himmel, um die Ankunft zu beobachten.

*

Beeindruckt verfolgte Lötip die Landung des Schiffs, denn er hatte noch nie einen imperialen Raumer gesehen, geschweige denn ein imperiales Schlachtschiff. Kaum stand der Raumer auf dem Landefeld, flog Lötip zu ihm hinüber, parkte den Gleiter unweit davon und stieg aus. Die Wartezeit, bis sich der Ausstieg des Raumers öffnete, erschien ihm endlos, genauso lang kam Lötip der nachfolgende Zeitabschnitt vor, da niemand sich sehen ließ. Endlich wurde seine Geduld durch das Erscheinen eines Soldaten belohnt, der danach die Rampe hinabschritt. Vor Lötip blieb er stehen und lächelte ihn an. »Ich nehme an, dass Sie auf mich warten.« »Wenn Sie der Kommandant dieses Schiffs sind, dann ist dem so.« »Ich bin Admiral Leytek Muruba. Mit wem habe ich das Vergnügen zu sprechen?« »Mein Name ist Lötip und ich bin hier in meiner Eigenschaft als Mitglied der Regierung.« »Das trifft sich sehr gut. Wir müssen unbedingt miteinander sprechen, wenn Sie jetzt Zeit dafür erübrigen können.« »Natürlich stehe ich zu Ihrer Verfügung. Auch ich beabsichtigte, mit Ihnen zu reden.« »Was halten Sie davon, wenn wir uns auf dem Schiff unterhalten?« »Es ist eine Freude, das Schlachtschiff von innen sehen zu dürfen. Ich hatte, wie Sie sich vorstellen können, noch keine Gelegenheit dazu.« »Dann folgen Sie mir bitte in die Gyjadan.« Muruba lief voraus und dachte über die nicht erwartete freundliche Begrüßung nach. Irgendwie kam ihm die Situation komisch vor, und das nur, weil er von anderen Voraussetzungen ausging. Seine Erwartung zielte auf Feindseligkeit, im besten Fall noch auf Neutralität ab. Von Neugier getrieben, beschleunigte der Admiral seinen Schritt, da ihn interessierte, weshalb Lötip mit ihm zu sprechen gedachte.

*

Im Besprechungsraum neben der Zentrale, die Muruba zuvor mit Lötip besichtigte, setzten sich beide gegenüber an den großen Konferenztisch. Lötip entschloss sich, das Gespräch zu beginnen, und beugte sich ein wenig Muruba entgegen. »Aus welchem Grund sind Sie nach Klutags gekommen, Admiral?« »Wir haben ein Problem, das den Namen Stelkudo trägt.« An dem überraschten Gesichtsausdruck erkannte Muruba, dass er einen Volltreffer landete. »Was für ein Problem haben Sie mit den Stelkudo?« »Um es harmlos auszudrücken: Sie haben auf Veschgol, dabei handelt es sich um ein imperiales System, Unfrieden gestiftet. Verraten Sie mir doch bitte, weshalb Sie mit mir zu sprechen gedachten.« »Ich habe auch Schwierigkeiten mit den Stelkudo. Sie sind unsere Geschäftspartner, aber sie führen sich inzwischen so auf, als gehörte Klutags ihnen. Mir ist die Situation aus der Hand geglitten. Genau aus diesem Grund befürchte ich, dass es Unannehmlichkeiten geben wird, wenn die Stelkudo Ihren Raumer hier stehen sehen. Drei Schiffe von ihnen sind nach Veschgol unterwegs, um dort nachzusehen, warum Erzlieferungen ausgeblieben sind. Sie können jederzeit nach Klutags zurückkehren.« »Diese Sorge nehme ich Ihnen. Es kam zu einer Konfrontation, in deren Verlauf wir die drei Schiffe vernichteten.« »Das gibt Ärger. Falls sie nicht wiederkommen, muss ich eine Nachricht absenden, von der ich nicht weiß, was sie auslösen wird«, stellte Lötip mit einer resignierten Stimme fest. »Ich denke, wir sollten uns gründlich austauschen, sonst steht zu befürchten, dass uns beiden wichtige Informationen fehlen. Beginnen Sie bitte mit der Schilderung über die Stelkudo, anschließend berichte ich Ihnen über die Vorkommnisse auf Veschgol.« »Damit bin ich einverstanden.« Das Regierungsmitglied begann damit, dem Admiral alles in geraffter Form, soweit dies möglich war, darzulegen. Der Admiral stellte einige Zwischenfragen, wenn dies für sein Verständnis notwendig war. Das Ende der Schilderung verwunderte den Admiral keineswegs, kannte er doch die Vorgehensweise der Stelkudo von Veschgol. »Das ist äußerst interessant, Lötip. Eine Frage habe ich noch: Sie sagten mir, dass die Stelkudo das Erz kaufen und es anschließend nach Klutags liefern lassen.« »Genau das haben die Stelkudo mir gesagt.« »Das ist eine glatte Lüge. Jetzt hören Sie sich bitte an, was sich auf Veschgol ereignete, dann werden Sie meine Aussage verstehen.« Nun berichtete Muruba von den Geschehnissen und Schwierigkeiten seit seiner Ankunft auf Veschgol. Nur unschwer war das Entsetzen auf dem Gesicht Lötips zu erkennen, während der Admiral ihm die Ereignisse schilderte. Er beendete seine Erzählung mit der Vernichtung der Stelkudoschiffe. Ein Grauen zeichnete sich auf dem Gesicht Lötips ab und er rang sichtlich nach Fassung. »Das ist einfach ungeheuerlich!«, stieß er förmlich hervor. »Admiral, das ist weitaus schlimmer, als ich es mir vorzustellen gewagt habe. Was soll ich denn jetzt nur machen? Wenn ich nicht funktioniere, wie die Stelkudo das wollen, dann werden sie Klutags genauso versklaven wie Veschgol.« »Davon müssen Sie ausgehen.« »Admiral Muruba, ich will nicht als willenloser Sklave der Stelkudo enden! Keiner hier will das!« »So weit wird es kommen, Lötip«, stellte Muruba in einem sachlichen Tonfall fest. »Nein!«, schrie Lötip, seine Arme sanken kraftlos auf den Tisch, der Kopf sank haltlos auf sie und er ließ seinen vollkommen verzweifelten Gefühlen freien Lauf.

* * *

»Meine Begeisterung hält sich in Grenzen, Präsident«, kommentierte der Kommandant des Frachters, nachdem Vuoga die Vorstellung seines Anliegens beendete. »Ja, das kann ich mir gut vorstellen. Es soll auch nicht ihr Schaden sein.« »Das will ich doch sehr hoffen. Bei mir gibt es nichts umsonst.« »Sonst wären Sie auch kein guter Händler.« »Ich übernehme den Auftrag. Ich allein kann das Unternehmen allerdings nicht ausführen.« »Auch dessen bin ich mir bewusst.« »Dafür benötigen Sie einen zweiten Frachter. Ihre Kollegen werden hoffentlich bald kommen.« »Das hoffe ich für sie, sonst wird es teurer.« »Ich schicke Ihnen einen Mann vorbei, mit dem Sie die Details besprechen können.« »Das erwarte ich auch von Ihnen. Er soll sich zügig bei mir einfinden.« Ohne eine Entgegnung eilte Vuoga zu seinem Schiff, um der Kontaktperson sofort Bescheid zu geben. Vuoga machte sich erst gar nicht die Mühe, zur Zentrale zu gehen, sondern benutzte die nächste Kommunikationsanlage nach dem Ausstieg. Beruhigt stellte Vuoga fest, dass der Gesuchte sich in seinem Quartier aufhielt. »General?«, fragte der Soldat kurz angebunden. »Sie begeben sich unverzüglich zu dem Frachter, welcher vor der Werfthalle steht. Der Kommandant will mit Ihnen sprechen. Gehen Sie sofort zu ihm. Er ist ziemlich ungeduldig.« »Zu Befehl.« Die Gegenseite schaltete ab und Vuoga verließ die Usmida wieder. Er überquerte das Landefeld und betrat das Kontrollgebäude, um dort den Gouverneur aufzusuchen. In Gedanken versunken legte er den Weg dorthin zurück und betrat das Vorzimmer. Die Frau sah auf und lächelte verkrampft. »Sie wollen sicher zu Gouverneur Kalkata.« »Garantiert will ich nicht zu Ihnen. Hält er sich in seinem Büro auf?« »Ja, gehen Sie bitte hinein.« Der Aufforderung kam Vuoga nach und ging in den Nebenraum. »Kalkata, es ist schön, Sie bei der Arbeit zu sehen.« »Ansonsten wäre ich nicht hier, Vuoga.« »Was liegt dieses Mal an?« »Macht der Werftausbau Fortschritte?« »Wenn er das nicht machen würde, wüssten wir nicht mit der Ladung von dreiundzwanzig Frachtern, wohin. Hat Naro Sie schon kontaktiert?« »Nein, bislang noch nicht. Was will er denn von mir?« »Naro muss dringend mit Petrulkuma über sein Personalproblem sprechen. Auf Pherol findet er nicht genug Mitarbeiter. Petrulkuma soll für ihn Leute suchen und sie nach Pherol schicken.« »Das geht in Ordnung. Schließlich muss mein Projekt so schnell wie möglich betriebsbereit sein.« »Es ist immer noch Naros und meine Idee.« »Sie sind kleinlich, Kalkata.« »Meinetwegen bin ich das. Ich sage Naro Bescheid und Sie sagen denen in der Zentrale, dass sie für eine Verbindung sorgen sollen. Anschließend müssen Sie Naro in dieser Sache kontaktieren.« »Ich kümmere mich darum.« Vuoga verließ das Büro des Gouverneurs, der ihm grinsend hinterhersah.

* * *

Mit einem Großteil der Flotte flog General Plenoi Karudin zu dem von Fletuli aus gesehen am nächsten gelegenen System. Ein Schiff stellte er ab, damit der Kommandant die Manipulation einer Relaisstation vornahm. Während dieser sich um die Ausführung des Auftrags kümmerte, flog die Flotte zum einzig bewohnten Planeten und ließ unter einem Vorwand fünf Schiffe dort landen. Die Kommandanten erhielten die Order, schnellstmöglich alle wichtigen Positionen zu besetzen, um die Kontrolle darüber zu erlangen. Genau wie auf Fetu und Leli lief die Aktion zügig und reibungslos ab. Nachdem Karudin von den Kommandanten die Bestätigung erhielt, dass der Planet sich in ihrer Hand befand, landete auch er mit seinem Schiff, um dort mit dem Gouverneur zu sprechen. Den letzten Kommandanten, mit dem er sprach, wies er an, dass der Gouverneur sich vor seinem Schiff einzufinden habe. Nach der Landung erschien dieser auch gleich vor dem Raumer und wartete darauf, dass Karudin herauskam. Als der General die Rampe hinunterlief, sah er, dass der Gouverneur eine ärgerliche Miene zur Schau trug, was ihn jedoch in keinster Weise störte. Noch bevor er bei ihm stand, sprach der Gouverneur ihn in einem aggressiven Tonfall an. »Was soll bitteschön diese Aktion bedeuten, General? Besetzt das

Imperium jetzt schon Systeme, die bereits dazugehören?«
»Nein, ich habe nichts mit dem Imperium zu schaffen. Stören Sie sich nicht an der imperialen Uniform. Ab sofort ist
dieses System ein Teil der pherolischen Republik.« »Davon
habe ich noch nie gehört.« »Die Republik existiert auch
erst seit Kurzem. Ich gehe davon aus, dass Sie kooperieren.«
»Mir ist das ehrlich gesagt vollkommen egal, wozu wir gehören. Vom Imperium hatten wir in letzter Zeit ohnehin dank
Optuj Uxbeija nicht viel zu erwarten. Es kann nur besser werden.« »Das wird es auch.« »Wer ist denn das Staatsoberhaupt dieser pherolischen Republik?« »Das ist Präsident
Vuoga.« »Doch nicht etwa der Vuoga?« »Genau um den
Vuoga handelt es sich.« »Er ist ein Mann der Tat. Das gefällt
mir. Aus diesem Grund denke ich, dass sich hier einiges bewegen wird. Auf eine gute Zusammenarbeit, General.« »Auf
eine gute Zusammenarbeit, Gouverneur. Eine Frage habe ich
noch: Wissen Sie noch von weiteren Gouverneuren, die wie
Sie denken und sich deshalb der pherolischen Republik anschließen würden?« »Davon gibt es tatsächlich noch einige.
Ich schlage vor, Sie begleiten mich zu meinem Büro. Dort
werden wir zusammen ein paar Gespräche führen. Die ganze
Angelegenheit muss zügig über die Bühne gehen.« Karudin
folgte dem Gouverneur über das Landefeld zu einem Parkplatz, wo sein Gleiter stand.

* * *

»Major Lergexr, kommen Sie schnellstens zu mir in die Kontrollzentrale! Beeilen Sie sich! Hier bricht gleich das Chaos
aus!« »Was ist denn passiert, Hauptmann Sergexr?« »Kommen Sie her, dann können Sie es sich selbst ansehen.« Der
Schirm wurde dunkel und Sergexr stand vom Platz des Funkers aus, der sich an seiner statt wieder setzte. Sergexr wartete
ebenso wie der Rest der Besatzung auf das Eintreffen seines

Vorgesetzten, der nach dem Abflug des Generals wieder der höchste Offizier auf Minchoxr war. Der Major ließ auch nicht lange auf sich warten, denn schon bald kam er in die Zentrale gestürmt. »Berichten Sie mir, Hauptmann! Was geht hier vor?«, rief er Sergexr zu. »Die Flotte wurde fast vollständig vernichtet. General Gelutrxr ist mit den achtunddreißig verbliebenen Schiffen von Minchoxr geflohen.« »So ein Feigling!« »Es ist besser so, da er ohnehin nicht dazu in der Lage ist, etwas auszurichten. Die Schiffe fallen sonst den Invasoren zum Opfer.« »Gehen wir zur Ortungsstation, Major. Dort sehen Sie, was auf uns zukommt.« Beide begaben sich dorthin, stellten sich zu beiden Seiten des Orters und sahen auf den Schirm. »Das ist jetzt nicht wahr! Wie wurden unsere Schiffe vernichtet, wenn der Feind noch so weit weg ist?« »Sie haben mobile Bomben benutzt.« »Was für eine hinterhältige Taktik.« »Sie müssen zugeben, dass sie sehr effektiv war. Unsere Flotte wurde vernichtet, ohne dass sie auch nur ein Schiff von sich in Gefahr brachten, Major.« »Was kommt da auf uns zu?« »Eine Flotte, welche die unsrige problemlos hinweggefegt hätte.« »Um wen handelt es sich bei dem Angreifer, Sergexr?« »Das ist noch nicht feststellbar, da sie zu noch zu weit entfernt sind, aber bald wissen wir mehr.« Gebannt starrten sie weiter auf den Schirm und lasen die gerade eingeblendete endgültige Zahlenangabe. »Was machen wir jetzt, Major?« »Habt ihr einen Notruf nach Tinokalgxr abgesetzt?« »Das war der letzte Befehl des Generals. Der Notruf läuft immer noch.« »Gut, mehr können wir ohnehin nicht machen. Eine weitere Nachricht setzen wir ab, sobald wir die Schiffe identifiziert haben. Das militärische Hauptquartier soll wissen, mit wem sie es zu tun haben.« Geduldig warteten Lergexr und der Hauptmann auf die Identifizierung. Der Ortungsoffizier arbeitete an seiner Konsole und kurz darauf sahen sie die Anzeige. »Sergexr, das glaube ich nicht! Fepulkrt wird wütend sein!«

* * *

Oberst Zodomar erreichte mit seinen Leuten den Stadtrand und sie liefen von da aus in Richtung des Zentrums. Die lange gerade Straße wurde zunächst von nur wenigen Passanten bevölkert, die genauso ungepflegt wie ihre Umgebung aussahen. Auch die Häuser wirkten so, als hätte sich seit ihrer Errichtung niemand mehr um den Zustand gekümmert. Sie beschleunigten ihre Schritte, um das unwirtliche Umfeld so schnell wie möglich hinter sich zu lassen. Je näher sie der Stadtmitte kamen, desto zunehmend besser muteten die Gebäude an, ebenso wie die Zahl der Fußgänger, die auch vermehrt ordentlicher daherkamen. Als sie die belebte Innenstadt erreichten, begannen sie mit der Suche nach einem Lokal, das ihren Vorstellungen entsprach. Vor der Gaststätte standen rechts und links des Eingangs einige wenig vertrauenerweckende Personen, die sie mit grimmigen Gesichtern ansahen, als der Oberst und seine Begleiter auf den Eingang zusteuerten. Alle fünf setzten eine ebensolche Miene auf und drängten sich zum Eingang durch. Im Innenraum des Gasthauses saßen nur an der Hälfte der Tische Gäste, die in gedämpftem Tonfall eine Unterhaltung führten. Sie gingen zur unbesetzten Theke und ließen sich auf den hohen Stühlen nieder. Der Wirt, welcher dem Erscheinungsbild seiner Kunden hinsichtlich der nicht gerade besten Kleidung glich, kam langsam zu ihnen und baute sich mittig vor ihnen auf. »Was wollt ihr trinken, Leute?« Der nicht gerade freundliche Tonfall des Betreibers veranlasste den Oberst dazu, schnell zu antworten, bevor einer seiner vier Soldaten falsch reagierte und dadurch alles zunichtemachte, was er beabsichtigte. »Was können Sie uns empfehlen?« Statt eine Antwort zu geben, ging der Wirt beiseite und füllte fünf Gläser, die er lautstark vor sie hinstellte. »Bei mir wird gleich bezahlt.« »Wie viel bekommen Sie?« Der Wirt nannte den Betrag, der

Zodomar ein wenig überzogen vorkam. Trotzdem rundete der Oberst großzügig auf, da er hoffte, den Betreiber dadurch zugänglicher zu machen. Der Ausdruck auf dem Gesicht des Wirts hellte sich merklich auf, als er sah, was vor ihm lag. Er nahm das Geld vom Tresen und ließ es in seiner rechten Hosentasche verschwinden. Dieser Moment schien Zodomar der einzig günstige zu sein, den Wirt anzusprechen. »Kennen Sie die Besatzung eines Frachters namens Tlipox?« »Jeder Wirt in der Stadt kennt sie. Die Mannschaft darf die meisten Lokale nicht mehr betreten. Das letzte Mal kamen sie zu mir und haben meine schöne Einrichtung zertrümmert. Was haben Sie mit denen zu schaffen?« »Ich habe gar nichts mit den Leuten zu tun, geschweige denn, dass ich ihnen jemals begegnet wäre. Zu Ihrer Beruhigung: Die Mannschaft hat auch auf anderen Planeten Unfrieden gestiftet.« »Alles andere hätte mich auch verwundert.« »Was geschah mit den Leuten, nachdem sie Ihren Laden ruinierten?« »Ich rief natürlich die Polizei und ließ sie abführen. Danach saßen sie so lange in Haft, bis ihr Kommandant meinen Schaden sowie die Strafe beglich.« »Sie erfahren doch sicher einiges: Geschah während ihres Gefängnisaufenthalts etwas Ungewöhnliches mit ihnen?« »Warum fragen Sie danach? Gab es eine Beschwerde des Kommandanten?« »Nein, die gab es nicht.« »Sie wissen anscheinend mehr über die Besatzung, als Sie mir sagen wollen.« »Wir unterhalten uns über sie, da ich Informationen sammle. Machen Sie uns noch so ein Getränk?« Wortlos räumte der Wirt die Gläser ab, befüllte fünf neue und stellte sie wieder genauso lautstark wie bereits beim letzten Mal vor sie hin. Zodomar zahlte erneut so großzügig, was dem Betreiber sichtlich gefiel. Der Wirt ließ das Geld in seiner Hosentasche verschwinden und stützte seine Hände auf der Theke ab. »Ich habe gehört, dass während ihrer Inhaftierung ein bekannter, aber verrufener Arzt ständig bei ihnen gewesen sein soll.« »Wissen Sie, warum er die

Mannschaft so oft besuchte?«»Das weiß ich leider nicht. Einer seiner Bewacher erzählte mir das, als er hier bei mir war. Sie durften ihre Zellen nicht betreten. Der Arzt brachte ihnen persönlich das Essen sowie das Wasser, was schon seltsam genug ist. Von höchster Stelle deckten sie das, was auch immer der Arzt machte.«»Wissen Sie, wann der Wächter das nächste Mal zu ihnen kommt? Ich will mit ihm darüber sprechen.«»Das vergessen Sie am besten sofort wieder. Nach der Entlassung der Mannschaft flog die Tlipox sofort ab. Um zu vermeiden, dass die Wächter irgendetwas zufällig herausfanden und ausplauderten, wurden alle ermordet. Keiner wagte nachzufragen, von wem sie getötet wurden, da alle Angehörigen ahnten, dass nur der Geheimdienst dahinterstecken konnte. Mit dem will niemand Bekanntschaft machen.« »Das klingt nach einer unangenehmen Angelegenheit.« »Davon müssen Sie ausgehen. Wissen Sie, wo sich die Tlipox zurzeit aufhält?«»Auf welchem Raumhafen sie zurzeit steht, ist mir bekannt, jedoch darf ich es Ihnen nicht verraten. Eine Information gebe ich Ihnen allerdings: Die ganze Besatzung des Frachters ist tot.«»Deswegen ziehen Sie Erkundigungen ein.«»Ja, deshalb bin ich unterwegs. Die Todesursache ist ein wenig mysteriös, weswegen von höherer Stelle dieser Fall noch nicht zu den Akten gelegt wird.«»Mich interessiert das Ergebnis Ihrer Untersuchung.«»Wenn ich es schaffe, suche ich Sie wieder auf, wenn diese Angelegenheit abgeschlossen ist. Wie ist der Name von dem Arzt?«»Sein Name ist Tescherketu.«»Dann werde ich diesen Tescherketu aufsuchen und mit ihm plaudern.«»Sie müssen verrückt sein! Das ist viel zu gefährlich! Wie soll ich sonst jemals erfahren, wie die Geschichte ausgeht?«»Wir passen schon auf.«»Ich bitte Sie darum. Viel Erfolg!« Zodomar trank sein Glas leer und stellte es auf der Theke ab. »Das Getränk ist gut. Daran könnte ich mich gewöhnen. Bis zum nächsten Mal.« Alle standen auf und verließen das Lokal, wobei der Betreiber ihnen nachsah, bis sie die Tür hinter sich schlossen. »Hoffentlich gibt es ein nächstes Mal«, murmelte er.

* * *

»Kölpa, die Liste, welcher unser Patient erstellte, ist ziemlich kurz. Das stimmt mich ein wenig bedenklich.« »Uns beiden wird wohl im schlimmsten Fall nichts anderes übrig bleiben, als die gesamte Besatzung zu untersuchen.« »Wir betrachten zuerst die Personen, welche auf der Liste stehen. Wenn sie keine Anzeichen der Krankheit zeigen, gehe ich davon aus, dass sehr wahrscheinlich keine Infizierung anderer Personen stattfand.« »Du sagtest wahrscheinlich, Ireipehl.« »Ja, das ist der Haken an der Geschichte. Vorläufig darf keiner der Besatzung das Schiff verlassen.« »Ich stimme dir zu. Kontaktiere Fonmor, damit er den Befehl herausgibt. Außerdem soll er uns die Leute auf der Liste unverzüglich hierherschicken. Wir dürfen keine Zeit verlieren.« Ireipehl verschwand in seinem Büro, um das Gespräch mit Major Fonmor zu führen. Unterdessen ging Kölpa zum Fenster der Isolierstation und sah hinein. Der Soldat saß auf einem Stuhl und sah sich teilnahmslos eines der Programme von Leukanza an. »Ich bin zwar gut, aber dieser Fall bereitet mir die größten Schwierigkeiten«, murmelte Kölpa. Der aus dem Büro zurückkommende Ireipehl riss Kölpa aus seinen Überlegungen. »Veranlasst Fonmor gleich alles?« »Ja, Kölpa. In Kürze werden die Leute hier erscheinen.« Auch Ireipehl blickte zu ihrem Patienten und wirkte dabei ratlos. »Ich hoffe nur, dass Zodomar Fortschritte macht.« »Du nicht allein, Ireipehl. Leider wird er wohl nicht gleich Erfolg haben.« »Das wäre auch zu schön, um wahr zu sein. An so einen Zufall glaube ich nicht. Dieser Mann dort darf auf keinen Fall sterben.« »Das wird er auch nicht. Wir werden zusammen eine Lösung finden.« Kölpa sagte das in einem bestimmten Tonfall, doch musste er sich eingestehen, dass er selbst nicht daran glaubte. Ihre Unterhaltung wurde von den ersten Soldaten, die zur Untersuchung kamen, unterbrochen, was sowohl Ireipehl als auch Kölpa mehr als nur recht war.

* * *

Vuoga hastete aus der Zentrale der Usmida und lief in den angrenzenden Raum, wo er sich auf einem Stuhl niederließ und zu dem vor ihm hängenden Bildschirm sah, der sich gerade erhellte. »Hallo, Walpa!« »Plenoi, wie ist es gelaufen?« »Sehr viel besser, als wir beide uns das erhofften.« »Das ist gut. Dann gehören jetzt drei Systeme zu unserer Republik. Das befördert mein Vorhaben.« »Das stimmt so nicht ganz.« »Was soll das denn heißen?« »Der Gouverneur hat sich uns freiwillig angeschlossen, da er nicht sonderlich gut auf das Imperium zu sprechen ist. Jetzt kommt das Beste: Er hat in meinem Beisein mit anderen ebenfalls unzufriedenen Gouverneuren gesprochen. Walpa, außer diesem System haben sich uns fünfzehn weitere angeschlossen.« »Das ist einfach unglaublich.« »Es kann durchaus sein, dass sich uns noch das eine oder andere System anschließen wird. Sie setzen alle große Hoffnungen in dich, Walpa.« »Dann will ich auch keinen von ihnen enttäuschen. Aufgrund dieser völlig neuen Situation kann ich nun einen weiteren Teil meines Plans in die Tat umsetzen.« »Was hast du vor?« »Das erzähle ich dir, sobald ich die Konferenz abhalten werde. Warte es einfach ab.« »Ich bin schon gespannt darauf, was du dir ausgedacht hast. In Kürze werde ich nach Pherol zurückkommen. Vorher mache ich einen Abstecher nach Fletuli, um mit Gouverneur Petrulkuma zu sprechen. Frage mich nicht warum, aber ich bin mir seiner noch nicht ganz sicher.« »Mach das bitte. Wir müssen unbedingt sichergehen, dass er uns keine Schwierigkeiten bereiten wird, sonst geht unser schönes Vorhaben in die Brüche.« »Was ist mit Gouverneur Kalkata? Er ist meines Erachtens ebenfalls noch ein Unsicherheitsfaktor.« »Noch mehr als Petrulkuma, Plenoi. Aus diesem Grund lasse ich ihn auch überwachen. Ich habe in der Zwischenzeit einen kleinen Geheimdienst installiert. Es war zwar nicht so einfach, die geeigneten Leute dafür zu finden, aber trotz allem hat der Dienst zuerst einmal genug Mitarbeiter.« »Das hört sich gut an. Bis bald, Walpa.« »Bis bald.« Die Verbindung erlosch und Vuoga lehnte sich zufrieden in seinem Stuhl zurück, denn alles entwickelte sich schneller, als er es zu Anfang dachte.

* * *

»Major Lergexr, die Angreifer sind die Syntagi!« »Das ist General Kelschins Werk. Sie haben Fepulkrt den Angriff auf ihr Heimatsystem übel genommen. Funker, setzen Sie eine Nachricht nach Tinokalgxr ab: Die Angreifer sind die Syntagi.« Der Offizier setzte eiligst den Text auf und sandte die Mitteilung ab. Die Flotte der Syntagi näherte sich inzwischen dem Planeten Minchoxr und ging in der Nähe in eine Parkposition. Fünf Schiffe scherten aus, um auf dem Raumhafen des Planeten zu landen. »Ich werde diesen Kelschin in Empfang nehmen«, sagte Lergexr schlecht gelaunt und verließ die Zentrale. Auf dem Weg aus dem Gebäude wuchs sein Groll gegen die Syntagi mit jedem Schritt. Als Major Lergexr sich bald darauf am Rand des Landefelds aufbaute und in den Himmel sah, erreichte sein Ärger den Höhepunkt. Wütend verfolgte er die Landung der fünf Syntagischlachtschiffe. Nachdem die Raumer aufgesetzt hatten, begab sich Lergexr zum Flaggschiff Kelschins und wartete dort darauf, dass er herauskam. Kelschin ließ auch nicht allzu lang auf sich warten und kam in Siegerhaltung die Rampe hinabgeschritten. »Major Lergexr, es ist schön, Sie wiederzusehen.«

Der spöttische Tonfall des Generals ärgerte den Major noch zusätzlich. »Das kann ich nicht behaupten, Kelschin. Das war nichts als ein hinterhältiger Überfall.« »Sie mögen das so sehen, aber eines müssen Sie mir dennoch zugestehen: Die Methode erwies sich als sehr effektiv.« »Glauben Sie im Ernst, dass General Fepulkrt Ihnen das durchgehen lässt?« »Sie können mir nicht mit ihm drohen. Deschkan ist auf ihn vorbereitet. Beim letzten Mal stand ihm nur ein einziges Schiff entgegen.« »Das mag sein, aber diesen Angriff werden Sie und ganz Deschkan bereuen!«

* * *

»Jetzt zeigen Sie einmal Haltung, Litpö!« Der Angesprochene hob den Kopf und sah Muruba aus geröteten Augen an. »Die Situation ist so hoffnungslos, Admiral.« »Es gibt immer eine Lösung! Ich habe darüber nachgedacht.« Litpö trocknete sich seine Augen ab und sah Muruba erwartungsvoll an. »Ich mache Ihnen einen Vorschlag: Die Stelkudo sind nicht allein nur Ihr Problem, sondern auch unseres. Erstens: Sie setzen die Nachricht nicht ab. Das bringt uns wertvolle Zeit. Zweitens: Klutags tritt dem Imperium bei, womit wir über einen guten Grund verfügen, uns hier einzumischen. Ich werde das mit Alkt Kalaran besprechen. Er wird sicher meinem Vorschlag folgen. Das Imperium wird eine Flotte zur Verteidigung von Klutags schicken.« »Das kann ich nicht allein entscheiden. Ich muss eine Sondersitzung der Regierung einberufen und das mit den Ministern und dem Regierungsoberhaupt besprechen.« »Das ist mir vollkommen klar. Sie besprechen das mit der Regierung und ich werde das Thema mit dem Alkt besprechen. Dazu muss ich allerdings nach Veschgol zurückkehren. Wie sehen Sie die Chancen, dass der Vorschlag positiv beschieden wird?« »Ich bin optimistisch.« »Gut, dann ist es beschlossen. Ich bringe Sie zu Ihrem Gleiter.« Beide standen auf und verließen den Raum, um sich zum nächsten Lift zu begeben. »Eine Frage habe ich noch an Sie, Admiral: Sie erwähnten, dass Sie mit Alkt Kalaran sprechen wollen.« »Ja, das ist richtig.« »Es herrschen also keine Diktatoren mehr auf Alkatar?« »Nein, die Diktatur wurde beseitigt. Alkatar ist jetzt ganz anders aufgestellt. Aus diesem Grund kann das Imperium jetzt auch zügig auf solch eine Problematik reagieren.« »Das ist gut zu wissen. Das erleichtert die Verhandlung ungemein.« »Ich wünsche Ihnen viel Erfolg, Litpö.« Beide verließen das Schiff und Litpö bestieg sein Fahrzeug. »Bitte beeilen Sie sich, Admiral.« »Ich leite alles so schnell wie möglich in die Wege.« Litpö startete den Gleiter, wendete ihn und flog bis zum Rand des Landefelds, da er dem Start des Schlachtschiffs beiwohnen wollte. Es dauerte nicht lange, dann hob der Raumer ab, stieg in den Himmel und entschwand schließlich den Blicken Litpös. »Damit habe ich ganz und gar nicht gerechnet«, stellte Litpö für sich fest und flog weiter.

* * *

Kalaran saß in seinem Büro und prüfte die neuen eingegangenen Berichte hinsichtlich des Absenders. »Komisch, es ist immer noch kein Report von Soquezxl dabei«, brummte er vor sich hin, überlegte kurz, ob er Beredil kontaktieren sollte, verwarf den Gedanken aber wieder, stattdessen begann er, die erste Dokumentation zu lesen. Gerade, als er die Hälfte eingesehen hatte, wurde die Tür zum Audienzsaal geöffnet. Neugierig stand Kalaran auf, ging aus dem Büro und lief den Besuchern entgegen. Zu seiner Überraschung kam ihm Soquezxl zusammen mit Konlup und Zakatek entgegen. »Mit euch habe ich wirklich nicht gerechnet. Es ist zwar schön, dass ihr da seid, aber aus welchem Grund seid ihr gekommen?« Soquezxl sah Kalaran an, wozu er nicht wie sonst nach unten sehen musste, da dieser nur wenige Zentimeter kleiner war. »Hier ist der Abschlussbericht«, sagte Soquezxl und hielt ihm das handgroße Gerät hin, das Kalaran entgegennahm. »Du kannst den Report später lesen. Sowohl Werga als auch Duroto haben ihre Ausbildung abgeschlossen und bestanden. Ich bin höchst zufrieden mit den beiden. An ihnen hast du gute qualifizierte Kommandeure.« Diese Schlussbemerkung löste bei Kalaran Erstaunen aus, da Soquezxl sich in seinen Berichten immer nur zurückhaltend und sachlich äußerte. »Werga, Duroto, ich gratuliere euch. Das Urteil von Soquezxl ist für mich absolut maßgeblich. Damit wir keine Zeit verlieren: Ich ernenne euch beide zu Generälen. Ich werde eure Beförderung an Rinlum weitergeben, damit er sie veröffentlicht, da Alta gerade auf dem Weg nach Veschgol ist. Für dich, Werga, habe ich auch gleich eine Aufgabe: Du wirst die Flottenstützpunkte inspizieren. Überprüfe bitte, ob alles in geregelten Bahnen verläuft. Sollte dem nicht so sein, so hast du freie Hand, wie du die Missstände beseitigst. Lass dir von Rinlum ein Schiff zuweisen. Duroto, du bleibst bei mir.« »Gibt es für mich auch etwas zu tun, Kalaran?« »Ja, für dich habe ich auch einen Auftrag. Du wirst dich Ulneskes annehmen. Das, was sie auf der Akademie in der Theorie gelernt hat, muss sie auch in die Praxis umsetzen können. Nimm sie mit nach Morior und gib ihr den letzten Schliff, Soquezxl.« »Ich freue mich darauf.« »Sage der Ordonnanz, wo du wohnst, und er wird sie dann zu dir schicken. Ich wünsche euch viel Erfolg.« Konlup und Soquezxl verließen mit einem Gruß Duroto sowie Kalaran und gingen hinaus. »Komm mit, Duroto. Du kannst mir mit den Berichten helfen.« »Ich bin restlos begeistert, Kalaran«, murrte Zakatek und folgte Kalaran in sein Büro.

*

»Wie weit bist du, Duroto?« »Noch zwei Berichte, dann bin ich durch. Bislang ist nichts dabei, was aus dem Rahmen fällt.« »Warum gibst du dich überhaupt mit so vielen Abhandlungen ab?« »Weil noch nicht alles rund läuft. Das Allermeiste erledigen die zuständigen Ministerien und Minister. Ich will sicher sein, dass die Fehler aus der Zeit der Diktatur beseitigt werden. Erst danach werde ich auf die meisten Berichte verzichten.« Zakatek seufzte und las den nächsten Rapport. Als er fast mit der letzten Abhandlung fertig war, meldete die Kommunikation ein Gespräch. Kalaran stand auf, ging zur Anlage und aktivierte sie. Auch Duroto, dankbar für die Abwechslung, erhob sich, ging zum Alkt und sah die Ordonnanz auf dem Schirm. »Ich habe Admiral Muruba für Sie in der Leitung, Alkt.« »Stellen Sie ihn mir durch.« Das Bild wechselte und der Admiral, der eine ernste Miene zur Schau trug, erschien. »Hallo, Leytek! Wie läuft es auf Veschgol?« »Ganz und gar nicht so, wie wir uns das erhofften, Kalaran.« »Gib mir bitte einen kurzen Abriss.« Muruba berichtete von dem Zusammentreffen mit den Stelkudo sowie mit Litpö und über das, was er mit Letzterem besprach. »Dem, was du Litpö vorschlugst, stimme ich zu. General Zakatek wird mit Rinlum eine Flotte zusammenstellen und zu dir nach Veschgol kommen. Wie ihr die Aufteilung der Einheiten für Veschgol und Klutags plant, ist dann allein eure Angelegenheit. Haltet mich bitte über die Entwicklung auf dem Laufenden. Alta ist bereits unterwegs.« »In Ordnung. Ich warte die Ankunft Altas ab, dann fliege ich wieder nach Klutags und treffe mich mit Litpö.« »Viel Erfolg, Leytek.« »Danke, Kalaran.« Die Verbindung erlosch und Kalaran wandte sich an Zakatek. »Du hast es gehört, Duroto. Wenn du mit den Berichten fertig bist, begibst du dich zu Rinlum.« »Ich beeile mich mit dem letzten Bericht.« »Das glaube ich dir gern«, antwortete Kalaran mit einem Grinsen auf dem Gesicht.

* * *

»Gehen Sie hinein, General«, forderte eine der Wachen, die vor dem Saal, wo der Zerlgtoxr residierte, ihren Dienst verrichteten, Fepulkrt auf, woraufhin dieser den Raum betrat. Er lief bis drei Schritte vor den Thron, machte die Ehrenbezeugung und trat dann weiter vor. »Sie verlangten, mich zu sprechen, Zerlgtoxr?« »Ja, General. Ich habe eine Information erhalten, die Ihnen sicher nicht gefallen wird. Minchoxr ist von den Syntagi eingenommen worden.« »Dort stand doch eine Flotte! Was ist mit ihr geschehen?« »Darüber haben sich die Leute leider ausgeschwiegen.« »General Kelschin! Das kann nur sein Werk sein. Anscheinend habe ich ihn unterschätzt. Ich war der Meinung, dass Kelschin meine Warnung verstanden hat.« »Ganz offensichtlich hat er das nicht.« »Haben Sie etwas von General Gelutrxr gehört?« »Nein, von ihm habe ich keine Nachricht erhalten.« »Das heißt: Wir wissen so gut wie gar nichts. Wie sollen wir da angemessen reagieren?« »Das können wir nicht. Was wir machen, kann falsch sein, General.« Eine Weile überlegte Fepulkrt und sah dabei zu Boden. Schließlich sah wieder zum Zerlgtoxr auf. »Es gibt nur eine Lösung: Ich sondiere die Lage.« »Nein, Sie machen das nicht. Ich brauche Sie hier. Schicken Sie ein Schiff mit einem Kommandanten, dem sie voll und ganz vertrauen, los.« In diesem Moment kam ein Soldat in den Raum und eilte bis vor den Thron. »Zerlgtoxr, ich habe soeben eine Mitteilung von General Gelutrxr erhalten. Er wird in Kürze hier eintreffen.« »Sagen Sie ihm, dass er unverzüglich bei mir vorzusprechen hat.« Der Soldat verließ den Saal genauso schnell, wie er ihn betreten hatte. »General, Sie werden bei dem Gespräch mit Gelutrxr anwesend sein, damit wir gleich die erforderlichen Maßnahmen treffen können.« »Ich bin schon gespannt, wie das abgelaufen ist. Rufen Sie mich, wenn Gelutrxr da ist, Zerlgtoxr. Ich befinde mich in meinem Büro hier im Gebäude.«

144

*

Auf Befehl des Herrschers kam Fepulkrt wieder in den Thronsaal und blieb vor dem Zerlgtoxr stehen. »Sie kommen genau richtig, Fepulkrt. Gelutrxr wird auch in Kürze hier sein.« »Ich bin schon auf seine Geschichte neugierig.« »Nicht nur Sie.« Kaum hatte der Zerlgtoxr den Satz ausgesprochen, als General Gelutrxr in den Saal geeilt kam. Drei Schritte vor der dreistufigen Treppe blieb er stehen und grüßte wie vorgeschrieben. »General Gelutrxr, berichten Sie uns, wie es zum Fall von Minchoxr kommen konnte.« Ausführlich beschrieb der General die Vorkommnisse bis zu seinem Abflug von Minchoxr mit dem Rest der Flotte. Als Gelutrxr seinen Rapport beendete, warfen sich der Herrscher und Fepulkrt einen vielsagenden Blick zu. »Das ist ungeheuerlich, Gelutrxr. Eintausendzweihundertzweiundsechzig Einheiten sind vernichtet worden. Minchoxr befindet sich in der Hand der Syntagi. Für dieses Versagen sollte ich Sie zur Rechenschaft ziehen.« »Zerlgtoxr, ich bin der Ansicht, dass Sie davon Abstand nehmen müssen. Dieser hinterhältige Angriff von Kelschin konnte nicht vorhergesehen werden. Aber auch ohne diese Aktion wäre Minchoxr ohnehin gefallen. Gegen diese Flotte, die von Kelschin aufgeboten wurde, hätte Gelutrxr keine Chance gehabt.« »Ich gebe Ihnen recht, Fepulkrt. Entwerfen Sie einen Plan. Diese Niederlage dürfen wir nicht einfach hinnehmen. Gelutrxr, Sie unterstützen Fepulkrt dabei. Der Gegenschlag muss zügig erfolgen.« »Das sehe ich zwar genauso, Zerlgtoxr, aber mir stellt sich die Frage, ob Minchoxr diesen Aufwand wert ist.« »Ihr Einwand ist berechtigt, Gelutrxr. Hierbei geht es allerdings nicht um Minchoxr, sondern um Farschgu und Kelschin. Sie haben meine Anweisung gehört. Ich erwarte, dass sie unverzüglich umgesetzt wird.« »Kommen Sie, Gelutrxr. Es liegt viel Arbeit vor uns.«

Mission Cherenu ....

Zwei Frachter kamen vor dem System von Cherenu an und flogen auf den ersten Planeten des Systems mit Namen Surero zu. Nach Erteilung der Landegenehmigung gingen die beiden Schiffe auf den Raumhafen nieder. Selniru Wetebe, der sich in der Zentrale eines der beiden Frachter befand, stand von seinem Platz auf und ging zum Kommandanten. »Wann, denken Sie, ist die beste Zeit, das Schiff zu verlassen? Sie kennen im Gegensatz zu mir die Verhältnisse auf Surero.« »Ihr geht erst heute Nacht von Bord. Ich weiß, dass das Ihren Leuten nicht gefallen wird, aber so lange müssen Sie eben noch durchhalten.« »Sie werden nicht begeistert sein, aber die Frist ist absehbar. Ich gehe hinaus und sehe mich auf dem Raumhafen ein wenig um.« »Wie Sie wollen, Wetebe. Ich werde einige Händler aufsuchen. Schließlich stehen noch ein paar Sachen auf meiner Einkaufsliste.« Der Kommandant ging mit Selniru Wetebe aus der Zentrale und sie verließen danach den Frachter. Während der Kommandant sich auf den Weg zum ersten Händler machte, lief Wetebe gemütlich über das Landefeld und sah dabei zu den abgestellten Schiffen hinüber. Sein Blick galt dem militärischen Teil des großen Raumhafens. Indem Wetebe zu den Raumern hinüberstarrte, entwickelte er einen Plan für die folgende Nacht. Schließlich musste er seine Überlegungen beenden, da er offensichtlich bei einigen der Soldaten bereits Aufmerksamkeit erregte. Da sie zu ihm hinübersahen, fasste er den Entschluss weiterzugehen. Ein kurzer Blick bestätigte Wetebe, dass sie nicht mehr zu ihm sahen.

* * *

»Wie wollen wir vorgehen, Tinuwa?« »Zuerst müssen wir herausfinden, ob dieser Arzt von der Regierung Wächter zur

Seite gestellt bekommen hat. Ich habe keine Lust, beim ersten Versuch verhaftet zu werden. Den Wirt wollte ich nicht über Tescherketu ausfragen. Wir benötigten fundierte Informationen.« Den nächsten Passanten, der ihnen über den Weg lief, hielt Zodomar an. »Entschuldigen Sie bitte. Gibt es in der Stadt eine öffentliche Bibliothek?« »Sie sind wohl nicht von hier? Ist auch egal. Ja, es gibt eine Bibliothek.« Der Mann beschrieb dem Oberst knapp den Weg und ging dann einfach weiter. »Freundlich sind die hier nicht gerade«, stellte einer der Soldaten fest. »Das habe ich schon bei dem einen Gespräch mit der Kontrolle festgestellt. Gehen wir, Leute.« Sie verfolgten den ihnen beschriebenen Weg, bis vor ihnen ein repräsentatives Gebäude in Sicht kam. »Der Bau kann sich sehen lassen.« Dem Kommentar eines der Männer stimmten die anderen vorbehaltlos zu. Die Gruppe lief auf das Bauwerk zu, betrat schließlich das Gebäude und fand sich in einer repräsentativen Halle wieder. Staunend betrachteten sie kurz die prächtige Ausstattung, bevor sie zu dem auf der rechten Seite befindlichem Informationsschalter gingen. »Hallo, können wir uns an einer Station Informationen über Düvjiklämp ansehen? Wir sind Touristen und möchten das eine oder andere besichtigen.« »Natürlich können Sie das. Suchen Sie sich da vorne auf der rechten Seite eine Station heraus. Die Benutzung ist kostenlos.« Die Frau bedeutete Zodomar die Richtung mit dem rechten Arm und widmete sich wieder ihrer Arbeit, weshalb sich Zodomar wortlos abwandte und sich mit seinen Leuten zu der Reihe der Stationen begab. Die vier Soldaten nahmen sich jeder einen Stuhl und nahmen neben dem Oberst, der bereits saß, Platz. Zodomar benutzte ein Suchprogramm, um Informationen über Tescherketu zu erhalten. Sofort erhielt er eine Datei angezeigt, was ihn nicht weiter verwunderte. »Sogar mit einem Bild«, murmelte der Oberst, öffnete die Datei und las sie mit seinen Leuten zusammen durch. »Wenn ich das hier lese, beschleicht mich der Eindruck, als sei Tescherketu der anständigste und netteste Mann auf dem ganzen Planeten. Dazu wird er als einer der größten und fähigsten Ärzte beschrieben. Den sollte ich einmal mit Kölpa zusammenbringen.« »Tinuwa, hier steht seltsamerweise dabei, dass er sich mit ausgefallenen Experimenten beschäftigt«, ergänzte einer der Männer. »Ja, und genau das gibt mir zu denken. Es bestätigt zumindest die Aussage des Wirts. Ich habe genug gesehen. Gehen wir.« Zodomar schloss die Datei und verließ mit seinen Leuten die Bibliothek.

* * *

Die Gyjadan landete auf dem Raumhafen der Hauptstadt von Klutags, was von Litpö verfolgt wurde. Er startete seinen Gleiter, flog zu dem Schiff, parkte ihn davor und stieg aus, um dann auf Muruba zu warten. Es dauerte nicht lange, bis der Ausstieg sich öffnete und der Admiral herauskam. »Admiral Muruba, es ist schön, dass Sie so schnell wieder zurück sind.« »Ich habe es Ihnen doch versprochen.« »Ich hatte, offen gesagt, ein wenig Zweifel, ebenso wie auch die anderen Regierungsmitglieder. Aus diesem Grund sind wir immer noch am Diskutieren.« »Das heißt, es gibt noch keine endgültige Entscheidung?« »Nein, ich weiß auch nicht, wie lange sich das hinziehen wird.« »Uns läuft die Zeit davon. Nehmen Sie mich zur nächsten Sitzung mit und geben Sie mir die Gelegenheit, zu Ihren Kollegen zu sprechen.« »Steigen Sie ein, Admiral. Wir fliegen zu meinem Büro.« Beide setzten sich in das Fahrzeug und Liptö flog mit hoher Geschwindigkeit über das Landefeld. Vor dem Gebäude stoppte er und sprang ebenso wie der Admiral hinaus. Im Laufschritt suchten sie den Lift auf, ließen sich nach oben tragen und hasteten weiter. Sie durchquerten das Vorzimmer und liefen in das Büro, wo Litpö sich an seinem Schreibtisch niederließ und eine Verbindung etablierte. Er führte ein kurzes Gespräch, sprang wieder auf und eilte aus dem Raum. Muruba blieb nichts anderes übrig, als hinter Litpö herzulaufen. Erneut begaben sie sich zum Lift, mit dem es weiter nach oben ging. Sie stiegen aus und liefen im gleichen Tempo zu einem offen stehenden Konferenzraum, den sie betraten, und Muruba blieb stehen, während Litpö zum Regierungsoberhaupt ging und leise mit ihm sprach. Der Admiral schloss die Tür und wartete, bis jemand ihn aufforderte näherzutreten. Litpö beendete das kurze Gespräch und ging zu Muruba. »Kommen Sie bitte mit.« Er geleitete ihn bis zu dem unbesetzten Kopfende des Tischs und blieb neben ihm stehen. Das Oberhaupt der Regierung ergriff als Erster das Wort. »Ich begrüße Sie auf Klutags und wir sind alle schon gespannt, was Sie uns sagen werden.« »Das ist Admiral Muruba von der imperialen Flotte, von dem ich euch erzählte. Admiral, bitte sprechen Sie.« »Ich grüße die Mitglieder der Regierung von Klutags. Wie ich Litpö versprach, kontaktierte ich den Alkt Kalaran von Talstal zu ihrem Problem mit den Stelkudo. Der Alkt hat meinem Vorschlag zugestimmt und Klutags Unterstützung zugesichert, falls sich die Regierung dazu entschließt, ein Teil des Imperiums zu werden. Ich bin autorisiert, eine positive Entscheidung Ihrerseits zu bestätigen.« »Ich danke Ihnen, Admiral. Bitte warten Sie vor der Tür. Ich denke, wir kommen jetzt schnell zu einer Einigung.« Muruba kam der Aufforderung nach, verließ den Saal und wartete vor der Tür. Er musste sich eingestehen, dass für ihn eine Unsicherheit über das Ergebnis der Abstimmung blieb. Schneller als von ihm erwartet, bat Litpö ihn wieder in den Raum. Mit Muruba stellten sie sich erneut an das Kopfende des Tischs. Im Gegensatz zu seiner ersten Ansprache stand das Regierungsoberhaupt dieses Mal von seinem Stuhl auf. »Admiral Muruba, für uns gab es nicht mehr viel zu diskutieren, weshalb wir schnell zur Abstimmung übergehen konnten. Die Regierung

hat einstimmig für den Beitritt zum Imperium gestimmt.«
»Dann erkläre ich anstelle des Alkt von Alkatar, dass Klutags ab jetzt ein Teil des Imperiums ist. Der offizielle Teil
wird selbstverständlich nachgeholt. Ich fliege nach Veschgol
und werde von dort aus den Alkt über Ihre Entscheidung in
Kenntnis setzen. Außerdem schicke ich Ihnen von dort aus
General Zakatek mit einer Flotte zum Schutz von Klutags,
sobald dieser dort eintrifft.« »Wie lang wird es dauern, bis
die Schiffe bei Veschgol eintreffen?« »Das erfahre ich bei
dem Gespräch mit dem Alkt. Sollte es länger dauern, sorge
ich für eine Zwischenlösung. Zusätzlich bauen wir eine Relaiskette nach Veschgol auf.« »Beeilen Sie sich bitte, Admiral. Wir sind alle mehr als nervös, was die nicht einschätzbare
Situation angeht.« »Das kann ich gut verstehen. Ich werde
alles so schnell wie möglich in die Wege leiten. Aus diesem
Grund fliege ich sofort ab.« »Im Namen der Regierung danke ich Ihnen für Ihre Bemühungen, Admiral Muruba.« »Litpö, bringen Sie mich bitte zu meinem Schiff?« »Natürlich,
Admiral, kommen Sie bitte mit.«

* * *

Aus den fünf Syntagischiffen kamen Soldaten heraus, die
direkt zur Kontrollzentrale rannten ebenso wie zu den wenigen anderen Gebäuden. »Was gibt das, wenn es fertig ist,
Kelschin?« »Alle Ihre Leute werden gefangen genommen.«
»Sie wissen doch genau, dass das überflüssig ist. Sie haben
nichts von uns zu befürchten.« »Darum geht es mir gar nicht,
Lergexr. Ihr seid mir schlicht und ergreifend im Weg. Auf
Minchoxr will ich schalten und walten, wie es mir passt, ohne
von euch dabei beobachtet zu werden.« »Kelschin, meiner
Ansicht nach leiden Sie unter Verfolgungswahn.« »Sie re-
den Unsinn, Lergexr. Ich will mich einfach nicht mehr mit
Ihnen oder einem Ihrer Leute abgeben.« Kelschin machte in

Richtung einer Gruppe Soldaten eine Bewegung mit seiner rechten Hand, die daraufhin auf ihn zugeeilt kam. »Nehmt den Major fest und bringt ihn zu den anderen.« Die Soldaten führten Lergexr mit vorgehaltener Waffe zum Flaggschiff. Der Blick des Generals ging zu seinem Raumer und er beobachtete, wie die letzten Gefangenen im Schiff verschwanden. »Endlich bin ich am Ziel«, stellte Kelschin zufrieden fest, hob seinen linken Arm und stellte mit seinem Armbandgerät eine Verbindung zu seinem Kommandanten her. »General Kelschin?« »Das erste Schiff mit der Ausrüstung soll landen. Anschließend ist unverzüglich mit den Arbeiten zu beginnen.« »Ich gebe Ihre Anweisung weiter.« Mit einem Befehl schaltete Kelschin ab und begab sich in das Kontrollgebäude, um von der Zentrale aus alles zu beobachten. Dort angekommen, sah er zu den einzelnen Stationen, die alle von seinen Leuten besetzt waren. Zufrieden darüber, dass seine Planung reibungslos funktionierte, ging er zu dem Fenster und blickte auf das Landefeld hinab, wo gerade das angeforderte Schiff niederging. Bald darauf öffneten sich die Ausstiege sowie die Schotten der Frachträume. Trupps von Arbeitern kamen heraus und begannen mit dem Entladen des Materials. Es entstand eine große Betriebsamkeit um das Schiff herum, was Kelschin mit Freude zur Kenntnis nahm. Die Arbeiter verteilten das Material an den vorher festgelegten Stellen und begannen mit der Rodung des Geländes neben dem Landefeld, um genau dies zu erweitern. Auf der rechten Seite des Kontrollgebäudes sowie dahinter starteten die Arbeiten zur Errichtung weiterer Bauwerke, die für verschiedene Zwecke gedacht waren.

* * *

Die Nacht brach über dem Raumhafen der Hauptstadt von Surero herein. Die Betriebsamkeit auf dem Landefeld nahm mehr und mehr ab, bis auch die letzten Personen es verließen. »Jetzt ist es so weit, Wetebe. Ihre Leute verlassen augenblicklich unsere Schiffe und entfernen sich so schnell wie möglich von ihnen. Mein Kollege und ich wollen mit dem, was auch immer sie planen, nichts zu schaffen haben.« »Ich danke Ihnen, Kommandant.« »Sie brauchen mir nicht zu danken, schließlich bezahlt uns Vuoga dafür. Nehmen Sie Ihre Leute und gewinnen Sie alle schnell Abstand zu unseren Schiffen.« Eilig verließ Wetebe die Zentrale, da der Kommandant in einem freundlichen, aber auffordernden Tonfall gesprochen hatte. Außerhalb der Frachter bedeutete er seinen Soldaten, wohin sie laufen sollten, und folgte ihnen, nachdem der letzte an ihm vorbeilief. Da rund um die Lagerhallen, die sich am Rand des Landefelds entlangzogen, nachts ab einer bestimmten Uhrzeit die Beleuchtung abgeschaltet wurde, liefen die Soldaten bedenkenlos entlang, bis sie zu dem für militärische Schiffe reservierten Teil gelangten. Alle hielten an und Wetebe ging zu den Offizieren, die er ausersehen hatte, den ersten Teil seines Plans in die Tat umzusetzen. Wetebe bedeutete ihnen, zu welchen Raumern sie gehen mussten, woraufhin die Offiziere ihn irritiert ansahen. »Das ist doch Wahnsinn, Major!«, äußerte sich einer von ihnen. »Genau aus diesem Grund wird es funktionieren. Also los!« Jeweils zwei der Offiziere liefen zu einem der vier Schlachtschiffe und versuchten, dabei so zu wirken, als ob sie gerade einen Kontrollgang vornähmen. Die vier Zweiertrupps stimmten ihr Tempo so ab, dass alle ungefähr zur gleichen Zeit vor den geöffneten Ausstiegen, vor denen jeweils eine Wache stand, angelangten. Dies diente dem Zweck, dass die Aufmerksamkeit der Wachen nicht auf eines der anderen Schiffe gelenkt und auf diese Weise vorgewarnt wurde. Bei dem ersten Schiff traten die beiden Offiziere vor die Soldaten und bauten sich vor ihm auf. »Gibt es irgendwelche Vorkommnisse, die Sie uns melden müssen, Soldat?«, schnarrte einer von den beiden. »Nein, es gibt keine besonderen Vorkommnisse. Darf ich fragen, was Sie hier eigentlich machen?« »Wir machen einen Kontrollgang, um zu sehen, ob die Wachen auch aufmerksam sind.« »Solange wir hier sind, gab es noch nie einen Kontrollgang.« »Es gibt immer ein erstes Mal.« Während der Offizier den Soldaten mit seinem Blick fixierte, um ihn abzulenken, zog der Begleiter seine Waffe und schoss den Soldaten nieder. Auch bei den anderen drei Raumern wurden die Wachen überwältigt, jedoch ohne sie zu töten. Daraufhin gaben alle vier Gruppen Wetebe ein Handzeichen, dass er mit seinen Leuten kommen konnte. Doch in diesem Moment tauchte bei dem ersten Schiff plötzlich eine Patrouille von einem Offizier und fünf Soldaten auf. Wetebe, dem dies nicht entging, stieß einen leisen Fluch aus. »Was ist mit dem Soldaten los? Wieso liegt er auf dem Boden?«, fragte der Offizier der Patrouille. »Wir kamen gerade hier zufällig vorbei und sahen den Mann dort liegen. Wir wollten ihn uns jetzt ansehen.« Der Offizier sah die Leute Wetebes misstrauisch an. »Sie kamen also zufällig hier vorbei. Genau um diese Uhrzeit und an dieser Stelle. Für mich klingt das nicht gerade glaubwürdig.« Er bückte sich und drehte den Soldaten auf den Rücken. »Der Soldat wurde erschossen und ich bin der Ansicht, dass ihr dafür verantwortlich zeichnet. Ihr seid beide verhaftet!«

* * *

Vor dem Krankenhaus, in dem Tescherketu arbeitete, blieb Zodomar mit seinen Leuten stehen und sah zu dem Gebäude hinüber. »Seht euch um, ob ihr irgendwo verdächtige Personen unbeteiligt herumstehen seht. Erst dann gehen wir hinein. Verteilt euch.« Die vier Soldaten schwärmten aus und auch Zodomar ging weiter auf das Krankenhaus zu. Als er die Hälfte der Strecke hinter sich gebracht hatte, entdeckte der Oberst eine Person, die sich auffällig verhielt. Die Frau lief scheinbar beteiligungslos von der linken Seite des Gebäudes kommend bis zur Ecke, blieb stehen und beobachtete die Passanten, wobei diejenigen ihr Interesse weckten, die den Eingang des Krankenhauses ansteuerten. »Sie schirmen Tescherketu tatsächlich ab, ganz wie der Wirt uns sagte«, murmelte der Oberst und dachte nach. »Es geht nicht anders!« Der Oberst eilte weiter und lief auf die Frau zu. Als er sah, dass sie wieder zurückging, atmete er auf, denn es blieb ihm erspart, unter den Blicken der Passanten zu agieren. Die linke Seite des Gebäudes grenzte von der Wand ab an einen ungepflegt wirkenden Park, der sich durch einen dichten Bewuchs auszeichnete und fast wie ein Urwald wirkte. Der Oberst hastete hinter der Frau her, dabei versuchte er, jedes Geräusch weitestgehend zu vermeiden. Erst als er hinter den bis zum Boden herunterhängenden Ästen eines Baums verschwand, beschleunigte er seinen Lauf. Erst als er die Ecke des Bauwerks erreichte, ging er langsam weiter. Die Männer suchten inzwischen das restliche Umfeld des Krankenhauses ab und entdeckten drei Personen, die dem gesuchten Profil entsprachen. Sie beobachteten die drei Individuen eine Weile, bis sie sich sicher waren, dass sie zu denen gehörten, welche den Arzt abschirmten. Die vier Männer brachen die Beobachtung ab und begaben sich auf die Suche nach ihrem Vorgesetzten, um ihn über die erfolgreiche Suche zu informieren. Ganz vorsichtig ging Zodomar an der Hauswand entlang, bis er die Stelle erreichte, wo die Äste ihm den Weg versperrten. Er schob die Äste beiseite und zwängte sich hindurch, bis er auf der anderen Seite herauskam. Noch bevor er dazu kam, sich umzusehen, tauchte die Frau vor ihm auf und richtete ihre Waffe auf ihn.

* * *

Auf dem Raumhafen stand Naro vor der Werfthalle und dirigierte die Warenströme, welche die Arbeiter aus den Schiffen luden. Einundzwanzig Frachter standen dort beisammen, die alle Material für die Werft lieferten, ganz so, wie es auf der langen Bestellliste von Naro stand. Durch das Hin und Her manövrierte ein Gleiter hindurch und stoppte schließlich vor der Halle. Naro bemerkte ihn und stöhnte leise. »Den brauche ich im Moment überhaupt nicht.« Vuoga stieg aus dem Fahrzeug, ging zu Naro, stellte sich neben ihn und sah den Arbeitern zu. »Wie ich sehe, läuft hier alles bestens, Naro.« »Präsident, ich habe alle Hände voll zu tun.« »Das sehe ich und es gefällt mir. Machen Sie weiter so, Naro. Ich gedachte, nicht Sie aufzusuchen, sondern jemand anderes. Mir lag nur daran, Sie kurz zu begrüßen.« »Das haben Sie gemacht und nun lassen Sie sich nicht weiter aufhalten.« Vuoga begab sich zu einem der nächsten Frachter und hielt den ersten Mann, der ihm über den Weg lief, an. »Wo finde ich einen der Kommandanten?« »Dort drüben vor dem Ausstieg.« Der Arbeiter deutete die Richtung an und lief weiter. Dem ihm angezeigten Weg folgte Vuoga und gab dem Kommandanten mit einem Handzeichen zu verstehen, dass er ihn zu sprechen wünschte, woraufhin dieser ihm entgegenging. »Präsident Vuoga, wie Sie sehen, halten wir unsere Vereinbarungen.« »Auch ich werde meinen Teil erfüllen. Ich will mit Ihnen kurz etwas besprechen.« »Worum geht es denn?« »Es ist mein Anliegen, dass alle anwesenden Frachterkommandanten sich mit mir zusammensetzen und sich den Vorschlag, den ich unterbreiten werde, anhören.« »Ist er wirklich für uns von Interesse?« »Davon bin ich überzeugt.« »Na schön, sobald ich allen Bescheid gegeben habe und wir sicher sind, dass der Rest auch ohne uns gut abläuft, kommen wir zu Ihnen. Wo soll die Besprechung stattfinden?« »Im Kontrollgebäude, damit ihr nicht zu viel Zeit verliert. Ein Mann wird vorbeikommen und euch zu dem Besprechungsraum füh-

ren.« »Dann bis später, Präsident.« »Bis später.« Mit einem
zufriedenen Gesichtsausdruck lief Vuoga zu dem Gleiter
zurück. Er stieg ein, startete ihn und steuerte das Gebäude
am Rand des Landefelds an. Dabei dachte Vuoga noch einmal darüber nach, was er den Kommandanten vorzuschlagen
gedachte. Der Gedanke gefiel ihm immer besser, je länger er
über diesen Plan nachdachte.

*

Die einundzwanzig Kommandanten saßen in dem Besprechungsraum und blickten Vuoga erwartungsvoll an. Dieser
stand auf und sah in die Runde, bevor er das Wort ergriff.
»Vielen Dank für euer Erscheinen. Ich habe euch einen Vorschlag zu unterbreiten: Ihr alle liefert mir die Waren, welche
ich benötige, vor euren anderen Kunden, und das zu einem
fairen Preis. Dafür räume ich euch das Handelsmonopol in
der pherolischen Republik ein. Kein anderer Händler außer
euch darf hier Geschäfte machen, es sei denn, ihr nehmt ihn
in eure Runde auf.« Einer der Händler erhob sich und fixierte Vuoga mit einem strafenden Blick. »Präsident, mein
Name ist Kondio Xeriot und ich wurde von allen zum Sprecher bestimmt, um dieses Gespräch abzukürzen. Ihr Angebot
in Ehren, aber glauben Sie im Ernst, dass gerade einmal zwei
Systeme für uns von Interesse sind, um Ihnen diesen Vorteil
einzuräumen?« »Kondio, Sie sind nicht auf dem neuesten
Stand. Die pherolische Republik umfasst achtzehn Systeme.« »Das ist natürlich etwas anderes. Die Republik scheint
schnell zu wachsen.« »Es schlossen sich uns Gouverneure
an, da sie mit der derzeitigen Struktur höchst unzufrieden
sind.« »Was benötigen Sie denn noch, außer den Positionen auf unserer Liste?« »Jedes Schiff, das ihr erstehen könnt,
dabei ist es unwichtig, ob es Beschädigungen aufweist oder
nicht. Wir werden es hier auf der Werft wieder instand set-

zen. Jetzt wird es allerdings ein wenig delikat. Ich benötige Waffen, um diese Schiffe damit zu bestücken. Seht ihr euch in der Lage, auch das zu besorgen?« »Wenn ich euch richtig verstehe, denkt ihr an Geschütze, die auch ihren Namen verdienen.« »Ich sehe, dass wir uns verstehen.« »Das wird nicht einfach werden. Wenn wir Waffen zu organisieren in der Lage sind, wird es eine Frage des Preises sein. Seit Uxbeija gestürzt wurde, haben sich einige Dinge verändert. Manche ausgefalleneren Waren sind nicht mehr so einfach zu erstehen. Die Kontrollen sind verstärkt worden. Gerade Alkt Kalaran arbeitet unermüdlich daran. Wozu benötigen Sie die Schiffe?« »Das braucht Sie im Moment noch nicht zu interessieren. Ich gehe hinaus und ihr sprecht über meinen Vorschlag. Sagt mir Bescheid, wenn ihr zu einem Ergebnis gekommen seid.« Vuoga verließ den Raum und lehnte sich mit dem Rücken neben der Tür an die Wand. »Sie werden mit Sicherheit darauf anspringen«, murmelte Vuoga selbstsicher.

*

In dem Besprechungsraum führten die Händler eine heftige Diskussion. Xeriot schaffte es zwar, die Gespräche immer wieder voranzubringen, doch dann begannen alle erneut, kreuz und quer zu reden, bis es Xeriot zu viel wurde. »Seid alle ruhig!«, rief er ihnen laut zu und bald darauf verstummten alle. »Jetzt hört endlich auf, wild durcheinanderzureden. So kommen wir doch nicht weiter. Für mich bleibt festzuhalten: Uns kann nichts Besseres passieren als dieses Monopol. Achtzehn Systeme betrachte ich als ein gutes Argument. Das sind Geschäfte, die uns keiner wegnehmen kann, und was das Beste daran ist: Die ortsansässigen Händler sind dazu genötigt, unsere Preise zu akzeptieren. Ich bin dafür, den Vorschlag Vuogas anzunehmen. Lasst uns abstimmen. Wer ist dafür?« Kurz brandete das Stimmengemurmel noch einmal auf, dann verstummte es auch ebenso schnell wieder. Die Kommandanten sahen sich gegenseitig an und hoben schließlich alle die Hand. »Damit ist es beschlossen. Wir gründen die Gilde der pherolischen Händler. Das Oberhaupt der Gilde wird der Ratsherr sein. Ihm obliegt es auch zu entscheiden, ob ein Händler der Gilde beitreten darf oder nicht. Ebenso darf er auch gegen ein Mitglied Sanktionen verhängen. Das nur als kurzer Abriss. Die Statuten arbeiten wir noch aus und stimmen über sie ab. Seid ihr damit einverstanden?« Alle Kommandanten stimmten dem zu. »Xeriot, wir sollten den Ratsherrn jetzt bestimmen, damit einer von uns als einziger Ansprechpartner von Vuoga fungiert. Ich schlage dich als Ratsherrn vor. Was meint ihr? Wer dafür ist, hebe die Hand.« Zwanzig Hände erhoben sich in die Luft und sanken wieder auf den Tisch zurück. »Damit ist Kondio Xeriot der erste Ratsherr der pherolischen Händler. Nimmst du die Wahl an, Kondio?« »Ich akzeptiere eure Entscheidung. Holt mir nun Vuoga wieder in den Raum.« Einer der Händler kam der Aufforderung nach und holte Vuoga, der zu dem noch stehenden Xeriot ging. »Wie habt ihr euch entschieden, Xeriot?« »Ihr Vorschlag wurde von uns einstimmig angenommen. Aus diesem Grund gründeten wir die Gilde der pherolischen Händler, zu deren Ratsherrn ich bestimmt wurde. Ab sofort bin ich Ihr Ansprechpartner.« »Es freut mich, das zu hören. Ich werde die entsprechenden Anordnungen gleich erlassen. Kondio, von Ihnen erhalte ich eine Liste der Händler, welche der Gilde angehören. Anschließend gebe ich die entsprechenden Anordnungen heraus. Noch laufende Geschäfte von Händlern sind vorerst noch ausgenommen.« »Lassen Sie sich noch Zeit, Vuoga. Zurzeit sind wir ohnehin ausgebucht. Erst wenn wir Ihre Liste abgearbeitet haben, komme ich auf Sie zu. So lange bleibt alles, wie es ist. Den Terminplan legen wir gemeinsam fest, sonst gibt es nur Chaos. Das ist nicht gut für das Geschäft.« »An Chaos ist mir auch nicht gelegen, denn genau das kann ich auf keinen Fall gebrauchen. Schließlich soll es in der Republik reibungslos zugehen. Auf gute Zusammenarbeit, Kondio Xeriot.«

»Auf gute Zusammenarbeit, Präsident Vuoga.«

* * *

Ein Schiff erschien unweit eines Systems, setzte eine Sonde ab und verschwand wieder. Die Sonde flog ein Stück tiefer in das System ein und nahm in kurzen Abständen Ortungen vor, wozu sie auf ihrer Position verharrte. Danach setzte sie ihren Flug fort, stoppte erneut und begann die Prozedur von Neuem. Diesen Vorgang wiederholte sie noch vier Mal, dann flog sie wieder aus dem System heraus. Ihrer Programmierung folgend verließ sie das System, legte eine kurze Etappe zurück und erschien an der Stelle, wo das Schiff auf sie wartete. Auf Befehl des Kommandanten holten sie die Sonde ein, anschließend beschleunigte das Schiff und flog seinem nächsten Ziel entgegen. Nach mehreren Etappen erreichte der Raumer die geplanten Koordinaten. Eine neue Sonde wurde ausgeschleust und das Schiff verließ seinen Standort. Die Sonde steuerte in das System hinein, stoppte und nahm in knappen Abständen Ortungen vor und nahm wieder Fahrt auf. Genauso wie die erste Sonde wiederholte auch diese den Vorgang des Stoppens, der Ortung und des Weiterflugs. Im Gegensatz zur vorherigen Sonde drang diese tiefer in das System ein, um noch mehr Daten zu sammeln. Erst als sie die ganzen Punkte abgearbeitet hatte, flog sie aus dem System heraus, überwand eine kurze Etappe und erreichte schließlich den Punkt, wo das Schiff auf sie wartete. Sofort gab der Kommandant den Befehl, die Sonde einzuholen, und ordnete anschließend den Rückflug an. Der Raumer nahm Fahrt auf, beschleunigte und überwand die erste Etappe. An den neuen Koordinaten ließ der Kommandant stoppen und kontaktierte die technische Abteilung. Der Leiter erschien auf dem Schirm und ließ den Kommandanten nicht zu Wort kommen. »Sie wollen sicher wissen, ob wir brauchbare Daten erhalten haben.« »Genau deswegen kontaktiere ich sie. Wie lautet Ihre Beurteilung?« »Wir haben viele Daten gesammelt und das benötigte Ergebnis erhalten. Ich werte die Mission als vollen Erfolg.« »Das und nichts anderes erwartete ich zu hören.« Der Schirm erlosch und der Kommandant sah zum Piloten. »Setzen Sie den Rückflug fort.«

* * *

Die Gyjadan kam wieder im System von Veschgol an und bezog eine Parkposition bei dem Planeten. »Funker, ich benötige zuerst eine Verbindung zu Admiral Tunga.« Der Offizier begann mit seiner Arbeit, an deren Ende er das Gespräch auf den Schirm legte. Als Tunga auf dem Schirm erschien, sprach ihn Muruba auch sogleich an. »Alta, wir müssen eine Relaiskette nach Klutags aufbauen. Hast du das notwendige Material dafür dabei?« »Ja, Kalaran wies mich an, das Notwendige mitzunehmen.« »Das ist gut. Übrigens ist Klutags dem Imperium beigetreten.« »Wie es zu erwarten war. Damit sind wir in der Lage, ohne ständige und lästige Rücksprachen zu agieren. Wir beginnen gleich mit der Arbeit.« Die Verbindung erlosch und Muruba drehte sich zum Funker um. »Jetzt brauche ich eine Verbindung nach Alkatar. Ich muss mit Alkt Kalaran sprechen.« »Zu Befehl.« Dieses Mal benötigte der Offizier länger, um das geforderte Gespräch nach Alkatar zu etablieren. Als es schließlich stand, legte der Funker es auf den Hauptbildschirm. Muruba sah Kalaran an und trug dabei eine entspannte Miene zur Schau. »Wie ist es auf Klutags gelaufen, Leytek?« »Klutags ist dem Imperium beigetreten.« »Das dachte ich mir schon. Der offizielle Teil muss allerdings noch warten, bis das Problem mit den Stelkudo gelöst ist.« »Der Regierung sagte ich, dass wir das Offizielle hinten anstellen. Wann wird Duroto hier eintreffen?« »Duroto ist noch mit Rinlum am Arbeiten. Ich denke, dass der Abflug bald erfolgen wird.« »Diese Verzögerung wirft ein Problem auf. Die Regierung ist nervös.« »Darüber bin ich mir im Klaren. Besprich dich mit Alta, was ihr machen könnt. Ihr müsst die Zeit bis zum Eintreffen Durotos überbrücken. Halte mich auf dem Laufenden.« Der Schirm wurde dunkel und zeigte kurz darauf das Bild des Planeten Veschgol. »Funker, ich muss noch einmal mit Admiral Tunga sprechen.« »Zu Befehl.« »Hast du etwas vergessen?«, fragte Alta, nachdem das Gespräch stand. »Nein, ich habe gerade mit Kalaran gesprochen. Er sagte mir, dass Duroto immer noch nicht abgeflogen ist, da er nach wie vor mit Rinlum am Arbeiten ist. Kannst du fünfhundert Einheiten entbehren, damit ich sie nach Klutags verlegen kann?« »Ich gebe dir Bescheid, sobald die Schiffe bereit sind.« »Danke, Alta.« Muruba wandte sich ab, ging zu seinem Platz und ließ sich darauf nieder. »Hoffentlich lassen uns die Stelkudo die Zeit, bis Duroto endlich eingetroffen ist«, murmelte Muruba mit einer nachdenklichen Miene.

* * *

Wetebe reagierte sofort, als er sah, wie die Soldaten der Patrouille ihre Gewehre auf seine beiden Offiziere richteten. Er bedeutete sechs seiner Soldaten, ihn zu begleiten. Die Gruppe schlug unter seiner Führung einen Bogen und schlich sich anschließend von hinten an die Patrouille, in der Hoffnung, dass sie noch eine Weile mit den Gefangenen beschäftigt waren. Zufrieden nahm Wetebe zur Kenntnis, wie seine Leute ganz langsam ihre Waffen mit spitzen Fingern aus der Halterung zogen und sich ohne erkennbare Eile bückten, um dann die Strahler auf dem Boden abzulegen. Diesen Augenblick nutzte der Major, indem er den Feuerbefehl erteilte. Unter gezielten Schüssen brachen die Mitglieder der Patrouille tödlich getroffen zusammen. Daraufhin gab er den restlichen Soldaten mit einer eindeutigen Bewegung des rechten Arms zu verstehen, dass sie zu ihm kommen sollten. Im Laufschritt kamen die Leute heran und blieben vor ihm stehen. »Jetzt verteilt euch alle auf die vier Schiffe, so, wie wir es besprochen haben. Beeilung!« Nach Plan stürmten die Soldaten zu den Schiffen und rannten hinein. Seine beiden Offiziere hoben ihre Strahler auf und steckten sie zu sich. Zusammen mit Wetebe gingen auch sie in das Schiff, vor dessen Rampe sie standen. Es dauerte nicht lange, bis sich die Ausstiege der vier Schlachtschiffe schlossen. Die wenigen Besatzungsmitglieder, welche sich an Bord der Schiffe befanden, wurden von den Soldaten Wetebes verhaftet, ohne dass sie Widerstand leisteten, da der Überraschungseffekt aufseiten der Eindringlinge war. Mit nichts anderem rechnete der Major, da er das übliche Prozedere, die Schiffsbesatzungen in den Kasernen unterzubringen, kannte. Die drei Kommandanten bestätigten Wetebe, dass die Schiffe sich in ihrer Hand befänden. Da es sich auch auf seinem Schiff so verhielt, konnte der Major den Befehl zur Ausführung des zweiten Teils seines Plans geben.

* * *

»Warum schleichen Sie hinter mir her?«, fauchte die Frau Zodomar an. »Ich habe Besseres zu tun, als Ihnen hinterherzuschleichen, wie Sie es bezeichnen. Ich beabsichtigte nur, mir diesen schönen Park anzusehen.« »Das ist wenig glaubhaft.« »Besser wenig glaubhaft als gar nicht. Dort, von wo ich herkomme, gibt es so einen Park nicht. Die Vegetation hält sich ziemlich in Grenzen.« »Meine Geduld mit Ihnen hält sich ebenfalls in Grenzen. Vielleicht sollte ich Sie auf der

Stelle erschießen, aber gut: Ich gebe Ihnen noch eine Chance. Von woher kommen Sie überhaupt?« Krampfhaft überlegte Zodomar, was er der Frau antworten sollte. »Ich komme von Pherol«, stieß er schließlich hervor. »Den Planeten kenne ich nicht, außerdem haben Sie sich mit Ihrer Antwort zu viel Zeit gelassen. Für mich steht fest, dass Sie lügen.« »Wenn Sie schon dieser Ansicht sind, kann ich Sie bestimmt nicht mehr vom Gegenteil überzeugen.« Der Oberst machte schnell einen Schritt nach vorn und schlug der Frau mit der linken Hand die Waffe weg, sodass diese im hohen Bogen davonflog. Mit der rechten Hand verpasste er ihr einen so heftigen Fausthieb in das Gesicht, dass ihre Füße vom Boden abhoben und die Frau einen halben Meter nach hinten auf dem Rücken landete. Unverzüglich war Zodomar über ihr, packte sie mit seiner rechten Hand am Hals und drückte leicht zu. »Für wen arbeiten Sie?« »Ich wüsste nicht, was Sie das angehen sollte. Ihnen erkläre ich garantiert nichts.« Der Oberst verstärkte seinen Griff um ihren Hals. »Ich frage Sie noch einmal: Wer ist Ihr Auftraggeber?« »Das sage ich Ihnen nicht«, stieß die Frau mühsam hervor. »Reden Sie jetzt endlich? Ärgern Sie mich nicht.« Zodomar drückte noch ein wenig mehr zu, woraufhin die Frau zu röcheln begann. Einen kurzen Augenblick hielt er diesen Druck, dann ließ der Oberst ihn ein wenig nach. »Ich arbeite für den hiesigen Geheimdienst.« »Was ist Ihre Aufgabe?« »Was soll diese Fragerei?« »Antworten Sie gefälligst!« Erneut verstärkte Zodomar den Würgegriff und kniete dabei weiter auf ihrem linken Arm. »Ich soll für den Schutz von Tescherketu sorgen.« Nur mühsam stieß die Frau die Worte hervor, weshalb der Oberst den Griff lockerte. »Was hat Tescherketu zu verbergen?« »Mehr, als Sie sich vorstellen können.« »Sagen Sie mir, was ich mir vorstellen muss!« »Jetzt reicht es mir aber mit Ihren Fragen!« »Ich bestimme, wann die Fragen aufhören. Also, was hat Tescherketu mit den Gefangenen der Tlipox gemacht?« »Ach, darum geht es Ihnen.« »Unter anderem geht es mir auch darum. Was hat er an ihnen getestet?« »Das weiß ich nicht. Wir haben ihn nur abgeschirmt.« »Ich glaube Ihnen das nicht.« Unbemerkt von Zodomar streckte sie ihren freien rechten Arm weiter aus, fuhr mit ihrer Hand in die Tasche ihrer Hose, fingerte suchend darin, bis sie schließlich etwas daraus hervorbeförderte.

* * *

Die Kommunikationsanlage summte, Litpö sah unwillig darauf, aktivierte aber dann doch die Verbindung. »Was gibt es denn schon wieder?« »Soeben ist eine große Flotte vor Klutags angekommen.« »Wer sind sie?«, fragte Litpö mit einem Zittern in der Stimme. »Es ist Admiral Muruba. Er bittet darum, dass Sie ihn auf dem Landefeld erwarten.« »Ich bin schon so gut wie unterwegs.« Mit einem Befehl schaltete Litpö ab und stand auf. »Komisch, sollte nicht ein General Zakatek kommen?«, sinnierte er und verließ sein Büro. Der Gedanke ließ ihn auf dem Weg zum Gleiter nicht los. Er bestieg das Fahrzeug, startete und flog in Richtung des Raumhafens los. Am Rand des Landefelds hielt er den Gleiter an und wartete auf die Ankunft des Schiffs von Muruba. »Vielleicht verspricht das Imperium mehr, als es halten kann«, sagte er sich. Der Zweifel an der Glaubhaftigkeit des Imperiums ergriff endgültig von ihm Besitz, was seiner Laune zunehmend abträglich war. Erst die Landung der Gyjadan riss ihn aus seinen düsteren Gedanken. Nachdem das Schlachtschiff stand, flog er dorthin, stoppte davor und stieg aus. Bald darauf öffnete sich der Ausstieg, Muruba kam aus dem Raumer und ging zu Litpö. »Ich danke Ihnen, dass Sie gekommen sind.« Litpö war so stark von seinem zweifelnden Gedanken besessen, dass er direkt damit herausplatzte. »Admiral, Sie sagten mir, dass ein General Zakatek kommen sollte. Kann es sein, dass das Imperium sein Versprechen nicht halten kann?« »Ach, das bedrückt Sie also. General Zakatek wird noch kommen. Er arbeitet mit Oberst Fegobol an der Zusammenstellung der Flotte. Alkt Kalaran deutete an, dass dies bald abgeschlossen sein wird. Zur Überbrückung bis zu seinem Eintreffen habe ich fünfhundert Schiffe zum Schutz von Klutags mitgebracht. Die Flotte wird von mir persönlich kommandiert.« »Glauben Sie wirklich, fünfhundert Schiffe seien ausreichend?« »Vorläufig müssen sie reichen. Dem Alkt legte ich die Dringlichkeit der Verstärkung nahe. Wir sind gerade dabei, eine Relaiskette von Veschgol nach Klutags aufzubauen. Das geht zügig vonstatten. Wenn die Kette fertig ist, kann ich direkt mit Admiral Tunga Kontakt aufnehmen. Zur Not kommt Tunga mit einer Flotte von Veschgol nach Klutags.« »Wie groß ist seine Flotte?« »Er verfügt über eintausendfünfhundert Schiffe.« Muruba sah, wie sich die Gesichtszüge von Litpö ein wenig entspannten. »Machen Sie sich nicht zu viele Gedanken. Ich kann mir nicht vorstellen, dass die Stelkudo gleich mit einer riesigen Flotte hier auftauchen.« »Ich hoffe, Sie behalten recht, Admiral Muruba.«

* * *

In der Kontrollzentrale des Raumhafens der Hauptstadt von Surero glaubte ein Offizier, der aus Langeweile am Fenster stand und auf das Landefeld sah, seinen Augen nicht zu trauen, weshalb er den befehlshabenden Offizier rief. »Kommen Sie schnell zum Fenster!« »Was gibt es dort Interessantes zu sehen?« »Die vier Schlachtschiffe dort drüben haben ihre Ausstiege geschlossen.« Der Major rannte zum Fenster, sah hinaus und starrte einen Moment ungläubig zu den Raumern. »Das ist doch gegen die Vorschrift. Funker! Rufen Sie die vier Schiffe und fragen Sie, weshalb ihre Ausstiege verschlossen sind.« Der Funker rief die Schiffsliste auf und versuchte, jedes der Schiffe zu erreichen. »Sie reagieren nicht auf meine Anrufe«, meldete er nach einer Weile. »Da stimmt etwas nicht! Versuchen Sie es weiter!« Während der Funkoffizier mit seinen Bemühungen fortfuhr, starrten die beiden Offiziere auf das Landefeld. Die vier Raumer standen weiter in unverändertem Zustand auf dem Raumhafen, ohne dass dort etwas passierte, weshalb die Nervosität des Majors zunahm. »Schicken Sie eine Patrouille zu den Schiffen.« »Was sollen die Soldaten dort ausrichten?« »Das stimmt auch wieder. Vergessen Sie den Befehl.« »Vielleicht halten sie nur eine Übung ab.« »Sie wissen genauso gut wie ich, dass jede Übung bei uns anzumelden ist.« Sie wendeten ihre Blicke nicht von den Schiffen ab in der Hoffnung, die Ausstiege öffneten sich. Gerade als der Major sich einredete, dass es sich vielleicht doch um eine Übung handelte, die aus Versehen nicht gemeldet wurde, meldete ihm der Funkoffizier, dass er immer noch keine Antwort auf seine Anrufe erhielt, weshalb sein schwacher Optimismus zerstob. Dann passierte das, was der Major schlicht und ergreifend einen Albtraum nannte. Die vier Schlachtschiffe hoben vom Landefeld ab, stiegen langsam in den Himmel, verließen die Atmosphäre und entschwanden endgültig aus ihrem Blickfeld. »Es kann einfach nicht wahr sein, was ich soeben sah.« »Doch, leider ist es wahr, Major.« »Orter, was machen die Schiffe?« »Sie beschleunigen aus dem System.« Der Major wandte sich eilig vom Fenster ab und rannte zur Ortungsstation. »Reden Sie doch endlich weiter, Orter!« »Die vier Schlachtschiffe haben soeben das System von Cherenu verlassen.« »Ich werde verrückt. Das glaubt mir doch keiner. Schicken Sie sofort eine Patrouille zum Standplatz der Schiffe. Sie sollen sich dort umsehen. Vielleicht finden sie irgendeinen Hinweis, und sagen Sie ihnen, dass sie sich gefälligst beeilen sollen!« Unruhig wartete der Major darauf, dass die ausgeschickten

Soldaten sich meldeten, weshalb er wieder zum Fenster ging und hinausblickte, um sich ein wenig abzulenken. »Macht endlich hin!«, stieß er ärgerlich hervor. »Sie kommen gerade in Sicht, Major.« Beide Offiziere sahen, wie die Soldaten über das Landefeld hin zu dem alten Standort der vier Schiffe rannten, sich aufteilten und mit der Suche begannen. Schon bald darauf lief eine Meldung beim Funker ein, der sich anschließend zu dem Major umdrehte. »Major, Sie werden es nicht glauben, aber die Patrouille hat die Leichen von sieben Soldaten gefunden.« »Ich glaube heute Nacht alles.« Der Major rannte zur Funkstation und blieb vor dem Offizier stehen. »Nehmen Sie Kontakt zu General Larut Galgion auf und geben Sie ihm folgende Meldung durch: Soeben wurden vier Schlachtschiffe vom Raumhafen gestohlen.«

* * *

Das Schiff, welches von seiner Mission zurückgekehrt war, landete auf dem Hauptraumhafen von Tinokalgxr. Der Kommandant meldete bei General Fepulkrt seine Rückkehr, woraufhin er ihn zum Zerlgtoxr beorderte. Mit einem Gleiter ließ sich der Kommandant zum Sitz der Regierung bringen, um dort Bericht zu erstatten. Vor dem Audienzsaal erwarteten ihn schon die Generäle Fepulkrt und Gelutrxr. Gemeinsam mit ihnen betrat er den Raum, durchquerte ihn und blieb vor dem Podest mit dem Thron stehen. Der Zerlgtoxr machte sofort eine wegwerfende Handbewegung. »Lassen Sie die Formalitäten. Kommandant, berichten Sie uns ganz knapp das Ergebnis Ihrer Mission. Den ausführlichen Rapport sehen wir uns später an.« »Die Daten ergaben Folgendes: Deschkan wird zurzeit von eintausend Einheiten geschützt.« »Mehr haben sie nicht zu bieten, um ihre Heimatwelt zu schützen?«, rief Fepulkrt verwundert aus. »Nein, mehr Schiffe sind es nicht. Bei Minchoxr sieht die Lage schon ganz anders aus. Dort stehen fünftausend Syntagiraumschiffe. Die Sonde hat auch einige Aufnahmen von der Station gemacht. Die Syntagi entfalten dort eine große Betriebsamkeit. So wie es aussieht, erweitern sie den Raumhafen. Außerdem errichten sie neue Gebäude bei der Kontrollzentrale. Es ist ganz offensichtlich, dass die Syntagi sich dort niederlassen werden.« »Natürlich ist das ihr Plan. General Kelschin hat mir sein Anliegen vorgetragen. Die Syntagi beabsichtigten bereits bei ihrem ersten Auftauchen die Kolonisation von Minchoxr«, erläuterte Fepulkrt. »Warum ist General Kelschin denn so auf Minchoxr versessen?« »Minchoxr bietet den Syntagi die gleichen Lebensbedingungen wie Deschkan, Kommandant.« »Die Syntagi sind wirklich sehr optimistisch. Sie sind wirklich der Meinung, dass ihnen Minchoxr nicht mehr verloren geht.« »Dieser Ansicht bin ich nicht, Zerlgtoxr. Kelschin zieht bestimmt diese Möglichkeit in Betracht. Wenn Kelschin sieht, dass er Minchoxr militärisch nicht halten kann, wird er einen Kompromiss anstreben. Nominell wird er Minchoxr an uns zurückgeben, aber die Syntagi, die dort leben, werden wir nicht mehr los. Es wird dann so weit kommen, dass wir auf Minchoxr zugunsten der Syntagi verzichten, weil es für uns nichts mehr außer Ärger bringt.« »Ich pflichte Ihrer Einschätzung bei, Fepulkrt. So weit darf es auf keinen Fall kommen. Wir sehen uns den Bericht alle an. Anschließend kommen Sie zu mir und erläutern Ihren Plan, Fepulkrt.«

* * *

»Wir mussten die Gefängniszellen bewachen, durften sie aber nicht betreten. Tescherketu hat das nicht zugelassen«, sagte die Frau, um Zodomars Aufmerksamkeit auf sich zu ziehen, was ihr auch gelang, denn der Oberst reagierte auf ihre Aussage. »Nur die Wächter ließ er in die Zellen.« »Aus

diesem Grund habt ihr sie getötet?« Während Zodomar
die Frage stellte, beförderte die Frau mit einer schnellen Bewegung ihrer rechten Hand eine Kapsel, die Gift beinhalte-
te, in den Mund. Sie biss sofort darauf und sah den Oberst
grinsend an. »Nur aus diesem Grund.« Die Frau fing an
zu zucken, was noch etwas stärker wurde, weswegen Zodomar sie sofort losließ und eilig aufstand. »Was hast du nur
gemacht?« Seine Stimme klang verzweifelt und sein Blick
zeigte sich ratlos. Die Frau bäumte sich auf, stöhnte laut, ihr
Gesicht wurde zu einer schmerzverzerrten Grimasse, bis sie
schließlich nach einem letzten Röcheln haltlos nach hinten
sank und ihr Kopf zur Seite fiel. Er bückte sich, untersuchte
sie kurz und richtete sich wieder auf. »Ulneske lag mit ihrer
Aussage richtig. Sobald ich jemanden befrage, stirbt die Person.« Frustriert wandte sich der Oberst ab, zwängte sich
zwischen den Ästen hindurch, lief bis zur Ecke des Gebäudes
und sah sich nach seinen Leuten um. Nach einigem Suchen
entdeckte er sie und schritt auf die Soldaten zu. »Wo warst
du, Tinuwa?« »Ich hatte ein kurzes Gespräch mit einer Frau
des Geheimdienstes, nur hat sie leider unvermutet die Unterhaltung abgebrochen.« »Was hast du von ihr erfahren?«
»Nichts außer dem, was uns der Wirt bereits erzählte.«
»Das ist schade. Es hätte uns weitergeholfen.« Innerlich atmete Zodomar auf, dass keiner nachfragte, warum die Unterhaltung abbrach, weswegen er ihre Aufmerksamkeit auf ein
anderes Thema lenkte. »Seid ihr fündig geworden?« »Wir
fanden drei Männer, die mit Sicherheit auch für den Dienst
arbeiten. Sieh in Richtung Eingang, Tinuwa.« Der Soldat
bedeutete ihm, welche Personen dem Kreis zugehörig sein
dürften. Kritisch beobachtete Zodomar die drei Individuen
eine Weile, bis er sich ein abschließendes Urteil bildete. »Ihr
liegt richtig mit eurer Einschätzung. Genau auf diese Leute
müssen wir aufpassen. Sie sind es, die uns gefährlich werden
können.« »Wie kommen wir an denen vorbei, Tinuwa?«

»Die Antwort ist ziemlich einfach: Entweder wir gehen auf-
recht an ihnen vorbei oder sie tragen uns in der Horizontalen
weg.«

* * *

Nicht lange nachdem der Funker die Meldung weitergegeben
hatte, stürmte General Larut Galgion in die Kontrollzentrale des Raumhafens von Surero. »Major, wie konnte es denn
nur geschehen, dass vor Ihren Augen vier Schlachtschiffe
gestohlen wurden?« Mühsam versuchte der Major, Haltung
anzunehmen und militärisch zu grüßen. »Hören Sie auf, hier
Freiübungen zu machen, sondern antworten Sie mir lieber!«
»Wir stellten zufällig fest, dass die Ausstiege der Schiffe geschlossen waren, was gegen die Vorschriften ist.« Galgion
verlor sichtlich die Geduld mit dem Major. »Hören Sie mit
den Vorschriften auf oder glauben Sie etwa, dass ich die Vorschriften nicht kenne? Geben Sie mir gefälligst einen ord-
nungsgemäßen Bericht.« Nach mehrmaligem tiefem Durch-
atmen begann der Major die Beschreibung der Ereignisse
mit dem Zeitpunkt, als er zum Fenster gerufen wurde. Völlig
fassungslos hörte sich Galgion den Ablauf der Vorgänge an,
ohne den Major auch nur einmal zu unterbrechen. »Das hat
jemand geplant, der sich auskennt. Von hier aus hätten sie
nichts ausrichten können, Major. Allerdings stehen wir nun
vor einem großen Problem. Was heute Nacht geschehen ist,
darf auf keinen Fall publik werden.« Galgion lief zum Fenster und blickte hinaus, dabei darüber nachdenkend, was am
besten zu tun sei. Nach einer Weile drehte er sich um und
ging mitten in den Raum, wo der General stehen blieb und
alle mit ernster Miene ansah. »Funker, löschen Sie die Dokumentation über Ihre Versuche, die Schiffe zu erreichen. Orter,
auch Sie löschen alles, was damit im Zusammenhang steht.
Keiner von euch wird jemals etwas über das, was geschah, ein

Wort verlieren, sonst verkaufe ich euch als Arbeiter für die Minen von Vorjo.« Das Personal der Zentrale sah sich verwundert an, aber keiner von ihnen wagte, auch nur ein Wort zu sagen. »Major, Sie erstellen einen handschriftlichen Bericht, den Sie mir persönlich übergeben, und das so schnell wie möglich.« »Zu Befehl.« Der General sah noch einmal in die Runde und verließ danach den Raum. Erst als das Schott hinter ihm zuglitt, begannen sich die Mitglieder der Zentralenbesatzung über das, was Galgion sagte, zu unterhalten.

*

Ohne die Frau im Vorzimmer auch nur anzusehen, lief der General an ihr vorbei und betrat unaufgefordert das Büro von Bolg Calanui, dem Systemgouverneur von Cherenu. Bevor die völlig überraschte Frau etwas sagen konnte, schloss Galgion auch schon die Tür hinter sich. Überrascht sah Calanui auf und blickte den General an. »Was soll das werden, Larut? Einfach in mein Büro hereinzuplatzen, finde ich nicht gerade witzig.« »Wenn du hörst, was ich dir zu berichten habe, wirst du das ganz schnell vergessen.« Der General zog einen Stuhl vor den Schreibtisch, ließ sich darauf nieder und fixierte Calanui mit seinen Augen. »Sag schon, Larut, was ist passiert?« Sofort begann der General mit seinem Bericht, dem der Gouverneur entsetzt folgte. Nach dem Ende der Ausführungen benötigte Calanui einen Augenblick, um sich zu sammeln. »Larut, das ist schlichtweg gesagt eine Katastrophe für uns! Wenn das einmal ganz zufällig herauskommt, rollen unsere Köpfe schneller, als es uns lieb sein kann.« »Das sehe ich genauso.« »Was machen wir mit den Schiffsbesatzungen?« »Ich schicke sie von Surero fort, und zwar in eine abgelegene Ecke, wo sie Bodendienst verrichten müssen.« »Die Hauptsache ist, dass sie von Surero verschwinden. Was sagst du ihnen, wenn sie fragen, warum sie von dir versetzt werden?« »Ich muss meine Befehle nicht begründen.« »Das ist zwar auch wieder wahr, aber das macht doch vor allem das Führungspersonal misstrauisch. Ich habe eine Idee, Larut. Sag ihnen, dass du Schiffe vom Werftpersonal abholen ließest, um sie gründlich überholen zu lassen, da du den Zeitpunkt für günstig erachtest. Wenn die Schiffe von der Werft freigegeben sind, lässt du sie zurückholen.« »Das ist in der Tat eine gute Idee, Bolg.« »Sieh nur zu, dass du sie so schnell wie möglich loswirst. Noch etwas: Sorge dafür, dass jede Dokumentation, was die Schiffe betrifft, aus dem System gelöscht wird, auch aus der Anwesenheitsliste der Schiffe, die hier permanent stationiert sind.« »Stimmt, an die Liste dachte ich nicht.« »Denke auch an die Liste zum Zeitpunkt ihrer Ankunft hier. Larut, wir müssen unsere Nervosität ablegen, sonst begehen wir nicht wiedergutzumachende Fehler. Suche doch in dem System über die Namen der Schiffe nach Einträgen, und die löschst du dann. Eine Sache noch: Was ist mit dem Stationierungsbefehl an die Schiffe? An diese Daten komme ich nicht heran, aber das halte ich nicht für problematisch. Die Schiffe wurden noch unter der Herrschaft von Uxbeija nach Surero verlegt. Das geschah auf Anweisung von General Vuoga. Da die Schiffe kein Teil von seinem Eliteverband waren, gab es auch kein großes Interesse an bürokratischem Aufwand. Die Dokumentationen führten die zuständigen Stellen entweder lustlos und schlecht aus oder auch gar nicht. Das ist allen bekannt. Nachdem Admiral Tunga verschwand, gab es niemanden mehr, der versuchte, dem wenigstens ein wenig Einhalt zu gebieten.« »Das hat sich allerdings seit der Rückkehr Tungas und dem Amtsantritt Coraks geändert. Sein Bruder Kalaran ist noch mehr dahinter her, diese Missstände zu beseitigen.« »Das stimmt zwar, aber was damals nicht festgehalten wurde, kann jetzt nicht mehr nachgeholt werden, Bolg. Du bist immer noch viel zu nervös.« »Ich dachte nur gerade an diesen General

Werga Konlup. Hast du von ihm gehört, Larut?« »Natürlich hörte ich von ihm. Wo er auftaucht, fangen die Verantwortlichen an zu zittern. Der erste Gouverneur dachte, weil Konlup ein Neuling ist, braucht er sich deswegen keine Sorgen zu machen. Konlup hat ihn schnell eines anderen belehrt. Seine Gabe hat er auch bei den nachfolgenden Inspektionen bewiesen. Konlup scheint Unregelmäßigkeiten förmlich zu riechen. Außerdem muss der General über eine äußerst gute Einschätzung von den Verantwortlichen verfügen. Er sieht ihnen an, wenn sie etwas zu verbergen haben. Ich hoffe, er kommt nicht nach Surero.« »Auch ich hoffe das, denn ansonsten sollten wir uns jetzt schon Beruhigungsmittel besorgen. Eine Sorge habe ich noch: Wie erklären wir die sieben Leichen?« »Das stellt kein Problem dar. Du weißt genauso gut wie ich, dass es immer wieder Einbrüche in die Lagerhallen gibt und dass diese Leute nicht davor zurückschrecken, Zeugen auch zu beseitigen. Einer der Toten wurde zufällig Zeuge, woraufhin die Diebe ihn töteten. Zufällig kam die Patrouille dazu, doch auch sie brachten die Einbrecher um. Bolg, alle wissen, dass es sich dabei um organisiertes Verbrechen handelt, was auch in den Medien nachzulesen ist. Diese Geschichte nimmt uns jeder ab.«

* * *

Die Tür des Büros von Oberst Rinlum Fegobol öffnete sich, Kalaran kam herein, schloss sie hinter sich und ging zum Schreibtisch, neben dem er stehen blieb. »Kalaran, was treibt dich denn zu mir?« »Leytek sprach mit mir, Rinlum. Wie weit seid ihr mit der Zusammenstellung der Flotte?« »Wir sind noch nicht fertig. Duroto und ich überlegen, wo wir noch Schiffe abziehen können, ohne die Sicherheitslage zu gefährden.« »Das dauert mir zu lang. Die Regierung von Klutags ist nervös. Wir müssen uns als zuverlässig erweisen, sonst gleitet uns das System aus den Händen. Keinesfalls dürfen die Stelkudo davon Besitz ergreifen.« Einen Moment dachte der Alkt nach und tippte dabei mit seinem rechten Zeigefinger auf den Schreibtisch. Nach einem Augenblick hörte er damit auf und sah von Zakatek zu Fegobol. »Zieht so viele Schiffe von der Flotte bei Morior ab, wie ihr benötigt. Das wird Klad zwar nicht gefallen, aber Klutags hat zurzeit Priorität, nur übertreibt es bitte nicht. Wir dürfen Leytek und Alta nicht im Stich lassen.« »Klad wird ziemlich ungehalten werden.« »Das muss ich in Kauf nehmen. Wenn er dich anruft und dir Schwierigkeiten macht, verweist du ihn an mich. Ich werde ihm dann alles erklären.« »Ganz wie du meinst, Kalaran.« »Duroto, sobald der Verband von Morior eingetroffen ist, fliegst du nach Veschgol ab. Weitere Verzögerungen dürfen wir uns auf keinen Fall leisten. Viel Erfolg!« Kalaran wandte sich ab und verließ das Büro von dem Oberst. »So kenne ich Kalaran gar nicht«, stellte Fegobol fest, nachdem der Alkt den Raum verlassen hatte. »Für mich gibt es darauf nur eine Antwort: Leytek drängelte Kalaran. Anscheinend ist die Lage angespannter, als wir dachten.« Fegobol seufzte und aktivierte die Kommunikation, um mit dem Soldaten aus dem Vorzimmer zu sprechen. »Oberst, was kann ich für Sie machen?« »Ich muss mit Gouverneur Beredil von Morior sprechen, und das so schnell wie möglich.« »Ich sehe zu, was ich machen kann.« Der Soldat schaltete ab und Fegobol setzte eine grimmige Miene auf. »Was denn sonst, wenn du nicht bei der Putzkolonne landen willst«, murrte der Oberst, dessen Laune sichtlich schlechter geworden war. »Reg dich nicht auf, Rinlum. Du bist nur das ausführende Organ von Kalaran. Diskutiere nicht mit Klad, sondern verweise ihn gleich an Kalaran. Ich glaube allerdings nicht, dass Klad Probleme bereiten wird. Klad ist eine einsichtige Person.« »Das sagst du so einfach, Duroto.« »Werga und ich lernten Klad sehr gut kennen, schließlich blieb uns genug

Zeit, um uns ab und zu mit ihm zu treffen.« Das Summen der Kommunikation kam Zakatek nicht ungelegen, denn er verspürte nicht das Verlangen, das Gespräch weiterzuführen. Ein finster dreinblickender Gouverneur erschien auf dem Schirm, was den Oberst nicht wunderte. »Rinlum, wenn du es eilig hast, rechne ich immer mit einer unangenehmen Nachricht.« »Du übertreibst maßlos, Klad.« »Nein, ich übertreibe nicht, da ich dich kenne. Also, welche Neuigkeit willst du mir verkünden?« »Es bleibt mir leider gar nichts anderes übrig, als vorübergehend fünfhundert Einheiten von Morior abzuziehen.« »Wusste ich es doch! Ihr gedenkt also, Morior so zu entblößen wie Vuoga.« »Du willst mich doch nicht etwa mit Vuoga vergleichen?« »So kommt es mir zumindest vor.« »Es stehen doch nach dem Abzug immer noch genug Schiffe dort. Außerdem schicke ich dir die Schiffe nach Abschluss der Mission wieder.« »Um was für eine Mission geht es dabei?« Oberst Fegobol schilderte ihm die Schwierigkeiten mit den Stelkudo auf Veschgol und Klutags, fasste sich dabei aber so knapp wie möglich. Nach dem Ende des Berichts entspannten sich die Gesichtszüge von Beredil. »Das ist natürlich etwas anderes. Übrigens hörte ich noch nie von den Stelkudo.« »Leytek und Tinuwa ebenso wenig, bis sie das erste Mal auf sie trafen.« »Die interessanten Geschichten enthältst du mir vor, Rinlum. Das ist nicht nett von dir. Wohin soll ich dir die fünfhundert Schiffe schicken?« »Sende sie so schnell wie möglich nach Alkatar. Von da aus wird Duroto mit der Flotte nach Veschgol aufbrechen.« »Grüße ihn von mir.« Der Schirm wurde dunkel und Fegobol stieß hörbar den Atem aus. »Ich sagte dir doch, dass es kein Problem geben wird.«

* * *

175

General Kelschin lief bis zum Rand des Landefelds, um sich über den Fortgang der Arbeiten zur Erweiterung zu informieren. Als er es erreichte, begutachtete der General anerkennend, wie weit sie schon fortgeschritten waren. Im Eiltempo hatten die Arbeiter das Feld um ein Stück verlängert, auf dem sechs Raumschiffe bequem Platz fanden. Zufrieden drehte er sich um und betrachtete die bisher errichteten Gebäude um das Bauwerk der Kontrolle herum. Acht Häuser aus Fertigbauteilen erhielten gerade die Innenausstattung mitsamt der Technik für die Büros. Erfreut über den Progress, kehrte Kelschin zur Zentrale zurück, da er den Zeitpunkt für gekommen hielt, das Gespräch zu führen. Dort ging er direkt zu der Station des Funkers und schickte ihn weg, um dann seinen Platz einzunehmen. Erst als der Offizier sich außer Hörweite befand, stellte Kelschin die Verbindung her und sprach kurz mit der Gegenseite. Anschließend schaltete der General ab, stand auf und bedeutete dem Funker mit einer Handbewegung, dass er sich wieder setzen sollte. Kelschin ging zum Fenster und sah hinaus zu den Bauarbeiten am Landefeld. Ohne sich umzudrehen, gab er den Befehl, da dieser schon längst überfällig war. »Funker, geben Sie folgende Anweisung weiter: Das erste Schiff mit dem Material für die Erstellung der Wohnsiedlungen im Dschungel soll landen. Sie haben unverzüglich mit den Arbeiten zu beginnen.« Ohne eine Bestätigung zu geben, leitete er den Befehl zum Unterkommandeur. Danach dauerte es nicht lange, bis Kelschin die Landung der Schiffe beobachten konnte. Bald nach der Landung öffneten sich die Ausstiege sowie die Schotten der Frachträume. Arbeiter kamen heraus und begannen sofort mit dem Entladen der Fracht. Während Kelschin dem regen Betrieb zusah, dachte er wieder an den Befehl, welchen er persönlich erteilt hatte. »Hoffentlich liege ich mit meiner Einschätzung richtig, sonst ist alles verloren«, murmelte Kelschin so leise vor sich hin, dass niemand es hörte.

* * *

Oberst Zodomar besprach sich mit seinen vier Soldaten und legte ihnen dar, wie er sich das weitere Vorgehen dachte. Seine Leute sahen ihn ungläubig an, hörten sich die Ausführungen aber an, ohne Zwischenfragen zu stellen, bis er zum Ende kam. »Ist das denn wirklich nötig, Tinuwa?« »Ich sehe leider keine andere Möglichkeit. Mir gefällt das auch nicht. Es geht dabei um viel mehr, wie ihr wisst. Außerdem drängt die Zeit. Aus diesem Grund können wir es uns nicht erlauben, Rücksichten zu nehmen. Jeweils zwei von euch nehmen sich einen vom Dienst vor. Ich kümmere mich um den dritten. Fangen wir an.« Sie teilten sich auf und liefen dann scheinbar interesselos an ihrem Umfeld in Richtung des Eingangs von dem Krankenhaus. Sie machten dabei einen entschlossenen Gesichtsausdruck, so als hätten sie einen Auftrag von größter Wichtigkeit. Trotzdem versuchten sie dabei, sich ihren Zielpersonen so unauffällig wie möglich zu nähern. Diese gingen ihrer Beschäftigung der Beobachtung der Leute, die in das Hospital gingen und es wieder verließen, nach. Da die drei Personen ihrer Arbeit ohne Ablenkung nachgingen, erleichterte das Zodomar und seinen Soldaten, völlig unbemerkt von hinten an sie heranzukommen. Mit schnellen Schritten, dabei jedes Laufgeräusch vermeidend, näherten sie sich ihnen. Hinter ihnen blieben beide stehen, einer der Soldaten hielt dem Mann den Mund zu, während der andere seinen Strahler zog und ihn in den Rücken ihres Gefangenen drückte. Auch bei der zweiten Gruppe verlief alles schnell und ohne Probleme, ebenso auch bei dem Oberst. Einer der Besucher blieb stehen und sah entrüstet zu ihnen. »Was macht ihr mit den Männern?« »Kümmert euch nicht darum, Leute«, rief ihm einer der Soldaten entgegen. »Die Typen stehen hier die ganze Zeit herum und starren die Besucher an. Einige Leute haben sich darüber beschwert, da sie sich davon belästigt fühlen. Deswegen wurden wir hierhergeschickt, um diese Individuen zu entfernen.« »Danke, dass ihr das Problem beseitigt. Unsere Polizei ist doch schnell zur Stelle, wenn es sein muss«, antwortete der Besucher entspannt und lief zum Eingang des Krankenhauses. So schnell sie konnten, brachten sie ihre drei Gefangenen in den Park neben dem Gebäude, bis sie von dem Bewuchs vor Sicht geschützt waren. Während die Soldaten weiter ihre Gefangenen festhielten, ließ Zodomar ihn los, stellte sich vor ihn und hielt seine Waffe auf den Mann gerichtet. Der Geheimdienstler setzte daraufhin einen spöttischen Gesichtsausdruck auf und steckte seine Hände in die Hosentaschen. »Was hat Tescherketu mit den Gefangenen gemacht?« »Warum interessiert Sie das?« »Die Fragen stelle ich!«

* * *

Das Schott zur Kontrollzentrale öffnete sich für Vuogas Geschmack viel zu langsam, denn er hatte es ausnahmsweise eilig. Er stürmte in den Raum und blieb nach drei Schritten stehen. »Ist es wirklich Major Wetebe?« »Ja, Präsident. Er hat doch Kontakt mit uns aufgenommen und ich habe ihm die Landeerlaubnis erteilt. Gehen Sie bitte zum Fenster und sehen Sie es sich selbst an. Der Major sagte mir, es sei eine Überraschung.« »Wetebe macht es es aber spannend«, murmelte Vuoga und ging zum Fenster. Ungeduldig wartete der Präsident darauf, dass der Major mit dem unbekannten Schiff landete. Nach längerem Warten, so kam es ihm zumindest vor, entdeckte er ein Schiff, das sich in Richtung des Raumhafens hinabsenkte. Der Raumer verlor zusehends an Höhe und Geschwindigkeit, bis er sanft landete. Vuoga glaubte, seinen Augen nicht zu trauen. »Wetebe hat ein Schlachtschiff gestohlen. Der Mann ist gut.« Kaum hatte Vuoga das festgestellt, als er den nächsten Raumer sah, der zur Landung

ansetzte. »Das glaube ich nicht, noch ein Schlachtschiff!«
Bald darauf kam der dritte Raumer aus dem Himmel hinab-
gestiegen und landete neben den anderen beiden Schiffen.
Dieses Mal fehlten Vuoga die Worte. Als er sah, dass noch
ein viertes Schiff auf dem Raumhafen niederging, war es um
die Fassung Vuogas geschehen. »Orter, stimmt das, dass Major Wetebe vier Schiffe angekündigt hat?« »Das ist richtig.
Major Wetebe sagte, dass er Landeplätze für insgesamt vier
Schlachtschiffe benötige.« Vuoga, der sich nicht zu dem Ortungsoffizier umgedreht hatte, fiel es schwer, das zu glauben,
was er auf dem Landefeld stehen sah. »Wie hat Wetebe es
denn nur geschafft, gleich vier Schiffe zu stehlen? Das muss
er mir erklären!« Vuoga rannte zu der Tür, wartete, bis das
Schott endlich aufglitt, und hastete aus der Zentrale hinaus.

*

Vuoga rannte auf das Landefeld, bis er die Schlachtschiffe erreichte, blieb stehen und sah an ihnen empor. Immer
noch fassungslos blickte er von einem Raumer zum anderen.
»Deshalb hat er so viele Leute mitgenommen.« Ungeduldig
lief er zwischen den Schiffen herum, um die Zeit zu vertreiben, bis Wetebe endlich aus einem der Raumer herauskam.
Nach einer Weile des Herumlaufens öffnete sich ein Ausstieg nach dem anderen. Wetebe verließ einen der Raumer,
entdeckte sofort Vuoga und lief auf ihn zu. »General, ich
hoffe, meine Überraschung gefällt Ihnen.« »Major, das ist
mehr, als ich erwartet hätte. Wie haben Sie das denn fertig-
gebracht? Gab es Schwierigkeiten bei der Aktion? Erzählen
Sie schon!« Der Major schilderte Vuoga, wie alles ablief bis
zum Verlassen von Cherenu. Gespannt verfolgte der Präsident die Schilderung bis zum Ende. »Das hätte ich nicht
besser machen können, Wetebe. Ich bin begeistert. Wenn ich
mir vorstelle, was dort jetzt für ein Wirbel herrscht. Bolg Ca-

lanui ist bestimmt fassungslos, ebenso wie General Galgion.«
»Wer ist denn dieser Calanui?« »Calanui ist der Gouverneur
von Cherenu.« »Kennen Sie beide persönlich?« »Natürlich
kenne ich auch General Galgion. Als oberster Militär sollte
ich wohl die gesamte Führungsebene kennen. Den Gouverneur lernte ich nur einmal zufällig, bei meinem einzigen
Aufenthalt auf Surero, kennen. Lassen wir das Thema. Setzen Sie sich mit General Karudin in Verbindung, sobald er
auf Pherol eintrifft. Er soll sich um die Besatzungen für die
Schiffe kümmern. Das war eine hervorragende Arbeit, Major.« »Eine Frage habe ich noch, General: Was soll ich mit
den Gefangenen machen?« »Inhaftieren Sie alle. Ich werde
ihnen dann bei Gelegenheit einen Besuch abstatten und mit
ihnen reden.« Bestens gelaunt wandte sich Vuoga von Wetebe ab und ging zum Kontrollgebäude zurück.

* * *

Admiral Muruba hielt sich wieder in der Zentrale der Gyjadan auf, saß auf seinem Platz und las die letzten Berichte.
»Admiral! Ich habe ein Gespräch für Sie. Ich lege es Ihnen
auf den Hauptbildschirm.« Ohne zu fragen, wer ihn zu sprechen wünschte, stand der Admiral auf und stellte sich vor
den Schirm. Die Ansicht des Raumhafens verschwand und
an seiner Stelle erschien Admiral Tunga. »Alta, ihr habt die
Relaiskette schon aufgebaut?« »Wie du siehst, funktioniert
sie einwandfrei, Leytek. Es lief alles ohne Schwierigkeiten ab.
Ist bei dir alles ruhig?« »Bis jetzt hat sich kein einziges Schiff
der Stelkudo hier blicken lassen.« »Das kann meinetwegen
auch so bleiben. Übrigens, Duroto ist bis jetzt noch nicht gekommen.« »Das wird sicher nicht mehr lange dauern. Kalaran wird Rinlum und Duroto schon antreiben.« »Dessen bin
ich mir sicher, Leytek. Wenn du Probleme bekommst, kontaktiere mich.« Das Bild wechselte wieder, was Muruba nicht

wahrnahm, da er sich vom Schirm abgewandt hatte. Während er noch überlegte, ob er Litpö über die Fertigstellung der Relaiskette in Kenntnis setzen sollte, rief ihn der Offizier von der Ortungsstation an. »Admiral, soeben ist ein Schiff vor dem System angekommen.« »Das musste ja so kommen«, knurrte Muruba. »Geben Sie mir die Identifikation des Schiffs.« »Einen Moment noch, Admiral.« »Admiral Muruba, ich habe einen panischen Litpö in der Leitung. Er sagt, ein Schiff der Stelkudo sei eben angekommen.« »Sagen Sie ihm, dass wir uns darum kümmern. Anschließend geben Sie einen Befehl an den Unterkommandeur der Flotte: Fünf Schiffe sollen den Stelkudoraumer abfangen und vernichten. Weisen Sie darauf hin, dass sie die Waffen des Schiffs auf keinen Fall unterschätzen dürfen.« Der Funkoffizier fertigte Litpö eilig ab und gab die Anweisung an den Unterkommandeur weiter. »Macht dieser Litpö ein Aufhebens wegen eines einzigen Schiffs. Ich fasse es nicht, Orter.« »Ist er immer so panisch?« »Nicht nur er. Die gesamte Regierung ist so hochnervös. In einem Punkt muss ich ihm jedoch recht geben: Die Stelkudo sind nicht zu unterschätzen. Wie verläuft die Aktion?« »Unsere Schiffe haben den Verband verlassen und nähern sich nun dem Stelkudoschiff, das immer noch weiter in das System einfliegt. Jetzt gehen die Raumer auf Abfangkurs. Das Stelkudoschiff verringert etwas seine Geschwindigkeit und unsere Raumer kommen ihm näher. Das feindliche Schiff wendet und beschleunigt aus dem System, doch es hat zu viel Zeit verloren. Die fünf Schiffe schließen auf und eröffnen das Feuer. Soeben ist das Stelkudoschiff explodiert und unsere Schiffe kehren zum Verband zurück.« »Funker, setzen Sie sich mit Litpö in Verbindung und informieren Sie ihn, dass das Stelkudoschiff vernichtet ist. Danach kontaktieren Sie Admiral Tunga und setzen ihn über den Vorfall in Kenntnis.« »Zu Befehl, Admiral.« »Orter, achten Sie auf Ihre Anzeigen. Ich traue dem Frieden nicht.«

»Jetzt haben wir alle Personen auf der Liste untersucht, nur um festzustellen, dass sie nicht infiziert sind, Kölpa.« »Die Leute sind offensichtlich nicht infiziert, Ireipehl.« »Sie sind wohl immer am Zweifeln?« »Wir haben es mit etwas zu tun, das irgendwie nicht so abläuft, wie wir uns das vorstellen. Erinnern Sie sich daran: Immer wenn wir dachten, den Ablauf erfasst zu haben, lief es anders. Unsere Behandlungsmethoden liefen jedes Mal ins Leere. So langsam glaube ich, dass sofort eine Gegenreaktion stattfindet. Wenn das so weitergeht, räume ich unserem Patienten keine Chance mehr ein, Ireipehl.« »Das aus Ihrem Mund zu hören, baut mich nicht gerade auf, Kölpa.« »Glauben Sie, mir macht das Spaß, unser Versagen festzustellen?« »Nein, dazu kenne ich Sie zu gut.« »Das Schiff bleibt weiterhin unter Quarantäne.« »Ich pflichte Ihnen bei. Was sollen wir Fonmor sagen?« »Gar nichts, er soll sich aus unserer Arbeit heraushalten.« Beide gingen zur Isolierstation und sahen durch das Fenster zu ihrem Patienten, der auf der Liege lag. Sein Gesicht war bis auf die Stirn schwarz und es hatte sich inzwischen eine weitere Blase herausgebildet. »Lange hält er nicht mehr durch, Kölpa.« »Nein, das wird er wohl nicht. Wenn die Verfärbung weitergeht und die Herzgegend erreicht, verlieren wir ihn. Wenn nur Zodomar endlich Ergebnisse liefern würde. Bedauerlicherweise muss ich feststellen, dass jetzt unsere ganze Hoffnung bei ihm liegt.« Das Geräusch des Schotts der medizinischen Abteilung unterbrach ihre Unterhaltung. Beide drehten sich um und gingen einige Schritte in Richtung des Eingangs. Eine Frau kam in den großen Saal, ging auf die Ärzte zu und blieb zwei Schritte vor ihnen stehen. Sowohl Ireipehl als auch Kölpa sahen die Frau an, dann warfen sich Kölpa und Ireipehl einen vielsagenden Blick zu. »Ireipehl, heute ist der erste Tag in meiner Laufbahn, an dem ich sehr gern unrecht gehabt hätte.« »Ich hoffte, dass dieser Tag nicht kommt.«

* * *

Der Geheimdienstmann zog seine Hände aus den Taschen, hob sie an langsam und fuhr sich mit beiden Händen durch die Haare. Als er sie wieder herabsinken ließ, kratzte er sich mit der rechten Hand an der Wange und ließ unauffällig etwas in seinen Mund fallen, dann ließ er auch diese Hand sinken. »Wir waren nie in den Gefängniszellen, deswegen kann ich Ihnen auch nichts dazu sagen.« Kaum hatte er den Satz ausgesprochen, als er seinen Oberkörper ruckartig nach vorn beugte, in dieser Haltung einen Moment verblieb und sich dann wieder gerade aufrichtete. Zodomar sah in ein schmerzverzerrtes Gesicht, das mehr und mehr zu einer Grimasse wurde. Kurz darauf stürzte der Mann ungebremst um und schlug hart auf dem Boden auf. »Nicht schon wieder!«, rief Zodomar aus, bückte sich, um zu prüfen, ob erneut das eingetreten war, was er befürchtete, und richtete sich wieder auf. »Was ist mit ihm, Tinuwa?« »Er ist tot.« Der Oberst drehte sich um und ging zu den beiden anderen Gefangenen. »Lasst nur eure Hände aus den Taschen! So einfach stehlt ihr euch nicht davon. Vielleicht seid ihr geneigt, mir diese Frage zu beantworten: Wo in diesem Gebäude ist das Büro von Tescherketu und hält er sich zurzeit dort auf?« »Ob er in seinem Büro ist, wissen wir natürlich nicht, aber er hält sich in dem Gebäude auf, sonst müssten wir auch nicht die Besucher überprüfen. Sein Büro befindet im zweiten Stockwerk. Es ist der letzte Raum auf der rechten Seite.« »An was arbeitet Tescherketu?« »Darüber wissen wir nichts, genauso wenig wie jemand anderes. Der Arzt schweigt sich beharrlich über seine Arbeit aus. Die Regierung unterstützt ihn, weiß aber nicht, wobei.« »Das sind liebliche Verhältnisse hier auf

Düvjiklämp. Jetzt dürft ihr in euren Taschen wühlen. Es ist mir egal.« Die Soldaten sahen den Oberst irritiert an, hielten die zwei Gefangenen jedoch nicht davon ab, dass sie in ihre Taschen griffen und ganz offen die Kapsel mit dem schnell wirkenden Gift in den Mund schoben. Die Soldaten traten zurück, die beiden Gefangenen zuckten und stürzten kurz darauf tot zu Boden. »Warum haben Sie das denn nur zugelassen, Tinuwa?« »Ich wollte sie genauso wenig erschießen wie ihr. Auf diese Weise haben sie uns einen Gefallen getan. Keiner von ihnen kann uns verraten.« »Die Leute werden doch sicher vermisst.« »Das schon, aber niemand erfährt, warum sie sich töteten. Was bleibt, sind nur Vermutungen. Kommt, wir suchen das Büro von diesem Tescherketu auf.«

* * *

General Fepulkrt stand vor dem Thron des Zerlgtoxr und wartete darauf, dass der Herrscher sein Dokument fertiglas. Schließlich ließ der Zerlgtoxr die Arme sinken und sah den General an. »Ich bin damit einverstanden, Fepulkrt. Hoffentlich haben Sie Erfolg mit dem Vorhaben.« »Sie zweifeln daran, Zerlgtoxr?« »Es ist nicht mein Zweifel an Ihnen und Ihrem Plan, sondern es geht nur um den Unsicherheitsfaktor Kelschin.« »Mit ihm muss ich rechnen. Auch wenn ich das ungern zugebe, aber Kelschin ist ein findiger General.« »Bringen Sie uns keine schlechten Nachrichten, Fepulkrt. Nehmen Sie General Gelutrxr mit?« »Nein, für ihn habe ich keinerlei Verwendung. Deswegen erteilte ich ihm eine Aufgabe, die er von hier aus erledigt.« »Mir ist es auch lieber, wenn Sie die Sache in die Hand nehmen. Sie dürfen jetzt gehen, Fepulkrt.« Der General verließ den Audienzsaal und begab sich anschließend zu seinem Gleiter, der vor dem Gebäude stand, wo er bereits von dem Soldaten, der als sein Fahrer fungierte, erwartet wurde. »Fliegen Sie mich zu meinem

184

Schiff«, ordnete Fepulkrt an und stieg ein. Der Soldat startete das Fahrzeug und flog in Richtung Raumhafen los. Nach einer Weile blickte der Fahrer kurz zu dem General. »Wohin fliegen Sie, General?« »Zu unserem Basissystem Nmetoxl.« »Dann müssen Sie Sigoxr Ihre Aufwartung machen.« »Leider ist das üblich.« »Ist Sigoxr tatsächlich so arrogant, wie ein Offizier mir das erzählte?« »Das ist eine glatte Untertreibung. Seien Sie froh, dass Sie ihn nicht aufsuchen müssen.« Den Rest des Wegs bis zum Raumhafen schwiegen beide, passierten dort die Kontrollstelle und flogen dann über das Landefeld. Vor dem Schiff von Fepulkrt stoppte der Soldat den Gleiter und Fepulkrt stieg aus. »Ich wünsche Ihnen alles Gute für das Treffen mit Sigoxr.« »Danke, Soldat.« Der Fahrer flog einen Bogen und entfernte sich von dem Raumer. Inzwischen verschwand der General in seinem Flaggschiff.

*

Das Schlachtschiff von Fepulkrt landete auf dem Raumhafen des Planeten im Nmetoxlsystem, auf dem sich der Regierungssitz befand, und bald darauf verließ ein Gleiter das Schiff und nahm Kurs auf den Palast des Qtloxr. Vor dem Gebäude hielt der Fahrer an, Fepulkrt stieg aus, ging in den Palast hinein und begab sich zum Büro des Qtloxr. Sobald er den üppig ausgestatteten Raum betrat, sank die Laune des Generals auf den Tiefpunkt. Wie immer ließ Sigoxr ihn warten, weshalb Fepulkrt sich umsah. Er entdeckte eine neue Skulptur, was ihm völlig überflüssig erschien, dazu kam erschwerend, dass der General sie als hässlich einstufte. Der eintretende Qtloxr beendete seine Betrachtung der Skulptur. »Gefällt sie Ihnen, General Fepulkrt?« »Sie trifft nicht meinen Geschmack.« »Das ist schade. Wenigstens muss ich dann nicht befürchten, dass Sie mir das Werk abkaufen wollen. Sind Sie wieder unterwegs zu einer Ihrer erfolglosen Mis-

sionen?« »Ich starte zu einer Mission. Wie sie ausgeht, wird
sich zeigen.« »Das ist wirklich nicht schwer zu erraten. Dass
Sie überhaupt noch oberster Militär in unserem Staat sind,
wundert mich. Vielleicht sollte ich mich einmal mit dem
Zerlgtoxr unterhalten. Ich befürchte allerdings, dass von den
schlechten Optionen Sie noch das kleinere Übel sind.« Die
rechte Hand Fepulkrts strich über seinen Strahler, nur um
sich auf diese Weise zu beruhigen. »Steht die Flotte bereit,
Sigoxr?« »Sie steht bereit, wie der Befehl des Herrschers
lautete. Eintausendachthundert Einheiten warten darauf,
um mit Ihnen in ihr Verderben zu fliegen. Ich bin jetzt schon
sehr darauf gespannt, wie viele Schiffe zurückkommen werden.« »Ich fliege unverzüglich ab, Sigoxr.« Der Qtloxr ließ
den General einfach stehen und verließ sein Büro. Fepulkrt
warf einen letzten Blick auf die Skulptur und ging ebenfalls
aus dem Raum. Verärgert durchquerte Fepulkrt das Gebäude
und begab sich zu dem Gleiter.

* * *

Mit dem handschriftlichen Bericht des Majors in der Hand
suchte General Galgion Calanui auf. »Was gibt es, Larut?«,
fragte der Gouverneur, nachdem der General ihm gegenüber Platz genommen hatte. »Um das hier geht es.« Mit
einer lässigen Handbewegung warf Galgion den Bericht auf
den Schreibtisch. »Lies das durch, Bolg.« Calanui nahm das
Dokument auf und las es durch. Nachdem er zum Ende gekommen war, ließ er seine Hände auf den Schreibtisch sinken. »Hast du alle Hinweise auf die Schiffe aus dem System
entfernt, Larut?« »Ja, es gibt keine einzige Aufzeichnung auf
eines der vier Schlachtschiffe.« »Gut, dann ist dieser Bericht
der einzige Hinweis darauf. Warum hast du ihn überhaupt
anfertigen lassen?« »Als Stütze für unser Gedächtnis, damit
wir uns nicht widersprechen, sollte es jemals so weit kom-

men.« »Ich behalte das Dokument bei mir. Wenn jemand nach Unterlagen sucht, dann zuerst bei dir, wenn sie im System nicht fündig werden.« »Hoffentlich benötigen wir es nicht, Bolg.« Bolg Calanui stand auf, ging zu dem Regal, das an der rechten Seite des Raums stand, um einen Platz für das Dokument zu finden. Auf dem Gestell lagerten alle möglichen Dinge, von denen Calanui eine Holzkiste auswählte, er öffnete sie, verstaute das Dokument darin und klappte den Deckel wieder zu. »Sind die Schiffsbesatzungen noch auf Surero?« »Nein, nicht mehr. Sie sind vor Kurzem abgeflogen. Die Geschichte mit der Überholung haben sie mir anstandslos abgekauft. Das Beste daran war, dass die Kommandanten mir sogar dafür dankbar waren. Jeder von ihnen erklärte mir, dass es immer häufiger zu Problemen kam, die zum Schluss nur noch notdürftig beseitigt werden konnten. Alle sagten mir, dass sie gern länger warten, bis die Schiffe überholt sind, die Hauptsache wäre, dass sie ein voll funktionstüchtiges Schiff zurückerhalten.« »Na bitte, dann läuft wenigstens etwas positiv bei dieser Geschichte. Das gibt dir die Zeit, um eine Lösung zu finden.« »Eine Lösung für was, Bolg?« »Du musst ihnen neue Schiffe besorgen.« »Wie stellst du dir das denn vor? Glaubst du vielleicht, ich kann einfach vier Schlachtschiffe ohne Mannschaft anfordern?« »Lass dir eben etwas einfallen.« »Das Einzige, das mir dazu einfällt, lautet Ärger.« »Den haben wir beide doch bereits zur Genüge, Larut.«

* * *

»Das will mir nicht gefallen«, murmelte Alta, als er die Meldung von Muruba erhielt. »Dieses eine Stelkudoschiff wird uns sicher noch Ärger bereiten, obwohl es vernichtet ist.« Alta lehnte sich zurück und überlegte, ob er Kalaran kontaktieren sollte. Letztendlich entschied er sich dagegen, da er wusste, dass Kalaran alles machte, um den Abflug Zakateks zu beschleunigen. Ein Anruf des Ortungsoffiziers riss Alta aus seinen Überlegungen. »Admiral, es sind Schiffe vor Veschgol angekommen.« »Sind es die Stelkudo?« »Einen Moment noch.« Der Offizier arbeitete intensiv an seiner Konsole, bis er sich sicher war. »Ja, es sind die Stelkudo. Ihre Flotte ist einhundertundzwanzig Einheiten stark.« »Kommandant, stellen Sie mir fünfhundert Einheiten ab, die uns begleiten. Wir werden die Stelkudo von Veschgol fernhalten.« Bald darauf nahm das Flaggschiff Ziton Fahrt auf und flog mit den anderen Raumern der kleinen Flotte entgegen. Die Schiffe beschleunigten und näherten sich den einfliegenden Stelkudo. »Jetzt werden wir gleich sehen, ob die Stelkudo sich bis zum letzten Schiff vernichten lassen, Kommandant.« »Haben Sie das schon einmal gemacht?« »Ja, gegen Admiral Muruba, aber fragen Sie mich bitte nicht, warum.« Alta starrte auf den Hauptbildschirm, auf dem die Flotte der Stelkudo zu sehen war. Auf einmal glaubte Alta, seinen Augen nicht zu trauen. »Was soll das denn werden?« »Sie drehen ab, Admiral.« »Das sehe ich auch, Kommandant. Ich rechnete nicht damit, dass sie sich so schnell zurückziehen. Wissen Sie, was ich vermute? Sie haben hier nur mit den einundzwanzig Schiffen Murubas gerechnet. Wir verfolgen sie weiter.« Der Verband Altas jagte den Stelkudo hinterher, doch vermochten sie nicht den Gegner einzuholen. Bald darauf verließen die Schiffe der Stelkudo das System von Veschgol, was dem Admiral mehr als ungelegen kam, was der Kommandant an seiner Miene ablesen konnte. »Das ist doch gut, Admiral. Wir haben sie verjagt.« »Das schon, Kommandant, aber jetzt weiß der Gegner, was ihn bei Veschgol erwartet.« »Duroto, beeile dich!«, murmelte Alta vor sich hin.

* * *

Unbehelligt durchquerte Zodomar mit seinen Leuten das Krankenhaus, was ihn überraschte, da er damit gerechnet hatte, dass jemand ihn ansprach, was sie hier wollten. Sie liefen den Gang im zweiten Stockwerk auf der rechten Seite entlang, bis die Gruppe den letzten Raum, der das Büro von Tescherketu sein sollte, erreichte. Vor der Tür blieben sie stehen und zogen ihre Waffen. »Dann wollen wir einmal sehen, ob Tescherketu zu Hause ist.« Zodomar stieß die Tür auf und stürmte hinein, doch musste er feststellen, dass der gesuchte Arzt sich nicht in seinem Büro befand. »Macht die Tür zu!«, befahl der Oberst, eilte um den Schreibtisch herum und begann, sich die darauf befindlichen Unterlagen anzusehen. »Ist etwas Interessantes dabei, Tinuwa?«, fragte einer der Soldaten nach einer Weile. »Bislang noch nicht. Das sind bis jetzt nur irgendwelche Patientenakten.« Er suchte weiter, doch es zeigte sich, dass nicht das dabei war, nach dem Zodomar suchte. »Wieso gibt es hier überhaupt handschriftliche Akten?« »Wundert dich das noch, Tinuwa? Die sind hier auf Düvjiklämp alle ein wenig eigenartig.« »Das stimmt allerdings.« Zodomar wühlte weiter, bis er die letzte Akte aus der Hand legte. »Es ist nichts dabei, was mit der Besatzung der Tlipox zu tun hat.« »Das wäre auch verwunderlich gewesen, wenn Tescherketu solch verfängliche Unterlagen einfach auf seinem Schreibtisch liegen lässt.« »Es hätte doch sein können.« Zodomar setzte sich auf den Stuhl und sah auf den eingeschalteten Bildschirm. Einen Versuch wagte der Oberst, der jedoch nur das vermutete Ergebnis erbrachte. »Natürlich ist er gesichert. Wir kommen hier nicht weiter.« »Was machen wir jetzt, Tinuwa?« »Das ist wirklich eine gute Frage.« Der Oberst stand auf, ging zu einem der Schränke, öffnete ihn und sah hinein. »Nur medizinische Ausstattung.« Er nahm sich die anderen Schränke vor, fand darin jedoch nur Medikamente und Kleidung. Ärgerlich blickte Zodomar in den letzten Schrank, in dem er Handtücher vorfand. In dem

Moment, als er die Türen des Schranks schloss, öffnete sich die Tür und Tescherketu kam in sein Büro. Er sah gerade noch, wie Zodomar die Hände von den Türen nahm. »Suchen Sie etwas Bestimmtes?«

* * *

Auf Pherol landeten die zwei Frachter, die Wetebe und seine Leute nach Cherenu brachten, in der Nähe der Werft. Naro dirigierte die Fracht zu den entsprechenden Lagerhallen, wo seine Mitarbeiter die Plätze für die Waren zuwiesen. In der ganzen Hektik kam Vuoga mit seinem Gleiter angeflogen, parkte ihn vor der Werfthalle, stieg aus und schlenderte zu Naro. »Vuoga, Sie haben die seltene Gabe, immer genau dann aufzutauchen, wenn es am ungünstigsten ist.« »Eine Gabe zu haben, ist doch etwas Schönes. Sprachen Sie inzwischen mit Petrulkuma?« »Ja, er hat Fachkräfte für mich angeworben, die auch auf Pherol arbeiten wollen. General Karudin ist noch bei ihm und wird die neuen Kräfte mit hierher nehmen.« »Das freut mich zu hören. Da Sie ohnehin nicht viel zu tun haben, nehmen Sie sich die vier neuen Schlachtschiffe vor. Ich will sichergehen, dass sie voll einsatzbereit sind.« Naro schnappte nach Luft, da ihm die Bemerkung, dass er nicht viel zu tun habe, sprachlos machte. »Wie ich Sie kenne, Präsident, ist die Überprüfung der Schiffe eilig.« »Ich bewundere Ihre schnelle Auffassungsgabe.« Vuoga ließ Naro einfach stehen und ging zu den beiden Frachterkommandanten, die mit Kondio Xeriot zusammenstanden. »Der spinnt doch«, murmelte Naro und dirigierte die Fracht weiter zu den Hallen. Vuoga indessen stellte sich zu den drei Männern, die in diesem Moment das Gespräch unterbrachen. »Ratsherr Xeriot, nehmen Sie gerade zwei neue Mitglieder in die Gilde auf?« »Ja, sie sind soeben beigetreten.« »Es ist schön, das zu hören. Wie weit haben Sie die Liste der Bestellungen

190

abgearbeitet?« »Ich erwarte noch einen Frachter. Er bringt den Rest nach Pherol. Dann kümmern wir uns um Ihren anderen Auftrag. Inzwischen habe ich Ihnen die offizielle Liste der Gildemitglieder geschickt.« »Danke, ich werde die entsprechenden Anweisungen herausgeben. Der Rest ist dann Ihre Sache, Ratsherr.« »Alles wurde von mir bereits geregelt. Sobald Ihr Erlass herausgegangen ist, übernimmt die Gilde den interplanetaren Handel in der Republik.« »Dann kümmere ich mich am besten gleich darum.«

* * *

»Dieser Kelschin fängt an, mir auf die Nerven zu gehen«, brummte Farschgu verärgert. »Bis jetzt erhielt ich immer noch keine Nachricht von ihm, wie die Mission Minchoxr verlaufen ist. Das vergesse ich ihm nicht.« Wütend stand er auf und begab sich in die Kontrollzentrale des Raumhafens. Dort angekommen, ging er zur Funkstation und sah den Offizier kritisch an, so als wäre er der Schuldige für die ausgebliebene Mitteilung von Kelschin. »Gibt es immer noch keine Benachrichtigung von General Kelschin?« »Nein, bislang noch nicht.« Da sein Ärger nicht nachlassen wollte, ging Farschgu zum Fenster und sah hinaus, doch auch dieser Anblick lenkte ihn nicht wirklich ab. »Farschgu, gerade ist ein Schiff angekommen. Es handelt sich um einen unserer Raumer.« Ruckartig drehte sich Farschgu und blickte erwartungsvoll den Funker an. Dieser erhielt in diesem Moment einen Anruf von dem angekommenen Schiff. Der Offizier führte mit der Gegenseite ein kurzes Gespräch und wandte sich dann Farschgu zu. »Der Kommandant will mit Ihnen sprechen, sobald er gelandet ist.« »Endlich!«, rief Farschgu aus und stürzte aus der Zentrale. Irritiert sah ihm die Besatzung nach, da ihn noch niemand so erlebt hatte. »Was ist denn mit Farschgu los?«, fragte der Funker in die Runde.

»Ich habe keinerlei Ahnung. Er ist gerannt, als hinge sein Leben davon ab«, antwortete der Orter. Inzwischen stand Farschgu vor dem Gebäude und starrte in den Himmel, so als ob er dem Schiff dadurch zu einer schnelleren Landung verhelfen könnte. Nach einer von ihm gefühlten viel zu langen Zeitspanne senkte sich der Raumer herab und landete schließlich auf dem Raumhafen. Kaum stand das Schiff auf dem Landefeld, da hastete Farschgu auch schon darauf zu. Ungeduldig wartete er, bis der Kommandant das Schiff verließ. Endlich kam der Erwartete heraus und Farschgu stürzte auf ihn zu. »Reden Sie schon! Wie ist die Aktion ausgegangen?« »Ich soll Sie von General Kelschin grüßen. Er bedauert, dass er mich nicht gleich losschicken konnte, da Kelschin sich um die Einleitung der Besiedlung persönlich kümmern musste.« »Das heißt, Minchoxr gehört jetzt uns.« »Alles ist nach Plan verlaufen. Die Flotte der Echsen wurde fast vollständig vernichtet. Nur wenigen Schiffen gelang die Flucht. Es war ein erhebender Sieg.« »Nichts anderes erwartete ich zu hören. Das wird diesem General Fepulkrt eine Lehre sein.«

* * *

Die vier Soldaten drehten sich schlagartig herum und richteten ihre Waffe auf den hageren Tescherketu. »Lasst den Unsinn. Ich bin nicht bewaffnet. Es kommt nicht gut bei den Patienten an, wenn ich die Visite mit dem Strahler im Gürtel vornehme.« Zodomar nickte seinen Leuten zu, woraufhin sie ihre Strahler einsteckten. »Also, erklären Sie mir jetzt bitte, warum Sie mein Büro durchsuchen? Vorab wünsche ich zu wissen, mit wem ich es zu tun habe.« Der Oberst überlegte, ob er Tescherketu die Wahrheit sagen sollte, letztendlich entschied er sich dafür, da er hoffte, den Arzt dadurch zugänglicher zu machen. »Dann beginne ich wohl am besten mit Ihrer Aufforderung. Ich bin Oberst Zodomar von der imperialen Flotte.« »Ach, Sie sind also einer von den Imperialen.« »Schon gut, ich weiß, was Sie zu sagen gedenken. Die Imperialen sind auf Düvjiklämp nicht gern gesehen.« »Damit liegen Sie vollkommen richtig.« »Was ist vorgefallen, dass es so weit kam?« »Es liegt schon geraume Zeit zurück. Vondal versuchte mittels seiner sogenannten Geschäftspartner, sich hier mit nicht ganz fairen Mitteln in das Geschäft zu drängen. Das Bemühen brachte die Regierung zum Scheitern. Vondal verzichtete darauf, militärisch gegen Düvjiklämp vorzugehen, da er wusste, dass es nur zu seinem Nachteil gereichen würde.« »Falls Ihnen die Information noch nicht bekannt ist: Vondal lebt nicht mehr, ebenso wenig wie Optuj Uxbeija.« »Das ist allerdings interessant. Im Übrigen wusste ich das nicht. Wir kümmern uns hier nicht um die interne Politik des Imperiums. Der aktuelle Alkt von Alkatar duldet solche Machenschaften nicht. Vielleicht ist es in der neuen Konstellation für Düvjiklämp attraktiv, mit dem Imperium Handel zu treiben.« »Das halte ich durchaus für möglich. Ich werde es an der entsprechenden Stelle zur Sprache bringen. Es ist zwar ganz nett, mit Ihnen zu plaudern, aber Sie beantworteten mir meine Frage noch nicht: Welches Interesse hat das Imperium an meinem Büro?« Zodomar fixierte den Arzt mit seinem Blick und fuhr sich mit der rechten Hand über seinen Bart. »Sagt Ihnen der Name Tlipox etwas?« »Dieser Frachter ist schon öfter hier gelandet. Die Besatzung ist berüchtigt. Es gibt immer wieder Ärger mit ihr. Einmal haben sie sogar eine gefährliche ansteckende Krankheit eingeschleppt. Es kam heraus, als einer von ihnen in einem Lokal umkippte. Ich ließ die Mannschaft sofort aus dem Verkehr ziehen, dann untersuchte und behandelte ich sie. Seitdem muss sich jeder von ihnen spätestens vor dem Abflug einer medizinischen Kontrolle unterziehen. Leider haben wir keine Handhabe, sie bei der Ankunft dazu zu zwingen. Da sie jedes Mal nach einer gewissen Menge alkoholischer Getränke Ärger machen, können wir sie problemlos in das Gefängnis bringen und ich kann sie dort untersuchen. Mir graut schon vor ihrem nächsten Besuch.« Tescherketu machte eine kurze Pause, in der er Zodomar mit einem kritischen Blick musterte. »Warum ist ein Oberst unterwegs, um sich mit einem Frachter voller unkultivierter, ausfallend werdender Besatzungsmitglieder zu beschäftigen?« »Die Tlipox wird nie mehr nach Düvjiklämp kommen, denn die Besatzung ist tot.« »Wurde der Frachter etwa von einem imperialen Schiff abgeschossen?« »Nein, die Tlipox hat zwar das System, wohin sie wollte, erreicht, aber spätestens kurz nach der Ankunft muss das letzte Besatzungsmitglied gestorben sein. Wir wissen es nicht. Da Sie die Problematik ansprachen: Die komplette Besatzung ist an einer Seuche gestorben. Unsere Ärzte kennen diese Krankheit nicht und fanden auch bis zu meinem Abflug kein Mittel dagegen. Aus diesem Grund bin ich unterwegs, um herauszufinden, wo sie sich diese Krankheit holten. Vielleicht gibt es dort ein Gegenmittel.« Die Aufregung führte dazu, dass sich der Atemrhythmus Tescherketus etwas beschleunigte. Er benötigte einen Augenblick, um das Gesagte zu verarbeiten. »Sie versuchen, eine Epidemie zu verhindern!« »Genau das halten die beiden Ärzte nicht für unmöglich.« »Das ist eine Katastrophe! Wenn Sie sich vor ihrer Ankunft auf Düvjiklämp bereits infiziert haben und ich das nicht feststellen konnte, dann besteht auch hier die Gefahr eines Ausbruchs.« »Das sieht nicht so aus.« »Das will nichts heißen.« »Eine Frage, Tescherketu: Wieso lässt sie die Regierung denn überwachen, wenn es keinen Grund dafür gibt?« »Wie viele Personen sind es heute gewesen?« »Es waren vier Personen.« »Hat eine von ihnen behauptet, vom Geheimdienst zu sein?« »Ja, eine Frau sagte das zu mir.« »Das ist glatt gelogen. Die Leute gehören genauso wenig zum Dienst wie ihr zu meinem Stab. Wissen Sie, ich habe einige einträgliche Entdeckungen gemacht und diese Leute wurden ausgeschickt, um mir meine Entdeckungen wegzunehmen, bevor ich es schaffe, sie rechtlich zu sichern. Bisher blieb der Konkurrenz der Erfolg versagt. Was ist mit den vier Personen?« »Sie haben sich alle umgebracht.« »Schon wieder, das glaube ich nicht. Das machen sie nur, um eine Befragung zu verhindern. Niemand soll erfahren, wer wirklich ihr Auftraggeber ist. Ich halte das für lächerlich. Ich kann mir denken, wer die Person ist. Lassen wir das Thema. Es gibt Wichtigeres zu erledigen. Wo steht Ihr Schiff?« »Unser Beiboot steht außerhalb der Stadt.« »Das ist nicht gut. Ich kontaktiere die Regierung, dass wir unbehelligt starten können.« »Sagten Sie gerade >wir<, Tescherketu?« »Ich komme mit Ihnen, denn es ist notwendig, dass ein Gespräch zwischen Ihren Ärzten und mir stattfindet. Vielleicht kann ich helfen, außerdem brauche ich Informationen über diese Krankheit. Düvjiklämp ist ebenso gefährdet wie jeder Planet, auf dem Sie sich nach der Infizierung aufhielten. Wir müssen so schnell wie möglich handeln!« Der Arzt ging zu seinem Schreibtisch, schob einen Stapel Akten beiseite, setzte sich und stellte eine Verbindung zu einem Regierungsmitglied her. Der Angerufene meldete sich auch sogleich und hörte sich an, was Tescherketu ihm erklärte. Zodomar vernahm die Worte des Arztes und musste sich eingestehen, dass die Einschätzungen nicht der Wahrheit entsprachen. Offensichtlich versuchte die Konkurrenz, durch Gerüchte den Arzt in Misskredit zu bringen, um sich einen fragwürdigen Vorteil zu verschaffen. Der Oberst schob diese Gedanken beiseite, denn Tescherketu beendete das Gespräch. »Es wurde alles von mir geregelt, Zodomar«, stellte der Arzt fest, stand auf, ging zu einem der Schränke und riss die beiden Türen auf. Er nahm eine Tasche heraus und begann, Kleidung darin zu verstauen, dann ging er zum nächsten Schrank, um auch ihm einige Dinge zu entnehmen, die der Arzt in aller Eile in das

Behältnis fallen ließ. Anschließend schloss er die Schranktüren und drehte sich zu Zodomar um. »Oberst, wir können gehen. Wie Sie sehen, habe ich bereits gepackt. Gehen wir.« Tescherketu ergriff seine Tasche und verließ den Raum, gefolgt von den anderen. An der nächsten Tür stoppte der Arzt, öffnete sie und steckte nur seinen Kopf in den Raum. »Ich bin auf unbestimmte Zeit in einer dringenden Angelegenheit verreist.« Ohne die Antwort abzuwarten, zog Tescherketu die Tür zu und lief mit großen Schritten den Gang entlang, bis sie zu einer Treppe kamen, die sie genauso schnell wie der Arzt hinunterliefen. Er eilte durch das Foyer, verließ das Krankenhaus und steuerte den Parkplatz vor dem Haus an. »Ich habe keine Lust, lange durch die Stadt zu laufen. Nehmen Sie sich auch ein Fahrzeug. Es wird dann später ebenso wie meins dort abgeholt, wo wir die Gleiter stehen lassen.«

* * *

Gut gelaunt stand Farschgu in der Kontrollzentrale und sah in die Runde. »Hört alle einmal her«, rief er in den Raum und wartete, bis sie ihm alle ihre uneingeschränkte Aufmerksamkeit schenkten. »Der Kommandant des soeben angekommenen Schiffs teilte mir nach der Ankunft mit, dass Minchoxr in unserer Hand ist. General Kelschin hat einen großen Sieg für Deschkan errungen. Außerdem leitete er bereits die ersten Arbeiten ein, welche die Voraussetzung für unser Siedlungsprojekt sind. Das ist ein Grund zum Feiern.« Die Besatzung der Kontrolle begann spontan zu jubeln, nur einem versagte schon nach Kurzem die Stimme. Der Offizier der Ortung wurde von einer Anzeige auf seiner Konsole abgelenkt. Ungläubig starrte er die hereinkommenden Daten an und begann sogleich mit deren Überprüfung, doch bestätigte sie nur, was er sah. »Farschgu!«, brüllte der Offizier, um die Geräuschkulisse im Kontrollraum zu übertönen. »Warum stören Sie die gute Stimmung?« »Die Feier müssen Sie bis auf Weiteres zurückstellen. Gerade eben ist eine Flotte vor dem System angekommen.« »Das ist sicher Kelschin«, unterbrach Farschgu den Soldaten. »Ich nehme Ihnen ungern Ihren Optimismus, aber es handelt sich um eine Flotte der Echsen. Sie umfasst eintausendachthundert Einheiten.« Mit einem Schlag herrschte absolute Stille im Raum. Die Mitteilung traf Farschgu wie ein Hammerschlag. »Wir haben nur eintausend Einheiten zur Verteidigung hier stehen. Hätte ich nur nicht auf Kelschin gehört! Wir sind verloren!« Eine Weile stand Farschgu unbewegt da, bis er sich wieder gesammelt hatte. »Orter, wie reagiert unsere Flotte?« »Sie nimmt gerade Fahrt auf und fliegt dem Feind entgegen.« »Ich hoffe, dass die Manöver von Kelschin etwas genutzt haben. Das ist unsere letzte Hoffnung.« Gebannt starrte der Ortungsoffizier auf seine Anzeigen. »Die Echsen haben es anscheinend nicht eilig.« »Das hilft uns auch nicht mehr.«

* * *

Wieder einmal stürmte General Galgion an der Frau im Vorzimmer des Gouverneurs vorbei, ohne sie zu beachten. Da sie das schon kannte, machte sie eine wegwerfende Handbewegung und arbeitete weiter, nur das laute Geräusch der zuschlagenden Tür ließ sie zusammenzucken. »Was veranstaltest du denn jetzt schon wieder für eine Hektik, Larut?«, empfing ihn Calanui unwillig. Vor dem Schreibtisch blieb Galgion stehen und sah auf den Gouverneur herab. »Ich habe eine Nachricht für dich, die dir garantiert die Laune verderben wird.« »Dann schweigst du am besten und gehst wieder.« »Gerade ist ein Schlachtkreuzer vor Cherenu angekommen.« »Was soll daran schon Besonderes sein?« »Es ist nicht irgendein Schlachtkreuzer, sondern es handelt sich um die Fexiton!« »Sollte mir der Name etwas sagen?« »Das

197

sollte er unbedingt. An Bord befindet sich General Konlup. Mit der Fexiton macht er seine Überprüfungsbesuche. Er wird bald hier landen.« Entsetzt starrte der Gouverneur den General an. »Jetzt trifft das ein, was wir auf gar keinen Fall haben wollten.« »Bleib ruhig, Bolg! Konlup kann nichts bei uns finden. Alle Hinweise wurden von mir beseitigt. Wir müssen versuchen, ihn so schnell wie möglich loszuwerden.« »Das ist leichter gesagt als getan, Larut.« »Das weiß ich auch. Erhebe dich aus deinem Stuhl, damit wir gemeinsam Konlup empfangen, sobald er gelandet ist.« »Willst du Konlup dann höflichst bitten, gleich wieder abzufliegen?« »Deine Witze waren schon besser, Bolg.« Calanui stemmte sich aus seinem Stuhl und folgte Galgion mit einem mürrischen Gesicht. »Mir ist mein Humor abhandengekommen, Larut.«

* * *

Die Frau aus dem Vorzimmer des Gouverneurs eilte in das Büro von Klad Ser Beredil und lief hektisch zu seinem Schreibtisch. »Was ist denn mit Ihnen los? Haben Sie etwa schlechte Nachrichten erhalten?« »Gouverneur, ein Schlachtschiff ist gelandet. Es ist jemand an Bord, der Sie zu sprechen wünscht.« »Wer ist dieser Jemand?« »Das wollte mir der Kommandant nicht verraten.« Beredil setzte eine bedenkliche Miene auf. »Dann bleibt uns nur abzuwarten.« »Aber, Gouverneur ...« Aufgrund der wegwerfenden Handbewegung des Gouverneurs brach die Frau ihren Satz ab. »Es stellt doch kein Problem dar. Die Person, welche mich zu sprechen wünscht, wird sich schon bei uns melden. Solange es nicht Fepulkrt oder eine andere Person ist, die als bedenklich eingestuft werden muss, soll es mir recht sein.« »Ich hoffe, du stufst mich nicht als bedenkliche Person ein«, ertönte eine Stimme von der offen stehenden Tür her. Die

Frau drehte sich erschrocken um und starrte den Ankömmling überrascht an. »Mein Alkt, Sie sind es.« »In voller Größe.« Kalaran lachte und lief zum Schreibtisch. »Lassen Sie uns bitte allein«, forderte er die Frau in einem freundlichen Tonfall auf, woraufhin sie eilig den Raum verließ und die Tür hinter sich zuzog. »Setz dich doch, Kalaran.« Wie aufgefordert zog er den Stuhl heran und ließ sich darauf nieder. »Was treibt dich denn nach Morior?« »Ich musste einfach einmal aus meinem Büro heraus.« »Das kann ich nur zu gut verstehen. Ich verbringe auch viel zu viel Zeit hier.« »Wo treibt sich eigentlich Soquezxl herum?« »Er müsste bald mit Ulneske landen, wenn sie nicht schon hier sind.« »Wie verstehen sich die beiden?« »Das hätte ich selbst nicht vermutet, aber die zwei kommen bestens miteinander aus. Stell dir vor, was Soquezxl zu mir sagte: Er mag ihre Art.« »Das hat er tatsächlich gesagt? So eine Äußerung passt gar nicht zu ihm.« »Es hat auch mich überrascht, Kalaran.« Die Tür ging auf und die Frau sah in den Raum. »Soquezxl und Ulneske wollen mit Ihnen sprechen, Gouverneur.« »Die beiden kommen wie gerufen. Schicken Sie Soquezxl und Ulneske herein.« Die Frau trat zur Seite, ließ die beiden in den Raum und schloss die Tür hinter ihnen. »Kalaran, du kommst wohl persönlich vorbei, um dich über den aktuellen Stand zu informieren?« »Damit liegst du richtig, Soquezxl. Wie weit seid ihr mit der Ausbildung?« »Aus diesem Grund wollte ich mit Klad sprechen. Das hat sich nun mit deinem Erscheinen erledigt. Die Ausbildung von Ulneske ist beendet. Sie war eine gute Schülerin. Ich muss zugeben, dass ich ihr nichts mehr beibringen kann. Beim letzten Manöver hat sie es tatsächlich geschafft, mich zu besiegen. Glaub mir eines, Kalaran: Das haben Duroto und Werga nicht geschafft, obwohl sie auch gut sind.« »Ulneske, ich gratuliere dir. Damit hast du die Ernennung zum Offizier verdient.« »Danke, Kalaran.« »Hast du etwas dagegen, wenn ich Ulneske mit nach

Alkaton nehme, Soquezxl?« »Natürlich nicht, allerdings werde ich die Manöver mit ihr vermissen.« Ulneske sah ein wenig verlegen zur Seite. »Kalaran, weißt du, wo sich Tinuwa zurzeit aufhält?« Kalaran konnte sich ein Grinsen nicht verkneifen. »Das kann ich dir leider nicht sagen. Er fliegt die Route der Tlipox ab, nur kenne ich sie nicht.« »Das ist schade.« »Ihr beide werdet noch genug Zeit miteinander verbringen können. Wenn es nichts mehr zu besprechen gibt, fliege ich wieder ab.« »Hast du etwas für mich zu tun, Kalaran?« »Im Moment nicht, Soquezxl, aber ich werde sehen, was ich für dich machen kann. Du hörst von mir, sobald ich in Alkaton bin. Ulneske, pack deine Sachen zusammen und komm dann zu meinem Schiff. Am Ausstieg wird ein Soldat auf dich warten, der dich zu deinem Quartier führen wird. Danach kommst du zur Zentrale.«

* * *

Tescherketu betrat mit Zodomar sowie den Soldaten das Beiboot, welches bald darauf, ohne behelligt zu werden, startete und Düvjiklämp verließ, ganz wie der Arzt es arrangierte. Das Schiff flog aus dem System heraus zum Rendezvouspunkt mit der Nadilor. Dort angekommen, bootete das Schiff ein und Zodomar begab sich zusammen mit Tescherketu in die Zentrale, wo der Oberst bereits von Olugir erwartet wurde. Da der Erste Offizier den Oberst gut genug kannte, verwunderte es ihn nicht, dass er in Begleitung eines Unbekannten in die Zentrale kam. »Fliegen wir zum nächsten Stopp der Tlipox, Tinuwa?« »Nein, unser Ziel heißt Leuka, und das fliegen wir mit Höchstgeschwindigkeit an.« Olugir hob die Arme bis auf Brusthöhe und ließ sie haltlos wieder fallen, dann ging er zum Piloten, um die Anweisung weiterzugeben, anschließend kehrte er zu Zodomar zurück. »Bevor du eine Frage stellst, Olugir: Unser Gast heißt Tescherketu und ist ein bekannter Arzt auf Düvjiklämp. Da er Bedenken hegt, will er mit Kölpa und Ireipehl sprechen.« »Na prima, noch ein Arzt, der nach Leukanza kommt. Wenn das so weitergeht, kommen dort auf zehn Einwohner ein Arzt.« Olugir ließ die beiden stehen, ging zu seinem Platz und ließ sich darauf nieder, dabei etwas Unverständliches murmelnd. »Bleiben Sie bitte einen Moment hier. Ich muss nur ein kurzes Gespräch führen.« Zodomar lief zu seiner Station, stellte eine Verbindung her und führte die avisierte Unterhaltung. Danach begab er sich zu Tescherketu und deutete auf das Schott zur Zentrale. »Folgen Sie mir bitte. Ich geleite Sie zu ihrer Kabine, damit Sie Ihr Gepäck dort abstellen können, bevor wir in die Kantine gehen.«

* * *

Die Flotte der Syntagi näherte sich dem Verband von Fepulkrt und bildete dann einen Riegel, um den Anflug nach Deschkan zu verhindern. Fepulkrt ließ sich davon nicht im Mindesten beeindrucken. Nach kurzem Überlegen entschloss er sich, in der Mitte des Sperrriegels des Gegners durchzubrechen. Doch als seine Einheiten sich der Position der Syntagi annäherten, nahm der Kommandeur von ihnen die Mitte zurück und bildete einen Halbkreis aus, während die Flügel auf die Echsenflotte hin zuklappten. Fepulkrt befahl sofort ein Ausweichmanöver, damit die Einkreisung verhindert wird. Danach zog er die Flotte zurück, um anschließend in neuer Formation erneut vorzustoßen. Als Fepulkrts Schiffe den Einheiten der Syntagi näherkamen, begann das Spiel von Neuem, weshalb der General die Lösung vom Gegner und die Flotte weiter nach hinten verlegte. Verärgert starrte Fepulkrt auf den Schirm und beobachtete die Syntagiraumer, welche sich nicht von der Stelle bewegten, so als gäbe es den Eindringling überhaupt nicht. Schließlich beschloss Fepulkrt, seine Taktik zu ändern, weshalb er den Befehl erteilte, zunächst in der gleichen Konstellation vorzurücken. In genügend Entfernung zu dem nach wie vor an gleicher Stelle stehenden Gegner teilte er die Flotte in zwei Hälften und ließ sie gegen die Flügel vorrücken. Doch statt dass es zu einer Konfrontation kam, zog der feindliche Kommandeur seinen Verband zusammen und stieß in der Mitte zwischen den beiden Teilen der Echsenflotte vor. »Das war dein Fehler!«, sagte Fepulkrt und ließ den gegnerischen Verband von beiden Seiten in die Zange nehmen, wobei er seine Einheiten so ausschwärmen ließ, dass ein Ausweichen nach oben und unten verhindert wurde. Der Syntagiflotte gelang es nicht, sich aus dieser Konstellation zu befreien. Siegessicher blickte Fepulkrt auf den Schirm, denn er wusste, dass ihm der Triumph sicher war. In diesem Moment rief ihn ein Offizier von seiner Station aus an und erstattete eine Meldung, die Fepulkrt nicht erwartet hätte.

* * *

General Galgion und Bolg Calanui saßen in einem Gleiter am Rand des Landefelds, von wo aus sie die Landung der Fexiton verfolgten. Beide sahen sich kurz mit bitterer Miene an, dann flog Galgion auf den Schlachtkreuzer zu. Vor dem Schiff stoppte der General das Fahrzeug und beide stiegen aus. »Ab jetzt ist ein ultimatives Lächeln angesagt, Bolg, auch wenn es dir schwerfällt.« Der Versuch des Lächelns geriet Calanui zu einer Grimasse. »Du hast nicht mehr viel Zeit zum Üben.« Der Gouverneur versuchte es ein zweites Mal und sah den General dabei an. »Das ist schon besser. Du schaffst es, Bolg.« »Sehr witzig, Larut«, ätzte Calanui und sah zum Ausstieg der Fexiton, welcher sich gerade öffnete. Sie sahen zum oberen Ende der Rampe und versuchten, dabei entspannt zu wirken. Es dauerte nicht lange, bis General

Konlup aus dem Schiff kam und auf die Wartenden zuging. »Gouverneur Calanui, General Galgion, ich grüße Sie.« Beide erwiderten den Gruß mit einem übertriebenen Lächeln, was Konlup zur Kenntnis nahm, ohne es sich anmerken zu lassen. »Ich bin immer wieder sehr überrascht, dass ich auf jedem Planeten, den ich besuche, vom Gouverneur und von anderen Honoratioren empfangen werde.« »Das sollte Ihnen doch zu großer Ehre gereichen, General Konlup.« »Mich macht das eher misstrauisch, Gouverneur.« Betroffen sahen Calanui und Galgion kurz zu Boden, was Konlup zu dem Schluss brachte, dass er einen wunden Punkt der beiden getroffen hatte. »Ich werde demnächst mit den Überprüfungen beginnen. Zu Anfang gehe ich davon aus, dass wir nichts finden.« »Dessen können Sie sich sicher sein, General«, antwortete Calanui hastig. »Das Ergebnis bleibt abzuwarten, denn meine Leute sind äußerst gründlich. Behindern Sie die Gruppen nicht bei Ihrer Arbeit, sonst sehe ich mich gezwungen, Maßnahmen zu ergreifen, die Ihnen mit Sicherheit nicht gefallen werden.« Konlup wandte sich ab und begab sich wieder in die Fexiton. »Sollte das eine Drohung sein, Larut?« »Das war eine Drohung, Bolg. Wir müssen vorsichtig die ganzen Aktionen im Auge behalten.«

* * *

Der Ortungsoffizier der Ziton starrte auf seine Anzeigen, überprüfte sie und rief dann Admiral Tunga eine Meldung zu. »Admiral, soeben ist eine Flotte der Stelkudo angekommen. Sie hat eine Stärke von dreitausend Einheiten.« »Das wird eine äußerst schwierige Aufgabe, denn ihre defensiven und offensiven Möglichkeiten sind nicht zu unterschätzen«, sagte Alta zu seinem Kommandanten, der zu ihm gekommen war. »Die Stelkudo sind uns dazu auch noch zwei zu eins überlegen. Sollen wir uns nicht besser aus Veschgol zurückziehen?

Wenn es abzusehen ist, dass wir trotz Verlusten doch nicht dazu in der Lage sind, das System zu halten, sollten wir auf einen Angriff besser verzichten.« »Ihr Einwand ist durchaus berechtigt, Kommandant.« Eine Weile dachte Alta über das Gesagte, dabei auf den Schirm sehend, nach, dann sah er den Kommandanten wieder an. »Wir greifen trotzdem an. Vielleicht gewinnen wir genug Zeit bis …« Alta brach den Satz ab, da er den Rest nicht laut aussprechen wollte. »Darf ich offen zu Ihnen sprechen, Admiral?« »Natürlich dürfen Sie das.« »Ich rechne nicht mehr rechtzeitig mit der uns zugesagten Verstärkung. Wer weiß, ob sie überhaupt kommt.« Mit besorgter Miene sah der Admiral seinen Kommandanten an und verzichtete auf eine Entgegnung, da es ohnehin nur leere Worte gewesen wären. »Befehlen Sie den Angriff, Kommandant. Immer zwei von unseren Schiffen sollen einen Stelkudoraumer angreifen.« »Ihre Überlegenheit macht sich dann doch noch mehr bemerkbar.« »Das stimmt zwar, aber auf diese Weise kommen wir viel schneller zu einem Erfolg. Wenn es schlecht für uns läuft, ziehen wir uns aus Veschgol zurück und überlassen den Stelkudo das System.« »Zu Befehl.« Der Kommandant sagte das in einem Tonfall, der Alta nicht gefiel, da er äußerst unzufrieden klang. Der Admiral nahm es ihm nicht übel, da er in diesem Augenblick an das Wort Untergang denken musste. Er schob diesen unguten Gedanken beiseite und konzentrierte sich auf das, was vor ihm lag. Die Flotte näherte sich mit steigender Geschwindigkeit den Eindringlingen, die ihnen ihrerseits entgegenkamen. Kurz vor dem Zusammentreffen zog sich die Stelkudoflotte auseinander, was zwar seinem Vorhaben dienlich war, aber die Gefahr eines Durchbruchs erhöhte. Aus diesem Grund befahl Alta, dass seine Schiffe gegen den Flügel, der Veschgol am nächsten stand, vorgingen. Bald darauf trafen die Verbände aufeinander und sofort entspann sich ein heftiges Gefecht. Zu Anfang sah es so aus, als ginge sein Plan auf, denn es zeigten sich schnell die ersten Erfolge, doch dann reagierte der Kommandeur der Stelkudo auf seine Taktik. Zwar gelang es, noch einige Schiffe des Gegners zu vernichten, dann jedoch operierten die Stelkudo ebenfalls mit zwei Raumern, was die Erfolgschancen für Altas Schiffe sinken ließ. Mit einem ernsten Gesicht verfolgte der Admiral das Geschehen und musste dabei mitansehen, wie die Verluste seiner Flotte stiegen, weshalb ihm nichts anderes übrig blieb, als den hinausgezögerten Befehl zu erteilen. »Kommandant, befehlen Sie der Flotte, dass wir uns aus Veschgol zurückziehen.« Sofort gab dieser die Anweisung weiter, woraufhin sich die Einheiten vom Gegner lösten und schnell Distanz zu gewinnen suchten. Die Schiffe beschleunigten, flogen einen Kurs, der sie aus dem System führte, und bereiteten sich darauf vor, den Normalraum zu verlassen.

* * *

Die Nadilor erreichte das System von Leuka, näherte sich Leukanza an und bezog dort eine Parkposition. Während Tescherketu im Besprechungsraum neben der Zentrale saß und auf das Gespräch wartete, stand Zodomar vor dem Hauptbildschirm und sah zu einer der Stationen hinüber. »Funker, stellen Sie eine Verbindung zur Jablost her und sagen Sie, dass wir mit Kölpa oder Ireiphel sprechen müssen.« Der Offizier begann zu arbeiten und bald darauf erschien das Antlitz von Kölpa auf dem Schirm. »Oberst, wie sieht es aus? Sind Sie weitergekommen?« »Nicht viel, denn es gestaltet sich schwieriger als gedacht. Ein Arzt, den ich mitgebracht habe, möchte mit Ihnen sprechen. Sein Name ist Tescherketu und er ist von Düvjiklämp. Ich lasse Sie durchstellen.« »Warten Sie einen Moment! Was will dieser Tescherketu von mir? Sind Sie etwa nur deswegen nach Leukanza gekommen?« »Sie haben es genau auf den Punkt gebracht.

Funker, leiten Sie das Gespräch in den Besprechungsraum.«
Kölpa verschwand vom Schirm und dafür sah der Oberst
wieder Leukanza auf dem Schirm. Zodomar ging zum Funkoffizier und stellte sich neben ihn. »Sagen Sie mir, wann die
werten Ärzte ihr Fachgespräch beendet haben.« »Ich gebe
Ihnen Bescheid, Oberst.« Zodomar begann, in der Zentrale
umherzulaufen, um sich die Zeit zu vertreiben. Als ihm das
zu viel wurde, ließ er sich vor seiner Station nieder und rief
das überarbeitete Logbuch der Tlipox auf, um das nächste
Ziel herauszusuchen.

* * *

»General Fepulkrt! Eine Flotte ist angekommen! Es handelt
sich um zweitausendfünfhundert Einheiten und es sind die
Syntagi.« »Kelschin, du hast auch mich hereingelegt! Kommandant, geben Sie den Befehl zum …« Schon bald darauf
stellten die Schiffe der Echsenflotte das Feuer ein, lösten sich
vom Gegner und nahmen einen Kurs, der sie aus dem System bringen sollte, doch dieses Vorhaben versuchte die an-
kommende Syntagiflotte zu vereiteln. Ihre Einheiten zogen
sich auseinander und verlegten den Raumern der Echsen
den Weg. Breit gestaffelt kamen sie auf die Echsenschiffe zu
und eröffneten sofort das Feuer auf sie. Zur Unterstützung
näherte sich von der anderen Seite die Verteidigungsflotte
von Deschkan an, die ihrerseits ebenfalls mit dem Beschuss
begann, sobald sie in die Waffenreichweite gelangte. Die Einheiten der Echsen wehrten sich erbittert, doch machte sich
bald die zahlenmäßige Überlegenheit der Syntagi bemerkbar,
weswegen Fepulkrt alles auf eine Karte setzte. General Fepulkrt zog seine Schiffe zusammen und suchte die schwächs-
te Stelle in der Formation des Gegners. Nachdem er sie ausgemacht hatte, versuchte Fepulkrt, dort den Durchbruch zu
erreichen, was ihm auch dank des vehementen Vordringens

gelang. Da der Gegner nicht gleich energisch nachsetzte, gelang es seinen Schiffen, sich von den Syntagiraumern abzusetzen und die Flucht aus dem System von Deschkan anzutreten. Der Rest der Echsenflotte verließ den Normalraum und nahm Kurs auf das Basissystem von Nmetoxl, während sich die zurückbleibenden Raumer der Syntagi nach Deschkan begaben, um dort von Farschgu neue Befehle zu erwarten.

* * *

Heti Naro stand vor einem der vier Schlachtschiffe und unterhielt sich mit einigen seiner Techniker über den abschließenden Stand der Überprüfungen. Der dazukommende Vuoga veranlasste alle dazu, ihre Gespräche einzustellen. »Naro, wie weit sind Sie mit den Kontrollen der Schiffe?« »Wir haben gerade darüber geredet. Die Schiffe sind voll einsatzbereit.« »Das freut mich zu hören, denn es gibt bald neue Arbeit für Sie.« »Was haben Sie ausgegraben, Vuoga?« »Das werden Sie demnächst sehen.« »Geht es auch ein wenig genauer?« Statt einer Antwort grinste der Präsident Naro an und sah dann in den Himmel. Naro folgte seinem Blick und entdeckte zwei Schiffe, welche auf die Oberfläche hinabsanken. Mit kritischer Miene verfolgte er das Landemanöver der beiden Raumer. Als die Hälfte der Distanz hinter ihnen lag, sah Naro Vuoga an. »Täusche ich mich oder hängt das Schiff mit dem Traktorstrahl an dem Frachter?« »Ich bewundere Ihren Scharfsinn, Naro.« »Wirklich sehr nett, Vuoga. Warum nur befürchte ich, dass wir mit diesem Schiff Ärger haben werden?« »Sie sehen das zu negativ. Betrachten Sie die Aufgabe einfach als Herausforderung.« Naro verzog sein Gesicht zu einer Grimasse, erwiderte aber nichts auf die Bemerkung. Alle beobachteten das Landemanöver des Frachters mit seinem Anhängsel. Als die Schiffe auf dem Raumhafen standen, setzten sich Vuoga, Naro und die Techniker in Bewegung und gingen auf den Frachter und das bis jetzt angehängte Schiff zu. Dort angekommen liefen sie an dem Raumer entlang und begutachteten ihn eingehend. Am Ende blieben sie stehen und warfen sich alle bis auf den Präsidenten einen vielsagenden Blick zu. »Das ist doch ein schönes Schiff, Naro.« »Vuoga, das war es einmal nach seiner Fertigstellung. Jetzt ist es nur noch ein Haufen Schrott.« »Sie sind schon wieder negativ, Naro. Nun können Sie beweisen, wie gut Sie wirklich sind.«

* * *

Die Flotte von Admiral Alta Lar Tunga passierte den letzten Planeten in großer Entfernung des Systems von Veschgol und bereitete sich darauf vor, nach Klutags abzufliegen, als der Ortungsoffizier der Ziton eine Warnmeldung auf seiner Konsole sah. »Admiral, es kommen Schiffe an!« »Sind das noch mehr Stelkudoraumer?« »Nein, es sind imperiale Einheiten.« »Duroto! Endlich kommst du! Wie viele Schiffe umfasst die Flotte von General Zakatek?« »Das kann ich Ihnen noch nicht endgültig sagen, da noch Schiffe ankommen.« »Admiral, ich habe ein Gespräch für Sie. Es ist General Zakatek.« »Legen Sie mir das Gespräch auf den Schirm.« Das Bild wechselte und ein lächelnder Zakatek sah Alta an. »Komme ich noch rechtzeitig, Alta?« »Ein wenig früher wäre besser gewesen. Wir waren gerade auf dem Rückzug.« »Es gestaltete sich ein wenig schwierig, schnell genug die viertausend Einheiten zusammenzubekommen. Lass uns umgehend angreifen.« »Ich bin ganz deiner Meinung.« Die Verbindung wurde von Zakateks Seite abgeschaltet und Alta drehte sich um. »Kommandant, Sie haben es gehört: Geben Sie den Befehl an alle Schiffe weiter. Zusammen mit den Einheiten von General Zakatek werfen wir die Stelkudo aus dem

System.« Die beiden Verbände flogen mit hoher Geschwindigkeit auf die derzeitige Position der Stelkudo zu, um die Flotte abzufangen. Der Verband der Stelkudo machte keine Anzeichen, Veschgol zu verlassen, sondern änderte den Kurs und flog den imperialen Einheiten entgegen. »Ich glaube es nicht!«, rief Alta aus. »Diese Stelkudo müssen total verrückt sein.« Die imperialen Schiffe sowie die Raumer der Stelkudo näherten sich schnell an und eröffneten das Feuer, sobald sie in Waffenreichweite kamen. Es entspann sich sofort ein heftiges Gefecht, bei dem keine Seite zurückwich, doch bald gewannen die imperialen Einheiten mehr und mehr die Oberhand. Noch wichen die Stelkudo nicht, kamen jedoch in immer größere Bedrängnis. Schließlich zeichnete sich der Ausgang der Schlacht ab, weshalb ihr Kommandeur den Befehl gab, sich vom Gegner zu lösen und den Rückzug anzutreten. Sowohl Admiral Tunga als auch General Zakatek ließen sie gewähren, um weitere Verluste zu vermeiden. Die Schiffe der Stelkudo beschleunigten von den imperialen Einheiten weg und verließen schließlich Veschgol.

* * *

Ein Trupp Soldaten betrat die Kontrollzentrale des Raumhafens der Hauptstadt von Surero und ließ sich vom Leiter zwei Arbeitsplätze zuweisen, hinter denen sie Platz nahmen und sofort mit ihrer ihnen von Konlup zugewiesenen Aufgabe begannen. Argwöhnisch wurden sie dabei von den Mitarbeitern der Zentrale beobachtet. Einer von ihnen drehte sich nach einem Augenblick wieder um und führte leise ein kurzes Gespräch, was von den Soldaten Konlups unbemerkt blieb. Es dauerte nicht lange, bis das Schott aufglitt und General Galgion den Raum betrat. Sein erster Blick galt den beiden Stationen, wo Konlups Soldaten intensiv arbeiteten, was ihm ein ungutes Gefühl bescherte. Schließlich riss er sich zusammen und ging zu einer der beiden Stationen. »Hallo, ich bin General Larut Galgion, der oberste Militär hier auf Cherenu. Ich bin vorbeigekommen, um zu fragen, ob Sie zurechtkommen«, fragte der General in einem übertrieben freundlichen Tonfall. »Weshalb sollten wir denn nicht zurechtkommen, General?« Die ernste, abweisende Betonung missfiel ihm, was er sich jedoch nicht anmerken ließ. »Wenn Sie Hilfe benötigen sollten, lassen Sie es mich wissen.« »Wir kommen auf Sie zu. Ich glaube aber nicht, dass es notwendig sein wird.« »Mich interessiert, was Sie hier kontrollieren.« »Das geht Sie nichts an, General. Stören Sie uns nicht länger bei der Arbeit. Am besten verlassen Sie den Raum.« Verärgert wandte sich Galgion von ihnen ab und verließ die Kontrollzentrale. Davor blieb der General stehen, überlegte einen Moment und traf eine Entscheidung. Eilig machte er sich auf den Weg zum Büro von Gouverneur Calanui. Dort hastete er wie immer an der Frau im Vorzimmer vorbei, ohne sie anzusehen, und verschwand dann im angrenzenden Raum. Calanui sah von seinem Schreibtisch auf und sah Galgion misstrauisch an. »Läuft etwas schief, Larut?« »Die Leute Konlups sind unerträglich. Sie führen sich auf, als hätten sie mehr zu sagen als ich und du. Außerdem verweigerte der Soldat, mir darüber eine Auskunft zu erteilen, was sie gerade kontrollieren.« »Das überrascht mich gar nicht. Mein Vorgehen wäre auch nicht anders. Schließlich wollen sie uns überführen, für was auch immer und warum auch immer.« »Das sind schöne Aussichten, Bolg. Mir gefällt das nicht.« »Glaubst du mir etwa? Uns bleibt nur zu hoffen, dass sie nicht zu den gründlichen Leuten gehören.«

* * *

Das Schott zur Zentrale der Nadilor glitt auf und Tescherketu kam herein. »Ich habe Sie schon erwartet«, rief ihm Zodo-

mar entgegen. »Wie ist Ihr Gespräch mit Kölpa verlaufen?«
»Für mich war es zwar erhellend, aber wirklich weitergekommen sind wir nicht. Irgendetwas ist bei dieser Krankheit
merkwürdig.« »Wie meinen Sie das?« »Es passt nicht zusammen. Fliegen Sie zu unserem nächsten Ziel und das bitte
so schnell wie möglich.« Diese letzte Aussage machte den
Oberst hellhörig. »Ich gehe in meine Kabine.« »Tescherketu, ich begleite Sie ein Stück.« Beide verließen die Zentrale und liefen langsam in Richtung Lift. »Warum auf einmal
diese Eile, Tescherketu?« »Es wurden weitere Mannschafts-
mitglieder der Jablost infiziert. Weder Ireipehl noch Kölpa
können sich erklären, wie die Krankheit übertragen wurde.
Was die Angelegenheit seltsam erscheinen lässt, ist die Tatsache, dass alle Personen erst kurz vorher untersucht wurden
und keine Anzeichen festgestellt werden konnten. Daraufhin
haben sie die Quarantäne verlängert.« Der Kopf des Obersts
wandte sich ruckartig dem Arzt zu. »So schlimm ist es also?«
»Ja leider, Oberst.« »Gibt es einen Krankheitsfall unter der
Bevölkerung von Leukanza?« »Nein, bislang nicht.« »Das
ist wenigstens etwas. Ich sage ihnen zeitig Bescheid, wenn
wir das Ziel erreichen, Tescherketu.« »Darum hätte ich Sie
ohnehin gebeten.« Während der Arzt weiter zum Lift lief,
kehrte Zodomar zur Zentrale zurück. »Olugir!«, rief Zodomar schon beim Hereinkommen. »Hast du Befehle für
mich, Tinuwa?« »Leg bitte einen Kurs zu unserem nächsten
Ziel an. Wir müssen so schnell wie möglich dort sein.« »In
Ordnung.« Olugir eilte zum Piloten und besprach sich kurz
mit ihm, dann begab er sich zu Zodomar. »Sollte ich etwas
wissen, Tinuwa?« »Auf alle Fälle. Komm bitte mit ein Stück
zur Seite.« Sie liefen einige Schritte, sodass sie von der Besatzung nicht gehört werden konnten. »Also, Tinuwa: Was ist
los?« »Die Quarantäne der Jablost wurde verlängert, da sie
die Krankheit nicht in den Griff bekommen.« »Das ist ganz
schlecht. Was ist, wenn wir an unserem nächsten Ziel auch

keinen Erfolg haben?« »Daran wage ich gar nicht zu denken. Wer weiß, wann die ersten Patienten sterben werden?« Sie blickten auf den Schirm und sahen, wie die Nadilor Fahrt aufnahm, aus dem Leukasystem herausflog und den Normalraum verließ.

* * *

Die Flotte von General Fepulkrt erreichte das Basissystem von Nmetoxl und blieb vorläufig davor stehen, bis die beschädigten Schiffe zu einer Werft beordert wurden. Das Flaggschiff des Generals flog zum Verwaltungsplaneten weiter und landete auf dem dortigen Raumhafen. Mit einem Gleiter ließ sich Fepulkrt von einem Soldaten zum Palast des Qtloxr bringen. Die Laune des Generals war sichtlich schlecht, da er sich zum wiederholten Mal darüber ärgerte, dass er Sigoxr seine Aufwartung machen musste. Nachdem sie ihr Ziel erreichten, stieg der General in Gedanken versunken aus, betrat den Palast und lief zum Büro des Qtloxr. Um die übliche Wartezeit zu überbrücken, betrachtete er wie immer die Exponate auf der Suche nach einer Neuerwerbung, doch wurde er dieses Mal nicht fündig. Schneller als erwartet ließ sich der Qtloxr in seinem Büro blicken, was den General überraschte. »General Fepulkrt, es freut mich, dass Sie meine Erwartung erfüllt haben.« »Was wollen Sie mir damit sagen?« »Ich stelle fest, dass Sie Ihre Unfähigkeit, wie von mir erwartet, erneut unter Beweis gestellt haben. Von den eintausendachthundert Einheiten haben Sie gerade einmal wenig mehr als eintausend Schiffe zurückgebracht. Nennen Sie das etwa einen Erfolg, General?« »Ich bin Ihnen keine Rechenschaft schuldig.« »Verraten Sie mir wenigstens, ob Sie die Schlacht gewonnen haben.« »Nein, der Sieg blieb mir versagt. Kelschin hat mich genauso hereingelegt wie Gelutrxr.« »Auf der Liste der Peinlichkeiten fügten Sie damit eine weitere Position hinzu.« »Kelschin wird dafür bezahlen. Das lasse ich nicht auf mir sitzen.« »Fepulkrt, sparen Sie sich solche Äußerungen. Sie schaffen das ohnehin nicht. Das Ergebnis ist nur ein erneutes Versagen.« Fepulkrt verspürte wieder das unbändige Verlangen, Sigoxr zu töten, doch ihm war bewusst, dass die derzeitige Situation für ihn denkbar ungeeignet war. »Das wird sich noch erweisen, Sigoxr. Ich werde die Angelegenheit mit dem Zerlgtoxr besprechen. Dann werden wir sehen, wie es weitergeht.« »Wenn es für Sie dann noch eine Zukunft gibt, Fepulkrt.« Wütend wandte sich der General ab, ließ Sigoxr einfach stehen und verließ das Büro des Qtloxr.

* * *

Litpö aktivierte die Kommunikation und erkannte in dem Anrufer einen Mitarbeiter von der Kontrolle des Raumhafens. »Was gibt es zu melden? Ich hoffe, Sie haben keine schlechten Nachrichten für mich.« »Nein, Litpö. Eine imperiale Flotte von dreitausend Einheiten unter dem Kommando von General Zakatek ist soeben angekommen.« »Der Admiral hat tatsächlich Wort gehalten.« »Ich verstehe nicht ganz, was Sie damit meinen.« »Ach, vergessen Sie das einfach.« Litpö schaltete ab, stand auf und eilte aus seinem Büro. Er hastete aus dem Gebäude zum Parkplatz für die Gleiter, bestieg sein Fahrzeug und flog zum Schiff des Admirals. Davor stoppte er das Verkehrsmittel, sprang heraus und lief zu der Wache, die am Anfang der Rampe stand. »Hallo, ich muss sofort mit Admiral Muruba sprechen.« »Wen soll ich ihm melden?« »Mein Name ist Litpö. Der Admiral kennt mich.« »Warten Sie bitte einen Augenblick.« Der Soldat verschwand im Schiff und kehrte bald darauf wieder zurück. »Sie sollen hier warten. Admiral Muruba wird gleich hier sein.« »Ich danke Ihnen.« Unruhig lief Litpö vor seinem Fahrzeug hin und her, bis der Admiral die Rampe hinabgeschritten kam. »Was verschafft mir die Ehre Ihres Besuchs, Litpö?« »Ich habe erfahren, dass General Zakatek mit dreitausend Schiffen angekommen ist.« »Das ist richtig. Jetzt können die Stelkudo kommen, was ich aber nicht hoffe. Was Sie sicher interessieren wird: Die Stelkudo haben Veschgol angegriffen und mussten eine Niederlage hinnehmen.« »Die Stelkudo griffen Veschgol an? Dann werden sie bestimmt auch nach Klutags kommen.« »Bitte verstreuen Sie keine unnötige Panik. Warten wir es ab. Wir sind vorbereitet.« »Das hoffe ich für Sie, sonst gibt es auf Klutags sehr bald keine Regierung mehr, weil die Stelkudo alle umbringen werden.«

* * *

General Konlup saß mit einer der Arbeitsgruppen im Besprechungsraum neben der Zentrale zusammen und ließ sich Bericht erstatten. »Habt ihr schon die Daten mit denen von der militärischen Zentralerfassung von Alkatar abgeglichen?«, fragte Konlup, nachdem der Letzte mit seinen Ausführungen zum Ende kam. »Ja, der Abgleich ist beendet. Fast alles sieht gut aus.« »Was soll das heißen: fast alles?« »Alle Schiffsverlegungen stimmen überein, bis auf vier Schiffe.« Konlups Körper ruckte nach vorn und er sah von einem zum anderen. »Was sind das für Schiffe?« »Es handelt sich um vier Schlachtschiffe. Laut der Zentralerfassung wurden sie nach Surero beordert, nur tauchen die Schiffe nicht in den Unterlagen von Surero auf.« »Ihr wisst doch, dass dort nicht alle einwandfrei gearbeitet haben.« »Zufällig kenne ich die Person, welche die Eintragung vornahm. Seine Angaben sind verlässlich. Ganz abgesehen davon traute sich doch keiner, bei Schlachtschiffen auch nur einen Fehler zu begehen. Vuoga verstand bei dieser Schiffsklasse keinen Spaß.« »Sind die Schlachtschiffe danach noch einmal erwähnt worden?«

»Nein, General. Das ist die Merkwürdigkeit bei dieser Angelegenheit. Sie tauchen nicht mehr auf, so als hätten sie
sich in Luft aufgelöst.« Nachdenklich lehnte sich Konlup
zurück und sah zur Decke. Nach einer ganzen Weile sah er
die Arbeitsgruppe wieder an. »Wisst ihr, was ich glaube?
Die Schiffe kamen hier auf Surero an und blieben vorläufig auch hier, bis sie schließlich verschwanden.« »Wo sind
sie dann bitte abgeblieben? Sie sind nicht hier. Wir haben
es überprüft, General.« »Genau, wir müssen herausfinden,
was mit ihnen geschehen ist. Irgendjemand spielt auf Surero falsch. Wir werden wohl ein Auge auf gewisse Personen
werfen müssen.« »Sollen wir diese Personen überwachen?«
»Nein, ich denke an eine andere Aktion. Wir müssen gleichzeitig zuschlagen, und das überraschend.« »An wen denken
Sie, General?« Konlup nannte seinen Leuten die Namen
derer, die er in Verdacht hatte. »Das wird sicher Probleme
geben.« »Darüber müsst ihr euch keine Gedanken machen.
Die Probleme werde ich aus der Welt schaffen, sollten sie auftauchen, aber ich denke, dass es nicht so weit kommen wird.
Das bringt sie nur in noch größere Schwierigkeiten.«

*

Konlup betrat das Büro des Gouverneurs, der aufsah und
dabei sehr nervös wirkte, was dem General nicht entging.
»Gouverneur, gibt es Probleme?« »Nein, es gibt nichts Besonderes. Sie kennen das: Immer diese lästige Bürokratie,
die mich manchmal aufreibt.« »Ja, das kenne ich. Wenn es
nichts Dringendes zu erledigen gibt, was aus der Reihe fällt,
werden Sie Ihre Arbeit unterbrechen können.« Calanui sah
Konlup irritiert an, denn dieser wandte sich ab, ging zur Tür,
öffnete sie und sah hinaus. »Kommt herein«, befahl der General und trat zur Seite. Eine Gruppe Soldaten kam herein
und blieb vor ihm stehen. »Fangt an, ihr wisst, was ihr zu tun

habt.« »Was soll das bedeuten, General Konlup?« »Das ist eine Razzia, Calanui.« »Sie wagen es tatsächlich, General? Was nehmen Sie sich heraus? Ich werde mich beschweren!« »Das steht Ihnen zu, Gouverneur. Sie können gern mit Alkt Kalaran Kontakt aufnehmen. Danach werde ich mit ihm sprechen, Was denken Sie, wie das Ergebnis ausfallen wird?« »Machen Sie doch, was Sie wollen, Konlup!« »Genau das mache ich auch.« Calanui funkelte den General ärgerlich an und sah kurz zu dem Regal, das vom Eingang aus gesehen an der rechten Wand stand. Mit einem Grinsen nahm der General den Blick zur Kenntnis, sagte aber nichts, da er sich auf die Gründlichkeit seiner Leute verlassen konnte. Diese begannen, systematisch das Büro zu durchsuchen, was Calanui mit Missmut verfolgte. »Haben Sie nichts anderes zu tun, General Konlup? Vielleicht sollten Sie eine Schlacht schlagen, damit Sie auf andere Gedanken kommen. Seit wann gibt sich das Militär mit solchen lächerlichen Aktionen ab?« »Seit dem Tod von Optuj Uxbeija und jetzt, da Kalaran von Talstal der Alkt von Alkatar ist.« »Der soll gefälligst das Imperium regieren und die Gouverneure nicht mit so einem Unsinn belästigen.« »Er regiert das Imperium und kümmert sich nebenbei um Missstände, die sich während der Diktatur eingeschlichen haben.« Mit einem grimmigen Blick sah Calanui zu dem Regal und verfolgte mit Entsetzen, dass die Soldaten alles äußerst genau untersuchten, weshalb seine Gesichtszüge mit einem Mal eine Spur von Angst zeigten. »Was haben Sie denn, Gouverneur? Geht es Ihnen nicht gut?« »Doch, mir geht es hervorragend«, stieß Calanui hektisch hervor und sah wieder zu dem Regal hinüber. Einer der Soldaten nahm die Holzkiste vom Regal, öffnete sie und blickte hinein. Mit spitzen Fingern entnahm er ihr die handgeschriebene Notiz, welche sich darin befand. »Lassen Sie das bitte in der Kiste liegen. Es ist eine sehr persönliche Notiz.« Der Soldat sah zu Konlup, der daraufhin eine Geste mit seiner

rechten Hand machte, die Unterlagen nicht zurückzulegen.
»Wir nehmen die Notiz mit, Gouverneur, auch wenn es Ihnen nicht gefällt.« »Das ist eine Unverschämtheit! Meine
Privatangelegenheiten gehen das Militär nichts an!« »Wir
überprüfen die Notiz morgen dahingehend, wie privat sie
wirklich ist.« »Ich protestiere!« »Wenn Sie sonst nichts zu
tun haben: bitteschön. Seid ihr fertig?« Alle bejahten nacheinander die Frage des Generals. »Dann gehen wir. Ich wünsche Ihnen noch einen schönen Abend, Calanui.«

* * *

General Galgion stand vor dem Fenster seines Büros, sah hinaus und musste dabei an die gestohlenen Schiffe denken, als
von einer unangemeldeten Person die Tür aufgerissen wurde
und ein Trupp Soldaten hereingestürzt kam. Erschrocken
drehte sich Galgion um und blickte die Gruppe überrascht
an. »Was soll das denn werden? Ihr könnt doch nicht einfach so in mein Büro hereinstürmen! Verlasst sofort wieder
den Raum! Das ist ein Befehl!« »Dem wir allerdings nicht
nachkommen werden«, antwortete der einzige Offizier der
Gruppe. »Ich bin euer Vorgesetzter! Das ist Befehlsverweigerung!« »Ich muss Sie schon wieder enttäuschen, General.
Wir sind hier auf Befehl von General Konlup, der vom Alkt
mit Sondervollmachten ausgestattet ist.« Galgion wusste,
dass dem so war, weshalb er seinen Versuch, die Soldaten aus
seinem Büro zu schicken, einstellte. »Was wollt ihr hier?«
»Können Sie sich das nicht denken? Das ist eine Razzia!«
»Die Zeiten sind schlecht geworden. Unter Uxbeija und
Vuoga gab es so einen Ärger nicht.« »Trauern Sie ruhig dieser Zeit nach, während wir unsere Arbeit machen.« Einer der
Soldaten legte seine Hand auf den Strahler und ließ den General keinen Moment aus den Augen. Inzwischen begannen
die anderen mit der Durchsuchung des Büros, und Galgion,

der ihnen dabei zusah, musste feststellen, dass sie dabei sehr gründlich vorgingen. Schweigend verfolgte er das Geschehen und hoffte, dass der Trupp bald wieder verschwand. Die Soldaten arbeiteten schnell, aber sorgfältig, und erstatteten ihrem Vorgesetzten nach Beendigung der Aufgabe leise Bericht, sodass Galgion nicht hörte, was sie zu sagen hatten. Nachdem auch der letzte von ihnen seine Meldung erstattet hatte, wandte sich der Offizier an General Galgion. »Gewähren Sie uns Zugang zu Ihrem System.« »Das geht entschieden zu weit!« »Ob es Ihnen zu weit geht, ist mir vollkommen egal.« Wütend aktivierte er sein System und bedeutete mit einer Handbewegung, dass einer von den Soldaten sich setzen sollte. Der Aufforderung kam einer von ihnen nach, nahm auf dem Stuhl Platz und begann sogleich mit der Arbeit. In der erdrückenden Stille des Raums sahen alle zu der einzigen Person, die einer Beschäftigung nachging. Nach Beendigung seiner Aufgabe erhob sich der Soldat und ging zu dem Offizier. »Ich erstatte Ihnen später Bericht.« »Sie werden direkt an General Konlup rapportieren. Die Razzia ist beendet, General. Ich danke Ihnen für Ihre Geduld.« »Ja, ja, es ist schon gut.« Die Gruppe verließ den Raum und der letzte von ihnen zog die Tür hinter sich zu. Wütend sah Galgion ihnen hinterher, ging zu seinem Stuhl, verpasste diesem einen Tritt, sodass dieser gegen die Wand flog und krachend zu Boden fiel. Danach atmete Galgion mehrmals tief durch, um sich wieder zu beruhigen. Anschließend hob er seine Sitzgelegenheit auf und stellte sie hinter seinen Schreibtisch, dann ging er zum Fenster und blickte hinaus, um sich durch den Ausblick abzulenken.

* * *

Oberst Zodomar kontaktierte Tescherketu über die interne Kommunikation und teilte ihm mit, dass sie bald ihr Ziel erreichen werden. Danach stand er auf und stellte sich mit hinter dem Rücken verschränkten Armen vor den Haupt- bildschirm. Seine Gedanken hingen an dem, was vor ihnen lag, und wie viel davon abhing. Erst das Geräusch des sich öffnenden Schotts riss den Oberst aus seinen Überlegungen. Der Arzt ging mit großen Schritten zu Zodomar und stellte sich neben ihn. »Wie lange benötigen wir bis zur Ankunft?« »Wir müssen noch zwei Etappen zurücklegen, dann errei- chen wir den nächsten Stopp der Tlipox.« »Wie heißt denn der Planet, zu dem wir fliegen?« »Der Planet wird Eswor- don genannt.« »Wie bitte? Ich habe mich doch hoffentlich verhört.« »Wie meinen Sie das, Tescherketu?« »Eswordon ist unabhängig und ein Hort für zwielichtige Leute.« »Na ja, über Düvjiklämp gibt es nichts anderes zu sagen.« »Das ist überhaupt kein Vergleich! Eswordon ist ein Hort für dubiose Wissenschaftler. Dort können sie viel mehr machen als an- derswo und wenn sie gut dafür bezahlen, sehen die zuständi- gen Stellen über fast alles hinweg.« »Tescherketu, dann sind wir dort genau richtig.« »Oberst, vermuten Sie, dass einer von Ihnen ein Experiment mit der Mannschaft der Tlipox gemacht hat?« »Nein, damit liegen Sie falsch. Sagen Sie mir Ihre Meinung zu einem Punkt: Ein Wissenschaftler will doch seine Experimente verfolgen, um anschließend das Ergebnis zu bewerten.« »Natürlich, sonst macht das Ganze überhaupt keinen Sinn.« »Sehen Sie, es passt also nicht. Es muss ein an- derer Grund dahinterstecken. Meines Erachtens war das Ex- periment schon längst abgeschlossen.« »Sie vermuten doch etwas, Oberst.« »Meine Annahme gefällt mir nicht.« »Das klingt mir sehr nach Schwierigkeiten, die wir nicht gebrau- chen können.« »Richtig, aber noch wissen wir beide nichts. Die Fakten müssen wir auf Eswordon suchen. Erst dann sind wir in der Lage, unser Problem zu beseitigen.« »Wäre ich doch nur in dem Krankenhaus auf Düvjiklämp geblieben.« »Tescherketu, ich brauche Sie. Kölpa hat Ihnen die medizinischen Hintergründe erläutert, soweit er sie selbst kannte.« »Ich unterstütze Sie, denn möglicherweise verhindern wir eine Katastrophe, sollte die Antwort auf Eswordon zu finden sein.« Zodomar verzog sein Gesicht, denn er wollte sich auf keinen Fall vorstellen, schon wieder auf dem falschen Planeten zu suchen.

* * *

General Fepulkrt betrat den Audienzsaal, durchschritt ihn zügig und blieb drei Schritte vor dem Thron des Herrschers stehen. »Lassen Sie das, Fepulkrt, und treten Sie näher.« Wie ihm geheißen, ging der General nach vorn vor die unterste Stufe und blickte den Zerlgtoxr an. »Sigoxr hatte nichts Besseres zu tun, als mir über Ihre Niederlage zu berichten, was Sie ganz sicher nicht verwundern dürfte.« »Nein, das überrascht mich keineswegs. Er hat nichts für mich übrig als tiefste Verachtung.« »Der Qtloxr mag niemanden außer sich selbst. Aus diesem Grund messe ich seinen Worten keinerlei Bedeutung bei. Erzählen Sie mir, wie es zu dieser Niederlage kam.« »General Kelschin war offensichtlich davon überzeugt, dass ich die Stärke der Verteidigungsflotte von Deschkan kenne. Ebenso ahnte er wohl, dass ich zwar mit einer ausreichend starken Flotte vor Deschkan erscheine, die aber gegen seine Verstärkung keine Chance haben würde. Schon bald nach meiner Ankunft kam in dem Moment, als ich mir meines Sieges bereits sicher war, die Entsatzflotte der Syntagi. Damit stand meine Niederlage fest.« »Kelschin ist geschickter, als wir beide vermuteten. Diese Unterschätzung darf uns nicht noch einmal unterlaufen.« »Das wird auch nicht mehr passieren, Zerlgtoxr.« »Um dies zu vermeiden, habe ich beschlossen, Minchoxr aufzugeben.« »Damit gestehen wir doch unsere Schwäche ein!« »Minchoxr ist für uns nicht von Bedeutung. Die Verluste, welche wir dort und bei Deschkan erlitten, sind das System nicht wert, was aber nicht bedeutet, dass wir diese beiden Niederlagen vergessen werden.« Der General setzte zu einer Entgegnung an, aber der Zerlgtoxr machte nur eine abwehrende Handbewegung. »Schweigen Sie, Fepulkrt! Von nun an ist es Ihre vorrangige Aufgabe, unsere Flotte zu konsolidieren. Wir können es auf keinen Fall riskieren, uns wegen Minchoxr, Deschkan und Kelschin zu schwächen. Denken Sie daran, dass das Imperium uns nicht wohlgesinnt sein kann. Wir haben ihnen viel zu viele Systeme abgenommen. Wir beide kennen den Alkt Kalaran von Talstal nicht gut genug, um ihn sicher einschätzen zu können. Aus diesem Grund müssen wir mit Bedacht agieren. Deschkan war unsere dritte Niederlage. Vergessen Sie ebenfalls nicht, dass das Imperium uns bei Morior besiegt hat.« »Dazu kommt das Gefecht gegen General Gelutrxr.« »Das zählt nicht, denn er sollte das Verhalten des Imperiums testen und kein Risiko eingehen. Lassen wir das alles. Sie kümmern sich um unsere Flotte. Ich erwarte ständig Ihre neuesten Statusberichte. Machen Sie sich sofort an die Arbeit, denn diese Aufgabe ist in kürzestmöglicher Zeit zu erledigen.«

* * *

General Galgion hastete durch das Vorzimmer, stürmte in das Büro des Gouverneurs und ließ die Tür lautstark hinter sich zuschlagen. »Er hat einfach kein Benehmen«, stellte die Frau verärgert fest und widmete sich wieder ihrer Arbeit. Calanui indessen sah auf, als Galgion abrupt vor seinem Schreibtisch stehen blieb. »Kannst du vielleicht einmal, ohne Hektik zu verbreiten, in mein Büro kommen, Larut?« »Entschuldige, Bolg, aber die Leute von Konlup haben in meinem Büro eine Razzia durchgeführt.« »Nicht nur bei dir, sondern auch bei mir. Ich versuchte, dich zu erreichen, aber du hattest deinen Kommunikator abgeschaltet.« »Natürlich musste ich das machen, als die Soldaten hereinkamen. Der Offizier wäre sofort misstrauisch geworden.« »Das verstehe ich. Wir haben ein Problem, Larut: Sie haben den Bericht gefunden und mitgenommen.« »Nein! Jetzt sind wir verloren!« »Nein, noch nicht. Konlup sagte zu mir, dass er sich den Bericht erst morgen ansehen will. Ich behauptete, es handele sich um eine rein private Angelegenheit.« »Konlup wird sich daran nicht stören. Natürlich will er wissen, worum es dabei geht.« Kraftlos ließ sich Galgion auf den Stuhl vor dem Schreibtisch fallen. »Wir haben ein massives Problem. Was machen wir jetzt, Bolg?« »Darüber dachte ich auch schon nach, nur ist mir keine Lösung eingefallen.« »Wir können uns nur so schnell wie möglich von Surero absetzen.« »Es wird für Konlups Mannschaft ein Leichtes sein, unserer Spur zu folgen, Larut.« »Dann müssen wir eben mit einem Schiff fliegen, das uns privat mitnimmt, ganz egal wohin. Von dort aus fliegen wir weiter und tauchen endgültig unter.« Eine Weile dachte der Gouverneur nach, doch Galgion sah seinem Gesicht schon an, zu welchem Ergebnis Calanui kam. »Nein, Larut, die Idee gefällt mir ganz und gar nicht. Ständig in Angst vor Entdeckung zu leben, halte ich nicht für erstrebenswert.« »Dann sollen wir uns verhaften lassen? Ist es das, was du willst? Das kann doch nicht dein Ernst sein!« »Vielleicht kommen wir gut aus der Sache heraus.« »Das glaubst du doch selbst nicht, Bolg!« »Doch, genau das glaube ich.« »Nein, das denke ich nicht. Lass uns doch über einen anderen Plan nachdenken.« »Wie du willst.«

*

Die Nacht breitete ihr dunkles Tuch über dem Raumhafen der Hauptstadt von Surero aus. Nur die spärliche Beleuchtung verbreitete ein fahles Licht und ließ die Umrisse von den Gebäuden und Schiffen gerade noch erkennen. Drei Gestalten liefen mit großen Schritten auf den Standort der Fexiton zu. Als sie in die Nähe des Schiffs kam, teilte sich die Gruppe auf: Eine Person ging langsam geradeaus weiter, während die anderen beiden nach rechts abbogen, um hinter dem Schiff entlangzulaufen. Der Mann schritt ohne Eile direkt auf die Wache, welche am Fuß der Rampe stand, zu. Der Soldat bemerkte ihn, zog seine Waffe und richtete diese auf den Ankömmling. Erst als er die Wache fast erreichte, wurde er von ihr erkannt, woraufhin der Soldat den Strahler wieder einsteckte. »Gouverneur, was treibt Sie denn zu dieser späten Stunde noch hierher?« Calanui hielt eine Mappe hoch und lächelte, als sei er ein Heilsbringer. »Ich habe noch wichtige Unterlagen für General Konlup, die ich ihm keinesfalls vorenthalten wollte.« »Hätte das nicht bis morgen Zeit?« »Ich will nur vermeiden, dass er und seine Leute sich unnötige Arbeit machen. Aus diesem Grund komme ich zu dieser Zeit vorbei.« »Warum haben Sie das Material nicht über das System geschickt? Sie hätten sich dadurch den Weg erspart.« »Die Daten sind zu sehr sensibel. Ich will kein unnötiges Risiko eingehen. Das verstehen Sie doch bestimmt?« Der Soldat setzte einen mehr als unwilligen Gesichtsausdruck auf, sah aber von einer abweisenden Entgegnung ab. »Ja, ja, es ist schon gut. Geben Sie mir die Unterlagen. Ich lasse sie General Konlup nach dem Ende meiner Schicht zukommen.« »Das ist freundlich von Ihnen«, antwortete der Gouverneur und hielt der Wache die Mappe hin. Genau in diesem Moment wurde der Soldat von einem Strahlerschuss in den Rücken niedergestreckt. »Musstest du dir so viel Zeit lassen, Larut?« »Ich weiß nicht, was du hast, denn du schienst dich sehr gut unterhalten zu haben.« »Witzbold! Schafft besser die Leiche beiseite, damit wir hier wieder wegkommen.« Eilig zerrten der General und der ihn begleitende Soldat den Toten an eine Stelle, wo er nicht sogleich entdeckt werden konnte, danach eilten sie zur Fexiton zurück. »Sie nehmen die Stelle der Wache ein, während wir im Schiff etwas erledigen.« Der Soldat bezog die Position am Fuß der Rampe und der General sowie der Gouverneur eilten in das Schiff. »Wo sollen wir den Bericht in diesem Kreuzer finden, Larut?« »Wenn sich Konlup an das Übliche hält, gibt es nur einen Ort, wo er sich befinden kann.« Galgion sprang in den nächsten Lift, gefolgt von Calanui, und sie ließen sich nach oben tragen. Auf dem Deck, wo die Zentrale lag, stiegen sie aus, rannten den Gang entlang und blieben schließlich vor einem Schott auf der rechten Seite stehen. Galgion zog seine Waffe, was den Gouverneur dazu veranlasste, das Gleiche zu tun, dann machte der General einen Schritt nach vorn und zu seiner Überraschung glitt das Schott vor ihm auf. Beide betraten den Raum und hinter ihnen schloss sich das Schott. »Wo sind wir hier, Larut?« »Es ist der Besprechungsraum neben der Zentrale.« Ihrer beider Blicke fielen zuerst auf den Konferenztisch, auf dem einige Utensilien scheinbar ungeordnet verteilt lagen. Calanui stürzte auf den Tisch zu und betrachtete, was vor ihm lag. Er entdeckte den gesuchten Bericht, angelte ihn vom Tisch, entfaltete ihn und überflog den Anfang des Textes. »Das ist der Bericht, Larut.« »Dann lass uns von hier verschwinden.« Hastig verstaute Calanui den Bericht in seiner Mappe und lief Galgion hinterher, der bereits auf dem Gang stand. Das Schott schloss sich hinter dem Gouverneur und sie rannten zum Lift. Sie bestiegen ihn, ließen sich nach unten tragen, stiegen dort aus und liefen zum Ausstieg. »Nichts wie weg hier!«, rief der General dem Soldaten zu, als sie die Rampe hinabrannten. »Gab es Probleme, General?« »Nein, besser hätte es nicht laufen können.« Der Soldat verließ seinen Platz und rannte dem General sowie dem Gouverneur über das Landefeld hinterher.

* * *

Der Schlachtkreuzer Nadilor erreichte das System von Eswordon, flog darauf zu und stoppte vor dem System. Tescherketu erhob sich aus seinem Stuhl, ging zum Platz des Obersts und sah diesen verwundert an. »Warum fliegen wir nicht weiter, Oberst?« »Ich rechne damit, dass es uns hier genauso gehen wird wie vor Düvjiklämp. Wenn ich mit einem imperialen Kreuzer dort auftauche, werden auch sie uns die Landung verweigern und auffordern abzufliegen.« »Es steht zu befürchten, dass genau das eintrifft.« »Deswegen nehmen wir wieder ein Beiboot. Das ist unauffälliger. Olugir, du wartest hier auf unsere Rückkehr. Beordere dieselben Leute wie beim letzten Mal zum Schiff. Begleiten Sie mich, Tescherketu.« Beide verließen die Zentrale, indessen führte Olugir den erteilten Befehl aus. Als Zodomar und Tescherketu in den Hangar kamen, wartete bereits der Offizier in Zivil auf Zodomar, der ebenfalls keine Uniform trug. »Ist alles bereit?« »Ja, wir können sofort starten.« »Dann gehen wir hinein.« Alle drei gingen in das Beiboot und der Offizier schloss den Ausstieg. In der Zentrale nahmen sie die Plätze ein und der Offizier, der gleichzeitig die Funktion des Piloten innehatte, steuerte das Beiboot aus dem Hangar, nachdem das Außenschott offen stand, und flog in das System ein. Als sie den Planeten Eswordon erreichten, nahm der Pilot die Geschwindigkeit weg und der Funker nahm Kontakt mit der Raumhafenkontrolle auf. Zu ihrer Überraschung erhielten sie ohne Probleme die Landeerlaubnis, woraufhin der Pilot das Schiff in die Atmosphäre herabsinken ließ und schließlich auf dem Raumhafen niederging. »Haben Sie eine Idee, wo wir mit der Suche hier in der Stadt beginnen sollen, Tescherketu?« »Warum fragen Sie mich das, Oberst?« »Weil Ihnen bekannt ist, dass es hier dubiose Wissenschaftler gibt.« »Schon gut, ich habe erwartet, dass Sie mich fragen. Nachdem ich unser Ziel kannte, habe ich mir in meiner Kabine Informationen über Eswordon angesehen, doch leider ist die Datei nicht umfang-

reich.« »Ich kenne die Datei. Sie ist nicht hilfreich. Deswegen fragte ich Sie, Tescherketu.« »Mir ist bekannt, wo genau
die Wissenschaftler wohnen. Sie leben und arbeiten in einem
Bezirk, der sich am Rand eines Vororts befindet. Die Leute bleiben gern unter sich. Ich führe Sie dorthin, Oberst.«
Zodomar sah den Arzt mit einem kritischen Blick an. »Wie
kommt es denn, dass Sie sich in der Stadt auskennen?« »Ich
war schon einmal auf Eswordon.« Ein Gefühl des Misstrau-
ens ergriff augenblicklich von Zodomar Besitz. Ihm kam der
Verdacht, dass Tescherketu ihm etwas verheimlichte, doch
er verzichtete, ihn darauf anzusprechen, da der Oberst seine Hilfe benötigte. Aus diesem Grund beschloss Zodomar,
die Sache zu einem späteren Zeitpunkt anzusprechen. »Wir
nehmen einen Gleiter und Sie werden ihn steuern, Tescherketu. Ihr vier begleitet mich wieder.« Zodomar stand mit
den anderen auf und sie verließen die Zentrale, um sich zum
Hangar zu begeben. Dort bestiegen sie einen der zwei Gleiter
und Tescherketu flog durch das bereits offen stehende Schott
hinaus.

* * *

Am nächsten Morgen stürzte der verantwortliche Offizier
für die Wachen in die Zentrale und sah sich hektisch um.
»Was für ein Problem haben Sie?«, fragte der Erste Offizier
der Fexiton. »Wo hält sich General Konlup auf?« »Er befindet sich noch in seiner Kabine.« »Bitte rufen Sie ihn. Ich
muss dringend mit ihm sprechen.« »Worum geht es denn?«
»Das bespreche ich mit ihm persönlich.« »Ganz, wie Sie
wollen.« Ohne Eile begab sich der Erste Offizier zu seinem
Platz, um Konlup zu kontaktieren. Die Langsamkeit seiner
Handlungen machte den Offizier nervös, er wusste aber, dass
ihm nichts anderes übrig blieb, als geduldig zu warten. Nach
einer gefühlt langen Zeit stand der Erste Offizier auf und

ging zum Wachoffizier. »Der General wird gleich hier sein«, sagte der Erste Offizier in einem gelangweilten Tonfall und ließ den Wachoffizier einfach stehen. Dieser schluckte seinen Ärger herunter und begann dann, in der Zentrale umherzulaufen, damit ihm die Wartezeit nicht zu lange vorkam, dabei ignorierte er die unfreundlichen Blicke der Anwesenden. Das aufgehende Schott ließ ihn herumfahren und der Offizier sah, dass es sich bei der hereinkommenden Person um den erwarteten General handelte. Mit großen Schritten ging er auf ihn zu, blieb vor ihm stehen und salutierte. »Sie wollten mich dringend sprechen?« »Ja, General.« »Gibt es ein Problem?« »Der Soldat, den ich für die zweite Nachtwache eingeteilt habe, ist spurlos verschwunden.« Diese Mitteilung ließ die Gesichtszüge des Generals erstarren. »Haben Sie nach ihm suchen lassen?« »Natürlich ließ ich ihn im Schiff suchen, aber er befindet sich nicht hier. Auch auf meine Anrufe reagierte er nicht.« »Alarmieren Sie das Wachpersonal. Es soll sich vor dem Ausstieg einfinden.« Der Offizier aktivierte sein Armbandgerät und gab den entsprechenden Befehl durch. »Sie finden sich gleich ein, General.« »Sehr gut. Gehen wir auch hinaus.« Zügig verließ der General die Zentrale, gefolgt von dem Wachoffizier, und begab sich zum Lift, den sie betraten. Unten angekommen, verließen sie ihn, begaben sich zum Ausstieg, gingen die Rampe hinab und warteten davor auf das angeforderte Personal, das auch nicht lange auf sich warten ließ. Als die Truppe vor ihnen angetreten war, wandte sich Konlup an sie. »Sucht die Umgebung des Schiffs ab und findet euren toten Kameraden.« Sofort verteilten sich die Soldaten und fingen mit der Erkundung an. »Sie glauben, dass der Mann nicht mehr am Leben ist, General?« »Für mich gibt es keine andere Erklärung. Anscheinend haben wir gewisse Leute aufgescheucht.« »An wen denken Sie?« »Ich will zuerst die Suche abwarten. Dann sehe ich weiter.« Die zwei Männer beobachteten, wie die

Soldaten das Gebiet um die Fexiton systematisch absuchten. Sie zogen immer größere Kreise um das Schiff, bis plötzlich einer der Soldaten stehen blieb. »Ich habe ihn gefunden!«, rief er laut in Richtung des Generals, woraufhin dieser zusammen mit dem Offizier auf ihn zugerannt kam. Als sie die Stelle erreichten, blieben sie stehen und blickten auf die Leiche. »Sie hatten recht, General.« Konlup bückte sich und drehte den auf dem Rücken liegenden Toten um, dann sahen die drei, dass der Mann hinterrücks erschossen worden war. »Das war Mord«, stellte der Wachoffizier überflüssigerweise fest. »Genau das habe ich befürchtet«, antwortete Konlup, dachte kurz nach, erhob sich und rannte zum Schiff.

* * *

»Wohin fliegen wir, Bolg?« »Zur Zentrale des planetaren Sicherheitsdienstes.« »Was willst du dort?« »Larut, mir reicht es mit diesem Konlup.« »Bist du vollkommen verrückt geworden? Willst du dich etwa mit dem Militär anlegen?« »Konlup ist mir schlicht und ergreifend im Weg. Ich lasse seine penetranten Nachforschungen und Razzien nicht mehr zu.« Galgion kam nicht mehr zu einer Entgegnung, da Calanui den Gleiter vor dem Gebäude stoppte und aus dem Fahrzeug sprang. Dem General blieb nichts anderes übrig, als ebenfalls auszusteigen und dem Gouverneur zu folgen. Sie betraten das Bauwerk und begaben sich zu dem Raum, von wo aus alle Aktionen des Dienstes geleitet wurden. Salka Wariot und Morgi Belmnod sahen zum Eingang, als die beiden hereinkamen. »Gouverneur Calanui, General Galgion! Was führt euch denn zu uns?« »Das ist eine überflüssige Frage, Wariot. Ich habe einen Auftrag für den Dienst.« »Der kommt wie gerufen, denn zurzeit gibt es nicht viel zu tun.« »Deshalb seid nur ihr beiden Frauen hier?« »Genau das ist der Grund, Gouverneur.« »Rufen Sie Ihre Leute, die sich hier in der Stadt befinden, zusammen. Ihr beide führt sie zum Regierungsgebäude, wo ich auf euch warten werde.« »Wie lautet unser Auftrag?« »Ihr habt dafür zu sorgen, dass niemand ohne meine Genehmigung das Gebäude betritt. Dafür stattet die Leute auch mit Gewehren aus.« »Erwarten Sie etwa einen bewaffneten Konflikt, Gouverneur?« »Damit ist zu rechnen, Wariot.« »Können Sie das verantworten?« »Sonst würde ich den Einsatz von Waffen nicht anordnen, Belmnod. Führt meine Anweisung aus. Ich dulde nicht, dass ihr meine Anordnung infrage stellt.« »Wir leiten sofort alles in die Wege.« »Nichts anderes erwarte ich von Ihnen, Wariot. Wir fliegen voraus, Larut.« Beide eilten aus dem Raum und liefen zum Gleiter.

* * *

Zwei imperiale Schlachtschiffe standen auf dem Raumhafen der Hauptstadt von Klutags. Vor seinem Raumer stand Zakatek zusammen mit Muruba sowie Litpö und sie unterhielten sich, als das Armbandgerät des Admirals ein Gespräch meldete. Muruba aktivierte die Verbindung und sah, dass es sich bei dem Anrufer um den Kommandanten seines Schiffs handelte. »Worum geht es denn? Ich bin in einem Gespräch.« »Admiral, eine Flotte der Stelkudo ist weit vor Klutags angekommen. Sie umfasst zweitausendfünfhundert Einheiten.« »Ich hatte gehofft, dass es nicht so weit kommt. Alarmieren Sie die Flotte und machen Sie das Schiff startklar. Ich komme gleich in die Zentrale.« Muruba unterbrach das Gespräch und sah Zakatek an. »Du hast alles gehört, Duroto?« »Ja, ich habe daraufhin auch angeordnet, das Schiff startklar zu machen.« »Ihr müsst unbedingt verhindern, dass die Stelkudo Klutags erreichen!«, bat Litpö sie in einem ängstlichen Tonfall. »Haben Sie keine Bedenken, Litpö. Wir kümmern uns um das Problem«, antwortete Zakatek und eilte in das

Schiff, ebenso wie Muruba. »Danke«, sagte Litpö, ging zu seinem Gleiter und bestieg ihn. Mit Höchstgeschwindigkeit überquerte Litpö das Landefeld, bis er dessen Rand erreichte. Dort hielt er das Fahrzeug an, um den Start der beiden Schiffe zu verfolgen. Mit sorgenvollem Gesicht beobachtete Litpö, wie die beiden Schlachtschiffe abhoben. Langsam stiegen die zwei Raumer immer höher, bis sie Litpö nicht mehr zu erkennen vermochte. Dann flog Litpö weiter zu dem Gebäude, wo sich sein Büro befand. Davor parkte er den Gleiter, ging hinein und lief zum Lift, betrat ihn aber nicht. Da er nicht allein sein wollte, änderte Litpö seinen Plan, wandte sich ab, ging ein Stück zurück und ging nach rechts, wo ein Restaurant angesiedelt war.

* * *

Oberst Fegobol kam in das Büro von Kalaran, der an dem großen Tisch saß und sich auf dem Bildschirm gerade einen Bericht durchlas. »Hallo, Kalaran! Hoffentlich störe ich dich nicht.« »Rinlum, nein, du störst mich nie. Ich freue mich immer über eine Unterbrechung bei dieser Arbeit.« »Das kann ich mir gut vorstellen, denn mir geht es ebenso.« »Wie ich dich kenne, kommst du nicht auf einen Höflichkeitsbesuch vorbei.« »Nein, damit liegst du vollkommen richtig.« »Schade, ich hätte gern einmal falschgelegen. Worum geht es denn dieses Mal?« »Meinen Leuten sind auf verschiedenen Planeten ein paar seltsame Dinge aufgefallen. Seit einiger Zeit erscheinen Händler, die beschädigte Schiffe aufkaufen und sogar für solche noch bezahlen, an denen niemand mehr ein Interesse hat, weil ihr Zustand zu schlecht ist.« »Warum machen sie das? Was wollen sie mit diesen Schiffen? Bisher hat diesen Schrottschiffen doch keiner große Beachtung geschenkt. Selbst das Ausschlachten ist nicht rentabel, da es viel zu teuer und zeitaufwendig ist. Wer nur hat ein Augenmerk darauf, Rinlum?« »Das kann ich dir auch nicht sagen. Jetzt kommt noch eine weitere Merkwürdigkeit dazu: Alle diese Händler führen dasselbe Symbol auf ihren Schiffen: Es ist ein stilisierter Frachter und noch dazu ein Sonnensystem mit sieben Planeten, das alles ist in einem Kreis eingefasst. Das Symbol ist ausschließlich in schwarzer Farbe gezeichnet.« »Ist dir das Symbol in der Vergangenheit schon einmal untergekommen?« »Nein, Kalaran, Frachter mit diesem Symbol sind früher noch nie hier aufgetaucht.« »Das ist in der Tat seltsam. Hast du eine Liste mit den Namen der Kommandanten?« »Natürlich habe ich eine Auflistung von ihnen. Es sind nur neun Schiffe.« »Verfolge diese Angelegenheit weiter und halte mich darüber auf dem Laufenden. Hast du sonst noch Neuigkeiten für mich?« »Nein, das war es schon, Kalaran.« »Dafür habe ich noch etwas für dich. Deswegen gedachte ich ohnehin, dich zu kontaktieren.« »Du machst mich neugierig.« »Ich weiß. Hör zu: Normalerweise liefern die Systemgouverneure im regelmäßig festgelegten Abstand Berichte ab. Der dafür zuständige Minister leitet mir ausschließlich die Dokumentationen weiter, die er für wichtig hält. Dieses Mal hat mir der Minister keinen Report weitergeleitet, sondern nur eine Auflistung der Systemgouverneure, die damit im Rückstand sind. Insgesamt sind es achtzehn Berichte, die überfällig sind. Rinlum, im ganzen Imperium gehen merkwürdige Dinge vor. Setz dich neben mich und sieh dir die Liste selbst an.« Fegobol ging zum Tisch, nahm einen Stuhl, setzte sich und las die Liste durch. »Wenn mich nicht alles täuscht …«, sagte Fegobol mehr zu sich selbst als zu Kalaran, der ihn interessiert ansah. Der Oberst setzte seine Idee in die Tat um, gab einige Befehle ein und ließ sich die Systeme markiert auf der Raumkarte anzeigen. »Wie ich es mir dachte! Sieh dir das an, Kalaran. Alle Systeme liegen im selben Sektor.« »Das ist auffällig. Was hältst du davon, Rinlum?« »Dass dies kein Zufall sein kann. Ich werde meine Leute los-

schicken, damit sie sich dort umsehen.« »Das lehne ich ab.«
»Warum das denn?« »Zuerst will ich noch abwarten, ob die
Berichte nicht doch noch geschickt werden. Der Minister be-
merkte, dass die Gouverneure dieser Systeme noch nie sehr
zuverlässig waren. Erst wenn ich es dir sage, schickst du deine
Agenten los.« »Na schön, dann warte ich eben, bis du mir
Bescheid gibst.« »Bitte unterlasse jede Eigenmächtigkeit,
Rinlum.« »So etwas traust du mir zu?« »Ich kenne dich.
Wenn einer der Gouverneure erfährt, dass wir ihnen Agen-
ten zur Überprüfung geschickt haben, machen wir uns nicht
gerade beliebt. Es geht um die Rückgewinnung des Vertrauens, das während der Diktatur mehr und mehr gelitten hat.«
»Warte nicht zu lange, Kalaran, sonst kann es sein, dass es zu
spät ist.« »Zu spät für was?« »Es ist nur eine Vermutung.
Du solltest den Minister fragen, wie groß die Verzögerungen in der Vergangenheit waren. Ganz offensichtlich ist der
Zeitraum bereits überschritten, sonst hätte er dir diese Liste
nicht geschickt.« »Das stimmt. Ich werde mich mit ihm in
Verbindung setzen.« »Wenn ich mich schon nicht damit befassen darf, dann bleibt mir nur die Angelegenheit mit diesen
Frachtern«, stellte Fegobol ein wenig beleidigt fest, stand auf
und verließ mit einem Gruß das Büro von Kalaran.

* * *

Walpa Vuoga stoppte bei der Werft seinen Gleiter, stieg aus
und sah sich suchend nach Naro um. Als Vuoga ihn entdeckte, schlenderte er auf den Gesuchten zu und blieb bei ihm
stehen. »Nun, Naro, wie läuft es denn bei Ihnen?« »Es ist
wirklich schön hier, Präsident. Dank Ihrer Nettigkeit komme
ich mir hier vor wie auf einem überdimensionierten Schrott-
platz.« »Sie sind schon wieder negativ, Naro. Daran müssen
Sie arbeiten.« »Dazu habe ich keine Zeit, denn meine Leute
und ich arbeiten mit Hochdruck daran, das erste Schiff flug-

fähig zu machen.« »Das klingt mir nicht gerade nach Hochdruck.« »Natürlich sind wir auch an weiteren dieser Wracks zugange, aber die Personalkapazität ist eben beschränkt.« »Ich dachte, Sie haben neue Mitarbeiter eingestellt?« »Das habe ich auch. Angeblich sollen noch mehr Leute kommen, nur leider geht das nicht von heute auf morgen.« »Wenn Sie ein personelles Problem haben, dann wenden Sie sich doch an mich. Ich werde für die notwendige Eindringlichkeit sorgen.« »Das ist sehr nett von Ihnen, Präsident.« »Ich weiß. Mit wem muss ich sprechen?« »Kontaktieren Sie Petrulkuma von Fletuli. Mir scheint es so, als ob er dieser Angelegenheit nur noch nebenbei nachgeht. Anscheinend ist ihm nicht bewusst, dass es dringend ist.« »Ich werde mit Petrulkuma sprechen, damit Sie so schnell wie möglich weitere Techniker bekommen. Übrigens, ich will, dass Sie mir so schnell wie möglich das erste einsatzbereite Schiff präsentieren. Ich bin schon sehr darauf gespannt, was Sie aus so einem beschädigten Schiff machen.« »Wie ich den netten Präsidenten kenne, wollen Sie es schon morgen sehen.« »Ich nehme Sie beim Wort, Naro.« Vuoga ließ Naro einfach stehen und ging zu seinem Gleiter. Er warf Naro einen letzten Blick zu, bestieg das Fahrzeug und flog davon. »Der hat sie doch nicht mehr alle!«, fluchte Naro so laut, dass sich einige seiner Mitarbeiter nach ihm umdrehten. »Warum kann ich auch nicht den Mund halten?« Naro atmete mehrmals tief durch, um sich wieder zu beruhigen. »Holt mir alle verfügbaren Techniker zu diesem Schiff! Wir müssen es bis morgen fertig haben!«, brüllte Naro in die Runde. Er sah, wie seine Leute losliefen, um ihre Kollegen aus den Schiffen zu holen. »Wie sollen wir das nur schaffen? Uns bleibt noch nicht einmal mehr die Zeit für einen Testflug. Das wird eine sehr lange Nacht für uns alle«, seufzte Naro und ging zu dem Schiff.

* * *

Bevor die beiden Flottenteile von Klutags abflogen, unterstellte Zakatek Muruba achthundert seiner Schiffe, dann verließen sie ihre Position, um den Gegner abzufangen. Die Stelkudo ihrerseits hielten weiter den Kurs auf ihr Ziel, unbeeindruckt von der Flotte, die auf sie zukam. Die beiden Armaden näherten sich einander an, doch bevor sie in Waffenreichweite kamen, trennte sich die imperiale Flotte in zwei Verbände. Während General Zakatek mit seinem Verband einen Bogen schlug, um den Gegner von der Flanke zu bedrängen, flog der Admiral frontal mit seinen eintausenddreihundert Einheiten auf den Feind zu. Zakatek entschloss sich, seinen Verband in zwei Hälften zu je eintausendeinhundert Einheiten zu teilen, um an zwei Stellen seitlich einzubrechen. Als die Schiffe in Waffenreichweite kamen, entspann sich sofort ein heftiges Gefecht, was zu Anfang keinem einen Vorteil verschaffte. Doch bald kamen die beiden Teilverbände Zakateks in Bedrängnis. Wieder einmal zeigte sich die Überlegenheit der Schutzschirme und Waffen des Gegners. Deshalb rief der General die beiden Teilverbände zurück, gruppierte sie so um, dass die schwersten und schweren Einheiten zuvorderst standen, und befahl dann erneut den Angriff. Dieses Mal gelang es seinen Schiffen, in die Flanke des Gegners einzudringen. Die Stelkudo wehrten sich verbissen, brachten die imperialen Raumer immer wieder in Schwierigkeiten, doch bald nahmen ihre Verluste immer mehr zu. Es gelang der Flotte Zakateks tatsächlich, die Formation des Gegners zu teilen. Anschließend drängten sie die Stelkudo Stück für Stück von ihrem vorderen Verband ab. Trotzdem sah sich Zakatek ebenso wie Muruba gezwungen, Schiffe aus der Front herauszuziehen, um sie der Vernichtung zu entziehen. Die Schlacht wendete sich nun zugunsten des Imperiums, weswegen sich der Kommandeur der Stelkudo genötigt sah, den Rückzug zu befehlen. Die verbliebenen Einheiten der Stelkudo lösten sich so schnell wie möglich vom Gegner und nahmen einen Kurs, der sie aus dem System von Klutags herausführte. Im Gegensatz zu Muruba ließ Zakatek den Gegner verfolgen, um noch einige Schiffe von ihnen zu vernichten. Nur ganz wenige Einheiten fielen seinen Raumern noch zum Opfer, dann verschwanden die letzten Schiffe der Stelkudo.

* * *

Der Kommandant der Fexiton, Zinelka Durowek, kam mit seinem Gleiter aus der Stadt und auf seinem Flug zum Schiff führte ihn sein Weg an dem Gebäude, wo der Gouverneur seinen Sitz hatte, vorbei. Argwöhnisch sah er dorthin, stoppte aber nicht, sondern setzte seinen Weg fort. Indessen hatte Konlup, ganz wie er befürchtete, festgestellt, was gestohlen worden war, weswegen er sicher war, wer hinter dieser Aktion steckte. Er beorderte einen Trupp von zehn Soldaten zum Ausstieg und begab sich selbst dorthin. Als er herauskam, stand die Mannschaft bereits angetreten vor dem Schiff. Konlup stellte sich vor die Soldaten und sah jeden seiner Leute kurz an. »Wir suchen das Büro des Gouverneurs Calanui auf. Seid wachsam, denn ich rechne mit Schwierigkeiten.« Konlup wandte sich um und führte dann den Trupp über das Landefeld zu dem Gebäude, das er dabei fest im Blick hielt. Sie erreichten schließlich das Bauwerk, welches wie verlassen dalag. Keine einzige Person war zu sehen, was Konlup merkwürdig vorkam. Trotzdem betrat er mit seinen Leuten das Gebäude und begab sich mit ihnen zum Büro Calanuis. Er öffnete die Tür zum Vorzimmer und stellte fest, dass es nicht besetzt war. Deshalb ging er weiter und machte die Tür zum Büro auf und fand auch diesen Raum verlassen vor. Er trat zur Seite und ließ die Soldaten in den Raum, dann erteilte er seine Anweisung. »Durchsucht den Raum nach einem handschriftlich verfassten Bericht. Er wurde heute Nacht gestohlen.« Die Soldaten begannen mit ihrer Arbeit und Konlup ging in das Vorzimmer, wo er stehen blieb und den verlassenen Schreibtisch betrachtete. Dann ging er weiter, blieb auf dem Gang stehen und sah zur rechten und zur linken Seite entlang, entdeckte aber niemanden, was ihn erneut nachdenklich stimmte. Plötzlich begriff der General, was das alles bedeutete. Aus diesem Grund rannte er in das Büro Calanuis zurück. »Alle raus hier! Schnell! Beeilt euch!«

* * *

Tescherketu stoppte den Gleiter am Rand des Bezirks, von dem er sprach, und deutete nach vorn. »Das ist der Randbereich des Vororts, wo diese Wissenschaftler ihrer Arbeit nachgehen.« »Sie wissen gut Bescheid. Was denken Sie: Welcher von diesen sogenannten Wissenschaftlern kommt für uns infrage, Tescherketu?« »Ich schlage vor, Spesiluwo aufzusuchen.« »Sie kennen sogar seinen Namen? Darf ich fragen woher?« »Sie dürfen, Oberst.« Mehr sagte Tescherketu nicht, sondern grinste nur anstelle einer Antwort. Dieses Verhalten weckte erneut den bereits existierenden Argwohn Zodomars, doch er beschloss trotzdem, nicht weiter nachzubohren. »Ich vermute, Sie wissen, wo dieser Spesiluwo wohnt.« Erneut verzichtete der Arzt auf eine Antwort und flog einfach los. Jeder von ihnen bis auf Tescherketu betrachteten die Villen, welche von einem großen Garten umgeben waren. Sie konnten sich des Eindrucks nicht erwehren, dass jeder der Wissenschaftler über ausreichend Mittel verfügte, um sich solch eine Wohnstatt zu leisten. Direkt neben dem Eingang einer dieser großzügigen Villen hielt der Arzt das Fahrzeug an und stieg aus. »Ihr wartet hier. Ich gehe zuerst allein vor«, forderte Tescherketu sie auf, ging zum Eingang und betätigte den Signalgeber. Es dauerte, bis die Tür geöffnet wurde, doch der Arzt wartete geduldig. Endlich öffnete sich die Tür, und ein Mann, der offensichtlich zum Personal gehörte und kein

Mitarbeiter war, sah den Arzt mit einem strengen Blick an. »Sie wünschen?« »Ich muss mit Spesiluwo sprechen.« »Für Sie hat er keine Zeit.« Der Mann schickte sich an, die Tür zu schließen, doch Tescherketu verhinderte das Vorhaben mit seinem rechten Fuß. »Das ist nicht akzeptabel. Sie haben mich anscheinend nicht richtig verstanden. Sagen Sie Spesiluwo, dass ihn ein alter Bekannter zu sprechen wünscht.« »Sagen Sie mir Ihren Namen.« »Vergessen Sie das. Holen Sie ihn gefälligst her!« Der Angestellte verzog sein Gesicht zu einer abfälligen Grimasse und verschwand. Erneut musste der Arzt warten, doch er blieb vor dem Eingang stehen, obwohl die Tür offen stand. Dann erschien Spesiluwo, blieb vor dem Arzt stehen und sah diesen völlig überrascht an. »Tescherketu, du bist das! Wir haben uns schon lange nicht mehr gesehen. Komm doch herein.« »Im Gleiter warten noch ein paar Freunde von mir. Dürfen sie auch hereinkommen?« Mit einem kritischen Blick sah Spesiluwo zu dem Fahrzeug. »Ich will nicht, dass sich zu viele fremde Leute in meinem Haus aufhalten. Einen von ihnen kannst du mitnehmen.« Der Arzt drehte sich herum und sah zu dem Gleiter. »Tinuwa! Kommst du bitte? Der Rest wartet im Gleiter.« Zodomar stieg aus und ging zum Eingang. »Sie sind Spesiluwo?« »Ja, der bin ich, und wer sind Sie?« »Mein Name ist Tinuwa und ich bin ein guter Bekannter von Tescherketu.« Spesiluwo musterte Zodomar mit einem kritischen Blick. »Kommt beide herein.« Sie traten ein und Spesiluwo schloss die Tür hinter ihnen. Spesiluwo führte sie in einen großen, sehr gemütlich eingerichteten Raum und forderte sie auf, sich zu setzen. Danach wies er seinen Angestellten, der ihn die ganze Zeit begleitete, an, Getränke zu servieren. Dieser verließ daraufhin den Raum und kehrte bald darauf mit einem Tablett, auf dem drei Gläser standen, wieder zurück. Vor jedem der Gäste platzierte er ein Glas und zog sich dann zurück. Alle drei nahmen das Glas, tranken einen Schluck von dem Getränk und stellten die Behältnisse wieder auf dem Tisch ab. »Was führt dich zu mir, Tescherketu? Bist du etwa mit einem neuen Projekt befasst, zu dem du meinen Ratschlag hören willst?« »Ich bin ständig mit Projekten befasst. Du weißt selbst am besten, dass sonst nichts zu verdienen ist.« »Es ist schade, dass du nicht hiergeblieben bist, sondern nach Düvjiklämp abgewandert bist.« Diese Äußerung nahm Zodomar interessiert auf, allerdings verwunderte sie ihn nicht wirklich. »Du weißt doch, warum ich von hier fortging.« »Zumindest hast du mir dein Haus überlassen.« Spesiluwo lachte merkwürdig und beugte sich zu Tescherketu vor. »Gegen deine Bezahlung hatte ich nichts einzuwenden.« »Das kann ich mir gut vorstellen. Also, wieso bist du hier? Bestimmt nicht aus Sentimentalität. Das wäre ein ganz neuer Zug von dir.« Dem Oberst kam es sehr gelegen, dass er von Spesiluwo vollkommen ignoriert wurde. Auf diese Weise erfuhr er in kurzer Zeit mehr von Tescherketu als in der Zeitspanne seit dem Abflug von Düvjiklämp. »In der Tat gibt es auf Düvjiklämp ein Problem mit einem Patienten. Du weißt wahrscheinlich, dass ich dort in einer Klinik arbeite und dass meine Forschungsarbeiten nur nebenher laufen.« »Das ist mir bekannt. Ich höre so das eine oder andere.« »Ich komme mit diesem Problem nicht so recht weiter.« »Du kommst nicht so recht weiter, Tescherketu? Du kommst extra zu mir, um mich zu konsultieren? Ich lernte die ganzen Feinheiten von dir.« »Du warst ein guter Assistent und gerade der Austausch, den wir pflegten, hat unsere Projekte befördert.« Zodomar nahm aus lauter Verlegenheit einen Schluck von seinem Getränk, um seine Überraschung zu überspielen. »Du weißt es doch selbst am besten, Spesiluwo. Zuweilen drehen wir uns gedanklich im Kreis und genau dann hilft ein Gespräch mit einem Kollegen weiter.« »Ich kann dir in diesem Punkt nicht widersprechen. Erzähl mir von diesem Patienten.« Tescherketu schilderte seinem ehemaligen Assistenten das

Krankheitsbild, wobei Zodomar feststellte, dass Tescherketu ihm nicht alles verriet, was ihn verwunderte. Während der Schilderung Tescherketus beobachtete Zodomar Spesiluwo genau und registrierte jede Reaktion von ihm. Aus diesem Grund entging ihm auch nicht, dass die Mundwinkel Spesiluwos merklich nervös zuckten. »Mehr kann ich dir leider nicht sagen. Was hältst du von diesem Krankheitsbild?« Spesiluwo zögerte auffällig zu lange mit einer Antwort. Schließlich rang er sich zu einer Äußerung durch. »So etwas ist mir bislang noch nicht untergekommen. Hast du eine Ahnung, wo er sie sich zugezogen haben könnte?« »Nein, leider nicht. Das ist die Schwierigkeit bei der Sache. Wüsste ich es, würde mir die Sache sicher leichterfallen.« »Offen gesagt habe ich jetzt gleich auch keine Idee dazu. Ich muss mit Ruhe darüber nachdenken. Gib mir etwas Zeit.« »Natürlich gebe ich dir Zeit zum Überlegen. Ich erwartete auch nicht, sofort eine Antwort von dir zu erhalten.« »Ihr müsst jetzt gehen. Ich habe noch einen wichtigen Termin. Kommt morgen wieder vorbei.« Hektisch stand Spesiluwo auf und sah seine Gäste ungeduldig an. Tescherketu und Zodomar standen auf und gingen zum Ausgang. Spesiluwo legte jedem von ihnen eine Hand auf die Schulter und schob die beiden zur Tür. Tescherketu öffnete die Tür und Spesiluwo drückte sie nach draußen. »Danke, dass du mich um Rat gefragt hast. Bis morgen.« Bevor Tescherketu etwas erwidern konnte, schloss sich die Tür hinter ihnen. Beide warfen sich einen vielsagenden Blick zu und begaben sich zu ihrem Fahrzeug. Sie stiegen ein und flogen von dem Grundstück. »Stelle den Gleiter außer Sichtweite ab, Tescherketu. Ich will etwas wissen.« »Du nicht allein.« Der Arzt flog ein Stück weiter und parkte in der nahe liegenden Seitenstraße. Eilig sprangen sie aus dem Fahrzeug und rannten so weit zurück, dass sie den Eingang beobachten konnten. Es dauerte nicht lange, bis Spesiluwo aus dem Haus kam, die Tür hinter sich schloss und sich umblickte, als würde er verfolgt werden. Dann eilte er zu seinem Gleiter, bestieg ihn und raste davon. Wieder sahen sich die beiden an und kehrten zu ihrem Fahrzeug zurück. »Er verheimlicht uns etwas«, stellte der Oberst fest. »Ich bin ebenfalls dieser Ansicht. Hoffentlich erfahren wir morgen mehr.«

* * *

Der Funker des Flaggschiffs Ziton erhielt ein Gespräch, das er annahm, und er drehte sich daraufhin eilig um. »Admiral! Ich habe Alkt Kalaran für Sie in der Leitung. Ich stelle Ihnen das Gespräch durch.« Alta stand von seinem Platz auf und stellte sich vor den Hauptbildschirm, auf dem gerade das Bild wechselte. »Kalaran, was kann ich für dich machen?« »Hallo, Alta. Bevor ich dir mein Anliegen vortrage, berichte mir zuerst, was es Neues gibt.« »Die Stelkudo griffen mit zweitausendfünfhundert Einheiten Klutags an. Allerdings kann ich dir noch nicht sagen, wie die Schlacht verlaufen ist. Leytek hat mich noch nicht kontaktiert. Ich denke, dass es für Leytek und Duroto kein großes Problem gab, die Stelkudo aus Klutags zu vertreiben, trotz ihrer besseren Schutzschirme und Waffen.« »Davon gehe ich ebenfalls aus. Da unsere Techniker in Alkaton nicht weitergekommen sind, ließ ich das Beuteschiff der Stelkudo nach Notygyz bringen. Dort gibt es die besten Spezialisten.« »Das ist eine gute Idee. Ich hoffe, dass sie bald Ergebnisse vorweisen können.« »Ich hoffe das auch, Alta. Jetzt komme ich zu dem Anlass meines Anrufs: Ich benötige Duroto hier auf Alkatar. Schicke ihn los, sobald er für euch abkömmlich ist. Er soll sich umgehend bei mir im Büro in Alkaton melden. Die Flotte bleibt bei Veschgol und Klutags. Wie beurteilst du die Lage, Alta: Besteht die Wahrscheinlichkeit, dass die Stelkudo eines der beiden System in nächster Zeit erneut angreifen?« »Nein, Kalaran. Damit rechne ich nicht, vorläufig zumindest nicht. Wozu be-

nötigst du Duroto?« »Es sind zwei Merkwürdigkeiten aufgetreten und wegen einer von ihnen brauche ich Duroto.«
»Erzähle mir von diesen Merkwürdigkeiten.« Kalaran gab
Alta einen kurzen Abriss von dem, was Fegobol und ihm zu
denken gab. »Das klingt in der Tat nicht gut. Ich denke, dass
Duroto dafür genau der Richtige ist. Zwei Admirale sind für
Veschgol und Klutags vollkommen ausreichend.« »Melde
dich bei mir, sobald du weißt, wie die Schlacht ausgegangen
ist. Die Details kann mir Duroto schildern, sobald er hier eingetroffen ist.« »Natürlich gebe ich dir das Ergebnis gleich
durch.« Die Verbindung erlosch und Alta stand noch eine
Weile nachdenklich da.

* * *

Nach seinem Inspektionsflug kehrte Kelschin zufrieden zum
Raumhafen zurück, parkte den Gleiter, ging in das Gebäude und begab sich zur Kontrollzentrale. Dort traf er Major
Lergexr an, der vor dem Fenster stand und hinaussah. Der
General ging zu ihm, stellte sich neben den Major und blickte
ebenfalls über das Landefeld. »Sind Sie jetzt zufrieden, Kelschin? Endlich haben Sie Ihr Ziel erreicht. Minchoxr hat viele neue Bauten, und die Kolonisten sind ebenfalls bereits am
Werk. Eines muss ich Ihnen zugestehen: Sie haben in der kurzen Zeit viel erreicht.« »Dieses Kompliment von Ihnen ehrt
mich, Major.« »Es war kein Kompliment, sondern eine Feststellung.« Diese Antwort bestätigte Kelschin wieder einmal
die kalte Sachlichkeit der Echsen. »Übrigens habe ich eine
Information für Sie, Lergexr: General Fepulkrt hat Deschkan
angegriffen.« Der Kopf von Lergexr ruckte zu Kelschin herum, aber der Major äußerte sich nicht zu dieser Nachricht,
sondern wartete darauf, dass der General weiterredete. »Ihr
General hat die Schlacht gegen uns verloren.« Lergexr überlegte, ob er der Aussage Glauben schenken sollte, doch nach

kurzem Überlegen gelangte er zu der Einsicht, dass dem so war. Zu gelassen und selbstsicher gab sich der General, als dass die Behauptung falsch sein könnte. »Lergexr, machen Sie sich mit Folgendem vertraut: Minchoxr gehört uns. Es ist nicht mehr euer System. Daran wird sich auch nichts ändern.« Überrascht stellte der Major fest, dass Kelschin das in einem ungewohnt aggressiven Tonfall sagte. »Es hat den Anschein, Kelschin«, antwortete Lergexr fest, ließ Kelschin stehen und verließ den Kontrollraum. Die Aussage des Majors ließ wiederum Kelschin nachdenklich werden. Er überlegte, ob die Bemerkung möglicherweise ernst zu nehmen sei. Er schob den Gedanken beiseite und dachte wieder über sein Vorhaben nach. Immer mehr kam es in Reichweite. Zu lange wollte er es nicht mehr aufschieben.

* * *

Konlup rannte so schnell er konnte, hinter ihm hasteten die zehn Soldaten aus dem Büro von Calanui in das Vorzimmer, um den Gang zu erreichen. Dann erschütterte eine Explosion den Raum des Gouverneurs. Der General sowie sechs der Soldaten schafften es, den Gang zu erreichen und dort nach rechts und links zu eilen. Von der Druckwelle wurden die letzten vier Soldaten erfasst und von ihr durch das Vorzimmer geschleudert. Einer der Männer flog über den Schreibtisch, räumte dabei alles, was darauf stand, ab und landete anschließend an der Wand. Auch die anderen drei Soldaten wurden gegen die Wand katapultiert und tropften dann von dieser zu Boden. Flammenzungen leckten aus dem Büro und verbreiteten sofort eine Hitze, die jeden davon abhielt, sich in die Nähe zu begeben. Konlup jedoch spähte um die Ecke in das Vorzimmer hinein und sah die Lohe, die ihn jedoch nicht davon abhielt, in das Zimmer hineinzugehen und sich direkt links an der Wand entlangzuschieben, bis er den am Boden liegenden Soldaten erreichte. Er bückte sich und musste feststellen, dass der Soldat nicht mehr lebte. Schnell schob er sich zum Eingang zurück und sah nach rechts zu den anderen dreien seiner Leute. Unverkennbar waren auch sie umgekommen, weshalb er sich schnell rückwärts in den Gang schob und dann zwei Schritte nach links machte. Der General drehte sich herum und lehnte sich mit dem Rücken an die Wand. »Was ist mit Ihnen?«, fragte einer der Soldaten. »Sie sind alle vier tot. Nichts wie raus aus dem Gebäude, bevor auch wir so enden.« Sie liefen den Gang entlang und waren nur wenige Schritte weit gekommen, als zwei Schüsse neben ihnen einschlugen. Konlup blieb ebenso wie die Soldaten stehen, drehte sich um und sah eine Frau mit einigen Leuten in einiger Entfernung im Gang stehen. »Was halten Sie von unserem heißen Empfang, General Konlup?« »Wer sind Sie?« »Ich wollte mich zwar nicht mit Ihnen unterhalten, aber ich denke, Sie sollten wissen, von wessen Hand Sie sterben. Ich bin Salka Wariot vom planetaren Sicherheitsdienst.« »Lassen Sie mich raten, Wariot: Sie arbeiten im Auftrag von Gouverneur Calanui.« »Damit liegen Sie vollkommen richtig.« »Warum wollen Sie uns töten? Wir sind im Auftrag von Alkt Kalaran hier.« »Das spielt keine Rolle.« »Es ist sehr wohl wichtig. Ich bin hier, um Ungereimtheiten aufzudecken, und der Gouverneur versucht, etwas zu vertuschen. Aus diesem Grund erhielten Sie den Auftrag, uns zu töten.« »Sie lügen!«, schrie Wariot den General an. »Rennt so schnell ihr könnt zum übernächsten Raum, sobald ich meine Hand auf den Strahler lege«, zischte Konlup seinen Leuten zu. »Ich habe keinen Grund zu lügen. Denken Sie nach! Ihr Handeln macht keinen Sinn. Sie werden alle zu Mördern und Calanui ist fein raus.« »Warum sollte ich Ihnen glauben?« »Calanui gibt Ihnen einen Auftrag, nennt den Grund der Instruktion nicht, verlangt aber trotzdem die bedingungslose Gefolgschaft. An Ihrer Stelle wäre mir das zu wenig, um aktiv zu werden.« »Schweigen Sie, General!«, keifte Wariot. Das war für Konlup der Moment, seine Hand auf den Strahler zu legen. Seine Männer reagierten sofort und stürmten den Gang bis zum übernächsten Raum entlang und betraten diesen überfallartig. Wariot war ebenso überrascht wie ihre Leute. Sie eröffneten das Feuer auf die Fliehenden, doch es war zu spät. »Was machen wir jetzt, General?«, fragte ihn einer der Soldaten. »Wir sitzen in der Falle«, stellte Konlup völlig emotionslos fest.

* * *

Es war eine lange Nacht für Naro und seine Techniker. Um durchhalten zu können, hatte Naro den Werftarzt zu sich gebeten, damit er ihm und seiner Mannschaft ein Aufputschmittel gab, um den fast unmöglichen Auftrag Vuogas ausführen zu können. Am nächsten Vormittag nahmen Heti Naro und seine Techniker die letzten Überprüfungen vor, die alle zu seiner Zufriedenheit ausfielen. »Jetzt bleibt nur noch der Testflug«, sagte er zu den Frauen und Männern, die in seiner Nähe standen. »Wir besetzen die Stationen. Gebt das weiter«, wies Naro an und rieb sich die Augen. Danach begab er sich zur Zentrale und nahm dort an der Station, die für den Kommandanten vorgesehen war, Platz. Nachdem alle ihren Posten eingenommen hatten, gab Naro eine Anweisung an seinen Mitarbeiter weiter. »Funker, holen Sie die Startgenehmigung ein.« Der Techniker kontaktierte die Kontrolle und ersuchte um die Erlaubnis. »Sie geben mir die Startgenehmigung nicht, Heti.« »Warum habe ich das befürchtet?«, stöhnte Naro. »Sagen Sie dem Verantwortlichen, dass Präsident Vuoga das Schiff heute abnehmen wird. Sie können gern bei Vuoga nachfragen.« Der Techniker an der Funkstation gab die Information weiter und wurde aufgefordert zu warten. »Sie halten tatsächlich Rücksprache mit

Vuoga.« »Genau das sollen sie ruhig machen. Der Präsident wird ihnen den Tag verderben.« Es dauerte eine ganze Weile, bis die Kontrolle Kontakt mit dem Funker aufnahm. Der Techniker bekam nur zwei Worte von ihm zu hören, dann schaltete die Gegenseite ab. »Wir sollen unverzüglich starten.« »Nichts anderes erwartete ich. Pilot, starten Sie.« Bald darauf hob das Schiff ab und stieg in den Himmel. Sie verließen die Atmosphäre von Pherol und beschleunigten aus dem System heraus. Am Rand von Pheriolan angekommen, drehte sich Naro um. »Pilot, reduzieren Sie jetzt die Geschwindigkeit auf langsame Fahrt. Feuerleitstation: Schutzschirm und Waffen aktivieren.« In mäßiger Fahrt entfernte sich das Schiff weiter von Pheriolan, was Naro auf dem Schirm verfolgte. »Hoffentlich zerreißt es uns nicht«, brummte Naro vor sich hin. Er wartete noch einen Augenblick, bevor er den Befehl erteilte. »Feuer frei für alle Geschütze!« Alle begannen gleichzeitig zu schießen und das Schiff erbebte unter der Wucht der abgefeuerten Waffen. Naro fühlte sich dabei genauso unwohl wie der Rest der Zentralenbesatzung. Trotzdem erteilte er den Befehl erneut, da er wusste, nur so sicher sein zu können, dass nicht doch noch Probleme auftauchten. »Feuern Sie noch weitere Salven ab! Stellen Sie sich einfach vor, wir befänden uns in einer Raumschlacht.« Der Techniker feuerte wie befohlen mehrmals die Waffen ab, was das Schiff zum Erzittern brachte, der Belastung aber standhielt. »Feuer einstellen! Schalten Sie den Schutzschirm ab. Pilot, bitte beschleunigen Sie und vollziehen Sie eine Etappe von ungefähr zehn Lichtjahren. Anschließend kehren Sie nach Pheriolan zurück und landen auf Pherol.« Das Schiff nahm Fahrt auf, beschleunigte und überwand die angegebene Distanz. Naro nahm Kontakt mit dem Maschinenraum auf und ein Techniker meldete sich sogleich. »Gab es bei Ihnen Probleme?« »Nein, alles lief reibungslos ab.« »Sehr gut. Naro, Ende.« Naro atmete tief durch und sah zum Piloten.

»Bringen Sie uns zurück.« »Warum sollen wir zurückfliegen? Wir könnten doch Pherol den Rücken kehren, Heti.«
»Das könnten wir zwar, aber dann rächt sich Vuoga an anderen dafür und genau das will ich nicht.« Der Pilot seufzte nur. »Ich bin gleich so weit.« Kurz nachdem er dies sagte, beschleunigte das Schiff, nahm die Etappe und kam wieder vor Pheriolan an. Mit mittlerer Geschwindigkeit flogen sie auf Pherol zu und der Pilot leitete, dort angekommen, das Landemanöver ein. Der Raumer sank langsam immer tiefer und landete dann sanft auf dem Raumhafen. »Fahren Sie die Aggregate herunter, schalten Sie aber nicht ganz ab. Das gilt auch für die anderen Stationen: nicht abschalten, sondern im Ruhemodus belassen.« Heti Naro atmete tief durch und lehnte sich in seinem Stuhl zurück. »Funker, nehmen Sie Kontakt mit der Kontrolle auf. Sie sollen Präsident Vuoga kontaktieren und ihn bitten, zu unserem Schiff zu kommen.« Das Gespräch mit der Kontrolle dauerte nicht lange, denn er bekam sogleich die Antwort geliefert. Daraufhin schaltete der Funker ab. »Heti, Vuoga hat die Landung von der Kontrolle aus beobachtet. Er kommt jetzt zu uns.« »Wenigstens hat er uns beobachtet. Das erspart mir einige Beteuerungen. Ich hole ihn ab.« Naro stemmte sich aus seinem Stuhl und verließ die Zentrale, um sich zum Ausstieg zu begeben, wo er auf Vuoga zu warten gedachte.

* * *

Kalaran sah von seinem Schreibtisch auf, als Fegobol in Begleitung von Zakatek hereinkam. »Schön, dass ihr da seid. Setzt euch.« Beide kamen der Aufforderung nach, zogen sich einen Stuhl zurecht und ließen sich darauf nieder. »Duroto, ich nehme an, dass dich Rinlum über die Merkwürdigkeiten in Kenntnis gesetzt hat.« »Ja, er hat mich über alles informiert.« »Bevor ich dir erläutere, weshalb ich dich kommen

ließ, gib mir einen Bericht über das Geschehen bei Klutags.«
Zakatek gab Kalaran einen kurzen Abriss über den Ablauf der
Schlacht, dem der Alkt mit Interesse folgte. Als der General
geendet hatte, entspannten sich die Gesichtszüge Kalarans.
»Ich denke, dass wir von den Stelkudo vorläufig nichts mehr
hören werden. Duroto, worum es mir geht, sind diese Händler, die alle das gleiche Signet auf ihrem Schiff führen. Was
ich benötige, sind deine Kontakte. Ich bitte dich darum, es
handelt sich nicht um einen Befehl, Erkundigungen bei deinen Geschäftspartnern einzuholen. Es wäre am einfachsten,
wenn du über sie an Informationen kommst.« »Was machen wir, wenn keiner der Händler etwas weiß?« »Ich habe
noch einen Alternativplan, aber er ist nur eine Notoption.«
Fegobol sah Kalaran erstaunt an. »Davon hast du mir nichts
erzählt, Kalaran.« »Mit Absicht, Rinlum, da ich gern auf die
Durchführung verzichte. Bist du dabei, Duroto?« »Natürlich bin ich dabei. Ich werde mich in Moloq umhören. Wenn
etwas zu erfahren ist, dann dort. Allerdings gibt es noch
einen Punkt zu klären. Ich benötige einen Partner, der mir
den Rücken freihält.« »Daran soll es nicht scheitern.« Kalaran stand auf und ging zur Kommunikationsstation, aktivierte sie und wartete darauf, dass seine Ordonnanz sich meldete.
»Mein Alkt?« »Ist die bewusste Person schon eingetroffen?«
»Ja, sie steht bei mir.« »Das ist sehr gut. Schicke sie bitte zu
mir herein.« Kalaran schaltete ab, ging zum Tisch, setzte sich
aber nicht. Sein Blick hing auf dem Eingang zu seinem Büro,
in das kurz darauf Ulneske eintrat. Sowohl Fegobol als auch
Zakatek sahen sie überrascht an. »Komm doch bitte herein,
Ulneske.« Sie betrat das Büro und blieb dann zwei Schritte
vor dem Alkt stehen. »Seid nicht so unhöflich und steht bitte
auf«, forderte Kalaran die Sitzenden auf. Die beiden stellten
sich seitlich von ihm hin und warteten darauf, was der Alkt
beabsichtigte. »Zuerst beginne ich mit dem offiziellen Teil.
Ulneske, nach dem Abschluss deiner erfolgreichen Ausbil-

dung ist es mir eine große Freude, dich zum Leutnant zu ernennen. Ich gratuliere dir dazu.« »Vielen Dank, mein Alkt.« Auch Fegobol und Zakatek gratulierten Ulneske und traten wieder einen Schritt zurück. »Duroto, Ulneske wird dein Partner für diese Mission sein.« »Es ist mir eine Freude, mit dir zusammenzuarbeiten.« »Rinlum, weise ihnen ein Schiff zu. Ich wünsche euch viel Erfolg.« Fegobol, Zakatek und Ulneske verließen das Büro von Kalaran, der ihnen nachsah. »Hoffentlich erhältst du von einem deiner Geschäftspartner die Information, die wir benötigen«, murmelte Kalaran und ging zum Tisch zurück.

* * *

Am nächsten Tag flog Tescherketu zusammen mit Zodomar zu der Villa von Spesiluwo. Der Arzt parkte den Gleiter neben dem Eingang und sah sich um. »Fällt Ihnen etwas auf, Oberst?« »Worauf zielen Sie ab?« »Sein Gleiter steht nicht hier.« »Sie glauben, Spesiluwo versetzt uns absichtlich?« »Nichts anderes vermute ich.« »Er wurde bei Ihrer Schilderung immer nervöser. Ebenso verdächtig verhielt er sich bei seinem Abflug. Lassen Sie uns den Versuch wagen, ob er vielleicht doch anwesend ist.« »Na schön, einen Versuch ist es wert.« Sie stiegen aus dem Fahrzeug, gingen zum Eingang und Tescherketu betätigte den Signalgeber. Als sich nichts rührte, probierte er es erneut, doch erfolgte weiterhin keine Reaktion. »Was zu erwarten war. Wir verschwenden hier unsere Zeit, Tescherketu.« »Das sehe ich genauso.« Sie gingen zurück zu ihrem Gleiter, bestiegen ihn und der Arzt flog los. »Fliegen Sie in die Seitenstraße, wo wir das letzte Mal standen.« Wie geheißen steuerte Tescherketu das Fahrzeug dorthin und hielt an. »Wie gehen wir jetzt weiter vor, Oberst?« »Das ist eine gute Frage.« Nachdenklich saß der Oberst auf dem Beifahrersitz auf der Suche nach einer Lösung. »Was ist Ihre Meinung zu der Sache, Tescherketu: Ist Spesiluwo in diese Geschichte verwickelt?«, fragte Zodomar nach einer Weile. »Vermutungen helfen uns nicht weiter.« »Das ist schon richtig, aber da wir über keine Fakten verfügen, bieten uns die Vermutungen den einzigen Anhaltspunkt für unser weiteres Handeln.« Jetzt war es an der Reihe von Tescherketu nachzudenken. »Selbst wenn er nicht darin involviert ist, machte es den Anschein, als wüsste er etwas über dieses Problem.« »Darin stimmen wir überein, Tescherketu. Haben Sie eine Idee, wer von den hier wohnenden Wissenschaftlern auf dem Gebiet aktiv ist?« »Nein, leider nicht. Dazu bin ich schon zu lange auf Düvjiklämp.« »Das ist schade. Es hätte die Sache vereinfacht. Können wir eruieren, auf welchem Gebiet die Wissenschaftler tätig sind?« »Vergessen Sie diesen Gedanken. Das wird geheim gehalten und die Regierung will es ohnehin nicht wissen, da sie diese Leute deckt. Es gibt keine Informationen darüber.« »So kommen wir doch nicht weiter«, brummte Zodomar missgelaunt. »Was ich Sie schon die ganze Zeit fragen wollte: Haben Sie Spesiluwo wirklich das Haus überlassen?« »Ja, das ist richtig. Warum sollte Spesiluwo das behaupten, wenn dem nicht so ist? Es gibt keinen Grund dafür.« »Ich wollte das nur bestätigt wissen. Hören Sie zu.« Zodomar sagte zu Tescherketu nur einen Satz, woraufhin der Arzt das Gesicht verzog.

* * *

Mit einem Trupp des planetarischen Sicherheitsdienstes betrat Morgi Belmnod das Gebäude und begab sich zu dem Stockwerk, wo das Büro des Gouverneurs Calanui lag. Indessen bearbeitete der General in dem Raum, wo Konlup und seine Leute Zuflucht gefunden hatten, sein Armbandgerät. »Es funktioniert nicht! Warum auch immer«, rief der General verärgert aus. »Wie sieht es bei euch aus?« »Bei uns verhält es sich auch nicht anders«, antwortete einer der Soldaten. »Wir werden offensichtlich durch ein Störsignal geblockt.« »Das war mit Sicherheit die Idee von General Galgion. Wir können keine Verstärkung rufen. Hier kommen wir nicht mehr heraus. Es ist nur eine Frage der Zeit, bis das Feuer sich so weit ausbreitet, dass es bei uns ankommt.« Konlup zog seine Waffe, ging zur Tür, öffnete sie und spähte in den Gang. Er sah, wie Salka Wariot mit ihrer Gruppe auf seine Position zumarschierte. Konlup gab eilig ein paar Schüsse ab und streckte zwei Männer nieder, weshalb der Trupp sich eilig zurückzog. Dann blickte der General in die andere Richtung und musste zu seiner Verzweiflung erkennen, dass am Ende des Gangs, wo die Treppe nach unten führte, Personen auf-tauchten, die nach seiner Einschätzung ebenfalls Mitglieder des planetaren Sicherheitsdienstes waren. Ein Fluch entrang sich ihm und er zog seinen Kopf schnell wieder ein. »Was ist los, General?« »Diese Wariot erhält gerade von der anderen Seite Verstärkung. Jetzt geht endgültig nichts mehr.« »Was machen wir jetzt?« »Ich gedachte, einen Ausfall zu machen, doch dafür ist zu spät.«

* * *

Ein kleines ziviles Schiff mit Zakatek und Ulneske an Bord landete auf dem Raumhafen von Moloq auf Vorjo. Zaka-tek schaltete den Antrieb ab und deaktivierte alle Funktio-nen. »Bevor wir das Schiff verlassen, erinnere ich dich noch einmal daran, was ich dir auf dem Flug hierher bereits sag-te. Sprich mich nur nicht als General an. Außerdem denke bitte daran, dass, als wir uns kennenlernten, weder du noch ich einen Rang hatten.« »Ich habe es nicht vergessen. Es ist nur die Gewohnheit, die mir auf der Akademie beigebracht wurde.« Zakatek sah Ulneske an und seufzte. »Ich weiß, aber auf eine Mission zu gehen, bedeutet, auch gewisse Formalismen zu vergessen.« Der General stand auf, ging zu einem der wenigen kleinen Schränke, die für Ausrüstungsgegenstände gedacht waren, öffnete ihn und entnahm ihm zwei Handstrahler und hielt sie Ulneske hin, die inzwischen neben ihm stand. »Wieso gibst du mir zwei Waffen?« »Das ist so eine Angewohnheit von mir. Es ist nur zur Sicherheit. Eine Reserve schadet nie.« Zakatek ergriff zwei weitere Strahler, die er in einer Beintasche und in der Jacke verschwinden ließ. Auch Ulneske steckte die Waffen ein und verließ mit Zakatek die Zentrale. Bald darauf gingen sie aus dem Schiff und Zakatek verschloss den Ausstieg. Anschließend überquerten sie das Landefeld, liefen durch das Raumhafengebäude und begaben sich zu einem Verleiher für Gleiter. Nachdem Zakatek die Formalitäten abgewickelt sowie das Fahrzeug bezahlt hatte, bestiegen sie den Gleiter und der General steuerte in Richtung des Zentrums von Moloq. »Wohin fliegen wir zuerst, Duroto?« »Zu einem Restaurant, um etwas Anständiges zu essen. Diese Notrationen sind nicht gerade das, was ich bevorzuge.« »Ich mag sie auch nicht.« Sie erreichten bald die Innenstadt und sahen sich dort nach einem Parkplatz um, den Zakatek nach einigem Suchen auch fand. Beide stiegen aus und der General führte sie die Straße entlang. »Warum habe ich das Gefühl, dass wir weit laufen müssen?« »Du bist doch in Höchstform, hoffe ich zumindest.« »Deine Witze waren schon besser, Duroto«, antwortete Ulneske und schlug ihm mit der flachen linken Hand auf sein rechtes Schulterblatt, sodass der General zusammenzuckte. »Ich kann mich einfach nicht an deine handfesten Kommentare gewöhnen. Vielleicht gefällt das Tinuwa, mir aber nicht.« »Du bist vielleicht empfindlich, und so etwas nennt sich Mann.« Da sie in diesem Moment das Restaurant erreichten, verzichtete Zakatek auf eine Entgegnung, was ihm auch nicht ungelegen kam. Mit der rechten Hand drückte er die Tür auf und trat, gefolgt von Ulneske, ein. Hinter ihr klappte die Tür zu und Ulneske sah sich um. Sie rümpfte die Nase und blickte Zakatek missbilligend an. »In was für ein übles Lokal hast du mich denn da geführt? Die ganze Einrichtung hat schon bessere Tage gesehen, von den fleckigen Tischdecken einmal abgesehen. Im Übrigen könnte auch der Boden wieder einmal gefegt werden.« »Stell dich nicht so an. So was will eine starke Frau sein«, entgegnete der General und ließ ein breites Grinsen sehen. Die Bedienung erschien im Gastraum, kam eilig auf sie zu und blieb vor ihnen stehen. »Duroto! Welch eine Freude. Ich habe dich hier schon lange nicht mehr gesehen.« »Du weißt doch, wie das ist: Die Geschäfte lassen manches nicht zu.« »Nur zu gut. Kommt mit.« Der Mann ging zu einem Tisch am Fenster, riss das Tischtuch von der Tafel und ging damit davon. Schon bald darauf kam er mit einem frischen Tafeltuch zurück, das er kunstvoll auf dem Tisch drapierte. Anschließend zog er die beiden Stühle hervor, musterte sie kritisch, zückte einen Lappen aus seiner Tasche und wischte dann beflissen über die Sitzflächen. »Bitte schön, setzt euch doch. Ich bin gleich wieder bei euch.« Erneut verschwand die Bedienung und kehrte nach kurzer Zeit mit zwei handgeschriebenen Karten zurück und legte jeweils eine davon vor Zakatek und Ulneske. »Wählt mit aller Ruhe. Duroto, gib mir ein Zeichen, wenn ihr das Essen und die Getränke ausgesucht habt.« Der Mann verschwand im hinteren Teil des Lokals, blieb vor der Getränkeausgabe stehen und behielt von dieser Position aus den Tisch im Auge. »Was ist das denn für eine improvisierte Karte, Duroto?« »Das ist eine Spezialkarte für spezielle Gäste.« »Ah, ich verstehe.« Nachdem sie ihre Auswahl getroffen hatten, gab Zakatek der Bedienung ein Handzeichen, woraufhin diese zu ihnen kam, die Bestellung aufnahm und sich wieder entfernte. Nach kurzer Zeit erschien sie wieder am Tisch, platzierte die Getränke und verschwand nach hinten. »Trinken wir darauf, dass unsere Mission ohne unliebsame Zwischenfälle abläuft.« »Darauf trinke ich gern, Duroto«, antwortete Ulneske mit einem Lächeln. Sie stießen an, nahmen einen Schluck von ihrem Getränk und stellten die Gläser ab. »Das ist richtig gut.« »Ich weiß, Ulneske. Warte erst einmal das Essen ab.« »Du machst mich doch tatsächlich neugierig. Hoffentlich kann ich mich auf deine Empfehlung verlassen.« »Das kannst du unbesehen.« »Es wird sich zeigen. Du warst anscheinend schon sehr oft in diesem Lokal.« »Jedes Mal, wenn ich geschäftlich hier zu tun hatte.« »Was hast du denn geschäftlich gemacht?« »Das spielt doch keine Rolle.« »O doch, Duroto. Schließlich begleite ich dich zu deinen Geschäftspartnern und deshalb will ich wissen, was mich erwartet.« »Nicht hier in diesem Lokal, Ulneske.« Die Frau sah sich um und musste zugestehen, dass es nicht der richtige Ort für solche Gespräche war. Die wenigen Gäste wirkten nicht vertrauenerweckend, ebenso wenig wie das Lokal. Sie verstand nicht, weshalb Zakatek immer diese Gaststätte aufsuchte. Ulneske beschloss, diese Frage aufzuschieben.

* * *

In der folgenden Nacht flog ein Gleiter zu dem Vorort, an dessen Rand der Bezirk lag, wo die obskuren Wissenschaftler wohnten und arbeiteten. Schweigend legten sie den bekannten Weg zurück, bis sie zu der Seitenstraße in der Nähe der Villa kamen, in der Tescherketu den Gleiter parkte. Der Arzt, Zodomar und die vier Soldaten, welche der Oberst mitgenommen hatte, stiegen aus dem Fahrzeug. Tescherketu stellte sich vor den Oberst und sah ihn durchdringend an. »Sie sind sich ganz sicher, diesen Plan durchzuführen?« »Natürlich bin ich mir sicher. Wenn Sie eine bessere Idee haben, dann nur heraus damit, Tescherketu.« »Nein, ich muss gestehen, dass ich gar keine Idee habe.« »Na bitte, dann lassen wir diese fruchtlose Diskussion und beginnen mit der Durchführung.« »Meinetwegen«, brummte der Arzt übellaunig. »Ich weiß wirklich nicht, warum Sie sich so anstellen«, bemerkte Zodomar im gleichen Tonfall und ging voraus bis zu der Stelle, wo die Villa in Sicht kam. Dort blieb er stehen und spähte zu dem Gebäude hinüber, ebenso wie Tescherketu, nachdem er neben ihm stand. »Ich sehe kein Licht. Vielleicht ist er im Labor. Wo liegt es eigentlich?« »Ich habe das Labor an einer Stelle im Haus angelegt, wo es die besten Lichtverhältnisse erhält. Es befindet sich auf der anderen Seite. Folgt mir.« Tescherketu lief zügig los und die anderen folgten ihm in einem geringen Abstand. Als sie hinter der Villa ankamen, stellten sie fest, dass auch auf dieser Seite kein Licht brannte. »Hier ist das Labor.« Tescherketu deutete auf einen großen Raum, der von einer zweigeteilten Glasfront abgeschlossen wurde. »Du kennst das Haus am besten. Wo ist es am einfachsten?« Seufzend ging der Arzt voraus auf eine Hecke zu, welche sich in drei Schritten Entfernung vom Haus parallel dazu hinzog. Zwischen der Hauswand und der Einfriedung lief der Arzt entlang, blieb auf der Hälfte der Strecke stehen und wartete, bis die anderen zu ihm aufschlossen. Der Oberst, welcher zuerst bei ihm ankam, sah, dass Tescherketu vor einer nach unten führenden Treppe stand. »Hier ist es am einfachsten, in das Haus zu gelangen.« Zodomar ging an dem Arzt vorbei und sah ihn mit einem misstrauischen Blick an. Er stieg die Treppe hinab und fand sich vor einer altertümlichen Tür wieder, die er kritisch begutachtete. Während die vier Soldaten am Anfang der Treppe stehen blieben, kam Tescherketu herbei und blieb neben dem Oberst stehen. Letzterer begann, in seiner rechten Beintasche zu suchen, bis Zodomar fand, wonach er suchte. Seine Hand beförderte ein Multifunktionswerkzeug zutage. Damit machte er sich unter den Augen Tescherketus an der Tür zu schaffen. Es dauerte nicht lange, bis die Tür seinen Bemühungen nachgab. »Interessant«, kommentierte Tescherketu den schnellen Erfolg Zodomars.

»Wie meinen Sie das?« »Offensichtlich haben Sie das schon öfter gemacht.« Auf diese Bemerkung reagierte der Oberst nicht, stattdessen sah er nach oben zum Angang der Treppe. »Braucht ihr eine Extraeinladung?« Die vier Männer liefen zügig die Treppe hinab und blieben vor Zodomar stehen. »Zwei von euch bleiben als Wache vor der Tür, die anderen kommen mit. Tescherketu, Sie gehen voraus. Wir sehen uns im Labor um.« Die vier Männer durchquerten den kleinen Raum und stiegen eine Treppe hinauf. Im Erdgeschoss führte er sie einen Gang entlang, bis er auf der linken Seite vor dem Eingang zu dem bewussten Raum angelangte. Nach kurzem Zögern öffnete der Arzt die Tür und betrat, gefolgt von den anderen, das Labor. »Sie wissen am besten, wonach Sie suchen müssen, Tescherketu.« Nach der Aufforderung begann der Arzt mit der Suche, indessen sah sich auch Zodomar um. Hinter dem Schreibtisch saß Tescherketu und überflog handschriftliche Notizen, die Spesiluwo zu machen pflegte. Vor einem Schrank mit Glastüren stand der Oberst und sah auf die Proben in flachen Glasbehältnissen mit Deckel. Gerade als Tescherketu aufstehen wollte, fiel sein Blick auf einen weit seitlich auf der rechten Seite liegenden Zettel, auf dem eine Bemerkung stand, die Spesiluwo offensichtlich niederschrieb, um seinen Gedanken vor sich zu sehen, als er nachdachte. Tescherketu las den Satz ein zweites Mal, da er einfach nicht glauben wollte, dass Spesiluwo etwas damit zu tun hatte: »Tescherketu darf nicht wissen, was ich weiß.«

* * *

»Warum ergeben wir uns nicht, General?« »Haben Sie nicht gehört, was Wariot gesagt hat? Sie will uns töten.« Ein ihnen nur zu bekanntes Geräusch ließ ihre Köpfe zur Tür drehen. Alle fixierten diese, als sei es möglich hindurchzusehen. »Das ist Strahlerfeuer!«, rief einer der Soldaten aus. »Was geht da draußen vor?«, fragte ein anderer und sah den General an. Konlup eilte zur Tür, öffnete sie und streckte vorsichtig seinen Kopf so weit hinaus, um den Gang überblicken zu können. Zuerst sah er zur linken Seite, wo er Wariot und ihre Leute nicht mehr sah. Als er nach rechts blickte, wusste er, wohin sie sich begeben hatten. Sie befanden sich bei der Gruppe, die unter Beschuss lag. Er zog den Kopf wieder ein und drehte sich zu den Soldaten um. »Irgendjemand geht gegen den planetarischen Sicherheitsdienst vor. Das kommt uns gelegen. Solange sie beschäftigt sind, haben wir die Chance zu entkommen.« Der General zog seine Waffe und die Soldaten folgten seinem Beispiel. Vorsichtig nach rechts sehend trat Konlup vor die Tür und gab seinen Männern ein Zeichen, ihm zu folgen. Sie eilten den Gang nach links entlang, bis sie die offene Tür des Vorzimmers zum Büro von Calanui erreichten. »General, es brennt nicht mehr.« »Eine automatische Löschvorrichtung ist ganz offensichtlich aktiviert worden.« Die Gruppe lief weiter, bis sie zu einer Gangkreuzung kam, wo sie nach links abbog. Sowohl der General als auch seine Soldaten steckten ihre Waffen ein, da sie der Ansicht waren, sie nicht mehr zu benötigen. Konlup wusste, dass ihr Weg sie zu einem Seitenausgang des Gebäudes führte. Als sie nicht mehr allzu weit von dem offenen Treppenhaus entfernt waren, kamen zwei Personen in Sicht, welche die Treppe hochstiegen und den Gang betraten, welchen sie entlangliefen, und die zogen ihre Waffen, als sie die Gruppe vor ihnen erkannten.

* * *

Zusammen mit Ulneske flog Zakatek zu einem seiner Geschäftspartner, dessen Unternehmen am Rand des Zentrums lag. Direkt vor dem Laden fand er einen Parkplatz für sein Fahrzeug und stieg mit Ulneske aus. »Deine Aufgabe ist es, die Augen offen zu halten, falls Kunden hereinkommen. Von meinem Geschäftspartner geht keine Gefahr aus.« »In Ordnung, ich passe schon auf, Duroto.« Sie betraten das Geschäft und Zakatek ging zum Verkaufstresen, während Ulneske etwas abseits der Tür Position bezog. Ulneske sah sich die Waffen an, welche in den Regalen ausgestellt waren, und sie ahnte, was für Geschäften Zakatek in der Vergangenheit nachging. Sie wurde aus ihren Überlegungen gerissen, als der Inhaber aus dem Nebenraum kam. Nach dem einen Schritt zum Tresen blickte er seinen vermeintlichen Kunden an und lächelte. »Duroto! Dich habe ich schon lange nicht mehr bei mir gesehen. Es ist schön, dass du dich wieder einmal hier blicken lässt.« »Ich freue mich auch. Wie läuft das Geschäft?« »Du wirst es nicht glauben, aber seit Kurzem so gut wie noch nie. Wartest du bitte einen Moment? Ich will nur schnell die Kundin bedienen.« »Vergiss es. Sie gehört zu mir.« »So kenne ich dich gar nicht.« »Es ist nicht, wie du denkst. Sie unterstützt mich nur bei meiner Arbeit.« »Das ist wieder einmal typisch für dich. Was benötigst du dieses Mal?« »Nur eine Information.« »Dann sollten wir besser nach nebenan gehen.« Zakatek ging um den Tresen herum und folgte dem Inhaber in den Nebenraum. Der Betreiber nahm zwei Gläser und eine Flasche aus dem Regal, stellte alles auf den Tisch, setzte sich und füllte die Trinkgefäße zu einem Viertel. Als Zakatek saß, nahm er das Glas, prostete seinem Geschäftspartner zu, nahm einen Schluck und stellte es auf dem Tisch ab. »Du hast immer noch das Spezialgetränk.« »Ja, nur zuweilen ist es etwas schwierig zu bekommen. Worum geht es dir, Duroto?« »Du hast es bereits vorhin angesprochen: Wer sind die Leute, denen du zurzeit dein gutes Geschäft verdankst?« »Wenn ich das nur wüsste. Über sie konnte ich so gut wie nichts in Erfahrung bringen. Nur so viel: Ihre Schiffe tragen alle das gleiche Signet.« »Das ist mir bekannt. Genau um diese Leute geht es mir.« »Welches

Interesse hast du an ihnen?« »Sie kaufen im großen Stil ein. Ich will wissen, wer ihr Auftraggeber ist.« »Das wüsste ich auch gern. Hoffentlich gehen ihm die Mittel nicht so schnell aus.« »Weißt du, wann einer dieser Händler wieder bei dir vorstellig werden wollte? Vielleicht können wir ihm eine Information entlocken.« »Nein, ich bin dagegen. Das Geschäft will ich mir nicht ruinieren lassen. Schließlich sind sie nicht auf mich angewiesen. Du solltest das am besten verstehen.« »Vergiss meine Idee. Ich werde jemand anderes fragen, ob er etwas weiß.« »Du weißt, dass du auch von den anderen keine andere Antwort erhalten wirst.« »Ich sagte dir doch, dass ich diese Idee nicht weiterverfolgen werde.« Zakatek trank sein Glas leer, blickte es an und drehte es in seiner rechten Hand hin und her. »Duroto, keiner wird sich das Geschäft verderben lassen. Stelle deine Nachforschungen ein.« »Es liegt mir fern, euch das Geschäft zu verderben. Ich will nur mehr über diese Händler wissen. Das ist alles.« »Warum ist das denn so wichtig?« »Das kann ich dir leider nicht sagen.« »Ich sage das nur ungern, aber mir bleibt dann nichts anderes übrig, als meine Kollegen vor dir zu warnen.« »Diese Mühe kannst du dir sparen. Es liegt mir fern, euch Ärger zu bereiten. Deshalb reise ich unverzüglich ab. Vielen Dank, dass du dir Zeit für mich genommen hast.« »Wenn du das nächste Mal hier auftauchst und keine solchen Fragen stellst, bist du mir willkommen.« Zakatek stand auf und verließ mit einem knappen Gruß den Nebenraum. Er gab Ulneske ein Handzeichen und ging mit ihr aus dem Geschäft. Wortlos bestieg er unter dem fragenden Blick von Ulneske den Gleiter und sah sie an. Sie verstand das als Aufforderung, weshalb sie einstieg und sich auf dem Beifahrersitz niederließ. Der Gleiter beschleunigte und Zakatek steuerte ihn in Richtung des Raumhafens. Nach der Hälfte der Strecke brach Ulneske das Schweigen. »Aus deiner Laune schließe ich, dass das Gespräch ein Fehlschlag war.« »Nicht nur dieses Gespräch war ein Fehlschlag. Der Händler hat sich gegen mich gewendet. Er hat mir gedroht, alle seine Kollegen vor mir zu warnen.« »Du nimmst das sehr ernst.« »Ja, so gut kenne ich ihn. Hier in Moloq erfahren wir nichts.« »Was machen wir nun?« »Wir fliegen unverzüglich von Vorjo ab.«

* * *

Konlup und seine Leute blickten in die Mündungen der Waffen von Calanui und Galgion. »Wenn das kein Zufall ist, General Konlup. Ihr macht jetzt alle kehrt und geht wieder in die Richtung meines Büros.« »Was soll das, Calanui? Wollen Sie sich ins Verderben stürzen?« »Da bin ich schon gelandet. Gehen Sie jetzt endlich!« Wie geheißen drehten sich alle um und liefen ohne Eile den Gang zurück. An der Kreuzung bogen sie nach rechts ab und sahen vor sich die Leute des planetaren Sicherheitsdienstes, die mit dem Rücken an den beiden Wänden standen und die Treppe hinabfeuerten. Ein Teil von ihnen verschanzte sich in den ersten Räumen beidseitig des Gangs oberhalb der Treppe. Von unterhalb der Treppe wurden immer wieder Strahlschüsse abgegeben, die zwar niemanden trafen, sondern in die Wände fuhren. Salka Wariot und Morgi Belmnod waren auf die Herannahenden aufmerksam geworden und gingen auf die Gruppe zu. Auch die beiden Frauen richteten ihre Waffen auf den General. Calanui steckte seinen Strahler ein und sah Galgion an. »Erschieße General Konlup, Larut.« Galgion sah Calanui mit einem finsteren Blick an. »Er ist auch dein Gegner.« »Nein, das geht mir zu weit, Bolg.« Der General blickte auf seinen Strahler und warf ihn weg. Als die Waffe mit einem klappernden Geräusch zu Boden fiel, starrte der Gouverneur irritiert darauf. »Das ist mir zu schmutzig.« Nervös sah Calanui zu Wariot und Belmnod. »Morgi, erschieße du Konlup.« »Larut, was hat Konlup verbrochen, dass er sterben soll?«

»Nichts, Morgi. Er macht nur die ihm auferlegte Arbeit. Ca-
lanui und ich sind es, die gefehlt haben.« »Hör nicht auf ihn,
Morgi. Larut weiß nicht mehr, was er sagt. Er ist mit der Si-
tuation überfordert. Schieß endlich!« Belmnod senkte ihre
Waffe, sah zu Wariot, die immer noch ihren Strahler auf den
General gerichtet hielt, dann wieder zu Calanui. »Ich töte
keinen Unschuldigen, nur um sie zu decken. Larut hat das
auch eingesehen.« »Salka, erschieße du endlich Konlup.
Das ist ein Befehl!«, sagte Calanui in einem scharfen Tonfall.
Wariot senkte ihre Waffe nicht, sondern hielt sie weiter auf
Konlup gerichtet, was Calanui zufrieden lächeln ließ. »Sal-
ka! Mache das nicht. Du machst dich mitschuldig!«, rief ihr
Morgi Belmnod entsetzt zu. Auf den Zuruf reagierte Wariot
nicht, sondern fixierte Konlup mit der Waffe und drückte ab.

* * *

Kalaran betrat das Büro von Fegobol mit einem Gruß und
ließ sich vor dem Schreibtisch des Obersts nieder. »Kalaran,
du siehst bedrückt aus. Hast du schlechte Nachrichten?« »Ja
und nein. Der zuständige Minister hat mich aufgesucht, um
mit mir über die ausstehenden Berichte zu sprechen.« »Sind
sie doch noch eingetroffen, wenn auch verspätet?« »Dies bedeutet das Ja.« »Ach, und was bedeutet das Nein?« »Das
wollte ich dir gerade erzählen. Die Berichte sind als vollkommen belanglos zu bezeichnen. Zu allem Überfluss sind sie
auch noch rudimentär. Wir waren uns darüber einig, dass sie
nur abgeschickt wurden, um uns in Sicherheit zu wiegen.«
Ruckartig ging Fegobol so weit nach vorn, dass sein Kopf fast
über der Mitte des Schreibtischs hing. »Bitte? Kalaran, willst
du etwa damit andeuten, dass die Gouverneure etwas verheimlichen wollen?« »Ich deute es nicht nur an, der Minister
und ich stimmen in unserer Einschätzung überein, dass dem
so ist.« Hörbar stieß Fegobol den Atem aus und lehnte sich

in seinem Stuhl zurück. »Dann haben wir ein Problem. Ich werde meine Agenten losschicken, um die Lage zu prüfen.« »Nein, Rinlum.« »Wieso nein? Willst du das als gegeben hinnehmen und das Ganze auf sich beruhen lassen?« »Nur vorläufig.« »Ich versteh dich nicht, Kalaran.« »Dessen bin ich mir bewusst. Ich will abwarten, was Duroto in Erfahrung bringt.« »Was haben denn Durotos Ermittlungen über diese seltsamen Händler damit zu schaffen?« »Sehr viel, Rinlum.« Völlig irritiert sah der Oberst den Alkt an, wartete aber darauf, dass dieser fortfuhr. »Das Auftauchen dieser Händler fällt mit dem Ausbleiben der Berichte zeitlich zusammen.« »Stimmt«, sagte Fegobol und überdachte diese Feststellung. »Was geht da nur vor, Kalaran?«, fragte Fegobol nach einer Weile. »Das herauszufinden wird unsere Aufgabe sein. Wenn Duroto nicht bald Ergebnisse vorweisen kann, rufe ich ihn zurück und dann …« Kalaran brach den Satz ab, stand auf, verließ das Büro und ließ einen ratlos dreinblickenden Fegobol zurück.

* * *

Das Schiff mit Zakatek und Ulneske an Bord landete auf dem Raumhafen von Nigyera auf Morior IV. »Glaubst du, dass wir hier mehr Erfolg haben werden als in Moloq, Duroto?« »Offen gesagt, nein.« Zakatek aktivierte die Funkanlage und nahm nochmals Kontakt mit der Kontrolle auf, die sich auch sogleich meldete. »Was benötigen Sie noch, Kommandant?«, fragte der Ansprechpartner. »Ich muss mit Gouverneur Klad Ser Beredil sprechen. Können Sie ihn bitten, dass er mich kontaktiert?« »Da könnte jeder kommen. Vergessen Sie das ganz schnell.« »Das werde ich nicht. Sagen Sie ihm, General Zakatek will mit ihm reden.« »Sind Sie das etwa?« »Ja, der bin ich. Lassen Sie sich nicht davon irritieren, dass ich meine Uniform nicht trage.« »Sie können viel behaupten.« »Wollen Sie das Risiko wirklich eingehen? Ich kann mir auch die Zeit nehmen, ihn persönlich aufzusuchen. Seien Sie versichert, dass ich Ihr Verhalten zur Sprache bringen werde.« Der Angestellte dachte einen Augenblick nach und fasste einen Entschluss. »Na schön. Ich werde nachfragen.« Die Verbindung wurde abgeschaltet und der General sah zu Ulneske. »Hoffentlich macht er das wirklich. Ich habe keine Lust, Beredil zu besuchen, da es mir zu lang dauert.« »Wie lange willst du warten, Duroto? Am Ende hätten wir auch gleich zu ihm fliegen können.« Zakatek wurde einer Antwort enthoben, da das akustische Signal der Funkanlage ein Gespräch meldete. Nach der Aktivierung erschien der Angestellte auf dem Schirm. »Der Gouverneur will mit Ihnen sprechen. Ich stelle durch.« Das Bild wechselte und Beredil wurde sichtbar. »Duroto, du bist hier? Warum bist du in Zivil?« »Es ist ein Spezialauftrag von Kalaran. Kannst du ihn bitte anrufen und ihm sagen, dass ich in Nigyera bin, nur falls er mich zu sprechen wünscht?« »Natürlich mache ich das. Wie kann ich dich erreichen?« Zakatek teilte es dem Gouverneur mit und beendete das Gespräch. Nach kurzem Überlegen stand er auf und sah zu Ulneske. »Gehen wir, Ulneske. Uns erwartet ein Gespräch, das hoffentlich erfolgreicher ist als das letzte.« Auch Ulneske erhob sich und folgte Zakatek aus der Zentrale zu dem kleinen Hangar, in dem ihr Gleiter stand.

*

Vor einem Geschäft, das von außen unscheinbar wirkte, stoppte Zakatek den Gleiter und stieg zusammen mit Ulneske aus. »Wie beim letzten Mal«, sagte der General zu Ulneske und trat mit ihr ein. Sie ging einige Schritte nach links und sah sich kurz um. Zakatek lief zum Tresen, blieb davor stehen und wartete auf den Inhaber, der auch kurz darauf erschien. »Du hier, Duroto? Suchst du mich auch wieder einmal auf?«

»Ich hatte in letzter Zeit viel zu tun.« »Ja, das Geschäft muss laufen. Was brauchst du von mir?« »Heute nur eine Auskunft.« Der Händler verzog das Gesicht und wirkte dabei unwillig. »Na schön, um was geht es?« »Seit kurzer Zeit tauchen seltsame Händler auf, die in großem Stil einkaufen. Sie haben alle das gleiche Signet auf ihren Schiffen.« »Diese Händler haben bei mir schon eingekauft. Was ist mit ihnen?« »Mich interessiert, woher sie kommen und wer ihr Kunde ist.« »Du enttäuschst mich, Duroto. Du weißt, dass es ein Ehrenkodex ist, nicht über die Kunden zu reden.« »Vergiss die Frage. Weißt du, woher die Händler kommen?« »Nein, ich weiß von nichts. Wenn du nichts kaufen willst, verlasse mein Geschäft. Vielleicht will die Frau etwas von mir kaufen.« Zakatek wandte sich ab, gab Ulneske ein Zeichen und verließ mit ihr den Laden. Mit einem mürrischen Blick sah der Inhaber den beiden nach. Diese stiegen in den Gleiter und blieben einen Augenblick schweigend sitzen. »Duroto, diese ganze Aktion ist vollkommen sinnlos. Wir verschwenden nur unsere Zeit«, stellte Ulneske schließlich fest. »Ich stimme dir zu, aber wir werden trotzdem noch einen Händler aufsuchen.« »Was soll das bringen?« »Sehr viel. Er ist kein Geschäftspartner von mir.« In dem Moment, als Zakatek losfliegen wollte, summte sein Armbandgerät. »Klad hier«, meldete sich der Anrufer knapp. »Kalaran will wissen, ob du schon etwas in Erfahrung bringen konntest.« »Nein, bislang nicht.« »Dann brich die Aktion ab und flieg nach Alkatar zurück.« »Noch nicht, Klad. Ich will noch einen einzigen Händler aufsuchen, danach gedachte ich ohnehin abzufliegen.« »Wie du willst. Erhoffst du dir von ihm mehr als von den anderen?« »Das wird sich zeigen. Du hörst von mir.« »Viel Erfolg.« Zakatek schaltete ab, startete den Gleiter und flog los. »Du hättest auf Klad hören sollen, Duroto.«

* * *

»Oberst, kommen Sie bitte kurz zu mir.« Zodomar wandte sich von dem Schrank ab und ging zu Tescherketu. »Was haben Sie gefunden?« »Lesen Sie diese Notiz, Oberst.« Tescherketu deutete auf den Zettel und Zodomar las den Satz. »Bedeutet das etwa, dass er der Verursacher unseres Problems ist, Tescherketu?« »Nicht unbedingt, denn es könnte auch sein, dass er denjenigen kennt, der dafür verantwortlich ist.« »Das ist auch wieder wahr. Werfen Sie doch bitte noch einen Blick auf die Proben in dem Schrank dort drüben.« Der Arzt stand auf, folgte dem Oberst dorthin und warf einen prüfenden Blick auf den Inhalt des Schranks. »Nur von der Ansicht kann ich nichts Definitives sagen. Das kann alles oder nichts sein. Wir sollten besser wieder gehen. Wir halten uns schon viel zu lang hier auf. Ich möchte auf keinen Fall Spesiluwo begegnen.« »Der Ansicht bin ich auch.« Zusammen mit Tescherketu und den beiden Soldaten verließ Zodomar den Raum, sie liefen den Gang entlang und stiegen an dessen Ende die Treppe hinab. An der Tür standen die anderen beiden Soldaten, die sich bei ihrer Ankunft umdrehten. »Ist irgendetwas vorgefallen?« »Nein, Oberst. Es ist ruhig geblieben.« »Wir gehen zum Gleiter zurück«, wies Zodomar die Soldaten an, ließ die anderen an sich vorbeigehen und schloss die Tür. Anschließend folgte er der Gruppe, die zügig am Haus entlanglief, die Querseite passierte und dort innehielt, um zu prüfen, ob jemand zu sehen war. »Lauft so schnell ihr könnt zu unserem Fahrzeug!«, ordnete Zodomar an und rannte ebenfalls so schnell er konnte durch den Vorgarten und bog auf der Straße angekommen nach links ab. In der Seitenstraße, wo ihr Fahrzeug stand, angekommen, stiegen sie alle ein und der Arzt sah zu Zodomar. »Das hat uns nicht wirklich viel weiter gebracht, Oberst.« »Zumindest wissen wir jetzt, dass Spesiluwo tatsächlich unser Mann ist.« »Wir sollten das Haus beobachten.« »Dieser Aufwand lohnt sich meiner Ansicht nach nicht. Ich bezweifle, dass wir Spesiluwo hier demnächst antreffen werden. Vermutlich wird er bei einem Kollegen Unterschlupf gefunden haben, um uns aus dem Weg zu gehen.« »Ja, das ist anzunehmen. Was machen wir nun?« »Wir fliegen zum Schiff zurück und kommen morgen noch einmal vorbei. Sollten wir ihn dann erneut nicht antreffen, müssen wir uns einen neuen Plan ausdenken.« »Ich befürchte, dass wir gleich mit der Planung beginnen müssen«, gab Tescherketu zurück und flog los.

* * *

Der Schuss traf jedoch nicht Konlup, wie alle annahmen, sondern ging knapp an seinem Kopf vorbei und streckte Calanui nieder. Jeder sah zu dem Gouverneur, der haltlos auf den Boden stürzte. Konlup war der Erste, der in Bewegung kam. Mit zwei großen Schritten stand er vor Calanui und bückte sich zu ihm herab. »Sie haben gewonnen, Konlup«, presste Calanui mühsam hervor, griff mit seiner linken Hand langsam in seine Jackentasche und zog einen Zettel, bei dem es sich um den handschriftlichen Bericht handelte, daraus hervor. Mit einer zitternden Hand hielt er dem General die Abhandlung entgegen. Als der General den Bericht aus der Hand nehmen wollte, sackte der Arm Calanuis kraftlos zu Boden. Konlup bückte sich noch tiefer herab und prüfte, ob der Gouverneur noch lebte, doch musste er feststellen, dass Calanui verschieden war. Aus der Hand des Toten zog der General den Bericht, richtete sich auf und las die Abhandlung. Nachdem er mit der Lektüre zum Ende kam, drehte sich Konlup zu Galgion um. »Warum wolltet ihr das denn vertuschen? Ihr habt so viele Risiken in Kauf genommen und seid zu allem Überfluss noch für viele Tote verantwortlich.« Als sei es das Stichwort von Konlup gewesen, sahen sich Wariot und Belmnod an und rannten den Gang bis zur Treppe zurück. »Feuer einstellen!«, brüllte Wariot. Belmnod ging in beide Räume und forderte die Leute auf, ihre Waffen einzustecken. Langsam ging Wariot die Treppe hinab und sah die Soldaten an, welche eine zweifelnde Miene zur Schau trugen. »Wer von euch ist euer Vorgesetzter?« »Das bin ich«, antwortete Durowek und ging auf die Frau zu. »Kommen Sie mit. Der Kampf ist vorbei. General Konlup finden Sie oben.« »Wenn das eine Falle ist?« »Das Risiko müssen Sie eingehen, aber ich versichere Ihnen, dass es keine Falle ist. Für unseren Konflikt ist der Gouverneur verantwortlich.« »Treffe ich ihn auch dort oben an?« »Ja, nur ist Calanui in der Zwischenzeit schweigsam geworden.« »Warum denn das?« »Ich habe ihn erschossen.« Mit einem überraschten Gesichtsausdruck sah Durowek die Frau an, dann bedeutete er seinen Leuten, ihn zu begleiten. Gemeinsam stiegen sie die Stufen hinauf und liefen zu der kleinen Versammlung, zu der sie sich gesellten. »Zinelka, du warst also der Angreifer!« »Ich dachte mir, dass ihr in Schwierigkeiten geratet, deshalb bin ich mit einem Trupp hierhergekommen.« »Danke für deine Voraussicht. Nun wieder zu Ihnen, Galgion: Ihre Aktionen waren allesamt vollkommen überflüssig. Ich hätte euch nicht für den Vorfall verantwortlich gemacht. Die Personen, welche die Schlachtschiffe stahlen, wussten bestens Bescheid und haben dazu die Aktion gut geplant. Jetzt beantworten Sie mir nur eine Frage: Warum habt ihr versucht, den Vorfall zu verheimlichen?« »Wir wollten dafür nicht vor Gericht gestellt werden und unsere Position behalten.« »Ihr seid doch beide verrückt! Ihr wärt beide nicht angeklagt worden. Allerdings haben Sie jetzt ein großes Problem, Galgion. Ich nehme Sie mit nach Alkatar und dort werden Sie sich zuerst vor dem Alkt verantworten müssen.« Konlup steckte den Bericht in seine Jackentasche und sah zu den beiden Frauen. »Was mache ich mit euch? Ihr hättet dem Befehl des Gouverneurs nicht Folge leisten dürfen. Zumindest nehme ich an, dass er von ihm erteilt wurde.« »Der Befehl kam von

Calanui«, bestätigte ihm Galgion. »Ich konnte solch eine Anweisung nicht erteilen, da der planetare Sicherheitsdienst allein Calanui unterstand.« »Ich löse den planetaren Sicherheitsdienst mit sofortiger Wirkung auf. Außerdem setze ich einen Interimsgouverneur ein, bis der Alkt einen Nachfolger ernannt hat.« »Konlup, die zwei Frauen sind nur ein Opfer von Calanui, deshalb lassen Sie die beiden gehen«, bat Galgion. »Nein, wir gehen nicht. Salka und ich begleiten General Konlup nach Alkatar und dort stellen wir uns ebenfalls dem Alkt.« »Ich stimme dir zu, Morgi.« »Ganz, wie ihr wollt. Sobald ich alle Formalitäten erledigt habe, fliegen wir ab. Zinelka, begleite bitte Galgion, Salka und Morgi zu unserem Schiff. Falls sie etwas von zu Hause mitzunehmen wünschen, bringe sie mit einem Gleiter hin. Es dauert ohnehin, bis alles erledigt ist.« Während Durowek mit seinen Soldaten sowie Galgion, Wariot und Belmnod das Gebäude verließ, wandte sich Konlup an die Leute vom planetaren Sicherheitsdienst. »Ihr begleitet uns zu eurem Hauptquartier. Dort werdet ihr eure Waffen abgeben.« »Was soll aus uns werden? Von jetzt auf gleich stehen wir ohne eine Arbeit da.« »Ich werde mit dem Leiter der Polizeibehörde sprechen. Er soll euch alle in den Dienst übernehmen, natürlich nur, wenn ihr das auch möchtet.« »Machen wir es kurz. Wer ist mit dem Vorschlag des Generals einverstanden?« Der Fragesteller hob seine Hand und auch die anderen Mitglieder folgten seinem Beispiel. »Damit ist alles geklärt. Ich kümmere mich darum, sobald wir in eurem Hauptquartier sind.« Die Gruppe setzte sich in Bewegung, lief den Gang entlang, stieg die Treppe hinab und verließ das Gebäude.

Der Putsch ....

»Das war jetzt nicht notwendig«, brummte Zakatek und parkte den Gleiter auf dem einzigen freien Platz. »Was ist denn los, Duroto?« »Wir stehen etwas weit von dem Laden entfernt.« »Das ist doch kein Problem.« »Es wird sich ausweisen.« Ulneske sah ihn irritiert an und stieg ebenso wie Zaktek aus. Schweigend liefen sie bis zu dem Geschäft, in dessen Schaufenster es keine Auslage gab. Es machte mehr den Eindruck, als sei der Laden geschlossen, da sowohl das Fenster als auch die Ausstellungsfläche vor Schmutz starrten. »Hier müssen wir wirklich hineingehen?« »Ganz genau.« »Verkauft der Inhaber auch etwas?« »Natürlich. Er ist auch ein Waffenhändler und dazu noch kein unbekannter. Allerdings machte ich nie mit ihm auch nur ein Geschäft, da er zwielichtig ist.« »Du kennst Leute.« »Halte die Augen offen und die Hand an der Waffe.« Der Blick von Zakatek sagte Ulneske alles. Der General betrat als Erster das Ladenlokal, Ulneske folgte ihm hinein und trat innen wieder zur Seite. Prüfend sah sie zu dem Sortiment, das in sauberen Regalen präsentiert wurde, dann widmete sie sich Zakatek, der vor dem Tresen zum Stehen kam und mit der flachen Hand auf diesen schlug, was bewirkte, dass ein feister Inhaber laut schnaufend aus dem Nebenraum kam. Er baute hinter dem Tresen seine Körpermasse auf und legte seine fleischigen Hände auf die Theke. »Duroto Zakatek, der im gesamten Imperium aktive Waffenhändler, gibt meinem Geschäft die Ehre. Ich glaube es einfach nicht. Du hast doch noch nie bei mir eingekauft.« »Das hat auch seine Gründe.« »Was willst du dann von mir?« »Nur eine Auskunft.« »Warum sollte ich dir eine Auskunft geben? Du machst bei mir doch ohnehin keinen Umsatz.« »Das kann sich ändern, auf die eine oder andere Art und Weise.« »Du ziehst tatsächlich in Erwägung, Waffen bei mir einzukaufen?« »Die Antwort hängt von deiner Gesprächsbereitschaft ab.« »Es kommt mir seltsam vor, aber ich denke, es ist einen Versuch wert. Also, welche Auskunft willst du von mir haben?« »In letzter Zeit sind Händler aufgetaucht, die in einem bedeutenden Umfang einkaufen. Dazu kommt, dass alle ihre Schiffe das gleiche Signet tragen. Ich vermute, sie sind auch bei dir Kunde? Ich will wissen, woher sie kommen.« »Der große Duroto Zakatek weiß das nicht?« Der Inhaber begann, lauthals zu lachen, und schien damit nicht so schnell zu einem Ende kommen zu wollen. Als er sich wieder beruhigt hatte, grinste der Inhaber den General an, was äußerst unverschämt wirkte. »An wen ich was verkaufe, geht dich nichts an!« Mit einer schnellen Bewegung packte Zakatek den Mann am Kragen und zog ihn ein Stück zu sich heran, sodass er den üblen Atem des Händlers noch intensiver wahrnahm. »Du wirst jetzt reden! Wer sind diese Händler und woher kommen sie?« »Von mir erfährst du nichts«, sagte der Mann und stieß dabei seinen Atem aus, was Zakatek dazu veranlasste, angewidert seinen Kopf einen Moment zur Seite zu drehen. »Das wird sich noch zeigen«, knirschte der General, ließ den Inhaber los und rammte ihm seine rechte Faust in das Gesicht, sodass dieser ein Stück zurückwankte. »Drehst du jetzt vollkommen durch, Zakatek?« Der Händler rieb sich mit seiner linken Hand sein Gesicht und sah zum Nebenraum. »Ärger!«, rief er laut hinein und drehte sich wieder grinsend Zakatek zu. Kurz darauf kamen zwei Männer mit Waffen in den Händen von dort heraus und versuchten, schnell die Lage zu erfassen. Ulneske reagierte sofort, zog ihren Strahler und gab zwei gut gezielte Schüsse ab, welche die Männer zu Boden streckten. Entsetzt sah der Händler zu der Frau, die er bislang nicht bemerkt hatte, da er sich ausschließlich auf den General konzentriert hatte. »Sie gehört zu dir? Leistest du dir seit Neuestem einen weiblichen Leibwächter?« »Deine Auffassungsgabe erstaunt mich immer wieder.« »Du hast dir noch nie eine Peinlichkeit erspart.« Der General ging um den Tresen herum und blieb vor dem Händler stehen. Bevor dieser sich versah, prasselten drei Fausthiebe auf ihn ein, die den Inhaber bedenklich ins Taumeln brachten. »Vergiss es, Zakatek!«, brüllte der Mann, nachdem er sein Gleichgewicht wiedergefunden hatte. Diese Aussage veranlasste Zakatek dazu, ihm einen heftigen Fußtritt in den Magen zu geben, sodass der Inhaber sein Gleichgewicht verlor und mit einem schmetternden Geräusch unsanft mit dem Rücken auf dem Boden zum Liegen kam. Mit zwei Schritten war Zakatek über ihm und verpasste ihm mehrere Fausthiebe in das Gesicht. Als der General von dem Händler abließ, blickte er in sein blutüberströmtes Gesicht. »Ich frage dich noch einmal: Wo kommen diese Händler her und was bedeutet ihr Zeichen auf den Schiffen?« »Ich weiß es nicht!«, rief der Inhaber ängstlich und streckte seine Hände mit offenen Handflächen in einer abwehrenden Geste von sich. »Ich verkaufe ihnen, was sie wollen, stelle aber keine Fragen. Diese Händler sind eigenartig und beängstigend zugleich. Sie reden nicht viel, sondern fordern nur in einer vehementen Art. Zumindest zahlen sie gut. Ich kann dir nicht weiterhelfen, Zakatek, so gern ich es auch möchte. Ganz unter uns gesagt, interessiert es auch mich, welch ein Kunde dahintersteht und wofür er all die Waffen benötigt. Sie kaufen sogar große Geschütze für Schiffe, und dabei habe ich kein gutes Gefühl.« »Seit wann kennst du denn Skrupel? Du hattest doch noch nie ein Gewissen.« Ein bösartiger Blick traf den Händler, woraufhin dieser die Hände noch weiter vorstreckte. »Ich glaube dir. Das ist übrigens das erste Mal.« Ruckartig drehte sich Zakatek um, kam hinter dem Tresen hervor und sah zu Ulneske. »Wir gehen.« Beide verließen das Geschäft und der Händler erhob sich ächzend vom Boden. Er ging zu den beiden Leichen, hob eine der Waffen auf und hastete so schnell er konnte vor die Tür seines Geschäfts. Zuerst sah er zur rechten Seite, dann nach links, wo er Zakatek und Ulneske sah. »Das wirst du mir büßen, Zakatek!«, brüllte er den beiden nach, hob die Waffe und sandte ihnen einige schlecht gezielte Schüsse hinterher. Der General, der sich schnell kurz umgedreht hatte, begann ebenso wie Ulneske, im Zickzack zu ihrem Fahrzeug zu laufen. Unbeschadet erreichten sie den Gleiter und sprangen hinein. In diesem Moment fuhr ein Schuss an der Stelle in den Boden, wo Ulneske bis vor Kurzem noch gestanden hatte. Zakatek parkte aus, wendete das Fahrzeug und flog in die entgegengesetzte Richtung davon. Der Händler lief auf die Straße, konnte aber keinen Schuss mehr abgeben, da ein heranfliegender Gleiter ihn zwang zurückzutreten. Laut fluchend ging er in sein Geschäft, verfolgt von den Blicken der Passanten.

* * *

Das Schott zur Kontrollzentrale ging auf, Farschgu betrat den Raum, sah sich kurz um und ging zum Fenster. Er verschränkte die Arme hinter seinem Rücken, blickte über das vor ihm liegende Landefeld und dachte über die durch die weise Voraussicht Kelschins gewonnene Schlacht nach. Zwar musste Farschgu ihm dafür dankbar sein, doch das änderte nichts an seiner Abneigung gegen den General. Es stellte sich ihm die Frage, ob er Kelschin noch länger in dieser Position belassen sollte oder es besser wäre, ihn daraus zu entfernen. Nach den beiden seiner Ansicht nach durchaus glorreichen Siegen wurde es schwer, jetzt gegen den General vorzugehen. Zu groß waren die Sympathien der Militärs für Kelschin, sodass seine Absetzung unabsehbare Folgen nach sich zog. Nach reiflicher Überlegung nahm Farschgu von dem Vorhaben Abstand, da er zu der Ansicht gelangte, dass es ihm selbst letztendlich zum Schaden gereichen würde. Verärgert sinnierte er nach einem neuen Plan, der mehr Erfolg versprach, doch kam er zu keinem Ergebnis, weswegen er begann, vor dem Fenster auf und ab zu laufen. Die Belegschaft der Zentrale beobachtete ihn, doch wagte es keiner von ihnen, Farschgu anzusprechen, da sie wussten, dass die Folgen unangenehm werden konnten, denn in letzter Zeit war das Regierungsoberhaupt nur noch schwer einzuschätzen. Nach einigen Runden blieb Farschgu unvermittelt stehen, denn ihm kam eine Idee, die ihn, je länger er darüber nachdachte, immer mehr begeisterte. Schließlich entschloss er sich, sie in die Tat umzusetzen. Farschgu drehte sich um und sah zur Funkstation. »Stellen Sie mir eine Verbindung zum Kommandeur der Verteidigungsflotte her.« Der Funker begann, schnell zu arbeiten, da er das Regierungsoberhaupt nicht warten lassen wollte. Inzwischen ging Farschgu zu dem Schirm, der an der rechten Wand angebracht war, und wartete, bis die Verbindung stand, was auch nicht lange dauerte. »Farschgu, Sie wünschen, mich zu sprechen?« »Schicken Sie mir ein Schiff nach Deschkan, das mich nach Minchoxr bringt.« »Sie wollen nach Minchoxr?« »Ich habe mich wohl deutlich genug geäußert.« »Natürlich, bitte verzeihen Sie mir. Das Schiff wird in Bälde zu Ihrer Verfügung stehen.« Die Verbindung erlosch und Farschgu ging wieder zum Fenster, um die Ankunft des Schiffs zu erwarten, weshalb er in den Himmel sah.

*

Als Farschgu das Schiff, welches langsam auf den Raumhafen hinabsank, bemerkte, verließ er die Kontrollzentrale und begab sich zum Landefeld. Dort angekommen wartete er, bis der Raumer das Landemanöver abgeschlossen hatte, und lief dann darauf zu. In dem Augenblick, als er es erreichte, öffnete sich der Ausstieg. Vor der Rampe blieb Farschgu stehen und wartete darauf, dass jemand ihn abholte. Schon bald darauf erschien ein Soldat, der das Schiff verließ, auf ihn zukam und Haltung annahm. »Ich grüße Sie, Farschgu. Mein Name ist Neschtem und ich bin der Kommandant des Schiffs. Es ist mir eine große Ehre, Sie nach Minchoxr bringen zu dürfen. Wenn Sie mir bitte folgen wollen.« Farschgu lief dem Kommandanten hinterher in das Schiff hinein und ließ sich von ihm zur Zentrale geleiten. »Möchten Sie vielleicht hier den Flug verfolgen, Farschgu?« »Nur zu gern.« »Diesen Platz habe ich für Sie vorgesehen«, erklärte Neschtem und deutete auf eine freie Sitzgelegenheit. »Von hier aus haben Sie einen guten Blick auf den Hauptbildschirm.« Farschgu setzte sich auf den Platz und verfolgte die ruhig erteilten Befehle von Kommandant Neschtem. Bald darauf hob das Raumschiff ab und stieg langsam in den Himmel. In diesem Augenblick wurde Farschgu bewusst, wie lange es schon zurücklag, dass er Deschkan verlassen hatte. Der Entschluss, nicht noch einmal so eine lange Zeit verstreichen zu lassen, manifestierte sich in seinem Kopf. Das Schiff beschleunigte aus dem System heraus und nahm bald darauf die erste Etappe. Für ihn war es wegen des langen Zurückliegens des letzten Flugs ungewohnt, doch wusste Farschgu, dass er sich bald daran gewöhnte. Nach der Orientierungsphase nahm das Schiff Fahrt auf und überwand das nächste Teilstück. Sein Blick galt Neschtem, der Souveränität ausstrahlte, was sich positiv auf die Besatzung der Zentrale auswirkte. Kommandant Neschtem bemerkte, dass Farschgu ihn ansah, weshalb er sich ihm zuwandte. »Gefällt Ihnen der Flug bis jetzt, Farschgu?« »Ja, ich genieße ihn und werde das auch bis zum Schluss.« »Das freut mich. Es dauert noch, bis wir Minchoxr erreichen.« Der Hinweis war für Farschgu wie ein Erinnerungsschub, denn ihm fiel ein, dass er sich noch keinen Plan für sein weiteres Vorgehen nach dem Erreichen von Minchoxr zurechtgelegt hatte, weshalb er begann, verschiedene Möglichkeiten hinsichtlich ihrer Erfolgschance gegeneinander abzuwägen. Dabei konnte er sich des Gefühls nicht erwehren, dass er dafür die restliche Zeit bis zur Ankunft benötigte, doch er war sich sicher, rechtzeitig zu einem Ergebnis zu kommen, das ihm die größtmögliche Gelegenheit des Gelingens versprach.

* * *

Der General betrat den großen Saal, ging auf den Thron zu, blieb stehen und wollte der Etikette Genüge tun, doch der Herrscher machte eine abwehrende Geste. »Es ist schon gut, Fepulkrt. Sie können sich das sparen. Mir ist es wichtiger, dass Sie gute Ergebnisse liefern. Wie ist der aktuelle Stand?« »Die Restrukturierung ist weitgehend abgeschlossen. Die Flotte ist jetzt schlagkräftiger, als sie es jemals war. Ich musste zwar partiell vehement eingreifen, aber der Erfolg zeigt, dass es der Notwendigkeit unterlag.« »Von Ihnen habe ich nichts anderes erwartet. Wenn Sie Ihre Aufgabe vollendet haben, erwarte ich von Ihnen einen Plan hinsichtlich Minchoxr und Deschkan.« »Ist das denn den Aufwand wert? Mit Verlaub, Zerlgtoxr, ich bin nach wie vor der Ansicht, dass wir unsere Kräfte nicht dafür verschwenden. Erinnern Sie sich an die Gespräche, welche wir führten. Das Imperium wird stärker und wir wissen nicht, was der Alkt plant. Ich glaube nicht, dass sie uns all die Systeme, welche wir übernahmen, auf Dauer überlassen.« Nachdenklich lehnte sich der Herrscher zurück und fixierte dabei den General. »Auch ich sehe das Konfliktpotenzial. Schließen Sie Ihre Bemühungen ab, dann geben Sie mir den letzten Statusbericht. Dann erst werden wir entscheiden, wie weiter verfahren wird.« »Ich bin der Ansicht, dass wir irgendwelche Expansionsbemühungen hinsichtlich des Imperiums wie unser Vorgehen gegen Morior vorläufig hinten anstellen sollten.« »Aber nur vorläufig, Fepulkrt. Ob wir es wollen oder auch nicht: Ein Konflikt mit dem Imperium wird unausweichlich sein. Richten Sie Ihre Arbeit darauf aus. Ich denke, dass wir kurzfristig nichts vom Imperium zu befürchten haben.« »Wie kommen Sie zu dieser Ansicht,

Zerlgtoxr?« »Wie ich erfuhr, hat der Alkt zurzeit ein Problem mit einer unbekannten Macht, die ihre Kräfte bindet.« Überrascht fragte sich Fepulkrt, woher der Herrscher diese Information hatte, da er nichts von all dem erfuhr. »Wäre das für uns nicht eine Chance?« »Nein, Fepulkrt. Optuj Uxbeija konnten wir leicht einschätzen, aber nicht den jetzigen Alkt Kalaran von Talstal. Übrigens, General, einer unserer Agenten hat über eine Eigentümlichkeit berichtet. Eine kleine Gruppe von Händlern entfaltet eine ungewohnte Aktivität. Irgendetwas ist im Gange, aber der Agent konnte leider nicht mehr in Erfahrung bringen.« Auch von dieser Information hatte Fepulkrt nichts erfahren und er nahm sich vor, mit seinen Leuten darüber zu sprechen. »Ich will die Entwicklung abwarten, General. Gehen Sie jetzt. Ich erwarte Ihren Abschlussbericht.« »Wie Sie wünschen, Zerlgtoxr.«

* * *

Zusammen mit Fegobol und Ulneske betrat Zakatek das Büro von Kalaran, der aufsah, als sie eintraten. »Setzt euch«, sagte der Alkt nur knapp. Die drei nahmen sich jeder einen Stuhl, setzten sich und sahen Kalaran an. »Hast du irgendetwas in Erfahrung bringen können, was uns weiterbringt, Duroto?« »Nein, entweder die Händler wissen nichts oder sie schweigen sich aus. Es ist sinnlos, obwohl ich den letzten Händler etwas intensiver befragt habe.« »Etwas?«, echote Ulneske und sah zur Decke. »Lassen wir das! Um unser Problem zu lösen, hilft nur noch mein Notplan. Rinlum, Duroto, was wir benötigen, ist ein Frachter.« Alle drei sahen sich zuerst fragend an und dann wieder zu Kalaran. »Wie soll uns ein Frachter helfen, das Problem zu lösen?« »Hört euch an, was ich mir ausdachte.« Ausführlich beschrieb Kalaran den Anwesenden seinen Plan, den sie mit einem gemischten Gefühl verfolgten. Nachdem er mit seiner Schilderung zum Ende gekommen war, schwiegen die Zuhörer eine Weile, dann ergriff Zakatek das Wort. »Rinlum und ich sollen also einen Frachter auftreiben?« »Genau das ist eure Aufgabe.« »Bei dem abgeräumten Markt? Die ominösen Händler kaufen doch alles, sobald sie es nur entdecken. Vergiss einfach die Idee.« »Ich weiß, es wird nicht einfach sein, aber ihr schafft das schon.« Fegobol und Zakatek sahen sich an und verzogen fast gleichzeitig das Gesicht. »Das habe ich mir schon immer gewünscht«, brummte Zakatek und stand auf. Auch Fegobol sowie Ulneske erhoben sich und verließen mit dem General das Büro. Kaum dass sie den Audienzsaal verlassen hatten, begann ein lautes Stimmengewirr, das Kalaran in seinem Büro vernahm, weshalb er aufstand und hinausging. Er sah, dass die Tür zum Saal ein Stück offen stand, was ihn dazu veranlasste hinzugehen, sie ganz zu öffnen, um nachzusehen, wer sich davor unterhielt. »Wärt ihr so nett, mir zu sagen, was das für eine Diskussionsrunde ist?«, fragte der Alkt und setzte mühevoll eine strenge Miene auf. »Äh, wir müssen weiter«, sagte Fegobol und eilte mit seinen beiden Begleitern dem Ausgang des Gebäudes zu. »Ihr kommt mit mir«, wies Kalaran die übrig Gebliebenen an und ging vor. Die fünf Personen folgten dem Alkt zu seinem Büro und ließen sich ebenso wie er am Konferenztisch nieder. »Da jetzt endlich Ruhe eingekehrt ist: Werga, wen hast du außer Zinelka noch dabei?« »Das sind General Galgion, Morgi Belmnod sowie Salka Wariot«, stellte Konlup die rechts neben ihm Sitzenden vor und deutete dabei auf die jeweilige Person. »Kalaran, bevor ich dir die vergangenen Ereignisse schildere, lies dir das durch.« Konlup fingerte den mit der Hand verfassten Bericht aus seiner Jackentasche und reichte ihn dem Alkt, der ihn entgegennahm. Sofort begann Kalaran zu lesen, wobei sich seine Miene immer mehr verfinsterte. Zum Ende gekommen, legte er die Abhandlung auf dem Tisch ab und sah in die Runde. »Das passt ganz hervorragend zu den merkwürdigen Vorkommnissen, die sich in letzter Zeit ereigneten. Jetzt erzähle mir, was passiert ist, Werga.« Wie aufgefordert begann Konlup mit der Schilderung der Ereignisse, was Kalaran mit bedenklicher Miene verfolgte. Am Schluss blickte der Alkt zuerst Belmnod, dann Wariot und zum Schluss lange Galgion durchdringend an. »Ich glaube einfach nicht, was ich da gerade gehört habe!«, stieß Kalaran wütend hervor. »Haben Sie denn gar nichts gelernt, Galgion? Auch ihr beide hättet nachfragen müssen, warum Calanui das von euch verlangt hat.« »Er hätte es uns ohnehin nicht gesagt«, antwortete Salka Wariot kleinlaut. »Ein Mordauftrag darf nicht einfach auf Befehl ausgeführt werden, auch wenn dieser vom Gouverneur kommt, dazu noch zu allem Überfluss an einen General der Flotte, der von mir beauftragt wurde, Unregelmäßigkeiten herauszufinden und zu beseitigen. Salka Wariot, dass du den Gouverneur Calanui erschossen hast, kann ich nicht gutheißen, aber vielleicht ist es besser so, obwohl ich Calanui lieber vor Gericht gestellt hätte.« Der Alkt stand auf, ging aus seinem Büro und begann, im Audienzsaal umherzulaufen. Die fünf sahen aus dem Büro und blickten dabei verständnislos drein. Nach einiger Zeit kehrte der Alkt in das Büro zurück, blieb vor dem Tisch stehen und sah Wariot, Belmnod sowie Galgion mit einem Unheil verheißendem Blick an. »Ich müsste euch beide, Salka und Morgi, unverzüglich einem Zivilgericht überstellen und Sie, Galgion, dem Militärgericht. Da die Angelegenheit mit den gestohlenen Schiffen noch nicht abgeschlossen ist, will ich euch eine Chance geben, euch zu bewähren, damit ihr eure Position deutlich verbessern könnt. Keiner von euch wird wohl so dumm sein, meinen Vorschlag abzulehnen.« Kalaran setzte ihnen auseinander, was er von ihnen verlangte, wobei er dabei ihre Mienen, die dabei leicht zuckten, fixierte. Wariot reagierte unverzüglich, nachdem der Alkt zum Ende seiner kurzen Beschreibung gekommen war. »Ich bin dabei!« »Ich auch!«,

ergänzte Belmnod. »An Ihrem Angebot kann ich nicht vorbeigehen, Alkt.« »Alles andere hätte mich auch verwundert,
Galgion. Ihr haltet euch zu meiner Verfügung. General Konlup übergibt euch Oberst Fegobol. Seinen Anweisungen habt
ihr unbedingt Folge zu leisten. Höre ich von ihm auch nur
eine einzige Beschwerde, wisst ihr, was euch erwartet.« Alle
standen auf und verließen wortlos das Büro. Ihren Abgang
quittierte Kalaran nur mit einem Kopfschütteln.

* * *

In der Zentrale des kleinen Schiffs saßen Zodomar, Tescherketu sowie die vier Soldaten am nächsten Tag, um die weitere
Vorgehensweise zu besprechen. »Tescherketu, wir beide fliegen noch einmal zu Ihrem ehemaligen Haus, um festzustellen,
ob wir Spesiluwo antreffen.« »Offen gesagt, halte ich das für
Zeitverschwendung.« »Trotzdem schlage ich vor, dass wir
uns sofort dorthin aufmachen.« »Ihr wartet im Schiff, bis
wir wieder zurück sind«, befahl der Oberst und verließ mit
dem Arzt die Zentrale und sie begaben sich zu dem Gleiter.
In dem Hangar angekommen, nahm Tescherketu wieder auf
dem Fahrersitz Platz, steuerte aus dem Schiff und nahm Kurs
auf seine ehemalige Behausung. Nach einem ereignislosen
Flug, den sie sich mit einem belanglosen Gespräch verkürz-
ten, erreichten sie die Villa und parkten ihr Fahrzeug neben
dem Eingang. »Sein Gleiter steht nicht hier, Oberst.« »Spesiluwo traut sich wohl nicht mehr in sein Haus.« Sie stiegen
aus dem Fahrzeug, gingen zur Tür und der Arzt betätigte den
Signalgeber, aber selbst nach drei weiteren Versuchen zeigte
sich keinerlei Reaktion. »Das können wir getrost vergessen,
Tescherketu. Fliegen wir zurück.« Beide gingen zu ihrem
Gleiter, bestiegen ihn und flogen los. »Genau jetzt benötigen wir einen neuen Plan, Oberst.« »Ein wahres Wort gelassen ausgesprochen, Tescherketu. Sie kennen doch sicher

alle Wissenschaftler, die hier wohnen.« »Es ist lange her, seit ich Eswordon verließ. Ich gehe nicht davon aus, dass noch alle, die ich kannte, hier ihrer Arbeit nachgehen.« »Nehmen wir einmal an, es wäre noch so: Ich brauche von Ihnen die Namen und Adressen von den Personen, die dafür infrage kommen, um sich mit Spesiluwo auszutauschen.« »Die Anzahl hält sich in Grenzen.« »Das erleichtert uns das doch schon. Sobald wir auf dem Schiff sind, erstellen Sie mir eine Liste und danach besprechen wir unser weiteres Vorgehen.«

* * *

Zum wiederholten Mal suchte Walpa Vuoga den Leiter der Werft von Pherol, Heti Naro, auf. Er stieg aus seinem Fahrzeug und betrachtete die Betriebsamkeit, welche ihm zeigte, dass sein Auftrag ordnungsgemäß zur Ausführung kam. Zufrieden machte er sich auf die Suche nach dem Leiter, den er auch nach einigem Nachfragen bei Arbeitern ausfindig machte. Naro, der vor einem Schiff stand und gerade Anweisungen gab, bemerkte Vuoga, der gerade auf ihn zukam. Er verzog das Gesicht zu einer Grimasse und schickte seine Mitarbeiter zu ihren Arbeitsplätzen. »Hallo, Naro! Wie ich sehe, erzielen Sie gute Fortschritte.« »Ich hoffe, unsere Arbeit findet Ihre Zustimmung.« »Die Kommandanten Ihrer instand gesetzten Schiffe haben sich nur positiv über die Arbeit Ihrer Mitarbeiter geäußert.« »Das freut mich zu hören.« »Es gibt allerdings einen Punkt, der mir nicht gefällt: Die Anzahl der Schiffe, die Sie liefern, ist mir nicht hoch genug.« »Präsident, die Schiffe sind zum Teil in einem beklagenswerten Zustand. Manche sollten ausgeschlachtet werden. Das wäre sinnvoller, als sie wieder unter den größten Mühen zu einem brauchbaren Schiff aufzubauen.« »Sie übertreiben maßlos, Naro.« »Ich kann Ihnen so ein Exemplar zeigen. Dann werden Sie sehen, mit welchen Problemen wir es zu tun haben.« »Meinetwegen, Naro, aber nur Ihnen zuliebe.« Naro lag eine Entgegnung auf den Lippen, auf die er jedoch verzichtete, um sich nicht den Unmut Vuogas zuzuziehen, was immer zur Folge hatte, dass der Präsident unmögliche Forderungen stellte. Schweigend gingen sie zu einem Schiff, das schon von Weitem einen bedauernswerten Eindruck machte, der sich verstärkte, je mehr sie sich ihm näherten. Schließlich blieben sie davor stehen und Naro machte eine Handbewegung, die das Schiff in seiner ganzen Länge umfasste. »Betrachten Sie dieses Wrack genau, Präsident. Sie müssen zugeben, dass der Zustand beklagenswert ist.« »So schlimm, wie Sie den Zustand darstellen, ist er doch gar nicht.« Nur mühsam gelang es Heti Naro, die Beherrschung zu bewahren, und er führte Vuoga in den Raumer hinein. Im Inneren offenbarte sich der marode Zustand in seinem ganzen Ausmaß. Kabel hingen von der Decke herab, die Wandverkleidungen fehlten partiell oder waren beschädigt. Abgerissene Rohrleitungen boten sich ihnen dar, selbst der Fußboden zwang sie dazu, ihre Schritte mit Bedacht zu setzen. Sie gingen noch ein Stück tiefer in das Schiff hinein, wobei der Anblick, welcher sich ihnen bot, nicht besser wurde. Als sie den Maschinenraum durch das halb herausgerissene Schott betraten, zeigte sich das wahre Ausmaß. »Sehen Sie sich das an, Präsident! Das ist schlichtweg eine Katastrophe.« »Wenn ich das so betrachte, bleibt mir nichts anderes übrig, als Ihnen Hochachtung zu zollen. Sie und Ihre Leute leisten gute Arbeit. Ich bin schon darauf gespannt, das Schiff wieder in Aktion zu sehen. Geben Sie mir Bescheid, wenn es so weit ist.« Vuoga wandte sich ab und lief wieder zum Ausstieg. Als die beiden wieder vor dem Raumer standen, setzte Vuoga einen nicht einzuschätzenden Gesichtsausdruck auf. »Ich erwarte Ihre Meldung, dass dieses Schiff einsatzbereit ist.« Vuoga ließ Naro stehen und ging in Richtung seines Gleiters, blieb aber nach einigen Schritten noch einmal stehen. »Naro, beeilen Sie sich mit der Arbeit.

Geduld ist nicht gerade meine Stärke.« Ärgerlich sah Naro
dem Präsidenten nach und wartete, bis er abflog. »Als ob ich
es geahnt hätte: Er verlangt Unmögliches«, brummte Naro.

* * *

Kölpa und Ireipehl standen im großen Saal und beratschlag-
ten über den Patienten, dessen Stadium am weitesten fortgeschritten war. »Kölpa, ich sehe keine Chance mehr für
ihn. Ich gebe dem Mann bestenfalls noch zwei Tage. Wenn
Zodomar nicht bald mit einer Lösung kommt, stirbt er. Alles, was wir versuchten, ist fehlgeschlagen. So hilflos kam ich
mir noch nie vor.« »Dir geht es nicht allein so. Zodomar hat
Unterstützung von Tescherketu. Sie können es schaffen.«
»Ich teile deinen Optimismus leider nicht mehr. Zurzeit
haben wir schon mehr als zwanzig Fälle und ich sehe keine
Möglichkeit, weitere Ansteckungen zu verhindern.« Kölpa
und Ireipehl gingen zu einem der Räume, in denen sie zusätzliche Betten aufgestellt hatten, um die Infizierten unter-
bringen zu können. Vor der Station blieben sie stehen und
sahen durch das Fenster in den Raum. Apathisch lagen ihre
Patienten auf den Liegen und starrten teilnahmslos an die
Decke. Schweigend glitten die Blicke der beiden Ärzte von
einer Person zur anderen, um dann auf der letzten hängen
zu bleiben. »Ich habe immer noch keine Vorstellung davon,
wie die Krankheit übertragen wird, Kölpa.« »Auch mir fehlt
eine Idee dazu. Vor allem auch deswegen, weil irgendetwas
nicht zusammenpasst.« »Wie meinst du das?« »Nach den
ganzen Beschreibungen, die wir von den Kranken erhielten,
hatte nicht jeder körperlichen Kontakt zu einem der anderen. Würde die Übertragung über die Luft stattfinden, müssten sich noch mehr als nur die wenigen angesteckt haben,
unter anderem in erster Linie wir beide, aber dem ist nicht
so.« »Was es nicht einfacher macht, ist die Frage, wer über-

haupt wen angesteckt hat, Kölpa.« »Die Schilderungen der Betroffenen bringen uns keinen Schritt weiter.« Ein Schrei unterbrach Kölpa in seiner Ausführung. Beide sahen sich kurz mit einem fragenden Blick an und eilten zu dem kleinen Raum, in dem das erste Opfer der Mannschaft lag. Sie blickten durch die Scheibe auf die Liege und sahen, wie sich der Körper des Mannes aufbäumte.

* * *

Kelschin, der gerade in der Kontrollzentrale des Raumhafens von Minchoxr stand, wurde vom Orter aus seinen Überlegungen gerissen. »General! Ein Schiff ist angekommen!« Hektisch drehte sich Kelschin zu dem Offizier um. »Ist es ein Echsenraumer?« »Nein, es ist eines von unseren Schiffen.« »Schade, zu gern hätte ich es gesehen, wenn General Fepulkrt hierherkäme, um mich untertänigst um Verzeihung zu bitten. Wo kommt das Schiff her und was wollen sie bei uns, Funker?« Der Offizier bat die Gegenseite zu warten und drehte sich zu Kelschin um. »Sie holen gerade die Landeerlaubnis ein. Warten Sie bitte, ich habe sie noch in der Leitung.« Der Funker setzte das Gespräch fort und beendete es schließlich, nachdem er die Erlaubnis zur Landung gegeben und einen Platz zugewiesen hatte. »Den Grund ihres Kommens nannten sie mir nicht, aber sobald das Schiff gelandet ist, sollen Sie sich dort einfinden.« »Was soll das denn bedeuten? Wie kommt ein Kommandant dazu, mich zu seinem Schiff zu beordern?« Verärgert sah Kelschin aus dem Fenster und suchte den Himmel ab, bis er das Raumschiff entdeckte. Etwas für die Zentralenbesatzung Unverständliches vor sich hinmurmelnd, verließ der General den Raum und begab sich zum Landefeld. Am Rand davon blieb er stehen, sah nach oben und verfolgte das Landemanöver des Schiffs. Langsam sank es immer tiefer, bis es auf dem Raumhafen niederging.

Daraufhin lief Kelschin los und legte sich auf dem Weg die Worte zurecht, mit denen er dem Kommandanten eine Rüge zu erteilen gedachte. Ein paar Schritte vor dem Ausstieg blieb er stehen und wartete darauf, dass dieser geöffnet wurde, was ihm viel zu lange dauerte. »Es ist eine Unverschämtheit, mich so warten zu lassen!«, stieß der General wütend hervor. Sein Blick hing auf dem Schiff, so als könnte er das Schott damit aufreißen. Dann ging endlich der Ausstieg auf und die Rampe fuhr aus. Es dauerte daraufhin noch einmal geraume Zeit, bis endlich eine Person in dem Ausstieg erschien und die Rampe hinablief. Als Kelschin sah, wer da auf ihn zukam, vergaß er augenblicklich alle Worte, die er sich zurechtgelegt hatte. »Farschgu, Sie hier auf Minchoxr! Sie haben doch Deschkan schon lange nicht mehr verlassen.« »Deswegen war es überfällig, Kelschin. Vor allem interessiert es mich, wie weit die Arbeiten fortgeschritten sind. Ich hoffe, dass Sie mich nicht enttäuschen.« Diese Bemerkung nahm der General nur zur Kenntnis, obwohl er sie als Beleidigung auffasste. »Begleiten Sie mich bitte, Farschgu. Wir nehmen einen Gleiter und ich zeige Ihnen alles.« Schweigend liefen sie über das Landefeld, wobei Farschgu nach allen Seiten blickte. »So toll sieht es hier nicht aus, Kelschin.« »Sie hätten sehen müssen, wie es hier aussah, bevor wir mit den Arbeiten begannen. Das Landefeld zum Beispiel ist jetzt dreimal so groß. Das einzige Bauwerk, welches daneben stand, ist das Kontrollgebäude. Alle anderen haben wir errichtet. Auch die Kolonisten tragen ihren Teil dazu bei, was die Errichtung der Häuser anbetrifft. Sie werden überrascht sein, inwieweit die Bebauung fortgeschritten ist.« »Sie lehnen sich zu weit heraus, Kelschin.« Der General ärgerte sich über die Entgegnung, unterdrückte jedoch den Groll. Vor dem Kontrollgebäude angekommen, bestiegen sie ein Fahrzeug, Kelschin nahm auf dem Fahrersitz Platz und flog los. Er ließ den Gleiter höher steigen, sodass Farschgu einen besseren Überblick erhielt. Das Regierungsoberhaupt blickte über das beeindruckend große Landefeld, auf dem mehrere Schiffe standen. Anschließend begutachtete er die neuen Häuser, die neben und hinter dem Kontrollgebäude standen. Auch wenn es ihm nicht gefiel, musste er doch zuerkennen, dass das Erreichte ihn beeindruckte. Nach diesem kurzen Flug steuerte der General in das Gebiet, welches hinter den wenigen provisorischen sowie containerähnlichen Unterkünften, die zum Teil auch als Büros dienten, war. Dahinter befand sich ein breiter Streifen, der von der Vegetation freigehalten wurde. Rückseitig des öden Bandes begann der Bewuchs des Dschungels, in den von den Syntagi Schneisen für Straßen, die zu den neu errichteten Gebäuden führten, geschlagen worden waren. Über einem dieser Verkehrswege flog Kelschin in großer Höhe, bis die ersten grün gestrichenen, zuckerhutförmigen Häuser in Sicht kamen. Zwar hatte sich Farschgu vorgenommen, Kelschin auch deswegen zu kritisieren, aber der Anblick, der ihn an Deschkan erinnerte, stimmte ihn milde. »Es ist schön hier. Landen Sie bitte bei den Häusern. Ich will mit den Kolonisten sprechen.« Der sanfte Tonfall irritierte Kelschin, da er ihn noch nie so reden hörte. Er ließ das Fahrzeug tiefer sinken und flog das letzte Stück über die Straße, bis er das erste Bauwerk erreichte, vor dem er stoppte. In dem Moment, als beide ausstiegen, kamen die ersten Kolonisten auf sie zu und blieben in einem Halbkreis vor ihnen stehen. Alle redeten durcheinander, weswegen sich Farschgu genötigt sah, beide Arme emporzuheben, um so für Ruhe zu sorgen, die auch schnell einkehrte. »Seid mir alle gegrüßt. Ich bin zu euch gekommen, weil ich sehen wollte, wie weit die Arbeiten gediehen sind, und außerdem interessiert es mich, ob es Beschwerden gibt.« Wieder redeten alle durcheinander, bis sie sich gegenseitig zum Schweigen brachten, damit einer von ihnen mit Farschgu reden konnte. »Farschgu, es freut uns, dass Sie zu uns gekommen sind. Soweit ist alles wie bei uns zu Hause auf Deschkan, nur die Lebensmittelversorgung ist unzureichend. Noch sind wir auf die Lieferungen angewiesen, bis wir mit dem Anbau beginnen können.« »Das kann ich nicht gutheißen. Kelschin, wie kommt es, dass die Kolonisten nicht genug Nahrungsmittel erhalten?« »Wir müssen sie zuerst nach Minchoxr transportieren und dann erst ist es uns möglich, an die Verteilung zu gehen.« »Das sind doch alles nur Ausreden von Ihnen. Mir ist egal, wie Sie das machen, aber ich verlange von Ihnen, dass Sie diesen Missstand unverzüglich abstellen.« Diese letzten Worte nahmen die Kolonisten mit Begeisterung auf und stimmten der Forderung sehr lautstark zu. Diese Bloßstellung vor allen Siedlern machte Farschgu absichtlich, dessen war sich der General vollkommen sicher. Da ihm keine andere Möglichkeit blieb, spielte er mit und hob beschwichtigend die Hände. »Ich werde alles in meiner Macht Liegende schnell veranlassen, damit die Versorgung besser wird.« »Das wollen wir hoffen!«, rief ihm einer der Kolonisten in einem aggressiven Tonfall zu. »Ich kümmere mich gleich darum.« Der General wandte sich ab, ging zum Gleiter und nahm auf dem Fahrersitz Platz. Mit erhobenen Armen folgte Farschgu ihm und stieg ebenfalls ein. Kelschin wendete und flog die Straße zurück.

* * *

Admiral Alta Lar Tunga nahm von Veschgol aus Kontakt mit Admiral Muruba auf, der zurzeit auf Klutags weilte. »Alta, was gibt es? Statten dir die Stelkudo wieder einen Besuch ab?« »Nein, die sehen wir hier bestimmt so schnell nicht mehr. Es geht mir um was anderes: Wir müssen nicht länger beide hierbleiben. Kalaran wird einen von uns sicher eher benötigen als Klutags und Veschgol zusammen. Du belässt die Flotte bei Klutags und fliegst nach Alkatar zurück. Ich bleibe sicherheitshalber vorläufig noch im System von Veschgol.«

»Solltest du nicht besser nach Alkatar fliegen? Schließlich bist du der oberste Militär.« »Läge etwas Akutes an, hätte mich Kalaran schon längst kontaktiert. Ich werde in Olitra der Gouverneurin einen Besuch abstatten. Anschließend sehe ich mir noch etwas an, wenn ich schon einmal da bin.« »Seit wann gibt es in Olitra etwas Besonderes zu sehen?« »Ich habe nicht behauptet, dass es etwas Besonderes zu sehen gibt. Veschgol ist Teil des Imperiums und ich weiß so gut wie nichts darüber. Unsere Datei ist eher als rudimentär zu bezeichnen und erschwerend dazu nicht auf dem neuesten Stand. Sicher wird mir Penra die Gelegenheit geben, dem abzuhelfen.« »Wie du willst. Ich werde mich von Litpö verabschieden und fliege dann ab. Allerdings bin ich der Ansicht, dass die Flotte bei Klutags reduziert werden kann. Wir binden bei Veschgol und Klutags zu viele unserer Schiffe.« Einen Moment dachte Alta nach, bevor er antwortete. »In diesem Punkt stimme ich dir zu. Nimm eintausend Einheiten mit. Die Umgruppierung nehme ich vor, falls Litpö panisch werden sollte. Ich wünsche dir einen guten Flug, Leytek.« »Grüße Penra und Litreck von mir.« Die Verbindung erlosch und Alta sah in Richtung des Piloten und des Funkers. »Holen Sie die Landegenehmigung ein und bringen Sie uns herunter nach Olitra.«

*

»Wohin gehen Sie, Admiral?«, fragte der Kommandant der Ziton irritiert. »Ich dachte, Sie wollen der Gouverneurin einen Besuch abstatten.« »Ich gehe zur Raumhafenkontrolle und kontaktiere sie von dort aus.« »Warum das denn? Das kann der Funker doch auch erledigen.« »Ich weiß, dass er das kann. Die Strecke hinüberzulaufen, wird mir guttun.« Alta verließ die Zentrale und der Kommandant sah ihm verständnislos nach. Er drehte sich um, sah auf den Hauptbildschirm und wartete, bis der Admiral ins Blickfeld kam, worauf er auch nicht lange warten musste. Ohne Eile überquerte Alta das Landefeld und sah sich dabei um. »Wir sollten uns mehr um die abgelegenen Systeme kümmern«, murmelte der Admiral und betrat das Kontrollgebäude. »Wo geht es zur Zentrale?«, fragte er die erste Person, welche ihm dort begegnete. Die Frau beschrieb, wie er dorthin gelangte, und ging ihres Weges. Alta lief zum nächsten Lift, stieg ein und ließ sich nach oben tragen, wo er ausstieg. Ein kahler, leerer Gang empfing ihn, den er bis zum Ende entlangging. Das Schott, welches den Flur abriegelte, glitt auf und Alta betrat den dahinter befindlichen Raum. Die Köpfe der Besatzung wandten sich ihm zu und Alta blickte in verwunderte Gesichter. »Ich bin Admiral Alta Lar Tunga«, stellte sich Alta lächelnd vor. »Was kann ich für Sie tun, Admiral?«, fragte die Schichtleiterin der Zentrale. »Ich wollte nur einmal sehen, wo Ulneske arbeitete.« »Sie kennen Ulneske? Was macht sie denn zurzeit?« »Sie ist auf einer Militärakademie in Alkaton. Das ist zumindest mein letzter Stand.« »Das hätte ich nicht gedacht, aber ich denke, das liegt ihr mehr als die Arbeit in dieser Zentrale.« »Nehmen Sie bitte Kontakt mit der Gouverneurin auf und sagen ihr, dass ich sie zu sprechen wünsche.« »Selbstverständlich machen wir das für Sie. Funker, Sie haben gehört, was der Admiral wünscht.« Der Mann bestätigte und begann, an seiner Konsole zu arbeiten. Nach einem kurzen Gespräch sah der Funker zu Alta. »Die Gouverneurin hält sich in ihrem Büro im Regierungsgebäude auf. Sie werden von ihr erwartet.« »Vielen Dank.« »Ich beschreibe Ihnen den Weg dorthin, Admiral.« »Das ist nicht notwendig. Mir ist bekannt, wo das Regierungsgebäude liegt.« »Nehmen Sie einen der Gleiter, die auf der linken Seite, wenn Sie das Gebäude verlassen, stehen. Stellen Sie ihn einfach wieder dort ab, wenn Sie zurückkommen.« »Ich danke Ihnen für Ihre Unterstützung«, sagte Alta zu der

Leiterin und ging zum Ausgang. »Admiral, bitte warten Sie noch einen Augenblick!« Alta blieb stehen, drehte sich um und sah zu der Schichtleiterin. »Richten Sie Ulneske bitte Grüße von uns allen aus.« »Das mache ich gern«, gab Alta lächelnd zurück und verließ die Kontrollzentrale.

*

Vor dem geschlossenen Tor stoppte Alta das Fahrzeug und die Wache kam auf ihn zu. »Sie sind Admiral Tunga?« »Ja, der bin ich.« »Die Gouverneurin erwartet Sie bereits. Parken Sie neben dem Eingang. Wenn Sie in das Gebäude gehen, nehmen Sie die Treppe auf der rechten Seite. Sie führt direkt in das Büro.« »Danke.« Die Wache öffnete das Tor und Alta flog auf das Gelände ein. Wie ihm geheißen, parkte er den Gleiter, stieg aus und ging die wenigen Stufen zum Eingang empor. Er trat ein, lief die Treppe hinauf und betrat das Büro durch die offen stehende Tür. Penra, die hinter ihrem Schreibtisch saß, sah auf und erhob sich. »Admiral Tunga, es ist schön, dass Sie mir einen Besuch abstatten«, begrüßte sie ihn, während Penra auf ihn zuging. »Admiral Muruba hat mir viel von Ihnen erzählt. Es ist mir eine Freude, Sie persönlich kennenzulernen, Gouverneurin.« »Bitte nennen Sie mich einfach Penra.« »Ich bin Alta. Wie läuft es denn so auf Veschgol?« »Dank Ihrer Hilfe ist alles ruhig und alles nimmt seinen gewohnten Gang.« »Unsere Hilfe ist selbstverständlich, schließlich gehört das System zum Imperium. Ich habe eine Bitte an Sie, Penra. Besteht die Möglichkeit, dass ich mich ein wenig mit der Geschichte des Planeten befassen kann?« »Selbstverständlich ist das möglich. Warum interessiert Sie das?« »Unsere Informationen sind nicht gerade neu und schon gar nicht als umfangreich zu betrachten.« »Sie können dort an dem Arbeitsplatz alles einsehen. Warten Sie bitte einen Moment.« Penra ging zu dem Tisch auf der linken Seite des Raums, setzte sich und rief an der Arbeitsstation die entsprechende Datei auf. »Bitte nehmen Sie Platz, Alta. Sie brauchen die Datei nur zu öffnen. Falls Sie Fragen dazu haben, stehe ich gern zu Ihrer Verfügung. Wenn es Sie nicht stört, arbeite ich weiter.« »Es stört mich nicht. Die Bürokratie kennt keinen Aufschub.« Penra lachte und ging wieder zu ihrem Schreibtisch. Alta ließ sich hinter dem Tisch nieder, öffnete die Datei und begann zu lesen.

* * *

»Sind das wirklich alle, Tescherketu?«, fragte Zodomar verwundert den Arzt. »Mehr sind es nicht, natürlich vorausgesetzt, dass der Status quo ante noch Gültigkeit hat.« »Fünf Personen sind wirklich überschaubar.« »Wie wollen Sie vorgehen?« »Wir beobachten die Häuser und hoffen, dass wir Spesiluwo bei einem von diesen sehen.« »Das sind schöne Aussichten, die sie uns unterbreiten. Wir dürfen uns also wer weiß wie lange vor den Villen herumtreiben.« »Es ist immer noch besser, als wenn wir in jedes Gebäude einsteigen.« »Dieses Argument zieht bei mir, Oberst.« »Das dachte ich mir.« Zodomar wies den vier Soldaten jeweils ein Haus zu. »Schön und gut, nur verraten Sie mir, wer die fünfte Villa übernimmt.« »Wir beide überwachen sie, allerdings müssen wir uns mehr im Hintergrund halten.« Der Arzt wirkte wenig begeistert von dem Vorschlag, stimmte aber zu. »Fein, dann darf ich die Herrschaften zum Hangar, wo unser Gleiter steht, bitten.« Alle verließen die Zentrale und begaben sich zu dem von dem Oberst bezeichneten Ort. Sie bestiegen das Fahrzeug, und Tescherketu, der auf dem Sitz des Fahrers saß, flog aus dem Schiff mit Richtung zu ihrem ersten Beobachtungsziel. An jeder der vier Stationen setzten sie jeweils einen der Soldaten ab. Anschließend machten sie sich zu dem letzten Überwachungspunkt auf, wo sie in sicherer

Entfernung anhielten. »Aus dieser Distanz ist nicht wirklich viel zu erkennen, Oberst. Warum mussten wir so weit von der Villa Position beziehen?« »Das wissen Sie doch.« Zodomar griff in seine rechte Beintasche und beförderte ein Fernglas daraus hervor, das er dem Arzt hinhielt. »Es ist das neueste Modell. Ich überlasse Ihnen die Ehre, mit der Beobachtung zu beginnen.« »Sie sind zu freundlich.« »Ich weiß.« Tescherketu schenkte dem Oberst einen strafenden Blick und setzte das Glas an. »Das wird ein spannender Tag«, meckerte der Arzt. »In der Nacht sehen wir allerdings nichts.« »Ich bitte Sie, Tescherketu. Ich sagte Ihnen doch, dass es sich um das neueste Modell handelt. Es verfügt über eine vorzügliche Nachtsichtfunktion.« »Das ist wirklich beruhigend.«

* * *

Oibotene, ein System, das zwar nicht im äußersten Randbereich lag, aber doch weit genug von Alkatar entfernt, dass es nicht im Fokus des letzten Diktators lag. Zu wenig hatte es zu bieten, als dass es eine verstärkte Aufmerksamkeit von Optuj Uxbeija verdient hätte, was zu einer zunehmenden Unzufriedenheit unter der Bevölkerung führte. Unter ihnen gab es eine radikale Gruppierung, die eine Loslösung vom Imperium anstrebte, was allerdings dem Willen der meisten Bewohner widersprach. Die führenden Köpfe dieser Bewegung störten sich jedoch nicht an dem Willen der Mehrheit, weswegen sie versuchten, mit immer mehr Radikalität die anders Gesinnten zu terrorisieren, um sie zum Schweigen zu bringen. Sie schreckten auch nicht vor Morden zurück, an denen die sich öffentlich gegen diese Bewegung stellten, die sie immer dreister werdend sogar in der Öffentlichkeit vornahmen. Die Angst griff mehr und mehr um sich und aus diesem Grund gingen die Einwohner nur noch, wenn es notwendig war, auf die Straße. Als dieses Stadium erreicht wurde, trafen die Anführer der Separatisten den Entschluss zu dem entscheidenden Schlag gegen die Regierung. Gouverneur Vlitom fühlte sich zunehmend hilflos, da seine Sicherheitskräfte der Situation nicht mehr Herr wurden. Es kam erschwerend hinzu, dass er keinem von ihnen wirklich trauen konnte, da er nicht wusste, auf welcher Seite sie standen. Zwar dachte er auch an die Möglichkeit der Flucht, doch er entschloss sich letztendlich dagegen, da er den Revolutionären das Feld nicht kampflos zu überlassen gedachte. In seiner Verzweiflung sah er nur noch eine einzige Möglichkeit.

* * *

Naro musste seinen Mitarbeitern ebenso wie sich selbst alles abverlangen, um das Schiff so schnell wie möglich einsatzbereit zu machen. Jede Frau und jeder Mann, den er an anderer Stelle entbehren konnte, beorderte er zu diesem eher als Wrack zu bezeichnendem Raumschiff. Während eine Gruppe sich um die Beschädigungen an der Außenhülle kümmerte, teilte Naro für jedes Deck zwei Trupps ein, um es instand zu setzen. Die meisten Leute schickte er in den Maschinenraum, da dort so gut wie jedes Aggregat ersetzt werden musste. Zu Anfang sah es für Naro so aus, als kämen sie nicht so recht mit ihren Bemühungen weiter, doch bald zeichnete es sich ab, dass langsam alles Formen anzunehmen begann. Noch musste er darauf verzichten, mit den Neueinbauten zu beginnen, doch konnte er schneller als gedacht anordnen, die Einbauten für die Geschütze anzugehen. Ein Umstand bereitete Naro allerdings Freude, nämlich dass die ganze Zeit Vuoga nicht bei ihm auftauchte. Wieder einmal machte der Werftleiter seine Inspektionsrunde und beendete diese wie gewohnt mit dem Begutachten der Außenhülle. »Wie lange benötigt ihr noch für die Arbeiten?«, fragte er den Leiter dieser Arbeitsgruppe. »Es sind nur noch Kleinigkeiten, die instand gesetzt werden müssen. Heute Nachmittag werden sie abgeschlossen sein.«»Bleiben Sie dabei und berichten Sie mir, sobald Sie damit fertig sind.«»Selbstverständlich melde ich es Ihnen«, antwortete der Gruppenleiter für Naro viel zu hastig und verschwand in aller Eile, dabei Anweisungen erteilend. Ein Räuspern ließ Naro herumfahren und er sah den Präsidenten hinter sich stehen. »Darf ich Ihr Gespräch dahingehend interpretieren, dass das Schiff bald einsatzfähig ist?«»Nein, Präsident, das dürfen Sie nicht. Die schwierigsten Arbeiten sind im Maschinenraum durchzuführen, ansonsten kommen wir zügig voran.«»Wie lange benötigen Sie noch für den Antrieb?«»Es geht nicht nur um den Antrieb, sondern auch um die Versorgung der Waffen mit Energie. Wir müssen das bei dem Einbau berücksichtigen.«»Sie reden sich heraus, Naro. Ihnen geht es doch nur darum, Zeit zu schinden.«»Das weise ich entschieden zurück. Vergessen Sie nicht, dass dieses Schiff als Frachter konzipiert wurde. Der Umbau gestaltet sich deshalb etwas schwierig.«»Sie sagten soeben: etwas schwierig. Daraus schließe ich, dass es doch kein wirkliches Problem darstellt. Spätestens in zwei Tagen erwarte ich Ihre Meldung, dass alle Arbeiten abgeschlossen sind und das Schiff voll einsatzbereit ist.«»Sie geben mir nur zwei Tage? Das ist nicht zu schaffen. Wir benötigen mehr Zeit.«»Die ich Ihnen aber nicht zugestehe. Sie haben zwei Tage, Naro, mehr nicht.« Walpa Vuoga ging davon und Naro sah ihm wütend und zugleich verzweifelt hinterher. »Wir wären besser doch nicht nach Pherol zurückgeflogen.« Naro seufzte und ging zum Schiff.

* * *

Die Flotte unter dem Kommando von Admiral Muruba erreichte Alkatar. Nur die Gyjadan landete auf dem Raumhafen von Alkaton, denn der General gedachte, sogleich bei

292

Kalaran vorstellig zu werden. Mit einem Gleiter verließ Leytek Muruba das Schiff und flog direkt zum Regierungspalast des Alkt. Vor dem Gebäude parkte er sein Fahrzeug, ging in das Gebäude und dort direkt zur Ordonnanz des Alkt, dessen Arbeitsplatz links neben dem Eingang zum Audienzsaal lag. »Admiral Muruba, Sie sind schon von Klutags zurück?« »Wie Sie sehen. Hält sich der Alkt in seinem Büro auf?« »Ja, gehen Sie hinein. Ich gebe dem Alkt nur kurz Bescheid.« Muruba öffnete die Tür, betrat den Audienzsaal und schloss sie wieder. Als der Admiral die Mitte des Saals erreichte, kam ihm Kalaran entgegen. »Leytek, gab es noch Schwierigkeiten mit den Stelkudo?« »Nein, alles ist ruhig. Aus diesem Grund hat mich Alta mit eintausend Einheiten zurückgeschickt. Gibt es irgendwo im Imperium Probleme?« »Außer der ungelösten Angelegenheit mit den mysteriösen Händlern und einigen Gouverneuren, über das dir Duroto bestimmt berichtet hat, gibt es keine Probleme.« »Duroto hat mich darüber in Kenntnis gesetzt. Habt ihr inzwischen neue Informationen über die Händler?« »Leider nicht. Duroto ist keinen Schritt weiter gekommen. Er ist auf eine Mauer des Schweigens gestoßen.« »Nichts anderes war zu erwarten. Die Einzigen, die etwas wissen könnten, sind die Verkäufer, aber die werden es sich auf keinen Fall mit ihren Kunden verderben.« Der Summton der Kommunikation unterbrach das Gespräch der beiden. Kalaran lief mit großen Schritten in sein Büro, gefolgt von Muruba. Der Alkt ließ auf dem Stuhl vor der Anlage Platz nehmen und der Admiral blieb neben ihm stehen, sodass er auch den Bildschirm im Blick hatte. »Ein Anruf mit höchster Priorität für Sie, mein Alkt«, meldete sich die Ordonnanz bei Kalaran, der den Admiral kurz ansah. »Wir haben uns anscheinend zu früh gefreut, Leytek.« Der Alkt blickte nach der Bemerkung wieder auf den Schirm. »Stellen Sie mir das Gespräch durch.« Das Bild wechselte und das Gesicht eines verhärmten Manns erschien auf dem

Schirm, was Kalaran ebenso wie Muruba erschreckte. »Ich grüße Sie, mein Alkt.« »Ich grüße Sie ebenfalls.« »Ich bin Gouverneur Vlitom.« »Sie sind der Gouverneur von Oibotene.« »Sie sind gut informiert, mein Alkt.« »Das muss ich auch sein. Was gibt es so Dringendes, dass sie mit höchster Priorität anrufen?« »Es ereignen sich hier auf Oibotene Dinge, die inzwischen jede Vorstellung sprengen.« »Berichten Sie darüber, Vlitom.« Der Gouverneur schilderte Kalaran, wie sich alles entwickelte und was bis zum heutigen Tag geschah. Kalaran und Muruba hörten die Schilderung mit zunehmend bedenklicher Miene und sahen sich dabei kurz an. »Ich benötige dringend Ihre Hilfe, sonst kann ich nicht mehr garantieren, dass ich die Aufständischen stoppen kann. Der Großteil der Bevölkerung ist mit Ihrem Vorgehen nicht einverstanden. Die Einwohner leben in Angst und ich kann ihnen nicht einmal helfen.« »Bleiben Sie bitte in der Leitung. Ich muss mich kurz mit Admiral Muruba, der gerade bei mir ist, besprechen.« Kalaran schaltete auf stumm und sah zu dem Admiral. »Die Aufgabe solltest du übernehmen, Leytek. Du hast außerdem die Flotte dabei, falls du einige Schiffe mitzunehmen gedenkst.« »Natürlich übernehme ich die Aufgabe und werde auch ein paar Schiffe mitnehmen. Den Rest der Flotte belasse ich hier und unterstelle sie Rinlum.« »Mach das so.« »Wir sollten ein Exempel statuieren. Es muss diesen Leuten klar gemacht werden, dass das Imperium nicht zulässt, was gerade passiert. Eine Gruppe von Aufrührern darf nicht die ganze Bevölkerung terrorisieren. Ich habe da noch eine Idee dazu.« Muruba legte dem Alkt seinen Vorschlag dar, woraufhin Kalaran das Gesicht verzog. »Hältst du das für einen guten Einfall? Das könnte von der Bevölkerung falsch aufgefasst werden und dazu den Aufständischen in die Hände spielen.« »Ich denke vielmehr, dass es unsere Entschlossenheit dokumentieren wird.« Der Alkt dachte einen Augenblick nach, bevor er dem Admiral seine

Antwort gab. »Na gut, ich bin einverstanden.« »Kümmerst du dich bitte darum, alles in die Wege zu leiten?« »Ich übernehme das.« »Ich begebe mich gleich zur Gyjadan und fliege ab.« »Viel Erfolg, Leytek.« »Den werden wir haben, Kalaran.« Der Admiral verließ eilig das Büro und Kalaran stellte die Audioverbindung zu Vlitom wieder her. »Gouverneur Vlitom, Admiral Muruba startet in Kürze von Alkatar. Er wird bald zu Ihrer Unterstützung eintreffen. Halten Sie so lange durch. Die Aufständischen werden ihr Handeln bitter bereuen.« »Ich danke Ihnen vielmals für Ihre Hilfe.« »Das ist doch selbstverständlich. Alles Gute, Gouverneur.« Die Verbindung erlosch und Kalaran etablierte ein Gespräch, um die Idee Murubas umzusetzen.

* * *

»Ist das langweilig, Oberst.« »Ich habe Ihnen nicht versprochen, dass es spannend werden würde. Ich bin nur froh darüber, dass Sie ein Bild von Spesiluwo verfügbar hatten, damit meine Leute überhaupt wissen, wie er aussieht.« »Das Bild speicherte ich offen gesagt aus reiner Sentimentalität.« Zodomar setzte das Glas ab und sah Tescherketu verwundert an, da er dies nicht von ihm erwartete. »Was haben Sie, Oberst?« »Es ist gar nichts«, antwortete Zodomar schnell und setzte das Fernglas wieder an. Inzwischen brach die Nacht über diesen Teil von Eswordon herein und Zodomar musste mit dem Nachtsichtmodus arbeiten. Seit sie mit der Beobachtung anfingen, zeigte sich niemand auf dem Gelände der Villa, weshalb für den Oberst die Frage aufkam, ob seine Idee wirklich so gut war, und ihm zudem klar war, dass es eine lange Nacht werden wird. »Übernehmen Sie die Beobachtung, Tescherketu.« Er reichte dem Arzt das Glas, welches er entgegennahm und vor die Augen hielt. Zodomar massierte beide Arme und sackte in seinem Sitz zurück. Erst jetzt wurde dem Oberst bewusst, dass er müde war, weshalb er die Augen schloss und ein wenig zu schlafen versuchte. Gerade als er hinwegdämmerte, riss ihn das Summen seines Armbandgeräts wieder in den Wachmodus. Mehr mechanisch aktivierte er die Verbindung und hörte die Stimme von einem seiner Soldaten. »Oberst, die gesuchte Person ist soeben aus dem Haus gekommen und läuft jetzt im Garten umher.« Sofort war Zodomar endgültig wach. »Vor welchem Gebäude stehen Sie?« Der Mann gab dem Oberst die gewünschte Information. Tescherketu hatte bereits bei dem Erklingen des Summtons das Fernglas heruntergenommen und hörte zu. »Wir sind gleich bei Ihnen. Vorher sammeln wir nur noch schnell die anderen ein. Halten Sie mich auf dem Laufenden, falls eine Änderung eintritt.« Mit einem Tippen auf sein Armbandgerät schaltete der Oberst ab und sah den Arzt an. »Sie haben alles gehört, Tescherketu. Fliegen Sie los.« Der Aufforderung kam der Arzt unverzüglich nach und steuerte mit hoher Geschwindigkeit den Standort des ersten der Soldaten an. Nachdem sie alle drei Männer eingesammelt hatten, erreichten sie die Stelle des Letzten ihrer Leute, der die Meldung an Zodomar weitergegeben hatte. Tescherketu stoppte das Fahrzeug neben ihm und der Oberst drehte sich dem Soldaten zu. »Wie ist der aktuelle Stand?« »Spesiluwo geht noch immer im Garten spazieren.« »Sehr gut. Alle aussteigen, wir werden ebenfalls den Garten aufsuchen und Spesiluwo bei seinem Spaziergang begleiten.«

* * *

Penra sah von ihrer Arbeit auf und sah zu Alta, der vollkommen vertieft den Text über die Geschichte von Veschgol las. Sie überlegte, ob es angemessen wäre, den Admiral dabei zu stören, doch schließlich kam Penra zu dem Entschluss, es zu tun. »Alta, ist die Lektüre für Sie spannend?« Alta blickte auf und lächelte die Gouverneurin an. »Die Lektüre ist wirklich sehr spannend. Mit so einem Thema beschäftige ich mich gern. Übrigens denke ich, dass Sie mir gleich helfen müssen. Es dauert aber noch einen Augenblick.« »Sagen Sie mir Bescheid, wenn es so weit ist. Ich werde dann versuchen, Ihnen zu helfen.« Alta vertiefte sich wieder in seine Lektüre und Penra sah auf die Unterlagen, welche auf dem Schreibtisch lagen, doch konnte sie sich nicht mehr darauf konzentrieren, da ihre Gedanken abschweiften. Es irritierte Penra, dass Alta tatsächlich eine Frage zu der Geschichte von Veschgol haben sollte, doch sie hielt es für äußerst unwahrscheinlich, ihm helfen zu können, da sie auch nur das wusste, was in der Datei stand. Sie zwang sich dazu weiterzuarbeiten, um nicht in haltlose Spekulationen zu verfallen. Mehr oder minder gelang ihr die Ablenkung und sie arbeitete weiter, bis Alta sie anrief. »Penra, können Sie sich einen Augenblick von Ihrer Arbeit trennen?« »Dazu muss ich mich nicht groß durchringen.« Zu sehr dominierte ihre Neugier, weshalb sie eiliger als gewollt zu Alta ging. Sie stellte sich links neben ihn und blickte auf den Bildschirm. »Was möchten Sie von mir wissen, Alta?« »Lesen Sie bitte zuerst diese Stelle.« Wie ersucht bückte sich Penra ein wenig nach vorn und las das ganze Kapitel durch. Nach Beendigung der Lektüre hob sie wieder den Kopf und sah Alta an. »Was ist mit dieser Stelle? Ich kann nichts entdecken, was irgendwie ungewöhnlich wäre. Zuweilen gibt es Hinweise auf Erzählungen, die nicht verbürgt sind und deshalb in der Geschichtsabhandlung keine Berücksichtigung finden.« »Das ist schade. Diese Erzählung hätte mich interessiert.« »Daran soll es nicht scheitern, Alta. Diese Überlieferungen sind in einem anderen Werk zusammengefasst. Warten Sie bitte.« Penra schob Alta sanft ein Stück zur Seite, schloss die Datei und suchte eine andere heraus, die sie ihm öffnete. »Hier sind die Texte. Viel Spaß beim Lesen.« »Ich danke Ihnen.« Während Penra zu ihrem

Schreibtisch zurückging, begann Alta, den ersten Text des Werks zu lesen.

* * *

Wieder zurück auf dem Raumhafen von Minchoxr, parkte Kelschin das Fahrzeug vor dem Kontrollgebäude und stieg aus, ebenso wie Farschgu. »Ich erwarte von Ihnen, Kelschin, dass Sie unverzüglich die Nahrungsmittelversorgung der Kolonisten sicherstellen, bis sie dazu in der Lage sind, die Selbstversorgung anzugehen.« »Nichts anderes gedachte ich zu erledigen.« »Sollten mir noch einmal Beschwerden zu Ohren kommen, wird das Konsequenzen für Sie haben, Kelschin.« »Was planen Sie noch, Farschgu? Möchten Sie noch etwas besichtigen?« »Nein, ich habe genug gesehen! Ich fliege gleich nach Deschkan ab. Auf mich wartet noch viel Arbeit.« Die Mitteilung besserte die schlechte Laune von Kelschin ein wenig. »Dann bleibt mir nur, Ihnen einen guten Flug zu wünschen.« »Machen Sie besser Ihre Arbeit, statt Phrasen zu dreschen.« Farschgu wandte sich ab und ging zu dem Schiff, mit dem er nach Minchoxr gekommen war. Das Gefühl, auf der Stelle explodieren zu müssen, bemächtigte sich des Generals. Nur mit viel Mühe rang er um seine Beherrschung, was ihm nach einigen Schwierigkeiten gelang. Er betrat das Kontrollgebäude, um die Zentrale aufzusuchen, da er dem Start des Schiffs mit Farschgu an Bord unbedingt beiwohnen wollte. Vollkommen in seine düsteren Gedanken versunken, legte er den Weg dorthin zurück, ohne dabei etwas von seinem Umfeld wirklich wahrzunehmen. In der Zentrale angekommen, ging er direkt zum Fenster, blieb davor stehen und blickte hinaus zu dem Schiff, das er nicht schnell genug von Minchoxr abfliegen sehen konnte. Ungeduldig wartete er darauf, dass endlich die Anforderung zum Start eingeholt wurde, was auch nicht lange dauerte.

Schließlich hob das Schiff ab, stieg langsam höher, bis es endlich die Atmosphäre des Planeten verließ. »Orter, geben Sie mir Bescheid, sobald das Schiff das System verlässt.« »Zu Befehl, General.« Die Laune Kelschins verschlechterte sich zusehends, doch es gelang ihm, die Form zu wahren. Nervös geworden, begann der General umherzulaufen, bis der Orter die ersehnte Meldung machte. »General, das Schiff hat soeben das System verlassen.« »Danke«, stieß Kelschin ein klein wenig erleichtert hervor. »Schichtleiter, veranlassen Sie sofort, dass die Kolonisten Nahrungsmittellieferungen erhalten. Woher Sie die Verpflegung bekommen, ist Ihre Angelegenheit. Ich habe keine Zeit, mich darum zu kümmern. Sie erreichen mich in meinem Büro.« Eilig verließ Kelschin die Zentrale und begab sich zu seinem Arbeitsplatz, der vormals Lergexr gehörte.

* * *

Wie befohlen erschien General Fepulkrt beim Herrscher, verzichtete auf die Grußformel und blieb gleich direkt vor dem Thron stehen. »General, was haben Sie mir zu berichten?«, fragte ihn der Zerlgtoxr. »Die Umstrukturierung ist abgeschlossen. Die Werften leisten zu meiner Überraschung gute Arbeit und liefern schneller neue Schiffe als gewohnt.« »Das ist erklärbar: Ich wies die Leiter der Werften an, besser zu arbeiten, da sie ansonsten mit Konsequenzen von meiner Seite rechnen dürfen. Jeder der Verantwortlichen kann sich sehr gut vorstellen, wie die Bestrafung aussehen wird.« »Ihre Unterstützung ist sehr hilfreich.« »Es liegt im Interesse von uns beiden, Fepulkrt. Es dauert trotzdem noch, bis die alte Stärke wieder hergestellt sein wird. Bis dahin müssen wir uns weiterhin zurücknehmen.« »Ja, leider. Mir bereitet immer noch das Probleme, was bei Minchoxr geschah.« »Sie nehmen das persönlich. Das ist eine sehr schlechte Voraus-

299

setzung für konstruktives Handeln. Das lenkt sie nur vom Wesentlichen ab. Vergessen Sie Minchoxr. Sie dürfen wieder daran denken, wenn ich es für richtig erachte. Um Sie in eine andere Richtung zu leiten, gebe ich Ihnen eine Aufgabe, die Sie bestimmt interessieren wird: Ich erzählte Ihnen von diesen Händlern, die eine ungewöhnliche Aktivität entfalten. Genau um diese Händler sollen Sie sich kümmern.« »Das ist nicht Ihr Ernst, Zerlgtoxr!« »Glauben Sie wirklich, ich erlaube mir einen Spaß mit Ihnen? Wenn dem so ist, enttäuschen Sie mich, Fepulkrt.« »Es hat mich nur vollkommen überrascht«, wiegelte der General schnell ab. »Dann freut es mich, dass ich Sie noch überraschen kann.« Als der Zerlgtoxr das zu Fepulkrt sagte, beugte er sich weit zu ihm vor. Für den General stellte das ein klares Warnzeichen dar. Aus diesem Grund beeilte er sich, von dem Thema abzulenken. »Ich gehe davon aus, dass Sie zu wissen wünschen, was die Händler erwerben und für wen die Ware bestimmt ist.« »Genau das wünsche ich nicht nur, sondern es handelte sich um einen Befehl.« »Ich fasse Ihre Aufgaben immer als Befehle auf, ich drückte mich nur ein wenig ungeschickt aus.« »Passen Sie besser auf Ihre Wortwahl auf, sonst kommt einmal der Zeitpunkt, dass Sie nicht mehr dazu kommen, Ihre Aussage richtigzustellen. Bringen Sie mir Informationen über diese Händler, nicht dass wir irgendwann eine böse Überraschung erleben.« »Darf ich unseren Kontaktleuten auch Anweisungen erteilen?« »Ich habe alle Stellen darüber informiert, dass Sie in meinem Auftrag handeln und volle Entscheidungsfreiheit haben. Sollte Ihnen jemand Schwierigkeiten machen, informieren Sie mich, dann werde ich mit demjenigen sprechen. Sie dürfen gehen, Fepulkrt.« Der General durchquerte den Saal und überlegte dabei, ob ihm die Aufgabe gefiel oder nicht.

* * *

Die Gyjadan erreichte mit seinem kleinen gemischten Verband von zwanzig Schiffen das System von Morior und flog den vierten Planeten an. Dort gingen sie in eine Parkposition und die Gyjadan ging auf Morior IV nieder, nachdem sie die Genehmigung dazu erhalten hatte. Nachdem sie auf dem Raumhafen gelandet war, stand Muruba von seinem Platz auf und sah zum Ersten Offizier hinüber. »Sie wissen Bescheid. Verfahren Sie, wie wir es besprochen haben.« »Es ist alles vorbereitet, Admiral.« »Ich treffe mich mit dem Gouverneur«, teilte Muruba ihm mit und verließ die Zentrale. Eilig ging er zum Lift, ließ sich nach unten tragen und lief zum Ausstieg. Als er das Schiff verließ und die Rampe hinablief, sah er Beredil, der in einem Gleiter saß. »Hallo, Leytek! Steig ein, wir fliegen hinüber und unterhalten uns dort.« Der Admiral setzte sich auf den Beifahrersitz und der Gouverneur flog zu dem Gebäude am Rand des Landefelds. Davor parkte er, beide stiegen aus und Beredil führte Muruba hinein. Zur Überraschung des Admirals führte ihn der Gouverneur nicht in einen Besprechungsraum, sondern in die Kantine. »Der Tisch dort ganz hinten ist für uns reserviert. Geh schon einmal vor, ich besorge uns inzwischen die Getränke.« Während Beredil zur Ausgabe ging, lief der Admiral zu dem angezeigten Tisch und ließ sich daran nieder. Bald darauf kam Beredil dazu, stellte die Gefäße auf den Tisch und setzte sich ebenfalls. Beide nahmen einen Schluck von dem Getränk und stellten die Gläser wieder ab. »Wenn Kalaran mir nicht ausdrücklich gesagt hätte, dass du deine Idee ernst meintest, wären mir Bedenken mit dir gekommen.« »Das kann ich mir gut vorstellen. Sage mir lieber, ob es Probleme mit der Ausführung gab.« »Es ist wirklich interessant, dass es überhaupt keine Probleme gab. Offen gesagt rechnete ich nicht mit dieser Leichtigkeit.« »Ich hoffte genau das, war mir aber nicht wirklich sicher.« »Nun, da alles glatt gelaufen ist, bleibt nur für dich abzuwarten, ob Vlitom seine Position bis zu deiner Ankunft halten kann.« »Das wünsche ich ihm. Ist ihm das nicht gelungen, wird es schwierig für mich.« »Warte es ab, Leytek.« Beide tranken aus, erhoben sich und verließen die Kantine. Sie gingen zum Gleiter und Beredil flog Muruba zur Gyjadan, wo der Admiral ausstieg. »Alles Gute für deine Mission, Leytek.« »Ich berichte dir bei meiner Rückkehr, Klad.« Beredil flog wieder ab und Muruba schritt die Rampe hinauf. »Es ist alles klar, Admiral«, meldete der Erste Offizier.

* * *

Zodomar, Tescherketu und die vier Soldaten eilten zu dem Gebäude hinüber und betraten den Gartenbereich. »Wo ist er denn nur abgeblieben?«, fragte der Oberst und sah sich um. »Wir müssen in den hinteren Teil des Gartens«, erläuterte jener Soldat, der das Gebäude bewachte. Zügig durchquerten sie das Vorgelände und passierten die Villa auf der rechten Seite. An der Ecke blieben sie stehen und spähten nach Spesiluwo. Der Oberst entdeckte ihn zuerst durch eine Lücke in einem von Büschen umgrenzten Sitzbereich. »Ihr vier bleibt hier und achtet darauf, dass uns niemand überrascht«, befahl Zodomar und bedeutete dann dem Arzt, ihn zu begleiten. Vorsichtig schlichen sie zu dem Standort von Spesiluwo und blieben unweit von diesem in der Deckung eines Busches stehen. Mit einer Handbewegung zeigte der Oberst dem Arzt an, dass er direkt zum ihm gehen solle, während er von der anderen Seite zu dem Platz zu laufen gedachte. Zodomar huschte nach links und Tescherketu trat nach kurzer Wartezeit hinter dem Busch hervor und ging auf den Sitzenden, der vor sich auf den Boden starrte, zu. »Hallo, Spesiluwo.« Der Angesprochene zuckte zusammen und sah den Arzt überrascht an. »Tescherketu, was machst du denn hier?« »Ich habe dich gesucht, da du unsere Verabredung nicht eingehalten hast.« »Du weißt doch, wie das ist: Es gibt ständig etwas zu tun.« »So wichtig kann es nun auch nicht gewesen sein, um für ein kurzes Gespräch keine Zeit zu haben. Jetzt beantworte mir die Frage: Was weißt du über diese Krankheit?« Verärgert sprang Spesiluwo vom Stuhl auf und machte einen Schritt auf Tescherketu zu. »Verschwinde, Tescherketu! Mir fehlt die Lust, mit dir zu reden.« Zodomar tippte Spesiluwo von hinten auf die rechte Schulter, woraufhin dieser erschreckt zusammenzuckte und sich umdrehte. »Vielleicht kann ich Sie dazu überreden, etwas gesprächiger zu sein.« Entsetzt sah der Angesprochene in das grimmige Gesicht des Obersts. Ziemlich schnell hatte sich Spesiluwo wieder unter Kontrolle. »Warum sollte ich mit Ihnen reden? Dafür gibt es überhaupt keinen Anlass.« »Den gebe ich Ihnen gleich«, stieß Zodomar wütend hervor, packte Spesiluwo am Kragen seiner Jacke und zog ihn ein Stück zu sich heran. »Rede endlich, Spesiluwo! Meine Geduld ist nur von kurzer Dauer.« »Das ist Ihr Problem.« Zodomar stieß ihn von sich, rammte ihm seine Faust in den Magen und versetzte Spesiluwo einen Kinnhaken, sodass dieser nach hinten taumelte, das Gleichgewicht verlor und rücklings unsanft auf dem Boden landete, wobei er einen Stuhl umriss, der polternd zur Seite flog. Mit zwei Schritten war Zodomar über ihm, packte ihn an der Jacke und zog ihn hoch. »Hoffentlich haben Sie diese Ansprache verstanden. Das nächste Mal gehe ich nicht so sanft mit Ihnen um.« »Ich weiß nichts von dieser Krankheit. Genügt Ihnen das?« »Nein! Was bedeutet dann die Notiz, die auf Ihrem Schreibtisch liegt?« »Wovon reden Sie?« »Auf dem Zettel steht: Tescherketu darf nicht wissen, was ich weiß.« »Woher wissen Sie das?«, fragte Spesiluwo ertappt. »Sie sind in mein Haus eingedrungen!« »Wir haben nur eine ganz kleine Besichtigung gemacht.« »Das werdet ihr bereuen!« »Das Einzige, was Sie bereuen werden, ist Ihre Verstocktheit.« Zodomar ließ ihn los und verpasste Spesiluwo drei schnelle Fausthiebe in das Gesicht, sodass dieser erneut auf dem Boden landete. Der Oberst lief zu Spesiluwo, bückte sich und schlug noch zweimal auf den am Boden Liegenden ein. »Sagen Sie mir jetzt, was Sie wissen?« Mit seinem rechten Jackenärmel wischte sich Spesiluwo das Blut aus dem Gesicht. »Von mir erfahren Sie gar nichts!« »Dann wird Ihr behandelnder Arzt sich fragen, was er da wieder zusammenflicken muss.« Auf diese Aussage hin trat das blanke Entsetzen auf das Gesicht von Spesiluwo. »Das machen Sie wirklich?« Ein verheißungsvolles Grinsen erschien auf dem Gesicht Zodomars. »Das verspreche ich Ihnen, Spesiluwo.« Die rechte Hand des Obersts ballte sich zur Faust und Tescherketu stand entsetzt daneben. »Tot nützt er uns doch nichts!«, rief der Arzt aus und hielt sich mit beiden Händen die Augen zu, um nicht das mitansehen zu müssen, was sich ankündigte.

* * *

»Penra, kommen Sie bitte zu mir.« Die Gouverneurin stand auf, ging zu Alta und stellte sich neben ihn. »Haben Sie etwas gefunden, Alta?« »Ja, genau das, nach dem ich suchte. Lesen Sie die Stelle.« Penra kam der Aufforderung nach und ging den Absatz, den ihr Alta mit dem Finger zeigte, durch. »Das ist doch nur eine alte Erzählung ohne realen Hintergrund. Sind Sie wirklich davon überzeugt?« »Ja, das bin ich, Penra.« »Die Geschichte wurde immer wieder an langen Abenden erzählt, aber es ist nichts dran. Glauben Sie es mir. Der Verweis, den Sie in der Geschichtsabhandlung fanden, hat nichts zu bedeuten.« »Das genau werden wir beide überprüfen.« »Das ist nicht Ihr Ernst?« »Doch, es ist mein Ernst, Penra.« Alta lachte kurz auf und lächelte Penra an. »Kennen Sie die Gegend?« »Ja, sie ist mir bekannt.« »Dann ist es jetzt an der Zeit für einen kleinen Ausflug.« Penra stand auf und legte Alta ihre Hand auf seine linke Schulter. »Ich liebe Ausflüge, Alta. Warten Sie einen Moment, denn Litreck soll uns beide begleiten.« Penra ging zu ihrem Schreibtisch und führte von dort aus ein kurzes Gespräch. »Lassen Sie uns gehen, Alta.« Beide verließen das Büro und begaben sich vor das Haus, wo sie auf Litreck warteten. Der ließ auch nicht lange auf sich warten und kam mit einer Tasche in der Hand aus dem Haus. »Was hast du denn dabei, Litreck?« »Nichts Besonderes, nur ein paar Dinge, ohne die ich nach deiner Ankündigung nicht auf diesen Ausflug gehen möchte, Penra.« Kritisch blickten Penra und Alta auf die viel zu groß geratene Tasche, die Litreck hinten im Gleiter verstaute. Auf dem Fahrersitz ließ sich Penra nieder, Alta wählte den Platz neben ihr und Litreck setzte sich hinter die beiden. Inzwischen hatte die Wache bereits das Tor geöffnet, durch das die Gouverneurin hinaus auf die Straße flog. Sie steuerte das Fahrzeug in Richtung Innenstadt, da sie diese durchqueren mussten, um auf dem kürzesten Weg Olitra verlassen zu können. Keiner von ihnen sagte ein Wort, sondern jeder beobachtete die Passanten, welche immer weniger wurden, je weiter sie sich vom Zentrum entfernten. Nachdem sie den Außenbezirk hinter sich ließen, sah Alta zu der Fahrerin. »Wohin müssen wir fliegen? Liegt das Gebiet dort, wo das Erz abgebaut wird?« »Nein, es liegt genau in der entgegengesetzten Richtung.« »Dafür, dass es nur eine Erzählung ist, fliegen Sie sehr zielstrebig dorthin.« »Die Gegend ist eindeutig, nur das Problem fängt erst an, sobald wir dort angekommen sind, Alta.« »Es ist doch hier alles recht übersichtlich.« Penra konnte sich ein Lachen nicht verkneifen. »Warten Sie es ab. Sie werden bald sehen, worin die Schwierigkeit besteht.« Ihr Flug führte sie noch ein Stück geradeaus über die wüstenartige Ebene, bis Penra die Richtung wechselte und auf das sich rechts von ihnen hinziehende Gebirge zuflog. Beim Näherkommen erkannten sie einen bis dahin nicht sichtbaren Durchstich, der breiter war, als es zuerst den Anschein hatte. Als Penra in diesen einflog, blickten Alta und Litreck die steil aufragenden Felswände empor, die aufgrund ihrer Höhe bedrohlich auf sie wirkten. Beide gewannen den Eindruck, als rückten die Wände immer näher zusammen, weshalb sie wieder ihren Blick nach vorn richteten, um sich abzulenken. Ein Stück ging der Flug so weiter, bis die linke Felswand ein Stück nach links zurücktrat und die Sicht erweiterte. Beim Erreichen des linken Gebirgsteils glaubte Alta nicht, was er sah.

* * *

Sowohl Kölpa als auch Ireipehl standen fassungslos vor der Isolierstation. Der Körper ihres Patienten sackte haltlos auf die Liege zurück. Dem Mann entfuhr ein Schrei, der mit einem Röcheln endete, dann kippte sein Kopf haltlos auf die rechte Seite. Was dann geschah, raubte den beiden Ärzten schier den Atem. Das dünne Krankenhausoberteil wölbte sich langsam in der oberen Magenhälfte nach oben. Der Vorgang nahm nicht allzu viel Zeit in Anspruch, dann schien nichts weiter zu passieren, weshalb sie zu dem Schrank, in dem die Schutzanzüge hingen, gehen wollten. Nach zwei Schritten hielten sie inne, denn ein lautes schmatzendes Geräusch wurde über die Außenlautsprecher aus der Station nach außen übertragen. Die Wölbung war verschwunden und an der Stelle nahm das weiße Oberteil eine bräunliche, zum Schwarz tendierende Färbung an, danach sah es so aus, als sei der Prozess am Ende. »Was ist da nur passiert, Kölpa?« »Ich weiß es nicht. Mir gefällt es auf jeden Fall ganz und gar nicht. Lass uns hineingehen und es uns ansehen.« Sie gingen zum Schrank, den Ireipehl öffnete, er griff hinein, um einen der Schutzanzüge herauszunehmen, und reichte diesen Kölpa. Zügig begann er, ihn überzustreifen, ebenso wie Ireipehl. Die beiden Ärzte überprüften den korrekten

Sitz der Schutzbekleidung, nickten sich zu und betraten die Schleuse. Im Isolierraum schritten sie zum Kopfteil der Liege und Ireiphel drückte den Kopf bis zur Mitte und ließ ihn wieder los, woraufhin das Haupt wieder zur Seite kippte. Sein nächster Blick galt einer der Anzeigen auf der Kontrollwand, die ihm bestätigte, was er ohnehin schon wusste. »Er ist tot, Kölpa.« »Alles andere hätte mich verwundert.« Sie gingen einen Schritt nach rechts, blieben mittig der Liege stehen und starrten auf den dunklen bräunlichen Fleck, der inzwischen größer geworden war. In Kölpa kam zuerst Bewegung, er griff das untere Ende des Oberteils und zerrte es nach oben, sodass die Stelle, welche den bräunlichen Fleck verursachte, frei lag. Sie blickten auf eine bräunliche hin zu einer schwärzlichen Verfärbung reichenden Vertiefung im Körper des Mannes. Keiner von beiden glaubte, was er sah. »Was ist denn das?«, rief Ireipehl entsetzt aus.

* * *

In seinem Büro saß Kelschin und dachte über das weitere Vorgehen nach. Am Ende kam er zu dem Schluss, dass er keinem seiner Kommandanten vorbehaltlos vertrauen konnte. Mehr und mehr wurde ihm bewusst, dass er allein dastand, weshalb er sich einen neuen Plan zurechtlegen musste. Diesen fasste er aufgrund mangelnder Alternativen in kurzer Zeit. »Entweder, es klappt alles, wie ich es mir vorgenommen habe, wenn nicht ... «, murmelte Kelschin, ließ aber den Satz unvollendet. Er stemmte sich aus seinem Stuhl, ging zur Tür und blickte noch einmal kurz zu seinem Schreibtisch zurück, dann verließ er den Raum. Sein Weg führte ihn vom Behelfsgebäude aus über das angrenzende Landefeld direkt zu seinem Flaggschiff. Völlig in Gedanken versunken, ging er in das Schiff, suchte den nächsten Lift auf, betrat ihn und ließ sich nach oben tragen. Einige Decks weiter oben verließ er den Lift und lief den Gang bis zur Zentrale entlang. Das Geräusch des aufgehenden Schotts brachte Kelschin auf Anhieb in die Realität zurück, er betrat mit einem grimmigen Blick die Zentrale und sah in die Runde. Die Besatzungsmitglieder, die sich zu ihm umgedreht hatten, sahen eilig wieder auf ihre Konsolen, da der General ihnen in diesem Moment unberechenbar erschien. Er ging zu der Funkstation und stellte sich neben den Offizier. »Holen Sie die Startgenehmigung ein.« »Was für ein Ziel soll ich der Kontrolle angeben, wenn sie mich danach fragen?« »Geben Sie kein Ziel an. Sollten Sie Schwierigkeiten machen, dann drohen Sie dem Ansprechpartner mit einer disziplinarischen Maßnahme meinerseits.« Der Funker stellte die Verbindung her und sprach mit der Gegenseite, wobei das Gespräch tatsächlich ein wenig länger als gewöhnlich dauerte. Der Funker schaltete ab und drehte sich zu Kelschin um. »Die Startgenehmigung wurde uns von der Kontrolle erteilt, General. Er wollte mir Schwierigkeiten machen, aber Ihre Drohung ließ seinen Widerstand sofort zusammenbrechen.« »Wäre dem nicht so gewesen, müsste ich mir ernsthaft Gedanken machen.« Kelschin ging zum Piloten und gab ihm das Flugziel an, woraufhin dieser ihn ungläubig ansah. »Wieso fliegen wir dahin?« »Führen Sie den Befehl aus, sonst lasse ich Sie ablösen.« Der Pilot fuhr die Aggregate hoch und bald darauf hob das Flaggschiff vom Raumhafen ab. Schneller werdend stieg der Raumer in den Himmel, verließ die Atmosphäre von Minchoxr, beschleunigte aus dem System und verschwand.

* * *

Fepulkrt saß in einem Büro im Gebäude des Geheimdienstes und erteilte seine Anweisungen. »Sie wollen im Ernst, dass wir unsere Agenten nur auf diese Sache ansetzen?«, fragte der Offizier respektlos. »Ich habe mich wohl klar und deutlich ausgedrückt. Geben Sie meine Anordnung unverzüglich weiter.« »Das mache ich nicht, denn es ergibt für mich keinen Sinn.« »Warten Sie einen Augenblick«, schnarrte Fepulkrt und stellte eine Verbindung her. Der Angerufene meldete sich sogleich, woraufhin Fepulkrt nur einen einzigen Satz sagte. »Hier macht ein Offizier Schwierigkeiten«, sagte der General so leise, dass der Soldat, welcher in einigen Schritten Entfernung stand, die Worte nicht hören konnte. »Geben Sie mir diesen Offizier.« Fepulkrt stand auf und sah den Offizier an. »Ein Gespräch für Sie.« Überrascht ging der Offizier zum Schreibtisch, umrundete ihn und ließ sich dahinter nieder. Selbstsicher sah er auf den Bildschirm und erkannte denjenigen, der ihn zu sprechen wünschte, was dazu führte, dass seine Selbstsicherheit sofort zusammenbrach und Verzweiflung an ihre Stelle trat. »Wieso weigern Sie sich, den Befehl General Fepulkrts auszuführen?« »Weil er alle Agenten nur auf eine Sache ansetzen will und wir dann keinen mehr für eine andere Aufgabe zur Verfügung haben.« »Dann steht eben kein Agent für eine andere Aufgabe zur Verfügung. General Fepulkrt handelt auf meine ausdrückliche Anordnung und der General hat die volle Entscheidungsfreiheit in dieser Angelegenheit. Ich habe das auch in meinem Schreiben an die entsprechenden vorgesetzten Stellen ausdrücklich vermerkt. Sollten Sie auch weiterhin ein Problem mit den Anweisungen des Generals haben, wenden Sie sich an mich. Ich werde Ihnen dann schneller, als Sie glauben, die hierarchischen Strukturen beibringen.« »Ich veranlasse alles, was der General mir aufgetragen hat«, antwortete der Offizier hastig. »Das hoffe ich für Sie. Wenn ich noch eine Beschwerde über Sie höre, werden Sie die Konsequenzen tragen.« »Es wird keine Beschwerde mehr geben, Zerlgtoxr.« Kaum hatte der Offizier den Satz vollendet, trennte der Herrscher auch schon die Verbindung. Es dauerte einen Augenblick, bis der Offizier wieder ein wenig innere Haltung fand. Schließlich stand er auf, ging auf den General zu, wahrte aber sicherheitshalber drei Schritte Abstand zu ihm. »Haben Sie weitere Anweisungen für mich, außer denen, die Sie mir bereits gaben?« »Nein, das ist alles. Ich erwarte schnellstmöglich Ergebnisse.« »Das ist selbstverständlich«, bestätigte der Offizier, ging aus dem Raum und hastete den Gang bis zur ersten Kreuzung entlang. Dort bog er nach rechts ab, blieb aber nach wenigen Schritten stehen und lehnte sich mit dem Rücken an die Wand. Er atmete mehrmals tief durch und dachte dabei an das Gespräch mit dem Herrscher. Das, was ihm der Zerlgtoxr sagte, bereitete ihm mehr als nur Unbehagen, denn was der Herrscher so ganz lapidar als Konsequenzen bezeichnete, wusste er genau einzuordnen. Er ärgerte sich über die Tatsache, dass er dem Herrscher widersprochen hatte. Diesen Fehler sah er sich nicht in der Lage wiedergutzumachen. Die einzige Möglichkeit, die ihm blieb, war, alles zur Zufriedenheit des Generals zu erledigen, in der Hoffnung, dass es seine Zustimmung fand.

* * *

Nach dem Treffen mit einem Händler suchten Zakatek und Fegobol ein Lokal im Zentrum von Alkaton auf. Sie wählten einen Tisch ganz in der linken Ecke des Gastraums, obwohl die Frequentierung an diesem frühen Vormittag zu wünschen übrig ließ. Kaum dass sie saßen, kam auch schon der Wirt und nahm die Bestellung auf. Beide warteten schweigend, bis der Inhaber die Getränke vor sie hinstellte. Jeder nahm einen Schluck und stellte die Gläser auf den Tisch zurück. »Dieser Händler ist mehr als dreist, Duroto. Der Preis für das Schiff grenzt an Wegelagerei.« »Eigentlich sollten wir nicht darauf eingehen, aber entweder ist er sich darüber im Klaren, dass er diesen Preis verlangen kann, oder er benötigt das Geld dringend.« Fegobol beugte sich zu Zakatek vor, der ihm gegenüber saß. »Du bringst einen interessanten Aspekt ins Spiel, Duroto. Dem sollten wir unbedingt nachgehen.« »Dafür fehlt uns die Zeit. Wir dürfen auf keinen Fall riskieren, dass er das Schiff an jemand anderen verkauft.« »Das glaube ich kaum.« »Du vergisst einen wichtigen Punkt: Diese ominösen Händler kaufen alles auf und das auch noch zu einem guten Preis, wenn es gar nicht anders geht. Sie werden bestimmt auf seine unverschämte Forderung eingehen, Rinlum.« »Dazu muss er das Schiff von Alkatar in ein anderes System bringen, denn diese Händler ließen sich noch nie hier sehen. Es kommt mir langsam so vor, als fürchteten sie, auf Alkatar tätig zu werden.« »Das stimmt. Ich finde es auf alle Fälle merkwürdig.« »Wir müssen uns eben mit unseren Ermittlungen beeilen«, stellte der Oberst fest, stand auf und eilte in den Hygieneraum. »Jetzt übertreibt er aber mit seiner Hektik«, brummte Zakatek und nahm einen Schluck von seinem Getränk. Er überbrückte die Zeit bis zur Wiederkehr Fegobols mit dem Beobachten der wenigen Gäste, dabei bemerkte der General den zurückkommenden Oberst erst, als dieser seinen Stuhl zurechtzog und sich darauf setzte. »Was hast du denn so lange gemacht, Rinlum?« »Ich habe nur ein Telefonat geführt, das niemand von den Gästen mitbekommen sollte.« »Wir haben ein Problem und du hast nichts Besseres zu tun, als ein Gespräch zu führen.« »Warte es ab, Duroto.« Der Oberst grinste verheißungsvoll und nahm einen Schluck von seinem Getränk. »Erzähle mir nur nicht zu viel, bevor du deswegen Schmerzen bekommst.« »Das ist nicht zu erwarten, Duroto. Nehmen wir noch eine Runde?« »Da wir sonst nichts zu tun haben, ja.« Dem sarkastischen Tonfall schenkte Fegobol keine Beachtung und gab stattdessen dem Wirt ein Zeichen, dass er noch eine Runde wünschte.

*

Inzwischen waren sie bei ihrer dritten Runde angekommen, die sie fast schon bis zur Neige geleert hatten, als das Armbandgerät von Fegobol einen Summton von sich gab. Er nahm das Gespräch an und der Anrufer sagte nur ein Wort: »Positiv.« »Danke«, antwortete der Oberst und schaltete ab. »Wir müssen bezahlen, Duroto.« »Endlich kommt wieder Bewegung in die Sache«, murrte Zakatek und gab dem Wirt das entsprechende Zeichen. Der Inhaber kam sofort zu ihnen geeilt, kassierte ab und zog sich wieder hinter die Theke zurück. Fegobol und Zakatek tranken aus, erhoben sich und verließen das Lokal. Sie gingen zu ihrem Fahrzeug, stiegen ein und der Oberst flog los. »Verrate mir wenigstens, wohin wir fliegen.« »Zu meinem Büro, Duroto.« Zakatek erwiderte nichts auf die knappe Äußerung, sondern seufzte nur. Am Raumhafen angekommen, parkte Fegobol den Gleiter und begab sich mit Zakatek zu seiner Arbeitsstätte. Im Vorzimmer Fegobols stand der dort arbeitende Soldat auf und erstattete sofort eine Meldung. »Er wartet in Ihrem Büro, Oberst.« Ohne eine Entgegnung gingen sie in den Nebenraum und Zakatek schloss die Tür hinter ihnen. »General, Oberst, ich habe für Sie beide interessante Informationen«, sagte der Mann, als die beiden vor ihm standen. »Reden Sie schon, denn wir haben keine Zeit zu verlieren. Was haben Sie herausgefunden?« Der Agent berichtete Fegobol und Zakatek, was er in der Kürze der Zeit herausgefunden hatte. Als der Mann mit seiner knappen Schilderung am Ende war, sahen sich die beiden kurz an. »Sie haben gute Arbeit geleistet, wofür ich Ihnen danke. Sie können gehen.« Erst als der Mann die Tür hinter sich zuzog, ergriff Fegobol das Wort. »Das, was mein Agent gerade ausführte, sind genau die Hinweise, welche wir benötigen. Ich denke, es ist jetzt an der Zeit, mit diesem Händler ein erneutes Treffen zu vereinbaren.« Der Oberst ging zu einem Schrank, öffnete ihn und entnahm zwei Handstrahler, von denen er einen dem General zuwarf.

Geschickt fing er ihn auf und steckte die Waffe zu sich. »Die werden wir eventuell benötigen, Duroto«, stellte der Oberst fest, steckte seinen Strahler ein, schloss den Schrank und ging mit dem General in das Vorzimmer. »Vereinbaren Sie mit dem Händler so schnell wie möglich ein Treffen und sagen Sie ihm, dass wir noch einmal über seinen Preis nachgedacht haben. Geben Sie mir dann durch, wo und wann wir ihm begegnen können.« »Ich melde mich bei Ihnen, sobald der Termin mit dem Händler steht, Oberst.« Fegobol nickte und verließ mit Zakatek das Vorzimmer.

* * *

Nach der angekündigten Frist, die Vuoga dem Leiter der Werft einräumte, flog der Präsident zu dem Gelände und parkte den Gleiter wie immer vor der Halle. Er stieg aus und sah zu dem Schiff hinüber, das laut seiner Anweisung an diesem Tag einsatzbereit sein sollte. Die Mitarbeiter Naros rannten aus dem Frachter und mit Material in den Armen wieder in diesen hinein. Eine Weile verfolgte er das Treiben, dann ging er auf das Schiff zu, dabei hielt er nach dem Leiter Ausschau. Da er ihn nirgends entdeckte, stellte er sich einem der Arbeiter in den Weg. Dieser wollte aufbegehren, doch der Mann verzichtete sofort darauf, als er erkannte, wer da vor ihm stand. »Präsident, was kann ich für Sie tun?« »Wo finde ich Naro?« »Sie treffen ihn im Maschinenraum an. Soll ich Sie dort hinbringen?« »Nein, das ist nicht notwendig. Ich war schon einmal dort. Machen Sie mit Ihrer Arbeit weiter.« Der Mann ließ sich das nicht zweimal sagen und hastete in das Schiff. Vuoga lief ihm langsam hinterher und warf dabei einen Blick auf die Außenhülle des Frachters. Im Inneren begutachtete Vuoga auf seinem Weg zum Maschinenraum die Decke, die Wände sowie den Boden des Gangs. Als er an einem Raum ankam, blieb er stehen, ließ das Schott aufgleiten und trat ein. Das Licht flammte auf und Vuoga sah in einen Lagerraum, in dem einige wenige Behälter an der linken Wand standen. Es gab kein einziges Anzeichen einer Beschädigung, ganz im Gegenteil wirkte der Raum auf ihn schon fast zu sauber. Er ging wieder hinaus und setzte seinen Weg fort. Alles sah für Vuoga neuwertig aus, weshalb er Naro und seinen Mitarbeitern Bewunderung zollen musste. Nach der letzten Gangbiegung sah Vuoga bereits, dass das Schott zum Maschinenraum offen stand. Von dort vernahm er laute Stimmen und den Lärm von Arbeitsgeräten. Grinsend ging er bis zum Eingang, blieb vor dem offenen Schott stehen und blickte hinein. Einen Moment beobachtete er das geschäftige Treiben, dann trat er ein. Bereits nach ein paar Schritten sah er sich genötigt, ständig den Mitarbeitern Naros auszuweichen. Der eine oder andere von ihnen warf Vuoga missbilligende Blicke zu, doch wagte keiner von ihnen, etwas zu sagen. Er drang weiter in den großen hallenähnlichen Raum ein und stellte dabei fest, dass nichts mehr von dem Chaos, das bei seinem letzten Besuch herrschte, existierte. Nachdem er noch ein gutes Stück weitergegangen war, hörte Vuoga eine Stimme, welche alle anderen übertönte, was ihm bedeutete, dass er den Gesuchten ausfindig gemacht hatte. Heti Naro, der seine Anweisungen lautstark verkündete, bemerkte Vuoga und verzog das Gesicht. »Macht weiter!«, wies er seine Mitarbeiter an und ging auf Vuoga zu. »Präsident, willkommen in diesem Durcheinander.« »Ich hoffe nur, dass bei diesem Durcheinander, wie Sie es bezeichneten, auch etwas dabei herauskommt.« »Natürlich, oder glauben Sie im Ernst, ich verschwende hier meine Zeit?« »Das nehme ich nicht an. Wie weit sind Sie mit den Arbeiten an diesem Schiff?« »Wir kommen sehr zügig voran.« »Dann kann ich davon ausgehen, dass der Frachter heute fertig wird?« »Nein, das können Sie nicht!« Die Gesichtszüge Vuogas erstarrten zu einer unheildrohenden Maske und die Blicke schienen

Naro durchbohren zu wollen. »Sie haben von mir eine Frist gesetzt bekommen!« Der Leiter ließ sich von dem strengen Tonfall nicht beeindrucken. »Der Tag ist noch nicht vorbei, Präsident«, antwortete Naro genauso scharf wie Vuoga. »Wollen Sie denn riskieren, dass sich das Schiff nach dem Start in einer beeindruckenden Explosion in seine Bestandteile auflöst? Die Zeit für die aufwendigen Reparaturen wäre verschwendet.« »Das will ich nicht sehen, Naro.« »In diesem Punkt sind wir uns also einig, was wirklich nett von Ihnen ist. Morgen Vormittag sind die Arbeiten mit den Abschlusstests beendet. Vielleicht haben Sie Interesse an einer kleinen Führung durch den Maschinenraum, soweit das im Moment möglich ist.« »Ich bitte darum.« Die Führung ging durch einen Teil der Halle und Naro gab hin und wieder einige Erläuterungen. Nach der Beendigung des Rundgangs geleitete Naro den Präsidenten zum Ausgang. »Hat Ihnen die Besichtigung gefallen?« »Das sieht alles ganz anständig aus, Naro.« »Was denn sonst, Präsident? Gehen Sie jetzt bitte, sonst komme ich hier nicht vorwärts« »Morgen Vormittag will ich das Schiff im Einsatz sehen, Naro!« »Das werden Sie auch. Sie kennen den Weg aus dem Schiff, Vuoga. Wir sehen uns morgen.« Der Leiter ließ Vuoga einfach stehen und verschwand in der Tiefe des Maschinenraums.

* * *

»Hören Sie auf, wer immer Sie auch in Wirklichkeit sind!« »Tescherketu und ich hören uns gern an, was Sie zu sagen haben.« »Derjenige Wissenschaftler, welcher hier wohnt, hängt in dieser Sache mit drin. Ich führte für ihn einige Tests durch, ohne zu wissen, worum es dabei geht. Er wollte von mir nur eine unabhängige Meinung hören. Als ihr bei mir aufgetaucht seid, ahnte ich aufgrund der Schilderung von Tescherketu, dass meine durchgeführten Tests damit

315

in Zusammenhang stehen könnten.« »Wieso ahnten Sie das?« »Aufgrund der Ergebnisse kam ich zu dem Schluss. Ich bekam es mit der Angst zu tun und bat ihn deshalb darum, hier vorübergehend wohnen zu dürfen.« »Haben Sie Ihrem Gastgeber erzählt, warum Sie bei ihm Unterschlupf suchen?« »Nein, ich sagte ihm nicht die Wahrheit. Stattdessen behauptete ich, dass gewisse kriminelle Elemente mich erpressen wollen, um an Forschungsergebnisse von mir zu gelangen.« »Das hat er Ihnen abgenommen?« »Ja, denn so etwas kommt hier ab und zu vor.« »Verraten Sie mir eines, Spesiluwo: Was hat diese Person hier mit der Angelegenheit zu tun?« »Ich bin mir sicher, dass er sich mehr damit befasst hat, als ich annahm, aber den Grund kann ich Ihnen nicht nennen. Als ich ihn danach fragte, wurde er aggressiv und machte mir klar, dass ich diese Frage nie wieder stellen dürfe. Daran hielt ich mich bis heute.« Spesiluwo machte eine kurze Pause und ergänzte noch einen kurzen Satz. »Ich fürchte ihn«, stieß er förmlich hervor und wirkte dabei doch kraftlos. Plötzlich gab es neben der rechten Seite der Villa einen kurzen Tumult, weshalb Zodomar und Tescherketu sich dorthin umdrehten. Inzwischen erhob sich Spesiluwo stöhnend vom Boden und sah in die gleiche Richtung. Bald darauf erschienen zwei der Soldaten mit einem Mann, den sie mit ihren Waffen vor sich hertrieben. Als die zwei Soldaten mit dem Gefangenen bei ihnen angelangten, grinste der Mann tiefgründig den Arzt an. »Sieh an, Tescherketu. Du traust dich tatsächlich wieder nach Eswordon?«

* * *

»Alta, da wir drei anscheinend noch eine Weile hier verbringen werden: Sollen wir nicht die Förmlichkeit fallen lassen?« »Das kommt mir entgegen, Penra.« »Schön, nachdem das geklärt ist: Kannst du mir bitte verraten, wie du in diesem

Dschungel etwas finden willst?« »Das ist eine durchaus berechtigte Frage. Nach dem, was ich gelesen habe, müssen wir das Dickicht durchqueren, um dorthin zu kommen.« Alta deutete in die Mitte des gegenüberliegenden Felsmassivs. »Einfacher geht es wohl nicht?«, meckerte Litreck. »Können wir den Dschungel umfliegen?« »Nein, wie du siehst, reicht der Bewuchs bis fast zur Hälfte des Massivs.« »Bist du hier schon einmal unterwegs gewesen?« »Nein, das habe ich mir erspart. Es gab einige Verrückte, die das versuchten, aber keiner von ihnen ist wieder zurückgekehrt.« »Das sind schöne Aussichten«, beschwerte sich Litreck. Aus seiner rechten Beintasche fingerte Alta ein Fernglas heraus und setzte es an. Sorgfältig inspizierte er die Felswand, nahm das Glas wieder herunter und ließ es dort verschwinden, wo er es hervorgeholt hatte. »Das ist wirklich äußerst ungünstig.« »Was meinst du damit?« »Die Felswand ist viel zu steil. Von einem Abstieg von dort oben sehe ich nur zu gern ab. Ich schlage vor, wir arbeiten uns am Rand des Massivs bis zur Mitte vor, Litreck.« »Warum gefällt mir das nicht?« »Wir gehen so vor, Litreck«, stellte Penra abschließend fest und flog los. Sie steuerte den Gleiter am rechten Rand der Felswand entlang, die das Tal bis auf die zwei Durchgänge umschloss, da es hier einen Streifen ohne Bewuchs gab. Penra flog bis zur anderen Seite, stoppte dort das Fahrzeug und stieg ebenso wie Litreck und Alta aus. Litreck nahm seine große Tasche aus dem Gleiter und hängte sie sich über die Schulter. »Gehen wir los«, sagte Penra. Sie lauschten einen Augenblick den Geräuschen, welche aus dem Dschungel zu ihnen drangen, und liefen dann los.

* * *

Der kleine Verband unter dem Kommando von Admiral Muruba erreichte das System von Oibotene. Die Schiffe flogen langsam ein und erreichten den Planeten, ohne dass sie von der Kontrolle kontaktiert wurden. Muruba stand vom Kommandantensitz auf und ging hinüber zur Funkstation. »Versuchen Sie, Kontakt zu Gouverneur Vlitom herzustellen.« Nachdenklich blieb Muruba neben dem Offizier stehen und beobachtete ihn bei seinen Bemühungen. Es dauerte, bis er es schaffte, eine Verbindung zu etablieren. »Ich habe den Gouverneur endlich in der Leitung.« Der Admiral eilte zum Hauptbildschirm, auf dem gerade Vlitom erschien. »Sie sind Admiral Muruba, vermute ich.« »Sie vermuten richtig, Gouverneur.« »Wann erreichen Sie Oibotene, Admiral?« »Wir stehen bereits über dem Planeten. Wie sieht es bei Ihnen aus?« »Noch können meine Sicherheitskräfte das Gelände des Regierungsgebäudes halten, nur wie lange wir noch durchhalten, kann ich Ihnen nicht sagen.« »Ich schicke Ihnen Entsatz. Übrigens ist die Kontrolle des Raumhafens nicht mehr besetzt.« »Das ist mir bekannt. Es spielt auch keine Rolle mehr. Landen Sie einfach.« Vlitom drehte sich zur Seite und gab jemandem ein Zeichen. Plötzlich nahm die Geräuschkulisse deutlich zu. Muruba vernahm das Abfeuern von Gewehren, das einmal stärker und dann wieder schwächer wurde. Ein erneutes Zeichen mit der Hand ließ den Hintergrundlärm wieder verstummen. »Das sollte nur ein Vorgeschmack für Sie sein.« »Danke für den Hinweis. Übrigens, ich hatte nichts anderes vor, als zu landen, ob es mir jemand genehmigt oder auch nicht.« »Ihre Leute sollen vorsichtig sein, Admiral.« »Die Aufständischen werden wohl kaum gegen ein imperiales Schlachtschiff vorgehen.« »Sagen Sie den Offizieren, dass Sie die Aufrührer nicht unterschätzen sollen.« »Diese Personen werden meine Eingreiftruppe schon fürchten lernen.« »Das hoffe ich, und bitte beeilen Sie sich.« Die Verbindung erlosch und Muruba sah zum Piloten. »Leiten Sie die Landung ein. Waffenoffizier, aktivieren Sie den Schutzschirm sowie die Waffen. Feuern

Sie nur auf meinen ausdrücklichen Befehl. Schließlich sind wir hier, um die Lage in den Griff zu bekommen und nicht eine Spur der Verwüstung zu hinterlassen.« Das Schlachtschiff scherte aus dem Verband aus und tauchte bald darauf in die Atmosphäre des Planeten ein. Langsam sank die Gyjadan tiefer und landete schließlich auf dem Raumhafen. Der Admiral verfolgte den Vorgang auf dem Hauptbildschirm und beobachtete, als das Schiff stand, einige Personen, die davonliefen, nachdem sie des Schlachtschiffs ansichtig wurden. Das Schott zur Zentrale glitt auf, ein Offizier kam herein und ging zu Muruba. »Zuerst sollten wir uns um den Gouverneur kümmern, Leytek.« »Das wird deine Aufgabe sein, Soquezxl. Steht deine Mannschaft bereit?« »Wir können sofort starten. Die Lage des Geländes habe ich mir aus dem System geholt.« »Gut, wenn du noch irgendetwas benötigst, nimm es mit. Ich bin übrigens froh, dass Kalaran dir für diese Mission den Generalsrang gegeben hat.« Der Admiral drehte sich um und sah zur Waffenleitstation. »Deaktivieren Sie den Schutzschirm. Die Waffen bleiben weiterhin in Bereitschaft. Viel Erfolg, Soquezxl.« »Die Aufrührer werden diesen Tag verfluchen.« Der General wandte sich ab und verließ die Zentrale. Muruba sah ihm nach und blickte dann wieder auf den Schirm. Ihm gingen die letzten Worte des Generals durch den Kopf. Er wusste, dass es kein leeres Gerede von ihm war. Die Gleiter verließen das Schiff, kamen ins Bild, überquerten das Landefeld und verschwanden in einer Straße. »Die Aufrührer werden keine Gnade erfahren«, murmelte Muruba.

* * *

Das Schiff General Kelschins erreichte Deschkan und verringerte auf seinen Befehl hin die Geschwindigkeit. Die Verteidigungsflotte stand nach wie vor bei dem System, was Kelschin in diesem Augenblick mehr mit gemischten Gefühlen zur Kenntnis nahm. »Funker, rufen Sie den Kommandeur der Flotte.« »Zu Befehl, General.« Bald darauf erschien der Angerufene auf dem Schirm. »General Kelschin, ich dachte, Sie halten sich auf Minchoxr auf?« »Dort geht es auch einmal ohne mich vorwärts. Ich habe hier etwas zu erledigen. Übrigens haben Sie gute Arbeit bei der Verteidigung von Deschkan geleistet.« »Ohne die Verstärkung, die von Ihnen geschickt wurde, wäre Deschkan gefallen.« »Es sollte eine Überraschung für die Echsen sein.« »Ihre Voraussicht ist beeindruckend, General.« »Ich hoffe doch, Sie attestieren mir, dass ich alles für das Wohlergehen von Deschkan mache.« »Das bestätige ich Ihnen nur zu gern. Unter Ihrer Führung würde Deschkan besser prosperieren.« »Ich danke Ihnen für Ihr Vertrauen.« Mit einer Handbewegung bedeutete Kelschin dem Funker, die Verbindung zu trennen. »Fliegen Sie Deschkan an, Pilot. Wir landen auf dem Raumhafen von Poschque.« Der Pilot beschleunigte das Schiff und nahm Kurs auf den Heimatplaneten der Syntagi. Nachdem der Funker von der Kontrolle die Landegenehmigung erhielt, ging das Schiff auf dem Raumhafen nieder. Als es stand, wandte sich Kelschin vom Schirm ab und verließ die Zentrale. Auf dem Gang zog er seine Waffe, warf einen Blick auf den Ladezustand und steckte sie wieder ein. Er ging zum Lift, ließ sich nach unten tragen, trat hinaus und lief zum Ausstieg. Langsam schritt Kelschin die Rampe hinab, blieb davor stehen und atmete mehrmals tief durch, dann lief er über das Landefeld zum Kontrollgebäude hinüber. Er betrat das Bauwerk und begab sich dort zur Zentrale, dabei dachte Kelschin an das, was vor ihm lag. Im obersten Stockwerk angekommen, lief er den Gang entlang und blieb vor dem Eingang kurz stehen. Er sammelte sich, trat einen Schritt nach vorn und ließ so das Schott aufgleiten. Entschlossen trat der General ein und sah sich um. Zu seiner Überraschung stand

Farschgu vor dem großen Fenster und sah in diesem Moment zum Eingang. »Kelschin, was machen Sie hier auf Deschkan? Warum sind Sie nicht auf Minchoxr?« Zügig ging Kelschin auf Farschgu zu und blieb in einem Abstand von vier Schritten vor ihm stehen. »Ich bin nach Deschkan gekommen, um eine wichtige Angelegenheit zu regeln.« »So dringend kann es wohl nicht sein, Kelschin! Machen Sie besser Ihre Arbeit auf Minchoxr, auch wenn die Ausführung von Ihnen schlecht ist.« »Das ist allein Ihre Meinung, Farschgu. Ich habe keine Lust mehr, mir weiterhin Ihre despektierlichen Äußerungen noch länger anzuhören.« »Sie nehmen sich zu viel heraus!« »Ich nehme mir jetzt noch mehr heraus, dessen können Sie versichert sein!«

* * *

Im Zentrum von Alkaton flanierten Fegobol und Zakatek eine Einkaufsstraße entlang und blieben manchmal vor einer Auslage stehen. »Es wäre schöner, wenn wir zum Einkaufen unterwegs wären.« »Das stimmt, aber wir müssen diesen Händler treffen.« »Ich weiß, Rinlum. Wenn wir dieses Geschäft abgeschlossen haben, bin ich froh darüber.« Das Summen seines Armbandgeräts enthob Fegobol einer Entgegnung, was ihm gefiel, da er das Gespräch nicht weiterführen wollte. Er nahm das Gespräch an und der Soldat aus seinem Vorzimmer teilte ihm Ort und Zeit des Treffens mit und schaltete ab. »Duroto, wir müssen zum Raumhafen. Der Händler will mit uns auf dem Frachter sprechen.« »Das kann uns doch nur recht sein.« Sie liefen zu ihrem Gleiter, stiegen ein und der Oberst flog zum Standort des Schiffs, welches sie zu erwerben gedachten. Davor stoppte Fegobol, stieg mit Zakatek aus und sie gingen die Rampe empor. Auf halbem Weg kam ihnen der Händler entgegen und blieb selbstsicher grinsend vor ihnen stehen. »Ich freue mich, dass Sie über mein Angebot nachgedacht haben. Sicher kommen wir dieses Mal zu einer Einigung. Wenn Sie mir bitte folgen wollen.« Der Händler führte sie in das Schiff und geleitete sie zu einem kleinen Raum, wo er sie bat, an dem Tisch Platz zu nehmen. »Aufgrund Ihres Ersuchens um ein Gespräch gehe ich davon aus, dass Sie meinen Preis akzeptieren.« »Wir wollen das Schiff erwerben, aber nicht zu diesem Preis«, erwiderte Zakatek gelassen. »Weshalb sitzen wir dann überhaupt zusammen? In dieser Zeit hätte ich einen anderen Käufer suchen können.« »Sie sollten meinem Partner zuhören. Er hat Ihnen etwas Interessantes zu berichten.« Diese Aussage machte den Händler misstrauisch und nervös, weswegen er das Gespräch nicht abbrach. »Na schön, dann reden Sie. Meine Zeit verschwende ich ohnehin mit Ihnen.« »Das wird sich gleich zeigen«, entgegnete Fegobol und grinste tiefgründig. »Mir kam eine Geschichte zu Ohren. Bei ihr geht es um einen Händler, der einem Hobby frönt.« Der Händler zeigte sich nach den ersten beiden Sätzen gelangweilt. »Das Hobby kam dem Händler nach und nach teuer zu stehen. Zudem brachte es ihn zunehmend in Schwierigkeiten, denn bald konnte er seine Schulden nicht mehr begleichen, weshalb sein Gläubiger ungeduldig wurde.« Fegobol machte eine Kunstpause und fixierte den Händler, der ein Tuch aus seiner Hosentasche zog, damit die Stirn abtupfte und es wieder einsteckte. »Nun, gab der Gläubiger dem Händler eine letzte Gelegenheit, seine Schulden zu begleichen. Dazu zwang er ihn, seinen Frachter zu verkaufen, was der Händler bis jetzt nicht schaffte, da er von dem Verkauf des Schiffs nicht nur seine Schulden zu begleichen, sondern auch einen Grundstock für spätere geschäftliche Aktivitäten zu legen gedachte.« Erneut grinste Fegobol den Händler an, der sich hektisch seine Handflächen an der Hose abwischte. »Warum erzählen Sie mir das alles? Sie langweilen mich mit der Schilderung.« »So sieht es nicht gerade aus«, bemerkte Zakatek in einem sarkastischen Tonfall. »Was wollen Sie damit zum Ausdruck bringen?« »Das wissen Sie ganz genau«, gab der General scharf zurück. »Ich habe hier eine schöne Aufstellung, auf die Sie unbedingt einen Blick werfen sollten«, setzte Fegobol das Gespräch fort, zog eine Folie aus der Innentasche seiner Jacke und schob sie dem Händler hin. Der Mann griff danach und warf einen Blick darauf. Plötzlich verhärteten sich seine Gesichtszüge und er las die komplette Aufstellung durch. Kraftlos ließ er die Folie auf den Tisch fallen und sah Fegobol ärgerlich an. »Woher haben Sie das?« »An Ihrer Reaktion stelle ich fest, dass Ihnen die Aufstellung bekannt ist.« »Natürlich kenne ich die Liste.« »Jetzt habe ich noch eine schöne Überraschung für Sie.« Erneut grinste Fegobol hämisch, fingerte aus der Innentasche seiner Jacke eine weitere Folie hervor und winkte dem Händler damit zu. »Das wird Ihnen mit Sicherheit nicht gefallen.« Lässig warf der Oberst die Folie auf den Tisch, sodass sie bis vor den Händler glitt. Mit einer leicht zitternden Hand nahm er die Folie auf und begann zu lesen. Nach dem Ende der Lektüre ließ er das Dokument einfach auf den Tisch fallen. »Sie haben alle meine Verbindlichkeiten übernommen.« »Das ist richtig, und wie Sie sehen, hat Ihr Gläubiger das nicht für umsonst gemacht.« Hektisch nahm der Händler die Folie wieder auf und Zakatek erkannte sofort die Absicht des Mannes, weswegen er schnell seinen Strahler zog und ihn auf den Geschäftsmann richtete. »Lassen Sie das bleiben. Mein Finger ist gerade heute außergewöhnlich nervös.« »Außerdem ist die Folie nicht zerreißbar«, ergänzte Fegobol ruhig. »Reden wir nun über den Preis des Schiffs.« »Den kennen Sie doch bereits.« »Sie scheinen unbelehrbar zu sein. Mein Agent berichtete mir, dass Sie Ihr Hobby illegal betrieben, was auch ihr Gläubiger, mit dem wir uns trafen, bevor wir Sie hier aufsuchten, bestätigte. Ich werde dafür Sorge tragen, dass Sie vor Gericht gestellt werden, wenn Sie nicht kooperieren. Alle

Ihre Bekannten, mit denen Sie diesbezüglich zu tun hatten, haben Sie fallen gelassen. Jeder ist bereit, gegen Sie auszusagen, wenn sie eine Bestätigung erhalten, dass sie nicht belangt werden. Ich weiß, dass sie diese Zusage erhalten. Wenn Sie kooperieren, sparen wir uns diesen Aufwand.« »Wie wollen Sie das bewerkstelligen?« »Nichts einfacher als das. Sie lasen doch meinen Namen?« »Ja, nur sagt er mir nichts.« »Das ist schade, aber ich dem helfe ich ab. Ich bin Oberst Fegobol und mir untersteht der imperiale Geheimdienst.« Der Händler konnte nur mit Mühe seine Fassung bewahren. »Wenn ich das weitererzähle, kann Sie das in Schwierigkeiten bringen.« »Wohl kaum, denn meine Agenten werden Sie finden und nach Alkaton bringen, zum anderen können Sie Ihr Anliegen mit meinem Vorgesetztem besprechen, wenn Sie das wünschen.« »Ach, wer ist denn Ihr Vorgesetzter?« »Mein Vorgesetzter ist Alkt Kalaran von Talstal.« Nun war es um die Haltung des Händlers geschehen. Kraftlos rutschte er in seinem Stuhl ein Stück tiefer. »Bestimmen Sie den Preis für das Schiff, Fegobol.« Der Oberst nannte ihm die Summe, woraufhin der Händler mühevoll ein Lächeln zustande brachte. »Sie sind sehr großzügig, Fegobol.« »Aber nicht zu großzügig, da ich Ihre Absicht vorher schon ahnte. Wann kann ich das Schiff übernehmen?« »Sobald mir das Geld gutgeschrieben wurde.« »Trauen Sie mir etwa nicht?« »Ich bleibe immer misstrauisch.« »Das ist nicht falsch. Wohin soll ich Ihnen das Geld transferieren?« Der Händler zog aus seiner Tasche eine Karte und schob sie dem Oberst über den Tisch. Fegobol sah kurz darauf und steckte sie ein. »Übrigens, da Sie von Misstrauen sprachen: Wenn Sie das Schiff verlassen, werden sie Militär postiert sehen. Nur falls Sie die dumme Idee auszuführen gedenken, mit dem Frachter zu verschwinden. Sollte es Ihnen trotz dieser Vorkehrung gelingen, von hier zu starten, dann wird mein Begleiter, General Zakatek, Sie mit einem imperialen Schlachtschiff jagen.«

»Es wird mir ein Vergnügen sein«, ergänzte Zakatek. »Ich übergebe Ihnen das Schiff ordnungsgemäß«, bestätigte der Händler hilflos.

* * *

Am nächsten Morgen kam Vuoga unangemeldet zur Werft geflogen, parkte den Gleiter wie gewohnt, stieg aus und lief zu dem Schiff hinüber, vor dem Naro im Gespräch mit seinen Mitarbeitern stand. Als Naro ihn bemerkte, schickte er seine Leute in den Raumer und sah zu Vuoga. »Sie können es wohl nicht abwarten, Präsident?« »Sie wissen doch, dass ich ungeduldig bin.« »Sie wissen auch mit Sicherheit, dass Eile ein schlechter Berater ist.« Vuoga überging die Bemerkung des Leiters. »Ist das Schiff fertig?« »Die Tests sind abgeschlossen und fielen zu meiner Zufriedenheit aus. Was jetzt noch fehlt, ist ein Testflug.« »Dann machen sie ihn doch.« »Wollen Sie nicht mit dabei sein?« »Dazu lasse ich mich nicht zweimal bitten.« »Scheuen Sie nicht das Risiko?« Statt einer Antwort fing Vuoga an zu lachen, klopfte Naro auf die linke Schulter und ging in das Schiff. »Wenn ich das nicht besser wüsste, käme mir der Verdacht, dass er spinnt«, murmelte Naro und folgte dem Präsidenten. In der Zentrale ging Vuoga direkt zur Funkstation, was Naro zwar verwunderte, aber er verzichtete auf eine Nachfrage. »Lassen Sie mich das Gespräch mit der Kontrolle führen.« Der Funker stellte die Verbindung her und tauschte mit dem Präsidenten den Platz. »Vuoga hier. Das Schiff, von dem aus ich mit Ihnen spreche, startet jetzt. Ich bleibe an Bord. Informieren Sie die Flotte über den Testflug, nicht, dass einer der Kommandanten auf die Idee kommt, uns aufzuhalten.« »Ich gebe es weiter, Präsident.« »Aber sofort, sonst sitzen Sie nicht mehr lange an Ihrem Platz, sondern werden von meinen Soldaten herausgetragen.« Vuoga stand auf und ging zu Naro, der inzwi-

schen auf dem Kommandantensitz Platz genommen hatte.
»Starten Sie, Naro. Ich habe die Startgenehmigung erteilt.«
Ruhig erteilte Naro die Befehle und nicht lange danach hob
das Schiff ab. Es stieg in den Himmel und verließ Pherol. Es
beschleunigte aus dem System und verließ dieses bald darauf.
Nach einer Etappe stand Naro auf und ging zum Waffenoffizier. »Aktivieren Sie den Schutzschirm sowie die Waffen.
Feuern Sie aus allen Geschützen. Entweder alles funktioniert
einwandfrei oder es zerreißt uns.« Ohne eine Miene zu verziehen, begann der Techniker, den Befehl auszuführen. Vuoga stand vor dem Hauptbildschirm, um das, was folgen sollte,
zu beobachten. Dann gab der Mann den letzten Befehl ein
und die Schiffsgeschütze begannen zu schießen, woraufhin
das Schiff leicht erzitterte, aber sonst keine weitere negative
Reaktion zeigte. »Feuer einstellen!«, befahl Naro und ging
zu Vuoga. »Wie hat es Ihnen gefallen, Präsident?« »So weit
ganz gut. Sehen Sie den großen Felsbrocken auf der rechten
Seite?« »Ja, ich sehe ihn.« »Zerstören Sie ihn.« »Wie Sie
wollen.« Naro ging zu dem Techniker an der Waffenstation
und erteilte die entsprechenden Anweisungen. Kurz darauf
gab der Techniker gezieltes Feuer auf das Objekt ab, das daraufhin zerrissen wurde, und die Gesteinstrümmer flogen
in alle Richtungen davon. »Gut gemacht«, sagte der Präsident und Naro und begab sich wieder zu Vuoga. »Findet
die Demonstration Ihre Zustimmung?« »Ich muss Ihnen
zugestehen, dass es beeindruckend war, was Sie aus einem
ehemaligen schrottreifen Frachter gemacht haben. Das Schiff
wird sofort in die Flotte integriert, genauso wie alle anderen Einheiten, die Sie wieder instand gesetzt haben.« »Bedenken Sie nur eines, Vuoga: Alle diese Einheiten sind ursprünglich keine Kriegsschiffe und haben aus diesem Grund
natürlich ihre Schwächen.« »Damit müssen die zukünftigen
Kommandanten zu arbeiten wissen. Die Schiffe werden auf
alle Fälle ihren Zweck erfüllen, denn es geht nicht nur um

die Verteidigung der pherolischen Republik, sondern auch um deren Expansion.« Naro überraschte diese Aussage keineswegs, da er nichts anderes von Vuoga erwartete. »Fliegen Sie nach Pherol zurück, Naro. General Karudin wird sich um die Besatzungen für die Schiffe kümmern.« »Meine Techniker werden Ihre Leute einweisen. Jeder der Frachter hat seine Eigenheiten, was leider nicht zu vermeiden war, da wir mit dem arbeiten mussten, was wir geliefert bekamen.« »Das weiß ich. Naro, Sie liefern erstklassige Arbeit ab.« Diese Worte irritierten Naro, da er nie gedacht hätte, so etwas von Vuoga zu hören. »Pilot, bringen Sie uns nach Pherol.« Das Schiff nahm Fahrt auf, beschleunigte und überwand die Etappe nach Pheriolan.

* * *

»Warum sollte ich mich nicht nach Eswordon trauen? Es gibt nichts, das mir irgendjemand vorwerfen könnte, Utrak.« »Das glaubst auch nur du. Mir fällt das eine oder andere dazu ein. Es geht um gestohlene Unterlagen.« »Bist du vollkommen verrückt geworden? Nie habe ich mir unrechtmäßig Unterlagen angeeignet.« »Tescherketu, das glaubst du wirklich?« »Sicher, denn ich kann mir denken, wer dahintersteckt. Wenn du alle Fakten berücksichtigst, wird klar, dass nur eine einzige Person dafür infrage kommt.« Utrak fixierte Spesiluwo, der daraufhin betroffen zur Seite blickte. »Ich werde über deinen Einwand nachdenken, Tescherketu. Es könnte tatsächlich sein, dass du nicht falsch liegst.« »Es reicht!«, rief Zodomar vehement aus. »Wir sind nicht hier, um alte Geschichten aufzuarbeiten. Tescherketu, erzählen Sie Utrak, aus welchem Grund wir hier sind.« »Halten Sie das für eine gute Idee, Tinuwa?« »Ja, machen Sie schon!« Der Arzt zögerte einen Moment, doch dann kam er der Aufforderung Zodomars nach. Er schilderte Utrak knapp, worum es sich handelte, und ließ dabei nur die Details beiseite, die er für vernachlässigbar hielt. Utrak hörte den Bericht an und wurde sichtbar ärgerlich. Als der Arzt zum Ende gekommen war, rang Utrak um seine Fassung. »Tescherketu, jetzt glaube ich dir. Du hattest Eswordon schon einige Zeit verlassen, da begann ich, an der Sache zu forschen, doch meine Bemühungen wurden mit einem Schlag zunichtegemacht. Jemand brach in mein Haus ein und stahl mir die Unterlagen.« »Nach was hast du geforscht und wie weit bist du gediehen?« »Es ging um eine Krankheit, welche aufgetreten war, die mich in Grundzügen an die von dir geschilderte erinnerte. Es gab kein Gegenmittel, weswegen ich die Möglichkeit für ein gutes Geschäft sah, doch leider hat der Dieb mein Vorhaben vereitelt.« »Wo infizierten sich die Leute?« »Es war eine Gruppe von Prospektoren, die in einer äußerst unwirtlichen Gegend Untersuchungen durchführten. Dann schlug das Wetter um und sie verließen daraufhin die Gebirgsgegend, da es dort zu gefährlich war, um im Tal auf Besserung zu warten. Es dauerte länger, als sie vermuteten, bis endlich der Zeitpunkt gekommen war aufzubrechen. Auf halbem Weg zu ihrem Ziel im Gebirge bemerkten sie die Krankheit, weswegen die Gruppe ihr Unternehmen abbrach und in diese Stadt zurückkehrte.« »Was ist aus ihnen geworden?« »Im Endstadium fielen sie ins Koma, doch dann tauchte das Gegenmittel, woher auch immer, auf und sie wurden gerade noch gerettet. Ich habe versucht herauszufinden, wer es lieferte, aber jemand in einer wichtigen Stellung schützte den Lieferanten. Meine Nachforschungen musste ich deshalb einstellen.« »Erstellten Sie denn keine Sicherheitskopien?« »Natürlich gab es Kopien, jedoch vernichtete sie der Dieb. Ich kann nicht nachvollziehen, wieso der Dieb sich so gut auskannte und wie ihm die Entschlüsselung meines Zugangs gelang. Ich bin in dieser Angelegenheit ratlos.« »Jetzt stehen wir wieder am Anfang.« »Sagen Sie das nicht,

Tinuwa. Ich weiß, wen Tescherketu meint. Die Person ist skrupellos und geldgierig. Sie nimmt jeden Auftrag an, wenn er nur ertragreich ist. Ob jemand dabei zu Schaden kommt, interessiert die Person nicht. Sie wird im Übrigen von Leuten gedeckt, die sie mit Zahlungen gefügig machte. Aus diesem Grund verzichtete ich bislang, an sie heranzukommen.«

»Das sind keine schönen Aussichten«, murrte Spesiluwo. Utrak ignorierte Spesiluwo und sah von Tescherketu zu Zodomar. »Lassen Sie uns die Sache gemeinsam angehen. Ich weiß zwar nicht, warum, aber Sie, Tinuwa, erscheinen mir der Richtige dafür zu sein. Außerdem hätte ich gern meine ganzen Unterlagen wieder. Zudem bereitet mir der Gedanke Freude, diese Person auszuschalten.« Der Oberst überlegte einen Moment und traf eine Entscheidung, von der er hoffte, dass sie richtig war.

* * *

Alta marschierte Penra und Litreck voraus und während sie in den Dschungel eindrangen, beobachtete er die Umgebung genau. »Weiß einer von euch vielleicht, was uns hier erwartet?« Sowohl Penra als auch Litreck verneinten die Frage Altas gleichzeitig. »Na prima, ich denke, dass wir viel Spaß haben werden.« Der sarkastische Tonfall des Admirals irritierte Penra und Litreck, jedoch schwiegen sie dazu. Je weiter die Gruppe vordrang, desto dichter wurde der Bewuchs, was ihr Vorwärtskommen merklich behinderte. Sie mussten sich teilweise durch das Unterholz arbeiten, welches an den Stellen dichter wuchs, wo die Lichtverhältnisse besser waren. Die nicht einzuordnenden Geräusche der Fauna ließen sie immer wieder innehalten. Sie versuchten, in dem meistenteils dämmrigen Licht etwas zu erkennen, jedoch zeigte sich kein einziges Lebewesen. Alta drang weiter vor, Penra und Litreck dicht hinter ihm. Schließlich erreichte die Gruppe nach einiger Mühe eine kleine Lichtung, an deren Rand sie stehen blieb. Sie sahen auf das, was vor ihnen lag, und fühlten sich gleich ein wenig wohler nach dem Dämmerlicht des Waldes. »So könnte der Rest des Weges sein, dann kämen wir nicht nur schneller voran, sondern sähen auch, was um uns herum vorgeht.« »Alles hat seine Vorteile, aber auch seine Nachteile, Penra.« »Alta, du legst es darauf an, mir die Laune zu verderben.« »Keineswegs, es ist nur die Erfahrung, aus der ich schöpfe.« Ein merkwürdiges zischendes Geräusch ließ sie aufmerken, weshalb alle sich umsahen, aber nichts Verdächtiges entdecken konnten. Es war auch keiner von ihnen dazu in der Lage, ungefähr zu sagen, woher das Geräusch kam. »Das nächste Mal schöpfst du gefälligst aus etwas anderem, Alta.« »Wir sollten die Lichtung zügig überqueren. Mir gefällt das nicht.« »Ach, bist du schon wieder am Schöpfen?«, fragte Penra den Admiral und lief los. »Geh am Rand der Lichtung entlang!«, rief Alta ihr nach. Penra reagierte sofort und schlug den Weg zur Seite ein. Alta und Litreck folgten ihr, wobei Alta ständig die Lichtung im Blick hielt. Alles schien ruhig zu sein, trotzdem beschleunigten sie ihre Schritte. Nach zwei Dritteln des Wegs vernahmen sie erneut das zischende Geräusch und es ließ alle in ihrem Lauf innehalten. Alle sondierten die Lichtung, entdeckten aber keine Veränderung, geschweige denn den Verursacher des Lauts. »Gehen wir besser weiter«, wies Alta sie an und lief mit großen Schritten voraus. Weit waren sie noch nicht gekommen, da vernahmen sie das zischende Geräusch wieder, weshalb sie unvermittelt stehen blieben. »Dieses Mal scheint es näher zu sein.« »Ja, Litreck, und es hört sich irgendwie gedämpft an.« »Penra, Litreck, ich weiß warum!«, rief Alta aus und deutete geradeaus auf einen kleinen Hügel, der sich weiter aufwölbte. Die kleine Erhebung wuchs ständig weiter an und die Erde rieselte auf allen Seiten herab. Plötzlich flog die ganze Erhebung nach oben und verteilte sich nach allen

Seiten. Mittig davon brach ein schlangenartiges Wesen hervor, dessen Körper einen Durchmesser von einer Armlänge aufwies. Die Kreatur stieg weiter empor, bis sie innehielt und nach unten blickte. Das Wesen sah sie an, pendelte mit dem Kopf mehrmals hin und her, senkte dann das Haupt ein Stück ihnen entgegen, riss das Maul auf, zeigte zwei Reihen messerscharfer Zähne und ließ erneut den zischenden Laut hören, der nun ungedämpft noch furchteinflößender auf die Gruppe wirkte. Noch standen sie alle ungerührt da und sahen zu dem Kopf, der plötzlich in ihre Richtung zuckte.

* * *

Die Gleiter der Einsatzgruppe unter dem Kommando von General Soquezxl stoppte in einiger Entfernung des Geländes des Regierungsgebäudes. »Alle absitzen! Wir greifen an! Feuer frei nach eigenem Ermessen! Wir müssen die Aufständischen schnellstmöglich zurückdrängen!«, befahl Soquezxl und lief seinen Leuten voraus. Als sie in die Nähe des Areals kamen, wurden sie nicht sogleich bemerkt, da sich die Aufrührer nur auf die Erstürmung des Bezirks vor dem Palast konzentrierten. Erst nachdem Soquezxl einen wohl gezielten Schuss abgab, der einen Aufrührer zu Boden schickte, erweckte das die Aufmerksamkeit der Putschisten. Sie sahen zu den Angreifern und erschraken, als sie erkannten, wer auf sie zustürmte. »Was passiert hier?«, rief eine der Revolutionäre aus. »Wieso schickt das Imperium Echsen gegen uns?« Kaum hatte sie das gesagt, da starb die Frau durch das Gewehrfeuer. Auch um sie herum fielen viele unter dem Beschuss. Verzweifelt erwiderten sie den Beschuss, doch dadurch, dass sie noch unter dem Schock standen, zielten sie schlecht. Außer wenigen Verletzten erreichten die Aufrührer keinen Erfolg, weshalb einer nach dem anderen es verzog, sein Heil in der Flucht zu suchen. Die Echsensoldaten hingegen gingen konzentriert vor und jagten die Aufrührer, die sich in alle Richtungen zerstreuten. »Verfolgt sie nicht weiter!«, befahl Soquezxl. »Wir kümmern uns später um die restlichen Putschisten. Folgt mir!« Der General lief zum Tor voraus, hinter dem ein Offizier sowie einige Sicherheitskräfte standen und ihn vollkommen verblüfft ansahen. »Ich bin General Soquezxl von den imperialen Streitkräften. Wir sind gekommen, um Sie von den Putschisten zu befreien. Lassen Sie uns herein.« Der Offizier zögerte einen Augenblick, doch dann öffnete er das Tor und machte eine Handbewegung, mit welcher er den General aufforderte näherzutreten. Seine Soldaten strömten auf das Gelände und verteilten sich an der Abgrenzung des Areals. »Meine Soldaten werden Ihre Leute dabei unterstützen, das Gelände zu halten. Bringen Sie mich jetzt zu Gouverneur Vlitom.« »Wir danken Ihnen für Ihre Unterstützung. Bitte kommen Sie mit.« Der zu Soquezxl aufsehende Offizier wandte sich ab und lief voraus zum Regierungsgebäude. Dort geleitete er den General in das Bauwerk und führte ihn zu dem Büro Vlitoms. Als die Tür zu seinem Raum aufging, wandte er sich vom Fenster ab, von dem aus er die Geschehnisse beobachtete. Die beiden Eintretenden gingen auf den Gouverneur zu, der ihnen entgegenkam. Vlitom musste zu dem General aufsehen, weshalb er zwei Schritte Abstand hielt. »Sie sind Gouverneur Vlitom, nehme ich an?« »Damit liegen Sie richtig. Mit wem habe ich das Vergnügen zu sprechen?« »Ich bin General Soquezxl. Mein Auftrag lautete, Ihnen Entsatz zu bringen. Admiral Muruba kümmert sich inzwischen um andere Positionen. Im Übrigen soll ich Ihnen Grüße von Alkt Kalaran von Talstal ausrichten.« »Vielen Dank. Verzeihen Sie mir die Verwunderung, aber ich wundere mich über Echsen in imperialen Uniformen.« »Admiral Muruba kam mit der Bitte um Unterstützung zu mir und ich entsprach ihr. Auch er weiß, dass es für uns nicht gerade einfach ist, auf Morior IV einfach nur herumzusitzen.« »Das ist verständlich. Es ist gut, dass Sie hier sind, General.« »Meine Soldaten werden das Gelände mit ihren Leuten verteidigen, falls die Aufrührer erneut angreifen sollten. Ich setze mich mit Admiral Muruba in Verbindung, um mit ihm das weitere Vorgehen zu besprechen.« »Es ist gut festzustellen, dass das Imperium schnelle Hilfe geleistet hat. Diese Erkenntnis hätten einige der wankelmütigen Gouverneure unbedingt machen müssen.« »Auf was genau spielen Sie an?« »Diese Gouverneure spielen mit dem Gedanken, sich einer Konstruktion anzuschließen, von der sie selbst überhaupt noch nicht wissen, was diese repräsentiert. Gerade diese Personen werden anscheinend immer wieder angesprochen, um sie auf die andere Seite zu ziehen.« »Kam auch schon jemand auf Sie zu?« »Ja, aber ich machte dieser Person deutlich, dass ich fest zum Imperium stehe.« »Wurden Sie auch weiterhin kontaktiert?« »Noch mehrere Male kam er auf mich zu, obwohl die Person immer die gleiche Antwort von mir erhielt. Irgendwann stellte er seine Bemühungen ein.« »Sie reden ständig nur von einer Person: Wer genau hat Sie angesprochen?« »Ich kenne ihn nicht. Nach einem Gespräch mit einem mir bekannten Gouverneur wies er mich darauf hin, dass diese Person mit mir sprechen wolle. Er bat mich, ihn anzuhören, ich stimmte zu und er stellte das Gespräch durch. So fing alles an.« »Sprechen Sie unbedingt mit dem Alkt darüber. Die Geschichte wird ihn sicher interessieren.« »Ich werde ihn gelegentlich anrufen.« »Nein, nicht gelegentlich, Vlitom, sondern sofort. Zurzeit können Sie ohnehin nichts machen. Die Wiederherstellung einer stabilen Lage ist die Aufgabe von Muruba und mir.« Vlitom war ein wenig verblüfft, wie ihm Soquezxl den Auftrag gab, aber er musste ihm recht geben, denn er hatte tatsächlich im Moment nichts zu tun, weshalb er zu seiner Kommunikationsstation ging.

* * *

Kelschin zog seine Waffe und richtete sie auf Farschgu. »Sind Sie denn vollkommen verrückt geworden, General?« »Nein, ich bin in bester Verfassung, nur Sie scheinen es nicht mehr zu sein. Offen gesagt: Ich habe genug von Ihnen und Ihren ständigen Beleidigungen sowie auch von haltlosen Anschuldigungen.« »Sie sind gerechtfertigt, Kelschin!«, stieß Farschgu scharf hervor. »Nein, das sind sie nicht. Sie betrachten das als eine persönliche Angelegenheit und lassen daher keinen Anlass aus, mich zu diskreditieren. Ihr ganzes Bestreben ist nur noch darauf fokussiert und Sie nehmen dazu auch in Kauf, dass es für Deschkan schädlich ist. Sie fürchten und hassen mich, Farschgu. Ich gebe Ihnen den Anlass, mich tatsächlich zu fürchten.« »Was haben Sie vor, Kelschin?« »Ich ziehe die Konsequenzen«, antwortete der General und löste seinen Strahler aus. Farschgu stieß einen Schrei aus und brach tödlich getroffen zusammen. Kelschin ging zu dem am Boden Liegenden, kniete nieder und prüfte, ob das Oberhaupt der Regierung noch lebte. Zufrieden darüber, dass dem nicht so war, stand Kelschin auf, ging ein paar Schritte in den Raum und sah von einem Besatzungsmitglied zum anderen. »Ab sofort übernehme ich die Regierungsgewalt über Deschkan. Gibt es hier jemanden, der damit nicht einverstanden ist?« Alle sahen, dass der General immer noch seine Waffe in der Hand hielt, weshalb sie zurückhaltend reagierten, bis auf ein Mitglied der Besatzung. »General Kelschin, Sie kommen einfach hier herein, töten unser rechtmäßiges Regierungsoberhaupt und übernehmen die Regierung. Dem kann ich keinesfalls zustimmen.« »Sie haben doch gehört, was ich zu ihm sagte: Er hat in sträflicher Weise seine Pflichten vernachlässigt und sogar den Staat in Gefahr gebracht, nur um seine Rachegelüste zu befriedigen.« »Das ist Ihre Darstellung, der ich nicht zu folgen bereit bin.

Ich werde Sie bekämpfen, wo ich es nur kann.« »Geben Sie sich keine Mühe.« Kelschin hob seine Waffe, richtete sie auf den Mann und schoss ihn nieder. »Gibt es noch jemanden von euch, der seine Position teilt?« Alle sahen Kelschin an, aber keiner von ihnen gab ihm eine Antwort, was Kelschin zu der Ansicht kommen ließ, dass sie nicht gegen ihn waren und möglicherweise auch nicht für ihn. »Da dieser Punkt geklärt ist: Funker, ich werde jetzt eine kurze Rede an die Bevölkerung halten. Bereiten Sie alles vor und geben Sie mir Bescheid, wenn die Übertragung starten kann.« »Ja, General«, bestätigte die Frau an der Station. Der General ging zu der Stelle im Raum, wo ihn die Aufnahmeoptik erfasste, und wartete auf die Bestätigung der Offizierin, was auch nicht lange dauerte. »Sobald der Schirm hell wird, können Sie sprechen, General.« Kelschin nahm Haltung an und begann seine Rede. »Einwohner von Deschkan! Die meisten von euch kennen mich bestimmt. Ich bin General Kelschin, oberster Militär von Deschkan. Farschgu, unser Regierungsoberhaupt, war nicht mehr dazu in der Lage, die Regierungsgeschäfte ordnungsgemäß auszuüben. Aus diesem Grund sah ich keine andere Möglichkeit, als ihn abzusetzen. Bis zu den Neuwahlen, deren Termin ich noch festlegen werde, leite ich die Regierung von Deschkan. Für Sie wird sich nichts ändern. Mein Bestreben ist es, Deschkan weiter voranzubringen. Meinem eventuellen Nachfolger will ich ein Deschkan übergeben, welches besser dasteht als jetzt. Arbeiten Sie mit mir zusammen zum Wohl Deschkans!« Kelschin machte eine Handbewegung in Richtung der Funkstation, woraufhin die Übertragung von der Frau beendet wurde. »Lasst die beiden Toten wegbringen. Ich hoffe, es gibt keine weiteren Opfer, denn es ist wirklich das Letzte, was ich will.« »Ich kümmere mich sofort darum, General«, bestätigte einer der Besatzung. »Weisen Sie die entsprechende Stelle an, dass die beiden ein Staatsbegräbnis erhalten.« »Das mache ich sehr gern.« Kelschin wollte sich zum Gehen wenden, als die Funkoffizierin den General anrief. »General, ich habe ein Gespräch für Sie. Der Kommandeur der Verteidigungsflotte möchte mit Ihnen sprechen.« Kelschin ging zu der Stelle, an der er vor Kurzem noch stand. Der Schirm erhellte sich und der Anrufer wurde sichtbar. »General Kelschin! Ich freue mich, dass Sie das Problem Farschgu gelöst haben. Sein Handeln wurde immer unverantwortlicher, was nicht nur mich bedenklich stimmte, sondern auch fast alle Kommandanten, mit denen ich darüber ein Gespräch führte. Die Flotte steht hinter Ihnen. Ich bin mir sicher, dass auch die Minister Sie unterstützen werden. Viel Erfolg, Kelschin.« »Ich werde Sie alle nicht enttäuschen.« Die Verbindung erlosch und Kelschin sah in die Runde. Zu seiner Überraschung stimmten die Anwesenden dem Gesagten zu. Zufrieden verließ der General die Zentrale.

Flug nach unbekannt ....

»Es ist so weit, Duroto. Ich erhielt soeben eine Nachricht von dem Händler. Er ist bereit, uns das Schiff zu übergeben.« »Dann sollten wir uns auf den Weg machen. Das hat alles viel zu lang gedauert.« Beide verließen das Büro von Fegobol und begaben sich zu dem Parkplatz für die Gleiter. Dort bestiegen sie das Fahrzeug und flogen zu dem Frachter. Davor stoppte Fegobol, stieg ebenso wie Zakatek aus und sie gingen zu dem Händler, der vor der Rampe stand. »Ich habe Ihre Zahlung erhalten, Oberst. Ich danke Ihnen für ihre Großzügigkeit. Das Schiff gehört nun Ihnen.« »Es freut mich, dass wir zu einem beiderseitigen Konsens gekommen sind.« Der Händler setzte eine bittere Miene auf und ging, ohne ein weiteres Wort zu verlieren, an den beiden vorbei. Langsam lief er über das Landefeld, ohne noch einmal zurückzublicken. »Er hat das Geschäft schlecht verkraftet, Duroto.« »Ich kann ihn verstehen, Rinlum. Ich war selbst Händler. Er hing an seinem Schiff.« »Das mag sein, aber darauf können wir keine Rücksicht nehmen.« »Ich weiß«, bestätigte Zakatek und wirkte dabei bedenklich. »Was hast du denn, Duroto?« »Wenn du so lange mit einem Schiff unterwegs bist, ist es ein Teil von dir. Als mein Schiff vernichtet wurde, habe ich das nur schlecht verkraftet.« Fegobol wusste nicht, was er darauf entgegnen sollte, weshalb er auf eine Entgegnung verzichtete. »Wir müssen Kalaran aufsuchen. Wir wissen nicht, was er mit diesem Frachter vorhat. Komm, Duroto.« Beide liefen zu dem Gleiter, stiegen ein und Fegobol flog über das Landefeld davon.

*

Kalaran sah auf, als Fegobol und Zakatek sein Büro betraten. »Hallo, ihr beiden. Hoffentlich habt ihr etwas zu berichten, was meine Laune bessert.« »Ist etwas vorgefallen?« »Nein, nicht wirklich, Rinlum, es ist nur die Bürokratie, die mir zurzeit auf die Nerven geht.« »Glaubst du, bei mir ist es anders?« »Nein, also erzählt schon: Was führt euch zu mir?« »Wir haben einen sehr schönen Frachter erworben. Er wird dir sicher gefallen.« »War es schwierig, ihn zu kaufen?« »Es gab da zwar ein Problem, aber das hat Rinlum auf eine überzeugende Art gelöst.« »So, wie du das sagst, Duroto, wollt ihr mir keine Details nennen.« »Nein, Kalaran, nur das Ergebnis zählt«, stellte Fegobol eilig fest. »Dann zeigt mir euer von einem Geheimnis überschattetes Schiff.« »Ich denke, du hast zu tun?« »Das habe ich auch, Rinlum. Ich besichtige mit euch den Frachter.« Der Alkt stand auf und verließ sein Büro. Nach einigen Schritten drehte er sich zu den beiden um, die immer noch in dem Raum standen. »Worauf wartet ihr denn noch? So dekorativ seid ihr für mein Büro auch wieder nicht«, rief er ihnen zu und lief weiter. Fegobol und Zakatek folgten ihm schnell, um zu ihrem Gleiter zu gehen. Der Oberst flog mit ihnen zum Raumhafen von Alkaton, überquerte das Landefeld und stoppte vor dem Frachter. Die Soldaten, welche vor dem Raumer Wache standen, salutierten, als sie Kalarans ansichtig wurden. Mit einem prüfenden Blick betrachtete der Alkt das Schiff und sah zu Fegobol und Zakatek. »Der Frachter ist in einem erstklassigen Zustand. Der war doch sicher teuer?« »Nein, es handelte sich um ein Angebot.« »Seit wann gibt es denn Frachter im Angebot, Rinlum?« »Gehen wir doch hinein und machen einen Rundgang.« Kritisch musterte Kalaran den Oberst, verzichtete aber darauf, das Thema weiter zu verfolgen. Sie betraten den Raumer und führten ihn durch das Schiff, bis sie zuletzt die Zentrale aufsuchten. »Ich bin wirklich beeindruckt. Es ist genau das, was ich benötige. Das war ein ausgezeichneter Kauf, der wie auch immer von euch bewerkstelligt wurde.« Kalaran ließ ein unergründliches Grinsen sehen. »Damit bei euch keine Langeweile aufkommt, erkläre ich, was ihr jetzt veranlassen müsst.« In knappen Worten erklärte der Alkt ihnen, was er benötigte. »Wozu soll das denn gut sein, Kalaran?«, fragte Zakatek irritiert. »Das verrate ich euch, wenn ihr meinen Auftrag ausgeführt habt.«

* * *

»Was soll das heißen?«, fauchte Fepulkrt seinen Gesprächspartner an. »General, keiner weiß etwas darüber. Die Händler, welche wir befragten, wissen nichts oder geben zumindest vor, über keine Information zu verfügen.« »Damit gebe ich mich nicht zufrieden! Anscheinend muss ich mich um alles selbst kümmern!« »Aber General.« »Seien Sie still!« Fepulkrt dachte eine Weile nach, dann sprach er weiter. »Sie halten sich zu meiner Verfügung. Führen Sie keine weiteren Nachforschungen durch. Es kommt ohnehin nichts dabei heraus. Ich setze mich mit Ihnen wieder in Verbindung.« Ärgerlich schaltete der General ab, stand auf und verließ den Raum. Auf seinem Weg zum Zerlgtoxr überlegte er, ob seine Idee wirklich gut war, aber je länger er darüber nachdachte, desto sicherer wurde Fepulkrt. Vor dem Saal des Herrschers blieb der General stehen und sah den wachhabenden Offizier an. »Ich muss sofort mit dem Herrscher sprechen. Ist er anwesend?« »Ja, bitte warten Sie einen Moment.« Der Offizier verschwand im Audienzsaal und kehrte bald darauf zurück. »Gehen Sie hinein.« Der Aufforderung kam Fepulkrt nach und betrat den Raum. Hinter ihm schloss der Offizier die Tür. Noch bevor er vor dem Thron angelangte, machte der Zerlgtoxr eine wegwerfende Handbewegung, weshalb Fepulkrt auf die Formalität verzichtete. »Ist es Ihnen gelungen, neue Erkenntnisse über diese Vorgänge zu erhalten, Fepulkrt?« »Leider nein. Ich gebe Ihnen einen kurzen Bericht.« Seine Schilderung fasste der General bewusst kurz und legte dann seinen Plan dem Herrscher vor. Nachdem Fepulkrt zum Ende gekommen war, schwieg der Zerlgtoxr eine Weile, dann beugte er sich ein Stück vor. »Das ist sehr risikoreich für uns beide. Ich bin mir noch nicht sicher, ob ich dem zustimmen soll.« »Ich sehe keine andere Möglichkeit.« »Na schön, Fepulkrt. Gehen Sie aber keinerlei Risiko ein, ansonsten richten Sie mehr Schaden an, als es für uns gut ist. Besser, wir verzichten auf die Information, als dass es uns aus dem Amt fegt.« »Was genau befürchten Sie?« »Das spielt keine Rolle für Sie, Fepulkrt, solange nichts schiefgeht. Halten Sie sich an meine Anweisung. Gehen Sie jetzt!« Nachdenklich verließ der General den Audienzsaal des Herrschers. Er musste sich eingestehen, dass der Herrscher ihn mit dieser Bemerkung verunsichert hatte. Zu gern hätte er gewusst, worauf der Zerlgtoxr anspielte. Ihm blieb nur, seinen Plan durchzuführen und ihn im Notfall abzubrechen.

* * *

Panisch riss Penra ihre Waffe aus der Halterung an ihrem Gürtel und schoss auf das Wesen. In ihrer Aufregung traf sie das Tier nur mit einem Streifschuss unterhalb des Kopfs, woraufhin das Wesen ein lautes Brüllen hören ließ. Daraufhin zog es sich schnell in seine unterirdischen Gefilde zurück. Alle drei stießen hörbar ihren Atem aus. »Willst du wirklich weitergehen, Alta?« »Auch das hier Geschehene bringt mich nicht von meinem Plan ab, Penra.« »Über mangelnde Aufregung können wir uns wirklich nicht beschweren.« »Es ist doch gar nichts passiert, Litreck.« Der blies die Backen auf und entließ laut die Luft. Alta lachte nur und ging am Rand der Lichtung weiter, bis er den Punkt erreichte, an dem er wieder in den Wald eindrang. Penra und Litreck warfen sich einen vielsagenden Blick zu und folgten dann dem Admiral schweigend. Das Dämmerlicht nahm sie wieder auf und sie brachen durch das Unterholz, welches ihnen keinen großen Widerstand entgegensetzte. Ohne nennenswerte Probleme kamen sie ein gutes Stück weiter, bis sie eine Stelle erreichten, die etwas mehr Licht empfing. An diesem Ort vernahmen sie ein raschelndes Geräusch, weshalb sie sofort stehen blieben. Penra starrte gebannt auf eine Stelle, die wenige Schritte vor ihr lag. Was sie zu sehen bekam, ließ sie erschaudern. Eine große Menge von fingerlangen Käfern lief durcheinander. »Iiiih, Käfer!«, rief sie entsetzt aus. »Ich mag keine Käfer!« »Sei froh, wenn sie dich nicht mögen«, entgegnete Alta gelassen. »Mach doch einfach einen großen Bogen darum.« Angewidert blickte sie zu der wimmelnden Masse und schlug einen Haken, der stattlicher als notwendig ausfiel. Auch Litreck folgte ihr im gleichen Abstand. Alta indessen blieb stehen und behielt die Käfer sowie Penra und Litreck im Blick. Als sie seine Position erreichten, hielten sie in ihrem Lauf inne. »Seht ihr, es ist doch gar nichts passiert.« »Darauf kann ich auch gut verzichten.« »Ich ebenfalls, Penra.« »Ihr solltet euch nicht von solchen Kleinigkeiten beeindrucken lassen.« »Leicht gesagt, Alta«, erwiderte Penra bissig. Alle sahen noch einmal zu dem wimmelnden Haufen. In dem Augenblick, als sie sich abwenden wollten, hörten die Käfer mit ihrem Umherlaufen auf. »Warum machen die Käfer das?« »Woher soll ich das denn wissen, Penra?« »Schade, das hätte mich beruhigt, Alta.« Wie um eine schlüssige Antwort zu geben, kam wieder Bewegung in die Käfer und sie liefen alle auf die drei Personen zu.

* * *

»Senkt die Waffen!«, befahl Zodomar seinen beiden Soldaten. Zögernd nahmen sie ihre Strahler herunter und steckten sie ein. »Du traust ihm tatsächlich, Tinuwa?« »Warum sollte ich das nicht? Für mich klingt das alles plausibel. Versuche es ebenfalls, Tescherketu.« »Na schön, auf dein Risiko.« »Uns läuft die Zeit davon. Wir müssen endlich in dieser Sache weiterkommen. Sie wissen, wo diese Person wohnt, Utrak?« »Ja, natürlich weiß ich das, da sie mir ein Ärgernis ist.« »Dann gehen wir zu unserem Fahrzeug und sehen uns die Villa einmal an.« Die sechs Personen liefen vom hinteren Teil des Gartens am Haus vorbei und nahmen die anderen beiden Soldaten mit und begaben sich zum Gleiter, auf dessen Fahrersitz sich Utrak setzte. Sie durchflogen den Vorort bis zu einem Bereich, an dessen Rand die Villa der Person lag. Utrak steuerte den Gleiter in einem mäßigen Tempo daran vorbei. »Dieses Gebäude auf der rechten Seite ist es. Seht nicht alle hin, sonst erwecken wir Verdacht«, wies Utrak seine Begleiter an. Nur Zodomar und Tescherketu sahen dorthin, aber bemerkten nichts, was ihr Misstrauen erweckte. Nachdem sie das Gelände passiert hatten, bog Utrak nach links ab und reduzierte die Geschwindigkeit. »Konntet ihr irgendetwas Ungewöhnliches entdecken?« »Nein, auf dem Gelände hält sich niemand auf. Ich finde es ebenso merkwürdig, dass keine einzige Person auf der Straße ist.« »Das ist nicht verwunderlich. Sollten Sie drei Personen auf einmal auf dieser Straße antreffen, dann muss sie wegen Überfüllung geschlossen werden. Nur die Tatsache, dass sich niemand auf dem Gelände befindet, macht die Angelegenheit nicht viel einfacher.« »Warum das denn?« »Wir wissen nicht, wie viele Personen normalerweise dort patrouillieren.« »Lassen wir uns doch überraschen. Halte an, Utrak. Wir laufen alle hin und sehen uns um.« »Wie du willst, Tinuwa.« Alle acht Personen stiegen aus und machten sich auf den Rückweg. Zodomar wies die Soldaten an, auf der anderen Straßenseite zu laufen, um nicht ganz so auffällig zu wirken. Die beiden Gruppen erreichten wieder die Abbiegung und der Oberst gab den Soldaten ein Zeichen, stehen zu bleiben. Auch ihre Gruppe hielt an und der Oberst fingerte sein Fernglas aus der Beintasche. »Sind Sie denn wahnsinnig, Tinuwa? Noch auffälliger geht es wohl nicht?« »Ganz ohne Risiko kommen wir nicht weiter.« Er setzte das Glas an und betrachtete das Gelände genau. Schließlich ließ er das Fernglas sinken und steckte es wieder ein. »Ich kann nichts Verdächtiges entdecken.« Zodomar zog seinen Strahler und hielt ihn in Richtung der Soldaten, die den Hinweis verstanden und ebenfalls ihre Waffen vom Gürtel nahmen. »Tinuwa, wir drei haben keine Strahler dabei«, bemerkte Utrak in einem anklagenden Tonfall. »Das ist bedauerlich, aber nicht zu ändern.« Utrak brummte etwas Unverständliches und folgte ebenso wie Spesiluwo und Tescherketu dem Oberst. Die beiden Trupps überquerten zügig die Straße und liefen an dem umzäunten Gelände entlang, bis sie zu der offen stehenden Einfahrt kamen. »Sehen wir uns doch einmal an, wie gut der Gärtner die Arbeit macht«, forderte Zodomar sie auf und lief voraus. Nach einigen Schritten blieb der Oberst stehen, sah kurz von rechts nach links und blickte die Soldaten an. »Ihr vier geht rechts am Haus vorbei und inspiziert den Garten hinter der Villa. Wir sehen uns hier um und gehen links vorbei. Hinter dem Gebäude treffen wir uns.« Die Soldaten liefen in die angegebene Richtung und entschwanden ihren Blicken. Langsam schritt der Oberst mit den drei Ärzten über das Vorgelände, das keinen Anhaltspunkt bot, dass hier Wachen gelaufen waren. Sie bogen um die Hausecke und blieben nach wenigen Schritten stehen. »Es hält sich tatsächlich niemand hier auf. Das finde ich merkwürdig. Es gab immer Wachpersonal hier.« »Das mag sein, Utrak«, antwortete Zodomar und lief weiter. An der Hausecke trafen sie auf die vier Soldaten, von denen einer die Arme hob und wieder fallen ließ. »Es ist keiner hier«, meldete er. »Was machen wir jetzt, Tinuwa?« »Meinem Drang, das Haus zu besichtigen, gebe ich einfach nach, Tescherketu. Gibt es auf dieser Seite einen Hintereingang?« »Ja, folgen Sie mir.« Der Soldat ging voraus bis zu dem besagten Einlass, den Zodomar begutachtete. »Das ist nicht so einfach wie bei dir, Tescherketu.« »Wieso bei ihm?«, murrte Spesiluwo. Zodomar blickte prüfend auf das Eingabefeld rechts neben der Tür und zog ein Messer aus seiner Beintasche. Damit machte er sich an der Abdeckplatte zu schaffen und löste diese nach ein paar Mühen ab. Achtlos ließ er sie auf den Boden fallen und begutachtete, was sich dahinter verbarg. Nach kurzem Überlegen begann er, an der Verkabelung zu arbeiten. Er veränderte sie, doch nichts geschah darauf. Zodomar strich sich über den Bart, dann startete er einen weiteren Versuch. Fingerfertig stellte er neue Verbindungen her, dann glitt die Tür mit einem leise zischenden Geräusch beiseite. »Die Besichtigung kann beginnen«, erklärte Zodomar und trat ein. »An Ihnen ist ein Einbrecher verloren gegangen, Tinuwa.« »Ich fasse das als Kompliment auf, Tescherketu.« Sie folgten dem Oberst in den Raum, der stehen blieb, um sich zu orientieren, da der Vorraum über kein Fenster verfügte. »Da vorn geht es hinaus.« Er deutete nach links, ging auf die Tür zu, öffnete sie und trat auf einen Gang, den er verfolgte, bis dieser an seinem Ende in die große Vorhalle mündete. Nach einigen Schritten stand er mit den anderen in der Mitte der Halle. Mehrere Gänge zweigten von dem Foyer ab, weswegen der Oberst Utrak ansah. »Wo sollen wir als Erstes entlanggehen?« »Das weiß ich auch nicht. Mir scheint es egal zu sein.« In diesem Augenblick kamen aus einem Gang vor ihnen und einem hinter ihnen die Wachen mit vorgehaltenen Waffen in die Halle. Eine Frau folgte in kurzem Abstand aus dem Gang vor ihnen und schob sich an ihren Leuten vorbei. Auch sie richtete ihren Strahler auf die Eindringlinge. »Kann ich Ihnen bei ihrer Entscheidung behilflich sein?«

* * *

Fegobol suchte Kalaran in seinem Büro neben dem Audienzsaal auf. Der Alkt sah verwundert zu dem Oberst und erhob sich. »Jetzt sage mir nur nicht, dass die Arbeiten an dem Frachter bereits abgeschlossen sind.« »Nein, so schnell geht das natürlich nicht. Ich bin aus einem anderen Grund zu dir gekommen. Es geht um unseren Nachbarn, den Echsenstaat.« »Was ist denn mit dem los? Alles war doch still um ihn.« »Offensichtlich interessieren auch sie sich für diese seltsamen Händler. Informationen erhielten die Agenten allerdings genauso wenig wie Duroto.« »Alles andere wäre auch verwunderlich gewesen. Ich frage mich nur, warum sie ihre Neugier weckten. Rinlum, die Echsen haben doch gar nichts mit den Händlern zu tun oder hast du etwa gehört, dass sie auch bei den Echsen unterwegs sind?« »Bis auf wenige Systeme am Rand des Staates sind Händler aus dem Imperium geduldet. Ich vermute eher, dass es eine rein präventive Maßnahme ist. Du weißt doch, dass der Zerlgtoxr ebenso wie auch sein General Fepulkrt immer wissen wollen, was bei uns geschieht, um eine Schwachstelle zu finden, die sie gegen uns ausnutzen können, Kalaran.« »Lass General Fepulkrt, bestimmt wurde er vom Herrscher damit beauftragt, weiter daran arbeiten. Dann kommt er nicht auf andere dumme Gedanken. Wir können dann ungestörter arbeiten.« Die interne Kommunikation gab einen Summton, weshalb Kalaran dort hinging und das Gespräch annahm. »Mein Alkt, der Gouverneur von Oibotene Vlitom wünscht, Sie zu sprechen.« Kalaran setzte eine bedenkliche Miene auf. »Stellen Sie ihn durch.« Mit einer Handbewegung forderte der Alkt Fegobol auf, das Gespräch mitzuverfolgen. Als der Oberst neben ihm stand, erschien der Gouverneur auf dem Schirm. »Ich grüße Sie, Vlitom. Sind Sie immer noch in Schwierigkeiten?« »Nein, Ihr General Soquezxl hat die Aufrührer vertrieben. Ich danke Ihnen für die schnelle Hilfe.« »Das ist selbstverständlich.« »General Soquezxl forderte mich auf, mit Ihnen über eine bedenkliche Angelegenheit zu sprechen. Unter einigen Gouverneuren gibt es Bestrebungen, dem Imperium abzuschwören. Das Einzige, was ich hörte, war, dass es ein Konstrukt gäbe, dem sie zugeneigt sind. Vor einiger Zeit sprach ich mit einem dieser Gouverneure. Er legte mir nahe, mit einer Person zu sprechen. Dieser Mann versuchte, mich zu überreden, über mein Verhältnis zum Imperium nachzudenken. Ich machte ihm bei jedem Gespräch klar, dass ich fest zum Imperium stehe.« »Das ist äußerst interessant.« »Denke an die verspäteten Berichte, Kalaran«, bemerkte der Oberst. »Das passt ganz genau dazu, Rinlum. Wissen Sie, was ich glaube, Vlitom? Hinter dem Aufstand auf Oibotene könnte genau diese Person stecken.« »Sie haben recht, Alkt. Auf die Idee kam ich noch nicht.« »Können Sie mir die Aufzeichnungen mit dieser Person schicken?« »Leider nein. Ich beabsichtigte das zwar, aber ich musste feststellen, dass die Aufzeichnungen nicht mehr existieren. Nach meiner Rückfrage bei einem Spezialisten vermutete er, dass bei jedem Gespräch ein Virus mitgesendet wurde, der die Datei nach der Beendigung löschte.« »Sehr geschickt. Kennen Sie den Namen dieser Person?« »Nein, er weigerte sich, mir seinen Namen zu nennen. Der Name wäre mit Sicherheit ohnehin falsch gewesen.« »Ja, das stimmt. Es ist gut, dass sie mich kontaktierten. Wir verfolgen die Sache weiter. Sollten Sie weitere Informationen erhalten, nehmen Sie sofort Kontakt mit Oberst Fegobol auf. Bei ihm laufen alle Nachrichten zusammen. Sagen Sie bitte General Soquezxl und Admiral Muruba, dass Sie Ihnen weiter Unterstützung gewähren. Wir bleiben in Verbindung, Vlitom. Alles Gute.« »Das wünsche ich Ihnen auch, Alkt.« Die Verbindung erlosch, Kalaran stand auf und sah Fegobol an. »Die Lage ist offensichtlich bedenklicher, als wir vermuteten, Kalaran.« »Der Gegenseite, wer auch immer das sein mag, ist jedes Mittel recht, um ihr Ziel zu erreichen.« »Wir müssen schnell reagieren, sonst bricht uns ein System nach dem anderen weg. Ich werde ein paar Agenten nach Oibotene schicken. Vielleicht finden sie etwas heraus.« »Setz dich mit Leytek in Verbindung. Schick ihm die Agenten, damit sie mit ihm zusammenarbeiten. Vielleicht erfahren wir über diese Schiene etwas. Bleib bitte bei der anderen Sache dabei. Sie muss so schnell wie möglich abgeschlossen sein.« »Darum kümmert sich Duroto. Ich nehme mich der Agentenauswahl an.« »Rinlum, die Agenten müssen noch heute abfliegen.« »Das werden sie.«

* * *

Mit einem angewiderten Gesichtsausdruck blickte Ireipehl auf die Bauchgegend des Toten. Auch Kölpas Miene zeigte sich wenig angetan von dem, was er sah. Die bräunlichschwarze handtellergroße leichte Vertiefung zeigte Risse, so als sei sie ausgetrocknet, doch der Schein trog. Sie verbreiterten sich sichtbar schnell und brachen an mehreren Stellen auf. Aus ihnen krochen die winzig wirkenden Würmer und versuchten, sich langsam aus der Vertiefung, die den Fleck bildete, herauszuschieben. »Wo kommen die denn her, Ireipehl?« »Wenn ich das nur wüsste. Wir haben ihn doch beide immer wieder untersucht, doch es gab keine Anzeichen für ihr Auftreten. Ich verstehe es nicht.« »Obwohl die Krankheit weiter fortschritt, haben wir beide nichts gefunden, was auf ihre Existenz hindeutete.« Kölpa sah Ireipehl in das Gesicht, schien es aber nicht wirklich wahrzunehmen. Ireipehl verzichtete darauf, ihn anzusprechen, da er ahnte, dass Kölpa gerade über etwas Wichtiges nachdachte. Eine Weile hielt er diesem ihm seltsam anmutenden Blick stand, dann blickte er nach links auf die Leiche des Soldaten. Dies schien der Anlass gewesen zu sein, um Kölpa wieder aus seiner Starre zu lösen. »Bist du wieder anwesend, Kölpa?« »Ich war nie abwesend.« »Was war der Auslöser für deine etwas ungewöhnliche Unbewegtheit?« »Ireipehl, mir kam soeben eine Idee zu unserem Problem. Ich muss zugeben, dass selbst mich diese Idee erschreckte. Es ist zwar unglaublich, aber leider dürfte es der Wahrheit ziemlich nahe kommen.« »Könntest du eventuell auch ein klein wenig konkreter werden?« »Warte einen Moment. Zuerst will ich über die Sache noch einmal kurz nachdenken, nicht, dass ich dir etwas sage, was völlig aus der Luft gegriffen ist, da ich einen Punkt nicht berücksichtigte.« »Bitte denk nach, Kölpa. Wir verfügen über jede Menge Zeit.« Den Sarkasmus im Tonfall Ireipehls bemerkte Kölpa nicht, da er bereits bis zu dem Fenster der Isolierstation ging. Davor blieb er stehen und sah hinaus in den großen Saal, durch den gerade eine Assistentin Ireipehls lief. Sein Blick folgte ihrem Weg, bis die Frau sich an einen Arbeitsplatz setzte. Schlagartig drehte Kölpa sich zu Ireipehl um, sodass dieser ganz kurz zusammenzuckte. »Es kann nicht anders sein!«, rief Kölpa und erläuterte ihm seine Theorie.

* * *

Wie der Agent von Fepulkrt angewiesen wurde, flog er mit dem Gleiter zum Raumhafen von Moloq und wartete darauf, dass das angekündigte Schiff landete. Er musste sich in Geduld üben, denn er kannte nur die ungefähre Ankunftszeit. Da er ohnehin nichts zu tun hatte, kam er ein wenig früher, da ihm aufgetragen wurde, nicht zu spät zu kommen. Ihm lag nichts daran, den Ärger von Fepulkrt zu erregen, da er wusste, was das für ihn bedeutete. Er parkte das Fahrzeug am Rand des Landefelds, stieg aus, streckte sich und lief ein wenig umher. Immer wieder sah er dabei in den Himmel, doch zeigte sich kein ankommendes Schiff. Mit jeder Runde, die er drehte, wurde der Agent unruhiger, obwohl er wusste, dass es keinen Anlass dafür gab. Viele Runden später, inzwischen waren einige Handelsschiffe gelandet, die allerdings nicht sein Interesse fanden, da er wusste, auf welches Schiff er wartete, denn der General hatte ihm die Informationen dazu geliefert, endete seine Wartezeit. Allerdings verschwieg der General dem Agenten, wen er ihm schickte. Endlich sank der erwartete Raumer aus dem Himmel herab und landete auf dem Raumhafen. Ohne Eile bestieg der Mann den Gleiter, startete ihn und flog zu dem Landeplatz des Schiffs. Davor hielt er an und wartete darauf, dass der Ausstieg aufglitt. Gerade als ihm der Verdacht kam, dass der Kommandant des kleinen Schiffs ihn absichtlich warten ließ, entstand endlich die erwartete Öffnung. Bald darauf kam eine hochgewachsene Person heraus, die in einen Umhang, der seine Gestalt vollständig verbarg, gehüllt war. Die Kapuze dieses Überwurfs trug sie so weit heruntergezogen, damit sie das Gesicht des Ankömmlings vollkommen verdeckte. Die Person ging zum Gleiter des Agenten, stieg ein und würdigte den Fahrer keines Blicks. »Sie haben Ihre Anweisung«, sagte der Unbekannte. Daraufhin flog der Mann los und überlegte dabei, ob er ein Gespräch beginnen sollte, doch schließlich nahm er davon Abstand. Aus einem unerfindlichen Grund fühlte der Fahrer sich in der Gegenwart seines Besuchers unwohl. Stattdessen beschloss er, darauf zu warten, dass sein Beifahrer das übernahm. Schon bald gestand er sich ein, vergeblich auf ein Wort zu warten. Beharrlich schwieg der Beifahrer, was die Laune des Agenten nicht gerade besserte. Diese schlechte Stimmung versuchte er beiseitezuschieben und er hoffte darauf, nach der Ankunft endlich zu erfahren, wen der General ihm schickte und aus welchem Grund. Sie erreichten das Zentrum von Moloq und der Mann steuerte das Fahrzeug durch die sehr belebte Straße. Viele Leute schlenderten rechts und links der Straße entlang und besahen sich die Auslagen der Geschäfte. Kurz schielte der Fahrer nach rechts, ob der Unbekannte sich das muntere Treiben ansah, doch wurde er enttäuscht. Sein Kopf war nach wie vor leicht nach

vorn geneigt, weshalb seine Kapuze weit herabhing und deshalb sein Gesicht verdeckte. Für den Agenten war es nicht zu
übersehen, dass sein Nebenmann keinerlei Interesse an dem
Geschehen auf der Hauptstraße zeigte. Eine letzte Hoffnung
keimte auf, als er aufgrund des starken Verkehrs nur langsam
vorwärtskam. Allerdings auch diese Tatsache bewog den Beifahrer nicht dazu aufzusehen, geschweige denn, ein Wort zu
sagen. Ärgerlich wartete der Agent darauf, dass sich der Stau
wieder auflöste, damit er seinen Gast absetzen konnte und
er endlich erfuhr, was das alles zu bedeuten hatte, denn er
mochte es nicht, im Unklaren gelassen zu werden.

* * *

Mit einem Trupp Soldaten drang Admiral Muruba in die
Kontrollzentrale des Raumhafens von Oibotene ein. Überrascht mussten alle feststellen, dass in diesem sich niemand
aufhielt. »Wo sind die denn alle hin, Admiral?«, fragte ein
Offizier irritiert. »Entweder sind sie alle geflohen oder sie
haben sich den Aufständischen angeschlossen. Das erfahren
wir wohl nicht so schnell.« Er nahm mit seinem Armbandgerät Kontakt mit der Gyjadan auf. Als jemand aus der Zentrale das Gespräch annahm, ließ er die Gegenseite nicht zu
Wort kommen. »Gibt es Neuigkeiten?« »Nein, Admiral.«
»Wenigstens etwas. Geben Sie folgenden Befehl an unsere
Begleitschiffe weiter: Bis auf Weiteres darf kein Schiff auf
Oibotene landen.« »Sollen Sie den Kommandanten der ankommenden Schiffe sagen, dass wir eine Blockade errichtet
haben?« »Nein, Sie sagen ihnen, es geschehe zu ihrer eigenen Sicherheit und wir werden dafür Sorge tragen, dass sie so
bald als möglich landen können.« Muruba schaltete ab und
überlegte kurz. Das Summen des Geräts riss ihn aus seinen
Gedanken. Mechanisch aktivierte der Admiral die Verbindung. »Soquezxl, wie sieht es bei Ihnen aus?« »Das Regie-

rungsgelände ist gesichert. Die Aufrührer sind vorläufig vertrieben. Gouverneur Vlitom sprach mit Kalaran. Wir sollen ihn weiter unterstützen. Außerdem glaubt Kalaran, dass es einen bedenklichen Grund für den Aufstand gibt.« Der General erläuterte Muruba die möglichen Hintergründe und was der Alkt vermutete. »Das klingt plausibel, Soquezxl. Wir müssen der Anführer des Aufstands habhaft werden, damit wir sie verhören können. Bleibe bis zu meinem Eintreffen, wo du gerade bist.« Muruba schaltete ab und bedeutete den Soldaten, ihm zu folgen. Sie verließen das Gebäude und stießen auf die anderen Truppen, die am Rand des Landefelds auf ihren Einsatz warteten.

*

Admiral Muruba marschierte mit seinen Soldaten auf das Regierungsgelände und hielt den Trupp an. »Offizier, Sie sind verantwortlich für die Verteidigung des Areals. Sie lösen die Mannschaft von General Soquezxl ab, sobald ich zurück bin.« Muruba gab einem Mann der Sicherheitskräfte einen Wink zu kommen. »Admiral?« »Bringen Sie mich zu Gouverneur Vlitom. Ich muss mit ihm sprechen.« »Folgen Sie mir.« Er geleitete Muruba in das Gebäude und dort zum Büro Vlitoms. Als sie eintraten, standen gerade General Soquezxl und Vlitom zusammen und führten ein Gespräch. »Danke, Sie können gehen«, forderte der Admiral den Sicherheitsmann auf, der sich daraufhin abwandte und ging. Indessen lief Muruba zu den beiden, die ihm entgegenkamen. »Ich grüße Sie, Admiral Muruba.« »Gouverneur, der General und ich werden jetzt in die Stadt gehen und versuchen, einiger der Aufrührer habhaft zu werden, um sie zu befragen. Vielleicht erhalten wir Informationen über die Hintermänner des Aufstands.« »Ich bezweifle, dass sie Ihnen freiwillig Auskünfte geben.« »Das werden sie.« »Sie sind sehr zuversichtlich, General.« »Der General hat eine äußerst überzeugende Art«, bemerkte Muruba grinsend. Vlitom sah zu General Soquezxl auf und versuchte, sich dabei vorzustellen, er sei der zu Befragende. Diese Imagination schob er daraufhin schnell beiseite. »Ich wünsche Ihnen viel Erfolg«, sagte Vlitom, woraufhin die beiden das Büro verließen. Auf dem Weg zum Vorgelände sah Muruba zu dem General. »Wir nehmen Ihre Mannschaft mit, Soquezxl. Meine Leute bleiben zur Verteidigung hier.« »Das hätte ich ohnehin vorgeschlagen, Leytek.« Als sie aus dem Gebäude kamen, sah Soquezxl, dass die Mannschaft Murubas bereits Position bezogen hatte. »Alle sammeln! Wir rücken ab!«, befahl Soquezxl seinen Leuten laut. Darauf verließen alle ihre Posten und stellten sich neben dem Tor auf. Muruba und Soquezxl gingen an ihnen vorbei und marschierten an der Spitze in Richtung der Stadt. Dabei fiel der Blick Murubas auf die Leichen, welche im Vorfeld des Geländes lagen.

* * *

»Mir gefällt das nicht!«, rief Penra entsetzt aus. »Das sollte es auch nicht«, erwiderte Alta gelassen. »Verschwinden wir von hier.« Alta eilte los, soweit es das Unterholz zuließ, gefolgt von Litreck und Penra, wobei sich Letztere immer wieder umsah. »Folgen sie uns noch?«, fragte Alta und arbeitete sich weiter vor. »Ja, Alta, und sie sind schnell.« »Dann müssen wir eben noch schneller sein.« Der Admiral schlug einige Haken, um unwegsame Stellen zu umgehen, und erreichte einen breiten Bach, den er kritisch begutachtete. »Lauf weiter, Alta!«, rief Penra von hinten. »Leichter gesagt als getan.« Alta hob ein langes Aststück auf, entfernte rasch die Seitentriebe und begann, damit die Tiefe des Gewässers auszuloten. Zufrieden über das erzielte Ergebnis stieg er in den Bach und ging Stück für Stück weiter vor, dabei immer mit dem Stock prüfend, bis er das andere Ufer erreichte. »Kommt genau auf mich zu. Hier könnt ihr ihn ohne Probleme überqueren.« Zögernd gingen Penra und Litreck vorsichtig in den Bachlauf und stiegen am jenseitigen Ufer wieder hinauf. »Musste das denn sein, Alta?« »Auf alle Fälle. Der Bach wird die Käfer aufhalten. Das hoffe ich zumindest, Litreck.« »Er hofft es«, brummte dieser und warf einen prüfenden Blick zur anderen Seite, wo sich die Käfer dem Gewässer näherten. »Lauft in Richtung des Gebirges, ich komme nach«, wies Alta sie an und behielt die Käfer weiter im Fokus. Diese erreichten das Ufer und sammelten sich dort. Einige von ihnen liefen das Ufer hinab, wurden von einer kleinen Welle erfasst und vom Wasser mitgerissen. Die Insekten liefen nach rechts und links, hielten dann aber in ihrer Bewegung inne. Alta sah nach beiden Seiten des Bachs und entdeckte etwas, das ihn sehr bedenklich werden ließ. Er beschloss, die anderen darüber in Unkenntnis zu lassen.

* * *

Am Rand des Raumhafens der Hauptstadt von Pherol standen General Karudin sowie Vuoga zusammen und blickten über das Landefeld, wo gerade Mannschaften in zwei der instand gesetzten Schiffe marschierten. »Hast du genug Personal für die neuen Schiffe, Plenoi?« »Ja, Walpa. Ich habe mehr Personal als Schiffe.« »Das wird nicht immer so bleiben.« »Wo sollen wir bitteschön weitere Raumer herbekommen? Die Werften haben keine große Kapazität, außerdem kommen die Erweiterungsarbeiten nicht so schnell voran, wie wir es gern hätten. Die Werft hier auf Pherol ist voll ausgelastet.« »Ich weiß, Plenoi. Mehr geht leider nicht in dieser kurzen Zeit. Wie läuft eigentlich unser anderes Projekt?« »Bei einigen lief es gut, aber jetzt sind zum ersten Mal Probleme aufgetreten.« »Sind diese Probleme lösbar?« »Nur, wenn wir massiv eingreifen.« »Nein, Sie sind auf sich allein gestellt.« »Dann scheitert unser Plan, Walpa.« »Dann ist es eben so. Wir müssen uns aus dieser Angelegenheit heraushalten. Bitte kümmere dich darum, dass die neuen Schiffe in die Flotte integriert werden.« »Die Einweisung durch die Techniker dauert länger, als ich dachte.« »Naro hat mich bereits vorgewarnt. Es ist dringend erforderlich, sonst bekommen wir massive Schwierigkeiten.« »Da kommt dieser Naro«, stellte Karudin in einem abfälligen Tonfall fest. »Sag nichts gegen ihn. Was er aus diesen Schiffen, die teilweise ziemlich schrottreif hier ankamen, machte, ist erstaunlich. Ich habe es selbst gesehen.« »Das ist ungewöhnlich für dich, Walpa. So schnell ergehst du dich doch sonst nicht in Lobeshymnen.« »Nur wenn ich wirklich davon überzeugt bin, Plenoi.« Sie unterbrachen ihr Gespräch, da Naro zu ihnen stieß. »Störe ich vielleicht, Präsident?« »Nein, Sie stören nicht, Naro. Gibt es Schwierigkeiten?« »Nein, zurzeit gibt es keine Probleme. Die Fertigstellung der verbliebenen Schiffe rückt in greifbare Nähe. Hinsichtlich meiner Planung muss ich etwas von Ihnen wissen: Werden noch weitere Frachter oder was auch immer von der Gilde geliefert?« »Der Ratsherr Kondio Xeriot teilte mir bei unserem letzten Gespräch mit, dass der Markt leer gefegt ist, sie aber ein angebotenes Schiff natürlich kaufen. Rechnen Sie aber nicht damit. Vielmehr gebe ich Ihnen einen neuen Auftrag: Organisieren Sie ein Projekt für den Neubau von Raumern.« »Dazu fehlen mir Pläne, Präsident.« »Das ist ganz allein Ihr Problem. Lassen Sie Ihre Fantasie spielen. Ihnen wird schon etwas einfallen.« An der Miene Naros konnte Vuoga ablesen, dass er der Aufforderung nicht positiv gegenüberstand. »Das ist leicht gesagt, aber schwer umzusetzen.« »Wie Sie das machen, ist mir vollkommen egal.« »Wenn Sie nichts zu tun haben, können Sie mir gern zur Hand gehen, Vuoga«, entgegnete Naro scharf, ließ die beiden einfach stehen und ging weg. »Du lässt dir das von ihm gefallen? Ich finde, du solltest ihm nicht zu viel Spielraum geben.« »Allein das Ergebnis zählt, Plenoi.«

* * *

Vollkommen überrascht sahen sie hinter sich und mussten zu ihrem Leidwesen feststellen, dass dort ebenfalls drei Männer, genau wie vor ihnen, mit vorgehaltenen Waffen standen. Alle acht drehten ihre Köpfe wieder der Frau zu, die noch einen Schritt nach vorn machte, um so vor den drei Wachen zum Stehen zu kommen. »Zieht ganz langsam eure Waffen und lasst sie auf den Boden fallen.« Die vier Soldaten und der Oberst kamen der Aufforderung nach, zogen ihre Strahler mit spitzen Fingern aus der Halterung am Gürtel und ließen sie los, sodass diese auf die Steinplatten polterten. »Was ist mit euch dreien?« »Sie sind unbewaffnet«, bemerkte Zodomar. »Das passt zu euch. Was verschafft mir die Ehre, dass Utrak und Spesiluwo mich so unaufgefordert besuchen? Es ist übrigens nett, dass auch Tescherketu eigens nach Eswordon gekommen ist, um mir seine Aufwartung zu machen. Einer von euch beantwortet gefälligst meine Frage!« »Ich bin auf der Suche nach meinen gestohlenen Unterlagen. In dieser Sache werden Sie mir wohl kaum weiterhelfen können. Ich will nicht mit dem Vorgesetzten der Wache sprechen, sondern mit dem Wissenschaftler, der hier wohnt.« »Utrak, du willst also mit Rekila reden? Warum seid ihr dann nicht einfach zur Vordertür gegangen und habt dort den Signalgeber benutzt? Wieso seid ihr eingebrochen, wenn es nur um ein scheinbar harmloses Gespräch geht? Warum hast du die anderen mitgenommen? Utrak, du bist unglaubwürdig. Also, weshalb sollte Rekila mit einem Einbrecher reden?« »Ich habe genug davon! Bring mich sofort zu ihm!« »Du bist nicht in der Lage, Forderungen zu stellen, Utrak! Ich komme deiner Aufforderung nicht nach.« »Warum weigerst du dich?« »Typisch Mann! Eure Arroganz macht euch blind für die Realität.« Die Frau ließ ein abfälliges Lachen hören und senkte ihre Waffe. »Ihr drei seid solche ärmlichen Figuren und merkt es noch nicht einmal. Ich bringe euch nicht zu ihm.« Sie sah von einem zum anderen der drei Ärzte und steckte ihre Waffe ein.

* * *

Nur in kleinen Schüben wälzte sich die Masse der Fahrzeuge weiter, wie es jeden Tag bereits ab dem frühen Vormittag anfing und bis zum späten Abend anhielt. Den Stau zu umgehen, blieb ein nutzloses Unterfangen, da die ganze Innenstadt von Moloq ein einziger Stau war. Wer die Möglichkeit hatte, auf ein Fahrzeug zu verzichten, nahm diese wahr, da selbst die Passanten schneller zum Ziel kamen. Da der Agent von dem General die Anweisung erhalten hatte, den Gast mit dem Gleiter abzuholen, blieb ihm nichts anderes übrig, als den Stau in Kauf zu nehmen. Die Person auf dem Beifahrersitz schien das ganze Verkehrsaufkommen nicht im Mindesten zu berühren. Unbewegt saß die Person neben ihm und wenn der Agent es nicht besser gewusst hätte, dann hätte er annehmen müssen, dass er eine Leiche beförderte. Der Mann schüttelte den Gedanken ab und sah nach vorn, wo es zu seiner Verwunderung ausnahmsweise einmal ein größeres Stück vorwärtsging. Aufatmend stellte der Agent fest, dass es nun anscheinend für die üblichen Verhältnisse zügig voranging. In mäßigem Tempo durchquerte der Mann die Innenstadt und kam in den Randbereich, wo sein Ziel lag. Mehr und mehr löste sich das Verkehrsaufkommen auf und er konnte im angrenzenden Vorort schnell zu dem Endpunkt fliegen. Die heruntergekommenen Bauten nahm er kaum wahr, da der Agent sie zur Genüge kannte. Vor einem Gebäude, das noch erbärmlicher aussah als die angrenzenden Bauwerke, stoppte er das Fahrzeug. »Wir sind da«, sagte er nur knapp zu der Person auf dem Sitz neben ihm. Ohne ein Wort zu verlieren, stieg diese aus und ließ den Agenten vorgehen. Der Mann ging in das Haus und steuerte die Treppe, welche keinen vertrauenswürdigen Eindruck machte, an. Scheinbar unbeeindruckt lief der Gast dem Mann bis zum zweiten Stockwerk hinterher. Dort schlug der Agent mit der Faust mehrmals gegen die Tür. Daraufhin vernahmen sie Schritte und die Tür wurde geöffnet. »Du hast lange gebraucht«, begrüßte der Mann den Agenten. »Du kennst doch auch den Verkehr zur Genüge.« »Es war nicht meine Idee, den Gleiter zu benutzen.« »Ja, ich weiß. Kommt herein.« Die beiden betraten die Wohnung und der Mann schloss die Tür hinter ihnen. Die Einrichtung der kleinen Unterkunft wirkte spartanisch und heruntergekommen wie das ganze Haus. »Verzeihen Sie bitte, das ist die einzige Wohnung, die schnell zu bekommen war und gleichzeitig unauffällig ist.« »Das ist mir vollkommen egal«, entgegnete der Unbekannte, zog die Kapuze herab und entledigte sich des Umhangs.

* * *

Alta eilte Penra und Litreck, die bereits einen guten Vorsprung hatten, hinterher. So schnell es ging schloss er zu ihnen auf und hastete an ihnen vorbei, was den beiden merkwürdig vorkam. Einige Schritte vor ihnen stand Alta und blickte auf sein Armbandgerät und rief die Daten auf, welche er im Büro Penras überspielte. Nach kurzem Studium der Informationen schaltete er wieder ab und lief am Fuß der sanft ansteigenden Gebirgswand weiter entlang. Der weitere Weg erschien allen länger, als er war, da das Umfeld keine wirkliche Abwechslung bot. Penra drehte sich um und blickte zurück, obwohl es keinen Anlass dafür gab. »Hast du etwas gehört, Penra?« »Nein, ich bin wohl nur ein bisschen nervös, Litreck.« »Es ist nur das Unbekannte. Wir waren hier noch nie und kennen die Gefahren, welche hier lauern, nicht.« »Du hast sehr wahrscheinlich recht.« Kaum hatte Penra das gesagt, als von hinter ihnen ein schauerliches Brüllen erscholl. Alle drei hielten im Lauf inne und lauschten den Schreien eines Tieres, das sich offensichtlich im Todeskampf befand. »Was hat die Kreatur nur?«, fragte die Frau nicht ohne Entsetzen in der Stimme. »Die Käfer haben anscheinend ein anderes Opfer gefunden«, stellte Litreck fest. »Was mir nur seltsam anmutet, ist, dass es von dieser Seite des Bachs zu kommen scheint. Verheimlichst du uns vielleicht etwas, Alta?« Ein zweifelnder Blick Litrecks traf den Admiral, der unter diesem ein wenig schuldbewusst wirkte. Schließlich kam er zu dem Schluss, ihnen doch die Wahrheit zu sagen. »Die Käfer haben die Möglichkeit, den Bach zu überqueren. Ein Baumstamm liegt über dem Wasserlauf.« »Das ist nicht nett von dir, uns im Unklaren zu lassen, Alta.« Verärgert drehte sich Penra um und lief einfach weiter. »Lasst uns weitergehen.« Mit forschem Schritt ging sie weiter und würdigte den Admiral keines Blicks mehr. Alta wusste, dass jedes weitere Wort ihm nur noch mehr Unwillen ihrerseits brächte. Schweigend liefen sie weiter und der Groll Penras ließ mit jedem Schritt nach, bis sie dann schließlich zu Alta sah. »Wie weit ist es denn noch?« Innerlich aufatmend rief er noch einmal die Informationen auf seinem Gerät ab und glich sie mit ihrem aktuellen Standort ab. »Wir sind nicht mehr weit von unserem Ziel entfernt.«

* * *

Ulneske wurde von der Ordonnanz in den Audienzsaal eingelassen und sie ging zum Büro des Alkt. Kalaran stand auf, als sie hereinkam. »Schön, dass du so schnell kommen konntest.« »Du hast einen Auftrag für mich?« »Ganz genau. Es ist ein sensibler Auftrag, den du für mich erledigen musst. Wenn du ihn nicht annehmen willst, kannst du selbstverständlich ablehnen.« »Erzähle mir erst einmal, worum es dabei geht.« Zuerst erzählte Kalaran ihr, was er vermutete, und schilderte dann seinen Plan. Mit immer bedenklicher werdender Miene hörte sie dem Alkt zu und blies laut den Atem aus, als Kalaran zum Ende kam. »Das ist nicht dein Ernst?« »Es ist mein Ernst.« »Hältst du das wirklich für eine gute Idee? Das erachte ich für äußerst riskant.« Mit der rechten Hand machte Kalaran eine wegwerfende Bewegung. »Ich sehe keine andere Möglichkeit, um endlich Ergebnisse zu erzielen.« »Na schön. Ich bin dabei.« »Nichts anderes wollte ich von dir hören. Bleib hier, ich will Rinlum fragen, wie weit die Arbeiten gediehen sind.« Er ging zur Kommunikationsanlage und stellte eine Verbindung zu dem Oberst her. Fegobol erschien auf dem Schirm und grinste vielsagend. »Lass mich raten, Kalaran: Du rufst an, um zu drängeln.« »Ich drängele doch nicht.« »Nein, natürlich nicht. Du hast es nur eilig.« »Wenn ich an Oibotene denke, ist mein Gefühl nicht das beste.« »Was das angeht, stimme ich zu.« »Sind deine Agenten schon nach Oibotene abgeflogen?« »Ja, beide Agenten sind vor Kurzem abgeflogen.« »Du solltest sie noch bei Leytek ankündigen. Schließlich müssen Sie mit ihm zusammenarbeiten.« »Das erledige ich sofort nach unserem Gespräch.« »Wie weit sind die Arbeiten an dem Frachter gediehen?« »Sie sind so gut wie abgeschlossen.« »Ich werde mir das Ergebnis ansehen. Sag bitte Salka, Morgi und Galgion, sie sollen sich bereithalten. Hast du das Schiff für mich schon bereitgestellt?« »Alles ist vorbereitet.« »Wir treffen uns bei dem Frachter.« Kalaran schaltete ab, stand auf und sah zu ihr. »Brechen wir auf, Ulneske.«

* * *

Nach einer längeren Besprechung mit dem Ministerrat ging Kelschin zu seinem Schiff und gab, in der Zentrale angekommen, den Startbefehl. Der Raumer hob vom Landefeld ab und verließ Deschkan. »Stellen Sie eine Verbindung zum Kommandeur der Verteidigungsflotte her, Funker.« Der Offizier nahm Kontakt auf und legte das Gespräch auf den Schirm. »Was kann ich für Sie tun, General?« »Ich begebe mich nach Minchoxr, um zu sehen, wie weit die Aufbauarbeit gediehen ist. Sie sind dafür verantwortlich, dass unsere Heimatwelt sicher ist.« »Sie können sich auf mich verlassen. Ich wünsche Ihnen einen guten Flug, General.« Die Verbindung erlosch und Kelschin nahm seinen Platz in der Zentrale ein. Das Schiff nahm Fahrt auf, beschleunigte vom Heimatplaneten weg und bewältigte die erste Etappe. Nach mehreren Abschnitten kamen sie vor dem System von Minchoxr an und flogen mit mittlerer Geschwindigkeit ein. Vor dem Planeten angekommen, tauchten sie nach der Erteilung der Landegenehmigung in die Atmosphäre und gingen auf dem Raumhafen nieder. Eilig verließ der General den Raumer, lief zum Kontrollgebäude und suchte dort die Zentrale auf. Alle sahen ihn an, als Kelschin den Raum betrat. »Nehmen Sie eine Schaltung vor, mit der wir jeden erreichen können. Ich halte eine kurze Ansprache.« »Sehr wohl, General.« Der Offizier an der Funkstation begann zu arbeiten, bis er Kelschin die Meldung erstatten konnte. »Es ist alles bereit, General.« Kelschin trat in den Bereich der Aufnahmeoptik und gab dem Offizier ein Zeichen. Auf dem Schirm erschien das Logo, welches Kelschin anzeigte, dass es so weit war. »Ich grüße alle meine Landsleute auf Minchoxr. Es gibt eine wichtige Entwicklung, über die ich Sie in Kenntnis setze. Ich, General Kelschin, habe Farschgu, das Regierungsoberhaupt, abgesetzt und die Regierungsgewalt übernommen. Farschgu zeigte sich zunehmend nicht mehr in der Lage, sein Amt verantwortungsvoll auszuüben, weshalb diese Maßnahme jetzt notwendig wurde. Der Ministerrat sowie das Militär haben meine Handlung für gut befunden und unterstützen mich in meiner Arbeit zum Wohl Deschkans. Ich fordere alle auf, ebenfalls ihren Beitrag zum Gedeih unseres Staats zu leisten. Vielen Dank für eure Mitarbeit.« Mit einer Handbewegung bedeutete er dem Offizier abzuschalten, was dieser auch sofort machte. Überrascht sah die Besatzung der Zentrale zu Kelschin, jedoch traute sich niemand von ihnen, eine Frage zu stellen. Kelschin bemerkte die unsicheren Blicke, was ihn dazu veranlasste zu reagieren. »Sie haben es alle gehört. Ich bin jetzt das Regierungsoberhaupt von Deschkan. Wenn einer von Ihnen ein Problem oder einen Vorschlag hat, nehme ich mir die Zeit, darüber zu sprechen. Es ist mir wichtig, dass ich im Gegensatz zu Farschgu in ständigem Kontakt mit der Bevölkerung stehe. Nur so kann ich Missstände beseitigen oder Verbesserungen auf den Weg bringen.« Sein Blick ging von einem Mitglied der Besatzung zum anderen, dann bekam er zustimmende Äußerungen zu hören, doch sprach ihn keiner an. Zufrieden verließ Kelschin die Zentrale und sonnte sich dabei in dem Gefühl, dass die Übernahme reibungslos ablief.

* * *

Die Truppe lief die breite Straße, welche in die Hauptstadt hineinführte, entlang. Die Straße lag verlassen vor ihnen und sie suchten vergeblich nach den Aufständischen. Auch von den Bewohnern ließ sich niemand sehen, da sie offensichtlich nicht in Kampfhandlungen geraten wollten. Sowohl Muruba als auch Soquezxl sahen nach rechts und links in die Seitenstraßen, doch auch dort zeigte sich bislang keiner der Aufrührer. »Das wird schwieriger, als wir beide dachten, Soquezxl.« »Uns war von Anfang an klar, dass es bestimmt nicht einfach werden wird.« Der Summton des Armbandgeräts von Muruba unterbrach ihr Gespräch. Der Admiral tippte darauf und sah den Funkoffizier der Gyjadan. »Was gibt es?« »Oberst Fegobol lässt sie grüßen. Er schickt Ihnen zwei Agenten zu Ihrer Unterstützung. Sie sollen sich hier unter die Bevölkerung mischen, um die Anführer des Aufstands ausfindig zu machen.« »Sie dürfen sich auf keinen Fall mit mir zeigen. Sobald Sie angekommen sind, sollen Sie sofort mit Ihrer Arbeit beginnen. Sie halten den Kontakt mit ihnen. Nur wenn sie Ihnen etwas Wichtiges mitteilen, rufen Sie mich an.« »In Ordnung, Admiral.« Muruba schaltete ab, sah zu Soquezxl und bedeutete ihm weiterzugehen. »Diese Angelegenheit scheint Kalaran wichtiger zu sein, als ich zuerst dachte, Leytek.« »Rinlum sieht es wohl auch so. Ich bin mir sicher, dass dies seine Idee war.« »Das denke ich auch.« Sie marschierten weiter und nichts schien sich an der Situation zu ändern, bis sie in einer der folgenden rechten Seitenstraßen eine bewaffnete Gruppe dort ausmachten. Die drei standen zusammen und unterhielten sich intensiv, sodass sie nicht auf ihr Umfeld achteten. »Nehmt die Leute gefangen! Nur wenn es unvermeidbar ist, tötet sie!«, befahl Soquezxl und deutete acht Soldaten für diesen Auftrag aus. Diese rannten in die Seitenstraße hinein und auf die Gruppe zu, die zunächst die Echsen nicht bemerkte. Erst im letzten Moment sahen sie die Soldaten und liefen davon, doch ihre Verfolger holten schnell auf. Verängstigt blickten sie zurück und stellten entsetzt fest, dass sie den Soldaten nicht entkommen konnten. Alle drei drehten sich um und feuerten auf ihre Verfolger, von denen zwei getroffen zu Boden stürzten. Dann erreichten die restlichen Echsen die Aufrührer, schlugen ihnen die Waffen aus ihren Händen, ergriffen die Putschisten mit einem stahlharten Griff am Hals und hoben sie in die Höhe. »Das habt ihr nicht umsonst getan!«, zischte einer der Soldaten ihnen zu. Die drei erschauerten bei dem Anblick der Gesichter, die dicht vor den ihren waren. Kurz darauf kamen

Soquezxl und Muruba heran. »Lasst sie herunter!«, wies der General seine Leute an. Ganz langsam stellten sie ihre Gefangenen wieder auf der Erde ab und ließen sie los. Jeder der Aufrührer rieb sich den Hals, der ihnen schmerzte. »Nehmt sie mit. Ich will sie befragen. Sicher werden sie begierig darauf sein, mir alle Antworten zu geben.« Sie sahen zu Muruba in der Hoffnung, von ihm Hilfe zu erlangen. »Sie lassen doch nicht zu, dass er uns verhört?«, fragte einer von ihnen. »Warum sollte ich etwas dagegen haben? Wenn ihr ihm alles sagt, was ihr wisst, werdet ihr keine Schwierigkeiten bekommen. Macht ihr das nicht, dürft ihr mit all dem rechnen, was ihr euch nicht vorstellen wollt. Ich werde den General garantiert nicht daran hindern.« »Das ist unglaublich.« »Unglaublich ist nur, was ihr hier gemacht habt. Ich bin schon sehr darauf gespannt, was ihr zu berichten habt. Wir gehen zur Gyjadan, damit die Verletzten dort versorgt werden.« Die Soldaten trieben die Gefangenen aus der Seitenstraße und bogen dann auf die Hauptverkehrsader ein. Als der Trupp an dem Gelände des Regierungspalasts vorbeilief, blickten die Gefangenen auf die Leichen, die dort immer noch lagen. Jeder von ihnen fragte sich, ob es nicht vielleicht besser gewesen wäre, auch dort zu liegen, statt des Verhörs, das vor ihnen lag. Sie sahen den General an, der anscheinend völlig unbeeindruckt von dem Ganzen war. Mit leicht gesenkten Köpfen liefen sie weiter bis zum Raumhafen, wo ihr Blick auf das Schlachtschiff fiel. Als sie an ihm emporsahen, wurde ihnen klar, worauf sie sich eingelassen hatten und dass ihre Aktion nie eine Aussicht auf Erfolg hatte. Je näher sie der Gyjadan kamen, desto bedrohlicher erschien das Schiff ihnen. In verzweifelter Hoffnungslosigkeit liefen sie die Rampe hinauf.

* * *

»Ich bin Rekila«, sagte die Frau in einem beiläufigen Tonfall. Verblüfft starrten Spesiluwo, Utrak und Tescherketu die
Frau an und wussten zunächst nicht, was sie sagen sollten.
»Auch das ist typisch für euch Männer. Ihr wollt es einfach
nicht wahrhaben. Wollt ihr denn gar nichts sagen?« Der Erste von ihnen, der sich wieder fing, war Utrak. »Schön, du
bist Rekila. Wie hast du es geschafft, meine Unterlagen zu
stehlen?« »Es war so einfach. Du bist so leicht zu durchschauen, dass es schon lächerlich ist. Ich wusste, woran du
arbeitest. Du bist einfach zu geschwätzig, Utrak.« »Warum
wolltest du eigentlich meine Unterlagen?« »Die konnte ich
sehr gut gebrauchen. Es gab da einen Auftrag, der mir viel
Geld einbringen würde, nur die Zeit, die der Mann mir ließ,
war sehr kurz. Deshalb griff ich auf deine Arbeit zurück und
brachte sie zu dem Ergebnis, das ich benötigte.« »Ach, was
war das für ein Auftrag?« »Das möchtest du gern wissen,
Utrak? Da ihr aus diesem Haus ohnehin nicht mehr lebend
herauskommt, kann ich es dir auch erzählen. Offen gesagt,
wer tatsächlich hinter dem Auftrag steht, weiß ich auch nicht,
da mir ein Strohmann geschickt wurde. Es muss aber jemand
dahinterstecken, dem zum einem viel an dem liegt, was ich
geliefert habe, und der zum anderen anscheinend über viel
Macht verfügt. Der Strohmann drohte mir sogar. Sollte ich
nur ein Wort bis zur Lieferung darüber verlieren, würden sie
mich zur Verantwortung ziehen. In dem Fall, dass ich untertauchen sollte, kündigten sie mir an, dass sie Eswordon besetzen würden, um mich anschließend zu suchen.« Als Zodomar das hörte, strich er über seinen Bart. Die Frau bemerkte
das und legte die Stirn in Falten. »Verrate mir eines, Utrak:
Wer sind eigentlich eure Begleiter?« Die Frage verunsicherte
Utrak, dann sah er kurz zu Zodomar und suchte dabei nach
einer Antwort. »Ich weiß nicht, wer sie sind.« »Das ist nicht
dein Ernst! Willst du dich über mich lustig machen? Du
brichst mit ihnen hier ein und willst mir erzählen, dass du sie

nicht kennst? Du musst dir schon eine bessere Version ausdenken. Also, ich warte auf die Wahrheit!« Hilflos sah Utrak
erneut zu dem Oberst. »Tinuwa, woher kommt ihr und in
wessen Auftrag handelst du?« »Warum wir hier sind, weißt
du ganz genau. Woher wir kommen, spielt keine Rolle.« »Tinuwa heißt du also. Du bist anscheinend verschwiegener als
Utrak, aber du erweckst meine Neugier. Du wirkst anders
als diese Figuren. Aus deinem Tonfall schließe ich, dass du
gewohnt bist zu befehlen. Um meine Wissbegier zu befriedigen: Rede! Was sucht ihr hier auf Eswordon?« »Da du uns
ohnehin umbringen willst, erspare ich mir die Antwort.«
»Endlich einmal ein Mann, der Rückgrat zeigt, aber ich
werde es dir schon entlocken. Mir scheint, dass ich mit der
Annahme des Auftrags etwas losgetreten habe, das mir gefährlich werden könnte.« »Wer mit dem Feuer spielt, kann
sich auch verbrennen.« »Deine Verstocktheit wirst du noch
bereuen, Tinuwa.« »Das sehe ich anders.« »Sieh es, wie du
willst. Es ist mir vollkommen gleichgültig. Ich bringe dich
schon noch zum Reden.« »Dein ungebrochener Optimismus erstaunt mich immer wieder, Rekila.« »Dass ich dich
zum Erstaunen bringen kann, freut mich, aber deine großen
Worte werden dir nicht helfen. Kommt mit in mein Labor.
Dort zeige ich euch etwas.« Sie machte eine ausladende Geste zu ihren Wächtern und ging in den Gang zurück, aus dem
sie mit ihren Leuten gekommen war. Die Gefangenen liefen
der Frau hinterher und Zodomar nutzte die Gelegenheit der
Unaufmerksamkeit, um auf seinem Armbandgerät unauffällig zwei Befehle einzugeben. Ein langer Gang nahm sie auf,
der kein Ende zu nehmen schien. An dessen Ende befand
sich ein Schott, vor dem die Frau stehen blieb. Rechts neben
der Tür befand sich ein rot leuchtendes Feld, das offensichtlich zum Öffnen des Schotts gedacht war. Darauf legte sie
ihre rechte Hand, die Farbe wechselte zu Blau und das Schott
glitt daraufhin zur Seite. Sie trat ein, gefolgt von den drei Wa-

chen, die rechts und links im Raum mit den vorgehaltenen Waffen stehen blieben. Langsam gingen die Gefangenen in das Labor und die anderen drei Wachen folgten ihnen bis zur Tür. »Das ist wie gesagt mein Labor. Kommt nur näher, dann zeige ich euch etwas äußerst Interessantes.« Rekila ging zu zwei großen rechteckigen Kisten, drehte sich um und sah die Gruppe an. »Spesiluwo, Tescherketu, Utrak und Tinuwa, gesellt euch zu mir, der Rest bleibt, wo er ist.« Die vier gingen auf sie zu, bis Rekila ihnen Einhalt gebot. Sie versuchten, einen Blick in die Kisten zu werfen, doch dazu standen sie noch zu weit entfernt. »Utrak, ich muss zugeben, dass deine Unterlagen für mich hilfreich waren. Sie haben mir viel Zeit erspart. Meine Weiterentwicklung bis zu dem vom Auftraggeber geforderten Ergebnis erreichte ich tatsächlich in der vorgegebenen Zeitspanne. Der Strohmann zeigte sich zufrieden und versicherte mir, dass sein Vorgesetzter damit das in der Hand habe, womit er endlich seinen Plan erfolgreich in die Tat umsetzen kann.« »Was ist denn sein Plan?« »Das weiß ich nicht, Tinuwa, aber es muss eine große Sache sein. Jetzt tretet näher und seht in den Behälter.« Der Aufforderung kamen sie etwas zögernd nach, gingen drei Schritte nach vorn und blickten durch die transparente Abdeckung hinein und erschauderten.

* * *

Der Agent erschrak, als er sah, wen er befördert hatte. »General Fepulkrt! Sie sind das!« Die anderen zwei Männer zuckten zusammen und traten unwillkürlich einen Schritt zurück. »Wie ich Ihnen bereits sagte, ist es anscheinend notwendig, dass ich mich selbst um alles kümmern muss. Ihr bringt mich zu einem der Händler, die ihr aussuchtet. Ich will mich mit ihm darüber unterhalten.« »Ich sagte Ihnen bereits, dass sie höchstwahrscheinlich tatsächlich nichts wissen, General.«

»Genau um das Problem geht es: Sie sagten wahrscheinlich. Darum befrage ich ihn besser selbst.« »Ist Ihre Uniform nicht zu auffällig?« »Wenn Sie witzig sein wollen, sind Sie bei mir an der falschen Adresse. Versuchen Sie das nie wieder. Steckt eure Waffen ein und dann gehen wir.« Fepulkrt ergriff seinen Umhang und legte ihn wieder an. Die anderen zogen ihre Jacken an, verstauten die Strahler in einer Innentasche und verließen zusammen mit dem General die Wohnung. Sie begaben sich aus dem Haus, bestiegen den Gleiter und der Agent flog los. Ein kurzer Blick beiseite galt Fepulkrt, der wie zuvor auf dem Beifahrersitz saß. Dieses Mal steuerte der Mann nicht in Richtung Innenstadt, sondern querte den Vorort. Im angrenzenden Bezirk mied er die Hauptstraßen und flog stattdessen nur durch zwielichtige Nebenstraßen, bis er vor einem Geschäft, das nicht den besten Eindruck machte, anhielt. »Wir sind da«, stellte der Agent überflüssigerweise fest. »Sie reden zu viel«, tadelte Fepulkrt ihn und stieg ebenfalls aus. »Ihr drei geht voraus und sichert.« Sie betraten den Laden, zwei von ihnen bauten sich rechts und links der Tür auf, während der dritte weiter in den Laden ging. Vor dem Verkaufstresen blieb er stehen und wartete darauf, dass der Händler erschien. Der ließ nicht lange auf sich warten, kam aus dem Nebenraum und blieb stehen, als er seinen Besucher erkannte. »Sie sind schon wieder hier? Ich sagte Ihnen doch bereits, dass ich Ihnen nichts sagen kann, und selbst wenn, erführen Sie nichts von mir.« »Ich will nicht mit Ihnen sprechen, sondern mit jemand anderem.« »Ich rede auch mit jemand anderem nicht darüber. Es reicht mir. Verlassen Sie augenblicklich meinen Laden!« In diesem Moment kam Fepulkrt herein und lief langsam auf den Tresen zu. Der große Besucher ließ den Händler ein wenig nervös werden, versuchte aber, diese Tatsache zu verbergen. »Auch mit Ihnen rede ich nicht!«, stellte der Händler fest und gab seiner Stimme so gut es ging einen bestimmten Tonfall. »Das werden wir sehen«, antwortete Fepulkrt, schlug seine Kapuze nach hinten und legte seinen Umhang ab. Er platzierte das Kleidungsstück auf dem Tresen und fixierte den Händler, der mit seinem Entsetzen kämpfte. »Jetzt erzählen Sie mir alles, was Sie wissen!« »Ich weiß nichts.« »Sie lügen, oder wollen Sie allen Ernstes behaupten, mit diesen Leuten kein einziges Geschäft gemacht zu haben?« »Nein, warum sollte ich mit ihnen nicht handeln?« »Trotzdem wissen Sie nichts über Ihre Kunden? Das ist absolut unglaubhaft. Was kauften Sie bei Ihnen?« »Das fällt unter mein Geschäftsgeheimnis.« Fepulkrt ergriff den Händler an seiner Jacke, hob ihn hoch und zog ihn über den Tresen. Er hielt ihn so, dass der Kopf des Mannes direkt vor Fepulkrts Gesicht hing. »Mir reicht es mit Ihnen. Wenn Sie mir nicht unverzüglich alle Informationen geben, werden Sie das bereuen.« Dem Händler, der Fepulkrt ansehen musste, ob er wollte oder nicht, wusste in diesem Augenblick, dass der General keine leere Drohung machte. »Stellen Sie mich bitte auf den Boden, dann erzähle ich Ihnen, was meine Kunden erwarben.« Langsam ließ Fepulkrt ihn auf den Boden hinab und ließ seine Jacke los. »Ich warte«, zischte der General und beugte sich ein Stück zu ihm herab. Wie eine Drohung hing der Kopf Fepulkrts über dem seinem. »Sie kamen in meinen Laden und verlangten zuerst absolutes Stillschweigen, bevor sie dazu bereit waren, mir zu sagen, was sie zu erwerben wünschten. Nachdem ich ihnen meine absolute Verschwiegenheit versicherte, nannten sie mir ihre Wünsche. Neben einigen Kisten Gewehren verlangten sie, Geschütze zu kaufen. Die Spezifikation der Geschütze bereitete mir einige Schwierigkeiten, denn sie wollten unbedingt Schiffsgeschütze kaufen, die nur schwierig zu bekommen sind. Ich schilderte ihnen meine Bedenken und erläuterte die Probleme, doch wollten sie davon nichts hören. Entweder, ich könnte sie besorgen, oder sie gingen zu einem anderen, der kooperativer wäre. Also versprach ich, alles daran zu setzen, das Gewünschte zu besorgen. Nachdem sie meinen Laden verlassen hatten, versuchte ich, mehr über sie zu erfahren. Meine Kollegen hatten das gleiche Bedürfnis wie ich. Das Einzige, was wir in Erfahrung brachten, war, was diesen Kunden gemein ist. Alle ihre Schiffe tragen dasselbe Signet. Doch weder die Raumhafenkontrolle noch sonst jemand, der infrage kommt, wusste etwas über sie zu sagen. Unsere Verbindungen sind zwar gut, aber in diesem Fall versagten sie.« »Das ist interessant, gibt es sonst noch etwas, das Sie mir sagen wollen?« »Nein, das ist alles.« Erneut hob Fepulkrt den Mann hoch und blickte ihn nur an. »Doch, da fällt mir ein, dass sie auch nachfragten, ob es Schiffe zu verkaufen gibt, wobei es ihnen egal war, ob sie intakt sind oder nicht.« »Haben sie welche erworben?« »Einige wenige kauften sie, allerdings war keines von ihnen in einem guten Zustand, aber das störte sie nicht, warum auch immer.« »Das hätten Sie auch gleich sagen können. Musste ich Sie erst danach fragen?« Der General sah den Händler einen Moment an, dann warf er ihn nach rechts zur Seite, als ob er kein Gewicht hätte. Krachend schlug der Mann in eines seiner Regale, sodass es splitterte, der Inhalt prasselte auf ihn herab und die Bruchstücke des Möbelstücks fielen auf den Händler. Fepulkrt streifte den Umhang über und bedeutete den drei Agenten, mit ihm den Laden zu verlassen. Der letzte Agent blickte kurz zu dem immer noch am Boden liegenden stöhnenden Händler und zog die Tür hinter sich zu.

* * *

Ohne weitere Hindernisse legten sie den restlichen Weg zurück, bis Alta stehen blieb, sein Armbandgerät aktivierte, um noch einmal die Angaben mit seinem derzeitigen Standort abzugleichen. Dabei ging sein Blick mehrmals zu der Felswand, bis er endlich zufrieden sein Gerät abschaltete. »Sind wir endlich am Ziel oder müssen wir noch länger durch diesen Wald wandern?«, fragte Litreck schlecht gelaunt. »Wir befinden uns genau da, wo ich hinwollte.« »Na prima, Alta, hier sieht es auch nicht anders aus als an der ganzen letzten Strecke, die wir hinter uns brachten.« Penra sah sich um und verzog ihr Gesicht zu einer Grimasse. »Wegen nichts wären wir bald alle gefressen worden. Wäre ich doch nur in meinem Büro geblieben.« »Ich wusste gar nicht, dass du so viel für Bürokratie übrig hast, Penra.« »Bis jetzt wusste ich es auch noch nicht.« Alta wandte sich ab und begann, die nähere Umgebung abzusuchen. Zuerst widmete er sich dem Waldboden, doch nach einigen wenigen Runden machte er mit beiden Händen eine hilflose Geste und lief zum Beginn der an dieser Stelle steiler ansteigenden Felswand. Er ging mehrere Schritte vor und wieder zurück, um die Stelle von allen Seiten in Augenschein zu nehmen. Penra und Litreck beobachteten Alta eine Weile, sahen sich dann ganz kurz ratlos an. »Was treibt Alta denn da, Litreck?« »Wenn ich das wüsste, gefiele es mir deutlich besser.« Inzwischen beendete der Admiral seinen Inspektionsgang und ging zu den beiden. »Hast du etwas anderes gefunden außer Steine, Alta?« »Es ist durchaus interessant. Nur eines hätten wir mitnehmen sollen: Werkzeug. Das ist wirklich ärgerlich, Penra.« Litreck nahm seine Tasche von der Schulter und stellte sie vor dem Admiral auf die Erde. »Viel Spaß damit, Alta. In der Tasche findest du alles, was du brauchst.« »Du bist sehr vorausschauend, Litreck. Das gefällt mir.« Alta nahm die Tasche auf, ging zur Felswand zurück, stellte sie wieder ab, öffnete die Tasche und sah hinein. »Ich bin begeistert!«, rief Alta freudig aus. »Ich hätte nie gedacht, dass ich Alta mit einer Schaufel, einer Spitzhacke und anderem Werkzeug so einen Spaß bereiten kann.« Der Admiral nahm die Schaufel aus dem Behältnis und begann, damit einen breiten Streifen vor der Felswand von dem dort liegenden Schutt zu säubern.

»Ich helfe ihm, sonst stehen wir noch länger hier herum.«
»Eine gute Idee, Litreck. Ich behalte in der Zwischenzeit
die Umgebung im Auge.« Litreck ging zu seiner Tasche,
entnahm ihr die Spitzhacke und gesellte sich zu Alta. »Was
kann ich machen, Alta?« »Räume bitte dort auf der rechten
Seite alles weg.« Beide arbeiteten angestrengt und schon
bald wirkte das Vorfeld der Wand aufgeräumt. Zufrieden
sah Alta auf die beiden Schutthaufen und dann auf das leere
Feld. »Sehr gut. Gib mir jetzt bitte die Spitzhacke.« Er nahm
das Werkzeug entgegen, gab Litreck dafür die Schaufel und
ging zur Felswand am rechten Rand der freigeräumten Fläche. Daraufhin begann er, die Wand mit der Spitzhacke zu
bearbeiten. »Willst du etwa den ganzen Gebirgszug abtragen,
Alta?« »Nein, ich kann mich beherrschen.« Litreck stellte
die Schaufel auf den Boden, legte beide Hände auf den Griff
und beobachtete Alta bei der Arbeit.

*

Plötzlich hörte der Admiral auf, die Wand zu bearbeiten.
Vorsichtig stieg er auf das von ihm abgeschlagene Geröll und
fuhr mit seiner rechten Hand über die Felswand, dabei lösten sich kleinere Gesteinsstücke und fielen zur Erde. Dann
nahm er die Spitzhacke wieder in beide Hände, trat zurück
und schlug weiter auf diese Stelle ein. Erneut spritzten die
Felsstücke beiseite, bis auf einmal die Hacke unsanft zu-
rückfederte. Er klemmte sich das Werkzeug zwischen die
Beine und massierte seine Handgelenke. Sein Blick ging zu
Litreck, der ihm nach wie vor zusah. »Räumst du bitte den
Schutt beiseite? Ich mache inzwischen auf der anderen Seite
weiter.« »Was war das eben?« »Das werde ich hoffentlich
bald herausfinden.« Der Admiral ging zur linken Seite und
begann dort, die Felswand zu bearbeiten. »Wonach suchst
er nur?«, murmelte Penra und sah erneut in die Runde. An-

gestrengt wirkte er mit seinem Werkzeug auf die Wand ein, bis es erneut passierte, doch dieses Mal konnte er die Hacke nicht festhalten, sondern sie entglitt seinen Händen, flog nach rechts weg und landete zwei Schritte vor Litreck auf dem Boden. Er rieb sich die Handgelenke, trat näher an die Wand heran und befühlte sie. Litreck atmete hörbar aus, ging zu Alta und blieb neben ihm stehen. »Das war knapp, Alta. Warum ist es schon wieder passiert?« »Ich denke, das ist es.« »Das ist was?« »Reich mir bitte die Spitzhacke«, forderte Alta ihn statt einer Antwort auf. Dieser nahm das Werkzeug auf und gab es dem Admiral. Ab jetzt ging Alta vorsichtig ans Werk. Er schlug nur so fest neben der bewussten Stelle zu, um noch das Gestein abtragen zu können. Neugierig sah Litreck Alta zu, wie er Stück für Stück weiter beseitigte. Dann stellte Alta seine Arbeit ein und hielt Litreck die Hacke hin. »Ich benötige so etwas wie einen Hammer. Hast du etwas Entsprechendes dabei?« »Natürlich kann ich dir damit dienen.« Litreck ging zu seiner Tasche, legte die Hacke daneben und holte das Gewünschte daraus hervor. Damit ging er zu Alta und reichte ihm den Hammer. »Ja, genau das brauche ich.« Sofort begann Alta, die Felswand damit weiter abzutragen. Nur noch kleinere Felsstücke fielen zur Erde und Alta arbeitete so lange weiter, bis er ein Feld von vier Handbreit und einer Hand Höhe freigelegt hatte. Er trat noch etwas näher heran und fuhr über die Stelle. »Tatsächlich, ich habe es fast selbst nicht geglaubt«, sagte er laut, worauf Litreck zu ihm kam. »Was hast du entdeckt, Alta?« »Das hier habe ich entdeckt«, antwortete der Admiral und deutete dabei auf die bewusste Stelle. »Streich mit deiner Hand darüber, Litreck.« Dieser tat wie ihm geheißen und betastete das Feld mit seinen Fingern. »Das ist doch …« Litreck brach den Satz ab. »Ganz genau das ist es.« Penra blickte zu den beiden und begab sich zu ihnen. »Was macht ihr denn da? Ich weiß nicht, was an den Felsen so interessant sein soll.« »Es sind nicht die Felsen, denen wir unsere Aufmerksamkeit schenken. Komm zu uns.« Penra ging zu ihnen und Litreck trat einen Schritt beiseite, damit sie besser an die Stelle herankam. »Ich sehe nichts Besonderes, Alta.« »Von sehen war auch nicht die Rede. Betaste die Stelle.« Auch Penra strich darüber und sah danach den Admiral wieder an. »Das kann doch überhaupt nicht sein, Alta.« »Genau danach habe ich gesucht.«

* * *

Vor dem Frachter hielt Kalaran den Gleiter an, stieg ebenso wie Ulneske aus und ging zu Fegobol und Zakatek, die vor dem Schiff standen. »Dann zeigt uns, was bei den Arbeiten herausgekommen ist.« Alle gingen in das Schiff, ihnen voraus lief Zakatek, der sie zuerst zu einem Lift geleitete, mit dem sie nach oben getragen wurden. Sie stiegen dort aus und folgten dem General zu einem Frachtraum, den sie betraten. Nur drei Schritte hinter dem Schott blieb Zakatek stehen und sah Kalaran und Ulneske an. »Wir sind da. Die Unterkunft befindet sich dort auf der rechten Seite.« Er ging zur Wand und betätigte eine Stelle, die aussah, als wäre etwas ausgebessert worden. Ein Schott glitt fast lautlos beiseite und gab den Blick in eine nicht allzu große Unterkunft frei. »Geräumig sieht irgendwie anders aus«, stellte Kalaran fest und betrat den Raum. »Mehr konnten wir nicht realisieren, sonst wäre es zu auffällig geworden.« »Eines interessiert mich noch, Kalaran: Wir sollten vier Liegen einbauen. Warum eigentlich? Ich dachte, nur Morgi, Salka und Galgion bestreiten die Mission.« »Wenn Ulneske auf dem Raumhafen von Moloq gelandet ist, wird sie dort die vierte Person aufnehmen.« »Wer ist diese vierte Person?« »Das spielt keine Rolle. Die Person befindet sich bereits in Moloq und nimmt Kontakt mit Ulneske auf, sobald sie gelandet ist. Sind die Vorräte für den Flug schon eingelagert?« »Ja, sie befinden sich in der

Kiste, die dort steht.« »Wunderbar, ist die Mannschaft für Ulneske schon zusammengestellt?« »Sie wird bald hier eintreffen, ebenso wie unsere Missionsteilnehmer.« »Dann ist alles geregelt. Ich fliege gleich ab, damit ich rechtzeitig zu der Besprechung komme.« »Wo ist diese Besprechung überhaupt?« »Es handelt sich um ein Treffen, was geheim gehalten wird. Wenn sie erfolgreich abgeschlossen ist, informiere ich dich, worum es ging, Rinlum.« »Dafür bin ich dir äußerst dankbar.« Der Tonfall Fegobols zeigte nur allzu deutlich, dass er mit dieser Vorgehensweise nicht einverstanden war. Kalaran verließ die Unterkunft, ging grüßend aus dem Frachtraum und lief zu dem Gleiter, um seine Tasche zu holen. Er angelte sie aus dem Fahrzeug und lief an dem Frachter vorbei zu dem Schiff, das Fegobol ihm bereitgestellt hatte. Als es in sein Blickfeld kam, verlangsamte er für einen Moment seinen Schritt, denn er konnte nicht verhehlen, dass ihm ein ausgesprochen schönes Schiff zur Verfügung stand. Während er darauf zulief, galt seine Aufmerksamkeit einzig diesem schnittigen Exemplar eines Raumfahrzeugs. Dort angekommen, schritt er in das offen stehende Schiff hinein und begab sich zur Zentrale, deren Lage er kannte, da ihm der Oberst eine Datei über den Raumer sandte. Im Kommandoraum stellte er seine Tasche vor der rechten Wand ab und nahm auf dem Pilotensitz Platz. Er aktivierte die Konsole, schloss den Ausstieg und holte die Startgenehmigung ein. »Es ist gut, dass ich das Schiff allein fliegen kann«, stellte Kalaran fest, fuhr die Triebwerke hoch und der Raumer hob vom Landefeld ab.

* * *

Die Gruppe flog nach der Befragung des Händlers zurück zur Wohnung, um zwei der Agenten abzusetzen. Sie gingen in die Unterkunft und Fepulkrt blieb vor der Tür im Zimmer stehen. Mit einer Handbewegung streifte er seine Kapuze zurück und musterte die Agenten. »Habt ihr gesehen, wie die Leute befragt werden müssen? Ihr lasst euch viel zu schnell von so einem Händler beeindrucken und abwimmeln. Es ist wirklich kein Wunder, dass ihr mit so spärlichen Informationen zu mir kommt.« »Aber General, sie erfuhren auch nichts Bedeutsames.« »Ich höre wohl nicht recht? Der Händler erzählte mir Einiges, was ihr nicht erfahren habt. Auch kleine Details können wichtig werden. Auf alle Fälle wird er meinen Besuch bestimmt nicht vergessen.« Betroffen sahen die Agenten einen Moment zu Boden. »Ich habe für euch neue Anweisungen: Ab sofort lasst ihr die Händler in Ruhe. Behaltet die unbekannten Kaufleute unter Kontrolle, aber haltet euch von ihnen fern. Ihr dürft auf keinen Fall mehr in Erscheinung treten. Solltet ihr etwas Interessantes beobachten, erwarte ich unverzüglich euren Bericht. Wenn ihr einen Fehler macht, ziehe ich euch persönlich zur Rechenschaft. In diesem Fall könnt ihr sicher sein, dass ich nicht so sanft mit euch umgehen werde wie mit dem Händler.« Nur schlecht gelang es den Leuten, ihr Entsetzen zu verbergen. »Übrigens: Solltet ihr auf die Idee kommen zu fliehen, wird es euch wenig nutzen, denn ich werde euch finden. Bring mich zu meinem Schiff.« Fepulkrt zog seine Kapuze hoch, drehte sich um und öffnete die Tür. Hastig eilte der Agent ihm hinterher, da er sich nicht seinen Unmut zuziehen wollte.

* * *

Die drei Gefangenen saßen schon geraume Zeit in ihrer kleinen Zelle. Ihre Stimmung befand sich auf einem Tiefpunkt, was auch ihre Unterhaltung widerspiegelte. »Jedem Einzelnen von uns versprachen unsere Anführer, dass Oibotene bald einen großen Aufschwung nehmen wird, sobald Gouverneur Vlitom gestürzt ist. Was haben wir bis jetzt erreicht? Nichts!« »Habt ihr euch schon einmal gefragt, wie dieser Aufschwung zustande kommen soll?«, fragte einer der anderen beiden. »Das sagten sie uns nicht«, warf der dritte Mann ein. »Das Imperium mischt sich nicht ein. Das wird ganz einfach. Ich könnte lachen, wenn es nicht so bitter wäre. Alle die Toten, welche vor dem Gelände des Gouverneurs-palastes liegen, beweisen das Gegenteil: Das Imperium, wel-ches sich nicht einmischt, hat es uns vielleicht gezeigt. Das ist präsenter als je zuvor. Sie schrecken noch nicht einmal davor zurück, Soldaten der Echsen gegen uns einzusetzen. Dabei verfügen sie über genug eigene Truppen. Mir reicht es!« »Mir auch. Dieser General versteht keinen Spaß. Glaubt mir das. Ich werde ihm alles sagen, was ich weiß. Mein Leben riskiere ich bestimmt nicht für eine verlorene Sache. Wie ist es mit euch?« Die anderen stimmten ihm vorbehaltlos zu. »Sagt mal: Wie kam das Ganze eigentlich zustande?« Den Fragesteller trafen ratlose Blicke. »Ihr seid also genauso ahnungslos wie ich. So im Nachhinein beschleicht mich ein ganz komisches Gefühl.« »Wieso das denn?« »Unsere Si-tuation auf Oibotene war doch für uns alle zufriedenstellend. Wir verfügten über das notwendige Auskommen, dazu kam noch das friedliche Umfeld, in dem wir lebten. Wie konnten wir uns nur auf diese Sache einlassen?« »Du stellst vielleicht Fragen. Genau genommen kann ich nur eines feststellen: Wir ließen uns viel zu schnell in diese Aufstandsgeschichte mit hineinziehen. Soll ich euch etwas sagen? Die Anführer ha-ben uns belogen, denn es geht um etwas ganz anderes. Diese Sache stinkt!«

*

Admiral Muruba und General Soquezxl saßen vor einem Bildschirm, der die Gefangenen in ihrer Zelle zeigte. Das Abhörgerät übertrug ihre Unterhaltung, die sie mit Neugier verfolgten. »Das, was sie sagen, ist interessant. Anscheinend denken sie nicht an die Möglichkeit, dass wir sie abhören« »Sie gehen davon aus, dass wir sie nur persönlich befragen, Leytek.« »Deine Idee, sie in eine kleine Zelle zu pferchen, war hervorragend, Soquezxl.« »Das ist nur Erfahrung.« »Sollen wir sie noch eine Weile in dem Raum lassen?« »Nein, das halte ich für überflüssig. Lass uns gehen, Leytek.« »Worüber willst du sie befragen? Mehr wird uns keiner von ihnen erzählen, denn sie wissen nur das, was wir bereits hörten.« »Einen Punkt muss ich ansprechen.« Beide standen auf, verließen den Überwachungsraum und liefen zu der Zelle, die nur unweit davon entfernt lag. Davor standen zwei Soldaten Wache, die Haltung annahmen, als sie sahen, wer auf sie zukam. »Bis jetzt gab es keine Vorkommnisse«, meldete einer der Soldaten ihnen. »Öffnen Sie die Tür und verschließen Sie diese, sobald wir in dem Raum sind.« »Ich muss Sie darauf hinweisen, dass es gefährlich sein kann, Admiral.« »Dessen sind wir uns bewusst. Nicht wir befinden uns in Gefahr.« Dieser letzte Satz von General Soquezxl machte den Soldaten nachdenklich, doch dann ließ er eilig das Schott aufgleiten. Die beiden Offiziere traten ein und hinter ihnen schloss sich der Eingang wieder. Die Gefangenen blickten auf und sahen zu dem zwei Meter fünfzehn großen Soquezxl auf. Der General ging auf sie zu, ergriff einen der drei Männer und hob ihn mühelos hoch. Eine Weile hielt er ihn so, dass der Kopf sich auf der Höhe des seinen befand. Keiner in der kleinen Zelle sagte ein Wort, bis Soquezxl die Stille brach. »Ich will von dir Informationen hören.« »Wir wissen nicht sehr viel«, stieß der Mann hervor. »Das weiß ich. Aus diesem Grund stelle ich dir nur eine Frage: Wo finden wir eure Anführer?« »Das darf ich nicht sagen.« Auf diese Antwort hin warf Soquezxl den Mann hart auf die anderen beiden, sodass die Gefangenen durcheinandergewirbelt wurden. Nachdem sie sich wieder auseinanderdividiert hatten, knurrte einer der Männer den Befragten an. »Hast du vollkommen vergessen, worüber wir sprachen? Alles, was du weißt, wolltest du erzählen, und jetzt gibst du solch eine Antwort!« »Für den Moment vergaß ich das«, gab dieser zurück und stand stöhnend auf, wobei er sich die rechte Schulter rieb. »General, vergessen Sie bitte seine Antwort. Wir führen Sie zum Hauptquartier. Ob Sie allerdings die Gesuchten dort antreffen, kann Ihnen keiner von uns versprechen.« »Darüber sind wir uns im Klaren. In Kürze holen wir euch ab.« Soquezxl drehte sich um und hämmerte zweimal gegen die Tür, woraufhin diese aufglitt. Sie verließen die Zelle und die Wache verschloss den Eingang. »Ihr haltet hier weiter Wache, bis wir wieder zurückkommen, um die Gefangenen abzuholen.« »Jawohl, General.«

* * *

Das, was sie in dem Behälter zu sehen bekamen, verursachte ihnen Übelkeit. In der Kiste lag eine Leiche, deren Körper vollkommen eine schwarze Farbe angenommen hatte. Es wimmelte in der aufgebrochenen Magengegend von kleinen Würmern, die allerdings aus der Vertiefung nicht hinauskrochen. Der Tote machte den Eindruck, als sei er von innen heraus ganz langsam aufgefressen worden. Zunächst konnte keiner von ihnen den Blick lösen, bis Utrak als Erster die Fassung fand. »Wie lange ist die Person schon tot, Rekila?« »Er liegt seit geraumer Zeit in diesem Behälter. Er war nur eine Testperson und nebenbei bemerkt für mich äußerst aufschlussreich.« »Aufschlussreich nennst du das hier?«, schrie Tescherketu die Frau an. »Was regst du dich so auf? Die Forschung fordert nun mal ihre Opfer.« »Wie kann jemand nur so kalt sein?«, stellte Spesiluwo fest. »Ihr stellt euch an wie ein verängstigtes Kind. Seid ihr drei Wissenschaftler oder Feiglinge? Eigentlich hätte ich wissen müssen, dass ihr damit

378

nicht zurechtkommt.« Als Rekila das sagte, deutete sie lässig mit der linken Hand auf die Leiche. »Es ist nur schade, dass ich nicht weiß, was aus meinem großen Experiment geworden ist. Zu dumm, dass der Händler so schnell abgeflogen ist, sonst hätte ich es verhindert.« Der Kopf Zodomars zuckte herum und er blickte Rekila mit eiskalten Augen an. »Du bist also dafür verantwortlich?« »Ach, du weißt davon, Tinuwa?«, fragte Rekila gelangweilt. »Für dieses verantwortungslose Handeln sollte ich dich zur Rechenschaft ziehen.« Auf diese Aussage hin begann Rekila zu lachen. »Tinuwa, du hast einen ausgeprägten Sinn für Humor. Ich versprach euch doch, dass ihr mein Haus nicht mehr lebend verlassen werdet. Nur wegen dir ändere ich meine Meinung bestimmt nicht.« Erneut lachte Rekila, was dieses Mal allerdings ansatzweise ein wenig verrückt anmutete. »Willst du auch so enden wie der Mann in der Kiste, Tinuwa?« Zodomar erschrak und sein Blick wanderte zu dem Toten. »Nein, natürlich nicht.« »Ein wenig Experimentierfreude stände dir gut zu Gesicht. Vielleicht fehlt es dir dabei an Gesellschaft? Was hältst du davon, wenn ich dir einen Arzt des Vertrauens zur Seite stelle? Einen von den drei Ärzten kannst du auswählen.« »Das werde ich nicht.« »Es ist doch vollkommen egal. Ein langsamer Tod oder ein schneller Tod: Das Ergebnis ist dasselbe. Wenn du zu feige bist, einen von ihnen zu benennen, nehme ich dir die Entscheidung ab.« »Das kannst du nicht machen!«, rief Tescherketu aus. »Wieso sollte ich das nicht können? Willst du mich etwa daran hindern, Tescherketu?« Erneut begann Rekila zu lachen und es klang noch irrer als zuvor. »Ich kann hier machen, was ich will. Du bringst mich auf eine wunderbare Idee. Ihr alle drei werdet den widerspenstigen Tinuwa begleiten. Was ist besser als ein Arzt? Natürlich sind es drei Ärzte!« Entsetzt sahen sie sich an, unfähig, darauf zu antworten. »Ich gebe euch eine Chance: Es hängt allein von dir ab, Tinuwa. Erzähle mir alles, was du über den Händler und seine Besatzung weißt.« »In Ordnung, Rekila, du sollst wissen, was du mit der Krankheit angerichtet hast und möglicherweise noch anrichten wirst.« Der Oberst schilderte, wie das Schiff des Händlers in das System, dessen Name er nicht erwähnte, kam und welcher Aufwand notwendig war, um den Absturz zu verhindern. Anschließend berichtete er, was anschließend geschah, und über den letzten Stand der Dinge, dabei ließ er das eine oder andere Detail weg. »Das klingt in der Tat interessant, Tinuwa. Mein Projekt ist jetzt wirklich zu einem Großprojekt geworden. Du hast mir nicht den Namen des Planeten genannt, auf dem das Schiff steht. Mir liegt viel daran, die Entwicklung vor Ort zu beobachten. Mein Auftraggeber wird bestimmt mit Freude die Informationen lesen.« Nur mit Mühe unterdrückte Zodomar seinen Groll. »Dort wirst auch du dich anstecken, Rekila«, stellte Zodomar siegessicher fest. Die Frau ließ ein schrilles Lachen erklingen, das sogar ihre Wachen erschreckte. »Glaubst du wirklich, dass es kein Mittel gegen diese Krankheit gibt? Für so naiv hätte ich dich nicht gehalten, Tinuwa.« Zufrieden darüber, dass Rekila in seine Falle getappt war und ihm freiwillig die Information gab, die er benötigte. »Wie funktioniert denn die Ansteckung überhaupt, Rekila?« Zodomar hoffte darauf, dass Rekila ihm die Frage nur aus dem Grund beantwortete, um sich damit zu renommieren. »Die Krankheit ist mein bisheriges Meisterwerk. In diesem Fall sprechen wir von multipler Übertragung. Indes habe ich eines ausgeschlossen: Die Erreger sterben in der Luft innerhalb kürzester Zeit ab. Das ist doch nett, oder?« Sowohl den Ärzten als auch dem Oberst verschlug es den Atem. »Nenne mir jetzt den Namen des Planeten, dann benötige ich euch nicht mehr als Versuchspersonen, sondern ihr werdet einfach nur erschossen. Wie du siehst, verfüge ich tatsächlich auch über eine besonders freundliche Seite.« Zodomar überlegte kurz, sah aber keinen anderen Ausweg, als der Frau den Standort zu verraten. »Na gut, Rekila, das Schiff steht auf dem Raumhafen der Hauptstadt von Leuka im Leukanzasystem.« »Gehört das System zum Imperium?« »Ja, es ist ein Teil des Imperiums. Spielt das für dich eine Rolle?« »Nein, es hat mich nur interessiert. Ich mag das Imperium nicht. Deswegen arbeite ich auch auf Eswordon. Vielen Dank für die aufschlussreiche Auskunft, Tinuwa. Wachen, erschießt sofort alle acht Personen. Bringt sie aber bitte vorher in den Garten hinter dem Haus. Ich will in meinem Labor keinen Schmutz oder Flecken auf dem Boden sehen.« Mit vehementen Bewegungen der Hände, in denen sie die Strahler hielten, dirigierte einer der Wachen die Gefangenen aus dem Raum hinaus.

* * *

Mit einem Gleiter flog Kelschin zu der Siedlung der Kolonisten, die er zuletzt mit Farschgu zusammen besuchte. Dort stoppte der General sein Fahrzeug und stieg aus. Schneller als von ihm erwartet kamen einige der Siedler auf ihn zu. »General, wir grüßen Sie. Es ist gut, dass Sie uns einen Besuch abstatten. Die Lebensmittelversorgung ist zwar besser geworden, aber wir erachten sie immer noch nicht als ausreichend.« »Genau aus diesem Grund bin ich zu euch gekommen. Farschgu ist seinen Aufgaben nicht mehr so nachgekommen, wie es notwendig gewesen wäre. Bei meinem Aufenthalt auf Deschkan trug ich dafür Sorge, dass in kürzester Zeit Frachter mit Lebensmitteln von dort aus nach Minchoxr starten.« »Wollen Sie etwa damit andeuten, die wenig zufriedenstellende Versorgungslage ist allein die Schuld von Farschgu gewesen?« »Genau das bedeutet es. Aus diesem Grund übernahm ich vorläufig die Regierung von Deschkan. Ihr werdet so lang genug Lebensmittel geliefert bekommen, bis ihr euch selbst versorgen könnt. Alles wird bald zu eurer Zufriedenheit sein. Außerdem schützt die Flotte das System, weshalb ihr ohne Angst hier leben könnt. Die wenigen Echsen hier auf dem Planeten brauchen euch nicht zu ängstigen.« »Trotzdem machen sie uns Angst. Wir trauen uns nicht, allein die Siedlung zu verlassen. Können Sie die Echsen nicht von dem Planeten entfernen? Sie können auch alle gefangen nehmen oder am besten gleich hinrichten lassen.« »Dafür sehe ich keine Veranlassung. Bislang hat keiner von ihnen etwas Strafbares getan. Sie wollen mit uns ohnehin nur so wenig wie möglich Kontakt. Außerdem stehen sie immer unter unserer Beobachtung. Gibt es sonst noch etwas, das ich für euch tun kann?« »Wir benötigen weitere Bauteile sowie landwirtschaftliche Geräte, die schon längst geliefert sein sollten.« »Schickt die Anforderungsliste an die Kontrolle wie bisher. Sie wird umgehend an mich weitergeleitet, dann kümmere ich mich augenblicklich um euer Anliegen.« »Vielen Dank, General. Jeder von uns dachte, dass an allen Problemen, die wir hatten, nur Sie allein die Schuld tragen.« »Das wollte euch Farschgu Glauben machen. Ihr hörtet meine Ansprache. Sollten noch Probleme auftauchen, lasst es mich wissen. Ich werde dann das Notwendige veranlassen.« Der General bestieg seinen Gleiter, sah noch einmal zu den Kolonisten und flog zum Raumhafen.

* * *

Nachdem Fepulkrt Vorjo verlassen hatte, flog er nach Tinokalgxr zurück, um dem Herrscher zu berichten, was er in Erfahrung brachte. Die Wache ließ den General in den Saal ein und er lief auf den Thron zu. »Lassen Sie die Formalitäten, General.« Wie ihm geheißen verzichtete Fepulkrt darauf und blieb vor der untersten Stufe stehen. »Es freut mich, Sie wohlbehalten hier wiederzusehen, Fepulkrt. Gibt es etwas Wissenswertes zu berichten?« »Es ist leider nicht viel, was ich erfuhr, denn keiner der Händler weiß, wer ihre Kunden sind, und das, obwohl sie Nachforschungen betrieben, die jedoch zu keinem Ergebnis führten. Für die Händler zählt in erster Linie das große Geschäft, das sie mit den unbekannten Kaufleuten abwickeln können«, antwortete der General und schilderte dem Herrscher, was die Befragung des Händlers ergab. Nach Beendigung seines Berichts beugte sich der Zerlgtoxr ein wenig vor. »Das bringt uns nicht viel weiter, jedoch erachte ich die Einkaufsliste dieser Händler als äußerst bedenklich. Sie erwerben nicht nur ein Schiffsgeschütz, sondern so viele sie bekommen. Obwohl das so ist, sollen die Agenten die Angelegenheit nicht mehr weiter bis ins Einzelne verfolgen.« »Diese Anweisung gab ich bereits heraus. Ihre Aufgabe ist es, nur noch aus der Deckung zu verfolgen, was diese unbekannten Kaufleute handeln.« »Das entspricht dem, was ich mir vorstellte. Nun noch eine andere Sache: Wir sprachen in der Vergangenheit bereits darüber.« Der Herrscher ordnete an, eine Investigation vorzunehmen, wobei Fepulkrt sich wunderte, gerade diesen Auftrag zu erhalten. »Zerlgtoxr, Sie erstaunen mich. Sie wollten doch darauf verzichten.« »Mir geht es nur darum, was gerade passiert, nicht dass uns daraus auch noch Ärger erwächst. Den brauchen wir zurzeit überhaupt nicht. Dubiose Händler und ein Alkt, von dem wir immer noch nicht wissen, was wir von ihm halten sollen. Mir gefällt das alles ganz und gar nicht.« »Mir missfällt diese Situation ebenfalls. Hoffentlich erleben wir nicht eine unangenehme Überraschung aus einer völlig unbekannten Richtung.« »Das wäre schlecht. Fangen Sie mit der Arbeit an.« Fepulkrt wandte sich ab und verließ den Audienzsaal.

* * *

»Das ist Metall, Alta!« »Vollkommen richtig, Penra.« »Wie kommt das hierher? Davon steht nichts geschrieben. Wie kamst du denn darauf, ausgerechnet hier zu suchen?« »Die Legende ist alt und lässt nicht viel Konkretes zu. Es ist mehr eine Schauergeschichte, die mit diesem Talkessel zu tun hat. So wie es hier aussieht, hinterließ die Erzählung ihre deutlichen Spuren in der Gesellschaft. Keiner wagt es, diesen Ort aufzusuchen, oder liege ich mit dieser Annahme falsch?« »Nein, damit liegst du richtig. Ich kann mich nicht erinnern, jemals von einer Person gehört zu haben, dass sie hier gewesen wäre. Ich bin zum ersten Mal hier, ebenso wie Litreck.« »Als ich merkte, dass es hierhergeht, bereute ich, mitgeflogen zu sein, aber es gab kein Zurück mehr. Die Fauna hat uns auch bewiesen, warum dieser Ort besser gemieden werden sollte.« »Das stimmt, Litreck. Wieso suchtest du gerade an dieser Stelle, Alta?« »Ganz einfach, Penra: Es handelte sich um die einzige wirklich konkrete Angabe in dieser Geschichte. Das ist es, was mich verwunderte und neugierig machte. Das Ergebnis hast du gefühlt.« »Was ist das hier?« »Die Frage kann ich dir genauso wenig beantworten wie du. Zuerst müssen wir alles abtragen, dann sehen wir weiter. Ich schlage vor, du arbeitest auf der rechten Seite und ich hier.« »Damit bin ich einverstanden. Ich bin schon neugierig. Litreck, räumst du bitte den Schutt weg?« Sie ging zur Tasche, nahm die Spitzhacke auf und ging damit zu dem Admiral. »Tauschen wir?« Alta grinste und sie wechselten die Werkzeuge. Während Penra auf die andere Seite ging und das Gestein damit bearbeitete, begann Litreck murrend, das Geröll beiseite zu räumen. Mit ihrer Arbeit machte sich Penra schneller vertraut, als sie selbst angenommen hätte. Auch Alta kam gut voran, weshalb Litreck gerade so Schritt hielt. Trotzdem machte er eine Pause und sah zuerst zu Penra, um ihren Fortschritt zu sehen, dann blickte Litreck auf die Stelle, welche Alta bearbeitete. Sein größeres Stück ließ ihn aber auch nicht erahnen, was sie freilegten.

* * *

Vor dem Eingang der alten Werfthalle stand Heti Naro und blickte über das Landefeld zu den wenigen Schiffen, die noch instand gesetzt werden mussten. Dabei dachte er daran, dass die Arbeiten an den Raumern bald ihr Ende fanden. So in Gedanken vertieft, bemerkte er zunächst nicht die herannahende Person. Erst im letzten Augenblick nahm er sie im Augenwinkel wahr. Ein Lächeln erschien auf seinem Gesicht, als er sah, wer da auf ihn zukam. »Hallo, Tar! Du hast dich schon lange nicht mehr bei mir blicken lassen.« »Die Arbeiten ließen mir in letzter Zeit nur wenig Raum. Vuoga hält mich ständig auf Trab. Wie läuft es bei dir?« »Bei mir verhält es sich nicht anders. Der größte Ansturm ist allerdings vorüber. Die Gilde bringt keine Schiffe mehr, worüber ich nicht undankbar bin.« »Du willst mir doch damit nicht etwa sagen, dass du dich langweilst.« Naro fing lauthals an zu lachen und klopfte dabei Kalkata auf die Schulter. »Begleite mich in die Halle. Ich will dir etwas zeigen.« Verwundert und neugierig zugleich sah der Gouverneur Naro an, sagte aber nichts dazu. Er folgte dem Leiter der Werft in die Halle hinein, die sie fast ganz durchquerten. Am Ende des großen Raums öffnete Naro eine unscheinbare Tür, die durch Stapel von Ersatzteilen der direkten Sicht entzogen war. Er ging in den Nebenraum, in dem das Licht aufflammte, und sah zu Kalkata. »Schließe bitte die Tür. Es braucht niemand zu merken, dass hier die Halle noch nicht zu Ende ist.« Verwundert schloss der Gouverneur den Einlass und blickte in den Raum. »Was ist das denn, Heti?« »Das siehst du doch. Es ist ein Schiff. Na ja, noch nicht so ganz, aber so gut wie. Bis auf Kleinigkeiten ist nichts mehr daran zu machen, abgesehen davon sind sie für den Betrieb nicht wichtig. Das Schiff zu bauen, ist sozusagen mein Hobby.« »Hast du das Schiff ganz allein fertiggestellt?« »Natürlich nicht. Nur wenige Mitarbeiter, denen ich bedingungslos traue, haben mich bei der Arbeit unterstützt. Gefällt es dir?« »Das ist ein wirklich schönes Schiff. Woher hast du die Konstruktionspläne?« »Ich habe die Pläne schon vor längerer Zeit entworfen, doch fehlten mir die Mittel, sie auch in die Tat umzusetzen. Als ich sie endlich hatte, begann ich unverzüglich mit dem Bau, und das so schnell wie möglich.« »Wieso legtest du diese Eile an den Tag?« »Dieses Schiff, Tar, ist unser beider Absicherung. Wenn Vuoga uns in Bedrängnis bringen sollte, fliehen wir damit von Pherol.« »Ein netter Gedanke, aber du vergisst die Flotte. Bevor wir auch nur Pheriolan verlassen, sind wir schon tot.« »Nein, das sind wir nicht, denn es hat eine Feinheit zu bieten, die jeden Kommandanten der Flotte in den Wahnsinn treiben wird.« »Ach, und die wäre?« »Ich beginne mit den beiden Nachteilen: Der Schutzschirm des Schirms ist nicht stark, ebenso wenig wie die Offensivbewaffnung. Dafür legte ich größten Wert auf den Antrieb. Die Beschleunigung lässt alle Raumer der Flotte einfach stehen. Aus diesem Grund besteht das Schiff auch zum größten Teil nur aus Aggregaten. Kein Raumer vermag, diesem zu folgen.« »Ich hoffe nur, wir werden es nicht wirklich benötigen.« »Das kann schneller passieren, als du denkst, Tar. Unterschätze Vuoga und seinen Sinneswandel nicht. Diesem Präsidenten von seiner selbst Gnaden traue ich nicht über den Weg. Für ihn sind wir immer noch ein Sinnbild für Personen, die nach wie vor loyal zum Imperium stehen, auch wenn wir gute Arbeit in seinem Sinn abliefern. Heute äußert er seine Zufriedenheit über uns und morgen spricht der General das Todesurteil aus. Daran solltest du immer denken.« Nachdenklich sah der Gouverneur Naro an. »Ich kann dir nicht widersprechen«, entgegnete er nach einer Weile. »Komm, wir sehen uns das Schiff von innen an.« Kalkata folgte dem Werftleiter in den Raumer hinein und ließ sich alle Sektionen zeigen und erklären. Zum Ende der Besichtigung suchten sie die Zentrale auf. »Geräumig sieht aber anders aus.« »Eine größere Version konnte ich nicht realisieren. Das Schiff ist auch nicht für einen Aufenthalt von vielen Personen gedacht. Maximal acht Personen kann es befördern und selbst das wird schon für alle ein wenig eng.« Beide gingen aus der Zentrale und verließen das Schiff wieder. Davor blieben sie stehen und Kalkata setzte eine ernste Miene auf. »Einen Punkt musst du mir noch verraten: Wie kommt das Schiff hier heraus? Muss dazu erst die halbe Halle demontiert werden?« Auf diese Frage Kalkatas hin musste Naro lachen. »Nein, natürlich nicht. Als die ganzen Neubauten und Umbauten auf der Werft in vollem Gang waren, ließ ich diesen Teil abtrennen. Im Rahmen dieser Arbeiten wurde das Dach durch ein neues ersetzt. Es kann geöffnet werden.« »Ich hoffe nur, dass wir das Schiff nicht so schnell brauchen«, wiederholte Kalkata, als sei es sein ganz persönliches Mantra.

* * *

Der Frachter mit Ulneske als Kommandantin erreichte Vorjo im Lorgansystem und ging auf dem dortigen Raumhafen von Moloq nieder. Sie stand von ihrem Platz auf und blickte die wenigen Besatzungsmitglieder an. »Ihr bleibt an Bord. Ich muss etwas erledigen. Es wird nicht lange dauern.« Ulneske ging aus der Zentrale, verließ das Schiff und ging zu dem Gebäude, in dem die Kontrolle ihren Sitz hatte, hinüber. Im dortigen öffentlichen Durchgangsbereich, in dem auch die Abfertigungshalle lag, herrschte wie immer tagsüber reger Betrieb, weshalb es nicht auffiel, als sie in einer ruhigeren Ecke stehen blieb. Auf ihrem Armbandgerät gab sie den Befehl ein, um damit den vereinbarten Code abzusetzen. Danach verließ sie ihren Platz und schlenderte gemütlich zu den Geschäften, da ihr nichts anderes übrig blieb, als zu warten. Ulneske lief umher, blieb vor einigen Läden stehen und betrachtete die Auslagen. Das Schaufenster eines Bekleidungsgeschäfts erweckte schon aus einigen Schritten Entfernung ihr Augenmerk, weshalb sie dort hinging und davor stehen blieb, um die Auslage ausgiebig zu begutachten. Schon bald fand Ulneske etwas, das ihr Interesse erweckte, weshalb sie ein Ausstellungsstück fixierte. Jedoch wurde Ulneske in ihrer Betrachtung gestört, da sie im spiegelnden Glas eine Person bemerkte, die auf sie zukam. Der braune Umhang ebenso wie die heruntergezogene Kapuze verbargen die Person vollständig. Neben ihr blieb sie stehen, ohne Ulneske anzusehen. »Wir sind verabredet«, sprach das unbekannte Individuum sie an. »Ja, das sind wir.« »Gut, ich sage Ihnen, wie es weitergeht. Beachten Sie die Anweisung ganz genau, dann kann nichts schiefgehen.« In wenigen Worten setzte die Person ihr das Vorgehen auseinander und ging weg, ohne auf eine Bestätigung ihrerseits zu warten. Ulneske warf einen letzten Blick auf die Auslage und entfernte sich ebenfalls. Nun musste sie mit dem zweiten Teil ihres Hierseins beginnen. Dazu suchte sie ein öffentliches Terminal auf, nahm davor Platz und begann, daran zu arbeiten. Schon bald fand sie die gewünschte Anwendung und machte ihre Eingaben.

*

Nach der Beendigung ihrer Aufgabe verließ Ulneske das Kontrollgebäude und lief auf das Landefeld hinaus. Auf dem Rückweg zum Frachter machte sie so unauffällig wie möglich einen kurzen Rundgang, um einen Blick auf die dort abgestellten Schiffe zu werfen. Erst als Ulneske das entdeckte, nach dem sie fahndete, ging sie zu ihrem Schiff und suchte dort die Zentrale auf. »Sind eventuell schon Nachrichten eingetroffen?«, fragte sie beim Hereinkommen. »Erwarten wir denn welche?« »Sonst hätte ich diese Frage nicht gestellt.« »Nein, bislang ist noch keine Nachricht hereingekommen.« »Das wäre wahrscheinlich auch ein wenig zu früh dafür. Informiert mich, sobald mich jemand zu sprechen wünscht. Ich besuche inzwischen unsere Passagiere.« Ulneske verließ die Zentrale und ging zu dem Aufenthaltsraum, wo sie die Gesuchten anzutreffen hoffte. Tatsächlich fand sie die Personen dort und gesellte sich zu ihnen. Morgi, Salka und Larut sahen sie an und warteten kurz auf ihre Ansprache, was sie ihrerseits ebenso tat. »Wie sieht es aus, Ulneske? Hast du unseren fehlenden Begleiter bereits getroffen?« »Ja, Larut, ich habe mit ihm Kontakt aufgenommen.« »Hat die Person dich denn nicht begleitet?« »Nein, wer auch immer es ist, muss noch einige Dinge erledigen. Wir bleiben jedoch in Kontakt. Zunächst muss jedoch die andere Angelegenheit erledigt werden.« »Ich habe dagegen nichts einzuwenden. Wir können es abwarten, in den kleinen Raum hinein zu müssen.« »Je früher ihr euch dort aufhalten müsst, desto eher kommt ihr drei da auch wieder heraus, Morgi.« »Das ist auch wieder wahr. Das Warten gefällt mir ohnehin nicht«, stellte Wariot fest. Das Summen der internen Kommunikation unterbrach die Unterhaltung und Ulneske ging zu der kleinen Station, die sich in dem Raum befand. »Was gibt es denn?« »Kommandantin, ich habe jemanden in der Leitung, der sie zu sprechen wünscht.« »So schnell? Sagen Sie dem Anrufer, dass ich gleich mit ihm reden werde. Ich bin sofort da.« Sie schaltete ab und ging aus dem Raum, um das Gespräch in der Zentrale zu führen. Noch während das Schott hinter ihr zuglitt, gab sie bereits eine Anweisung an den Funker. »Lassen Sie mich an Ihren Platz. Ich führe das Gespräch von dort aus.« Der Mann stand auf und trat zur Seite, um Ulneske Platz zu machen. Die Frau ließ sich auf dem Stuhl nieder und gab die Verbindung frei. »Mein Name ist Ulneske und ich bin die Kommandantin des Frachters.« »Ich habe Ihr Angebot gesehen und wünsche, mit Ihnen darüber zu sprechen.« »Wer sind Sie?« »Ich bin ein Händler, der nur auf Vorjo weilt, um einige lukrative Geschäfte abzu-schließen.« »Wann und wo können wir uns treffen?« Einen Augenblick überlegte Ulneske und traf eine Entscheidung. »Sie wissen, wo mein Schiff steht?« »Den Standort ver-merkten Sie in dem Angebot.« »Dann kommen sie dorthin. Ich erwarte Sie vor meinem Frachter.« »Ich halte mich zur-zeit in dem Kontrollgebäude auf und werde in Kürze bei Ih-nen sein. Ich freue mich auf unser Treffen.« Die Verbindung erlosch, Ulneske sprang von dem Stuhl auf und hastete aus der Zentrale. Auf dem Weg zum Ausstieg machte sie einen kurzen Zwischenstopp beim Aufenthaltsraum. Sie sah nur hinein, um den drei Anwesenden etwas zuzurufen. »Begebt euch sofort in den Raum. Gleich kommt ein Händler, der euch auf keinen Fall sehen darf, nicht dass er euch später an einem anderen Ort wiedererkennt.« Belmnod, Wariot und der General eilten aus dem Raum und sahen gerade noch Ul-neske, die in den Lift einstieg. Keiner von ihnen hielt im Lauf inne, sondern sie rannten in den Frachtraum, wo die Ge-heimunterkunft eingebaut worden war. Sie ließen das kleine Schott hinter sich zugleiten und setzten sich auf die Liegen, um zu warten, bis Ulneske sie wieder abholte. »Es ist schon für drei zu eng. Wenn ich mir vorstelle, dass wir bald zu viert sein werden, dann überkommt mich wirklich keine Begeiste-rung«, murrte Belmnod. »So lange wird es hoffentlich nicht dauern«, gab der General zurück. »Es sieht anders aus, wenn wir länger hier verweilen müssen.«

*

Vor dem Frachter am Fuß der Rampe stand Ulneske und hielt Ausschau nach dem Händler, mit dem sie soeben ge-sprochen hatte. Dabei hing ihr Blick auf dem Kontrollge-bäude, woher der Mann angeblich kommen sollte. Schon als sie glaubte, dass er doch nicht kam, sah sie eine Gestalt, die direkt auf ihren Standort zuhielt. Sein aufrechter und selbstsicherer Gang ließ sie zu der Überzeugung kommen, dass der Händler schon lange im Geschäft sein musste. Seine kräftige Statur im Zusammenspiel mit seiner Größe ließ den Händler äußerst stattlich erscheinen. Beim Näherkommen erkannte die Frau, dass er sie ebenfalls fixierte. Nur wenige Schritte, bevor er bei ihr angelangte, zeigte er ein unverbindlich wirkendes Lächeln, dem Ulneske jedoch keine Bedeutung beimaß. »Ich grüße Sie, Kommandantin Ulneske. Mein Name ist Kondio Xeriot. Ich freue mich, Ihre Bekanntschaft zu machen.« »Das Vergnügen ist ganz auf meiner Seite.« »Sie gestatten, dass ich mir Ihren Frachter zunächst von außen ansehe? Der erste Eindruck beim Kauf einer Ware ist mir immer wichtig.« »Das erachtete ich ebenfalls immer so. Darf ich Sie bei der Besichtigung begleiten?« »Natürlich dürfen Sie das. Eventuelle Fragen können Sie mir dann auch gleich beantworten.« Zusammen schritten sie an dem Schiff entlang und Xeriots Blick hing ausschließlich auf dem Frachter, was Ulneske nicht entging. Nachdem sie die Hälfte des Raumers umrundet hatten, sah Xeriot sie an. »Das ist ein wirklich schönes Schiff. Natürlich ist das zunächst nur eine oberflächliche Feststellung.« »Natürlich ist es das.« Schweigend umkreisten sie auch die zweite Hälfte des Frachters, bis Xeriot und Ulneske am Ausgangspunkt wieder angelangten. »Der Frachter macht einen erstklassigen Eindruck auf mich. Warum wollen Sie so ein Prachtexemplar überhaupt verkaufen? Solch ein Schiff mein eigen zu nennen, wäre für mich so etwas wie eine Auszeichnung den anderen Händlerkollegen gegenüber.« »Welches ist denn ihr Schiff, Xeriot?« »Dort drüben steht es.« Xeriot deutete zur linken Seite. »Es ist der große Frachter gleich da vorn.« »Ach ja, ihr Schiff fiel mir bereits auf. Was bedeutet eigentlich die Verzierung, welche Sie daran anbringen ließen?« Das Lächeln des Händlers erstarb bei dieser Frage, doch fing er sich schnell wieder. »Das hat etwas mit meiner früheren Partnerin zu tun. Es ist eine nostalgische Anwandlung gewesen. Zeigen Sie mir jetzt das Innere dieses Prachtstücks?« »Selbstverständlich, wenn Sie mir bitte folgen wollen?« Aus der Reaktion Xeriots schloss Ulneske, dass ihm ihre Frage äußerst unangenehm war, was auch der schnelle Themenwechsel bewies. Der Händler folgte der Kommandantin in den Raumer und er ließ sich von ihr jeden Raum darin zeigen, dabei sparte er nicht mit Komplimenten, was Ulneske verwunderte. Eher erwartete sie, dass er jeden noch so kleinen Mangel suchen und kritisieren würde, um den Preis zu drücken. Sein Verhalten, was das anging, hätte Ulneske daran zweifeln lassen, dass er wirklich der Profession des Händlers nachging, wenn sie es nicht besser wüsste. Vor der Zentrale blieb Xeriot stehen und hinderte sie daran weiterzugehen. »Vorhin haben Sie mir meine Frage nicht beantwortet. Mir ist es wichtig, Ihre Antwort darauf zu hören.« Ulneske hatte gehofft, dass Xeriot nicht mehr daran dachte. Zwar machte sie sich auf dem Flug nach Vorjo über eine Antwort Gedanken, aber eine wirklich überzeugende Geschichte fiel Ulneske trotzdem nicht ein. »Welche Frage meinen Sie, Xeriot?« »Mich interessiert, warum Sie so ein Schiff überhaupt verkaufen wollen.« Von dem mehr als strengen Gesichtsausdruck ließ sich Ulneske nicht aus der Fassung bringen. »Ich beabsichtige, mich einem gänzlich anderen Geschäftsfeld zu widmen. Dazu benötige ich noch mehr Kapital. Aus diesem Grund sehe ich mich genötigt, das Schiff zu verkaufen, selbst wenn ich es nur äußerst ungern verkaufe.« »Auf welchem Geschäftsfeld beabsichtigen Sie, tätig zu werden?« »Ich bitte Sie, Xeriot. Weder Sie noch ich werden unsere Pläne anderen offenbaren.« »Das stimmt, sonst ist ein anderer schneller als wir.« Jetzt zeigte Xeriot wieder ein Lächeln und forderte sie mit einer Handbewegung auf, in die Zentrale zu gehen. Nur zu gern kam die Kommandantin der Aufforderung nach, denn die Aufforderung enthob sie, weiter über das Thema reden zu müssen. Das Schott glitt auf, sie ging voraus in die Zentrale und blieb in der Mitte des Raums stehen. Xeriot folgte ihr langsam hinein und blickte zu den Mitgliedern der Besatzung. »Darf ich mir die einzelnen Stationen ansehen, Kommandantin?« »Natürlich, bitte sehen Sie sich alles an.« Mit der allergrößten Ruhe ging er von einem Arbeitsplatz zum anderen und forderte jedes Besatzungsmitglied auf, ihm etwas zu zeigen. Argwöhnisch folgte Ulneske dem ihr seltsam anmutenden Vorgehen Xeriots. Eine Frage warf sich für Ulneske auf, nämlich weshalb der Händler so vorging. Etwas Interessantes erfuhr er dadurch nicht, zumal es auf seinem Schiff auch nicht viel anders sein dürfte. Es erschloss sich ihr nicht, was er damit bezweckte. Nachdem er die Runde beendete, ging Kondio Xeriot zu Ulneske und bedeutete ihr, dass er hinauszugehen wünschte. Nachdem das Schott hinter ihnen zugeglitten war, sah der Händler sie an. »Auch Ihre Zentrale ist sehr schön«, sagte er in einem völlig desinteressierten Tonfall. »Bringen Sie mich bitte hinaus.« Schweigend begaben sich die beiden zum Ausstieg und liefen die Rampe hinab. Davor blieb Xeriot stehen und ließ seinen Blick noch einmal über die Hülle des Schiffs wandern. »Wirklich sehr nett, wie ich Ihnen bereits sagte.« »Darf ich aus Ihrer Äußerung schließen, dass Sie den Frachter zu kaufen wünschen?« »Nein, das dürfen Sie nicht.« Ulneske glaubte, nicht richtig gehört zu haben. Diese Antwort irritierte sie völlig. Hatte Xeriot nicht zu Anfang das Schiff in den höchsten Tönen gelobt? Ihr stellte sich die Frage, was der Anlass für seinen Sinneswandel war. Eine Antwort darauf fand sie so auf Anhieb nicht. »Was stört Sie an meinem Schiff, Xeriot?« »An dem Schiff selbst stört mich gar nichts, natürlich lediglich oberflächlich gesehen. Sie haben es wirklich schön hergerichtet.« »Etwas anderes erwarte ich auch von Ihnen nicht.« »Sicher, denn Ware muss immer erstklassig aussehen. Das verführt den potenziellen Käufer dazu, eine vorschnelle Entscheidung zu treffen.« »Beabsichtigen Sie, eventuell das Schiff zu erwerben?« »Ich ziehe es in Erwägung, jedoch erhalten Sie von mir heute keine Antwort. Sie hören von mir:« Der Händler ging weg, ohne Ulneske eines weiteren Blicks zu würdigen. Völlig verblüfft sah die Kommandantin Xeriot hinterher.

* * *

Mit der gleichen Mannschaft wie beim letzten Mal verließen Soquezxl sowie Muruba die Gyjadan. Dem Admiral und dem General liefen die drei Gefangenen voraus, welche von vier Soldaten Soquexzls bewacht wurden. Die drei Aufrührer führten die Abteilung an dem Palast des Gouverneurs vorbei, wo nach wie vor alles ruhig war. Die Militärs Murubas standen auf dem Gelände Wache und verfolgten den Zug mit ihren Blicken. Einzig der befehlshabende Offizier gab ein Zeichen zum Gruß, den Muruba erwiderte. Die Putschisten sahen nur ganz kurz zu den Leichen, um die sich bislang immer noch niemand gekümmert hatte. Ihr Weg führte sie wieder die Hauptstraße, welche immer noch verlassen dalag, entlang. Argwöhnisch sah ausnahmslos jeder zu den Häuserzeilen, die wirkten, als seien sie unbewohnt. In Wahrheit wagte kein Einwohner, aus dem Fenster zu sehen, da jeder befürchtete, dass dies sein Tod sein könnte. Auf ihrem Weg passierten sie auch die Nebenstraße, in der die drei Aufständischen gefangen genommen wurden. Diese blickten kurz dahin und liefen schweigend weiter. Ihre Wachen ängstigten sie in diesem Moment, weshalb die drei es vermieden, ihre vier Bewacher anzusehen, da sie aus Erfahrung genau wussten, wozu diese Soldaten fähig waren. Unbehelligt marschierte der Trupp weiter die Straße entlang, bis er eine Kreuzung erreichte. Geradeaus führten die Gefangenen sie darüber hinweg, wobei alle nach links und rechts sahen, nur um festzustellen, dass auch die Querstraße sich völlig unbelebt zeigte. Nach einem guten Stück des Wegs wurde die bisherige Hauptstraße zusehends enger, bis sie nur noch die Hälfte ihrer Breite aufwies. Auch die Bebauung nahm, je weiter sie liefen, qualitativ immer mehr ab. Mit jedem Stück, das die Gruppe zurücklegte, gelangte sie in ein immer schlechter aussehendes Umfeld. »Solch eine Gegend ist der ideale Ort für das Hauptquartier so einer fragwürdigen Klientel«, stellte Soquezxl emotionslos fest. »Auch meine Wahl fiele auf so ein Gebiet«, bestätigte Muruba. Derzeit nahm auch der Schmutz auf der Straße erheblich zu, was den Eindruck des Verfalls ebenso wie bei den Häusern noch verstärkte. Nun bogen die drei Gefangenen nach links in eine Seitenstraße ein, die noch desolater wirkte als die sogenannte Hauptstraße bisher. Im Gegensatz zu vorher gab es zusätzlich Lücken zwischen den Häusern, wo die Bebauung offensichtlich abgerissen worden war, ohne dass jemals etwas Neues auf den Grundstücken errichtet wurde. Der Bewuchs auf den Arealen zeigte ihnen an, dass der Abriß schon längere Zeit zurückliegen musste. Die Flora hatte das Gelände wieder vollständig in Besitz genommen, nur gestört durch den wild abgelagerten Unrat. Dann kamen sie mit einem Mal zu einer sehr großen Lücke zwischen den benachbarten Gebäuden, in deren Mitte, etwa fünfundzwanzig Schritte von der Straße entfernt, eine heruntergekommene Holzbaracke stand. Nur wenige Bäume störten die Sicht zu dem Gebäude, ansonsten wuchsen dort nur Büsche und hohe Gräser. Die drei Gefangenen blieben stehen und sahen zu Soquezxl und Muruba. »Diese Baracke dort ist unser Hauptquartier«, erklärte einer von ihnen. »Bildet eine Linie und geht langsam vor. Achtet auf jede Unregelmäßigkeit. Im Zweifelsfall eröffnet ihr sofort das Feuer«, befahl Soquezxl. Die Soldaten nahmen die angeordnete Formation ein und liefen mit vorgehaltenen Gewehren auf die Baracke zu. Ihnen folgten die drei Gefangenen, ihre Wachen, Soquezxl und Muruba auf das Gelände. Vor ihnen lag alles ruhig da und nichts wies auf die Anwesenheit von Aufrührern hin. Ohne ein Anzeichen dafür, dass doch jemand ihre Annäherung beobachtete, erreichten die Soldaten das fragile Bauwerk. Davor hielten sie in ihrem Lauf inne, ebenso wie die nachfolgende Gruppe. »Ich gehe zuerst in das Haus, ihr wartet, bis euch rufe«, erklärte Muruba, zog seine Waffe, ging zur Tür und stieß diese auf. Sein erster prüfender Blick offenbarte ihm nichts außer dem Mobiliar, weshalb er weiter in den Raum hineinschritt. Zunächst sah der Admiral nach links, wo er nichts entdeckte. Als er jedoch nach rechts blickte, bemerkte Muruba etwas, das ihm ganz und gar nicht gefiel.

* * *

Die Wachen führten Zodomar und seine Leute zu der Tür, durch die sie vor Kurzem in das Haus eingedrungen waren. Sie ließen sich widerstandslos dort hinbringen, da Zodomar sowie die Soldaten keine Chance zur Gegenwehr fanden. Als sie ins Freie traten, setzten Spesiluwo, Tescherketu und Utrak eine Miene auf, die dem Anlass gerecht wurde. Auch die Soldaten blickten gedrückt zu Zodomar, der auf sie gleichgültig wirkte. »Schlaft nicht beim Gehen ein. Ihr dürft noch ein paar Schritte laufen. Genießt sie, denn es sind eure letzten.« Der Oberst drehte sich zu ihnen um und blieb stehen. »Ihr treibt uns selbst zu unserer Hinrichtung an. Das gefällt mir überhaupt nicht.« Alle sechs Wachleute fingen laut zu lachen an. Genau in diesem Moment begannen mehrere Strahler, auf sie zu feuern. Die Männer waren dermaßen überrascht, dass sie nicht mehr reagieren konnten. Schneller, als die anderen dem Geschehen folgen konnten, lagen die sechs Wachen tot am Boden. »Sie wussten, dass Ihre Leute kommen, Tinuwa«, sagte Tescherketu anklagend. »Natürlich, denn sie wurden von mir gerufen. Das ganze Vorgehen besprach ich bereits mit ihnen, nur hat es niemand von euch mitbekommen.« »Sie hätten uns vorher darüber in Kenntnis setzen können.« »Das durfte ich auf keinen Fall machen, Spesiluwo, denn ihr solltet schließlich authentisch wirken.« »Vielen Dank für den Spaß, Tinuwa.« »Keine Ursache, das habe ich doch gern gemacht«, antwortete der Oberst und grinste breit, was Utrak dazu veranlasste, mit einer wegwerfenden Handbewegung das Ganze zu kommentieren. Daraufhin bückte sich Zodomar und hob eine der Waffen von den Wachen auf. »Nehmt euch auch einen Strahler.« Inzwischen kamen die zu Hilfe geeilten Soldaten heran. »Wir sind offensichtlich rechtzeitig gekommen«, stellte einer von ihnen fest. »Passender ging es kaum. Wir gehen jetzt hinein und holen Rekila. Wir benötigen dringend das Gegenmittel.« Zodomar ging mit seinen Leuten voraus, indessen nahmen Utrak sowie die vier Soldaten jeweils eine Waffe auf und folgten dem Oberst in das Haus hinein.

*

Rekila stand vor einem offenen Schrank und entnahm diesem alle Vorräte des Gegenmittels, als Zodomar mit vorgehaltener Waffe das Labor betrat. »Ich vermute, sie packen gerade das Antidot ein, Rekila.« Erschrocken fuhr die Frau herum und starrte den Oberst entsetzt an. »Ihr lebt?« »So schnell stirbt es sich nicht. An unserer Stelle sind Ihre Wachen gestorben.« »Wie konnte das geschehen?« »Das braucht Sie nicht zu interessieren. Haben Sie alle Vorräte des Gegenmittels eingepackt?« »Ja, alles befindet sich in meiner Tasche.« »Sehr gut. Kommen Sie mit. Ich spendiere Ihnen einen Gratisflug nach Leuka. Sie wollten ohnehin den Planeten besuchen.« Zodomar dirigierte die Frau aus dem Labor und dann aus dem Haus. Die anderen waren ihm vorausgegangen und sahen die beiden an, als sie ebenfalls die Tür

durchschritten. »Ihr vier holt unseren Gleiter. Beeilt euch.«
Die vier Soldaten rannten los, indessen lief der Rest zu dem
Fahrzeug der Verstärkung. Rekila sowie die Soldaten setzten
sich hinein, ebenso Zodomar. Die drei Ärzte warteten auf
den zweiten Gleiter, der auch bald darauf bei ihnen stoppte.
Die Wartenden stiegen zu, dann flogen beide Fahrzeuge mit
Höchstgeschwindigkeit ab. Auf dem kürzesten Weg steuerten
sie zum Raumhafen, wo ihr Schiff stand, und hielten davor
an. Einer der Soldaten sprang aus dem Gleiter, lief zum Beiboot hinüber und öffnete den Ausstieg. Dann rannte er in das
Schiff, um das Außenschott des Hangars aufgleiten zu lassen.
Die beiden Fahrzeuge flogen ganz langsam hinein und parkten dort. Der Soldat schloss den Hangar wieder und lief zur
Zentrale, um von dort aus den Ausstieg zu verschließen. In
der Zwischenzeit hatten alle die beiden Fahrzeuge verlassen
und Zodomar befahl ihnen, in die Zentrale zu gehen, dann
gab er auch Rekila ein aufmunterndes Zeichen, den anderen
hinterherzugehen. Im Kommandoraum nahmen die Soldaten, welche das Schiff flogen, ihre Plätze ein und bereiteten
alles für den Start vor, dann holten sie die Genehmigung bei
der Kontrolle ein, Eswordon verlassen zu dürfen. Bald darauf hob das Schiff ab, verließ den Planeten und flog aus dem
System heraus. »Mit diesem kleinen Schiff müssen wir nach
Leuka fliegen?«, fragte Rekila mokant. »Jetzt habe ich eine
kleine Überraschung für Sie, Rekila.« Tescherketu grinste zu
dieser Bemerkung des Obersts. »Ach, Sie glauben wirklich,
mich überraschen zu können, Tinuwa?« »Ich glaube es nicht
nur, ich weiß es.« Als das Raumschiff die äußeren Planeten
erreichte, nahm der Offizier an der Funkstation Kontakt auf.
Nach Beendigung des Gesprächs drehte er sich zum Piloten
um. »Die Position ist unverändert.« Gelangweilt sah Rekila
auf den Bildschirm, bis sich aus der relativen Dunkelheit ihr
Ziel mehr und mehr herausschälte. Die Umrisse wirkten wie
ein grauer Schatten, den Rekila zu erfassen suchte. »Worauf

fliegen wir da zu, Tinuwa?« »Unser Ziel ist mein Schiff. Gefällt es Ihnen?« »Viel ist noch nicht zu erkennen.« Rekila starrte weiter gebannt auf den Schirm, ebenso wie Spesiluwo und Utrak. Schon bald darauf zeichnete sich der Raumer deutlicher ab, was Utrak dazu veranlasste, eine Vermutung auszusprechen. »Das ist ein imperiales Schiff.« »Wer sind sie, Tinuwa?«, fragte Rekila und sah Zodomar mit ernstem Blick an. »Ich bin Oberst Zodomar von der imperialen Flotte. Was ihr auf dem Schirm seht, ist der Schlachtkreuzer Nadilor.« Sowohl Rekila als auch Utrak ebenso wie Spesiluwo starrten Zodomar nur an und wussten nichts zu sagen. »Ich leite die Landesequenz ein«, meldete der Pilot. Immer näher kamen sie dem Schlachtkreuzer, bis die Schiffshülle den ganzen Schirm einnahm. Das Hangarschott glitt auf und das Schiff bootete ein, dann glitt hinter ihnen das Außenschott zu. Nachdem alle das Beiboot verlassen hatten, sahen sie den Oberst an. »Bringt die Ärzte in die Zentrale. Vier Mann begleiten sie. Ich gehe vor.« Zodomar hastete aus dem Hangar und lief zum Lift, von dem er sich nach oben tragen ließ. Auf dem gewünschten Deck angekommen, rannte er den Gang entlang und stürmte in die Zentrale. »Olugir! Setz einen Kurs nach Leukanza.« Daraufhin erschien auf dem Gesicht des Ersten Offiziers ein Lächeln. »Ich gratuliere dir, Tinuwa«, antwortete Olugir und gab die Befehle an die einzelnen Stationen weiter. In diesem Moment wurden die Ärzte hereingeführt, welche im vorderen Drittel stehen blieben und auf dem Schirm den Abflug des Schiffs von Eswordon verfolgten.

* * *

Ein Schiff erschien in einem großen Abstand vom System von Minchoxr entfernt, in der Hoffnung, dass die Raumüberwachung ihrer Arbeit nicht allzu sorgfältig nachging.

Der Kommandant ließ drei Sonden absetzen und befahl, den derzeitigen Standort umgehend zu verlassen. Während die Objekte auf Minchoxr zuflogen, beschleunigte das Schiff und verschwand bald darauf. Nach einer ganz kurzen Etappe befahl der Kommandant dem Piloten, den Raumer zu stoppen, stand auf und ging zur Ortungsstation. »Kommen schon Daten herein?« »Noch nicht, aber es wird sicher nicht mehr lange dauern.« Schweigend stand der Kommandant neben dem Offizier und sah ebenso wie er auf die Anzeigen. Die beiden mussten nur kurze Zeit warten, bis die ersten Informationen von den Sonden einliefen. Sie verfolgten den Eingang der Daten, welche auf dem Bildschirm gleichzeitig nebeneinander angezeigt wurden. Wie fließendes Wasser liefen die Angaben von oben nach unten durch. Keiner sah sich in der Lage, ein Detail zu erfassen, da die Durchlaufgeschwindigkeit zu hoch war. »Alles läuft bislang glatt, Kommandant.« »Das bleibt auch hoffentlich so.« Angespannt starrten sie auf die Konsole, bis der Kommandant das Schweigen brach. »Wo befinden sich die Sonden zurzeit?« »Gerade eben erreichen sie den Planeten Minchoxr.« »Jetzt wird es schwierig. Ich vermute, dass noch immer die Flotte der Syntagi dort steht. Wenn nur ein Orter aufpasst, ist es vorbei. Wir müssen unbedingt wissen, was die Syntagi auf Minchoxr machen. Korrigieren Sie dementsprechend den Kurs der Sonden.« Der Orter führte den Befehl aus und nach einer kurzen Unterbrechung liefen die Informationen wieder herein. Der Kommandant wurde zunehmend unruhiger, bis er sich schließlich zu einer Entscheidung durchrang. »Ziehen Sie die Sonden zurück. Es ist erstaunlich, dass die Syntagi sie bislang noch nicht bemerkten.« Der Ortungsoffizier schickte den entsprechenden Code ab und sah seinen Vorgesetzten an. »Nehmen wir die Sonden auf?« »Nur wenn sie unbemerkt ihre Ausgangsposition erreichen.« Beiden blieb nichts anderes übrig, als abzuwarten. Der Orter gab seinem

Vorgesetzten in regelmäßigem Abstand die Position der Sonden durch, bis eine Anzeige auf seiner Konsole zu blinken begann. »Soeben wurden die Sonden von den Syntagi entdeckt.« »Setzen Sie sofort den Sprengbefehl ab. Pilot, wir fliegen zurück, damit der Auftraggeber die Daten erhält. Er benötigt sie dringend.« Während das Schiff beschleunigte und verschwand, ereigneten sich im System von Minchoxr drei Detonationen.

* * *

»Hast du eigentlich schon darüber nachgedacht, dem Vlitom bekannten Gouverneur, der ihm den großen Unbekannten nahelegte, Agenten zu schicken, um seine Identität zu lüften? Wir müssen wissen, wer hinter diesem Mann steckt, Rinlum.« »Das streite ich nicht ab, Duroto. Trotzdem bin ich der Ansicht, genau das nicht zu machen.« »Warum sträubst du dich dagegen? Du weißt ebenso gut wie ich, dass wir in dieser Angelegenheit weiterkommen müssen, und das dringend.« »Ich befürchte, dass wir den Unbekannten verscheuchen, zumal der Gouverneur die Hand über ihn hält. Ganz bestimmt wird er seine Sicherheitskräfte angewiesen haben, die Augen offen zu halten. Jeder Neuankömmling wird sicher genau unter die Lupe genommen. Wer nur den kleinsten Verdacht erweckt, von uns gesandt worden zu sein, wird dazu führen, dass er nicht einreisen darf. Infolgedessen wird er den Unbekannten zur Abreise auffordern, womit wir keinen Schritt weiterkommen.« Zakatek dachte über die Worte Fegobols nach und beugte sich zu ihm vor. »Mit anderen Worten: Wir kommen mit dieser Aktion keinen Schritt weiter.« »Richtig, daraufhin werden sie sich nur noch besser verstecken.« »Das heißt, unsere einzige Hoffnung ist, dass unsere Leute auf Oibotene etwas in Erfahrung bringen.« »So ist es, Duroto.« »Glaubst du im Ernst, dass die Köpfe des Aufstands über alles informiert sind?« »Uns bleibt nur die Hoffnung, dass sie etwas wissen.« »Das ist nur ein schwacher Trost.«

* * *

Alta, Penra und Litreck legten ihre Werkzeuge beiseite und ließen sich auf den Schutthaufen nieder. Litreck zog seine Tasche heran und zog einen kleineren Beutel daraus hervor. »Was haltet ihr von einem kleinen Imbiss?« »Daran hast du auch gedacht?« »Was glaubst du denn, Penra? Natürlich packte ich auch Verpflegung für uns ein. Ihr beide seid nicht auf diesen Gedanken gekommen, sondern seid gleich losgestürmt, als gäbe es jemanden, der euch dazu drängt.« Ein wenig betroffen sahen sich Alta und Penra daraufhin an. »Es ist zwar nichts Tolles, was ich euch anbieten kann, aber immerhin besser als gar nichts. Ich hoffe, ihr mögt die nur zu bekannten Notrationen?« Die Angesprochenen verzogen ihre Gesichter, sagten aber nichts dazu, sondern jeder nahm eine Portion von Litreck entgegen. »Hier ist eine Flasche Wasser dazu. Ohne Flüssigkeit sind die Rationen eine etwas trockene Angelegenheit.« Penra nahm die Flasche auf und trank einen Schluck. »Hättest du nichts anderes einpacken können?« »Es ist die beste Wahl, denn zum einen nehmen sie nicht viel Platz weg und zum anderen macht ihnen die Hitze nichts aus, Penra.« »Leider muss ich dir in diesem Punkt recht geben.« Sie biss ein Stück von der Ration ab und kaute lustlos darauf herum. Auch Alta wirkte auf Litreck genauso begeistert. Er wollte sich nicht die Blöße geben, dass er der Verpflegung auch nicht gerade gern zusprach, weshalb er mit einem Lächeln ein Stück in den Mund schob. Für Penra war es nicht zu übersehen, dass Litreck ihnen etwas vorspielte. Sie blickte zu der Felswand, an der sie noch vor Kurzem arbeiteten. »Schön, Alta, wir haben mit einiger Mühe dieses Stück Metall von dem Gestein befreit. Kannst du uns vielleicht erklären, auf was wir hier gestoßen sind?« »Wollt ihr eine ehrliche Antwort hören?« »Ich bitte darum.« »Penra, ich kann es dir auch nicht sagen.« »Lassen wir die Fakten, über die wir ohnehin nicht verfügen, beiseite. Ich bin dafür, es mit Vermutungen zu versuchen.« Der Sarkasmus in der Stimme Penras konnte von Alta keinesfalls überhört werden. »In der Legende gab es keinen einzigen Hinweis auf das, was wir hier sehen. Ich frage mich nur, was dahinter ist.« »Da du dir offensichtlich darüber im Klaren bist, wo der Öffnungs-mechanismus angebracht ist, und noch dazu weißt, wie er be-dient werden muss, steht unserer Besichtigung nichts mehr im Weg.« »Erwartest du von mir, dass ich jetzt da hingehe, das Schott aufgleiten lasse und laut Willkommen rufe?« »Das wäre mir äußerst angenehm.« Litreck beschloss, sich aus dem Schlagabtausch herauszuhalten, und schob den Rest der Ration in den Mund. Mühsam würgte er sie nach kurzem Kauen herunter und spülte mit Wasser nach. Dann stand Li-treck auf, hielt Alta die Flasche hin, der sie ihm abnahm. Er schlenderte zu der Tür, blieb davor stehen und musterte sie, ebenso die beiden Ränder. Doch schnell erkannte Litreck, dass es keinen Hinweis auf einen Mechanismus gab. Frust-riert sah er zu Alta, der gerade zu ihm stieß. »Soll ich anklop-fen?«, fragte Penra, die zu den beiden kam. »Du kannst das gern machen, wenn dir langweilig sein sollte. Ich versichere dir, dass du noch nicht einmal das Metall durch diese Aktion abnutzen wirst«, spottete Alta und holte den Hammer, mit dem er sich vor der Wand aufbaute. Er sah zum rechten Rand und überlegte kurz, dann begann Alta, das Gestein damit zu bearbeiten. »Was suchst du da, Alta?«, fragte Litreck, da er bemerkte, dass Penra schon wieder eine unschöne Bemer-kung auf den Lippen hatte. Vorsichtig schlug Alta Stück für Stück von dem Felsen ab und hielt immer wieder kurz inne, um seine Arbeit kurz zu begutachten, dabei fuhr er mit der Hand darüber.

*

Nachdem Alta zwei Handflächen im Quadrat abgetragen hatte, stellte er die Arbeit ein und ging zur linken Seite, um dort in der gleichen Art und Weise von Neuem zu beginnen. Penra und Litreck sahen ihm ein wenig gelangweilt dabei zu, zogen es aber vor zu schweigen. Doch dieses Mal benötigte Alta nicht so lange, bis er die Arbeit einstellte. Triumphierend blickte er die beiden an und deutete auf die freigelegte Fläche. »Hier bin ich richtig«, stellte Alta fest. »Verzeih mir, aber ich sehe nichts«, ätzte Penra. »Dazu musst du näherkommen, dann zeige ich es dir.« Sie kam der Aufforderung nach, ebenso trat Litreck dazu. Alta deutete auf den linken Rand der freigelegten Fläche. »Seht ihr das Metall hier?« Beide beugten sich ein Stück vor und starrten auf das, was Alta ihnen zeigte. »Du meinst, dass dies das Eingabefeld oder was auch immer ist?« »Davon bin ich absolut überzeugt.« So vorsichtig wie möglich setzte Alta die Arbeit fort, da er vermeiden musste, eine Beschädigung zu verursachen. In kleinen Stücken befreite er den Mechanismus, bis dieser endgültig vollständig frei lag. Mit der Hand wischte er den Gesteinsstaub ab und tastete das Feld ab, doch zeigte sich keinerlei Reaktion. »Klappt es etwa nicht mit dem Öffnen, Alta?« »Ich erwartete nichts anderes. Ohne Energie wird das auch nichts. Du hast nicht zufällig auch eine kleine externe Energiequelle dabei, Litreck?« »Ich muss dich leider enttäuschen, aber damit kann ich dir nicht dienen.« »Das ist ärgerlich, aber nicht zu ändern.« »Was machen wir nun?« »Wir fliegen zu meinem Schiff, Penra. Packen wir unsere Sachen zusammen und laufen los.« Sie verstauten das Werkzeug in Litrecks Tasche und machten sich auf den Rückweg. Dazu mussten sie die gleiche Strecke zurücklegen wie auf dem Marsch hierher. Ohne Probleme liefen sie bis in die Nähe des Wasserlaufs. Dort fielen ihre Blicke auf das Tier, dessen Schreie sie gehört hatten. Nur die Knochen waren von ihm übrig geblieben, was sie erschaudern ließ, da sie wussten, dass eigentlich sie die Opfer sein sollten. Zügig gingen sie zu dem Baum, der über dem Bach lag, und überquerten diesen. So zügig wie möglich liefen sie weiter und hielten dabei nach den Insekten Ausschau, die sie aber zu ihrer Beruhigung nicht entdeckten. Auch die Lichtung, welche sie am Rand passieren mussten, lag ruhig vor ihnen, weshalb sie diese in schnellem Lauf hinter sich brachten. Das letzte Stück legten sie ungehindert zurück, bis sie zu ihrem Gleiter kamen. Litreck verstaute seine Tasche darin, die drei stiegen ein und Penra nahm wieder auf dem Fahrersitz Platz. Mit höchster Geschwindigkeit flog sie aus dem Talkessel und dann nach Olitra zurück. Als sie die Ebene überquerten, sah Penra kurz zu Alta, der neben ihr saß. »Wie willst du weiter vorgehen, Alta?« »Ich werde mit einigen Technikern dorthin zurückkehren. Sie sollen versuchen, den Mechanismus in Gang zu bringen. Meine Leute wissen am besten, was sie dazu benötigen. Ihr beide braucht mich nicht mehr zu begleiten.« »Ha, so einfach kommst du mir nicht davon! Wir beide begleiten euch. Schließlich bin ich die Gouverneurin und Litreck ist immerhin mein Stellvertreter. Schließlich wollen wir wissen, was dort verborgen ist. Es könnte eine Gefahr für Veschgol darstellen.« »Das ist nicht auszuschließen, allerdings glaube ich es nicht. Viel zu lange existiert das schon.« »Wenn ihr das Feld wieder mit Energie versorgt, weiß niemand, was damit ausgelöst wird. Wer weiß, was dadurch wieder alles in Gang gesetzt wird?« »Du siehst das zu pessimistisch, Penra.« »Das wird sich noch erweisen. Ich hoffe nur, dass ich mit meiner Befürchtung falsch liege.« Schweigend setzten sie den Flug zum Raumhafen fort.

* * *

Am nächsten Tag summte die interne Kommunikation in der Kabine von Ulneske. Misslaunig stand sie von ihrem Lager auf, ging zu der Station und nahm das Gespräch an. »Was ist denn los?«, fragte die Frau unfreundlich. »Bitte entschuldigen Sie die Störung, aber Xeriot will mit Ihnen sprechen.« »Sagen Sie ihm, dass ich gleich mit ihm spreche.« Sie schaltete ab und eilte aus dem Quartier. Schon bald darauf stürmte sie in die Zentrale und lief zügig zu der Station des Funkers. »Tauschen wir die Plätze.« Der Funker räumte auf ihre Aufforderung hin seinen Platz und Ulneske nahm diesen dafür ein. Mit einer Eingabe aktivierte sie die Verbindung und das Gesicht des Händlers erschien auf dem Schirm. »Es ist schön, dass Sie Kontakt mit mir aufnehmen, Xeriot.« »Das kann ich mir denken. Treffen wir uns jetzt vor Ihrem Frachter? Natürlich nur, wenn es ihnen gerade passt, Kommandantin.« »Selbstverständlich habe ich für Sie Zeit.« »Auch das dachte ich mir«, entgegnete Xeriot und beendete das Gespräch. »Xeriot kann nicht auf diese unverschämten Bemerkungen verzichten«, knurrte Ulneske, stand auf, verließ die Zentrale und ging zum Lift. Schon als sie wenig später die Rampe hinablief, hielt sie Ausschau nach dem Händler, doch konnte sie ihn nicht ausmachen. Unruhig ging Ulneske vor ihrem Schiff auf und ab, dabei ärgerte sie sich über die Spielchen des Händlers. Dieser ließ sie bewusst warten, was ihre Laune nicht gerade besserte. Als Ulneske ihn schließlich sah, wie dieser äußerst gemächlich auf sie zugelaufen kam, kochte sie innerlich vor Wut. »Wenn die Angelegenheit nicht so wichtig wäre, hätte Xeriot keinen Spaß mit mir«, zischte die Frau und behielt den Händler im Blick. Bewusst vermied sie es, ihm entgegenzugehen, um nicht den Eindruck zu erwecken, dass sie ihm unbedingt den Frachter verkaufen wollte. In dem Moment, als Xeriot vor Ulneske stand, zwang sie sich zu einem Lächeln. »Ich grüße Sie, Xeriot.« »Ich grüße Sie auch, Kommandantin.« »Sind Sie nur gekommen, um mir

zu sagen, dass Sie kein Interesse an meinem Schiff haben?«
»Nein, dann hätte ich mir keine Zeit für Sie genommen.«
»Aus Ihrer Äußerung schließe ich, dass Sie den Frachter zu
erwerben gedenken.« »So ein schönes Schiff will ich mir
nicht entgehen lassen. Wir müssen uns nur noch über den
Preis einigen.« »Was das angeht, bin ich zuversichtlich. Wie
viel sind Sie bereit zu bezahlen?« Der Händler nannte Ulneske den Betrag, woraufhin ihre Gesichtszüge erstarrten.
»Diesen Betrag betrachte ich als Beleidigung! Das müssen
Sie doch schon für einen alten, reparaturbedürftigen Frachter bezahlen. Ich habe eine ganz andere Vorstellung.« Jetzt
war es an Ulneske, dem Händler eine Zahl zu nennen. Aus
seinem Gesichtsausdruck schloss sie, dass Xeriot ihr etwas
vorspielte, denn seine erschreckte Miene wirkte nicht echt.
»Das ist selbst für dieses Schiff zu viel.« Der Händler tat so,
als überlegte er und müsste hart mit sich ringen. »Vielleicht
war mein Angebot tatsächlich zu niedrig.« Xeriot erhöhte
zwar sein Gebot, das jedoch noch um einiges von der Vorstellung Ulneskes differierte. »Das klingt schon besser, aber
das ist definitiv noch zu wenig. Dafür gebe ich Ihnen höchs-
tens das halbe Schiff.« »Ein halbes Schiff nützt mir wenig.«
Ulneske nannte Xeriot einen neuen Betrag, der nur unerheb-
lich von ihrer letzten Forderung abwich. Er setzte ein unzu-
friedenes Gesicht auf, erhöhte aber sein Angebot deutlich.
»Nein, Kondio Xeriot, mit diesem Betrag können Sie bei
mir nicht landen.« Ulneske korrigierte ihre Preisvorstellung
nach unten und wartete auf die Reaktion des Händlers. Um
einiges schneller als erwartet erfolgte seine Reaktion. »Ich
bin einverstanden, Kommandantin. Wann kann ich den
Frachter übernehmen?« »Zuerst zahlen Sie, Xeriot. Sobald
der Betrag bei mir angekommen ist, vereinbaren wir die
Übergabe.« »Natürlich, schließlich sind wir beide Händler.
Geben Sie mir die notwendigen Angaben, dann veranlasse
ich sofort den Transfer.« Ulneske holte ebenso wie Xeriot ihr

mobiles Kommunikationsgerät aus der Tasche, um dann die notwendigen Informationen zu überspielen, woraufhin Xeriot die Bezahlung initiierte. Sie starrte auf ihr Gerät und nickte zufrieden. »Der Transfer wurde bestätigt. Das ging wirklich schnell.« »Ich arbeite mit einer Institution zusammen, die für ihre zügige Abwicklung bekannt ist. Also, wann kann ich das Schiff übernehmen?« »Morgen Vormittag übergebe ich Ihnen den Frachter.« »Warum erst so spät?« »Wir müssen schließlich unsere Sachen aus dem Schiff bringen. Außerdem muss ich noch die Formalitäten hinsichtlich unseres Geschäfts erledigen.« »Daran dachte ich gerade nicht. Die Bürokratie hier ist nicht zu unterschätzen. Ich melde mich morgen Vormittag bei Ihnen.« Xeriot ging grußlos weg und sah noch einmal kurz zu dem Schiff. Hörbar stieß Ulneske den Atem aus. »Rinlum wird sich über den Betrag freuen.«

*

Ulneske lief nach der Erledigung der Formalitäten im Kontrollgebäude vor den Geschäften entlang und betrachtete die Auslagen. Ohne dass sie es bemerkte, stand plötzlich eine verhüllte Person neben ihr. »Ist das Geschäft gelaufen?«, fragte sie grußlos. »Ja, es ist gelaufen. Morgen Vormittag übergebe ich den Frachter.« »Ich schicke Ihnen die Zugangsdaten für mein Schiff. Damit fliegen Sie mit Ihren Leuten nach Alkatar. Oberst Fegobol erwartet dort Ihren Bericht. Das soll ich Ihnen ausrichten. Später treffen wir uns vor dem Frachter. Ich gebe Ihnen nachher Bescheid, wann ich zu Ihnen komme.« Erneut verschwand die Person, ohne auf die Bestätigung Ulneskes zu warten. »Das ist vielleicht ein komisches Individuum. Ich weiß nicht, wo sie die nur rekrutiert haben«, murmelte Ulneske und wollte gehen, doch da sah sie im Schaufenster nebenan etwas, das sie sofort völlig gefangen nahm. Mit wenigen Schritten stand sie in dem Geschäft und bat, das Kleidungsstück sehen zu dürfen. Als sie es dann gereicht bekam, lächelte Ulneske und nahm es entgegen. »Darf ich es anprobieren?« »Sicher, gleich dort hinten ist eine Kabine«, bestätigte die Bedienung, und die Frau deutete zu der Umkleidegelegenheit. Eilig verschwand Ulneske darin und kam nach geraumer Zeit wieder heraus. »Gefällt Ihnen das Kleidungsstück?« »Es ist einfach hinreißend. Es passt mir ausgezeichnet. Ich muss es einfach kaufen.« »Sie haben eine gute Wahl getroffen. Ich packe es Ihnen ein.« Ulneske ging mit der Bedienung zum Verkaufstresen, bezahlte dort und nahm das Päckchen entgegen. Mit einem fröhlichen Gruß verließ sie das Geschäft und lief zu ihrem ehemaligen Schiff zurück. Dort angekommen ging Ulneske gut gelaunt direkt in die Zentrale, wo sie Belmnod, Wariot und Galgion antraf. »Du warst einkaufen?«, fragte Belmnod und deutete auf das Päckchen. »Ich habe es im Schaufenster gesehen und musste es einfach kaufen. Es passt mir wunderbar.« »Du musst uns das gleich zeigen.« »Ich bin schon darauf gespannt«, ergänzte Wariot. »Vorher muss ich etwas verkünden: Morgen Vormittag übergebe ich den Frachter an Xeriot. Noch heute werden wir das wenige Gepäck in das Schiff bringen, mit dem wir nach Alkatar fliegen. Habt ihr schon alles in euer gemeinsames Luxusquartier gebracht, Morgi?« »Ja, wir haben nach der Besichtigung sicherheitshalber alle unsere Sachen nach dort verfrachtet. Wann kommt denn die vierte Person?« »Heute, aber ich weiß noch nicht, wann sie kommt.« »Kennst du sie?« »Nein, Morgi, denn ich habe nicht einmal das Gesicht gesehen. Das ist eine komische Person: immer kurz angebunden und dazu noch unhöflich.« »Das wird etwas werden, wenn wir mit so einem Individuum gemeinsam in dem kleinen Raum sind.« »Sollte die Person auch weiterhin so wortkarg sein, dann braucht ihr euch über Probleme mit der Person keine Gedanken zu machen«, stellte Ulneske fest, legte das Päckchen auf eine der abgeschalteten Konsolen und öffnete es. Mit spitzen Fingern hielt sie das Kleidungsstück hoch und drückte es mit ihrer rechten Hand vor den Körper und wiegte ihn zweimal nach rechts und links. »Ist das süüüß!«, rief Belmnod aus. »Du siehst ganz hinreißend darin aus!«, frohlockte Wariot. »Du musst uns unbedingt das Geschäft zeigen. Bieten sie dort noch mehr solcher entzückenden Stücke oder ist es das einzig schöne gewesen?« »Ja, es ist ein zauberhaftes Geschäft.« »Ich halte es nicht aus!«, stöhnte Galgion und verließ die Zentrale. »Was hat er denn?« »Ach, vergiss es, Morgi. Diese Männer sind doch alle gleich. Von wichtigen Dingen verstehen sie nichts«, antwortete Ulneske. »Lasst uns gleich gehen. Nachher kommen wir nicht mehr dazu.«

* * *

Ilgar Pertej und Chüloda, die von Fegobol nach Oibotene geschickt worden waren, liefen auf der Hauptstraße in die Stadt hinein. »Viel Betrieb ist hier aber nicht.« »Du übertreibst schamlos, Ilgar. Hier ist weit und breit niemand. Das hat uns Rinlum schon gesagt.« »Auf dem Gelände des Gouverneurs sind Soldaten, Leytek und Soquezxl sind mit einem Trupp in der Stadt. Es müsste doch hier eigentlich wieder normal zugehen, Chüloda.« »Die Bewohner sind eben verunsichert. So etwas legt sich nicht von einem Augenblick zum anderen.« Wie um Chüloda zu widersprechen, kamen unweit vor ihnen Leute aus dem Haus und sahen die Straße in beiden Richtungen entlang. Zunächst wirkten sie ein wenig unschlüssig, doch dann gingen sie auf Pertej und Chüloda zu. Die fünf Einwohner blieben zwei Schritte vor ihnen stehen und musterten sie zunächst. »Ihr müsst fremd hier auf Oibotene sein.« »Wie kommen Sie auf diese Idee?«, fragte Chüloda den Mann verwundert. »Ein Bewohner wird nie so unbedarft eine Straße entlanggehen. Selbst die Aufrührer verhalten sich nicht so leichtsinnig wie ihr. Dazu kommt, dass sie immer bewaffnet sind. Auch die Touristen kommen schon länger nicht mehr auf unseren Planeten, obwohl er schön ist und einiges zu bieten hat. Also: Wer seid ihr und wer ist euer Auftraggeber?« Im ersten Moment wusste Chüloda nicht, wie sie reagieren sollte. Der Mann hatte sie gut eingeschätzt. Pertej bemerkte den Zwiespalt, in dem Chüloda gefangen war, weshalb er das Gespräch übernahm. »Wir sind geschäftlich nach Oibotene gekommen.« Die fünf Einwohner begannen laut zu lachen und schienen nicht damit aufhören zu können. Als sie das Gelächter einstellten, blieb trotzdem noch ein Grinsen in ihrem Gesicht zurück. »Die Lüge ist einfach zu dreist«, stellte eine der beiden Frauen fest. »Geschäftsleute meiden diesen Planeten genauso wie die Touristen. Gebt doch einfach zu, dass ihr für das Imperium arbeitet.« »Wir könnten auch Kontaktleute der Aufständischen sein.« »Dann wüsstet ihr, wo sie sich zurzeit aufhalten, und ihr lieft nicht so planlos die Hauptstraße entlang. Ihr seid Agenten des Alkt. So wie ihr euch allerdings anstellt, vergaß man, euch zu instruieren, wie die Verhältnisse auf Oibotene sind. Da hatte es wohl jemand ziemlich eilig, euch hierherzuschicken, was ein großer Fehler war.« Jetzt stand auch Pertej die Verblüffung in sein Gesicht geschrieben. Vor dieser exakten Analyse musste er kapitulieren, weshalb Pertej den Entschluss traf, mit offenen Karten zu spielen. »Es ist völlig richtig, was Sie sagen. Wir beide sind zur Unterstützung von Admiral Muruba und General Soquezxl hierhergeschickt worden.« »Ist einer der beiden eine Echse?« »Ja, das ist General Soquezxl.« »Wieso verrichten denn Echsen in der imperialen Flotte ihren Dienst? Das versteht keiner von uns.« »Sie wurden von uns aufgenommen, da sie nie mehr in ihre Heimat zurückkehren können. Dafür erledigen sie für uns den einen oder anderen Auftrag.« »Sie wurden von drei gefangenen Aufständischen zum Hauptquartier geführt.« »Wo liegt dieses Hauptquartier?« »Wenn ihr die Hauptstraße immer geradeaus geht bis zur Kreuzung. Diese müsst ihr überqueren und dann biegt ihr die vierte Straße links ab. Wart ihr zwei etwa auf der Suche nach dem bewussten Gebäude?« »Wir gedachten, unsere Leute ein wenig später zu treffen. Zunächst wollten wir uns ein Bild von der Lage in der Stadt machen, dann hätten wir Kontakt aufgenommen.« »Das hätte ziemlich schiefgehen können. Die Aufständischen stellen keine Fragen, sondern schießen gleich. Seid froh, dass ihr ihnen bis jetzt nicht begegnet seid. Vermutlich halten sie sich zurzeit bewusst im Hintergrund.« »Vielen Dank für die Wegbeschreibung.« Pertej und Chüloda wollten losgehen, doch stellten sich ihnen die drei Männer in den Weg. Irritiert blieben die beiden stehen und sahen die Männer und die beiden Frauen an, die ernste Mienen zur Schau trugen. Pertej und Chüloda wollten links an ihnen vorbeigehen, doch verhinderten die Männer ihr Ansinnen erneut. Einer von ihnen streckte die Handfläche seiner rechten Hand entgegen und ließ sie dann wieder sinken. »Ihr zwei geht erst einmal nirgends hin.«

* * *

Muruba bemerkte im Augenwinkel ein blinkendes Licht, drehte sich auf dem Absatz um und rannte aus der Baracke. »Das ist eine Falle!«, rief er den anderen zu. »Nichts wie weg hier.« Alle rannten so schnell sie konnten zurück zur Straße, wo sie innehielten und zu der Baracke sahen. »Was hast du gesehen, Leytek?«, fragte Soquezxl leidenschaftslos. »Ich sah ein blinkendes Licht.« »Nur deswegen veranstaltest du so eine Hektik?« Zu einer Antwort kam der Admiral nicht mehr, da in diesem Augenblick eine gewaltige Explosion die Baracke zerriss. Das Dach und die Wände wurden nach allen Seiten weggeschleudert und dort, wo der

Admiral noch vor Kurzem im Raum war, stand eine Feuersäule, die schnell kleiner wurde. In ihrer Nähe schmetterten einige Bretterstücke zu Boden und rutschten ihnen noch ein Stück entgegen. »Beantwortet das deine Frage, Soquezxl?« »Das beantwortet sie voll und ganz, Leytek. Dadurch ist die Durchsuchung überflüssig geworden.« Muruba überlegte ernsthaft, ob die letzte Bemerkung vielleicht ein Witz gewesen sein sollte, doch schließlich verwarf der Admiral diese Möglichkeit wieder, denn wie Klad Ser Beredil erzählte, machte Soquezxl noch nie eine so geartete Bemerkung. Die drei Gefangenen blickten entsetzt zu der nur noch kleinen Flamme, wo das Hauptquartier gestanden hatte. Der Admiral ging auf sie zu und sah die drei mit einem strengen Blick an. »Wusstet ihr von der Bombe?« »Nein, natürlich wusste keiner von uns etwas davon, oder glauben Sie im Ernst, wir lassen uns freiwillig in die Luft jagen?« »Diese Möglichkeit schließe ich nicht grundsätzlich aus.« »Sie müssen verrückt sein, Admiral!« »Nein, ich bin nur realistisch. Na gut, lassen wir das. Gibt es vielleicht noch ein Ausweichquartier?« »Davon wissen wir nichts. Die Anführer verrieten uns einiges nicht. Wir kennen und, äh, kannten nur dieses Gebäude. Es tut uns leid, aber wir können Ihnen nicht mehr weiterhelfen.« Muruba machte eine wegwerfende Handbewegung und ging zurück zu Soquezxl. »Hier sind wir gescheitert.« »Jede andere Formulierung trifft es nicht so genau, Leytek.« Beide standen eine Weile da und überlegten, wie sie weiter vorgehen konnten. »Es gibt nur eine Möglichkeit, Leytek.« »Ich vermute, du bist zu demselben Schluss gekommen wie ich. Wir suchen die Wohnungen der Putschisten auf und hoffen, entweder den Richtigen dort anzutreffen, oder wir finden zumindest Informationen, die uns weiterhelfen.« »Genau zu dem Schluss kam ich ebenfalls.« Sie gingen zu den drei Gefangenen, die sie mit gemischten Gefühlen ansahen. »Hört zu: Ihr führt uns jetzt zu den Wohnungen der

Anführer, damit wir sie durchsuchen können.« »Was? Dann müssen wir durch die ganze Stadt laufen, Admiral.« »Seid ihr etwa unsportlich?« »Das sind wir nicht.« »Betrachtet es einfach als Training.« Die Gefangenen verzogen ihr Gesicht zu einer Grimasse. »Ihr dürft uns wieder vorausgehen.«

* * *

Der Orter der Kontrollzentrale des Raumhafens von Minchoxr stand beim Funker und führte ein Gespräch mit ihm. Auch die Besatzungen der Schiffszentralen der Flotte bevorzugten die Freizeit, da es für sie nichts zu tun gab. Von der äußerst lockeren Dienstauffassung bekam Kelschin nichts mit, da er in seinem Büro zu sehr mit Verwaltungsarbeit beschäftigt war. Sie erwarteten zurzeit auch keine Frachtschiffe, welche Ausrüstung und Lebensmittel für die Kolonisten lieferten, da die letzten erst vor Kurzem landeten. »Seit wir die Echsen vertrieben haben, ist hier nicht mehr viel los«, stellte der Funker der Kontrolle fest. »Ich finde das gut. Diese ständige Anspannung brauche ich nicht. Kelschin hat es diesen Echsen richtig gezeigt. Seitdem lassen sie uns in Ruhe.« »Das ist auch gut so«, antwortete der Orter und schlenderte gemütlich zu seinem Arbeitsplatz. Gemächlich nahm er Platz und beugte sich zur Konsole vor. Als er die Anzeige sah, erstarrte der Offizier. Sofort begann er, hektisch zu arbeiten, was auch dem Funker, der zu ihm sah, nicht entging. »Was ist denn nur bei dir los?« »Rufe sofort Kelschin an und sage ihm, dass er sofort hierherkommen soll!«, antwortete der Orter gehetzt. Die drei Objekte, welche er entdeckt hatte, nahm der Offizier ins Visier, doch kurz darauf verschwanden sie von seinem Schirm. »Was war das?«, murmelte er vor sich hin. Als das Schott aufglitt, hob er seinen Kopf und sah den General hereinstürmen. »General Kelschin, bitte kommen Sie zu mir!«, rief er ihm zu. Kelschin eilte zur Ortungsstation und stellte sich neben den Offizier. »Was ist passiert?« »Das hier ist passiert.« Der Orter spielte dem General die Aufzeichnung vor, die Kelschin mit einem grimmigen Blick verfolgte. Nachdem endlich die Protokollierung abgelaufen war, schwieg Kelschin einen Augenblick, was den Offizier unruhig werden ließ. »Sie hielten sich nicht an Ihrem Arbeitsplatz auf.« »Nein, General, ich stand beim Funker.« »Statt mit ihm eine Unterhaltung zu führen, hätten sie hier anwesend sein müssen«, sagte Kelschin streng. »Ich habe es doch noch bemerkt, was auch immer das wohl gewesen sein mag.« »Sie bringen uns mit Ihrem Fehlverhalten in sehr große Schwierigkeiten.« »Wieso das denn, General?« »Ihre planlose Frage kann ich nur als erschreckend bezeichnen. Die drei Objekte sind nichts anderes als Spionagesonden gewesen! Weil wir sie entdeckten, wurden sie gesprengt!« »Soll das heißen, dass jemand wissen wollte, wie die Lage hier ist?« »Sind Sie so naiv oder tun sie nur so? Natürlich ging es nur darum. Offensichtlich muss ich härtere Maßnahmen ergreifen.« Wütend verließ Kelschin die Zentrale und hinterließ eine bedrückte Besatzung. »Jetzt ist die stressfreie Zeit vorbei«, stellte der Funker fest.

* * *

Die Nadilor erreichte das System von Leukanza, flog ein und nahm Kontakt mit der Kontrolle von Leuka auf. Der diensthabende Angestellte bestätigte die Anfrage und nahm das Gespräch an. »Willkommen in Leukanza. Bitte identifizieren Sie sich.« »Ich bin Oberst Zodomar von der imperialen Flotte und bitte um Landeerlaubnis für eines unserer Beiboote.« »Die kann ich Ihnen leider nicht gewähren. Über Leuka wurde ein Landeverbot verhängt, ebenso auch ein Startverbot.« »Bei mir an Bord befinden sich vier Ärzte sowie auch das Gegenmittel für die Krankheit.« »Es tut mir leid, aber ich gebe Ihnen die Landegenehmigung nicht.« »Wie soll denn bitte das Gegenmittel eingesetzt werden, wenn wir nicht landen dürfen?« »Ich habe meine Vorschriften und an die halte ich mich auch.« »Wer kann diese Vorschrift aufheben?« »Das kann nur Gouverneur Dripal.« »Dann stellen Sie mich zu ihm durch.« »Ich frage bei ihm nach, ob er Zeit für Sie hat.« »Es ist äußerst dringend! Stellen Sie mich sofort zu ihm durch!« »Ich lasse mich nicht von Ihnen drängen.« »Wenn Sie jetzt nicht sofort bei Gouverneur Dripal nachfragen, erzwinge ich die Landung. Nur zu Ihrer Information: Die Nadilor ist ein imperialer Schlachtkreuzer.« »Ihre Drohung beeindruckt mich nicht, aber ich frage nach. Warten Sie bitte.« Der Schirm wurde dunkel und Zodomar sah seinen Ersten Offizier Olugir an. »Dieser Mann ist ein Bürokrat erster Klasse. Willst du wirklich die Landung erzwingen, Tinuwa?« »Davon kannst du ausgehen, Olugir.« Der Schirm wurde wieder hell und anstelle des Mannes von der Kontrolle erschien Dripal auf dem Schirm. »Es ist schön, dass Sie wieder hier sind, Oberst. Der Angestellte sagte mir, dass Sie unbedingt landen wollen und es zur Not auch erzwingen werden. Das kann ich nicht gutheißen. Ich muss Ihnen leider die Landung auf Leuka untersagen.« »Hat der Angestellte Ihnen auch gesagt, warum ich landen will?« »Nein, das hat er nicht.« »Das hätte er Ihnen sagen müssen. Bei mir an Bord sind vier Ärzte sowie das Gegenmittel.« »Sie haben das Gegenmittel gefunden? Das ist natürlich etwas anderes. Ich erteile Ihnen die Landegenehmigung. Gehen Sie mit ihrem Schiff auf Leuka nieder, sobald Sie hier sind.« »Ich werde nur mit einem Beiboot auf dem Raumhafen landen.« »Jetzt wird zuerst ein gewisser Angestellter einen Anruf von mir erhalten. Wir treffen uns auf dem Raumhafen.« »Informieren Sie auch bitte Kommandant Fonmor von der Jablost über unsere Ankunft?« »Das wird von mir erledigt.« Die Verbindung erlosch und Zodomar wandte sich Olugir zu. »Sag den

Ärzten sowie der Besatzung Bescheid, dass sie in den Hangar kommen sollen. Das Schiff, mit dem wir auf Eswordon waren, ist genau das richtige. Ich fliege mit hinunter.« »Ich leite alles in die Wege.« Zodomar verließ die Zentrale und lief zum nächsten Lift.

* * *

»Was will denn Fonmor von uns, Kölpa?« »Woher soll ich das wissen? Du hast doch mit ihm gesprochen.« »Er nannte mir den Grund nicht.« »Meine Lust auf Spekulationen hat sich stark abgeschwächt.« Die beiden Ärzte betraten die Zentrale und gingen zum Kommandanten der Jablost. »Schön, dass Sie so schnell kommen konnten.« »Wir haben sowieso nichts zu tun«, entgegnete Kölpa schlecht gelaunt. »Es gibt gute Nachrichten: Soeben kontaktierte mich der Gouverneur und kündigte an, dass Oberst Zodomar in Kürze landen wird. Er bringt vier Ärzte mit.« »Die helfen uns auch nicht weiter«, unterbrach Ireipehl den Kommandanten. »Wenn Sie mich bitte zuerst ausreden lassen?« »Meinetwegen.« »Der Oberst bringt uns das Gegenmittel.« »Auf Zodomar ist einfach Verlass!«, rief Kölpa freudig aus. »Übertreibst du nicht ein wenig mit deinem Enthusiasmus?« »Du kennst ihn nicht, Ireipehl. Ich hatte auf Veschgol viel mit ihm zu schaffen.« »Das Schiff des Obersts landet gerade«, meldete der Ortungsoffizier dem Kommandanten. Sie sahen auf den Hauptbildschirm und verfolgten die Landung des kleinen Beiboots. Bald darauf flog ein Gleiter zu dem Schiff, stoppte davor und der Fahrer stieg aus. »Das ist Dripal«, stellte Fonmor überflüssigerweise fest. Der Ausstieg des Schiffs öffnete sich und eine Gruppe von sieben Personen kam heraus, wobei zwei Soldaten ihre Waffen auf die Frau gerichtet hielten. »Der vorderste Mann ist Zodomar«, erklärte Kölpa dem neben ihm stehenden Ireipehl. Dann betrachtete Köl-

417

pa die anderen sechs Personen der Reihe nach. »Das glaube ich nicht!«, ächzte Kölpa. »Was ist los? Hat Zodomar einen Fleck auf der Jacke?«, fragte Ireipehl sarkastisch, doch Kölpa blieb ihm die Antwort schuldig.

* * *

Gerade als Ulneske, Belmnod und Wariot das letzte Geschäft bepackt verließen, summte das Armbandgerät Ulneskes. Sie bestätigte, blickte darauf und sah zu den beiden Frauen. »Wir müssen zum Frachter zurück.« »Ich denke, wir haben hier auch genug Aykons gelassen. Jetzt müssen wir uns vorerst zurückhalten. Kannst du unsere Einkäufe mit nach Alkatar nehmen? Auf der Mission sind sie nur hinderlich.« »Das wollte ich euch ohnehin vorschlagen, Morgi.« Sie verließen das Gebäude, gingen zu ihrem Schiff und Ulneske blieb davor stehen. »Wartet. Bringt eure Einkäufe in die Zentrale. Ich sorge dann dafür, dass sie ganz sorgfältig umgeladen werden. Das überlasse ich niemandem.« Während Belmnod und Wariot in das Schiff gingen, blieb Ulneske weiter davor stehen. Schneller, als sie erwartete, tauchte die vermummte Gestalt zwischen zwei Schiffen auf und die Person kam mit einer Tasche in der Hand ohne Eile auf Ulneske zu. Sie fragte sich, wer der Unbekannte war, der für die Mission ausgewählt wurde, weshalb Ulneske den Plan fasste, Fegobol danach zu fragen. Als die Person Ulneske erreichte, stellte sie sich neben sie und sah in die andere Richtung, was die Kommandantin des Schiffs verärgerte. »Noch heute Abend ladet ihr alles um. Bis auf dich wechseln alle in das andere Schiff. Du musst schließlich dem Händler den Frachter übergeben. Ich bleibe auf dem Schiff, allerdings will ich noch nicht mit den anderen Missionsteilnehmern zusammentreffen. Bitte arrangiere das.« Ulneske rang sich durch, dem Unbekannten die Frage, welche sie am meisten bewegte, zu stellen. »Wer sind

Sie?« »Das spielt keine Rolle. Es muss dir genügen, dass der Alkt mich aussuchte und für das Schiff sorgte. Gehen wir in den Frachter.« Die Person lief die Rampe hinauf und wartete dann, bis Ulneske aufschloss. Sie brachte die unbekannte Person zu einer Kabine und ging darauf in die Zentrale. Dort wies Ulneske ihre Mannschaft an, mit dem Umladen zu beginnen. Sie nahm die Einkäufe von Belmnod und Wariot auf und ging zu dem Schiff, mit dem sie nach Alkatar zurückzukehren beabsichtigten. Dort nutzte sie die von der Person übermittelte Zugangsberechtigung, um den Ausstieg des Raumers zu öffnen. Ulneske suchte die Zentrale auf, stellte ihre Fracht ab und blickte in die Runde, dann verließ sie das Schiff wieder, um die Mannschaft bei den Umräumarbeiten zu unterstützen.

* * *

Ein Beiboot flog aus dem Schlachtschiff Altas und nahm direkten Kurs auf den Talkessel, den sie nach Erreichen überquerten. So nah wie möglich ging der Raumer am Zugang zu dem Dschungelgebiet nieder. Bald darauf verließen drei Gleiter das Beiboot und flogen in das Tal ein. Im ersten Fahrzeug saßen Alta, Penra und Litreck, wobei die Gouverneurin wieder das Steuer übernommen hatte. Sie passierten den Urwald in Baumhöhe, bis sie schließlich zu der Stelle gelangten, wo das freigelegte Metalltor lag. Penra manövrierte das Fahrzeug in die Lücke, ebenso wie die beiden anderen Gleiter, welche mit einiger Mühe neben ihr aufsetzten, da der Platz gerade ausreichte. Die Besatzungen der Fahrzeuge stiegen aus und die Techniker entluden ihre Ausrüstung, die sie vor dem Tor platzierten. Alta, Penra und Litreck standen ein Stück abseits, um den Spezialisten bei ihrer Arbeit nicht im Weg zu stehen. Auch die vier Soldaten, welche Alta mitgenommen hatte, um die Umgebung im Auge zu behalten, standen am Rand

des Bewuchses Wache. »Wir können anfangen, Admiral.«
»Dann macht das auch. Aus diesem Grund befinden wir uns
hier.« Die Techniker machten sich an dem Mechanismus zu
schaffen, schlossen nach anfänglichen Schwierigkeiten die
externe Energieversorgung an und warteten auf eine Reaktion, die jedoch nicht erfolgte. »So hätte es funktionieren
sollen, aber es tut sich nichts«, stellte einer von ihnen fest.
»Wenn es so nicht geht, dann müssen wir das Teil abmon-
tieren.« »Das wollte ich vermeiden, aber ich stimme Ihnen
zu.« Vorsichtig begannen sie damit, die Abdeckung zu entfernen, nachdem sie die externe Versorgung wieder abgenommen hatten. Einfacher, als sie vermutet hatten, lösten sie
das Teil ab, bis es nur noch von den Kabeln gehalten wurde.
Einer von ihnen ließ sich eine Handlampe geben und hielt
sie so, dass der andere Techniker ungestört in die Öffnung
sehen konnte. »Mich überrascht nicht, warum es nicht funktionierte. Die Kabel sind alle abgetrennt worden.« Seufzend
machte sich der Techniker daran, die Verbindungen wieder
herzustellen. »Wissen Sie, wie die Verbindungen richtig
sind?«, fragte Penra. »Nein, ich weiß es nicht. Ich hoffe, meine Erfahrung hilft mir. Wir werden es gleich herausfinden.«
Mit einiger Anstrengung gelang es ihm, die Anschlüsse zu
verbinden. Anschließend legte er die Energieversorgung an
und wartete erneut. Neugierig sahen die anderen zu, doch
erneut blieb der Mechanismus tot. »Es wäre auch viel zu
schön gewesen«, brummte der Mann und änderte die Verbindungen, doch auch dieser Versuch schlug fehl. Er stellte
die nächste Variation her, doch auch dieses Mal blieb ihm der
Erfolg versagt. Ein Fluch entrang sich ihm und er nahm eine
weitere Änderung vor. Kaum hatte er die Energieversorgung
angelegt, da leuchtete das Feld der Abdeckung auf. »Ich habe
schon nicht mehr daran geglaubt«, stellte der Techniker fest
und setzte das Teil wieder ein. »Jetzt wissen wir gleich, ob
sich die Mühe ausgezahlt hat. Ich lasse Ihnen den Vortritt,

Admiral. Das ist schließlich Ihr Projekt.« Alta trat hinzu und legte seine rechte Hand auf das Feld.

* * *

Die Konfusion wich nicht aus den Gesichtern von Pertej und Chüloda, welche die drei vor ihnen stehenden Männer ansahen. »Wieso haltet ihr uns auf?«, fragte Pertej in einem ruhigen Tonfall, um nicht zu provozieren. »Ihr beide seid doch hier, um gegen diese Aufständischen vorzugehen.« Ebenso wie Pertej fragte sich auch Chüloda, was der Mann mit dieser Frage, die vollkommen überflüssig war, bezweckte. Pertej kam zu dem Entschluss, das nicht weiter zu hinterfragen. »Ja, aus diesem Grund sind wir hier auf Oibotene.« »Also, dann macht auch was. Zufällig verfügen wir über eine interessante Information für euch.« Weiter kam der Bewohner nicht, denn in diesem Moment hörten sie eine Detonation. Alle Köpfe zuckten in die Richtung, aus der die Explosion kam. Sie sahen eine Feuersäule, die höher als die Dächer stieg, sowie einige Trümmerstücke, welche durch die Luft flogen, um dann hinabzuregnen. »Was war das?«, rief Chüloda aus. »Das war mit Sicherheit das Hauptquartier der Aufständischen. Ich hoffe für eure Leute, dass sie unbeschadet geblieben sind.« »Wir müssen sofort dorthin.« »Sie kommen mit Sicherheit allein zurecht. Es wird wohl kaum alle erwischt haben. Ihr könnt dort sowieso nicht helfen.« »Wahrscheinlich ist das so. Außerdem haben sie die Möglichkeit, mit ihren Armbandgeräten Hilfe anzufordern.« »Jetzt benötigt ihr unseren Hinweis umso dringender. Ganz zufällig wissen wir, wo die Anführer ihr Ausweichhauptquartier unterhalten. Noch nicht einmal Ihre Leute kennen es. Sie hielten immer geheim, dass es in Wirklichkeit das richtige Hauptquartier ist und nicht diese jämmerliche Baracke.« »Wieso verfügt ihr über diese Kenntnis?« »Nur mit ausreichendem Wissen konnten wir uns vor diesen Leuten schützen.« »Wie seid ihr denn an die Information gekommen?« »Das ist allein unsere Angelegenheit. Ich beschreibe Ihnen den Weg dorthin. Sicher treffen Sie die Anführer dort an, nachdem die Bude in die Luft geflogen ist. Das war wirklich eine schöne Falle.« Der Mann erklärte den beiden, wo die Zentrale der Aufrührer lag, und deutete dabei mit der Hand die Richtung an. »Vielen Dank für den Hinweis.« »Es ist uns ein Vergnügen.« »Beantworten Sie mir bitte noch eine Frage: Wieso gaben Sie die Information nicht an den Gouverneur weiter?« »Ganz einfach: Seinen Polizeikräften konnte er nicht so wirklich trauen. Ganz sicher hätten die Anhänger der Aufständischen unter ihnen erfahren, wer ihm den Hinweis gab, und dann wären wir ermordet worden.« »Ich verstehe. Wir statten jetzt den Anführern einen Besuch ab.« »Wir wünschen Ihnen viel Erfolg. Seien Sie vorsichtig.« Die drei Männer bildeten eine Gasse und ließen Pertej und Chüloda passieren.

* * *

Der Kommandant des Schiffs, den Fepulkrt hinsichtlich der Erkundigung ausgeschickt hatte, verließ das Büro des Generals. Sofort nahm Fepulkrt den Datenträger, setzte ihn in die dafür vorgesehene Aussparung seiner Konsole und spielte die Aufzeichnung ab. Das, was er zu sehen bekam, missfiel dem General immer mehr. Nach dem Ende der Zusammenstellung nahm er den Datenträger, stand auf und verließ sein Büro, um den Audienzsaal aufzusuchen. Schon als die Wachen seiner ansichtig wurden, ging einer von ihnen in den Saal, um Fepulkrt anzukündigen. Als der General dort ankam, meldete ihm die Wache, welche gerade den Raum verließ, dass der Herrscher ihn erwartete. Fepulkrt ging hinein, zog die Tür hinter sich zu und schritt auf den Thron zu. Wie schon die letzten Male machte der Herrscher eine wegwerfende Handbewegung. »Gibt es Neuigkeiten, General?« »Die gibt es in der Tat.« Er ging zwei der drei Stufen nach oben und hielt dem Zerlgtoxr den Datenträger hin, der ihn entgegennahm, dann trat er wieder zurück. »Das müssen Sie sich sofort ansehen. Die Aufzeichnung sagt alles aus.« Der Herrscher drehte mit dem Thron nach rechts, legte den Datenträger in die Konsole und spielte die Aufzeichnung ab. Nachdem er alles angesehen hatte, fuhr der Zerlgtoxr herum und sah Fepulkrt an. »Diese Syntagi sind mehr als dreist. Sie haben die Kolonisierung schon weit vorangetrieben. General Kelschin ist wohl absolut davon überzeugt, dass niemand sie mehr von Minchoxr vertreiben kann.« »Das sehe ich genauso. Nach der Vernichtung unserer Flotte glaubt er, sicher zu sein.« »So sieht es nicht gerade aus. Er hat seine Flotte immer noch dort stehen. Sie ist zwar kleiner als die, mit der er die Invasion durchführte, aber ihre Stärke ist groß genug, um zu beweisen, dass Kelschin dem Frieden nicht ganz traut.« »Die fehlenden Einheiten schickte er nach Deschkan, da er meinen Angriff ahnte.« »Diese Ausgangssituation ist nicht gerade günstig.« Eine Weile überlegte der Zerlgtoxr, bevor er weitersprach. »Unser weiteres Vorgehen muss wohlüberlegt sein. Minchoxr hat zwar keinen großen Wert für uns, jedoch dürfen wir General Kelschin auch auf keinen Fall unterschätzen. Er stellt weiterhin eine Gefahr für uns dar.« »Verzeihen Sie, Zerlgtoxr, aber ich kann nicht ganz nachvollziehen, inwiefern Kelschin eine Gefahr für uns darstellt. Die Syntagi sind voll und ganz mit ihrer Neuerwerbung beschäftigt. Vorläufig haben sie genug damit zu tun, die Kolonisierung, welche auch die ganzen Neubauten mit einschließt, zum Ende zu bringen.« »Das ist zwar richtig, aber trotzdem müssen wir wachsam sein. Lassen Sie mich über die Problematik nachdenken. In der Zwischenzeit werden Sie etwas eruieren: Finden Sie heraus, ob es in der angrenzenden Region zu Minchoxr noch weitere Planeten gibt, die ähnliche klimatische

Verhältnisse aufweisen.« »Das geht aber nicht sehr schnell.« »Wir sind nicht in Eile, General. Außerdem ist Ihr Stab nach Beendigung des letzten Auftrags nicht gerade viel beschäftigt. Setzen Sie alle Personen ein, die nicht damit befasst sind. Sobald Sie die Arbeit beendet haben, sprechen Sie bei mir vor. Dann lasse ich Sie wissen, zu welcher Entscheidung ich gekommen bin. Ich muss mich zuerst mit einigen hochrangigen Politikern besprechen. Eine Frage habe ich noch, General: Wurden die Sonden von den Syntagi entdeckt?« »Ja, der Kommandant ließ aus diesem Grund alle drei Sonden vernichten.« »Das ist schlecht für uns.« Der Zerlgtoxr stand auf und entfernte sich, was Fepulkrt noch nie gesehen hatte. Kurz sah er ihm nach und verließ dann den Audienzsaal.

* * *

Der Trupp mit den drei Gefangenen und ihren Wachen an der Spitze lief zu seinem ersten Ziel los. Weit waren sie noch nicht gekommen, als das Armbandgerät Murubas summte. Er hob seinen linken Arm, streifte den Ärmel ein Stück zurück und sah darauf. Daraufhin ging er ein paar Schritte zur rechten Seite, blieb stehen und nahm das Gespräch an. »Kommandant, was gibt es?« »Fand die Explosion bei Ihnen statt, Admiral?« »Ja, es war eine Falle für uns.« »Gab es Verletzte? Benötigen Sie Unterstützung und medizinische Hilfe?« »Nein, danke. Beides ist nicht nötig. Wir sind alle wohlauf.« »Das ist gut zu hören.« »Danke für die Nachfrage.« »Bitte warten Sie noch, Admiral. Ich habe eine sehr wichtige Mitteilung für Sie.« Muruba hörte sich an, was der Kommandant ihm mitzuteilen hatte, dann unterbrach er das Gespräch und lief den anderen nach. Als er zu dem General aufschloss, sah dieser ihn von der Seite an. »Gab es denn etwas Wichtiges?« »Der Kommandant der Gyjadan fragte zuerst nach, ob wir Hilfe benötigen.« »Sonst gibt es keine

weiteren Neuigkeiten?« »Doch, die gibt es.« Muruba winkte Soquezxl zur Seite, sprach kurz mit ihm, dann kehrten sie
zu ihrer Position zurück. Anschließend sah er auf sein Armbandgerät, dachte kurz nach, ging zu einem der Gefangenen
und lief neben diesem her. Mit dem Mann unterhielt sich der
Admiral eine Weile, dann ging er zu Soquezxl und raunte ihm
etwas zu. »Was macht Vlitom eigentlich zurzeit?« »Er hält
sich nach wie vor in seinem Regierungsgebäude auf.« »Was
macht er denn da?« »Zusammen mit ein paar meiner Leute befragt er die Sicherheitskräfte, welche auf dem Gelände
sind. Vlitom versucht herauszufinden, auf welcher Seite sie
stehen.« »Das ist viel Arbeit. Es ist wichtig, dass die Polizei
Präsenz auf den Straßen zeigt, um die Bewohner zu beruhigen.« »Vor Beendigung der Verhöre macht das keinen Sinn,
Soquezxl.« »Dann ist es notwendig, dass unsere Leute diese
Aufgabe übernehmen.« »Ja, das ist völlig richtig.« Muruba
stellte eine Verbindung mit dem Kommandanten der Gyjadan her, der sich auch sogleich bei ihm meldete. »Brauchen
Sie doch Unterstützung, Admiral?« »Nein, nach wie vor
nicht. Leiten Sie Folgendes in die Wege: Drei unserer Schiffe sollen bei Ihnen landen. Schicken Sie unsere Soldaten in
die Stadt, damit sie für die Sicherheit der Bevölkerung Sorge tragen. Kontaktieren Sie außerdem Gouverneur Vlitom.
Setzen Sie ihn über unser Vorhaben in Kenntnis. Er soll alle
Polizisten, von denen er weiß, dass sie loyal zu ihm stehen,
als Berater für unsere Leute schicken, denn sie kennen die
schwierigen Gegenden ebenso wie die Mentalität der Einwohner. Falls Probleme mit den Bürgern auftreten sollten,
müssen die Polizisten sofort vermitteln, um Missverständnis-
se zu vermeiden. Unsere Soldaten sollen schließlich für Ruhe
und Sicherheit sorgen. Die Offiziere führen das Kommando
bei dieser Aktion, müssen aber unbedingt auf die Hinweise
von den Polizisten hören. Im Zweifelsfall ist bei Gouverneur
Vlitom nachzufragen. Aus diesem Grund muss er ständig er-

reichbar sein. Die Entscheidungen Vlitoms sind für unsere Offiziere absolut bindend. Sollte es gar nicht anders gehen, kontaktieren Sie mich, aber nur, wenn es absolut unvermeidbar ist. Auf unserer Seite sind Sie der zentrale Ansprechpartner und Leiter dieser Aktion. Gibt es noch Fragen dazu?« »Nein, Admiral.« »Gut, das Unternehmen muss so schnell wie nur möglich starten.« Der Admiral schaltete ab und sah zu Soquezxl, der das Gespräch verfolgte. »Das ist die beste Vorgehensweise, Leytek. Nun können wir beide endlich ungestört unsere Arbeit machen. Solche Probleme halten uns nur auf.«

* * *

Das weiße Licht des Öffnungsmechanismus wechselte auf Orange und gerade, als Alta die Hand wegnehmen wollte, changierte die Farbe zu Blau. Da Alta nicht wusste, ob noch eine Farbänderung eintrat, beließ er seine Hand noch einen Augenblick darauf, aber da sich nichts mehr ereignete, zog er sie weg. Alle starrten gespannt auf das Tor, jedoch gab es kein einziges Anzeichen einer Reaktion. Der Leiter der Technikergruppe stieß einen Fluch aus und so, als ob dieser den letzten Anstoß dazu gegeben hätte, vernahmen sie ein knirschendes Geräusch. In Zeitlupe schob sich das Tor nach links zur Seite, doch nach einem Stück bewegte es sich ruckartig, so als ob es einen Widerstand gäbe, aber dann glitt es geräuschvoll weiter. Nach der Hälfte ertönte ein schrilles Geräusch, im Anschluss daran blieb es hängen. »Na prima, es geht nicht weiter auf«, murrte der Leiter. »Es ist erstaunlich, dass das Tor überhaupt so weit aufging«, brummte Alta, trat vor und blickte in die dunkel gähnende Öffnung. »Licht ist in dem Gang anscheinend eine Fehlanzeige.« »Was bitte erwarten Sie denn nur, Admiral? Möglicherweise eine einladende Festbeleuchtung?« »So viel müsste es nun auch nicht sein. Sie bleiben mit Ihren Leuten hier draußen, bis auf einen Techniker, der uns begleitet, falls das Tor Ärger machen sollte. Wir wollen schließlich auch wieder herauskommen.« Alta holte seine Handlampe aus der Tasche und schaltete sie ein. Auch Penra, Litreck und der Techniker taten es ihm gleich. Als Erster betrat Alta den Tunnel der, wie er zu seinem Erstaunen feststellte, erstaunlich sauber war. Er ließ seine Handlampe kreisen und erkannte, dass der Gang röhrenartig angelegt wurde. So wie es für ihn aussah, stellte der Mittelstreifen an den beiden gewölbten Wänden die Beleuchtung dar, jedoch musste das Spekulation bleiben. Zumindest gab es an der Decke keine Hinweise auf Einbauten für diesen Zweck. Die kleine Gruppe lief, von Alta angeführt, weiter den Gang entlang, bis dieser erneut vor einem Schott endete. Der Blick Altas ging zu dem Mechanismus rechts des Eingangs, allerdings zeigte dieser keinerlei Aktivität. Zur Verifizierung hielt Alta eine Weile die rechte Hand darauf, jedoch blieb eine Reaktion aus. »Das musste so kommen«, murrte Litreck. »Es hätte so einfach ein können.« »Wenn es draußen nicht mehr funktionierte, warum sollte es dann hier anders sein?« »Offen gesagt hoffte ich das, Alta.« Inzwischen stand auch der Techniker neben Alta, der nur kurz auf den Mechanismus sah. »Ganz klar: Es fehlt auch hier die Energieversorgung, Admiral.« »Bekommen Sie das allein hin?« »Wenn Sie mir leuchten, ist das kein Problem. Nur muss ich zuerst noch etwas holen. Jemand von Ihnen muss mich begleiten.« »Das mache ich«, meldete sich Litreck und ging mit ihm hinaus.

* * *

Der Gouverneur stoppte vor dem Beiboot, Dripal stieg aus und ging auf Zodomar zu. »Ich grüße Sie, Oberst Zodomar. Es ist mir ein Vergnügen, Sie persönlich zu treffen.« »Gouverneur, auch mir ist es eine Freude.« »Sie haben tatsächlich das Gegenmittel dabei?« »Warum sollte ich Ihnen die Unwahrheit sagen? Spesiluwo, zeig ihm die Tasche.« Der Arzt hob den großen Beutel ein Stück empor. »Lassen Sie uns keine Zeit verlieren, Dripal.« »Ich bin ganz Ihrer Meinung.« Inzwischen verließ Kommandant Fonmor zusammen mit Kölpa und Ireipehl die Jablost, um die Ankömmlinge vor dem leichten Kreuzer in Empfang zu nehmen. Vor dem Schiff angekommen, sahen sie zu Oberst Zodomar, der die seltsame Prozession anführte. Als die Gruppe bei ihnen ankam, trat Fonmor einen Schritt vor. »Oberst, es ist gut, dass die Mission von Erfolg gekrönt ist.« »Es gab dabei leider auch gewisse Schwierigkeiten.« »Tescherketu kennen Sie bereits. Das sind seine Kollegen Spesiluwo und Utrak.« Als Fonmor einen Schritt nach rechts machte, wurde Kölpa, der von ihm verdeckt worden war, auch für die Personen, die weiter hinten standen, sichtbar. Rekila trat zwei Schritte vor, gefolgt von den beiden Wachen, die nach wie vor ihre Waffen auf sie gerichtet hielten. »Ich glaube es nicht!«, rief Rekila überrascht aus. »Der berühmte Kölpa!« »Rekila, dass ich dich noch einmal treffe. Aus der Bewachung schließe ich, dass du hinter dieser mehr als üblen Nummer steckst.« »Damit liegst du richtig. Es freut mich außerordentlich, dass der große Kölpa es nicht schafft, mein Werk zu neutralisieren.« »Auch wenn ich es nur ungern zugebe: Du bist nach wie vor gut.« »Warum sollte ich auch schlechter werden?« »Leider ist dein frevelhafter Charakter nicht besser geworden.« »Das ist wohl Ansichtssache.« »Neben mir steht der Schiffsarzt von der Jablost, Ireipehl. Wachen, führen Sie dieses Monster in die medizinische Abteilung, damit nicht noch mehr Besatzungsmitglieder sterben. Gehen Sie bitte vor, Kommandant.« »Ach, hier gibt es tatsächlich Tote? Das finde ich aufregend«, stellte Rekila fest. »Du widerst mich an, Rekila.« Kölpa wandte sich ab und folgte Major Fonmor zur Krankenstation der Jablost.

* * *

Am nächsten Morgen ging Ulneske in die Zentrale und rief die unbekannte Person in ihrer Kabine an. Zu ihrer Überraschung nahm sie auch schnell das Gespräch an. »Sie sind bereits wach?« »Sonst könnten Sie jetzt wohl kaum mit mir sprechen.« Ulneske ärgerte sich über ihre vollkommen sinnlose Frage, die eigentlich nur als freundliche Gesprächseinleitung dienen sollte. Sie beschloss, nicht weiter darauf einzugehen, sondern gleich zur Sache zu kommen. »Ich bin der Ansicht, dass der Händler Xeriot mich bestimmt bald kontaktiert. Ihnen bleibt dann nicht viel Zeit, Ihr Quartier zu wechseln.« »Das weiß ich auch. Sobald dieser Xeriot Sie angerufen hat, schicken Sie die drei in die Unterkunft, dann holen Sie mich ab.« Die Person unterbrach einfach die Verbindung, was die Stimmung Ulneskes nicht gerade hob. »Wenn ich das Wort ›unfreundlich‹ benutze, dann dient das allerdings nur dazu, die Laune dieser Person zu beschönigen«, empörte sich Ulneske. Wütend lief sie einige Male in der Zentrale auf und ab, dann ließ sie sich in den Sitz des Kommandanten fallen. Grübelnd saß sie so eine Zeit lang da, bis das Summen der Kommunikation Ulneske aus ihren düsteren Gedanken riss. Sie stand auf und ging zur Funkstation, um das Gespräch anzunehmen. Auf dem Schirm erschien Xeriot, der sie unergründlich anlächelte. »Sie sind früh dran, Xeriot.« »Was erwarteten Sie denn? Ich habe den Frachter bezahlt und will nicht länger darauf warten, ihn zu übernehmen. Es ist doch nicht etwa Ihre Absicht, mir zu sagen, dass die Übergabe einer Verzögerung unterliegt?« »Natürlich nicht, Xeriot. Alles ist erledigt. Kommen Sie mit der Mannschaft zum Schiff. Ich erwarte Sie davor.« »Nichts anderes wollte ich von Ihnen hören. Wir sind in Kürze bei Ihnen.« Hastig schaltete Ulneske ab und kontaktierte Belmnod. »Ist es so weit, Ulneske?« »Ja, gib den beiden Bescheid. Geht so-

fort in die vorbereitete Kabine. Ich bin auch gleich bei euch.«
Im Aufstehen unterbrach sie die Verbindung, rannte aus der
Zentrale, eilte zum Lift und ließ sich nach unten tragen. Mit
großen Schritten ging sie zur Kabine und betätigte den Summer. Sofort kam die unbekannte Person heraus und lief an ihr
vorbei zum Frachtraum. Augenblicklich kehrte ihre schlechte
Laune zurück, doch die Perspektive, diese Person schon bald
nicht mehr ertragen zu müssen, rang ihr ein müdes Lächeln
ab. »Nur nicht zu viel reden«, brummte Ulneske und lief
der Person hinterher. Das Schott zum Hangar glitt auf und
sie ging mit dem unbekannten Individuum hinein. Sie schob
sich an der Gestalt vorbei und sah in die Kabine. »Ich bringe euch das Missionsmitglied.« »Na endlich«, sagte Wariot.
Die Person schob Ulneske nicht gerade sanft beiseite, stellte
seine Tasche ab, steuerte die erste Liege auf der rechten Seite
an, legte sich mit dem Kopf zur Wand darauf und zog seinen
Umhang enger um sich. Belmnod, Wariot und Galgion sahen
Ulneske an, die ratlos ihre Arme hob und wieder fallen ließ.
»Ein freundliches Hallo wäre wohl das Mindeste gewesen«,
beschwerte sich Galgion. »Vergiss es. Ich wünsche euch
alles Gute.« Ulneske trat einen Schritt zurück, schloss das
Schott der Kabine und eilte zum Ausstieg. Vor dem Frachter angekommen, sah Ulneske unruhig in die Richtung, wo
das Schiff Xeriots stand, und stellte mit einem Aufatmen fest,
dass der Händler mit seinen Leuten noch nicht zu ihr unterwegs war. Es dauerte nicht lange, da tauchte Kondio Xeriot
mit der Mannschaft auf und sie kamen auf sie zu. Als sie nicht
mehr weit von ihr entfernt waren, versuchte Ulneske, ein
wenig ungeduldig zu wirken. Mit seinem unergründlichen
Lächeln blieb er vor Ulneske stehen. »Auf einmal scheinen
Sie es ziemlich eilig zu haben, mir das Schiff zu übergeben.«
»Ich erhielt eine Benachrichtigung, weswegen ich dringend
von Vorjo abfliegen muss.« »Sicher geht es um ein gutes Geschäft.« »Genau darum geht es auch. Das Geschäft will ich

mir auf keinen Fall entgehen lassen.« »Kein Händler, der etwas auf sich hält, lässt ein gutes Geschäft aus. Ich wünsche Ihnen viel Erfolg, Exkommandantin.« »Ich danke Ihnen, Xeriot. Der Frachter gehört Ihnen.« Ulneske eilte mit großen Schritten davon. Nachdem sie einige Entfernung gewonnen hatte, blickte Ulneske zurück und sah das letzte Mitglied der Mannschaft in dem Frachter verschwinden. »Heute sind wohl alle nur in einer komischen Stimmung. Exkommandantin! Das sollte garantiert eine Beleidigung sein. Bestimmt ist er der Ansicht, dass er mich übervorteilt hat. Meinetwegen kannst du das glauben, Xeriot.« Ulneske machte eine wegwerfende Handbewegung und lief weiter zu ihrem neuen Schiff. Nach einiger Zeit starteten drei Schiffe vom Raumhafen von Moloq: der Raumer von Ulneske, der Frachter des Händlers sowie seine Neuerwerbung mit den blinden Passagieren an Bord.

* * *

Pertej und Chüloda bogen in die Straße, wo das Hauptquartier liegen sollte, ein und blieben stehen, um zuerst alles in Augenschein zu nehmen. Sie erwarteten, dass die Aufrührer dort ein paar Wachen aufgestellt hatten, um vor unliebsamen Überraschungen sicher zu sein, doch zu ihrer Überraschung entdeckten sie niemanden, der vor einem der Häuser auf Posten stand. »Das finde ich schon ein wenig merkwürdig, Pertej. Von einem Hauptquartier erwarte ich, dass es gut abgesichert ist.« »Im Prinzip schon, nur in diesem Fall macht es durchaus Sinn, gerade das nicht zu machen.« Chüloda sah Pertej von der Seite mit einem kritischen Blick an. »Deine Ausführung erschließt sich mir so spontan nicht. Bitte erhelle mich mit deiner Weisheit, o großer Pertej«, forderte Chüloda ihn mokant auf. Er verzog daraufhin das Gesicht, verzichtete aber darauf, die Provokation anzunehmen. »Ihnen kann nicht daran gelegen sein, dass bereits von außen für jeden sichtbar ist, in welchem Haus Ihr Hauptquartier ist. Wenn Sie es schon vor Ihren eigenen Leuten geheimhalten, werden Sie uns bestimmt keinen Hinweis geben.« »Den benötigen wir auch nicht. Schließlich gaben uns die Einwohner die Information, wo es liegt.« »Wenn der Hinweis den Tatsachen entspricht, Chüloda.« »Wenn wir noch länger hier herumstehen, erfahren wir es niemals.« Pertej seufzte, lief los und wechselte die Straßenseite. Grinsend folgte Chüloda ihm und blickte die Häuserzeile entlang, doch von ihrem derzeitigen Standort aus erkannten sie das gesuchte Objekt noch nicht. Schweigend schritten sie auf dem Gehweg nebeneinander her und sahen dabei immer wieder zur anderen Seite und auch nach hinten, um vor einer unliebsamen Überraschung weitestgehend sicher zu sein. Nach einem guten Stück des Wegs vermuteten sie, das gesuchte Haus entdeckt zu haben. Sie widmeten ihre Konzentration ganz diesem Bauwerk, weshalb sie vernachlässigten, auch der Umgebung weiterhin ihre Aufmerksamkeit zu schenken. In dem Augenblick, als sie beide sicher waren, tatsächlich das gesuchte Haus gefunden zu haben, erschreckte die beiden ein Geräusch. Auf der Stelle sahen sie hinter sich und versuchten, die Ursache dafür zu ergründen. Erst nach einigem Suchen fanden sie die Ursache hierfür. Durch eine Windböe fiel ein metallener Gegenstand von einem an der Hauswand gestapelten Abfallhaufen herab und rollte auf die Straße. Da das bewusste Objekt noch in Bewegung war, konstatierten sie, dass das Objekt die Ursache für den Laut darstellte. Aufatmend gingen Pertej und Chüloda weiter, bis sie vor dem gesuchten Gebäude standen. Beide starrten auf die Tür, die offensichtlich verschlossen sein musste. Pertej sah zu Chüloda und wirkte dabei nicht gerade entschlossen. »Ich will dich nicht persuadieren, Pertej, aber du solltest probieren, ob das Portal nicht vielleicht doch offen ist. Ich kann es leider nicht überprüfen, da du mir im Weg stehst.« Daraufhin brummte Pertej etwas Unverständliches und drückte gegen die Tür, die zu seiner Überraschung tatsächlich nach innen aufschwang. Er drehte den Kopf zu Chüloda, die ihn nur hämisch angrinste. »Du darfst ruhig auch das Haus betreten, wenn es dir nicht zu viel Mühe bereitet«, forderte Pertej sie in einem sarkastischen Tonfall auf. Sie folgte ihm in das Gebäude, schloss leise das Portal und hinderte Pertej am Weitergehen, indem sie ihn an der Schulter festhielt. Irritiert sah er Chüloda an und fragte sich, wie sie ihn nun wieder ärgern wollte. Zu seiner Überraschung küsste sie ihn auf die Wange. »Ich wollte dich nur ein bisschen mental abkühlen, da es bestimmt gleich heiß hergeht.« Sie fingerte ihren Strahler aus der Tasche und überprüfte ihn auf seine Funktionstüchtigkeit. Auch Pertej zog seine Waffe und inspizierte sie kurz, dann schenkte er Chüloda ein Lächeln.

*

Da im Foyer ausschließlich eine Tür, die offensichtlich zu einem Hof führte, sowie die Treppe abführten, fiel den beiden die Entscheidung nicht schwer. Jedes unnötige Geräusch vermeidend, stiegen sie die Stufen zum ersten Stock empor und hielten dort inne, um zu erlauschen, ob dort aus der einzigen Wohnung Stimmen zu vernehmen waren. Sie blickten einander an und Pertej deutete nach oben, weswegen sie ebenfalls nach oben deutete. Sie erklommen die Treppe bis zur nächsten Etage und blieben dort ebenfalls stehen. Da sie auch hier keinen Hinweis auf Anwesende feststellten, kamen sie wortlos überein weiterzugehen. Kaum erreichten sie das nächste Stockwerk, da deutete Pertej auf die Tür der Wohnung, weil seitens dort Stimmen von Personen, die stritten, kamen. »Soquezxl und Muruba haben die Anführer der Aufständischen anscheinend ziemlich aus der Fassung gebracht. Wollen wir an der Feier wirklich teilnehmen oder warten wir, bis sie sich gegenseitig an den Hals gehen?« »Ich liebe Partys, Pertej. Da müssen wir unbedingt dabei sein.« »Na schön, warte bitte einen Moment.« Pertej steckte den Strahler zu sich, tippte etwas auf seinem Armbandgerät ein und holte dann die Waffe wieder hervor. »Wählen wir die Version Brachialgewalt oder bevorzugst du die höfliche Art und Weise?« »Pertej, du willst doch die Feier nicht ruinieren?« »Nein, nichts liegt mir ferner.« »Na bitte, wusste ich es doch, mein Lieber. Das ist übrigens unsere erste gemeinsame Feierlichkeit.« »Ich hoffe, es gibt auch etwas Anständiges zu trinken.« »Das erfahren wir gleich.« Chüloda ging zum Signalgeber und hielt ihre Waffe hinter dem Rücken verborgen, ebenso tat es Pertej ihr gleich. Beide sahen sich kurz an, dann betätigte sie den Signalgeber. Da keinerlei Reaktion darauf erfolgte, wiederholte Chüloda den Vorgang. Dieses Mal reagierte eine Person auf den nicht zu überhörenden Ton der Anlage, denn bald darauf wurde die Tür aufgerissen. Der Mann sah die beiden mit einem prüfenden Blick an, dann erst sprach er die beiden an. »Was wollt ihr?«, fragte der Mann barsch. »Ich habe gehört, dass hier eine tolle Feier stattfindet, und die wollen wir uns auf keinen Fall entgehen lassen«, säuselte Chüloda. »Spinnt ihr beiden vollkommen? Hier gibt es keine Feier.« »Das ist aber schade. Dabei hat die Person es uns versichert«, antwortete sie enttäuscht. »Du gefällst mir zwar, aber verschwindet trotzdem.« Chüloda klimperte mit den Augen und lächelte. »Du bist aber ein Böser«, gab sie in einem anzüglichen Tonfall zurück. »Das bin ich nicht immer, nur heute passt es mir leider nicht.« Seine Stimme wirkte auf sie schon bedeutend versöhnlicher. Schnell wechselten Pertej und Chüloda einen vielsagenden Blick. »Was redest du denn so lange mit denen? Schick sie weg und komm endlich wieder zu uns«, rief jemand aus dem Raum dem Mann an der Tür genervt zu. »Ja, ich komme schon!«, erwiderte er und sah dabei hinter sich, dann drehte er den Kopf wieder zu den beiden hin. »Ihr habt es gehört. Verlasst auf der Stelle das Haus«, forderte er sie aggressiv auf und wollte die Tür schließen. »Jetzt fängt die Feier an!«, verkündete Pertej, holte seine Waffe hinter dem Rücken hervor und richtete sie dem Putschisten vor das Gesicht. »Ihr spinnt wirklich!« Auch Chüloda brachte ihren Arm nach vorn und richtete ihren Strahler auch auf den Aufrührer. »Da du uns nicht hereinlässt, laden wir uns eben selbst ein. Los doch, geh hinein!« Von dem scharfen Tonfall Chülodas beeindruckt, wich er langsam zurück. Mit sehr eindeutigen Bewegungen ihrer Waffen zwangen sie den Aufständischen weiter nach innen, dabei ging er immer weiter nach links, damit die anderen sehen konnten, dass er mit Waffen bedroht wurde. »Was seid ihr denn für welche?«, fauchte einer der Aufrührer Chüloda und Pertej an. Als Antwort setzte Chüloda dem Rufer einen Schuss knapp vor ihn auf den Boden. »Wir sind einfach nur liebe Gäste, die einfach auch ein bisschen Spaß haben wollen.« »Wenn ihr das unter Spaß versteht?« Der Mann deutete auf den Boden, wo der Schuss den Belag versengt hatte. »Stell dir einfach vor, ich bin die Animierdame für eine bessere Stimmung.« Der Mann begann daraufhin, breit zu grinsen. »Na bitte, es geht doch, wenn du nur willst.« »Ich sage euch, was jetzt geht.« Die Stimme kam von der Tür, wo ein Putschist stand und seinen Strahler auf Chülodas Rücken richtete. »Lasst beide augenblicklich eure Waffen fallen.« Beide senkten ihre Arme und ließen die Strahler los, welche auf den Boden polterten, dann drehten sie sich um.

* * *

Litreck und der Techniker kehrten wieder in den Tunnel zurück und brachten Werkzeug und ein Energieaggregat mit, was sie vor dem Schott abstellten. Der Techniker öffnete den Koffer, entnahm die notwendigen Instrumente und machte sich an der Eingabefläche zu schaffen. Es dauerte nicht lange, bis er unter Mithilfe von Alta, der für die notwendige Beleuchtung sorgte, den Mechanismus ablösen konnte. Ein kurzer prüfender Blick genügte ihm, dass auch hier die Kabel gekappt wurden. Daraufhin eilte er nach draußen, um mit dem Leiter zu sprechen. Nach einer kurzen Unterhaltung mit seinem Vorgesetzten kam er wieder zu den drei Wartenden. »Was für ein Problem gab es denn?« »Um Zeit zu sparen, musste ich ihn fragen, wie er vorhin die Verkabelung vorgenommen hat, Admiral.« »Das ist sinnvoll. Fangen Sie bitte an.« Alta hielt seine Handlampe so, dass der Techniker über Licht verfügte, ihn dabei aber nicht behinderte. Zügig stellte der Mann die Verbindungen wieder her und schloss dann die Energieversorgung an. Anschließend setzte er die Abdeckung wieder an ihren Platz und aktivierte dann die Stromzufuhr. Wie bereits vorher begann das Feld, weiß zu leuchten, woraufhin Alta seine Hand darauflegte. Nach einiger Zeit wechselte die Fläche auf Orange und nach einer weiteren Verzögerung auf Blau. Der Admiral nahm die Hand weg und blickte ebenso wie auch Penra, Litreck und der Techniker auf das Schott. Nur zögerlich reagierte das Tor, allerdings ziemlich geräuscharm und ohne erkennbaren Widerstand. Es glitt nach links zur Seite und gab eine dunkle Öffnung frei. »Sie bleiben hier. Falls sich das Schott von selbst schließt, müssen Sie uns wieder herauslassen«, wies Alta den Techniker an. Im Anschluss daran ließ er das Licht der Handlampe in den Raum dahinter fallen. Zunächst erkannte er nur eine Fortsetzung des Gangs. Langsam ging er zusammen mit Penra und Litreck weiter vor. Bereits nach einigen Schritten sahen sie, dass auf beiden Seiten Räume abführten, deren Schotten aber nicht offen standen. Aus diesem Grund passierten sie den Gang, bis dieser in einem Raum endete. Zuerst ließen sie das Licht auf den Boden fallen, um zu überprüfen, ob dort Gegenstände lagen, doch stellten sie fest, dass es sich nicht so verhielt, weswegen sie die Lichtkegel in die Horizontale wandern ließen. Nur schwach erkannten sie an der weit gegenüberliegenden Wand Apparaturen. Sie gingen darauf zu, bis sie deutlich erkannten, dass sie in einer Art Zentrale standen, was auch die weitere Ausleuchtung bestätigte. Es gab mehrere Arbeitsplätze mit Konsolen, vor denen noch Sitzgelegenheiten standen. »Wozu diente das alles nur?«, fragte Penra, ohne mit einer Antwort zu rechnen. »Ohne Energiezufuhr werden wir das mit Sicherheit nie erfahren, aber selbst für mich bleibt es zweifelhaft, ob wir Antworten erhalten werden«, stellte der Admiral fest. Litreck beleuchtete eine der Konsolen. »Wie alt mag das hier alles nur sein?« Behutsam wischte er mit der Hand darüber und erkannte, dass die Staubschicht weitaus dicker war, als er annahm. »Wir müssen herausfinden, wo die Anlage für die Energieversorgung untergebracht ist.« Alta nahm seine Äußerung als Anlass für einen Rundgang in dem Raum. Kurz richtete er seine Lampe in Richtung der Decke, dann senkte er sie wieder. »Das hier sieht mehr wie eine kleine Halle aus. Die Decke ist höher als erwartet. Die Erbauer nutzten wohl eine natürliche Höhle für die Einbauten.« Zuerst lief Alta nach rechts, doch außer weiteren Arbeitsplätzen fand er nichts, was auf das Gesuchte schließen ließ. Aus diesem Grund ging er zur anderen Seite, wo Alta auch fündig wurde. Nicht sogleich erkennbar führte dort ein Gang weiter in das Innere, dem er zu folgen beschloss. »Penra, Litreck, kommt mit.« Die beiden kamen hinterher und schlossen zu ihm auf. Ihre Lichter vermochten das Ende des Gangs nicht zu erhellen. »Wie groß ist denn das hier nur?« Die Frage stellte sich Penra und lief zwischen Alta und Litreck den Gang entlang. Immer einer von ihnen machte einen Schwenk mit der Handlampe, nur um festzustellen, dass auch hier Räume auf beiden Seiten lagen. Abwechslungslos führte sie ihr Weg weiter, bis alle sahen, dass ein gutes Stück vor ihnen der Gang endete. Je näher sie ihrem

Ziel kamen, stellten sie immer deutlicher fest, dass das Licht ihrer Lampen anscheinend in einer Leere endete. »Was bedeutet das denn schon wieder? Gibt es da vorn erneut so einen Raum wie den letzten?«, fragte Litreck in die Runde. »Das wissen wir gleich«, gab Alta als Antwort und beschleunigte seinen Schritt ein wenig, was auch Penra und Litreck von Neugier getrieben machten. Das Gangende kam immer näher, weshalb sie langsamer wurden, da sie nicht erkannten, was vor ihnen lag. Doch bald bemerkten sie, dass der Tunnel vor ihnen endete. An dessen Ende blieben sie stehen und das Licht gewährte ihnen einen ersten Eindruck, doch erst, als sie die Lampen langsam in alle Richtungen kreisen ließen, sahen die drei, was da vor ihnen lag. »Das ist unfassbar!«, rief Penra aus. »Das trifft es genau«, bestätigte Litreck.

* * *

»Es wäre interessant gewesen, die Person wenigstens ein wenig kennenzulernen, bis wir unser unbekanntes Ziel erreichen«, beschwerte sich Belmnod bei ihren Begleitern. »Ja, das, was da liegt, kommt herein, legt sich hin und schläft einfach, ohne uns auch nur eines einzigen Blicks zu würdigen. So etwas nenne ich einfach nur unverschämt.« Belmnod und Galgion pflichteten Wariot uneingeschränkt bei. Der General deutete zu der Gestalt auf der Liege. »Wir können es wecken und zur Rede stellen.« »Ach, vergiss es, Larut. Ich will mir doch nicht die Laune ganz verderben lassen. Es ist schon unangenehm genug, den Flug in dieser beengten Unterkunft absolvieren zu müssen. Was haltet ihr von einem kleinen Imbiss als Zeitvertreib?« Wariot sah Galgion an und machte eine Geste der Ratlosigkeit. »Warum denn nicht? Wer weiß, ob wir nach unserer Ankunft dazu Zeit haben.« »Das stimmt auch wieder, Larut.« Zur Bestätigung ihrer Aussage holte Wariot die Vorratskiste heran, öffnete diese und sah hinein.

Die kleinen Päckchen veranlassten sie dazu, ihr Gesicht zu verziehen. »Soll das etwa unsere Verpflegung darstellen?« Auch Belmnod warf einen Blick darauf und stellte eine ähnliche Grimasse zur Schau. Galgion nahm eines der Päckchen aus der Kiste und hielt es mit spitzen Fingern in die Höhe. »Das sind Notrationen der Flotte. Sie sind zwar nahrhaft, aber schmecken nach so gut wie nichts. Die Wassertüten brauchen wir unbedingt dazu, sonst bekommt ihr das Zeug nicht herunter.« »Was hat sich Fegobol nur dabei gedacht?« »Das kann ich dir genau sagen, Morgi: Diese Nahrungsmittelkonzentrate nehmen nicht viel Platz weg. Außerdem ist es nicht von der Hand zu weisen, dass es hier keinen Platz für eine Kochecke gibt.« »Meine Begeisterung hält sich stark in Grenzen.« »Wir müssen damit auskommen, Morgi. Lasst es euch schmecken.« »Larut, du bist ein Witzbold.« »Ich fasse das als Kompliment auf, Salka.« Alle drei griffen in die Kiste, entnahmen ihr ein Päckchen, öffneten es und bissen in den unscheinbaren Riegel. Die beiden Frauen kauten darauf herum und sahen sich dabei an. »Das ist noch schlechter, als ich dachte. Daran muss unbedingt noch gearbeitet werden. Was meinst du dazu, Salka?« »Das hier kann nur noch besser werden, Morgi. Was uns interessiert, Larut: Wie gehen wir denn vor, nachdem wir wo auch immer gelandet sind?« »Zuerst müssen wir herausfinden, was das Ziel ist und für wen dieser Xeriot den Frachter erworben hat. Anschließend müssen wir Kontakt mit Fegobol aufnehmen.« »Wie kommen wir von da wieder weg?« »Dafür gibt es keinen Plan. Das ist unser einziges Problem. Mehr weiß ich auch nicht. Ihr wisst doch genauso viel wie ich.« »Es hätte sein können, dass dir Fegobol mehr verraten hat.« »Nein Morgi. Das ist eine Mission mit so gut wie keinerlei Informationen. Für uns drei ist das ein Strafauftrag, den wir annehmen mussten.« Schweigend aßen und tranken sie und warfen ab und zu einen Blick zu der Person auf der Liege, die seit ihrem Abflug ungerührt dalag. »Diese Person scheint das alles überhaupt nicht zu interessieren. Es ist unglaublich. Wie kann jemand nur so ruhig solch eine Mission angehen?« Salka und Galgion hoben die Arme und senkten sie wieder, gaben aber keinen Kommentar dazu ab. Der General trank das restliche Wasser aus, warf die Hülle in die Kiste und stand auf. »Was hast du vor, Larut?« »Ich will nachsehen, wie der aktuelle Status ist. Leider konnten die Techniker nichts Großes einbauen, sonst fällt es in der Zentrale auf. Vor allem fehlte ihnen die notwendige Zeit.« Mit einem Befehl aktivierte der General die kleine Anzeige, sah kurz darauf und setzte sich dann wieder. »Das ist absolut lächerlich. Mit so was kann doch keiner arbeiten.« »Was ist das für eine Überwachung, Larut?« Ärgerlich machte Galgion eine wegwerfende Handbewegung. »Wisst ihr, was das Ding da ist?« »Das fragte ich dich gerade, Larut«, murrte Wariot. »Es ist eine Geschwindigkeitskontrolle, sonst nichts.« »Aha, und was sagt sie dir?« »Wir beschleunigen gerade, was darauf schließen lässt, dass wir gleich die nächste Etappe nehmen.« »Toll, das hilft uns auch nicht weiter.« »Es taugt nur zu einem einzigen Zweck: Wir merken, wenn der Pilot den Landeanflug einleitet.« Statt einer Antwort warf Belmnod das noch geschlossene Päckchen in die Kiste zurück. »Ich habe keine Lust mehr auf das Zeug.« Sie stand auf, ging zu der Anzeige und sah darauf. »Diese Etappe haben wir hinter uns. Ich frage mich nur, wie viele es noch sind.« »Ich denke, dass es nicht mehr viele sein können, da wir schon mehrere hinter uns haben.« »Deinen Optimismus möchte ich haben, Larut.« Gebannt starrte Belmnod weiter auf die Anzeige, wobei sie von Wariot und Galgion beobachtet wurde. »Spare bitte mit Kommentaren, Morgi. Wir beiden wollen auf keinen Fall wissen, was los ist.« Belmnod ging auf die provokante Bemerkung von Wariot nicht ein, sondern fokussierte weiter die Anzeige. »Das ist interessant. Der Pilot des Frachters beschleunigt nicht mehr.« Als wäre dies eine Aufforderung gewesen, sprangen die beiden auf und stellten sich neben Belmnod. Auch sie sahen auf die Anzeige, bis Galgion das Schweigen brach. »Wir müssen uns im Zielsystem befinden. Der Pilot reduziert langsam die Geschwindigkeit.« »Dann sollten wir unser Gepäck bereitstellen. Wer weiß, wie viel Zeit uns bleibt, aus diesem Frachter herauszukommen.« »Das ist doch wohl albern, Salka.« »Vielleicht ist es das. Wer weckt diese Person da?« »Das übernehme ich!«, rief Belmnod freudestrahlend und ging zu der Liege. Sie holte mir der flachen rechten Hand aus und hämmerte sie gegen die Schulter der daliegenden Person. »Steh gefälligst auf. Wir sind gleich am Ziel.« In die Person kam Bewegung, weswegen Belmnod auf einen zweiten Schlag verzichtete. »Mich ein wenig sanfter zu wecken, wäre durchaus nett gewesen«, hörten sie die Stimme, welche für sie nicht gerade angenehm klang. »Warum redeten Sie nicht mit uns?« »Das geschah einzig aus Sicherheitsgründen.« Noch immer konnten sie sein Gesicht nicht sehen, da er immer noch die über das Gesicht hängende Kapuze trug. Die Person griff sich mit beiden Händen an den Hals und zog etwas ab das, wie sie dann feststellten, ein technisches Gerät war. »Jetzt höre ich mich schon anders an«, stellte er fest. Mit der rechten Hand zog er seine Kapuze nach hinten und lächelte die drei an. »Kalaran! Du bist das!« »Ich musste das Spiel durchziehen, sonst hätte jeder versucht, mich an der Teilnahme dieser Mission zu hindern.« »Davon kannst du auf alle Fälle ausgehen«, stellte Belmnod fest. Kalaran zog den Umhang aus, faltete ihn zusammen und packte ihn in seine Tasche. Anschließend ging er zu der kleinen Anzeige und warf einen Blick darauf. »So wie es aussieht, landen wir bald.« »Einen Bildschirm und noch die eine oder andere Anzeige wäre wirklich gut gewesen, Kalaran.« »Ich weiß, aber zum einen ist das ein wenig problematisch hinsichtlich der Gefahr einer Entdeckung. Zum anderen gab es noch ein weiteres Problem: Der Einbau hätte zu lange gedauert. Wir mussten schnell handeln, bevor die Händler, unter anderem auch dieser Xeriot, nicht mehr am Kauf von Schiffen interessiert sind. Ich bin wirklich darauf gespannt, wo wir landen.« »Du nicht allein, wir alle sind es. Ich hoffe nur, dass wir ungesehen aus dem Schiff und vom Raumhafen verschwinden können.« »Bleib optimistisch, Larut. Übrigens verringert der Pilot weiter die Geschwindigkeit, also dauert es nicht mehr lange. Steckt die Waffen zu euch und stellt eure Sachen bereit. Sobald wir gelandet sind, warten wir noch eine Weile ab, dann gehen wir hinaus. Dann kommt es darauf an, ob die Mannschaft das Schiff auch verlassen hat.« Alle holten ihre Strahler aus den Taschen und steckten sie zu sich, dann platzierten sie die Taschen neben dem Ausgang. Jetzt übernahm Galgion die Aufgabe der Anzeigenüberwachung. »Wenn ich das, was ich hier sehe, richtig interpretiere, landen wir gerade.« Schweigend standen sie ungerührt da und hörten auf die Geräusche des Antriebs, dann ging eine leichte Erschütterung durch das Schiff.

* * *

Durch den Audienzsaal schritt General Fepulkrt und ging wie gewohnt auf den Thron zu. Schon rein aus Gewohnheit verzichtete er auf jede Formalität, wogegen der Zerlgtoxr auch nichts einzuwenden hatte. »Nur zu Ihrer Information«, begann der Herrscher. »Die Gespräche mit den Ministern sind positiv verlaufen. Auch wenn ich der Zerlgtoxr bin, benötige ich trotz allem eine Rückversicherung. Jetzt berichten Sie, zu welchem Ergebnis Ihre Nachforschungen führten.« »Wir sind tatsächlich fündig geworden. Drei Planeten fanden wir, die die gleichen Umweltbedingungen aufweisen wie Minchoxr. Meine Mannschaft forscht noch nach, ob es weitere solcher Planeten gibt.« »Das dauert zu lange. Sie sollen aufhören zu suchen. Haben Sie Daten dabei?« Fepulkrt griff in seine Uniformjacke und beförderte einen Datenkristall zutage. Er schritt zwei Stufen nach oben und übergab dem Zerlgtoxr den Datenträger. Dieser nahm ihn entgegen, drehte seinen Stuhl und setzte ihn in seine Konsole ein, dann rief er die Aufzeichnung ab. Nachdem er sie geprüft hatte, drehte er sich wieder Fepulkrt zu. »Das ist ideal, vor allem weil er zu unserem Staat gehört. Außerdem kommt positiv hinzu, dass er unbewohnt ist.« »Wozu benötigen Sie diese Information? Befürchten Sie, dass die Syntagi auch diesen Planeten übernehmen könnten?« »Das bezweifle ich. Wenn Sie schon lange danach suchen mussten, und das, obwohl wir auf eine Datenbank zurückgreifen können, sind die Chancen für die Syntagi verschwindend gering. Außerdem sind sie noch länger mit ihrer Neuerwerbung Minchoxr beschäftigt. Dafür benötigen sie alle ihre Ressourcen, vor allem weil sie das Projekt so schnell wie möglich voranzutreiben gedenken.« »Sie sagten mir noch nicht, wozu Sie diese Information benötigen.« »Darauf wollte ich gerade zu sprechen kommen. Es geht um Folgendes.« Der Herrscher legte Fepulkrt seine Vorstellungen dar, die der General mit gemischten Gefühlen verfolgte. »Nun, was halten Sie davon, General?« »Ich bin mir noch nicht ganz sicher. Ich halte das alles für gewagt, aber es könnte funktionieren.« »Es liegt an Ihnen, General, die Funktionalität sicherzustellen. Beginnen Sie sofort mit der Umsetzung des Vorhabens.« Der General verließ daraufhin nachdenklich den Audienzsaal.

* * *

In der medizinischen Abteilung der Jablost blieb die Gruppe stehen und Kölpa sah Rekila durchdringend an. »Jetzt machen wir einen kurzen Rundgang. Du sollst dein unseliges Werk zuerst begutachten.« Er ging mit ihr zu den einzelnen

Abteilungen, wo sie vor jedem Fenster innehielten, um die Erkrankten in Augenschein zu nehmen. Nach der Besichtigung der letzten Sektion gesellten sich Tescherketu, Spesiluwo und Utrak zu ihnen. »Diese Führung war für mich absolut überflüssig. Ich kenne alle Stadien dieser Krankheit.« »Rekila! Soll das etwa heißen, dass du die zwei Personen, welche jetzt als Leichen in deinem Labor liegen, in voller Absicht infiziert und ihren Verfall bis zum Tode beobachtet hast?« »Genau das machte ich, Utrak. Das ist eben Wissenschaft.« Jeder konnte Utrak ansehen, dass er Rekila am liebsten getötet hätte. »Ich dachte, die Personen hätten sich versehentlich infiziert und du hattest das Gegenmittel noch nicht.« Rekila fing lauthals an zu lachen. »Du bist noch naiver, als ich dachte, Utrak.« »Bleib ruhig, Utrak«, forderte Kölpa ihn auf. »Rekila, du wirst uns jetzt sagen, wie das Gegenmittel verabreicht werden muss. Außerdem will ich von dir wissen, wie wir es synthetisieren müssen. Es ist dringend notwendig, dass wir über die Unterlagen verfügen.« »Ich verspüre nicht die geringste Lust dazu. Ich ziehe es vor, mein einträgliches Geschäft zu verfolgen.« »Das ist jetzt nicht dein Ernst?« »Glaubst du, ich verschwende mit dir meine Zeit?« Kölpa ließ Rekila einfach stehen und ging zu Ireipehl, der inzwischen in sein Büro gegangen war, um sich dem darin befindlichen Gegenmittel zu widmen. »Das musst du dir unbedingt anhören, Ireipehl«, sprach Kölpa den Kollegen beim Hereinkommen an. »Rekila verweigert ihre Mitarbeit. Nimm eine Einheit von dem Gegenmittel und versuche herauszufinden, aus was es besteht. Ich traue Rekila nicht über den Weg. Es könnte durchaus sein, dass sie nur vorgibt, uns die Formel zu geben, aber in Wahrheit ist sie falsch und damit wirkungslos.« »Du denkst wirklich äußerst schlecht von Rekila.« »Aus diesem Grund zwinge ich sie, kooperativ zu sein.« »Wie willst du das bewerkstelligen?« Kölpa grinste nur unergründlich, statt eine Antwort zu geben. Ireipehl begriff sofort, was Kölpa plante. »Das machst du nicht wirklich?« »Natürlich werde ich das durchführen, denn ich sehe keine andere Möglichkeit.«

* * *

»Du kamst genau zur richtigen Zeit«, sagte einer der Anführer zu ihrem Retter. »Jetzt werden uns die zwei erst einmal sagen, wer sie sind und warum die beiden hier sind.« Der Mann ging zu Chüloda und fuhr ihr mit der rechten Hand über das lange Haar. Angewidert stieß Chüloda den Arm kraftvoll zur Seite. »Du bist also eine von der widerspenstigen Sorte, aber das ist für uns kein Hinderungsgrund. Ihr Kollege wird sehr schnell gesprächsbereit sein, wenn wir uns dieser Schönheit widmen.« »Lasst eure schmutzigen Finger von ihr!« »Oh, jetzt wird es interessant. Er steht anscheinend auf die Kleine.« »Das hört sich wirklich so an«, bestätigte einer der anderen Männer. »Das ist doch gut zu wissen, findet ihr nicht?«, fragte der Ankömmling. »Genau das denken wir auch, Sipor.« »Was meint ihr? Sollen wir ein kurzes Spiel machen? Wer gewinnt, darf zuerst seinen Spaß haben.« »Sipor, du hast immer die besten Ideen.« »Wir müssen uns nicht beeilen, schließlich sind sie in der Falle. Zuerst will ich eure Namen wissen.« Ganz kurz überlegte Ilgar Pertej, doch er sah keine andere Möglichkeit, als kooperativ zu sein, in der großen Hoffnung, dass die Aufständischen von ihrer schrecklichen Ankündigung Abstand nahmen. »Mein Name ist Pertej und sie heißt Chüloda.« »Hört ihr das? Schon funktionieren die beiden, wie wir wollen.« Sipor strich Chüloda über die Haare, aber in dem Moment, als sie seinen Arm wieder wegstoßen wollte, ergriff er ihre Haare und zog sie brutal ein Stück zurück. »Lass das sein, Kleines. Ich bestimme hier, wo es lang geht. Die widerspenstigen sind mir die liebsten Frauen.« Er ließ ein schmutziges Lachen hören, ließ ihre Haare los und schlug ihr heftig auf die Wange, sodass Chüloda zur Seite wankte. »Hast du jetzt endlich verstanden, wie es bei uns läuft, Kleines?« Chüloda fauchte nur als Antwort, da sie ihn nicht provozieren wollte, obwohl sie sich über die Sinnlosigkeit ihres Handelns klar war. »Also, Pertej, jetzt plaudere doch ein wenig: Für wen arbeitet ihr?« »Das kannst du dir doch denken, Sipor!« »Ach, kann ich das? Ich will es von dir hören.« »Na schön, wir arbeiten für das Imperium.« »Ihr seid also nichts anderes als miese Handlanger dieses Alkt.« »Wenn du es so bezeichnen willst, ja.« »Ihr habt unsere Leute getötet.« »Wer hat denn mit dem Ärger angefangen? Das wart doch ihr. Wenn wir hier schon bei einer Fragestunde sind: Für wen arbeitet ihr denn?« »Wir arbeiten nur für uns.« »Das wird euch eingeredet. In Wirklichkeit seid ihr nur billige Gehilfen für jemand anders.« »Wie kommst du darauf?« »Mir wurde es mitgeteilt.« »Von wem denn?« »Das spielt keine Rolle.« »O doch! Das wird gleich eine Rolle spielen. Entweder, du sagst es mir gleich, oder deine Freundin wird es büßen.« Mit dem Finger fuhr er über ihre linke Wange, wobei er ein unangenehmes Lächeln sehen ließ. »Lass deine Hände von ihr, Sipor!« »Von dir lasse ich mir gar nichts vorschreiben.« Sipor ging auf Pertej zu, holte mit seiner rechten Faust aus und schlug ihm so heftig in das Gesicht, dass er ins Taumeln geriet und rückwärts auf dem Boden aufschlug. »Vielleicht verstehst du jetzt endlich, wie wir agieren. Du bist schwer von Begriff.« Mit einem harten Griff zog Sipor Chüloda an sich, fuhr ihr ebenso unsanft über das Haar und stieß sie zu dem ihm am nächsten stehenden Mann. Der fing Chüloda auf, hielt sie fest und blickte die Frau Unheil verheißend an. »Wir beide werden jetzt viel Spaß haben.« Die anderen Aufrührer, unter denen sich keine einzige Frau befand, protestierten sofort laut. »Seid ruhig!«, rief Sipor in den Raum, woraufhin sofort wieder Stille einkehrte. »Er sollte die Frau nur festhalten. Fertigt so viele kleine Karten an, wie wir Personen sind. Schreibt Nummern darauf, dreht sie auf dem Tisch um und vermischt sie. Anschließend zieht jeder eine Karte. Wer die höchste Nummer zieht, darf zuerst, der mit der niedrigsten Nummer hat mehr oder minder Pech gehabt.« Eifrig machten sich alle bis auf Sipor und den Mann, der Chüloda festhielt, an die Arbeit, dann zogen sie nacheinander eine Karte.

* * *

Sie standen in einer domartigen Halle, die ungefähr vier Stockwerke in die Höhe reichte und deren Tiefe sie nicht abschätzen konnten, da das Licht ihrer Lampen nicht so weit nach unten reichte. In der Mitte des offensichtlich annähernd runden Raums stand ein riesiges Aggregat, dessen metallische silbrigfarbene Hülle das Licht ihrer Lampen reflektierte. »Wozu wohl das Aggregat dient, Alta?« »Ich vermute, es handelt sich dabei um die Energieversorgung, Penra.« »Wenn das hier der Energieversorgung dient, ist es vollkommen überdimensioniert.« »Ich stimme mit deiner Einschätzung überein, Litreck. Nur für die wenigen Arbeitsstationen ist das ganz bestimmt nicht gedacht. Da muss noch mehr dahinterstecken, viel mehr. Wir können hier nichts machen. Dafür benötigen wir einen großen Technikertrupp. Gehen wir wieder nach draußen.« Sie verließen die Halle, liefen den Gang entlang und blieben bei dem Techniker am Schott stehen. »Was habt ihr dort gefunden?« »Viel Arbeit für Techniker, wie Sie es sind. Schließen Sie das Schott und demontieren Sie die Energieversorgung.« Alta leuchtete dem Soldaten, bis dieser seine Arbeit beendete, dann packte der Techniker alles ein und trug mit Litreck die Ausrüstung hinaus, gefolgt von Alta und Penra. »Verschließen auch Sie das Schott, bauen Sie alles ab und laden Sie alles auf den Gleiter. Wir fliegen zu unserem Schiff zurück«, wies er den Leiter an und ging zu ihren Fahrzeugen. Nachdem der Leiter den Schließbefehl gegeben hatte, glitt das Schott genauso geräuschvoll zu, wie es aufgegangen war. Auch sie verstauten ihre Ausrüstung auf den Fahrzeugen, stiegen ein und die drei Gleiter flogen in der Richtung des Raumhafens ab. Auf dem Weg dorthin sah Penra den Admiral an. »In meiner Eigenschaft als Gouverneurin beunruhigt mich diese Anlage. Offensichtlich existiert sie schon sehr lange. Ich frage mich nur, wer sie erbaut und betrieben hat, nur um sie dann wieder aufzugeben. Wofür benötigten Sie diesen Komplex, Alta?« »Das ist vollkommen ungewiss.« »Darauf habe ich keine Antwort von dir erwartet.« »Ich weiß. Nur wenn wir uns dieser Anlage intensiv widmen, erfahren wir möglicherweise etwas über ihre Aufgabe.« »Wann willst du deine Techniker wieder dort hinschicken?« »Das werde ich entscheiden, sobald ich mich auf meinem Schiff befinde. Zuerst muss ich ein paar Gespräche führen.« An dem Ausdruck auf ihrem Gesicht konnte Alta ablesen, dass ihr die Antwort nicht so recht gefiel. »Penra, ich bin genauso neugierig wie du und mit Sicherheit auch Litreck. Die Untersuchung eilt nicht. Die Anlage existiert bereits so lange, da kann sie auch noch einige weitere Wochen warten.«

* * *

»Das ist das Zeichen. Wir sind gelandet«, stellte Kalaran überflüssigerweise fest. »Jetzt heißt es warten, bis hoffentlich alle von Bord gegangen sind. Ich verspüre nicht die geringste Lust, noch länger hier in diesem kleinen Raum mit drei weiteren Personen zu sitzen. Der Flug hat schon lang genug gedauert.« »Larut, wenn du nicht gleich still bist, hören sie uns«, zischte Wariot ihm zu. Beleidigt setzte sich Galgion auf eine der Liegen und blickte schweigend zum Eingang des Raums. Vor der Tür standen die beiden Frauen und hörten angestrengt, was sich außerhalb des Raums ereignete. Kalaran stand ein wenig abseits hinter ihnen, sah zu ihnen und versuchte seinerseits, ein Geräusch zu vernehmen. Eine Weile standen die drei so fast ungerührt da, bis sie schließlich wortlos übereinkamen, das Risiko einzugehen, den Raum zu verlassen. Belmnod zog ihre Waffe, trat in den Hangar und sah in die Runde, entdeckte aber niemanden in dem Frachtraum. »Hier hält sich keiner der Mannschaft auf.« »Was sollten sie auch in einem leeren Frachtraum schon groß wollen?«, fragte Wariot spöttisch. Galgion folgte Wariot aus dem Raum, ebenso wie Kalaran, der zum Schott des Hangars ging, um eventuelle Geräusche zu hören, doch außerhalb lag alles ruhig, weshalb er in den Raum ging, um seine Tasche zu holen. Er ging wieder hinaus und blieb neben dem Eingang stehen. Die anderen folgten seinem Beispiel und gingen zum Ausgang des Hangars, indessen schloss Kalaran den Eingang zu der geheimen Kammer und zog seine Waffe. »Öffnet nun den Ausgang!«, wies Kalaran die anderen an, während er auf sie zuging. Wariot und Galgion fingerten ihre Strahler aus den Halterungen und sie ließen das Schott aufgleiten. Zusammen mit Belmnod machten sie einen großen Schritt auf den Gang und jeder sah nach einer der Seiten. »Bei mir sieht es ruhig aus.« »Ebenso ruhig ist es auch bei mir, Salka«, bestätigte Belmnod. »Dann bewegt euch in Richtung Ausstieg. Je eher wir hier draußen sind, umso besser. Nicht dass die auf die Idee kommen, wieder zu starten. So gemütlich war es in der kleinen Kammer mit euch nun auch wieder nicht.« »Danke, Larut, dein Kompliment ist eine einzige Verbalinjurie«, zischte Morgi ihn an. »Komm, Salka, lass uns Distanz zu diesem Individuum gewinnen.« Ohne noch einmal nach hinten zu sehen, liefen die Frauen den Gang entlang. »Morgi und Salka sind aber sehr empfindlich, Kalaran.« »Deine Äußerung war ein wenig negligeant, und das vertragen Frauen in diesem Konnex nicht.« »Hast du vergessen, dass sie General Konlup töten wollten? Dabei verhielten sie sich keinesfalls empfindlich.« »Das sind zwei verschiedene paar Dinge.« »Wenn du das meinst.« Bis sie den Ausstieg erreichten, murmelte Galgion nur unverständliche Worte vor sich hin, was Kalaran insgeheim amüsierte. Dort standen bereits Belmnod und Wariot, die beide vorsichtig hinaussahen. »Wie sieht es draußen aus? Können wir unbemerkt den Frachter verlassen?« »Im Moment befindet sich niemand in der Nähe. Die weiter weg stehenden Leute sind beschäftigt und beachten das Schiff nicht«, meldete Wariot. »Dann nichts wie raus aus dem Frachter!« Eilig liefen sie die Rampe hinunter und bogen an deren Ende nach links ab, da sie auf dieser Seite keine einzige Person bemerkten. Alle steckten im Lauf ihre Waffen ein, da sie auf keinen Fall damit gesehen werden wollten. So schnell sie konnten, liefen sie zwischen den Schiffen hindurch in Richtung des Kontrollgebäudes. Als sie es erreichten, passierten sie das Bauwerk auf der rechten Seite und folgten der Straße bis zur Hausecke. Dort hielten sie in ihrem Lauf inne und sahen nach links. Auch hinter dem Gebäude verlief eine Straße, die zu nehmen sie sich entschlossen, da es ihnen unauffällig erschien. Zügig liefen sie diese entlang, da jeder vermutete, dass der Weg in die Innenstadt führte. Zwar gab es auch auf der anderen Seite Bebauung, die aber offensichtlich alle mit dem Raumhafen und dessen Betrieb zu tun hatte. Nicht lange nachdem das Kontrollgebäude hinter ihnen lag, erreichten sie eine breite Hauptstraße, in der auch im Gegensatz zu vorher Verkehr herrschte. Die höheren Bauwerke in einiger Entfernung bestätigten ihnen zusätzlich, dass sie sich auf dem richtigen Weg befanden. Die Gruppe lief die Straße entlang, ohne dass einer der Fahrzeuginsassen ihnen Beachtung schenkte. Ihnen kam das nicht ungelegen, da sie so unauffällig wie möglich das Zentrum zu erreichen gedachten. Dort hofften sie, in der Masse untertauchen zu können.

* * *

Zufrieden schaltete General Kelschin sein System ab, nachdem er die neuesten Kurzberichte von den Kommandanten der Flotte gelesen hatte. »Anscheinend wirkte meine Ansprache besser, als ich dachte. Der äußerst lasche Dienst findet nicht mehr statt. Jetzt ist nur noch mein Überraschungsbesuch fällig«, murmelte er vor sich hin, stand auf, verließ das Büro und ging aus dem Gebäude. Davor blieb er stehen und atmete die morgendliche würzige Luft genussvoll ein, als sei sie eine Delikatesse. Sein Blick glitt über das Landefeld und dann zu der Straße, welche den Raumhafen mit den Siedlungen der Kolonisten verband. Dann betrachtete er die Neubauten um das Kontrollgebäude, die von seinen Leuten errichtet wurden, und resümierte, dass die Syntagi bis jetzt viel erreichten. Die negativen Erinnerungen von den Ereignissen nach seinem ersten Eintreffen auf Minchoxr tauchten auf einmal langsam wie ein unheilvoller, bedrohlicher Schatten aus der Vergangenheit auf, den er beiseitedrängte, um sich die positive Stimmung nicht zu verderben. Kelschin warf einen letzten Blick zum Rand des Dschungels, denn die vielen Pflanzen wirkten immer beruhigend auf ihn. Danach lief er auf das Gebäude, in welchem die Kontrolle untergebracht war, zu. Auf dem Weg dorthin erwiderte der General nur beiläufig die Grüße von Soldaten, die ihm begegneten. Erst kurz bevor er das Bauwerk betrat, schob er die Gedanken beiseite und konzentrierte sich wieder voll und ganz auf das Gegenwärtige. Er durchschritt das Foyer, ging zum Lift, trat ein und ließ sich nach oben zu der Etage, wo die Zentrale lag, tragen. Oben angekommen verließ Kelschin ihn und lief zum Eingang, indessen zog er seine Uniformjacke zurecht, um mit dem nicht korrektem Aussehen seine Autorität zu untergraben, danach ließ er das Schott zur Zentrale aufgleiten. Mit einem großen Schritt stand er im Raum und sah von einem Arbeitsplatz zum anderen. Das Personal sah auf, um zu sehen, wer zu ihnen kam, aber als sie den General erkannten, blickte jeder sofort wieder auf seine Konsole. Diese Reaktion sagte Kelschin zu, denn nun war sichergestellt, dass jeder seine Aufgabe gewissenhaft erfüllte. Trotzdem ging er zu jeder Station und spähte dem Soldaten über die Schulter. Anschließend schlenderte der General gelassen zum Fenster und blickte hinaus. Die erhöhte Position gewährte ihm noch einen besseren Überblick, als er ihn vom Boden aus genießen konnte, auch wenn er nur der Hälfte ansichtig wurde.

*

Nicht allzu lange stand Kelschin an diesem Standort und hing seinen Gedanken nach, als der Ortungsoffizier ihn aus seinen Betrachtungen riss. »General, ich habe eben ein Schiff geortet.« Der Angerufene drehte sich auf dem Absatz um und eilte zu der Station. »Es handelt sich nur um einen einzigen Raumer?« »So ist es. Zurzeit steht er noch außerhalb des Systems.« »Das finde ich merkwürdig. Warum fliegt das Schiff nicht ein?« »Jetzt nimmt der Raumer Fahrt auf, behält aber eine niedrige Geschwindigkeit bei.« »Ist es eines von unseren Einheiten?« Kaum hatte der General die Frage gestellt, da blickte der Orter auch schon von seiner Konsole auf. »Nein, es ist ein Schiff der Echsen.« Die Köpfe der Besatzung drehten sich alle zur Ortungsstation um, denn diese Mitteilung beunruhigte jeden von ihnen. »Was will denn der Kommandant hier? Mir gefällt das nicht.« »Vielleicht ist der Kommandant noch nicht darüber in Kenntnis gesetzt worden, dass Minchoxr jetzt uns gehört.« »Das ist möglich, aber wenig wahrscheinlich. Funker, rufen Sie den Echsenraumer.« Der Offizier begann zu arbeiten, doch in diesem Augenblick kontaktierte ihn der Funker des Schiffs. »General, der Kommandant wünscht, nur mit Ihnen zu sprechen.« »›Wünscht‹ ist wohl kaum der richtige Ausdruck. Stellen Sie das Gespräch auf den Schirm.« Kelschin ging dorthin und baute sich im Bereich der Aufnahmeoptik auf. Das Bild einer Echse erschien auf dem Schirm und diese ließ Kelschin erst gar nicht zu Wort kommen. »General, gewähren Sie mir die Genehmigung, in das System einzufliegen und auf Minchoxr zu landen.« »Warum sollte ich Ihnen das zugestehen? Sie wissen, dass Minchoxr uns gehört, und ihr habt dort nichts mehr verloren.« »Ich ersuche um ein Gespräch mit Ihnen. Es gibt da noch eine Sache, die geklärt werden muss.« »Was soll das bitte sein?« »Das sage ich Ihnen nur persönlich.« Ganz kurz überlegte General Kelschin, da ihm die Forderung, denn es handelte sich seiner Meinung nach um nichts anderes, verdächtig vorkam. »Ich erteile Ihnen die Landegenehmigung, doch mache ich Sie darauf aufmerksam, dass Ihr Schiff eskortiert wird.« »Das ist mir völlig egal.« Die Verbindung erlosch, Kelschin ging zur Funkstation und blieb neben dem Offizier stehen. »Wissen Sie, ich werde mich wohl nie an die unmögliche Art der Echsen gewöhnen.« »Sie sind einfach nur unhöflich, General.« »Rufen Sie den Kommandeur der Flotte. Er soll sechs Schiffe abstellen, die den Echsenraumer bis nach Minchoxr eskortieren.« »Ich gebe den Befehl sofort weiter.« »Außerdem rufen Sie den Kommandanten meines Schiffs. Er soll einen bewaffneten Trupp zum Eingang des Gebäudes schicken, der groß genug ist, es zu bewachen, und außerdem müssen Sie das Landefeld hier absichern. Vor dem Schiff sind die Wachen zu verdreifachen. Ich begebe mich hinaus und erwarte Sie dort.« Ohne noch auf eine weitere Bestätigung zu warten, verließ der General die Zentrale und begab sich zum Lift, um vor das Gebäude zu gehen. Da er vor dem Verlassen des Gebäudes noch mit einem Soldaten ein Gespräch führte, erschien der General genau in dem Moment draußen, als der Trupp in einem äußerst zügigen Schritt auf ihn zumarschierte. Vor ihm blieb der befehlshabende Offizier stehen und salutierte korrekt. »Ich melde mich wie befohlen. Der Kommandant trug mir auf, dass wir uns beeilen sollten.« »Das war eine gute Entscheidung. Ich setze Sie darüber in Kenntnis, was Ihre Aufgabe ist.«

* * *

Kölpa verließ das Büro von Ireipehl und ging auf Rekila zu, die nach wie vor bei Tescherketu, Spesiluwo und Utrak stand. Die Soldaten hielten ihre Waffen weiter hinauf sie gerichtet, da sie keine gegenteilige Weisung erhielten. »Bist du dir vollkommen sicher, dass das Gegenmittel auch wirkt, Rekila?« »Natürlich wirkt es.« »Hast du es überhaupt getestet?« »Du meinst sicher, an einer infizierten Person.« »Genau, an einer lebenden infizierten Person.« »Das musste ich, da mein Auftraggeber das verlangt hat. Nur eine positive Testreihe genügte ihm nicht. Der Kontaktmann kontrollierte das übrigens genauestens.« »Du hast auf ihn wohl nicht gerade wie eine Vertrauensperson gewirkt.« »Was willst du damit zum Ausdruck bringen, Kölpa?« »Es ist vollkommen überflüssig, dazu noch etwas zu sagen. Du konntest die Person damit heilen?« »Was soll diese Fragerei? Ja, nur muss das Mittel richtig dosiert werden.« »Arbeitest du mit uns zusammen?« »Zum letzten Mal: nein!« »Gut, du willst es nicht anders.« Kölpa ging zu einem der Schränke, entnahm ihm zwei Schutzanzüge und sah zu der Gruppe hinüber. »Utrak, zieh das bitte an.« Der Arzt grinste nur, lief zu Kölpa, nahm den Anzug entgegen und streifte ihn sich ebenfalls über. »Danke, dass ich dir helfen darf, Kölpa.« »Du weißt doch gar nicht, was ich vorhabe.« »Ich ahne es.« »Komisch, auch Ireipehl sagte das zu mir. Ich bin anscheinend leicht zu durchschauen.« »In diesem Fall schon. Es ist mir ein Vergnügen, ihr eine Lektion zu erteilen. Ich hole Rekila.« Utrak ging zu der Frau, packte sie unsanft am Arm und zerrte sie mit, Kölpa hinterher. Der Arzt ging zu einer der Stationen und trat durch die Schleuse, in der eine Desinfektionsvorrichtung integriert war.

Utrak schob Rekila vor sich her durch den Eingang, wo Kölpa auf der anderen Seite stand, sie am Arm packte und in den Raum zog. »Was soll das denn werden?«, fragte Rekila ein wenig verunsichert. »Das wird ein Erlebnis der besonderen Art.« Utrak hielt nach wie vor Rekila fest und stellte zufrieden fest, dass ihre Selbstsicherheit langsam abbaute. Kölpa ging zu der einzigen Liege, die in der Station stand und die mit einem Tuch abgedeckt war. Mit einer vehementen Bewegung zog er das Tuch weg und warf es auf den Boden. Sowohl Utrak und Rekila ebenso wie die außerhalb vor der Scheibe stehenden Personen, zu denen sich auch Ireipehl dazugesellt hatte, sahen, was unter der Decke lag. Es handelte sich um die Leiche des Soldaten, der zuerst an der Seuche starb, sie bot mit der grauschwarzen Haut einen abstoßenden Anblick. »Seid ihr vollkommen verrückt geworden? Ihr bringt mich ohne einen Schutzanzug in diesen Raum!« »Es gibt doch keine Übertragung über die Luft, wie du sagtest, Rekila«, stellte Utrak fest. »Aus diesem Grund helfen wir nach.« Noch während Kölpa das sagte, ging er zu Rekila, ergriff sie am Arm und zerrte die Überraschte zur Liege, wo er die Frau auf die Leiche warf. Rekila stieß einen gellenden Schrei aus, drückte sich panisch hoch und sprang von der Liege weg. Dann sah sie an sich herunter und entdeckte einige der kleinen Würmer, die auf ihrer Kleidung krochen. Weiter schreiend wischte die Frau alle Würmer ab und prüfte akribisch, ob sie auch keinen übersehen hatte. »Scheinbar kann Rekila sich mit der von ihr geschaffenen Krankheit nicht anfreunden, Kölpa.« »Nein, sie wirkt nicht wie jemand, der über das gute Geschäft erfreut ist.« Kölpa und Utrak beobachteten Rekila, die langsam ein wenig ruhiger wurde, eine Weile. »Ihr seid Monster!«, schrie sie wütend. Kölpa bedauerte, dass sie sein Grinsen nicht richtig sehen konnte. »Nicht wir sind die Ungeheuer, sondern einzig du, denn die Krankheit ist dein Produkt.« Auf die Bemerkung Kölpas hin schnaubte sie nur verächtlich. »Sie ist mir viel zu aufgebracht. Gehen wir, Utrak.« »Willst du Rekila denn kein Beruhigungsmittel geben?« »Das ist hinausgeworfenes Geld. Ich gebe doch keiner künftigen Leiche zu allem Überfluss auch noch ein Sedativum.« Kölpa und Utrak gingen durch die Schleuse, die beim Durchschreiten automatisch das Desinfektionsmittel freisetzte, und verriegelten sie von außen. Kölpa und Utrak legten ihre Schutzanzüge ab und verstauten sie in dem Schrank, dann gingen sie zu der Gruppe und sahen zu der Station, in der Rekila schreiend dastand und mit den Fäusten gegen die Scheibe hämmerte. »Die Scheibe hält das ohne Probleme aus«, bemerkte Kölpa gelassen.

* * *

Die sechs Aufständischen sahen auf ihre Karten und betrachteten die Zahlen, welche auf diesen standen. »Du hast gewonnen.« Sipor klopfte dem Mann, der Chüloda immer noch festhielt, auf die Schulter. »Du darfst dich als Erster mit ihr vergnügen. Nimm sie nicht zu hart heran. Wir wollen auch noch unseren Spaß mit ihr haben.« Der Putschist zerrte Chüloda in Richtung des Nebenraums. Pertej lief zwei Schritte auf die beiden zu, die noch ein gutes Stück von dem Nebenraum entfernt waren. In diesem Moment flog mit einem fürchterlichen Krachen die Eingangstür auf und schmetterte gegen die Wand. Die Angeln hielten der Gewalt nicht stand, gaben nach und die Tür schlug mit einem lauten Knall auf den Boden. Alle blickten zu dem Eingang, von dem aus Soquezxl mit großen Schritten auf die um den Tisch herumstehenden Aufrührer zulief. Chüloda nutzte den Überraschungseffekt, der dazu führte, dass der Mann den Griff merklich lockerte. Mit einer vehementen Bewegung entwand sie sich dem Putschisten und rammte ihm nach einer schnellen Drehung ihre Faust in das Gesicht, sodass er rückwärts taumelte. Chüloda sprang hoch und trat ihm mit dem rechten Bein so fest in den Magen, dass er vom Boden abhob und hart in das Mobiliar auf der linken Seite donnerte. Sie ging zu dem Aufrührer und verpasste ihm noch zwei kräftige Fausthiebe in sein Gesicht. »Das verstehe ich unter Spaß.« Indessen erreichte Soquezxl die Aufrührer, welche vor Schreck die Karten auf den Tisch geworfen hatten. Der General schlug so hart auf den Tisch, dass das Möbel in zwei Teile zerbrach und zusammenstürzte. Dann packte er zwei der Aufrührer und schlug ihre Köpfe gegeneinander, woraufhin diese zu Boden sackten. Danach packte er einen weiteren Putschisten und schleuderte ihn zur rechten Seite weg, wo er gegen die Wand schlug und auf den Fußboden tropfte. Viel zu hektisch fingerte einer der beiden übrig Gebliebenen eine Waffe umständlich aus der Tasche. Zu mehr kam der Mann nicht mehr, denn Soquezxl packte das Handgelenk mit einem stahlharten Griff, mit der anderen Hand ergriff er den Strahler und drehte ihn mit der Extremität. Das Brechen der Knochen war im Raum nicht zu überhören, der Putschist stieß einen Schrei aus und die Waffe fiel herunter. Zuletzt erfasste Soquezxl Sipor an der Jacke, hob ihn mühelos, bis dieser auf gleicher Höhe angelangte und dem General in das Gesicht sehen konnte, dann warf er den Mann achtlos von sich. Mit einem Krachen schlug Sipor auf die am Boden liegende Tür und rutschte ein Stück in Richtung des Eingangs. Es kehrte Stille ein, die nur durch das leise Stöhnen der Männer gestört wurde. In Richtung des Eingangs machte Soquezxl eine auffordernde Handbewegung, weshalb Muruba und einige der Soldaten hereinkamen. »Sammelt den Abfall ein. Wir nehmen sie mit zur Gyjadan. Dort werde ich mit jedem Einzelnem ein Gespräch führen«, befahl Soquezxl. »Wartet noch einen Augenblick. Holt die drei Gefangenen herein. Sie sollen sehen, was passiert, wenn Soquezxl ärgerlich wird. Das wird sie bestimmt zu einer besseren Zusammenarbeit veranlassen.« Ein Soldat verließ den Raum, um die Gefangenen hereinbringen zu lassen, indessen ging Chüloda zu Pertej. »Du hast Muruba gerufen, als wir vor der Tür standen?« »Genauso ist es, denn ich wusste, welches Risiko wir eingehen. Es wäre fast schiefgegangen.« »Du wolltest mir helfen, obwohl du wissen musstest, dass du keine Chance hast.« Chüloda küsste Pertej auf die Wange und ging zu Muruba. »Danke, dass du dich beeilt hast, Leytek. Ich ahnte, dass höchste Eile geboten ist.« Die drei Gefangenen wurden in die Mitte des Raums geführt. Die Arrestanten sahen die am Boden liegenden Anführer und sahen dann zu Soquezxl. »Haben Sie das getan, General?« »Ja, bis auf den einen da hinten. Um den kümmerte sich Chüloda. Geht wieder hinaus. Wir begeben uns zur Gyjadan. Hier liegen die Leute, die wir suchten.« Die Gefangenen kamen der Aufforderung nur zu gern nach. »Führt die Leute ab«, befahl General Soquezxl seinen Soldaten und ging aus dem Raum.

* * *

Die kleine Gruppe erreichte den Stadtrand, dessen hervorragende Bebauung auf alle einen guten Eindruck machte. Beide Seiten der Straße säumten kleinere Häuser, die von gepflegten Gärten umgeben waren. Es schien ihnen fast so, als wollte der Planer die auf dem Raumhafen ankommenden Personen beeindrucken, wenn sie in die Stadt flogen. Je weiter sie in Richtung Innenstadt kamen, desto größer wurden die Häuser. Da die Straße geradeaus verlief, konnten sie bereits erkennen, dass sie auf einen von Hochhäusern gesäumten Platz einmündete. Ebenso nahm die Frequentierung mit Fahrzeugen und Passanten stetig zu. »So langsam wird mir der Betrieb zu viel, Salka.« »Ja, es artet mehr und mehr zu einem Gedränge aus.« Belmnod ließ einen dementsprechenden Gesichtsausdruck zu ihrer Bemerkung sehen. Sie schlängelten sich durch die Passanten bis zu dem Platz, der rund angelegt wurde und von dem mehrere Straßen abgingen. »Wo gehen wir jetzt entlang?«, fragte Galgion und sah dabei von einer Seite auf die andere. Auch Wariot, Belmnod und Kalaran folgten seinem Beispiel und wirkten dabei ratlos. »Gehen wir nach links«, schlug Kalaran schließlich vor und lief los. Salka Wariot machte mit beiden Armen eine hilflose Geste. »Es ist vollkommen egal, wo wir planlos hinlaufen.« Der Alkt führte sie am Platz entlang und dann in die Straße, welche direkt geradeaus weiterführte. Sie folgten ihr, bis Kalaran entdeckte, wonach er Ausschau hielt. »Auf der gegenüberliegenden Seite ist ein Gleiterverleih. Wir mieten uns ein Fahrzeug, es sei denn, ihr legt Wert darauf zu laufen.« »Natürlich wünsche ich mir nichts sehnlicher.« Die Bemerkung Belmnods traf bei Wariot und Galgion auf Zustimmung. Sie folgten Kalaran zu dem Verleiher und blieben am Tor stehen. »Wartet hier auf mich.« Kalaran steuerte das Büro an, aus dem der Inhaber gerade herauskam. »Ich grüße Sie!«, rief der Mann ihm zu, während er ihm entgegenkam. »Bei mir finden Sie die besten Mietgleiter der Stadt. Darf ich Sie herumführen, damit Sie das passende Modell aussuchen können?« »Sie dürfen.« Der Inhaber schritt mit Kalaran die Fahrzeuge auf dem Gelände ab, bis der Alkt vor einem Gleiter stehen blieb. »Dieses Modell sagt mir zu.« »Sie haben eine gute Wahl getroffen. Der Gleiter ist ein neuer Typ, der leistungsstärker als das Vorgängermodell ist.« Der Verleiher spulte einige technische Daten ab, bis es Kalaran zu viel wurde und er ihn unterbrach. »Schon gut. Mehr muss ich nicht darüber wissen. Ich miete ihn. Was soll das Fahrzeug pro Tag kosten?« Der Inhaber nannte den Preis, woraufhin Kalaran kurz mit dem Mundwinkel zuckte, da der Mietpreis nicht gerade niedrig war. Kommentarlos zahlte er den Betrag für zehn Tage im Voraus, wobei er sich wunderte, dass der Inhaber ihm den Preis in Aykons angab. Der Verleiher steckte das Geld ein und schaltete dann den Gleiter frei. »Bringen Sie bitte das Fahrzeug rechtzeitig zurück. Sollten Sie es länger benötigen, dann kommen Sie bitte vorbei, um zu bezahlen. Anschließend aktualisiere ich die Nutzungsdauer. Sollten Sie ihn nicht rechtzeitig zurückbringen, schaltet das Fahrzeug nach zehn Tagen ab.« Ohne auf eine Entgegnung zu warten, ging der Verleiher zu seinem Büro. Kalaran sah ihm nach, bestieg hierauf den Gleiter und flog zum Eingang des Geländes, wo er anhielt, damit die anderen zustiegen. Im Anschluss daran manövrierte er das Fahrzeug auf die Straße und bog nach rechts ab. »Einen schönen Gleiter hast du für uns ausgesucht.« »Er ist auch ausgesucht teuer, Morgi.« Sie folgten dem Verlauf der Straße, wobei keiner ein Wort verlor, denn ihre Blicke hingen an dem, was sie auf beiden Seiten zu sehen bekamen. Je tiefer sie in das Viertel eindrangen, desto mehr wiesen die Fassaden der Bauwerke Mängel auf. Teile des Verputzes waren bereits abgeblättert und die von einem gräulichen Schleier überzogenen Farben gaben den Gebäuden einen wenig einladenden Charakter. »Wo fliegst du uns denn hin?« »Genau in solch einen Stadtteil, der mir vorschwebte. Ich vermutete, dass er auf der anderen Seite der Stadt liegen muss. Zum Raumhafen hin sahen wir nur all die gepflegten Häuser mit ihren Gärten. Demzufolge müssen die anderen Viertel dort liegen, wo der Ankömmling sie zunächst nicht zu sehen bekommt. Wir benötigen ein Hotel, in dem das Personal keine unnötigen Fragen stellt, Salka.« Obwohl ihr die Ansage nicht gefiel, musste Wariot Kalaran doch zustimmen, auch wenn sie dies nicht laut sagte. Die Verschlechterung der Gebäude setzte sich weiter fort, was bei keinem ein gutes Gefühl aufkommen ließ.

*

Zu guter Letzt entdeckte Kalaran auf der rechten Seite das, nach dem er fahndete. Vor einem wenig vertrauenerweckenden Hotel parkte Kalaran das Fahrzeug und stieg aus, ebenso wie Belmnod, Wariot und Galgion. Sie holten ihre Taschen aus dem Gleiter heraus und blickten dann an der Fassade des Hauses empor. Der altrosafarbige Anstrich des Gebäudes war bereits zum größten Teil abgeblättert, dazu verschlechterten zusätzlich die vereinzelten Löcher in der Vorderfront den Eindruck. Kalaran löste sich zuerst von dem Anblick und ging in das Hotel, wo er im Foyer erneut innehielt. Die Rundschau im Inneren bestätigte ihm nur das, was schon von außen als Ankündigung galt. Auch hier wirkte alles so, als sei seit der Errichtung nichts mehr an dem Bauwerk gemacht worden. Der Portier an der Rezeption hob seinen Kopf und sah zu dem Alkt, der sich, als wäre dies eine Aufforderung gewesen, in Bewegung setzte. Vor dem Empfang stellte Kalaran seine Tasche ab und musterte dann den Mann eingehend. Seine Kleidung passte wunderbar zu dem Hotel, denn auch sie zeigte sich nicht mehr von der besten Seite. »Sie wünschen bitte?«, fragte er wenig freundlich. »Kann ich bei Ihnen zwei Zimmer mieten?« Der Portier blickte an Kalaran vorbei und sah zu den Begleitern, die inmitten des Foyers standen. Daraufhin sah der Mann nach hinten zu dem Regal, welches aus einzelnen Fächern bestand, über denen jeweils eine Zahl vermerkt war. In jedem der kleinen Kästen stand schräg gestellt eine Karte, die zweifelsohne dem Zutritt für die Zimmer diente. »Sie haben sozusagen freie Auswahl.« Der Portier nahm jeweils die Karte aus zwei nebeneinanderliegenden Fächern und legte sie auf die Theke. »Die beiden Zimmer liegen nebeneinander. Die Bezahlung erfolgt im Voraus, und zwar in bar.« Der Bedienstete nannte den Betrag für die beiden Unterkünfte, der Kalaran keineswegs wegen seiner Höhe überraschte. »Ich wollte eigentlich nicht das ganze Hotel mieten.« »Sie müssen die Zimmer nicht nehmen, wenn Ihnen der Preis nicht passt.« »Doch, ich nehme sie«, entgegnete Kalaran ein wenig zu hastig. Ein kritischer Blick traf den Alkt seitens des Portiers. Um diesem gleich zu entgehen, damit kein Misstrauen aufkam, holte Kalaran das Geld aus der Tasche und bezahlte die zwei Zimmer. Der Bedienstete kontrollierte den Betrag und hielt ihm die Karten hin, die Kalaran entgegennahm. »Ihre Zimmer liegen im zweiten Stock. Da hinten ist die Treppe. Unser Lift ist zurzeit außer Betrieb.« Die letzte Bemerkung erstaunte Kalaran keineswegs. Er nahm seine Tasche auf, gab den anderen ein Zeichen mit der Hand und ging zur Treppe. Die vier stiegen wortlos bis zu dem Stockwerk, wo ihre Unterkünfte lagen, empor und liefen den Gang entlang, dabei die Zimmernummern prüfend. Vor dem ersten der beiden Quartiere angekommen, gab Kalaran Belmnod die Karte. »Jetzt bin ich so richtig auf unser Luxuszimmer gespannt.« Sie entriegelte die Tür und stieß sie mit dem Zeigefinger auf, so als ob Belmnod sich nicht traute, die Tür mit der ganzen Hand zu berühren. Zu ihrem Erstaunen schwang die Tür geräuschlos auf und gab den Blick in das Zimmer frei, das allein von dem fahlen Licht, welches durch das einzige Fenster hereinfiel, erhellt wurde. Entschlossen traten die beiden Frauen ein und betrachteten ihre Unterkunft. »Iiiih, da laufen ein paar Insekten herum!«, rief Belmnod angewidert. »Da müsste dringend einmal gereinigt werden.« »Das ist schon lange überfällig, Salka.« Galgion sah Kalaran an und machte dabei eine wegwerfende Handbewegung. »Die Frauen übertreiben.« »Das sehe ich auch so, Larut.« Kalaran ging zum Nachbarzimmer, entriegelte die Tür, öffnete sie und trat mit Galgion ein. »Morgi und Salka übertreiben nicht, Larut.« »Das Zimmer kann ich nur als schäbig bezeichnen.« Als Galgion weiter in den Raum ging, gab es ein knirschendes Geräusch. Er sah zum Boden und hob seinen linken Fuß, der ein zertretenes Insekt freigab. »Na wunderbar, zumindest können wir uns in dem

Raum nicht über mangelnde Bewegung beklagen.« »Versuche bitte, nicht noch mehr dieser Käfer zu zertreten, denn sie werden garantiert nicht entsorgt.« »Wir sollten das Fenster öffnen, um diesen merkwürdigen Geruch aus dem Raum zu bekommen, Kalaran.« Kalaran und Galgion gingen dorthin und warfen einen prüfenden Blick auf das Fenster. »Das ist doch keine so gute Idee, Larut. Wenn wir versuchen, das Fenster zu öffnen, kommt es uns wahrscheinlich entgegen.« Sie stellten ihre Taschen ab, verließen das Zimmer und gingen nach nebenan. Da die Tür noch offen stand, traten sie ein. Als Kalaran bemerkte, dass Wariot zu einer Beschwerderede ansetzte, machte er eine wegwerfende Handbewegung. »Bei uns sieht es nicht anders aus. Wir müssen uns jetzt der Aufgabe widmen, weswegen wir hier sind. Ganz offensichtlich befinden wir uns auf einem Planeten des Imperiums, da hier ebenfalls mit Aykons bezahlt wird. Zumindest das kommt uns entgegen, sonst stünden wir vor unserem ersten Problem.« »Wie wollen wir nun weiter vorgehen?«, fragte Belmnod in die Runde. »Wir sollten erst später bei Einbruch der Dunkelheit aus dem Hotel gehen und uns zuerst einmal ein Lokal suchen. Dort können wir eine Kleinigkeit zu uns nehmen. Nebenbei erfahren wir vielleicht dort Näheres über unseren Aufenthaltsort.« »Das ist eine gute Idee, Larut. Hier in diesen Zimmern gibt es keinerlei Informationsquellen, was mich überhaupt nicht wundert«, bemerkte Belmnod. »Wir gehen nach nebenan. Sobald es dunkel wird, treffen wir uns.« Nach dem Schlusssatz verließen Kalaran und Galgion den Raum. »Die zwei hätten wenigstens die Tür hinter sich schließen können«, beschwerte sich Wariot.

* * *

Das Schlachtschiff der Echsen setzte auf dem Landefeld des Raumhafens von Minchoxr auf. Der Kommandant des

Schiffs sah auf den Hauptbildschirm, der das Landefeld bis zu dem Kontrollgebäude wiedergab. »Dieser General Kelschin glaubt allen Ernstes, dass er uns mit seinem Aufgebot beeindrucken kann.« »Lassen Sie ihn in dem Glauben. Solange Kelschin sich überlegen fühlt, wird er auch nicht misstrauisch. Zeigen Sie ihm Ihre Bewunderung, das macht ihn leichtsinnig.« Verwundert sah der Kommandant seinen Nebenmann an. »Ich dachte, sie wollten mit ihm sprechen?« »Nein, das übernehmen Sie. Lassen Sie den General nicht zu lange warten, sonst vermutet er eine Hinterlist von uns. Genau das müssen Sie vermeiden.« Ohne eine Entgegnung verließ der Kommandant die Zentrale und begab sich zum Ausstieg des Schiffs, der bereits offen stand. Um jede Provokation zu vermeiden, nahm der Offizier nur zwei Soldaten als Begleitung mit, denen er allerdings auftrug, als Bewaffnung Gewehre zu nehmen. Zumindest gedachte der Kommandant, die Form zu wahren, denn er wollte Kelschin nicht als zu unterwürfig entgegentreten, was, wie er annahm, auch wenig glaubhaft erschienen wäre. Langsam schritt der kleine Trupp die Rampe hinab und blieb davor stehen, wobei die beiden Soldaten rechts und links des Kommandanten Position bezogen, dabei die Gewehre vor der Brust haltend. Der General kam seinerseits mit fünfundzwanzig Soldaten auf ihn zu, was der Kommandant als lächerlich empfand. Nachdem Kelschin ihn erreichte, stellten sich die Soldaten in doppelter Linie hinter ihm auf, nur der Offizier nahm eine Position vor ihnen ein. »Kommandant, ich grüße Sie. Was wünschen Sie, auf unserem Planeten zu besprechen?« Der Befehlshaber des Schiffs glaubte, nicht richtig zu hören, da General Kelschin ihn mit einer Provokation begrüßte. »Ich stelle den derzeitigen Status quo nicht infrage, General. Müssen wir das denn wirklich auf dem Landefeld klären?« »Ich erachte diesen Platz gerade für Sie als vollkommen ausreichend.« »Darin stimme ich nicht mit Ihnen überein. Wenn Sie schon dieses System unrechtmäßig an sich brachten, dann sollten Sie zumindest so viel Resthöflichkeit aufbringen, das letzte Gespräch in einem Konferenzraum zu führen.« »Wenn Ihnen so viel daran liegt. Ihre zwei Soldaten bleiben allerdings hier.« »Nein, die Eskorte begleitet mich.« »Na schön, aber strapazieren Sie mein Entgegenkommen nicht noch mehr.« Kelschin ging zu dem Offizier, gab diesem eine kurze Anweisung und bedeutete dem Kommandanten, ihm zu folgen. Die Soldaten des Generals bildeten zwei Reihen, zwischen denen Kelschin sowie die Echsen auf das Kontrollgebäude zuliefen. Auf dem Weg dorthin sah der Befehlshaber in die Runde und stellte fest, dass der General mehr Soldaten aufbot, als auf dem Hauptbildschirm zu sehen war. Er musste dem Syntagi zugestehen, dass er ganze Arbeit leistete, um die Sicherheit des Landefelds und der anschließenden Gebäude zu gewährleisten.

*

Im Konferenzraum saßen sich nur Kelschin und der Kommandant am Tisch gegenüber, woraus der Kommandant schloss, dass er sich als Herr der Lage fühlte. »Nun, Kommandant, geruhen Sie, mir jetzt zu sagen, was der Grund Ihrer Anwesenheit auf unserem schönen Minchoxr ist?« »Ich bin hierhergekommen, um unsere Leute von hier wegzubringen. Ich denke, das ist auch Ihnen gelegen.« »Offen gesagt, befürworte ich Ihr Anliegen, denn die Anwesenheit dieser Personen stört uns alle. Nehmen Sie Ihre Leute mit und verlassen Sie den Planeten.« »Das hätten Sie mir auch auf dem Landefeld sagen können. Dafür hätten wir uns nicht hierherbemühen müssen.« »Es geht noch um etwas anderes: Wir wollen auch unsere Ausrüstung mitnehmen. Für diese Dinge haben Sie sicher keinerlei Verwendung.« Kelschin überlegte einen Augenblick, wobei er den Kommandanten ansah und versuchte, in seinem Gesicht zu lesen. Allerdings ließ er davon wieder ab, da es ihm unmöglich erschien, daraus etwas zu interpretieren. Aus diesem Grund entschloss sich der General, einen Vorstoß zu wagen. »Übrigens, Kommandant, vor Kurzem tauchten in unserem System drei Sonden auf. Wissen Sie etwas darüber?« Die Hoffnung, mit dieser Information sein Gegenüber aus der Reserve locken zu können, schlug fehl. Ungerührt saß die Echse ihm gegenüber, so als hätte er ihm den neuesten Wetterbericht präsentiert. »Drei Sonden haben Sie also ausgemacht? Was hat die Untersuchung von ihnen ergeben?« »Leider wurden sie zerstört, bevor wir uns mit ihnen befassen konnten.« »Das ist schade. Es hätte auch mich interessiert, wer hier Sonden ausschickt.« »Lassen wir das Thema beiseite. Ich gestatte Ihren Leuten, Ihre Ausrüstung mitzunehmen. Uns ist sie ohnehin nur im Weg. Wir verfügen ohnehin über eine bessere Ausstattung als Sie. Ich erwarte von Ihnen, dass sie dafür Sorge tragen, in kürzester Zeit alles zu verladen. Ihre Leute dürfen bei dieser Arbeit keine Waffen tragen.« »Dazu benötigen sie auch keine. Wenn Sie nichts dagegen haben, beginnen wir damit, sobald Sie unsere Leute zu meinem Schiff bringen.« »Ich kümmere mich gleich darum.«

* * *

Kondio Xeriot lief zum Werftbereich hinüber, wo er auch gleich die Person, welche er suchte, antraf. »Hallo, Naro! Wie geht es Ihnen?« »Sie sind schon wieder zurück, Xeriot? Ich hoffe, dass Sie viele gute Geschäfte abschließen konnten.« »Aus diesem Grund suche ich Sie auf. Sie müssen unbedingt sehen, was ich in Moloq erwarb.« »Sie machen es spannend, Xeriot.« Ohne auf die Äußerung zu reagieren, lief Kondio Xeriot über das Landefeld, gefolgt von Naro, der die Begeisterung des Ratsherrn noch nicht verstand. Noch bevor Naro es wahrnahm, blieb Xeriot stehen und deutete auf ein Schiff. »Ist dieser Frachter nicht ein Prachtexemplar von einem Schiff?« Beeindruckt sah Naro den Frachter an, wobei er der Beschreibung Xeriots zustimmen musste. »Der Raumer war doch sicher sehr teuer?« »Sie werden es nicht glauben, aber ich habe der Verkäuferin ihren Frachter für weniger abgekauft, als er eigentlich wert ist. Die Frau hat mir eine Geschichte erzählt, die ich ihr nicht abnahm. Meines Erachtens hat sie das Geld sehr dringend benötigt.« »Von außen macht der Frachter in der Tat einen mehr als erstklassigen Eindruck. Ob er auch im Inneren diesem Zustand entspricht, will ich mir zuerst einmal mit Ruhe ansehen. Vielleicht gibt es an diesem Geschäft doch einen Haken.« »Sie sind immer so schrecklich pessimistisch, Naro.« »Verraten Sie mir vielleicht, wie Sie das, wie Sie es nannten, Prachtexemplar bezahlten?« Kondio Xeriot nannte Heti Naro den Betrag, woraufhin dieser ihn überrascht ansah. »Das ist wirklich äußerst günstig.« »Machen Sie einen Rundgang und prüfen Sie alles. Sollten Sie etwas finden, dann lassen Sie es mich wissen. Ich will nicht, dass mein Ruf als Händler durch die Erwerbung dieses Schiffs leidet.« »Nach meiner eingehenden Prüfung gebe ich Ihnen Bescheid, nur um Sie zu beruhigen. Dafür benötige ich mit meinen Leuten allerdings auch genügend Zeit.« »Das, was zählt, ist das Ergebnis. Ich erwarte Ihren abschließenden Bericht.« Der Ratsherr ließ Naro stehen und lief auf das Kontrollgebäude zu.

*

Mit einer großen Gruppe von Technikern stand Naro vor dem Frachter und teilte seine Leute ein. »Nehmt euch den Maschinenraum und die Zentrale vor. Ich mache inzwischen einen Rundgang durch das Schiff, um mir einen Überblick zu verschaffen.« Seine Mitarbeiter gingen in den Frachter hinein und Naro lief ihnen hinterher. Während seine Leute erfahrungsgemäß nach den beiden Abteilungen suchten, die sie auch schnell fanden, warf Naro einen Blick in die Quartiere, deren Zustand er zufriedenstellend fand. Er unterbrach seinen Rundgang und suchte die Zentrale auf, wo er an den einzelnen Stationen vorbeiflanierte. »Was ist euer erster Eindruck?« »Wir haben bis jetzt nichts gefunden, was zu beanstanden wäre. Alles ist in einem erstklassigen Zustand. Wer auch immer das Schiff vorher besaß, hat es sehr gut warten lassen.« »Danke für die Einschätzung.« Naro verließ die Zentrale und begab sich dann zu dem Maschinenraum, um auch dort einen ersten Bericht anzuhören. Ganz in Gedanken versunken legte er den Weg dorthin zurück. Erst nach dem Betreten der Abteilung schob Heti Naro seine Überlegungen beiseite und ging zum Leiter der Gruppe. »Wie sieht es bei euch aus? Sind Sie schon zu einer Bewertung in der Lage?« »Davon ausgehend, was wir uns ansahen, gibt es ein eindeutiges Ergebnis: Alle Aggregate sind im allerbesten Zustand.« »Die Endbeurteilung wird wohl auch nicht anders ausfallen.« »Wie kommen Sie nur darauf, Naro?« »Es ist nur so ein Gefühl«, antwortete Naro ein wenig abwesend und verließ den Maschinenraum. Er beschloss, nun die Frachträume zu inspizieren, womit er auch seinen Rundgang zu beenden gedachte. Das erste Lagerareal fand seine Zustimmung, ebenso wie die Funktionalität des Außenschotts. Daraufhin suchte er den nächsten Frachtraum auf und lief dort einmal umher, testete das Schott und wollte dann wieder hinausgehen. Doch drei Schritte vor dem Ausgang fiel sein Blick auf die Wand an der linken Seite. Dort erregte ein unscheinbarer Fleck an der Wand seine Aufmerksamkeit. »Das passt doch nicht zu dem Zustand des Schiffs«, murmelte er und tastete mit dem Finger darauf. Zu seiner Überraschung öffnete sich ein Schott und gewährte ihm einen Blick in eine Kammer. »Jetzt ist mir auch vollkommen klar, warum der Frachter so günstig war«, brummte Naro, ging in den Raum, sah sich dort um, ebenso in dem kleinen, direkt anschließenden Hygieneraum, dann verließ er den Raum wieder. Eine Weile blieb er davor stehen und starrte hinein, dann verschloss er das Schott.

*

Naro verließ das Schiff und blieb davor stehen, um ein Gespräch mit seinem Armbandgerät zu führen. Den Angerufenen erreichte er sofort, sprach kurz mit ihm und beendete den Anschluss.

Er beschloss, an dieser Stelle vor dem Schiff zu warten, und dachte über das Gesehene nach. Seine Spekulationen gingen in die verschiedensten Richtungen, doch vermochte er keiner von ihnen den Vorrang zu geben. Naro lief dabei hin und her, als ob er damit seine Zerrissenheit nach außen bringen wollte. Dabei bemerkte er nicht den ankommenden Gleiter, der unweit vor ihm stoppte. Der Fahrer stieg aus und ging zu dem wandernden Werftleiter. »Heti, was läufst du denn so aufgeregt herum?« »Hallo, Tar! Gut, dass du gleich gekommen bist. Komm bitte mit. Ich muss dir etwas zeigen.« Kalkata schenkte dem Frachter einen kurzen Blick, dann eilte er Naro hinterher. »Das ist ein schönes Schiff.« »Xeriot hat es in Moloq gekauft und gerade erst bei mir abgeliefert. Dazu kommt, dass er es billig erwerben konnte.« »Du sagst das so abwertend. Gibt es einen Haken? Ist vielleicht der Antrieb schlecht oder welches Problem gibt es bei diesem Schiff?« »Das wirst du gleich sehen.« Sie liefen zu dem Frachtraum, gingen hinein und Naro verriegelte ihn von innen. »Warum machst du das, Heti?« »Ich will damit nur vermeiden, dass wir von jemandem überrascht werden.« Naro ging zu der rechten Wand und tippte auf den Fleck, woraufhin das Schott aufglitt. »Na, was hältst du davon?« Kalkata lief hinein und sah sich um. »Das ist ein geheimes Versteck.« »Das ist eine sehr beeindruckende Feststellung von dir«, spottete Naro. »Natürlich ist es das. Das sind vier Liegen, also haben sich vier Personen nach Pherol geschmuggelt. Mir stellt sich die Frage, warum sie das machten, und vor allem, um wen es sich handelt.« »Möglicherweise geht eine Gefahr von ihnen aus.« »So weit gehe ich nicht, Tar. Niemand darf von diesem Raum etwas erfahren. Ich kümmere mich darum, dass keiner den Raum mehr öffnen kann.« »Meine Sicherheitskräfte werden nach diesen vier Personen fahnden. Wir müssen ihrer habhaft werden, bevor Leute von Vuoga sie festsetzen.« »Bist du dir noch aller deiner Mitarbeiter sicher?« »Diejenigen, welche ich für diese Arbeit beauftrage, genießen mein Vertrauen. Jene, die der neuen pherolischen Republik anhängen, sind ausfindig gemacht worden und werden nur für Aufgaben eingesetzt, bei denen sie keinen Schaden anrichten können.« »Das ist gut. Machen wir uns gleich an die Arbeit, Tar. Ich befürchte, dass die Zeit drängt.« Naro öffnete das Schott, verließ mit Kalkata den Raum und verriegelte den Eingang wieder und beide eilten in unterschiedliche Richtungen davon.

* * *

In der Kantine der Jablost saßen Tescherketu, Spesiluwo, Utrak, Ireipehl, Fonmor, Zodomar und Kölpa zusammen. »Als Kommandant kann ich diese extreme Maßnahme keinesfalls für gut befinden.« »Fonmor, wir müssen mit einer extremen Situation arbeiten und genau diese erfordert ein schnelles Handeln. Mit dem Gegenmittel zu experimentieren, ist keine Option, da wir bei falscher Dosierung unsere Patienten in akute Gefahr bringen, statt sie zu heilen.« »Nur unter diesem Gesichtspunkt ließ ich Ihr Handeln durchgehen. Wie lange wollen Sie Rekila in dem Raum belassen?«

»Nicht sehr lange. Sie soll nur Zeit erhalten, über ihre Situation und ihre Entscheidung nachzudenken. Um sich selbst zu heilen, muss sie uns notgedrungen die richtige Dosierung verraten. Auf diese Weise gelangen wir an die Information, welche wir so dringend benötigen.« »Rekila gehört nicht zu den Personen, die ihr Leben so einfach wegwerfen. Dazu ist sie zu sehr auf ihre künftigen Erfolge und Geschäfte fokussiert«, ergänzte Utrak. »Der Einschätzung kann ich nur zustimmen.« »Du kennst sie genauso gut wie ich, Spesiluwo. Ich denke, wir können sie bereits nach dem Essen wieder aufsuchen. Der Zeitraum sollte völlig genügen.« »Woher wollen Sie eigentlich wissen, ob sie sich überhaupt angesteckt hat?« »Du warst doch dabei, Tinuwa. Rekila sprach von multipler Übertragung. Allein aus diesem Grund wird Rekila ganz sicher davon ausgehen, dass sie die Krankheit jetzt hat.« »Das ist richtig, Utrak. Ich bin schon gespannt, wie kooperativ sie sich gibt.« »Du nicht allein. Es ist immerhin meine medizinische Abteilung und ich will, dass sie diesen Namen auch verdient«, forderte Ireipehl. »Ich will nicht als fliegendes Leichenhaus in die Annalen der Flotte eingehen.«

*

Die Gruppe betrat die medizinische Abteilung und ging zu der Station, in der Rekila von ihnen festgesetzt worden war. Sie blickten durch das Fenster und fanden Rekila auf dem Boden sitzend vor, die Hände vor das Gesicht haltend. »Ich denke, sie ist jetzt so weit, dass wir zu ihr gehen können.« »Das sehe ich auch so, Kölpa. Ich begleite dich wieder.« Utrak ging zu dem Schrank, entnahm ihm zwei Schutzanzüge und gab einen davon an Kölpa weiter. Sie streiften die Anzüge über und traten vor die Schleuse. Kölpa entriegelte sie und ging zuerst hinein. Utrak schob sich hinterher und er näherte sich langsam der auf dem Boden sitzenden Frau.

Kölpa beugte sich zu ihr hinab und tippte ihr ganz leicht auf die Schulter. Zunächst reagierte Rekila nicht auf die Geste, erst bei der Wiederholung ließ sie ihre Hände von dem Gesicht gleiten und hob langsam den Kopf, dabei schluchzend. Sie sahen ihr an, dass sie ihren Tränen freien Lauf gelassen hatte. Sowohl Kölpa als auch Utrak hielten ihr jeweils eine Hand hin und halfen ihr sanft auf die Beine. Rekila sah von einem zum anderen und rang dabei mühevoll nach Fassung. Mit dem rechten Handrücken wischte sie über ihr Gesicht, ließ einen letzten Schluchzer hören, schluckte mehrmals hörbar, trocknete sich mit ihrem Ärmel die Tränen an ihren Augen und versuchte, eine feste Haltung auszustrahlen, was ihr nicht wirklich gelang. »Ich sage euch, wie das Gegenmittel dosiert werden muss. Außerdem helfe ich dabei, noch mehr davon herzustellen.« »Verrate mir zuerst die Dosierung, damit ich dich damit behandeln kann. Danach sprechen wir wieder miteinander«, bat Kölpa in einem gefühlvollen Tonfall. Rekila erklärte Kölpa und Utrak, wie das Gegenmittel angewendet werden musste, dann verließ Kölpa die Station. Utrak hingegen blieb bei Rekila stehen und sah eine Frau, die nicht mehr die ihr eigene Selbstsicherheit ausstrahlte. Zuerst gedachte Utrak, eine kritische Bemerkung anzubringen, sah dann jedoch davon ab, da er es für überflüssig erachtete. »Kann ich noch etwas für dich tun, Rekila?« »Nein, Utrak, das ist sehr nett von dir. Du bietest mir Hilfe an, obwohl ich dich bestahl und aufgrund deiner Arbeit das hier schaffen konnte.« Sie deutete auf die Leiche, blickte jedoch nicht dorthin. »Vielleicht, weil ich zu der Ansicht gekommen bin, dass du begriffen hast, dass Erkenntnisse in der Wissenschaft nicht um jeden Preis zu haben sind.« »Ich sah nur die Perspektive auf ein gutes Geschäft.« »Das Einzige, auf was du sehen kannst, sind Leichen.« Utrak nahm ihren Kopf mit beiden Händen und drehte ihn vorsichtig zu dem Toten auf der Liege, dann ließ er sie los. Daraufhin blickte Rekila sofort wieder Utrak an, da sie den Anblick der Leiche nicht ertrug. Kölpa trat durch die Schleuse, ging zu Rekila und hielt dabei ein Injektionsinstrument hoch. »Muss ich noch etwas beachten, Rekila?« »Nein, Kölpa. Es ist vollkommen egal, an welcher Stelle die Injektion verabreicht wird.« Die Frau schob ihren Ärmel weit nach oben, Kölpa desinfizierte eine Stelle an ihrem Oberarm, setzte das Gerät an und löste es aus. »Wie lange dauert es, bis ich dich entlassen kann?« »Drei Tage sind leider notwendig. Die Krankheit stagniert zwar sehr schnell, aber bis sie vollkommen abgetötet ist, dauert eben so lange.« »Gibt es Nebenwirkungen?« »Ja, leider gibt es nach zwei Tagen eine Nebenwirkung, die aber notwendig ist. Es kommt zu einer Diarrhö, die ungefähr den ganzen Tag anhalten kann. Danach ist die Person als geheilt zu betrachten. Natürlich muss der Patient mit der entsprechenden Verpflegung anschließend wieder aufgebaut werden, aber das wisst ihr ebenso gut.« »Dann lassen wir dich jetzt allein.« Ganz kurz blickte Rekila zu dem Toten, dann sah sie zu den beiden Männern, die gerade gehen wollten. »Wollt ihr beide etwa andeuten, dass ich drei Tage in Gesellschaft einer Leiche verbringen muss?« »Das präferiere ich zwar, aber der Tote muss ohnehin dringend entfernt werden. Wir schaffen den Toten gleich hinaus.« »Ihr müsst die Toten verbrennen. Das ist die einzige Möglichkeit, die Toten gefahrlos zu beseitigen.« »Danke für den Hinweis.« Utrak und Kölpa verließen die Station und Rekila sah zum Fenster, vor dem Tescherketu, Spesiluwo, Fonmor und Zodomar standen und sich unterhielten. Trotz des Blickkontakts fühlte sich Rekila auf einmal sehr einsam.

* * *

Am Rand des Landefelds des Raumhafens von Olitra stand Admiral Tunga zusammen mit der Gouverneurin Penra und ihrem Stellvertreter Litreck. Die drei verfolgten die Landung von vier Schlachtschiffen, die nacheinander sanft landeten. »So viele imperiale Schiffe auf einmal hat noch nie jemand von der Bevölkerung auf Veschgol je gesehen. Es ist ein erhebender Anblick, der ein Gefühl von Sicherheit vermittelt, nach allem, was wir wegen der Stelkudo hier erleben mussten.« »Das glaube ich dir gern, Penra.« »Warum hast du die Schiffe eigentlich hierherbeordert?« »Wir brauchen Techniker, um uns dieser Station zu widmen, Litreck. Ich kann nicht ein Schiff vom gesamten Personal entblößen. Aus diesem Grund werde ich alle entbehrlichen Spezialisten von diesen fünf Schiffen abziehen, damit sie diesen Stützpunkt untersuchen. Ihr seid doch sicher ebenfalls neugierig, wozu diese Anlage diente.« »Natürlich sind wir das, Alta. In meiner Eigenschaft als Gouverneurin muss ich wissen, ob diese Station in irgendeiner Weise eine Bedrohung für die Bevölkerung darstellt, auch wenn bislang nichts geschah.« »Ich hoffe, dass meine Leute dazu in der Lage sind, das Rätsel zu lösen. Übrigens liebe ich Rätsel, da sie für mich eine Herausforderung darstellen.« »Das haben Litreck und ich bemerkt, Alta.« Es dauerte nicht lange, bis jeweils ein Außenschott der fünf Schlachtschiffe sich öffnete und Gleiter aus dem Hangar flogen. In der Mitte der Standorte von den Schiffen trafen sie aufeinander und stoppten dort, bis alle versammelt waren. »Fliegen wir mit ihnen, Alta?« »Nein, Penra. Der Leiter des Technikertrupps, der uns begleitete, hat den Oberbefehl bei dem Einsatz. Die Mannschaft weiß, was zu tun ist. Wir sind dabei nur im Weg. Lassen wir sie ihre Arbeit machen. Uns bleibt nur eines übrig: auf das erste Ergebnis zu warten.«

* * *

Als die Nacht über die Hauptstadt von Pherol hereinbrach, verließen Kalaran und Galgion ihre Unterkunft und klopften an die Tür des Nachbarzimmers. »Hetzt uns nicht!«, erhielten sie als Antwort auf ihr Ansinnen. »Typisch, sie werden einfach nicht fertig.« »Du musst dich gedulden, Larut. Geduld müssen wir noch viel aufbringen, um die benötigten Informationen zu erhalten.« »Unser Zimmer strapaziert meine Geduld schon zur Genüge. Während ich so im Halbschlaf dalag, hatte ich ständig das Gefühl, dass einer dieser komischen Käfer, oder was auch immer sie sind, auf mir herumkroch.« »Das war nicht nur ein Gefühl.« Galgion verzog sein Gesicht zu einer Grimasse. »Das ist wirklich sehr beruhigend.« Sie mussten nicht allzu lange warten, bis die Tür aufschwang und die beiden Frauen aus dem Zimmer kamen. »Damit eines klar ist, Kalaran: Das nächste Mal suchen wir die Unterkunft aus.« »Wenn ihr sie bezahlt, soll mir das recht sein.« »Wie kämen wir dazu, euch einzuladen? Nach dieser Hotelnummer kannst du das vergessen. Das Einzige, was du von uns zu erwarten hast, sind diese scheußlichen Käfer.« »Danke, die haben wir selbst schon.« Belmnod und Wariot ließen die beiden einfach stehen und liefen zur Treppe, die sie hinabgingen, ohne darauf zu achten, ob die Männer ihnen folgten. Erst vor dem Hotel blieben sie stehen und warteten auf Galgion und Kalaran. »Wo gehen wir hin?«, fragte Belmnod. »Auf dem Weg hierher sah ich kein einziges Lokal. Für mich ist das hier eine ziemlich öde Gegend.« »Wir könnten doch den Portier fragen, Morgi.«

»Dieser Person vertraue ich überhaupt nicht. Wo er uns hinschickt, werden wir garantiert keine Freude haben. Wahrscheinlich dient sein Tipp nur dazu, uns in eine Falle laufen zu lassen. Dort werden sie uns nur das Geld abnehmen und was sie sonst noch gebrauchen können.« »Morgi, was hast du denn heimlich getrunken? Du redest von einem wilden, unrealistischen Szenario und glaubst zu allem Überfluss auch noch, dass das alles so eintrifft«, tadelte Galgion sie. »Salka, was sagst du dazu?« »Dazu sage ich nur, dass Morgi nichts getrunken hat. In unserem Zimmer gibt es keine derartigen Vorräte.« »Das hätte ich mit Sicherheit am Preis bemerkt«, warf Kalaran ein und ging wieder in das Hotel hinein. »Er fragt ihn tatsächlich nach einem Lokal.« Belmnod wirkte bei dieser Bemerkung tatsächlich verwundert. Kurz darauf kam der Alkt wieder aus dem Foyer und wirkte dabei gelöst. »Der Portier hat mir einen Tipp gegeben. Das Lokal ist nicht weit von hier entfernt. Wir müssen einfach der Straße weiter folgen. Es liegt auf dieser Seite.« Kalaran lief den anderen voraus und legte dabei ein gutes Tempo vor. »Hat der es aber eilig.« Beide Frauen sahen Galgion verwundert an. »Wieso denn auch nicht? Salka und ich haben beide Hunger, und Kalaran mit Sicherheit auch. Wenn du auf Diät bist, ist das wirklich nicht unser Problem.« »Ich habe auch Hunger, Morgi. Allerdings gibt es keinen Grund, so ein Tempo an den Tag zu legen.« »Verausgabe dich nur nicht«, lästerte Wariot.

*

Vor dem Lokal blieb Kalaran stehen und wartete auf die anderen. Diese legten keine Eile an den Tag, weshalb Kalaran die Zeit nutzte, um durch die Scheibe der Tür einen Blick in die Gaststätte zu werfen. Hinter der Tür ging es zwei Stufen nach unten und von da aus bildete die direkte Verlängerung einen Gang, der den Gastraum in zwei annähernd große Hälften teilte. Soweit Kalaran das Publikum, welches am nächsten an Tischen zur Tür saß, erkennen konnte, gehörte es nicht gerade zur gehobenen Klientel der Stadt. Allerdings glaubte er, dass gerade diese Leute keine unnötigen Fragen stellten, da sie ebenfalls keine beantworten wollten. Die Ankunft seiner Begleiter beendete seine kurze Beobachtung der Gäste und er versuchte, ein Lächeln zu produzieren, da er vermutete, dass den Frauen das Gasthaus wahrscheinlich nicht gefallen würde. Argwöhnisch begutachteten Belmnod und Wariot das

Gasthaus, welches sich von außen in keinster Weise von dem Zustand der umliegenden Häuser unterschied. »In dieses lausige Lokal sollen wir hineingehen und zu allem Überfluss auch noch etwas essen?« Dem Protest von Belmnod stimmte Wariot uneingeschränkt zu. »Der Portier sagte mir, dass dies ein besseres Lokal sei, da zwei Frauen uns begleiten.« »Beruhigend klingt das für mich nicht gerade. Was für ihn ein besseres Lokal ist, nenne ich Spelunke.« »In dieser Gegend finden wir bestimmt nichts Besseres.« Kalaran öffnete die Tür und ein abgestandener Geruch wehte ihm entgegen. Davon völlig unbeeindruckt schritt er die beiden Stufen hinab, Galgion direkt hinter ihm, die Frauen folgten ein wenig zögerlich. »Diese Ausdünstungen beleidigen mein Riechorgan«, monierte Belmnod und schloss die Tür. »Da hinten links ist ein freier Tisch.« Galgion deutete in die Richtung und lief vor. Sie setzten sich daran und warteten schweigend auf die Bedienung. Die ließ auch nicht lange auf sich warten und erschien bereits kurz darauf bei ihnen. »Hallo, ich habe euch noch nie bedient. Ihr seid wohl neu hier?« »Das Publikum wechselt anscheinend nicht oft.« »Nein, meistens sind es immer die gleichen Gäste. Kommt ihr ab jetzt öfter?« »Nein, wir sind Touristen und wollten etwas essen.« »Ihr wollt Touristen sein? Da habt ihr vier euch aber die völlig falsche Gegend ausgesucht.« »Leider sind unsere finanziellen Möglichkeiten eingeschränkt. Aus diesem Grund suchten wir uns ein Hotel in diesem Viertel.« »Dann seid ihr aber wirklich nicht gut aufgestellt. Hier habt ihr die Karten für das Essen und die Getränke. Die Preise sind moderat und das Mahl ist hausgemacht. Sucht euch etwas aus. Ich komme gleich wieder zu euch.« Die Bedienung ging weg und sie nahmen die fleckigen Karten zur Hand. Zügig lasen sie das sehr überschaubare Angebot, trafen ihre Auswahl und legten die Karten auf den Tisch zurück. Die Bedienung, welche sie die ganze Zeit vom Tresen aus beobachtete, sah das und ging unverzüglich zu ihnen. »Was darf ich euch zu essen und zu trinken bringen?« Jeder gab seine Bestellung ab, welche die Frau wortlos aufnahm, und sie verschwand wieder. »Ich bin schon gespannt, was wir vorgesetzt bekommen. Mir sagten die Bezeichnungen der Gerichte so gut wie nichts. Selbst die Erklärung auf der Karte half nicht weiter.« »Lass dich doch einfach überraschen, Salka.« »Vielleicht mag ich keine Überraschungen, Larut.« »Eine Frau, die keine Überraschungen mag, gibt es meiner Ansicht nach nicht.« Salka Wariot beschloss, das Thema nicht weiter zu verfolgen, und sah stattdessen zu den einzelnen Tischen, um die Gäste zu taxieren. Keiner der Anwesenden nahm seit ihrem Eintreffen in dem Lokal von ihnen Notiz, was allen entgegenkam. »Habt ihr den eingeschalteten Bildschirm schräg hinter uns schon gesehen?«, fragte Wariot leise. »Ja, jetzt erfahren wir endlich, wo wir uns befinden.« Alle sahen auf den Monitor und stellten fest, dass im Moment nur Werbung lief. »Das Programm bringt uns nicht weiter, Kalaran.« »Ich weiß, Larut. Wir sind noch eine Weile hier und sehen hoffentlich die Nachrichten.« »Wenn sie auf diesem Kanal überhaupt welche bringen.« Kalaran verzichtete auf eine Entgegnung, da in diesem Augenblick die Bedienung mit den Getränken kam. Sie platzierte das Bestellte vor ihnen und entfernte sich. Wariot nahm ihr Glas, hob es hoch und betrachtete es mit einem akribischen Blick, erst dann nahm sie einen Schluck aus dem Gefäß. »Das ist gar nicht mal so übel, auch wenn ich nicht weiß, was es überhaupt ist.« Auch die anderen tranken einen Schluck und stellten ihre Gläser ab. »Bei mir ist es auch so, Salka. Ich kenne das Getränk nicht, aber es ist gut.« Dem Urteil Galgions stimmten Kalaran und Belmnod ebenfalls zu. Das wechselnde Bild lenkte ihren Blick auf den Bildschirm und sie warteten gespannt, was folgen sollte. Das Logo, welches auf dem Schirm zu sehen war, machte einen halbwegs offiziellen Eindruck, woraus sie schlossen, dass tatsächlich die Nachrichten folgten. Erneut wechselte das Bild und eine Frau wurde sichtbar, rechts oben von ihr prangte das Signet des Senders. »Guten Abend, verehrte Zuschauer. Wir sehen nun die Neuigkeiten des Tages von Pherol sowie der restlichen pherolischen Republik.« Alle sahen sich kurz verwundert an, dann blickten sie wieder auf den Schirm. Alle vier verfolgten die Nachrichtensendung, jedoch erfuhren sie nichts, was ihnen noch einen tieferen Einblick in die politischen Verhältnisse ermöglicht hätte. Noch während die Sendung lief, servierte die Frau ihnen das Mahl und warf einen kurzen Blick auf den Monitor. »Zu Ihnen als Touristen sage ich das: Früher war es hier ruhiger, manchmal sogar zu ruhig, aber wir konnten vollkommen unbeschwert in den Tag gehen. Seit diese pherolische Republik gegründet wurde, ist es damit vorbei. Wer in aller Öffentlichkeit etwas Falsches sagt, ist schneller verhaftet, als er auch nur Flucht sagen kann. So wie ich Sie einschätze, kommen Sie nicht von Pherol.« »Damit liegen Sie richtig«, beeilte sich Kalaran zu antworten. »Wir kommen alle noch nicht einmal aus dieser Republik, sondern aus einem benachbarten System.« »Da sucht ihr euch ausgerechnet Pherol als Urlaubsziel aus? Ihr habt eine schlechte Wahl getroffen.« »Wir gedachten, die Zeit hier auf Pherol zu nutzen, um eventuell Geschäftsverbindungen zu knüpfen.« »Damit seid ihr besser aufgestellt als früher. Ihr werdet bestimmt den einen oder anderen guten Kontakt finden. Seid aber vorsichtig, denn überall können Agenten des Präsidenten sein.« Die Bedienung entfernte sich eilig von ihrem Tisch und ließ vier nachdenkliche Personen daran zurück. »Mir sagt der Name dieses Planeten überhaupt nichts.« »Mir ebenso wenig, Morgi«, bestätigte Wariot. »Pherol ist mir von der militärischen Ausbildung her ein Begriff. Das System heißt Pheriolan und liegt am Rand des Imperiums. Mir ist vollkommen neu, dass es anscheinend das Hauptsystem dieser sogenannten pherolischen Republik ist.« »Pherol hatte nie eine große Bedeutung, denn dazu liegt es etwas abseits. Es gibt nicht viele Handelsverbindungen, da Pherol nur wenig zu bieten hat. Es gab dort nie irgendwelche separatistischen Tendenzen.« »Habt ihr die vielen Schiffe auf dem Raumhafen gesehen? Durch Zufall sah ich in die Richtung der Werft. Das, was ich erkannte, ist erstaunlich. Viele Anlagen können sich hinter dieser verstecken. Hier geht ganz Großes vor sich, Kalaran.« »Ich stimme dir zu, Larut. Vor allem ahne ich inzwischen auch, wieso einige Gouverneure so verspätet ihre Berichte schickten. Ich sollte nicht erfahren, dass sie sich in Wahrheit vom Imperium losgesagt und der Republik angeschlossen haben. Der Gouverneur von Oibotene, sein Name lautet Vlitom, sprach von Gouverneuren, die mit dem Gedanken der Loslösung vom Imperium spielen. Vlitom sprach von einem Konstrukt, dem einige zugeneigt seien. Dieses Konstrukt ist die pherolische Republik. Jetzt ergibt das alles Sinn, einen für mich erschreckenden Sinn. Dieser Entwicklung muss Einhalt geboten werden.«

* * *

Soquezxl und Muruba liefen zu der Gemeinschaftszelle, in der die sechs Gefangenen zurzeit einsaßen. »Wir müssen unbedingt wissen, wer der oder die Drahtzieher hinter dem Aufstand sind. Nach dem, was uns Chüloda und Pertej berichteten, wäre niemand von der Bevölkerung auf die Idee eines Aufstands gekommen.« »Vor allem schadeten sie in erster Linie damit ihren Mitbürgern. Ganz abgesehen davon brachten sie mehr Einwohner gegen sich auf als jene, die ihnen zu folgen bereit waren. Genau das ist es, was für mich keinen Sinn macht, Leytek.« Vor der Zelle standen zwei Wachen, die salutierten, als die beiden auf sie zuliefen. Soquezxl befahl, den Eingang zu öffnen, was einer von ihnen auch sofort durchführte. Zusammen mit Muruba betrat der General die Zelle und blieb in der Mitte des Raums stehen. »Einer von euch wird mir verraten, wie ihr auf die Idee mit dem Aufstand gekommen seid.« Die Anführer sahen von Soquezxl zu den jeweils anderen, aber keiner kam der Aufforderung des Generals nach. Der Admiral ging auf die Putschisten zu und sah sie der Reihe nach an. »An eurer Stelle solltet ihr euch schnell darauf einigen, wer dem General antwortet, ansonsten gehe ich hinaus und gebe die Anweisung, den Eingang zu schließen. Dann seid ihr ganz allein mit dem General.« Die sechs Männer sahen Muruba nur an und schwiegen weiterhin. »Ihr wollt es anscheinend nicht anders. Soquezxl, sie gehören dir.« Muruba verließ die Zelle und kurz darauf glitt das Schott zu. »Was ist mit dem General? Wieso bleibt er mit den Gefangenen allein? Das ist doch viel zu gefährlich für ihn.« Auf die letzte Bemerkung hin musste Muruba laut lachen, woraufhin die beiden Soldaten den Admiral irritiert ansahen. »General Soquezxl will das so haben, also bin ich seinem Ersuchen nachgekommen.« »Das hörte sich irgendwie anders an, Admiral.« »Ich kenne ihn besser als ihr.« »Wenn Sie das so sagen.« »Er wird die Gefangenen verhören. Dazu reicht eine Person voll und ganz. Ich stehe nur im Weg herum.« »Wollen Sie denn gar nicht wissen, was die Gefangenen aussagen?« »Das wird mir General Soquezxl später alles berichten. Macht euch übrigens keine Gedanken. Es wird nur für die Gefangenen gefährlich, nicht für General Soquezxl.« Muruba lachte nochmals laut und lief zum nächsten Lift.

* * *

General Kelschin drängte darauf, dass alles, was Major Lergexr mitzunehmen gedachte, aus dem Büro entfernt wurde. Anschließend gab der General die Anweisung, die jetzt fehlende Ausstattung zu ersetzen. Da er für diese Aktion nicht anwesend sein musste, ging er zu der Kontrollzentrale, um von dort aus die Arbeiten der Echsen zu beobachten. Auch wenn er es ihnen gestattete, ihre Ausrüstung mitzunehmen, so traute er ihnen doch nicht ganz. Zumindest ein Punkt beruhigte Kelschin, weshalb er das Geschehen auch entspannt verfolgte. Die Tatsache, dass die Echsen ihre Ausstattung von Minchoxr entfernten, bedeutete ihm, dass sie tatsächlich das System aufgaben und den Syntagi überließen. Es fühlte sich für Kelschin wie ein großer Triumph an, dass er letztendlich über die Echsen und besonders über General Fepulkrt die Oberhand behielt. Zufrieden nahm er zur Kenntnis, dass der Kommandant für die Arbeiten viele Mitglieder der Besatzung einsetzte, weswegen sie schneller zum Ende kamen, als er insgeheim befürchtete. Zusammen mit der letzten Gruppe von Soldaten, die noch einige Behälter trugen, kamen auch ihre Wissenschaftler sowie die ehemalige Besatzung, die von Major Lergexr angeführt wurde. Beim Kommandanten blieben sie stehen und unterhielten sich einen Augenblick, was Kelschin zum Anlass nahm, um die Zentrale zu verlassen. Draußen hastete er zum Lift, fuhr damit nach unten und eilte zum Ausgang. Ab da lief der General im normalen Tempo weiter, um nicht den Eindruck zu erwecken, dass er unsicher sei. Zügig, aber in einem würdevollen Gang marschierte er auf die Gruppe vor dem Schiff zu, die ihm erst wenige Schritte, bevor er bei ihr ankam, ihre Aufmerksamkeit schenkte. Der Kommandant sah den General an und ging ihm zwei Schritte entgegen. »Was führt Sie zu uns, General?« »Sind alle Ihre Ausrüstungsgegenstände verladen?« »Ja, die Behälter, welche gerade verladen werden, sind die letzten. Ich hätte mich ohnehin in Kürze bei Ihnen gemeldet.« Er wandte sich zu der Gruppe um und deutete zum Einstieg des Schiffs. »Geht hinein. Sie werden von Soldaten erwartet, die Ihnen Ihre Quartiere zuweisen.« Nachdem die Gruppe im Schiff verschwunden war, widmete sich der Kommandant wieder dem General. »Warten Sie hier, General. Es will noch jemand mit Ihnen sprechen.« Verwundert sah Kelschin dem in das Schiff gehendem Befehlshaber nach, da er eigentlich nur damit rechnete, dass er ihm allein den Abflug melden wollte. Gespannt wartete er darauf, wer mit ihm zu sprechen gedachte und vor allen warum. Es dauerte nicht lange, bis der Kommandant in Begleitung eines Offiziers wieder aus dem Schiff kam. Kelschin glaubte, nicht richtig zu sehen, weshalb er auf die beiden zuging. »General Fepulkrt, mit Ihnen hätte ich nicht gerechnet. Der Kommandant bemerkte nicht, dass Sie an Bord sind.« »Das geschah auf meine Anweisung, Kelschin.« »Was kann ich für Sie tun, General?« »Es geht um unsere behelfsmäßigen Containerunterkünfte. Wenn Sie nichts dagegen einzuwenden haben, überlasse ich sie Ihnen. Wir haben keine Verwendung mehr dafür und überhaupt ist der Abbau zu aufwendig. Das lohnt sich nicht.« »Nein, ich habe nichts dagegen einzuwenden. Für die Container gibt es hier Verwendungsmöglichkeiten. In einem von ihnen befindet sich mein Büro. Es handelte sich ursprünglich um das von Major Lergexr.« »Dann sind wir uns einig. Im Übrigen gratuliere ich Ihnen, Kelschin. Ihr Angriff auf dieses System war eine hervorragende taktische Aktion. Sie schafften es, unsere Flotte in sehr kurzer Zeit außer Gefecht zu setzen.« Kelschin glaubte, nicht richtig zu hören, denn das Letzte, was er von Fepulkrt erwartete, war ein Kompliment zur Einnahme von Minchoxr. »Ich danke Ihnen für Ihre Höflichkeit, Fepulkrt.« »Minchoxr gehört nun Ihnen, Kelschin. Grüßen Sie Farschgu von mir.« »Das ist nicht mehr möglich, denn Farschgu lebt nicht mehr. Ich bin jetzt das Regierungsoberhaupt von Deschkan.« Fepulkrt zeigte sich sichtlich überrascht, denn damit hatte er nicht gerechnet. »Was ist geschehen, Kelschin?« »Das braucht Sie nicht zu interessieren, Fepulkrt. Es ist eine rein interne Angelegenheit von Deschkan.« »Natürlich ist es das.« Fepulkrt zog ein Tuch aus seiner Hosentasche, dabei fiel ein Datenkristall zu Boden. Kelschin bemerkte dies, ließ es sich allerdings nicht anmerken. Der General wischte sich mit dem Tuch über die Stirn und steckte es wieder ein. »Wir fliegen jetzt ab. Ich wünsche Ihnen viel Erfolg mit Ihrer Neuerwerbung.« Fepulkrt wandte sich ab und ging zum Schiff. Kelschin wartete, bis er darin verschwunden war, dann hob er den Datenkristall auf, steckte ihn ein und ging ohne Eile zur Kontrollzentrale hinüber, obwohl er auf den Inhalt neugierig war.

* * *

Der Wirt kam aus der Küche und brachte bestelltes Essen heraus, das er auf dem Tresen abstellte. Die Frau trug die Teller zu einem Tisch und verteilte sie vor den einzelnen Personen. »Lassen Sie es sich schmecken.« Die Bedienung kehrte zum Tresen zurück, stützte sich mit der linken Hand darauf ab und sah den Wirt an, der immer noch mangels Bestellung dastand.

»Was sind das für vier Gestalten?«, fragte der Wirt seine Bedienung. »Das sind Touristen, die aber die Zeit nutzen wollen, hier Geschäftsverbindungen anzuknüpfen.« »Wo kommen die denn her?« »Das sagte er mir nicht. Der Mann erwähnte nur, dass sie nicht von Pherol seien.« »Findest du das nicht ein wenig merkwürdig?« »Nein, denn sieh dir nur deine Gäste an: Einer ist merkwürdiger als der andere. Die vier passen also sehr gut zu dem Publikum, nur dass sie nicht von hier sind.« »Da links hat gerade jemand gewinkt.« Die Bedienung ging zu dem Tisch, den ihr der Wirt bedeutete, während er selbst zu dem Vierertisch lief. Davor blieb er stehen und sah in die Runde. »Sagt Ihnen das Essen zu?« »Ja, es ist sehr gut. Haben Sie das gekocht?«, antwortete Galgion. »Ja, ich bin der Wirt dieses Lokals. Ihr seid Touristen und nicht von Pherol?« »Das stimmt ganz genau.« »Hier auf Pherol gibt es nicht viel zu sehen. Wieso suchtet ihr euch ausgerechnet diesen Planeten aus?« »Wir hoffen, eventuell die eine oder andere Geschäftsverbindung zu etablieren.« »Seid ihr Händler?« »Ja, das sind wir.« »Wie wollt ihr die Waren nach Pherol transportieren?« »Natürlich mit unserem Schiff.« »Meine Frage war überflüssig. Verzeihen Sie mir bitte.« »Das ist doch kein Problem.« »Wohnt ihr hier in der Nähe?« »Wir quartierten uns in dem Hotel unweit von Ihrem Lokal ein. Der Mann an der Rezeption hat uns Ihr Lokal empfohlen.« »Den Mann kenne ich gut. Ich wünsche Ihnen einen angenehmen Aufenthalt.« Der Wirt ging zum Tresen und blieb nachdenklich dahinter stehen. Kurz darauf kam die Bedienung von einem der Tische und stellte sich vor die Theke. »Was wolltest du denn von ihnen?« »Ich erkundigte mich nur, ob ihnen mein Essen zusagt.« »Wozu sollte das gut sein?« »Vielleicht kommen sie dann noch einmal vorbei.« »Die vier machen dich auch nicht reicher.« Der Wirt machte eine wegwerfende Handbewegung und verschwand in der Küche. »Der hat vielleicht Probleme. Das sind Touristen, die er nie mehr wieder sieht«, brummte die Bedienung und warf einen Blick über die Tische. Zuletzt sah sie zu den vier Gästen, von denen gerade der letzte seinen Teller von sich schob. Sie ging zu dem Tisch und räumte das Geschirr ab. »Darf ich euch noch etwas bringen?« »Bitte bringen Sie uns noch einmal die gleichen Getränke.« Ohne eine Bestätigung zu geben, ging die Frau weg und verschwand in der Küche. Kurz darauf kam sie hervor, goss die Getränke ein und servierte sie. Die Bedienung stellte die Gläser vor sie hin und Kalaran setzte dazu an, eine Frage zu stellen, jedoch kam er nicht dazu, da der Wirt die Frau zu sich rief. Sie lief eilig zu ihm und bemerkte beim Näherkommen seinen strengen Blick. »Ich will nicht, dass du dich mit den vier Gästen noch einmal unterhältst.« »Wenn sie mich

fragen, kann ich doch schlecht die Antwort verweigern.«
»Das kannst du sehr wohl, aber damit du dieses Problems
enthoben bist, wirst du sie nicht mehr bedienen. Das übernehme ich.« »Was soll das? Die Gäste sind absolut unproblematisch. Warum machst du auf einmal so einen Aufstand
mit ihnen? Ich verstehe dich nicht.« »Das musst du auch
nicht. Warum ich diesen Aufstand, wie du es nennst, mache,
braucht dich nicht zu interessieren.« Verständnislos sah die
Frau ihren Arbeitgeber an und ging weg, um andere Gäste
zu bedienen. Der Wirt fixierte die vier Touristen mit seinem
Blick, um ihr Verhalten zu beobachten. Schneller, als es ihm
recht war, zeigten sie ihm an, dass sie etwas wollten. Zügig
ging er zu ihnen und fragte sie nach ihrem Begehr. Da sie nur
zahlen wollten, kassierte der Wirt sie ab und blieb vor dem
Tisch stehen, um die Gläser abzuräumen. »Ich wünsche Ihnen allen noch einen schönen Abend.« Jeder erwiderte den
Wunsch, dann standen sie auf und verließen das Lokal. Mit
einem zwielichtigen Grinsen sah er ihnen nach.

*

Auf dem Weg zurück zum Hotel brach Belmnod das an-
fängliche Schweigen. »Fandet ihr das nicht auch ein wenig
merkwürdig, dass uns zum Schluss der Wirt bedient hat?«
»Sie musste eben andere Gäste bedienen.« »Die Bedienung sah nicht gerade viel beschäftigt aus. Der Wirt hat sie
weggeschickt und kam anschließend zu uns. Mir gefällt das
nicht, Larut.« »Du siehst das zu negativ, Morgi.« Die Gruppe betrat das Foyer und sie sahen einen Mann, der bei dem
Angestellten an der Rezeption stand. Sie durchquerten den
Vorraum und stiegen die Treppe hinauf. Kalaran bemerkte
als Einziger von ihnen, dass der Unbekannte ihnen nachsah
und dabei keine vertrauenerweckende Miene zur Schau trug.
Als sie vor ihren Zimmern standen, hielt Kalaran sie auf und

wirkte dabei ungewöhnlich ernst. »Packt eure Sachen. Wir verlassen dieses Hotel.« »Nicht dass ich etwas dagegen habe, aber warum kommst du gerade jetzt zu der Entscheidung?« »Ich teile inzwischen deine Bedenken, Morgi. Der Mann an der Rezeption wirkte auf mich verdächtig.« »Du beabsichtigst doch sicher nicht, einfach so an ihm mit der Tasche vorbeizulaufen?« »Natürlich ist das nicht mein Plan. Wir lassen noch ein bisschen Zeit verstreichen, dann wird Larut vorsichtig die Treppe hinuntergehen und die Lage prüfen. Ich hoffe nur, dass er nicht mehr lange hierbleibt. Wenn er das Hotel verlassen hat, ergreifen wir die Flucht.« »Wohin willst du dich denn wenden?« »Das entscheiden wir nach dem Abflug.« Sie unterhielten sich noch eine Weile, dann lief er den Gang zurück und schlich die Treppe langsam Stufe um Stufe hinab, bis er zur Rezeption spähen konnte. Er sah den Mann noch davor stehen, jedoch gewann Galgion den Eindruck, dass er zu gehen beabsichtigte. Deshalb beschloss er, seine Position beizubehalten und weiter zu beobachten. Tatsächlich musste er nicht mehr lange warten, bis der Mann das Hotel verließ, woraufhin Galgion seinen Platz aufgab und zurückging. Als er das Zimmer der Frauen erreichte, sah er, dass Kalaran ebenfalls in dem Raum stand. »Er ist gegangen«, erklärte Galgion, als er hereinkam. »Dann gehen wir.« »Das sagst du einfach so. Was ist mit dem Mann an der Rezeption? Er wird doch garantiert misstrauisch werden.« »Das stimmt auch wieder, Larut.« Einen kurzen Augenblick dachte der Alkt darüber nach. »Er könnte uns wirklich Schwierigkeiten bereiten. Uns bleibt nur eines zu tun: Wir müssen ihn gefangen nehmen.« »Sollen wir ihn etwa mitnehmen, Kalaran?« »Nein, daran dachte ich selbstverständlich nicht. Er bleibt hier im Hotel. Es geht nur darum, dass wir einen Vorsprung gewinnen, Larut. Sucht etwas, womit wir ihn fesseln können.« Während die Männer nach nebenan gingen, begannen die Frauen, in ihrem Raum nach etwas Brauchbarem zu suchen. Schon bald darauf kamen Kalaran und Galgion wieder in das Zimmer. »Bei uns fanden wir nichts, was uns als für den Zweck als geeignet erschien.« »Dafür haben wir etwas ausfindig gemacht«, erklärte Wariot und hielt eine Schnur empor. »Genau das benötigen wir. Larut, lass uns gehen.« Die beiden Männer verließen das Zimmer, eilten den Gang entlang und liefen vorsichtig die Stufen zum Foyer hinab. Der Mann an der Rezeption starrte auf einen Bildschirm und verfolgte anscheinend das Programm eines Senders. Diese Ablenkung kam den beiden entgegen, weswegen sie sich von hinten anschlichen. Kalaran packte seine Arme und fixierte sie. Galgion fesselte den Mann daraufhin an den Stuhl. Anschließend knebelten sie ihn und Galgion eilte nach oben, um die Frauen zu holen. Schon bald kamen sie in das Foyer gerannt, warfen nur einen kurzen Blick auf den gefesselten Angestellten und eilten aus dem Hotel. Alle vier schwangen sich in ihr Fahrzeug, und Kalaran, der auf dem Fahrersitz saß, manövrierte den Gleiter auf die Straße und raste mit Höchstgeschwindigkeit in Richtung des Zentrums davon. »Wir hätten den Mann an der Rezeption fragen sollen, wer der Unbekannte war, mit dem er sich unterhielt.« »Das sagst du jetzt, Larut. Ich habe nicht daran gedacht. Es hätte ohnehin zu lange gedauert.« »Was hast du vor?« »Im Zentrum können wir untertauchen. Dort widmen wir uns weiter unserer Aufgabe. Wir brauchen mehr Informationen.«

* * *

Kölpa und Ireipehl beschäftigten sich mithilfe von Rekila mit der Herstellung des Mittels gegen die Krankheit, während Utrak, Tescherketu und Spesiluwo mit der Verabreichung des Serums an die Erkrankten beschäftigt waren. Als Kölpa zu der Ansicht gelangte, dass Ireipehl allein mit der Arbeit fortfahren konnte, verließ er das Büro und ging zu der Station, in der die Frau noch bleiben musste. »Wie fühlst du dich?«, fragte er über die Sprechanlage. »Ich will es als zunehmend instabil bezeichnen. Es wird nicht mehr sehr lange dauern, bis die letzte Phase beginnt. Dann stehe ich nicht mehr für eine Kommunikation zur Verfügung.« »Das weiß ich. Aus diesem Grund suche ich dich jetzt auf.« »Vielen Dank, Kölpa. Ich bin für jedes Gespräch dankbar. In dieser Station bin ich von allem isoliert. Über was willst du sprechen?« »Es geht mir um diesen Vermittler, der als dein Kunde aufgetreten ist. Kannst du mir etwas über ihn erzählen?« »Warum interessiert er dich? Das Geschäft ist abgewickelt und er ist sicher gleich abgereist.« »Vermutest du das nur oder ist es Gewissheit?« »Es ist keine Gewissheit.« »Diese Person interessiert mich aus einem einzigen Grund. Wer ist der Auftraggeber, der hinter ihm steht?« »Wozu soll das interessant sein?« »Deine Frage meinst du doch nicht etwa ernst?« »Wieso sollte ich sie nicht ernst meinen?« »Es geht darum, dass wir, wenn der Auftraggeber bekannt ist, präventiv agieren können. Schließlich will er die Krankheit als eine biologische Waffe einsetzen. Entweder zum Zweck der Erpressung oder aus politischer Motivation.« »Das ist nicht von der Hand zu weisen.« »Hast du dir keine Gedanken über die Beweggründe des Auftraggebers gemacht?« »Nein, für mich war einzig die Bezahlung der entscheidende Faktor, und die ließ sich auf alle Fälle sehen.« »Damit bist du nicht besser als der Auftraggeber.« »Um solche Ansprüche ging es mir nie.« »Dann wird es höchste Zeit, das zu ändern. Wie hast du mit dem Mann Kontakt gehalten?« »In der Regel nahm er mit mir Verbindung auf, doch gab er mir auch die Möglichkeit, dass ich auch ihn anrufen kann.« »Das ist der Punkt, an dem wir ansetzen können.« »Das bedeutet allerdings auch, dass er sich nach wie vor auf Eswordon aufhält, was ich allerdings zu bezweifeln vermag.« »Ich schiebe das nicht so weit weg wie du. Es ist doch auch möglich, dass er dich noch einmal für eine neue Aufgabe benötigt. Wenn die Situation hier entspannt ist, fliegen wir nach Eswordon und versuchen, mit ihm in Kontakt zu treten.« »Was soll ich dem Vermittler als Grund nennen, weshalb ich ihn anrufe?« »Frage ihn doch einfach, ob der Auftraggeber mit deiner Arbeit zufrieden ist. Außerdem biete ihm auch deine weiteren Dienste an, falls er sie benötigt.« »Das mache ich nur äußerst ungern, denn der Vermittler ist eine ausnehmend unangenehme Person.« »Das Geld, welches er dir gab, hast du dafür als angenehm empfunden.« »Es ist schon gut, Kölpa. Ich nehme mit ihm Verbindung auf.« »Nichts anderes wollte ich von dir hören.« »Entschuldige mich jetzt bitte. Ich glaube, es geht gleich los.« Rekila hielt sich mit der Hand den Bauch und rannte in den Hygieneraum. »Hoffentlich ist sie schnell genug«, brummte Kölpa und ging in das Büro von Ireipehl.

* * *

Die beiden Wachen, welche vor der Zelle standen, zuckten zusammen, als sie Geräusche von innerhalb des Gefängnisses vernahmen. Schnell wurde es darin vernehmbar lauter, was mit einigen polternden Lauten einherging. Den Abschluss des Lärms bildete ein schmetterndes, unüberhörbares Krachen gegen das Schott, dann kehrte Stille ein. »Sollen wir hineingehen, um nachzusehen, ob es dem General gut geht?« »Nein, denn du weißt genau, was der Admiral zu uns sagte.« »Dann warten wir eben noch eine Weile.« Unruhig und nicht mit dem besten Gewissen versehen liefen die zwei Wachen im Gang hin und her, dabei immer wieder auf das Schott blickend, so als könnten sie auf diese Weise den Augenblick, wenn der General sich bemerkbar machte, herbeirufen. Da jedoch genau das ausblieb ebenso wie weiterer Fracas, hielten die Wachen in ihrem Lauf inne. »Mir gefällt das ganz und gar nicht und außerdem ist es mir jetzt auch vollkommen gleichgültig, was der Admiral zu uns sagte. Lass uns nachsehen, was in der Zelle vor sich geht.« Die Wachen zogen ihre Strahler und gingen zum Eingabefeld rechts neben dem Eingang. »Stell du dich davor und ich öffne die Zelle.« Der Soldat stellte sich vor den Ingress und trat bis zur gegenüberliegenden Wand des Gangs zurück. »Bist du so weit?« »Ja, ich bin so weit. Öffne schon endlich die Zelle.« Der Mann gab einen Befehl auf dem Feld ein und das Schott glitt augenblicklich zur Seite. Direkt dahinter stand Soquezxl mit der erhobenen, zur Faust geballten Hand. »Das trifft sich gut. Gerade wollte ich gegen das Schott klopfen.« Er ließ den Arm sinken und verließ das Gefängnis. »Was war denn vorhin da drinnen los?« »Es gab da nur eine kleine Unstimmigkeit zwischen den Gefangenen und mir. Sie zeigten sich nicht so gesprächsbereit, wie ich es erwartete. Das Allgemeinbefinden der Arrestanten ist ein wenig prekär. Aus diesem Grund ist medizinische Beihilfe angeraten.« Die Soldaten sahen den General ein wenig irritiert an. »Wir kümmern uns darum.« Ein palpabel gut gelaunter Soquezxl ging zum Lift und verschwand darin. Beide warfen sich einen Blick zu und gingen in die Zelle, um sich dort einen Überblick zu verschaffen. Die Arrestanten lagen in dem Raum verteilt auf dem Boden und machten dabei auf die Wachen kein gutes Aussehen. »Admiral Muruba hatte recht. Die Gefangenen befanden sich in einer gefährlichen Situation. Sie hätten am besten gleich geredet.« »Ich rufe in der medizinischen Abteilung an.« Er ging aus dem Raum und stellte sich vor das Eingabefeld, das auch gleichzeitig zur Kommunikation diente. Sofort meldete sich die Gegenseite und fragte nach dem Grund des Anrufs. »Die sechs Gefangenen bedürfen medizinischer Hilfe.« »Was ist passiert, dass die Gefangenen in ihrer Zelle zu Verletzungen kommen? Haben sie sich da drinnen etwa geschlagen?« »Das haben sie nicht gemacht. Kommen Sie doch bitte einfach vorbei.« »Wir sind gleich bei Ihnen.«

* * *

Im Zentrum der Stadt parkte Kalaran den Gleiter auf der Hauptstraße, stieg aus und holte seine Tasche aus dem Fahrzeug. »Was machst du da, Kalaran?« »Steigt schon aus und nehmt ebenfalls eure Taschen heraus, Larut.« »Wieso das denn? Wir können sie doch auch in dem Gleiter einschließen.« »Das könnten wir zwar machen, lassen es aber besser bleiben.« Alle drei entstiegen dem Fahrzeug, zogen ihre Taschen hervor und sahen Kalaran an. »Erklärst du uns vielleicht, warum wir unsere Taschen ständig mit uns führen sollen?« »Wir benutzen das Fahrzeug nicht mehr. Sicher hat der Angestellte des Hotels dem Unbekannten unseren Gleiter gezeigt. Jetzt weiß er, von welchem Verleih er ist, und der Inhaber davon wird sich auf alle Fälle an mich erinnern, ebenso wie auch daran, dass ihr am Tor auf mich gewartet habt.« »Für mich bist du ein klarer Fall von Verfolgungswahn, Kalaran. Du hast diese Person im Hotel an der Rezeption gesehen und seitdem glaubst du, dass er hinter uns her ist. Dazu kommt noch erschwerend hinzu, dass der arme Angestellte jetzt gefesselt auf seinem Stuhl sitzt und auf die Rettung hofft.« »Es handelt sich mitnichten um eine Psychose. Ich traue dieser sogenannten pherolischen Republik nicht über den Weg, abgesehen davon, dass diese seltsamen Händler anscheinend damit zu schaffen haben, Morgi.« »Deinem letzten Punkt stimme ich zu. Lasst uns weitergehen, nur falls an der absurden Geschichte Kalarans doch etwas daran sein sollte.« Sie liefen den Bürgersteig entlang und schauten dabei nicht nur die Auslagen der Geschäfte an, sondern auch die Passanten, welche ihnen entgegenkamen. Sie spiegelten ein sehr breites Spektrum der Stadt wider, denn die Palette reichte von biederen Paaren über Jugendliche, die sich gut amüsierten, bis zu Personen mittleren Alters, deren Kleidung zuweilen als ausgefallen zu bezeichnen war. Ebenso sahen sie Geschäftsleute sowie die Kehrseite der Einwohnerschaft dieser Ansiedlung. Letztere Individuen dünsteten förmlich ihre kriminelle Energie aus, daher gingen sie ihnen so unauffällig wie möglich aus dem Weg. Auch zeigte es sich, dass sie nicht die einzigen Fußgänger waren, die eine Tasche dieser Größe trugen. Kalaran ging zum linken Rand des Bürgersteigs und sah die Reihe der geparkten Fahrzeuge zurück. Er blieb nur kurz stehen, bevor er weiterging, um nicht weiter aufzufallen. »Nach was hast du denn Ausschau gehalten?« »Sieh selbst einmal die Reihe der Fahrzeuge zurück, Morgi.« Belmnod trat zur Seite und spähte nach hinten, drehte sich dann aber ganz schnell wieder um. »Was hast du, Morgi? Du warst auf einmal so hektisch.« »Ich befürchte fast, dass die Psychose von Kalaran ansteckend ist, Salka.« »Ich verstehe nicht, worauf du hinauswillst.« Wariot ging zur Seite, um ebenfalls zurückzusehen, doch zog Belmnod sie zu sich. »Sieh nur nicht nach hinten, sonst kommen wir möglicherweise in Schwierigkeiten.« »Wieso soll ich mich denn nicht umdrehen? Ist das verboten?« »Nein, aber ungefähr auf der Höhe, wo unser Gleiter geparkt ist, stehen einige Leute und starren auf das Fahrzeug. In dem Moment, als ich mich umdrehte, sahen zwei von ihnen gerade in meine Richtung.« »Glaubst du, sie haben dich bemerkt?« »Ich will es nicht ausschließen. Zumindest hatte ich den Eindruck, dass es so war.« »Eines schließe ich nicht aus, nämlich dass du inzwischen auch nervös geworden bist.« Galgion verfolgte das kurze Gespräch, beschloss jedoch nicht, es zu kommentieren. Stattdessen ging er nach rechts zum nächsten Schaufenster, blieb davor stehen und begutachtete scheinbar interessiert die Auslage. Dabei wandte er seinen Kopf so weit nach rechts, dass es so aussah, als sähe er sich ein bestimmtes Objekt an. Um den Eindruck zu verstärken, machte er einen Schritt in diese Richtung und bückte sich ein wenig. Jetzt vermochte er, den Weg zurückzublicken, ohne dass es dabei auffällig wirkte. Danach richtete er sich auf, ging zwei Schritte nach links und sah noch einmal kurz auf die Ware und lief dann den anderen hinterher. »Hast du etwas entdeckt, das dich interessiert, Larut?« »Ich habe mehr entdeckt, als mir lieb ist, Salka.« »Jetzt erzähle mir nur keine wilde Geschichten. Die von Kalaran und Morgi reichen mir üppig.« »Ich muss dich leider enttäuschen. Es geht genau darum. Die Personen, welche Kalaran und Morgi beim Gleiter stehen sahen, laufen genau in unsere Richtung.« »Das kann doch auch nur purer Zufall sein.« »Für mich ist das ein zu großer Zufall. Vor allem, da sie zügig laufen.« Wariot stieß hörbar den Atem aus, verzichtete aber darauf, ebenfalls nach hinten zu blicken. »Wir gehen da vorn in das Einkaufszentrum. Dann werden wir sehen, was an der Sache dran ist«, schlug Kalaran vor. Dort angekommen, bogen sie in die große Halle ein und beschleunigten ihren Schritt. Kalaran steuerte einen der Lifte an, welche die Kunden in die höheren Etagen beförderten. Sie ließen sich zwei Stockwerke emportragen und stiegen aus. Sie wählten eine Position direkt an dem Geländer und sahen in die Halle hinab, um die Personen dort eine Weile zu beobachten. Zunächst schien es so, als seien ihre Befürchtungen falsch, doch dann kamen ihre vermeintlichen Verfolger ebenfalls in die Halle hinein, blieben stehen und sahen sich um. Sofort traten sie von der Balustrade so weit zurück, dass sie von unten nicht mehr entdeckt werden konnten. »Wer hat hier Verfolgungswahn?«, fragte Kalaran in die Runde. »Schon gut, ich habe es gesehen. Suchen wir am besten so schnell wie möglich einen anderen Ausgang.« Die anderen stimmten Wariot zu und liefen in die entgegengesetzte Richtung des Eingangs.

*

Das Einkaufszentrum entpuppte sich als größer, als es zunächst den Anschein hatte, doch bald sahen sie, dass die Halle sich zwar verengte, aber letztendlich als Passage angelegt war. Sie liefen bis zum Ende weiter, wo sie wieder einen Lift benutzen mussten, um auf die untere Ebene zu gelangen. Unten angekommen, sahen sie kurz nach rechts, entdeckten jedoch keinen derjenigen, die sie als Verfolger einstuften. Zügig verließen sie das Einkaufszentrum und bogen dann nach links ab. Jetzt erst wagten sie, das Tempo deutlich zu erhöhen, um Distanz zum Ausgang zu gewinnen. »Das erste Lokal, das ihr seht, ist unser Ziel«, schlug Galgion vor. »Findest du nicht, dass es der falsche Zeitpunkt ist, um ein Getränk zu nehmen?« »Ganz im Gegenteil, Salka. Wenn die Gaststätte gut besucht ist, können wir da problemlos eine Weile verbringen. Unsere Verfolger rechnen garantiert nicht damit. Vermutlich werden sie davon ausgehen, dass wir so viel Distanz wie nur möglich hinter uns bringen wollen.« Die Gruppe hastete weiter, bis Belmnod ein gutes Stück vor ihnen eine Gaststätte ausmachte. »Da vorn ist ein Lokal!«, rief sie aus, als ob sie gerade eine Gewinnbenachrichtigung erhalten hätte. Erst kurz vor dem Gasthaus verlangsamten sie ihren Lauf und schlenderten wie beiläufig bis zum Eingang. Ein Blick durch das Fenster zeigte ihnen, dass das Lokal zwar gut besucht war, es jedoch noch wenige freie Tische gab. Sie gingen hinein und liefen sie zu dem hintersten Tisch, an dem sie sich niederließen, nachdem sie ihre Taschen abgestellt hatten. »Das ist ein guter Platz. Vom Fenster aus sind wir so gut wie nicht zu sehen«, stellte Wariot fest. Die Bedienung kam zu ihnen und sie bestellten die gleichen Getränke, welche sie bereits beim Essen genossen. Es dauerte nicht lange, bis der Ober mit dem Georderten bei ihnen erschien und die Gläser vor ihnen platzierte. »Leider muss ich Sie gleich abkassieren.« »Kein Problem. Wie viel bekommen sie?« Der Mann nannte Kalaran den Betrag und er rundete ihn großzügig auf. Der Ober legte das Geld auf das Tablett und ging weg. Sie nahmen einen Schluck von ihrem Getränk und stellten die Gläser wieder ab. »Das war äußerst knapp.« »Das ist wohl wahr, Kalaran.« Belmnod seufzte und sah in die Runde. »Kann mir vielleicht einer von euch erklären, was eigentlich schiefgelaufen ist? Alles schien doch so weit in Ordnung zu sein.« »Wir müssen unbewusst einen Fehler gemacht haben. Mein Verdacht richtet sich zuerst einmal gegen den Wirt. Im Nachhinein finde ich sein Verhalten ein bisschen merkwürdig.« »Im Übrigen frage ich mich, wieso dieser Unbekannte im Hotel aufgetaucht ist.« »Morgi, außer dem Angestellten natürlich wusste nur der Wirt, in welchem Hotel wir wohnen.« Nachdenklich tranken sie einen Schluck, stellten die Gläser ab und schoben sie gedankenverloren auf der Tischplatte hin und her. Eine Weile saßen sie so schweigend da und sahen dann nacheinander zum Fenster. Plötzlich vernahmen sie eine Stimme. »Das war ein netter Versuch, Leute.«

* * *

Kelschin ließ sich auf dem Stuhl seines neu ausgestatteten Büros fallen, griff in die Tasche seiner Jacke und förderte den Datenkristall zutage. Einen Moment drehte er ihn zwischen seinen Fingern, wobei sein Blick darauf hing, dann legte er den Kristall auf den Schreibtisch. Obwohl seine Neugier ihn drängte, sah er vorerst davon ab, den Inhalt anzusehen. Anstelle davon stellte er über die interne Kommunikation ein Gespräch mit der Kontrollzentrale her. »General Kelschin, was wünschen Sie bitte?« »Haben die Echsen schon um die Starterlaubnis gebeten?« »Das ist bereits geschehen. Übrigens hebt der Raumer gerade vom Landefeld ab.« »Sehr gut, ich danke Ihnen.« Der General schaltete ab und nahm den Datenkristall wieder zur Hand. »Was verbirgst du vor mir?«

496

Er fixierte kurz den Datenträger mit seinem Blick und legte ihn dann in die Aussparung seiner Konsole. Anschließend versuchte er, das Verzeichnis aufzurufen, was ihm zu seinem eigenen Erstaunen auch problemlos gelang. Er schaltete die Übersetzungsfunktion hinzu, woraufhin die Dateibenennungen in seine Sprache konvertiert wurden. »Das ist interessant, besonders die Klassifizierungen.« Kelschin beschäftigte sich intensiv mit den Daten, da sie ihm immer neue Einteilungen boten. Der Inhalt nahm Kelschin so gefangen, dass er die Zeit darüber vollkommen vergaß. Schließlich stieß er auf einen Eintrag, der ihm zu Anfang wenig ansehenswert erschien, der ihn bis zum Ende am meisten fesselte. Er klebte förmlich an den Einträgen, bis er schließlich die Lektüre beendete und die Anwendung schloss. Kelschin stand auf und stürmte aus seinem Büro und anschließend aus dem Gebäude. Am Rand des Landefelds hielt er kurz inne, bevor er zu seinem Flaggschiff ging. Er eilte hinein und begab sich zur Zentrale des Schiffs, wo er zu dem Kommandanten ging. »Kommen Sie mit mir zur Seite. Ich muss mit Ihnen unter vier Augen sprechen.« Die beiden begaben sich zu einer Ecke der Zentrale, in der sich niemand aufhielt, da der Betrieb nur mit einer minimalen Besatzung aufrechterhalten wurde. »Was gibt es denn, General?« Kelschin holte den Datenkristall aus der Jackentasche und hielt diesen dem Kommandanten hin. »Stecken Sie ihn ein.« »Was soll ich damit machen?«, fragte der Kommandant, während er ihn in einer Tasche verschwinden ließ. »Erstellen Sie Kopien davon. Anschließend widmen Sie sich mit den entsprechenden Leuten dem Inhalt. Ich will eine Einschätzung von Ihnen hören, inwiefern das für uns von Interesse oder gar Nutzen sein kann. Sobald Sie zu einem Ergebnis gekommen sind, erwarte ich Ihren Bericht. Danach sprechen wir über die sich uns bietenden Möglichkeiten.« »Ich sehe mir das im großen Besprechungsraum an. Sie hören von mir.« General Kelschin hielt den Kommandanten auf und nannte ihm den Eintrag, welchen er für am wichtigsten hielt, dann erst entließ er ihn.

* * *

Die vier drehten sich um und blickten in die Mündung eines Strahlers. »Wer sind Sie und was wollen Sie von uns? Wir sind uns keiner Verfehlung bewusst.« »Das erfahren wir noch in dem Verhör, dem wir Sie unterziehen werden.« »Ich sehe keinen Grund, Sie zu begleiten«, sagte Kalaran verärgert. »Diese Entscheidung wurde Ihnen bereits abgenommen.« Weitere fünf Männer kamen aus einer Hintertür hervor und traten neben ihren Begleiter, wobei jeder von ihnen eine Waffe in der Hand hielt. Der Wirt des Lokals eilte zu dem Mann, der zuerst in den Gastraum eintrat. »Ich bitte Sie: Machen Sie bitte kein großes Aufhebens. Denken Sie bitte an meine anderen Gäste.« Diese sahen nur kurz zu der bewaffneten Gruppe und drehten sich schnell wieder um. »Wenn diese vier Personen uns widerstandslos begleiten, wird es auch keine Probleme geben.« »Kommen Sie der Aufforderung nach und verlassen Sie mein Lokal. Ich will keinen Ärger mit den offiziellen Stellen haben.« Kalaran fixierte den Wirt kurz, nahm sein Glas, trank es aus und stand auf. »Um des Friedens willen begleiten wir Sie.« »Das ist eine weise Entscheidung.« Auch die anderen tranken aus, standen auf und folgten der Geste des Mannes mit der Waffe. Durch den Hinterausgang verließen sie den Gastraum, liefen einen langen, dunklen Gang entlang und fanden sich auf der anderen Seite des Gebäudes auf einem Hof wieder, der an einer Straße endete. Die Männer forderten sie auf, stehen zu bleiben, und sahen zu dem letzten Begleiter, der gerade ein Gespräch beendete. »Wollen Sie das Verhör etwa hier im Hof durchführen?« »Nein, das wäre zu einfach. Wir werden einen kurzen Flug machen. In unserem Büro lässt es sich viel besser reden, und das werden Sie auch, ob Sie das wollen oder nicht.« »Soll das etwa eine Drohung sein?« »Fassen Sie es auf, wie Sie wollen.«

* * *

Der Angestellte des Hotels saß nach wie vor auf seinem Stuhl hinter dem Empfangstresen der Rezeption und versuchte, sich von seinen Fesseln zu befreien, was ihm jedoch nicht gelang, da Galgion sich darauf verstand. Nach mehreren Versuchen stellte er seine Versuche ein und ergab sich in sein Schicksal. Die einzige Hoffnung, welche ihm blieb, war, dass jemand das Hotel aufsuchen würde, um nach einem Zimmer zu fragen, jedoch stufte er diese Hoffnung als sehr gering ein, da die Frequentierung von Gästen in letzter Zeit nicht hoch war. Er wusste nicht, wie viel Zeit verging, seit er so dasaß, als tatsächlich fünf Personen das Foyer betraten. Das Einzige, was ihm daran missfiel, war, dass so viele Personen auf einmal hereinkamen, was nicht als typisch für dieses Hotel bezeichnet werden musste. »Befreit diesen Mann von seinen Fesseln«, befahl einer von ihnen, der offensichtlich das Sagen hatte. Zwei der Männer gingen hinter die Rezeption und entfernten den Strick sowie den Knebel. »Vielen Dank. Wer auch immer ihr seid. Ich dachte schon, dass die nächste Zeit niemand hereinkäme.« »Wer hat das mit Ihnen gemacht?« »Es handelte sich um Hotelgäste.« Der Mann wollte weiterreden, aber der Leiter der Gruppe machte eine vehemente Handbewegung, die ihm Schweigen gebot. »Nehmt ihn mit. Er wird noch die Gelegenheit erhalten, uns alles zu erzählen.« »Ich bin doch das Opfer!« »Seien Sie endlich still!« Die zwei Männer brachten den Angestellten aus dem Hotel hinaus und zwangen ihn in einen ihrer beiden Gleiter. »Sie bleiben hier und sorgen dafür, dass das Hotel geschlossen wird.« Der Angesprochene nickte nur und der Leiter verließ dann mit dem anderen Mann ebenfalls das Foyer und nahm in dem zweiten Fahrzeug Platz. »Fliegen Sie los, aber mit Tempo bitte. Sie wissen, dass Eile vonnöten ist.« Die Gleiter rasten davon und der Angestellte überlegte, was er denn falsch gemacht hatte, dass er einen Anlass bot, verhaftet zu werden. Das Ergebnis, zu dem er kam, stellten die ominösen Hotelgäste dar.

* * *

Kölpa suchte Rekila in der Station auf, um sie untersuchen, nachdem sie ihm bestätigt hatte, dass das Gegenmittel seine Wirkung zeigte. »Wie geht es dir?« »Nach der ersten Mahlzeit geht es mir deutlich besser, Kölpa.« »Sehr schön. Es liegt in deinem ureigensten Interesse, dass du mir Hinweise gibst, auf was ich im Speziellen achten muss.« Sorgfältig nahm Kölpa an ihr die notwendigen Untersuchungen vor und ergänzte sie mit den Ratschlägen Rekilas. Nachdem er die Arbeit beendet hatte, prüfte er mit ihr zusammen die Ergebnisse. »Was sagst du dazu?« »Das sieht alles erstklassig aus. Ich weiß genau, wenn etwas nicht stimmt. Glaube mir: Ich erzähle keine Lügen. Das hülfe mir auch nicht weiter.« »Das weiß ich. Nur aus diesem Grund glaube ich dir.« »Wie schlägt das Mittel bei den anderen Kranken an?« »Das steht natürlich in Abhängigkeit vom Stadium der Krankheit.« »Das ist mir vollkommen klar. Darf ich mit dir zusammen die Patienten visitieren? Vielleicht kann ich helfen.« »Ich nehme dein Angebot an, Rekila.« »Eine Bitte habe ich noch an dich, Kölpa. Erwähne nicht, dass ich an dem Leiden der Kranken schuld bin.« »Das plante ich nicht. Solltest du jedoch mein Vertrauen missbrauchen, hole ich das nach. Ich versichere dir, dass niemand nachforschen wird, sollte jemand deine Leiche finden.« Rekila sah Kölpa zweifelnd an, allerdings wusste sie, dass er das Gesagte ernst meinte.

Die beiden verließen die Station, gingen zur nächsten und sahen zuerst durch das Fenster hinein. »Die Frau ist schon in einem etwas fortgeschritteneren Zustand.« »Ja, ihr Zustand hat sich nicht weiter verschlechtert, aber auch nicht viel verbessert.« »Gehen wir hinein, Kölpa. Ich muss sie mir ansehen.« Sie entnahmen einem Schrank die Schutzanzüge, streiften sie über und betraten die Abteilung. Sofort ging Rekila zu der Patientin, betrachtete sie eingehend und prüfte dann ihre Werte. »Es ist, wie du sagtest, Kölpa.« »Was erwartest du denn von mir?« »Das sollte kein Zweifel sein. Es war nur eine Feststellung von mir.« »Schon gut, was schlägst du vor?« »Wir geben ihr noch eine weitere Injektion, aber dieses Mal nur ein Viertel der Menge.« »Warum darf sie keine volle Dosis erhalten?« »Eine weitere volle Dosis bringt sie um.« »Das ist gut zu wissen. Ich bereite die Injektion vor.« Kölpa verließ die Station und kam bald darauf mit dem Gerät zurück. Rekila nahm es ihm ab, prüfte kurz die Angabe des Inhalts und verabreichte der Patientin das Mittel. »Mehr können wir im Moment nicht für sie tun. Einer der Ärzte muss sie allerdings ständig kontrollieren, da leider nicht auszuschließen ist, dass es zu Komplikationen kommen kann.« »Das klingt nicht gut.« »Das ist in dieser Phase durchaus normal.« Sie verließen die Station und gingen zum nächsten Patienten. Auf dem Weg dorthin begegneten sie Utrak, der von Kölpa entsprechend instruiert wurde. Sie gingen danach weiter zu dem Kranken, den sie begutachten wollten. Nach ihm arbeiteten sie auch die anderen Fälle ab, bis sie endlich ihre Schutzanzüge ablegen konnten. »So weit es absehbar ist, werden alle geheilt.« »Ich hoffe es für dich, Rekila.« »Wenn es Schwierigkeiten gibt, dann sag mir einfach Bescheid.« »Wie soll ich das jetzt verstehen? Wohin willst du gehen?« »Mir steht der Sinn nach einem vernünftigen Essen in der Kantine des Schiffs. So toll ist hier bei euch die Verpflegung auch wieder nicht. Begleitest du mich?« »Unbedingt, denn ich lasse dich bestimmt nicht allein im Schiff herumlaufen. Warte einen Moment. Ich muss noch ein Gespräch führen.« Kölpa ging zu einer der Kommunikationsstellen und sprach kurz mit der Gegenseite und begab sich dann ohne Eile zu Rekila. »War das Gespräch so wichtig?« »Hast du schon ein Quartier zugewiesen bekommen?« »Nein, bislang wurde mir dieser Luxus nicht zugestanden.« »Eben darum kümmerte ich mich gerade.« »Ich hoffe, das Quartier ist schön.« »Es wird albtraumhaft schön sein.« Rekila sah Kölpa mit einem ungläubigen Blick an. »Was willst du damit sagen, Kölpa?« »Ich will damit zum Ausdruck bringen, dass du dich einfach überraschen lassen sollst.« Die Antwort wischte ihr seltsames Gefühl nicht vollständig weg, denn das sarkastische Grinsen Kölpas verhieß ihr nichts Gutes. Sie hielt diesen Anblick nicht lange aus, weswegen sie in Richtung des Ausgangs sah. »Lass uns gehen, Kölpa. Ich bin schon darauf gespannt, was die Küche heute bietet.« Beide verließen den Raum und gingen zum Lift.

* * *

Soquezxl kontaktierte Muruba, um ihm mitzuteilen, dass er ihn wegen des Verhörs zu einer Besprechung treffen wollte. Da der Admiral nicht sogleich Zeit fand, dauerte es etwas länger, bis sie in dem vereinbarten Raum an dem Tisch Platz nahmen. »Was hat dein Verhör ergeben, Soquezxl?« Zu einer Antwort kam der General nicht, denn in dem Augenblick glitt das Schott beiseite und eine Frau stürmte in den Besprechungsraum. »Verzeihung, aber wir sind gerade in einer Konferenz«, sagte Muruba in einem höflichen Tonfall, was sie nicht dazu bewog, den Raum wieder zu verlassen. »Das sehe ich, Admiral.« »Nach der Konferenz habe ich Zeit für Ihr Anliegen.« »Sie nehmen sich jetzt Zeit für mich!«, sagte sie in einem befehlsmäßigen Ton, der sogar Soquezxl so weit erstaunte, dass er sich zu ihr umdrehte. »In meiner Funktion kann ich Sie jederzeit zu einem Gespräch aufsuchen, wenn ich das für notwendig erachte, Admiral.« Muruba sah, dass der General kein Verständnis für das Verhalten der Frau aufbrachte, jedoch schwieg, um dem Admiral nicht seine Autorität zu nehmen. »Darf ich dir die leitende Ärztin der Gyjadan, Major Sinkara, vorstellen?« »Ich hoffe, sie ist nicht nur in ihrem Auftreten gut.« »Nachdem diese unbedeutende Formalität erledigt ist: Aus welchem Grund suchen Sie mich auf?« »Der Grund sitzt Ihnen gegenüber, Admiral. General Soquezxl, wie konnten Sie nur in dieser Art und Weise mit den Gefangenen umgehen? Sie liegen alle in meiner medizinischen Abteilung und meine Ärzte haben alle Hände voll damit zu tun, die Patienten zu versorgen. An eine schnelle Entlassung ist überhaupt nicht zu denken!« Soquezxl sah Sinkara ungerührt an, was ihr sichtlich unangenehm war. »Die Gefangenen wollten nicht kooperieren und zeigten sich dementsprechend renitent. Sie glaubten tatsächlich, dass sie eine Chance hätten, wenn sie mich alle gleichzeitig angreifen. Es blieb mir nichts anderes übrig, als sie in ihre Schranken zu verweisen.« »Das werde ich überprüfen.« »Machen Sie das, wenn Ihnen danach ist.« Sinkara schnaubte verächtlich und kämpfte verbissen um ihre Beherrschung, die sie schnell wieder unter Kontrolle bekam. »Sollte ich etwas Abweichendes erfahren, werde ich das melden.« »Das ist mir vollkommen egal.« Soquezxl stand auf, stellte sich vor Major Sinkara und sah auf sie herab. »Wenn ich eines nicht mag, dann ist es der Versuch von jemandem, mir zu drohen.« Sinkara sah nur noch kurz in das Gesicht von Soquezxl und rannte dann eilig aus dem Raum. Darauf nahm der General Platz und blickte Muruba an, der ihn streng musterte. »Ganz unter uns, Soquezxl: Entspricht deine Version der Wahrheit?« »Nein, meine soeben geschilderte Darstellung genügt nicht der Realität. Die Gefangenen wollten nicht mit mir kooperieren und aus diesem Grund sah ich mich gezwungen, etwas nachzuhelfen.« »Ich wies die Arrestanten, bevor ich die Zelle verließ, darauf hin. Abgesehen davon kannten sie das Risiko, auf das sie sich einließen, ganz genau. Schließlich erlebten sie das bereits in ihrem Hauptquartier. Meines Erachtens sind sie an dem, was ihnen widerfuhr, selbst schuld.« »Macht Major Sinkara das wirklich wahr, was sie ankündigte?« »Das wird Major Sinkara machen, soweit kenne ich sie inzwischen, aber ich werde ihre Beschwerde mit einem entsprechenden Vermerk versehen. Damit ist die Angelegenheit erledigt. Diese Anführer sind verantwortlich für viele Tote und es geht darum, noch mehr Unheil zu verhindern. Ich weiß, dass normalerweise nicht jedes Mittel recht sein kann, um ein sogenanntes höheres Ziel zu erreichen, jedoch kommt es dabei auf die verantwortliche Abwägung an.« »Ihr im Imperium hegt zu viele Bedenken. Genau das ist eure Schwäche. Aus diesem Grund wird das Imperium immer dem Echsenstaat von Tinokalgxr unterlegen sein.« »Genau das sehe ich nicht so. Lassen wir aber dieses Thema fallen, denn das führt jetzt zu nichts. Erzähle mir, was dein Verhör ergeben hat.« »Auch sie sprachen von dieser Person, die auch Gouverneur Vlitom auf seine Seite ziehen wollte. Zunächst kontaktierte dieser Mann eine wichtige Person und versuchte, sie zu überzeugen, dass eine neue politische Konstellation zum Vorteil von Oibotene gereichen wird. Das geschah nach dem vergeblichen Vorstoß bei Vlitom. Er ist anfangs hier sogar persönlich aufgetaucht, bis er zu der Ansicht kam, dass sein Erscheinen nicht mehr notwendig sei, da die ganze Sache zum Selbstläufer geworden war. Jetzt kommt der große Haken bei der ganzen Angelegenheit: Auch von den Anführern weiß keiner, wer hinter diesem Mann steht. Er gab keinen Hinweis darauf, für wen er arbeitete. Die anderen Details spielen im Moment nur eine untergeordnete Rolle. Durch unser Eingreifen haben wir ihn mit Sicherheit endgültig verscheucht. Wir haben somit keine Chance, seiner noch habhaft zu werden.« »Doch, es gibt noch eine Möglichkeit, und die heißt Vlitom.«

* * *

Vor dem Tor eines abgeriegelten Gebäudekomplexes stoppten die beiden Gleiter, bis die zwei Torflügel nach rechts und links zur Seite glitten. Die Fahrzeuge flogen ein und hinter ihnen schloss sich der Zugang wieder. Im Hof hielten sich noch weitere Sicherheitskräfte auf, die der Angestellte ebenfalls als Angehörige der örtlichen Polizeikräfte identifizierte. Die Personen stiegen aus den Gleitern aus und forderten den Mann auf, ebenfalls auszusteigen. Sie führten ihn in einen Raum, der offensichtlich Verhören diente. Die kahlen grauen Wände sowie die spärliche Ausstattung, mit nur einem rechteckigen Tisch in der Mitte sowie einem Stuhl auf jeder Längsseite, bestärkten ihn in seiner Vermutung. Jeweils zwei weitere Sitzgelegenheiten standen auf beiden Seiten neben der Tür, die wohl den Wachen vorbehalten waren. Die fahle Beleuchtung versursachte zusätzlich ein niederdrückendes Gefühl bei dem Angestellten, dessen er sich nicht zu erwehren vermochte. Er wurde aufgefordert, auf dem Stuhl Platz zu nehmen, der ihn mit dem Rücken zur Tür sitzen ließ. Der Leiter setzte sich dem Mann gegenüber und sah ihn durchdringend an. »Sie hatten also Gäste, die nicht über Nacht blieben, sondern fluchtartig das Hotel verließen, obwohl sie die Rechnung bezahlten, und als Gratiszugabe haben die Unbekannten Sie auch noch an den Stuhl gefesselt und geknebelt.« »Genau so war es.« »Haben Sie den Hauch einer Vorstellung, warum sie das mit Ihnen machten?« »Nein, ich kann mir das alles überhaupt nicht erklären«, antwortete der Mann ein wenig zu hastig, was dem Leiter nicht entging. »Sie halten sich also für vollkommen unschuldig an der Situation, in die Sie gerieten.« »Genauso ist es.« Erneut antwortete der Mann in den Augen des Fragestellers nicht wahrheitsgemäß. »Wechseln wir das Thema. Ich will die Namen der Personen wissen.« »Es waren insgesamt vier Personen, zwei Männer und zwei Frauen. Ihre Namen kenne ich allerdings nicht.« Der Leiter zuckte mit dem Oberkörper so plötzlich nach vorn, dass der Angestellte reflexartig nach hinten auswich, bis die Stuhllehne ihm Einhalt gebot. »Was soll das heißen: Sie kennen ihre Namen nicht?« »Ich vermiete Zimmer und führe keine Interviews mit meinen Gästen.« »Sie wissen genau, dass Sie die Personalien erfassen müssen, dazu auch, woher Ihre Gäste kommen. Stellt das etwa einen Versuch Ihrerseits dar, die Steuer zu hinterziehen?« »Nein, das liegt mir fern.« Langsam lehnte sich der Leiter nach hinten, hob die Hände auf Brusthöhe und legte die Fingerspitzen aneinander. »Soll ich Ihnen etwas sagen?« Der Verhörte fasste das als eine an ihn gerichtete Frage auf. »Bitte, was wollen Sie mir sagen?« »Seien Sie still, es sei denn, ich stelle Ihnen eine Frage! Ich sage Ihnen ganz direkt, dass Sie ein großer Lügner sind!« »Das stimmt nicht!« »Sie sind kein Angestellter des Hotels, sondern es gehört Ihnen! Außerdem müssen Sie den vier Gästen einen Anlass gegeben haben, Sie auf dem Stuhl zu fixieren. Sie müssen Ihnen ein tiefes Misstrauen entgegengebracht haben. Ein Punkt interessiert mich: Gab es eine Unterhaltung mit ihnen?« »Ja, einer der Männer fragte mich nach einem Lokal in der Nähe, wo sie etwas essen könnten. Ich empfahl ihm das nächstgelegene Gasthaus, das auf der gleichen Straßenseite wie das Hotel liegt. Außerdem wies ich ihn noch darauf hin, dass Frauen dort sicher sind. Es gibt hier in der Gegend Lokale, wo das nicht so ist.« »Das kann ich mir nur zu gut vorstellen. Die Gegend hat nicht gerade den besten Ruf.« Mit einem Fingerzeig bedeutete der Fragesteller an die vier Männer, welche neben der Tür saßen, dass zwei von ihnen der Sache sofort nachgehen sollten. Daraufhin standen sie auf und verließen den Raum. »Wir werden veranlassen, dass die Steuerbehörde Ihre Bücher prüft. Ich bin mir sicher, dass sie fündig werden.« Der Inhaber des Hotels erschrak, was sich in dem Zusammenzucken äußerte. Der Fragesteller nahm das mit einer zufriedenen Miene zur Kenntnis, stand auf und verließ ebenfalls den Verhörraum.

*

Als der Leiter den Nebenraum betrat, erhob sich gerade der Mann, welcher vor dem Monitor, auf den das Verhör übertragen worden war, gesessen hatte, um alles mitzuverfolgen. »Was halten Sie von dem Mann, Gouverneur Kalkata?« »Der Inhaber des Hotels hat Ihnen nicht alles gesagt.« »Genau dieser Ansicht bin ich auch. Aus diesem Grund drohte ich ihm mit der Steuerbehörde. Das hat ihn ziemlich erschreckt.« »Natürlich hat ihn das erschreckt. Ich kenne ihn und sein Hotel.« Diese Aussage überraschte den Leiter. »Der Inhaber zahlt seine Steuern nicht ordnungsgemäß. Das ist sogar der Behörde bekannt.« »Wie bitte? Der Behörde ist dieser Umstand bekannt?« »Ja, allerdings ist das Amt nie gegen den Inhaber vorgegangen, weil der Aufwand nicht das Ergebnis rechtfertigt. Bei dem Inhaber ist nichts zu holen.« »Wovon lebt er dann?« »Verbringen Sie eine Nacht in diesem Hotel und Sie wissen, an welcher Stelle er spart. Er verdient an den dubiosen Personen, die keinesfalls auffallen wollen und seine hohen Preise aus diesem Grund akzeptieren. Sollte ihn Ihre Warnung nicht beeindrucken, drohen Sie ihm mit körperlicher Gewalt. Führen Sie aber keinen Übergriff ohne meine ausdrückliche Genehmigung aus. Zusätzlich werde ich dann anordnen, wie weit Sie gehen dürfen. Sie müssen versuchen, ohne diese Möglichkeit auszukommen. Ich hoffe für ihn, dass die Ankündigung genügt, ihn zum Sprechen zu bringen. Die Zeit drängt, denn wir müssen dieser vier Personen so schnell wie möglich habhaft werden. Gehen Sie wieder nach nebenan und versuchen Sie, ihm den Rest zu entlocken.« Während der Leiter wieder in das Verhörzimmer ging, nahm Kalkata wieder vor dem Monitor Platz, um den weiteren Verlauf zu verfolgen. Kalkata sah, wie der Leiter wieder in das Bild kam und sich dem Inhaber gegenüber setzte. »Ich gebe Ihnen die Gelegenheit zur Zusammenarbeit. Dafür werden wir Ihr Problem nachsichtig behandeln.« »Viel kann ich Ihnen nicht sagen.« Diese Ankündigung gefiel dem Fragesteller, bedeutete es doch, dass er keine härteren Maßnahmen ergreifen musste. »Wenn es uns weiterhilft, soll das genügen.« »Ich sah mir den Mietgleiter an, mit dem sie zum Hotel kamen. Dieses Modell ist mir gut bekannt, da es erst seit Kurzem auf dem Markt ist. Es gibt nur einen einzigen Verleih, der diesen teuren Typ im Programm hat.« »Das ist ein guter Hinweis. Welcher Verleiher ist das und wo betreibt er sein Geschäft?« Der Inhaber gab die Information preis, woraufhin der Fragesteller eine der Wachen mit einer Handbewegung aufforderte, der Sache nachzugehen. »Das wird uns hilfreich sein. Gibt es noch etwas, das für uns von Interesse ist?« »Ja, da gibt es noch eine Sache.« Etwas ausholend schilderte der Hoteleigner seinen Kontakt und das Verhältnis zu dem Wirt des Lokals. Kalkata hörte die Aussage mit Interesse, zeigte sie ihm doch auf, wie sich die Verhältnisse auf Pherol geändert hatten. Ärgerlich nahm er das Gesagte zur Kenntnis, jedoch war ihm bewusst, dass er über keine Möglichkeit verfügte, die Situation zu ändern. Vielleicht war es ihm im Kleinen erreichbar, mehr konnte er jedoch durchsetzen. Das, was er bereits ahnte, erwies sich nun als Tatsache. Das einzige Gefühl, das ihn im Moment beschlich, entpuppte sich als Hilflosigkeit, denn die Machtstruktur arbeitete gegen Kalkata.

* * *

Drei Gleiter flogen auf den Hof ein und hielten bei den vier Gefangenen und ihren Wächtern. »Steigt schon ein. Die Männer setzen sich in den mittleren Gleiter, die Frauen in das hintere Fahrzeug.« Alle vier kamen der Aufforderung unverzüglich nach, da ihre Bewacher in Form der Waffen über die besseren Argumente verfügten. Als sie saßen, stiegen auch die anderen zu, dann flogen die Fahrzeuge aus dem Hof und in die Straße ein. Ihr Flug führte sie durch das Zentrum, bis sie zu einem unscheinbaren Haus kamen, das aussah wie andere Wohngebäude. »Wir sind an unserem Ziel angekommen. Verlasst die Gleiter.« Sie kletterten aus den beiden Fahrzeugen und blieben zwei Schritte davon entfernt stehen. Ihre Bewacher verließen auch die Gleiter und richteten dabei weiterhin ihre Waffen auf sie, wobei sie sich nicht an den Passanten störten, die sie zwar ansahen, aber dann sofort ihre Schritte beschleunigten, um möglichst schnell Distanz zu der Gruppe zu gewinnen. Für Kalaran bedeutete das, dass die Verhältnisse auf Pherol für die Einwohner nicht zum Besten standen. Sie dirigierten sie in das Haus hinein, wo sie in das erste Stockwerk geleitet wurden. Die Wohnung, in der sie sich wiederfanden, zeigte ihnen durch die schiere Größe, dass sie mit anderen zusammengefasst worden war. »Ihr dürft euch alle auf die große Bank setzen«, forderte der Wortführer sie auf. Wenig begeistert nahmen sie auf der hölzernen Sitzgelegenheit Platz und harrten der Dinge, die kommen würden. »Eure Flucht hat mir bewiesen, dass ihr ein schlechtes Gewissen habt.« »Wie verhalten Sie sich, wenn Sie plötzlich feststellen, dass Sie verfolgt werden und überhaupt nicht wissen, warum das so ist?« »Mit der Unschuldstour kommt ihr bei mir nicht durch. Ihr solltet es also nicht noch einmal versuchen. Uns wurde zugetragen, dass ihr euch angemaßt habt, Händler zu sein.« »Wir maßen es uns nicht an, sondern sind es auch.« Der Mann lachte schallend. »Das könnt ihr vielleicht einem Passanten auf der Straße erzählen, aber nicht mir. Wenn ihr wirklich Händler wäret, dann verfügtet ihr über bessere Informationen. Uns wurde zugetragen, dass ihr Waren mit eurem eigenen Schiff nach Pherol zu liefern gedenkt.« »Was ist daran denn so anstößig?« »Allein diese Frage zeigt mir, dass ihr ahnungslos seid.« »Wer hat Ihnen denn das zugetragen?« »Das geht euch überhaupt nichts an. Ihr dürft mit eurem Frachter keine Waren in die pherolische Republik liefern, wenn ihr keine Mitglieder der Gilde seid.« Jetzt wurde Kalaran klar, was dieses Signet auf den Schiffen der Händler bedeutete. Es musste sich um das Zeichen der Händlergilde handeln. Kalaran beschloss, alles auf eine Karte zu setzen, um Informationen über die Gilde zu erhalten. »Was soll denn diese Gilde überhaupt sein? Wir haben tatsächlich noch nichts darüber gehört.« »Ihr gebt eure Ahnungslosigkeit also zu. Auch als Händler seid ihr anscheinend Anfänger.« »Zugegeben, wir haben bisher noch nicht interplanetaren Handel betrieben. Bislang betreiben wir nur ein lokales Geschäft, das zwar gut läuft, aber an seine Grenzen stößt. Aus diesem Grund kamen wir auf die Idee, auf Expansion zu setzen. Wir rechneten nicht mit einer Auflage.« »Na schön, ich erkläre es euch. Die Gilde der pherolischen Händler hat das Monopol eingeräumt bekommen, als alleinige Organisation in diesem Staat den interplanetaren Handel zu betreiben.« »Wenn das so ist, nehmen wir selbstverständlich davon Abstand, mit dem eigenen Schiff zu fliegen. Wir werden mit dieser Gilde Kontakt aufnehmen und über die Bedingungen ihres Transports zu sprechen. Vielleicht ist es sogar günstiger, als wenn wir das eigene Schiff nutzen.« »Das ist doch ein guter Ansatz.« »Wir setzen ihn auch gleich in die Tat um. Nachdem das geklärt ist, können wir jetzt auch gehen.« Kalaran stand auf, aber der Mann trat auf ihn zu und stieß ihn auf die Bank. Unsanft landete Kalaran auf dem Sitzmöbel, wobei Galgion ihn festhalten musste.

* * *

Nachdem General Fepulkrt nach Tinokalgxr zurückgekehrt war, suchte er sofort den Saal, wo der Herrscher residierte, auf, wie er es von ihm forderte. Als er vor dem Thron stand, ergriff der Zerlgtoxr das Wort. »Wie ist Ihre Mission gelaufen, General?« »Wir haben alle unsere Soldaten sowie die Wissenschaftlergruppe an Bord genommen und hierhergebracht. Unsere Ausrüstung nahmen wir ebenfalls mit, um glaubwürdiger zu wirken. General Kelschin glaubt jetzt tatsächlich, was ich ihm sagte, denn da wir alles mitnahmen, geht er davon aus, dass wir uns endgültig von Minchoxr zurückgezogen haben.« »Sehr gut, so weit ist also alles nach Plan verlaufen. Jetzt geht es darum, den zweiten Teil in Angriff zu nehmen. Wurde von Ihnen alles vorbereitet oder benötigen Sie noch Zeit dazu?« »Ich veranlasste bereits das Notwendige dazu. Es liegt nur noch an Ihnen, den Befehl zum Beginn der Aktion zu geben.« »Das besprachen wir doch, Fepulkrt. Wenn Ihre Mission von Erfolg gekrönt ist, sollten Sie unverzüglich mit der weiteren Durchführung beginnen.« »Ich erteile die Befehle, sobald unser Gespräch beendet ist.« »Machen Sie das. Wir dürfen keine Zeit verlieren. Es darf auf keinen Fall so weit kommen, dass die Gegenseite uns einen Schritt voraus ist, sonst sind wir in einer schlechten Position.« Fepulkrt verließ den Audienzsaal und ärgerte sich dabei über die Kritik des Herrschers.

* * *

Admiral Muruba betrat zusammen mit General Soquezxl die medizinische Abteilung, um den Gefangenen einen Besuch abzustatten. Als Sipor des Generals ansichtig wurde, zuckte er kurz mit den Armen. »Hegen Sie keine Bedenken. Ihnen geschieht nichts. Im Übrigen warnte ich Sie in der Zelle vor.

Aus diesem Grund hätten Sie es besser wissen müssen und müssten nun nicht in diesem Zustand hier liegen.« »Ja, das wissen wir auch, Admiral. Es war nur unser Fehler.« »Wir sind hier, um uns nach Ihrem Befinden zu erkundigen.« »Major Sinkara ist wirklich ein guter Arzt. Wir werden hier bestens versorgt. Aus diesem Grund ...« »... geht es den Patienten den Umständen entsprechend gut«, erklärte Sinkara, die unbemerkt neben sie getreten war. »Sind Sie hier, um den Zustand der Patienten wieder zu verschlechtern, General?« »Ihre Provokation ist vollkommen unangebracht.« »Bei Ihnen mögen diese Methoden üblich sein, aber Sie tragen die Uniform der imperialen Flotte und sollten deshalb die Standards verinnerlichen.« »Lassen Sie es bitte gut sein, Major.« »Wie Sie wünschen, Admiral Muruba.« Ihr anklagender Tonfall nahm Muruba zwar zur Kenntnis, ging aber nicht weiter darauf ein. »Ich überlasse die sechs Patienten Ihrer professionellen Obhut, Major Sinkara. Sobald sie genesen sind, lassen Sie die Gefangenen in die Zelle oder auch in mehrere bringen. Ich überlasse das Ihnen. Wir suchen jetzt Gouverneur Vlitom auf und ich werde unter anderem mit ihm darüber sprechen, wie mit den Arrestanten weiter verfahren werden soll.« »Lassen Sie die Gefangenen einfach frei. In meinen Augen stellen sie keine Gefahr mehr dar.« »Ihre Sichtweise, im Übrigen auch meine, spielt in dieser Angelegenheit gar keine Rolle. Die Arrestanten unterstehen der Gerichtsbarkeit von Oibotene, demzufolge obliegt es dem Gouverneur zu entscheiden, ob Anklage erhoben wird.« »Das bedachte ich nicht, Admiral.« »Aus diesem Grund erklärte ich Ihnen den Sachverhalt. Ich werde für die Leute ein gutes Wort einlegen. Mehr kann ich nicht für sie tun.« »Das ist gut. Ich danke Ihnen für Ihre Bemühung.« Sinkara ließ die beiden einfach stehen und entfernte sich. »Der Major hat Rückgrat. Das schätze ich an ihr.« Die Bemerkung von Soquezxl kam für Muruba ein wenig überraschend, da dieser normalerweise von solchen Äußerungen absah. »Suchen wir Vlitom auf, Soquezxl. Wir müssen mit ihm nicht nur über diese Leute reden.«

*

Gouverneur Vlitom saß an seinem Schreibtisch und sah auf, als Muruba mit Soquezxl in sein Büro kam. »Welch ein überraschender Besuch«, begrüßte Vlitom sie, stand auf und ging ihnen entgegen. »Was ist der Anlass Ihres Besuchs?« »Zuallererst will ich mit Ihnen über die Anführer des Aufstands sprechen.« »Sie sind dieser Personen tatsächlich habhaft geworden?« »Ja, zurzeit befinden sie sich auf der medizinischen Station der Gyjadan.« »Sie leben also noch? Das ist wirklich bedauerlich. Ich werde sie vor Gericht stellen und aburteilen lassen.« »Ich unterbreite Ihnen einen Vorschlag: Gewähren Sie allen Aufständischen ebenso wie auch den Anführern eine Generalamnestie.« »Ich höre wohl nicht recht, Admiral? Diese Leute sind verantwortlich für Terror und viele Tote.« »Dessen sind der General und ich uns bewusst. Sie wurden massiv beeinflusst und glaubten deshalb, für die richtige Sache zu kämpfen. Jetzt ist es an der Zeit, sie vom Gegenteil zu überzeugen. Wenn Sie diese ganzen Leute vor Gericht stellen und aburteilen lassen, wird das endgültig einen tiefen Riss in der Gesellschaft verursachen. Sobald sie die Gelegenheit dazu haben, nehmen sie den Kampf wieder auf, doch dieses Mal geht es um Ihren Kopf. Sie, Gouverneur, werden das Ziel des Hasses sein. Um der Situation Herr zu werden, müssen Sie immer drastischere Maßnahmen ergreifen und werden damit mehr und mehr zu einem Diktator. Am Ende werden Sie ermordet, doch so weit wird es bestimmt nicht kommen, denn vorher greift auf Befehl des Alkt die Flotte ein. Dann sind Sie es, der seines Amtes enthoben und vor Gericht gestellt wird. Gewähren Sie hingegen die Amnes-

513

tie, werden die ehemaligen Aufständischen Ihnen geneigt sein und die Bevölkerung kann wieder zusammenwachsen.« »Gerade Sie als Repräsentant des Imperiums machen mir den Vorschlag einer Amnestie? Es handelte sich um eine Revolution gegen das Imperium. Nur der Alkt kann meine Entscheidung kippen.« »Der Alkt gab mir die Vollmacht, die Situation auf Oibotene nach meinem Ermessen zu regeln.« »Sie können mir viel erzählen, Admiral. Haben Sie das auch schriftlich?« »Nein, das habe ich nicht.« »Sie verfügen über keine Legitimation.« »In dieser Hinsicht muss ich Ihnen recht geben, Gouverneur.« »Dann sind wir uns zumindest in diesem Punkt einig. Ich werde alle Beteiligten aburteilen lassen.« »Ich bitte Sie darum, damit noch zu warten. Denken Sie bitte über meine Ausführungen nach.« Der Gouverneur ging daraufhin zum Fenster und sah hinaus. Das Bild, welches sich ihm bot, verdeutlichte Vlitom, wie sein hartes Vorgehen enden würde. Vor dem Gelände lagen immer noch die Leichen der Aufständischen. Auf dem Gelände standen seine Polizeitruppe Wache sowie Soldaten, damit niemand eindringen konnte, um ihn zu töten. Mit einem Mal wurde Vlitom ganz klar, dass der Anblick, welcher sich ihm gerade bot, zum Dauerzustand mutieren würde, sollte er bei seinem Entschluss bleiben. Diese Entscheidung führte, so glaubte er nun zu wissen, zu einer sozialen Katastrophe und völlig nebenbei zu seinem Tod oder einem lebenslangen Aufenthalt in dem Gefängnis von Alkatar, in dem nur Personen mit genau diesem Urteil einsaßen. Schließlich drehte sich Vlitom ruckartig um und ging zu den beiden Offizieren. »Admiral Muruba, ich bin zu der Ansicht gekommen, dass Sie mit Ihrer Einschätzung richtig liegen. Ich werde Ihrem Vorschlag folgen und allen die Amnestie gewähren. Allerdings nicht jetzt sofort.« »Warum denn nicht, Gouverneur?« »Um allen meinen Großmut zu demonstrieren, gehört natürlich auch ein bisschen Schau. Zuerst muss die Rekonvaleszenz für die

Anführer abgeschlossen sein. Erst dann verkünde ich die Amnestie.« Muruba musste über diesen Entschluss grinsen, äußerte sich aber nicht weiter dazu. »Ich habe noch ein Anliegen an Sie, Vlitom.« »Das eine Anliegen war schon üppig, aber sprechen Sie, Admiral.« »Uns geht es darum, dieses Hintermanns habhaft zu werden, der für das Chaos verantwortlich ist. Wir müssen unbedingt erfahren, wer tatsächlich hinter dem Aufstand steht.« »Wenn ich Sie richtig verstehe, erwarten Sie von mir, dass ich den Gouverneur kontaktieren soll, damit er mich erneut mit diesem Mann zusammenbringt. Ich werde versuchen, ihn zu erreichen, jedoch bin ich nicht davon überzeugt, dass er nach meiner Ablehnung noch einmal mit mir sprechen wird.« »Genau das erwarten wir von Ihnen. Hinter dieser Aktion steckt mehr, als nur das System von Oibotene in seine Hand zu bekommen. Es steht mehr auf dem Spiel. Das, worum es dabei ging, stellt eine Bedrohung für das Imperium dar.« »Das darf auf keinen Fall eintreten. Sie beide beurteilen die Lage als akut gefahrvoll. Ich werde umgehend ein Gespräch führen. Ich hoffe, dass es von Erfolg gekrönt sein wird.«

* * *

Die Wachen, welche der Leiter losgeschickt hatte, um Erkundigungen einzuziehen, betraten das Verhörzimmer und gaben ihrem Vorgesetzten ein Zeichen, dass ihre Aufgabe erfolgreich beendet war. Daraufhin stand der Leiter auf und verließ mit ihnen den Raum, um zusammen das Nebenzimmer aufzusuchen. Dort stand bereits Kalkata hinter dem Stuhl und wartete, bis der Letzte die Tür hinter sich schloss. »Was konntet ihr in Erfahrung bringen?« »Gouverneur, der Inhaber des Gleiterverleihs hat uns bestätigt, dass es tatsächlich vier Personen waren, die zu ihm kamen, um ein Fahrzeug zu mieten. Mit seiner Hilfe fanden wir den Gleiter auf der Hauptstraße.« »Wir unterhielten uns mit dem Wirt des Lokals. Er ist dafür verantwortlich, dass die Sicherheitsleute des Präsidenten hinter ihnen her waren, und das nur, weil sie offensichtlich das Monopol der Gilde untergraben wollten.« »Wie konnten sie nur so einen Fehler begehen? Das ist doch Leichtsinn!« »Nein, das ist es nicht. Sie wussten es nicht besser.« »Wie kommen Sie darauf, Gouverneur?« »Das spielt keine Rolle. Wir müssen diese vier Personen finden.« »Sie wussten, dass sie verfolgt werden. An dem Parkplatz überlegten wir, wie unser Plan in so einem Fall gewesen wäre. Dementsprechend begannen wir mit der Suche. Wir befragten die Inhaber der Geschäfte nach einem kürzlichen ungewöhnlichen Vorfall, den uns einige von ihnen bestätigten. Es passte hervorragend dazu. Unsere Ermittlungen führten durch die ganze Passage und endeten in einem Lokal. Leider kamen wir zu spät. Die Leute des Präsidenten waren schneller, denn sie nahmen die vier Personen fest«, erläuterte der Polizist in ziviler Kleidung. »Das macht die Angelegenheit leider kompliziert.« Kalkata drehte sich um und stützte sich mit beiden Händen auf die Lehne des Stuhls. In dieser Haltung überlegte der Gouverneur eine Weile, was zu tun sei. Die Entscheidung fiel ihm schwer, da er wusste, welche Gefahr damit verbunden war. Schließlich rang er sich zu einem Entschluss durch, der ihm keinesfalls leicht fiel. »Ziehen sie zwanzig Mann zusammen, die mit schwerer Bewaffnung ausgestattet sein müssen.« »Sagten Sie soeben, mit schwerer Bewaffnung? Was glauben Sie, auf wen wir treffen, Gouverneur?« »Wir treffen auf Schwierigkeiten, die uns nicht gefallen werden.« Der Leiter erstarrte für einen Moment, dann verließ er zusammen mit seinen Leuten den Raum.

* * *

General Fepulkrt hatte die notwendigen Befehle herausgegeben, damit war alles vorbereitet. Jetzt mussten sie nur noch darauf warten, dass die Gegenseite das veranlasste, was sie erhofften. Da sonst für ihn nichts mehr zu erledigen anstand, fasste er den Plan, für den Rest des Tages freizunehmen. Fepulkrt stand auf und ging zur Tür, um den Raum zu verlassen, als die interne Kommunikation ein Gespräch meldete. Verärgert kehrte er zu seinem Schreibtisch zurück und ließ sich auf den Stuhl fallen. In der Hoffnung, die Angelegenheit schnell erledigen zu können, nahm er den Anruf an. »Fepulkrt hier. Was gibt es denn noch?« »Bitte verzeihen Sie die Störung, General.« Die Stimme der Gegenseite klang höchst irritiert. Gerade als Fepulkrt eine kritische Bemerkung anbringen wollte, fiel ihm wieder ein, wen er vor sich hatte. Sein Gesprächspartner war einer der Ordonnanzen des Zerlgtoxr, der jedoch noch nicht lange für den Herrscher den Dienst versah. »Es ist schon in Ordnung. Was liegt an?« »Der Herrscher wünscht, Sie unverzüglich zu sprechen.« »Ich mache mich sofort auf den Weg.« Der General schaltete ab, stand auf und ging zum zweiten Mal zur Tür. »Das war es dann wohl zum Thema freier Nachmittag.« Er verließ den Raum und lief zum Audienzsaal, dabei überlegte er, was vorgefallen sein mochte. Das einzige Ergebnis, zu dem er kam, war, dass es von Wichtigkeit sein musste, wenn der Zerlgtoxr ihn sofort zu sehen wünschte. Schon als er in Sichtweite des Audienzsaals kam, öffnete ihm die Ordonnanz, mit der er soeben sprach, die Tür. Fepulkrt trat ein und schritt auf den Thron zu. »Lassen Sie die Formalitäten, wenn wir unter uns sind.« »Was ist vorgefallen, Zerlgtoxr?« »Wurde von Ihnen inzwischen alles veranlasst?« »Ja, alles ist vorbereitet. Jetzt bleibt uns nur noch zu warten.« »Sehr gut, informieren Sie mich sofort, sobald eine Meldung eingeht. Nun zu dem Anlass, weshalb ich Sie rufen ließ, Fepulkrt. Vor Kurzem hat jemand mit uns Kontakt aufgenommen. Derjenige hat darum gebeten, mit uns ganz kurzfristig Verhandlungen zu führen.«»Wer war der Anrufer?«»Das ist mir nicht bekannt. Der befehlshabende Offizier der Sicherheitsabteilung kannte die Person nicht. Selbst auf Nachfrage wollte der Anrufer sich nicht äußern. Erst nach weiterem Drängen nannte er seinen Namen, doch das hilft uns auch nicht weiter. Das einzig Interessante an dem Gespräch war die Tatsache, dass er hohen Wert darauf legte, in keiner Verbindung mit dem Imperium zu stehen. Außerdem stellte er klar, dass nicht er die Verhandlung wünschte, sondern im Auftrag des künftigen Gesprächspartners Kontakt aufgenommen zu haben. Um wen es sich dabei handelt, dürfe er nicht sagen.«»Ich finde das ein wenig eigentümlich, Zerlgtoxr. Wir kennen den Gesprächspartner nicht, sollen uns aber auf ein Treffen einlassen. Wissen wir wenigstens, um was es bei dem Gespräch gehen soll?«»Auch darüber dürfe er nichts sagen.«»Entweder sie sagen uns, um welches Thema es geht, oder das Treffen sollte abgesagt werden.« »Überstürzen Sie nichts, Fepulkrt.«»Das könnte auch eine Falle sein. Vielleicht steckt doch dieser Alkt hinter diesem Ansinnen. Wie lautet Ihre Entscheidung?«»Ich stimmte diesem Treffen bereits zu, allerdings behielt ich mir vor, hinsichtlich des Termins erneut Kontakt aufzunehmen. Es steht die Frage im Raum, wo die Konferenz am sinnvollsten abgehalten werden sollte. Ich dachte dabei an unser Basissystem von Nmetoxl.«»Doch bitte nicht dort, Zerlgtoxr. Dieser Qtloxr Sigoxr macht mir doch nur wieder Schwierigkeiten.« »Das ist ein Argument, dem ich mich nicht verschließen kann. Sigoxr ist viel zu selbstgefällig und überheblich obendrein. Er wird Ihnen ständig in das Wort fallen und Sie vor Ihrem Gesprächspartner blamieren.« »Sie könnten Sigoxr untersagen, an dem Gespräch teilzunehmen.«»Das ist mir auch nicht möglich, Fepulkrt. Das Protokoll verlangt, dass der Qtloxr an einem Gespräch teilzunehmen berechtigt ist, es sei denn, er verzichtet darauf. Diese Möglichkeit dürfen

Sie bei Sigoxr ausschließen. Er wird keinesfalls die Gelegenheit auslassen, bei einem für ihn wichtigen Gespräch dabei zu sein, und wenn es nur darum geht, Sie zu diskreditieren. Wir benötigen eine Alternative.« Der General dachte angestrengt nach, doch kam er zunächst zu keinem brauchbaren Ergebnis. Er musste zugeben, dass Nmetoxl eine gute Wahl darstellte, wäre da nur nicht der der unsägliche Sigoxr. Dann fiel ihm eine Möglichkeit ein, die ihm als praktikabel erschien und ihm auch noch einen netten Nebeneffekt bescherte. »Ich habe eine Idee, Zerlgtoxr. Ich denke, dass sie Ihnen gefallen wird.« Der General schilderte dem Herrscher seinen Plan, dem er voller Neugier folgte. »Ihr Vorhaben findet meine Zustimmung. Das wird Ihre Verhandlung mit der Person sehr erleichtern.« »Ich dachte, Sie nehmen ebenfalls an der Verhandlung teil?« »Nein, Fepulkrt, das werde ich nicht. Die Unterredung findet zwischen Ihnen und dem Unbekannten statt. Je nach seinem Anliegen entscheiden Sie, aber sollte es um ein weitreichenderes Thema gehen, liegt der Beschluss einzig bei mir. Sie treffen die Vorbereitungen und ich werde Sie über den Zeitpunkt des Treffens in Kenntnis setzen.« »In Ordnung, aber legen Sie den Termin nicht zu knapp.« »Nein, ich werde so disponieren, damit Sie die Vorbereitungen treffen können.«

* * *

Kölpa und Rekila betraten die Kantine der Jablost und die Frau stürmte sofort zur Ausgabe, um in Erfahrung zu bringen, was die Küche bot. Kölpa kam das sehr gelegen, denn es gab ihm die Möglichkeit, sich schnell in dem Raum umzusehen. Er musste nicht lange suchen, denn von einem Tisch aus gab ihm jemand ein Handzeichen, das er sofort bestätigte. Anschließend ging auch Kölpa zur Ausgabe, las das Angebot und orderte dann sein Essen. Neben ihm stand noch Rekila, die mit einem glücklichen Lächeln ihre Portion betrachtete. Köl-pa zweifelte daran, dass sie in der Lage war, alles zu verzehren, aber das sollte nicht sein Problem sein. Er nahm ein Getränk, stellte es auf dem Tablett ab, ebenso wie das Essen, welches ihm gerade gereicht wurde. »Jetzt benötigen wir nur noch einen Tisch, der nicht gerade mitten im Raum steht.« »Ich weiß schon, wohin wir uns setzen werden, Rekila.« Sie wirk-te ein wenig beleidigt, da der Arzt ihr die Entscheidung völlig abnahm. Er führte sie zwischen den Tischen hindurch und stellte schließlich sein Tablett auf einem Tisch ab, an dem be-reits zwei Personen saßen. »Ich dachte, wir wären unter uns, Kölpa«, stellte Rekila enttäuscht fest und stellte ihr Tablett etwas zu hart auf dem Tisch ab, sodass ihr Glas bedenklich zu wackeln begann, aber dennoch stehen blieb. »Oberst Zo-domar, Kommandant Fonmor, gestatten Sie, dass ich mich setze?« »Bitte setzen Sie sich doch. Wir warteten nur auf euch beide.« »Tatsächlich? Das hast du also besprochen und nicht, wie du mir erzähltest, dass es um ein Quartier für mich ging.« »Doch, das war ein Teil des Gesprächs.« Rekila warf Kölpa einen Blick zu, der nichts Gutes verhieß, ihn aber nur zu einem Grinsen veranlasste. »Schaffen Sie denn alles, was Sie auf dem Tablett haben?« »Ich hätte es mir sonst nicht ge-ben lassen, Oberst. Kommandant, die Verpflegung in der Ab-teilung von Kölpa lässt sehr zu wünschen übrig.« »Die me-dizinische Abteilung untersteht Ireipehl und nicht Kölpa.« »Das macht es auch nicht besser.« »Dann sprechen Sie mit ihm.« »Das ist doch vollkommen sinnlos, denn die Antwort kenne ich bereits. Aus medizinischen Gründen ist auf eine ausgewogene und dem Zustand des Patienten entsprechen-de Ernährung zu achten, um die Rekonvaleszenz zu unter-stützen.« Nur mit Mühe konnte Kölpa ein Lachen unter-drücken, was weder Fonmor noch Zodomar entging. Ohne Fonmor weiter anzusehen, begann sie, den Berg an Nahrung abzutragen, was die anderen dazu bewog, sich ebenfalls ihren

Speisen zu widmen. Erst als Fonmor bemerkte, dass Rekila eine kurze Pause einlegte, hörte auch er auf zu essen. »Wie ich aus Ihrem Appetit schließe, sind Sie wieder vollkommen genesen.« »Was erwarten Sie denn, Kommandant? Ich weiß selbst am besten, wie mein Mittel wirkt.« »Haben Sie es schon einmal genommen?« »Nein, das war nie notwendig. Dafür hatte ich meine Probanden.« Diese letzte Bemerkung verärgerte Oberst Zodomar, denn er hatte einen Blick auf einen ihrer Probanden geworfen. Um sich selbst von der Vorstellung abzulenken, schaltete der Oberst sich in das Gespräch ein. »Wie ist es aktuell um den Zustand der anderen von Ihrer Krankheit befallenen Patienten bestellt?« Rekila ignorierte die Anspielung Zodomars und antwortete nur auf die Frage. »Nach meiner Beurteilung werden alle Patienten genesen. Fragen Sie doch Ireipehl oder Kölpa. Ihnen werden sie eher Glauben schenken als mir.« »Ich wollte es von Ihnen hören und nicht von jemand anderem.« »Wenn Ihnen das hilft, bitte.« »Ihnen hilft es, wenn es keinen weiteren Toten zu beklagen gibt.« Die Frau sah davon ab, das Gespräch weiterzuführen, und aß stattdessen weiter. Auch die anderen sprachen wieder ihrem Mahl zu und beendeten es schweigend. Nacheinander schoben sie ihr Tablett ein Stück von sich und sahen zu Rekila, die gerade den Rest ihrer Mahlzeit verzehrte. »Wie sieht jetzt die weitere Planung aus?«, fragte sie, da ihr das Schweigen unangenehm wurde. »Wir begleiten Sie jetzt zu Ihrem Quartier. Davor steht immer eine Wache. Sie dürfen sich zwar frei in der Jablost bewegen, aber die Wache wird Sie stets begleiten. Eine Unregelmäßigkeit ihrerseits, und Sie dürfen Ihre Unterkunft nicht mehr verlassen. Nutzen Sie meine Großzügigkeit nicht aus«, erklärte Major Fonmor und stand auf. Die anderen folgten seinem Beispiel, nahmen ihre Tabletts auf und brachten sie weg. Danach verließen sie die Kantine und suchten das Quartier auf, das Fonmor ihr persönlich zugewiesen hatte. Wie bereits angekündigt, stand ein Wachsoldat neben dem Eingang, der zu den vier Personen sah. »Das Quartier ist gerade frei geworden.« »Wie soll ich das verstehen, Kommandant?« »Ich werde es dir erklären, Rekila, denn es war meine Idee. Du hast auf der Station ganz kurz auf dem Bewohner gelegen.« Rekila sah Kölpa entsetzt an und brachte es nicht fertig, auch nur ein Wort zu entgegnen. Es dauerte eine Weile, bis die Frau ihre Fassung wiederfand. »Das ist nicht euer Ernst! Das könnt ihr doch nicht machen!« »Wieso sollten wir das nicht können?« Zodomar fügte seiner Bemerkung nichts hinzu, sondern ging einen Schritt nach vorn und ließ das Schott zu der Unterkunft aufgleiten. Anschließend schob er Rekila wenig sanft in den Raum und trat zurück. Der Eingang schloss sich und Zodomar sah den Soldaten an. »Seien Sie bitte äußerst vorsichtig mit ihr. Rekila ist nicht zu trauen. Sagen Sie das auch Ihrer Ablösung. Sie darf auf keinen Fall fliehen.« Als die Gruppe ging, hörten sie aus dem Raum ein lautes Schluchzen. »Deine Idee ist zwar nicht schlecht, Kölpa, aber wir dürfen sie seelisch auf keinen Fall zerbrechen.« »Das ist mir auch völlig klar. Ich sehe es als Bestrafung an. In dem Raum wird der Tote für sie ständig präsent sein. Vielleicht lernt sie etwas daraus.« »Deinen Optimismus in Ehren, aber sobald sie wieder ihr Haus betritt, wird sie wieder die Rekila sein, der wir dort zum ersten Mal begegneten.« »Das ist wahrscheinlich, Tinuwa.« »Halte mich bitte ständig auf dem Laufenden. Sobald völlig sicher ist, dass die Patienten alle gesund werden, fliegen wir ab. Auf Eswordon gibt es für uns noch etwas zu erledigen. Dazu benötige ich unbedingt Rekila.«

* * *

»Ihr leistet uns weiterhin Gesellschaft. Eure Geschichte ist für mich unglaubwürdig. Die von euch vorgespielte Naivität bezweifle ich. Zuerst verratet ihr mir, von welchem Planeten ihr kommt.« Kalaran dachte verkrampft darüber nach, welches System unweit von Pheriolan lag, doch wollte es ihm einfach nicht einfallen. Aus diesem Grund nannte er dem Mann einen Namen, den er sich ausdachte. »Den Namen hörte ich noch nie. Das System soll also nicht allzu weit von hier weg sein?« »Genauso ist es.« »Ich werde es nachprüfen. Als Nächstes will ich eure Namen hören. Schließlich muss ich wissen, über wen ich Erkundigungen einziehe.« Nicht gerade unauffällig warfen sich die vier einen kurzen Blick zu, was dem Verhörer nicht entging. Belmnod und Wariot nannten ihre Vornamen, nur Galgion und Kalaran mussten einen Fantasienamen wählen. »Hast du ihre Angaben notiert?«, fragte er einen seiner Mitarbeiter. »Ja, hier sind sie.« Der Mann reichte ihm die Notiz, die dieser wortlos entgegennahm. »Jetzt wird sich erweisen, ob ich mit meiner Annahme richtig liege. Für mich seid ihr Lügner! Passt gut auf, während ich das hier recherchiere. Denen ist nicht zu trauen.« Der Mann hielt kurz die Notiz hoch und ging dann zu einem der Arbeitsplätze in dem Raum, wo er sich niederließ und sofort mit der Arbeit begann. Sie blickten sich an und ihre Mienen verrieten, dass sie jetzt endgültig in der Falle saßen. Mit einer herablassenden Miene sah ihr Wächter auf sie hinab, dabei spielte er mit der Waffe. Kalaran versuchte, in seine Jackentasche zu greifen, was der vor ihnen stehende Mann jedoch sofort unterband. »Lass deine Hände, wo sie sind. Ich will sie ständig sehen. Das gilt auch für euch. Ihr habt doch gehört, was er sagte. Euch ist nicht zu trauen.« »Schon gut, das können Sie auch freundlicher sagen!« »Warum sollte ich zu Lügnern wie euch freundlich sein? Schweigt jetzt! Die Recherche wird sicher bald beendet sein.«

* * *

Nach einiger Wartezeit erhielt Vlitom endlich den ersehnten Rückruf, weswegen er zu seinem Schreibtisch eilte und das Gespräch annahm. »Du wolltest mich sprechen, Vlitom?« »Ja, ich danke dir, dass du für mich Zeit erübrigen kannst.« »Zunächst tendierte ich dazu, deiner Bitte um Rückruf nicht zu entsprechen. Du hast den Mann, mit dem ich dich zu sprechen bat, sehr unfreundlich behandelt.« »Dessen bin ich mir bewusst. Die Situation auf Oibotene eskalierte gerade, weswegen ich keine Nerven für lange politische Gespräche hatte, von der Zeit einmal ganz abgesehen.« »Das ist allerdings verständlich. Wie ist die aktuelle Lage auf Oibotene?« »Zurzeit ist alles ruhig. Die Flotte hat eingegriffen, aber nun stehe ich vor dem Problem, wie ich sie wieder loswerde.« »Dir wird schon eine Lösung einfallen, Vlitom.« »Jetzt verfüge ich über die notwendige Muße, um mit deinem Kontaktmann zu sprechen. Bitte sage ihm, dass er mir mein Verhalten nachsehen soll.« »Gut, ich spreche mit dem Mann und erkläre ihm die damalige Situation. Bist du zurzeit gut erreichbar?« »Selbstverständlich bin ich das, sonst hätte ich mir nicht gerade diesen Zeitpunkt für das Gespräch ausgesucht. Ich bin in meinem Büro und vergnüge mich mit der Bürokratie.« »Dann wirst du länger gut erreichbar sein. Bei mir sieht es nicht anders aus. Du hörst von meinem Kontaktmann.« Der Schirm erlosch und Vlitom stand zufrieden auf. »Das ging besser, als ich dachte«, murmelte Vlitom und ging zum Fenster. Er stand nur kurz davor, als die Tür zu seinem Büro aufging und Admiral Muruba hereinkam. »Sie sind schon wieder hier, Admiral? Haben Sie etwas vergessen oder gibt es einen anderen Grund, weswegen Sie mich aufsuchen?« »Ich suche Sie nur auf, um mich bei Ihnen zu erkundigen, ob Sie schon mit dem Gouverneur sprechen konnten.« »Ja, ich beendete gerade die Unterredung mit ihm.« »Wie ist es gelaufen? Ist er misstrauisch geworden?« »Nein, er hat mir meine Geschichte geglaubt.« »Wann wird Sie dieser Mann kontaktieren?« »Das weiß ich nicht, aber so, wie ich den Gouverneur einschätze, wird es mit Sicherheit sehr zeitnah geschehen, es sei denn, er kann ihn gerade nicht erreichen. Wollen Sie mir nicht Gesellschaft leisten? Sobald der Anruf erfolgt, können Sie ihn direkt mitverfolgen.« »Das ist eine sehr gute Idee von Ihnen. Wird der Kontaktmann Ihnen auch Glauben schenken?« »Das wird er ganz bestimmt. Zum einen wird der Gouverneur dafür Sorge tragen und zum anderen wird ihm meine Bemerkung gefallen, dass ich nicht weiß, wie ich die Flotte wieder loswerden soll.« »Das wird ihn ganz bestimmt überzeugen. Jetzt müssen Sie nur noch versuchen, ihn nach Oibotene zu locken.« »So lange ihre Schiffe hier sind, wird er garantiert nicht zu überreden sein, nach Oibotene zu kommen, Admiral.« »Dann ziehen wir die Flotte ab, aber wenn ich das sofort veranlasse, wird es viel zu auffällig sein. Schließlich müssen sie mich zuerst noch davon überzeugen, dass die Flotte nicht mehr benötigt wird und die Lage wieder vollkommen unter ihrer Kontrolle ist.« »Mir wird schon etwas einfallen, wie ich ihn überrede, nach Oibotene zu kommen. Wie schnell können Sie von hier starten?« »Das ist kurzfristig machbar.«

* * *

Als der Mann wieder von der Station aufstand und mit einem hässlichen Lachen auf die Bank zukam, wussten sie, dass nun alles verloren war. »Das habe ich mir doch gleich gedacht!«, rief er ihnen schon aus einigen Schritten Entfernung zu. Eine weitere Bemerkung blieb ihm indes versagt, da in diesem Augenblick die Tür aufgetreten wurde und ein schwerbewaffneter Trupp in den Raum stürmte. »Alle verhalten sich ruhig, dann passiert niemandem etwas!«, schnarrte der Mann. Alle Personen in der Räumlichkeit erstarrten, denn sie sahen in die Mündungen von Gewehren, und die Männer, welche sie in den Händen hielten, wirkten äußerst entschlossen. Trotzdem versuchte einer der Leute, seine Waffe unauffällig aus der Tasche zu ziehen, was er mit seinem Leben bezahlte. »Ich habe euch gewarnt! Bleibt alle ganz ruhig.« Kalaran, Wariot, Galgion und Belmnod wussten die Situation nicht einzuschätzen. »Führt die Leute ab.« Mit ihren Gewehren dirigierten sie alle Personen bis auf jene, die auf der Bank saßen, hinaus. »Jetzt zu euch. Ihr habt uns viel Ärger eingehandelt. Aus diesem Grund werden wir euch vier verhören. Auch für euch gilt: Macht uns keinen Ärger. Ihr habt selbst gesehen, wie das enden kann.« »Es liegt nicht in unserer Absicht, Ihnen Ärger zu bereiten«, bestätigte Kalaran. »Das hoffe ich. Steht auf und geht vor.« Wie ihnen geheißen, erhoben sie sich von der Bank und verließen den Raum. Vor dem Haus sahen sie eine lange Reihe von Gleitern stehen, in die gerade ihre Entführer eingewiesen wurden. Erst als sie alle in einem der Fahrzeuge saßen, mussten auch sie zusteigen. Die letzten Personen nahmen ebenfalls Platz und die Kolonne von Fahrzeugen setzte sich in Bewegung. Nicht nur Kalaran kam zu der Überzeugung, dass ihre Situation sich nicht zum Besseren gewendet hatte, weshalb keiner von ihnen die Hoffnung hegte, entkommen zu können.

*

Hinter dem letzten Gleiter glitt das Tor zum Hof des Gebäudekomplexes zu und auch dieses Fahrzeug parkte neben den anderen. Ihre Entführer brachten die Wachen zuerst in das Haus, weshalb sie warten mussten, bis einige von ihnen wieder erschienen. Dann erst führten sie die kleine Gruppe ebenfalls in das Gebäude hinein, wo sie einen tristen Gang durchquerten, bis die vier Personen in ein nicht allzu großes Zimmer geführt wurden. »Setzt euch auf die Stühle vor dem Tisch. Ich komme gleich zu euch. Macht euch keine Hoffnungen, denn meine Leute haben ihre Waffen auf euch gerichtet.« Der Leiter verschwand aus dem Raum, was Kalaran zum Anlass nahm, sich umzudrehen. Rechts und links neben der Tür standen jeweils zwei Mann die, wie der Leiter bereits ankündigte, ihre Waffen auf sie richteten. »Drehe dich gefälligst wieder um, sonst helfe ich nach.« Der Wächter wedelte mit seiner Waffe, weshalb Kalaran schnell wieder nach vorn sah. Keiner von ihnen traute sich, etwas zu sagen, da sie nicht einschätzen konnten, wie die Wächter darauf reagierten. So hing jeder seinen Gedanken nach, bis der Leiter in den Raum kam. Er ging hinter den Tisch, nahm aber nicht Platz. »Nun werde ich gleich definitiv wissen, ob die Richtigen vor mir sitzen.« Er machte eine knappe Handbewegung und eine Person, welche sie als den Mann von der Rezeption des Hotels identifizierten, stellte sich neben den Leiter. »Sind das die Personen, welche bei Ihnen die Zimmer mieteten?« »Ja, das sind die vier Personen.« »Ich danke Ihnen. Sie können gehen. Die Wache bringt Sie wieder in Ihren Raum zurück.« »Warum lassen Sie mich nicht frei?« »Unsere Gastfreundschaft gefällt Ihnen wohl nicht?« »Ich habe mir nichts zuschulden kommen lassen.« »Das wird sich noch zeigen. Bringt ihn hinaus.« Widerstandslos begleitete der Hoteleigner die Wache hinaus. »Was sagt ihr nun? Es sitzen also tatsächlich die vier richtigen Leute vor mir. Eure Geschichte, die ihr dem Wirt aufgetischt habt, könnt ihr bei mir getrost vergessen, denn ich nehme sie euch ohnehin nicht ab. Wie wäre es, wenn ihr es ausnahmsweise einmal mit der Wahrheit versucht? Also, woher kommt ihr?« Keiner der Befragten gab dem Leiter eine Antwort, was den Mann wütend werden ließ. Mit der Faust hieb er auf den leeren Tisch und sah sie dann der Reihe nach an. »Ihr werdet schon reden, das verspreche ich euch!« Der Leiter richtete sich auf und ging zur Tür. »Passt gut auf, aber lasst sie bitte am Leben. Schließlich will ich noch Antworten von ihnen hören.« Er ging hinaus, lief zum Nebenzimmer und betrat den Raum. Überrascht sah er eine weitere Person neben dem Gouverneur stehen. »Wie weit darf ich bei der Befragung gehen? Sie versuchen es mit Schweigen, aber damit kommen sie bei mir nicht durch.« »Sie haben Ihren Teil der Arbeit erledigt. Ab jetzt übernehme ich das.« »Gouverneur, wieso lassen Sie mich nicht weitermachen? Sind Sie mit meiner Arbeit nicht zufrieden?« »Ihre Arbeit war vorbildlich. Ich habe meine Gründe, warum ich das persönlich übernehme.« Der Gouverneur ging mit dem anderen Mann an dem Leiter vorbei, der ihnen hinterherlief. Vor dem Eingang blieb er stehen und sah den Leiter streng an. »Nur damit Sie nicht auf eine dumme Idee kommen: Ich deaktivierte jetzt die optische sowie die akustische Überwachung des Raums.« Der Gouverneur ging in den Verhörraum und schickte die vier Wächter hinaus. »Ihr wartet vor der Tür, bis wir wieder herauskommen.« »Wir können nicht eingreifen, falls Sie von ihnen angegriffen werden, da wir das Gespräch nicht verfolgen können, und jetzt schicken Sie auch noch die Wachen vor die Tür«, zischte der Leiter leise. »Das geht schon in Ordnung. Mir passiert nichts. Schließlich bin ich kein Anfänger«, gab Kalkata ebenso leise zurück, dann gab er seinem Begleiter einen Wink und verschwand mit ihm im Verhörzimmer. Vor dem Leiter wurde die Tür geschlossen und er wirkte vollkommen ratlos. Der Gouverneur ging zu dem Tisch und setzte sich auf den Platz des Leiters. Der andere Mann stellte sich neben ihn und sah die Gefangenen scheinbar teilnahmslos an. Im Gegensatz dazu legte der Gouverneur seine Arme auf den Tisch und sah zuerst Wariot kurz an, dann Belmnod. Auf Galgion hing sein Blick ein wenig länger und zum Schluss fixierte er Kalaran. »Na schön, vielleicht seid ihr eher bereit, mit mir ein Gespräch zu führen. Woher kommt ihr?« Zuerst gedachte Kalaran zu schweigen, kam aber dann zu einem anderen Schluss. Sein Gegenüber erschien ihm weitaus sympathi-

scher als der erste Mann, der ihnen Fragen stellte. »Wenn ich
Ihnen den Namen des Planeten sage, hilft Ihnen das auch
nicht weiter. Sie kennen ihn bestimmt nicht.« »Davon sind
Sie fest überzeugt?« »Sonst hätten Sie eine andere Antwort
von mir erhalten.« »Sie wollen also schon wieder Spielchen
machen? Dafür fehlt uns die Zeit. Vielleicht sollte ich Ihnen
ein wenig auf die Sprünge helfen?« »Das ist ein netter Versuch, nur funktioniert er nicht.« »Er funktioniert sehr gut.
Die beiden Frauen bleiben leider außen vor. Ich komme zuerst zu Ihnen.« Kalkata deutete auf Galgion, was ihn irritierte. »Sagt Ihnen Cherenu etwas?« Der General versuchte,
seinen Schrecken zu verbergen, doch gelang ihm das nicht so
gut, wie er hoffte. »Erholen Sie sich von der Konsternation,
denn ich widme mich jetzt Ihrem Wortführer. Sie wollten
mir also Geschichten erzählen? Dann erzählt Ihnen zuerst
der Mann zu meiner Linken eine Geschichte. Sein Name ist
Heti Naro und er ist der Leiter der Werft von Pherol. Bitte,
Heti.« »Ein gewisser Kondio Xeriot, der auch Ihnen ganz
bestimmt bekannt sein sollte, landete unter anderem mit
einem Frachter, den er in Moloq erwarb, auf Pherol. Da dieses Schiff einem anderen Zweck zugeführt werden sollte,
nahm ich die übliche Inspektion vor. Dabei fand ich in einem
Frachthangar einen Nebenraum, der mit vier Liegen ausgestattet war. Dazu gab es auch noch einen kleinen Hygiene-
bereich.« »Danke, Heti, das genügt. An Ihren Gesichtern
kann ich ablesen, dass Ihnen der Fund sehr ungelegen
kommt. Nun noch einmal zu Ihnen, Wortführer: Wieso glauben Sie eigentlich, dass ich Alkatar nicht kenne?« Kalkata
machte eine kurze Pause, um die Information, welche für alle
wie ein Hammerschlag kam, wirken zu lassen. »Ich freue
mich sehr, Sie hier auf Pherol begrüßen zu dürfen, Kalaran
von Talstal, oder ist Ihnen der Titel Alkt von Alkatar lieber?
Übrigens, neben Ihnen sitzt General Larut Galgion, zuletzt
auf Cherenu stationiert. Leider fehlte mir die Zeit, mehr über

Ihre Begleiterinnen in Erfahrung zu bringen.« Kalaran beugte sich vor und sah Kalkata lächelnd an. »Das war gute Arbeit. Verraten Sie mir bitte, zu wem ich das sage?« »Verzeihen Sie meine Nachlässigkeit. Mein Name ist Tar Kalkata und ich bin der Gouverneur von Pheriolan.« »Warum haben Sie uns aus den Händen von wem auch immer befreit?« »Weil wir auf derselben Seite stehen, Alkt.« »Wer sind diese Leute?« »Sie sind den Schergen des Präsidenten in die Hände gefallen. Ich bin ein großes Risiko eingegangen, indem ich Sie befreien ließ.« »Da wir gerade beim Thema sind: Wer ist dieser Präsident?« »Oh, Sie kennen ihn nur zu gut. Der Präsident der pherolischen Republik ist kein geringerer als General Walpa Vuoga.« »Vuoga! Natürlich, denn sonst kommt niemand für all die Vorfälle infrage. Jetzt ist mir alles klar.« »Vuoga ist auch der Grund, warum Sie niemand erkannt hat. Er hat uns sozusagen von der Außenwelt abgeschnitten. Ich verfüge aber über andere Kanäle, um mich auf dem Laufenden zu halten. Sie sollten auch wissen, dass alle Systeme, die zur Republik gehören, einst ein Teil des Imperiums waren.« »Wozu benötigt Vuoga denn die ganzen Schiffe, welche die Gilde überall erwirbt?« »Ich habe die unrühmliche Aufgabe, sie zu Kriegsschiffen umzubauen. Vuoga will so schnell wie möglich seine Flotte vergrößern. Nebenbei bemerkt, ließ ich aus Ihrem Quartier auf dem Frachter die Liegen entfernen, ebenso wie die spärliche Überwachung. Außerdem habe ich den unscheinbaren Öffnungsmechanismus durch eine offizielle Version ersetzt. Der Raum läuft jetzt unter der Bezeichnung: Lager für Kleinteile.« »Larut, jetzt weißt du auch, wer die vier Schlachtschiffe auf Cherenu stehlen ließ. Aus diesem Grund wussten die Leute, welche die Aktion durchführten, auch so gut Bescheid. Mit den Kenntnissen von Vuoga stellte der Diebstahl überhaupt kein Problem dar. Gouverneur, sobald ich zurück auf Alkatar bin, werde ich versuchen, Ihnen zu helfen.« »Ich glaube eher, dass Sie ein weiteres Mal meine

Hilfe benötigen. Wie wollen Sie bitte nach Alkatar kommen?« »Das ist ein berechtigter Einwand. Um das Problem kümmere ich mich später. Ich stelle Ihnen meine beiden Mitarbeiterinnen vor. Neben dem General sitzt Morgi Belmnod und ihre Nachbarin heißt Salka Wariot.« »Es ist schade, dass wir uns unter diesen Umständen kennenlernen.« »Uns wären andere Umstände ebenfalls lieber«, stellte Belmnod fest. »Kalkata, ich muss von Ihnen alles wissen, was seit der Ankunft General Vuogas geschah, denn nur so kann ich die richtigen Entscheidungen treffen.« »Sie sollen alles erfahren, Alkt. Heti, besorgst du für uns ein paar Getränke? Ach, und sag bitte dem Leiter, dass erhöhte Wachsamkeit notwendig ist, nicht dass wir überraschend von außerhalb angegriffen werden.« Naro verließ den Raum und Kalkata begann mit seiner Schilderung an dem Tag, als Vuoga mit der Flotte bei Pheriolan erschien.

* * *

Rekila hielt es nicht lange in dem Quartier, weshalb sie es verließ und vor der Wache stehen blieb. »Können wir einen Rundgang machen? Ich halte es da drinnen nicht aus.« »Dagegen ist nichts einzuwenden. Wollen Sie etwas Bestimmtes sehen?« »Am liebsten würde ich vor das Schiff gehen.« »Es tut mir leid, aber das ist Ihnen nicht gestattet.« »Das befürchtete ich schon. Dann laufen wir eben durch das Schiff. Zeigen Sie mir ein paar Abteilungen.« Während sie mit der Wache durch die Jablost lief und wie gewünscht verschiedene Bereiche besichtigte, was sie normalerweise auch interessant gefunden hätte, jedoch fühlte Rekila sich nur leer und gelangweilt. Indessen suchte Zodomar die medizinische Abteilung auf, um sich persönlich auf den neuesten Stand zu bringen. »Ist Ireipehl oder Kölpa anwesend?«, fragte er den Mitarbeiter, der ihm zuerst über den Weg lief. »Bitte warten

Sie, Oberst. Ich hole den leitenden Arzt.« Der Mann ging zum Büro von Ireipehl und informierte ihn über den Besucher, woraufhin dieser hinausging. »Oberst, was kann ich für Sie tun?« »Wie geht es den Patienten?« »Alle sind auf dem Weg der Besserung, und das geht erstaunlicherweise schneller, als ich erwartete, je nach dem Zustand des Einzelnen. Kommen Sie doch mit und überzeugen Sie sich selbst.« Beide liefen die einzelnen Isolierstationen ab, wobei Ireipehl bei jedem Patienten einen ganz kurzen Bericht abgab, zudem befragte Zodomar einige der Infizierten. Als sie die Runde beendeten, blieben sie stehen und Zodomar strich über seinen Bart. »So wie die Situation aussieht, gehe ich davon aus, dass keine Beschwernisse mehr auftreten sollten.« »Davon gehe auch ich aus. Im Übrigen ist auch Kölpa dieser Ansicht.« »Das ist gut. Ist es absehbar, dass Sie Rekila noch einmal benötigen?« »Nein, wir kommen jetzt ohne sie aus.« »Dann werde ich mit Rekila Leuka verlassen und nach Eswordon fliegen.« »Ich vermute, es geht Ihnen um den ominösen Auftraggeber.« »Das ist korrekt. Wir müssen unbedingt in Erfahrung bringen, wer dahintersteckt.« »Wenn es Ihnen gelingt, das herauszufinden, lassen Sie mich bitte wissen, wer diese skrupellose Person oder Organisation ist.« »Ich kontaktiere Sie in dieser Angelegenheit, völlig gleichgültig, wie die Sache ausgeht.« Zodomar verließ die Abteilung und Ireipehl sah ihm hinterher. »Viel Erfolg, Oberst«, murmelte er und ging in sein Büro zurück. Zodomar suchte im Gang eine der Kommunikationsstellen auf und kontaktierte die Wachabteilung. »Oberst Zodomar?« »Ich nehme an, Rekila ist nicht in ihrem Quartier.« »Damit liegen Sie vollkommen richtig. Sie macht mit der Wache einen Rundgang durch die Jablost.« »Sagen Sie der Wache, dass er mit ihr vor das Schiff kommen soll. Ich werde dort zu ihnen stoßen.« »Ich gebe es an ihn weiter.« Zodomar schaltete ab und nahm Verbindung mit Tescherketu auf. »Tinuwa, was gibt es denn?« »Informiere bitte auch deine Kollegen: Wir fliegen umgehend ab. Ich warte vor der Jablost auf euch.« »Wir sind in Kürze da.« Zuletzt informierte der Oberst noch Fonmor über seine Abreise, dann lief er langsam zum Ausstieg. Als er die Jablost verließ, standen alle bereits vor dem Schiff. Kurz nach ihm erschienen auch Fonmor und Kölpa. »Ich hoffe, dass Sie die Hintermänner ausfindig machen.« »Danke, Fonmor.« »Auch ich wünsche Ihnen alles Gute. Wenn es einer schafft, dann sind Sie es.« »Vielen Dank. Gehen wir. Eswordon erwartet uns.«

* * *

Heti Naro hatte sich, nachdem er die Getränke verteilte, einen Stuhl genommen und an den Tisch gesetzt. Ebenso wie die anderen hörte er der Schilderung Kalkatas zu und flocht nur hin wieder Details ein. Nachdem der Gouverneur seine Erzählung beendete, herrschte für einen kurzen Moment Schweigen. Kalaran nahm den letzten Schluck von dem Getränk und stellte das Gefäß ab. »Gouverneur, ich benötige von Ihnen eine Aufstellung, welche Systeme derzeit zur Republik gehören.« »Die kann ich Ihnen umgehend liefern. Warten Sie bitte.« Kalkata stand auf und verließ den Raum. Bis zu seiner Rückkehr führten sie mit Naro ein Gespräch, der ihnen von der Entwicklung der Werft erzählte. Als der Gouverneur wieder in das Zimmer kam, ging er direkt zu Kalaran und überreichte ihm eine Folie. Er nahm sie entgegen und las die Liste durch. »Das ist schlimmer, als ich annahm. Dieser Entwicklung muss so schnell wie möglich entgegengesteuert werden, nicht dass noch mehr Systeme abfallen.« Er ließ die Folie in der Innentasche seiner Jacke verschwinden und stand auf. »Was geschieht mit den Leuten des Präsidenten? Sie können die Männer doch nicht für den Rest ihres Lebens hier gefangen halten.« »Nein, das plante ich auch nicht. Sobald sie Pherol verlassen haben, lasse ich die Leute frei.« »Die Männer werden Sie für die Festnahme und unsere Befreiung verantwortlich machen.« »Dafür gibt es keinen Beweis. Ich bin nie persönlich in Erscheinung getreten. Auch meine Leute kennen sie nicht, denn es ist eine Spezialtruppe. Ich werde das Gebäude räumen lassen. Wenn sie ihren Vorgesetzten hierher führen, werden sie nichts mehr vorfinden. Noch nicht einmal einen Stuhl. Damit sie nicht zu schnell die Gelegenheit haben, ihre Abteilung zu kontaktieren, werde ich sie nach außerhalb bringen lassen. Die Leute benötigen einen Tag, um in die Stadt zurückzukommen.« »Ich will mir den Raumhafen und vor allem das Werftgelände ansehen, damit ich auch einen visuellen Überblick erhalte. Außerdem will ich vorher noch ein wenig die Stadt besichtigen, nur um mir einen Eindruck von der Stimmung der Bewohner zu machen.« »Wenn Sie das unbedingt wollen ... Seien Sie aber vorsichtig. Halten Sie sich nicht unnötig lange in der Stadt auf und vor allem tragen Sie Sorge dafür, dass Sie auf keinen Fall die Aufmerksamkeit von jemandem erregen. Vuoga hat es ziemlich schnell geschafft, die Stadt mit seinen Spitzeln zu überwachen. Seine Leute bauten ihre Verbindungen auf, soweit sie über diese nicht schon ohnehin verfügten. Ein gutes Beispiel ist der Wirt aus dem Lokal, das sie besuchten. Von ihnen gibt es für meinen Geschmack zu viele. Ich stelle Ihnen einen Gleiter zur Verfügung.« »Wenn Sie mit der Stadtbesichtigung fertig sind, kommen Sie zur Werft. Dort erwarte ich Sie. Auch für den Raumhafen gilt das Gleiche wie für die Stadt. Seien Sie bitte unauffällig. Am besten ist es, wenn Sie ohne anzuhalten einfach zur Werft fliegen. Sie sehen auch im Vorbeiflug schon genug«, bat Naro sie. »Wartet bitte, ich bin gleich wieder zurück.« Eilig verließ Kalkata den Raum und blieb eine Weile verschwunden. Bis zu seiner Rückkehr gab Naro ihnen noch einige Ratschläge, die ihm wichtig erschienen. Lächelnd betrat Kalkata das Zimmer, schloss aber nicht die Tür, sondern blieb nach zwei Schritten im Raum stehen. »Ich habe alles veranlasst. Das Fahrzeug steht zu eurer Verfügung.« Die Gruppe stand auf und Belmnod sowie Wariot liefen voraus. Als Galgion an ihm vorbeilief, klopfte Kalkata dem General auf die Schulter. »Gehen Sie bitte vor, ich muss dem Alkt noch etwas sagen.« »Was gibt es noch, Gouverneur?« Kalkata legte Kalaran die Hand auf die Schulter und lächelte. »Ich werde mit Naro über Ihr Transportproblem sprechen. Vielleicht fällt uns doch eine brauchbare Lösung ein.« »Das wäre gut.« Auch Kalaran verließ den Raum, ihm folgte der Gouverneur in den Gang. Als sie auf den Hof kamen, deutete Kalkata auf einen Gleiter, der unweit von ihnen entfernt stand. »Dieses Fahrzeug könnt ihr benutzen. Wir sehen uns später auf der Werft.« Die vier gingen zu dem Gleiter und stiegen ein. »Öffnet das Tor!«, befahl Kalkata laut. Die beiden Torflügel glitten daraufhin beiseite und Kalaran steuerte den Gleiter langsam vom Hof, bog nach rechts in die Straße ein und folgte deren Verlauf. Mit keinem allzu hohen Tempo flog er in Richtung des Zentrums. Auf der rechten Straßenseite parkte ein Gleiter mit zwei Insassen, nachdem Kalaran sie passierte, aus und flog ihnen in einigem Abstand hinterher.

* * *

Muruba und Vlitom unterhielten sich lange und erzählten dabei auch Geschichten wie von den Ereignissen auf Veschgol. Letztere Erzählung beendete Muruba nach der abschließenden Frage Vlitoms. »Es ist unglaublich, und das alles kam nur heraus, weil Vuoga sie aus dem Weg haben wollte.« »Vergessen Sie Zodomar nicht. Auch ihn wollte Vuoga loswerden.« »Ja, das stimmt.« Zu mehr kam der Gouverneur nicht mehr, da die Kommunikation ein Gespräch meldete. Beide sprangen von ihren Stühlen auf und eilten zum Schreibtisch. Während Vlitom dahinter Platz nahm, stellte sich Muruba seitlich von ihm, sodass er auf den Schirm sehen konnte, ohne selbst gesehen zu werden. Erst dann aktivierte der Gouverneur die Verbindung. Unauffällig machte Vlitom eine bestätigende Geste zu Muruba und sah den Anrufer an. »Sie dachten über unser Gespräch nach und sind jetzt ganz plötzlich zu einer anderen Entscheidung gekommen. Für mich ist das eine überraschende Wendung.« »Erklärte der Gouverneur Ihnen nicht, wieso ich damals so reagierte?« »Doch, für mich ist das schon nachvollziehbar, auch in der Heftigkeit Ihrer Reaktion. Allerdings gehe ich auch davon aus, dass Ihre Grundeinstellung dem zugrunde lag. Von daher hege ich gewisse Zweifel.« »Ihre Zweifel können Sie vergessen. Als die Flotte hier eingriff, um auf ihre Weise die Angelegenheit zu regeln, wurde ich mir in diesem Moment bewusst, was mir an dem Ganzen nicht gefiel. Ich bin zwar der Gouverneur von Oibotene, aber die hohen Offiziere interessierte das überhaupt nicht. Von dem Zeitpunkt der Landung ihrer Schiffe an hatte ich nichts mehr zu melden. Diese Arroganz ertrage ich nicht. Ich erwarte, dass ich entsprechend meiner Funktion behandelt werde. Ganz abgesehen davon nahmen sie willkürlich Festnahmen vor und fällten einfach Urteile. Mein Protest wegen der Missachtung der Gerichtshoheit schoben sie einfach beiseite. Das hat mir endgültig gereicht.« »Ich verstehe Sie sehr gut. Vielleicht kann ich Ihnen tatsächlich etwas Besseres bieten als das, was Sie gerade erleben. Ist die Flotte noch auf Oibotene?« »Zu meinem Leidwesen, ja. Ich verhandele gerade mit den hohen Offizieren und versuche, sie zum Abzug zu bewegen. Nur leider gestaltet sich die Konferenz als zäher, als ich hoffte. Zwei Runden liegen bereits hinter mir. Die nächste findet heute noch statt.« »Bringen Sie zuerst die Verhandlung zum Ende. Vorher hat es keinen Sinn weiterzusprechen. Nehmen Sie mit mir Kontakt auf, sobald ein positives Ergebnis vorliegt.« »Wie kann ich Sie erreichen?« »Der Verbindungsschlüssel ist bereits auf Ihrem Gerät.« Der Schirm erlosch, dafür prangte die versprochene Mitteilung auf dem Schirm, die Vlitom entsprechend abspeicherte, dann erst wandte er sich Muruba zu. »Was halten Sie davon?« »Sie haben ihm eine überzeugende Geschichte erzählt. Einen kurzen Moment lang kam ich mir tatsächlich wie der böse Admiral vor. Dieser Mann ist entschlossen, Sie in Ihrer schlechten Meinung zu bestärken. Nur solange die Flotte noch hier ist, wird er nicht tätig werden. Aus diesem Grund beordere ich alle meine Soldaten zurück. Außerdem überstelle ich Ihnen die Anführer des Aufstands. Ich lasse sie hierher zu Ihnen bringen. Bitte sorgen Sie für die nötigen Sicherheitskräfte. Danach starte ich mit der Gyjadan und ziehe mich mit meinem Verband aus diesem System zurück. Eine Sache gibt es noch, die wir regeln müssen.« Der Admiral besprach sich noch kurz mit Vlitom, dann verließ er das Büro, um zur Gyjadan zu gehen. Der Gouverneur ging zum Fenster und stellte sich mit auf dem Rücken ineinandergelegten Händen davor. Er sah, wie bald darauf der Admiral das Haus verließ und auf dem Weg zum Ausgang des Geländes einen Befehl gab, den er mit einer Geste unterstrich. Danach folgten die Soldaten dem Admiral auf dem Weg zur Gyjadan. Schneller, als Vlitom es erwartete, kamen aus der Stadt Gleiter angeflogen, woraus Vlitom schloss, dass Muruba wohl den Kommandanten vorab über sein Armbandgerät kontaktierte, um ihm seine Befehle zu geben. Es dauerte eine Weile, bis der letzte Gleiter seinen Weg zum Raumhafen gefunden hatte. Auch die Beiboote, welche ausgeschickt worden waren, um an anderen Orten für Ruhe zu sorgen, fanden sich zügig auf dem Raumhafen ein. Zuletzt kam noch ein Gleiter mit den gefangenen Anführern, stoppte vor dem Tor und übergab die Leute dem befehlshabenden Polizisten, danach flog das Fahrzeug wieder zur Gyjadan ab. Es dauerte dann nicht mehr lange, bis die Kommunikation ansprach. Vlitom ging zu seinem Schreibtisch und nahm das Gespräch an. Das Gesicht von Muruba wurde sichtbar und der Admiral wirkte dabei ein wenig offiziell. »Vlitom, wir erhielten soeben von der neuen Besatzung der Kontrolle die Startgenehmigung. Wir verlassen Oibotene wie besprochen.« »Ich wünsche Ihnen einen guten Flug, Admiral Muruba.« Bald darauf erschien der Offizier der Polizeitruppe in seinem Büro. »Gouverneur, uns wurden sechs Gefangene übergeben. Was soll mit ihnen geschehen?« »Bringen Sie die Leute zunächst in eine Zelle hier im Gebäude. Sagen Sie Ihnen bitte, dass ich in Kürze mit ihnen sprechen werde. Stellen Sie bitte vier Wachen vor den Raum.« »Wie Sie wünschen, Gouverneur.« Der Polizist verließ das Büro und Vlitom ging zu seinem Schreibtisch. »Bis jetzt läuft alles glatt«, murmelte der Gouverneur und nahm Platz, um das Gespräch mit dem Kontaktmann zu führen.

* * *

Noch einmal ließ der Zerlgtoxr General Fepulkrt zu sich rufen, da die Angelegenheit ihm doch nicht so ganz seriös erschien. Als der General vor ihm stand, ging der Herrscher nicht auf seine Bedenken ein. »Wie weit sind Sie mit Ihren Vorbereitungen gediehen, General?« »Die letzten Schiffe, die ich nach Nmetoxl beorderte, treffen bald dort ein. Bis ich in dem System ankomme, werden sie bereits da sein.« »Das passt ausgezeichnet. Bereits morgen Abend soll das Treffen stattfinden.« »Das ist aber sehr kurzfristig. Ich werde gleich abfliegen müssen. Wenn der geheimnisvolle Besucher kommt, will ich zumindest bereits in Nmetoxl sein.« »Das ist vollkommen ausreichend. Wir lassen uns keine Termine diktieren. Verfahren Sie nach eigenem Gutdünken. Ich erwarte Ihren Bericht, sobald die erste Gesprächsrunde gelaufen ist. Übrigens, Sigoxr ist verärgert und jetzt wahrscheinlich noch schlechter auf Sie zu sprechen als vorher, und das, obwohl ich die ganze Angelegenheit als von mir inszeniert dargestellt habe. Da er gegen mich nicht vorzugehen wagt, werden Sie sein Opfer sein.« »Schlechter kann das Verhältnis zwischen uns ohnehin nicht mehr werden, Zerlgtoxr.« »Seien Sie vorsichtig und misstrauen Sie immer Sigoxr.« »Im Umgang mit ihm verhielt ich mich immer zurückhaltend. Auch General Gelutrxr hatte große Probleme mit ihm.« »Das ist mir bekannt. Wie dem auch sei, ich bin gespannt, um was es bei dieser Unterredung geht.« »Nicht nur Sie, Zerlgtoxr. Sie hören von mir, sobald ich das erste Gespräch beendet habe.« Fepulkrt wandte sich ab, ging durch den Audienzsaal und verließ diesen. Sein Weg führte ihn aus dem Gebäude, da er seine Sachen bereits auf sein Schiff bringen ließ. Mit niedriger Geschwindigkeit flog er durch die Stadt zum Raumhafen und hielt erst am Kontrollpunkt des Geländes. Die Soldaten winkten den General durch und er setzte seinen Flug zum Flaggschiff fort. Dort angekommen, bootete er ein, parkte das Fahrzeug und stieg aus. Als Erstes ging er zur internen Kommunikation und meldete dem Kommandanten seine Ankunft, dann befahl er den Abflug nach Nmetoxl.

* * *

In der Innenstadt suchte Kalaran einen Parkplatz, was ihm zu seinem eigenen Erstaunen doch schneller gelang, als er befürchtete. Von ihnen völlig unbemerkt hielt auch das Fahrzeug mit den zwei Insassen unweit von ihrem Standort. »Was machen wir jetzt?«, fragte Belmnod mit feierlauniger Stimme. »Wir sind hier, um Stimmungen einzufangen und eventuell auch noch die eine oder andere Information zu bekommen.« »Kalaran, du bist ein Spielverderber.« »Ich will nur noch so lange auf Pherol verweilen, wie es unbedingt notwendig ist. Wenn du unbedingt feiern willst, dann warte bitte damit, bis wir wieder in Alkaton sind.« Belmnod verzog ihre Miene, sagte aber nichts dazu. Die Gruppe suchte das erstbeste Lokal, das nicht zu voll war, aus und ging hinein. Sie gingen zur Theke des Lokals und Galgion gab die Bestellung auf. Nachdem er bezahlt und die Gläser verteilt hatte, führten sie eine Unterhaltung, wobei sie versuchten, auch andere Gäste in das Gespräch mit einzubeziehen, was der Wirt mit ernstem Gesichtsausdruck verfolgte. Es bereitete ihnen keine größere Mühe, die Unterhaltungen auch in Gang zu halten. Argwöhnisch beobachtete der Mann hinter der Theke sie und versuchte, soweit es ihm möglich war, die Gespräche zu verfolgen, bis die vier das Lokal wieder verließen. Daraufhin eilte er in sein Büro und kam nach kurzer Zeit daraus hervor, um seinen Dienst weiterzuverrichten. Vor dem Lokal blieben sie stehen, um das Geschehene zu resümieren. »So ergiebig fand ich die Gespräche auch wieder nicht«, stellte Wariot fest. »Das sehe ich genauso. Sie redeten zwar viel, sagten aber trotzdem nichts.« »Morgi, Salka, ihr erwartet für den Anfang zu viel. Ich fand es durchaus interessant. Suchen wir uns die nächste Gaststätte aus.« »Wie viele solcher Lokalitäten gedenkst du zu besuchen, Kalaran?« »Nur so viele, bis wir einen Eindruck gewonnen haben, Larut.« Gemütlich liefen sie den Bürgersteig entlang, bis sie zum nächsten Gasthaus kamen, das ihnen zusagte. Sie beschlossen, genau wie beim letzten Mal vorzugehen, betraten dann das Lokal und gingen direkt zur Theke, an der Galgion wieder die Bestellung sowie die Bezahlung übernahm. Doch im Gegensatz zur letzten Gaststätte gelang es keinem von ihnen, eine Unterhaltung in Gang zu bringen, weshalb sie zügig austranken und gingen. Schweigend setzten sie ihren Weg fort und betraten wenig später das nächste Lokal, obwohl dies voller als die anderen beiden war. Dieses Mal übernahm Kalaran die Order sowie ihre Begleichung und widmete sich, nachdem er einen Schluck genommen hatte, der links neben ihm sitzenden Person, die ganz offensichtlich eine Unterhaltung

suchte. »Das ist heute ein schöner Tag, finden Sie nicht?«
Das Wetter schien Kalaran dazu geeignet, um mit einer trivia-
len Bemerkung darüber einen Kontakt herzustellen. »Doch,
das stimmt schon. Es ist heute nicht so heiß wie die letzten
Tage. Das ist allerdings auch das Einzige, was ich heute schön
finde.« »Wie darf ich das verstehen?« »Trotz der neuen, ach
so großartigen Republik finde ich keine Arbeit. Sie erzählen
zwar in den Nachrichten immer wieder gern, dass es Arbeit
für alle gäbe, aber davon merke ich nichts.« Der Tonfall seines Nachbarn verriet Kalaran, dass der Mann kein Arrange-
ment mit dem neuen Staat fand. »Gefällt Ihnen sonst noch
etwas an der pherolischen Republik nicht?« »Den Präsidenten finde ich etwas fragwürdig, sonst muss ich zufrieden
sein.« Die letzten Worte verrieten Kalaran, dass der Mann
auf einmal Vorsicht walten ließ. Der Wirt behielt ein scharfes
Auge auf die beiden, mischte sich aber nicht ein. »Gibt es
einen weiteren Punkt, der Ihnen nicht gefällt?« Der Nach-
bar sah Kalaran mit einem äußerst ernsten Blick an, gab aber
keine Antwort. »Waren Sie mit der Gründung der Republik einverstanden?« Die Stimmung des Mannes kippte nach
dieser Frage sofort um. »Lassen Sie mich in Ruhe!«, fauchte
er Kalaran an, trank sein fast volles Glas in einem Zug leer
und bestellte ein neues Getränk. »Belästigen Sie den Gast
nicht länger!«, maßregelte der Wirt Kalaran in einem ebenso
unfreundlichen und leicht aggressiven Tonfall. »Es lag nicht
in meiner Absicht. Entschuldigen Sie bitte.« Als Antwort
bekam Kalaran nur ein Brummen zu hören, dann ging der
Wirt hinter der Theke weg und verschwand in einem Nebenraum. Schon bald darauf kam er wieder heraus und nahm seinen Platz hinter dem Tresen ein. So als wäre nichts gewesen,
arbeitete er weiter, dabei mit den Gästen scherzend. Auch bei
Galgion, Wariot und Belmnod liefen die Gespräche in eine
Sackgasse, weshalb sie beschlossen, das Lokal zu verlassen.
Auf halbem Weg zum Ausgang wurde die Tür geöffnet, und

eine Gruppe von sechs Männern betrat den Gastraum. Sie nahmen Sichtkontakt mit dem Wirt auf und dieser deutete zu den vieren, weshalb sie ihre Waffen zogen und auf sie richteten. »Begleitet uns, ohne viel Aufhebens zu machen.« Kalaran drehte sich sofort um und sah einen grinsenden Wirt, was ihm bewies, wer für ihre Verhaftung verantwortlich zeichnete, dann folgte er den anderen aus dem Lokal. »Ihr habt die Ehre, uns zu begleiten. Steigt bitte in die Gleiter.« Wie aufgefordert nahmen sie in den Fahrzeugen Platz, und nachdem auch die anderen saßen, flogen sie ab.

*

In dem Raum des Gebäudes, wo der Hoteleigner verhört wurde, saß Kalkata mit einigen seiner Mitarbeiter zusammen, als er eine Mitteilung auf dem Armbandgerät erhielt, die ihn, für alle seine Leute überraschend, in einem Tempo von seinem Stuhl aufspringen ließ, was ihm keiner hinsichtlich seines Gewichts zugetraut hätte. »Das darf doch nicht wahr sein! Meine schlimme Ahnung hat sich bewahrheitet!« Wütend lief er in dem Zimmer ein paar Mal hin und her. Keiner seiner Mitarbeiter wagte, ihn anzusprechen, da es für sie eindeutig schien, dass dies der falsche Augenblick war. Nachdem der Gouverneur seine Emotionen wieder auf ein gesundes Maß reduziert hatte, blieb er stehen und sah seine Leute an. »Es ist leider nicht zu ändern. Wir müssen Folgendes machen.« Kalkata legte ihnen seinen Plan dar, beantwortete ihre Fragen dazu, dann ging er vor die Tür, um ungestört ein kurzes Gespräch zu führen. Als er danach in den Raum zurückkam, sahen ihn seine Leute erwartungsvoll an, da sie dachten, dass er eine weitere Information erhalten habe. »Wann soll das Ganze starten?« »Sobald ich es euch sage. Ich warte noch auf eine weitere Nachricht.« Ungeduldig lief Kalkata wieder in dem Zimmer auf und ab, bis die Tür aufging, ein Mann hereinkam und ihm einen Wink gab. Sofort eilte der Gouverneur mit ihm aus dem Raum und hörte sich seinen Bericht an. Danach ging er zurück in das Zimmer, wobei er die Tür offen stehen ließ. »Es ist so weit«, verkündete Kalkata mit ernster Miene. »Ihr habt eure Anweisungen.« Die Mitarbeiter sprangen auf und stürmten an Kalkata vorbei. Einen Augenblick blieb er unbewegt stehen, dann ging auch er hinaus. Im Hof bestieg er einen Gleiter und flog von dem Gelände. Hinter ihm glitt das Tor langsam zu.

* * *

Das Flaggschiff von General Fepulkrt erreichte das Basissystem von Nmetoxl, flog ein Stück hinein und stoppte dann. Der Raumer stand noch nicht lange an dieser Position, als der Funker ein Gespräch erhielt. Er sprach kurz mit der Gegenseite, dann sah er zu Fepulkrt. »General! Der Qtloxr wünscht, mit Ihnen zu sprechen!« »Er kann meinetwegen wünschen, was er will. Sagen Sie ihm, dass ich über keine Zeit verfüge.« »Das wird dem Qtloxr sicher nicht gefallen.« »Das ist mir vollkommen egal.« Der Funker gab weiter, was ihm aufgetragen wurde, dann zuckte er zusammen. Die Gegenseite wurde laut, was die Besatzung in der Stille der Zentrale hörte. »Der Qtloxr ist äußerst ungehalten, General.« »Hoffentlich platzt er vor Wut.« Ohne weiter darauf einzugehen, gab Fepulkrt seine Befehle an die Schiffe, welche er nach Nmetoxl beorderte. Die Einheiten bezogen die neuen Positionen, welche er angeordnet hatte, was der General auf dem Hauptbildschirm kontrollierte. Der Kommandant des Schlachtschiffs trat zu seinem Vorgesetzten und sah ebenfalls auf den Schirm. »Was wissen Sie über denjenigen, der ein Treffen mit uns vereinbart hat, General?« »Ihre Frage kann ich mit einem einzigen Wort beantworten: nichts!« »Wieso lassen wir uns dann darauf ein?« »Es ist der Wunsch unseres Herrschers.

543

Das muss uns genügen.« »Ja, natürlich genügt uns das. Ich halte es trotzdem für gewagt.« »Dann schätzen Sie die Lage genauso ein wie ich.« Die Antwort Fepulkrts erstaunte den Kommandanten, denn er rechnete keinesfalls mit einer Zustimmung. »Wie Sie auch selbst sehen, traf ich Vorsorge. Wir sind vorbereitet, obwohl ich nicht mit einem Angriff rechne. Aus dem Grund beorderte ich eine kleine Flotte nach Nmetoxl. Der Unbekannte soll zumindest ein bisschen beeindruckt sein.« »Wann trifft der Besucher hier ein?« »Laut der Information des Zerlgtoxr noch heute. Warten wir es ab. Ortung! Wie sieht es mit der Überwachung aus?« »Alle Überwachungssonden von Nmetoxl arbeiten einwandfrei.« »Zumindest was das angeht, ist auf Sigoxr Verlass. Damit sind wir vor einer unangenehmen Überraschung gefeit.«

* * *

Die Gleiter brachten die vier Gefangenen in ein anderes Gebäude als zuletzt, was ihnen die Hoffnung nahm, erneut befreit zu werden. Doch selbst dazu müsste bekannt sein, dass sie ein weiteres Mal als Arrestanten endeten. Ihre Bewacher führten sie in einen kleineren Raum als jenen, in dem sie das letzte Mal saßen, nur dass jedem von ihnen ein Stuhl zur Verfügung stand. Auch ihre Wachen ließen sich auf einer Sitzgelegenheit nieder und richteten weiterhin ihre Waffen auf sie. Keiner von ihnen richtete auch nur eine Frage an die Gefangenen, sondern sie sahen sie nur an. Kalaran überlegte, ob das nur eine Zermürbungstaktik sein sollte oder sie auf etwas anderes warteten. Um Klarheit zu schaffen, entschloss sich Kalaran zu einem Vorstoß. »Warum haben Sie uns verhaftet?« »Weil ihr in den Lokalen staatszersetzende Fragen an die Gäste stelltet. Die Wirte haben uns über euer Verhalten in Kenntnis gesetzt und wir reagierten selbstverständlich darauf.« Wenn Kalaran hoffte, dass der Wächter weiterredete, so wurde er enttäuscht, denn der Mann schwieg wieder beharrlich. »Wieso stellen Sie uns keine Fragen oder machen sonst irgendetwas?« »Warten Sie es ab.« Kalaran musste einsehen, dass er von ihm nicht mehr erfuhr, weswegen er nicht weiter auf ihn eindrang. Die beiden Parteien sahen sich an und hingen dabei ihren Gedanken nach. Es dauerte nicht mehr lange, bis eine weitere Person in den Raum kam. Sein erster Blick fiel auf die Arrestanten, dann zog er einen Stuhl herbei, platzierte diesen zwei Schritte vor ihnen. Kaum dass er saß, sah der Mann von einem zum anderen. »Ich weiß zwar nicht, wie ihr es geschafft habt, aber ihr wurdet von uns bereits schon einmal festgenommen. Es ist ein schöner Zufall, dass wir durch die Hinweise der Wirte eurer wieder habhaft werden konnten. Vor allem weil ich etwas weiß, was keiner meiner Kollegen wusste.« Die Bewacher wirkten erstaunt, was dem Neuankömmling nicht entging, da er in diesem Augenblick zu ihnen sah. »Was wissen wir alle nicht und wieso?« »Der letzte Punkt ist leicht erklärt. Der Grund dafür ist, dass der Präsident nach wie vor die Sperre von Nachrichten außerhalb der Republik aufrechterhält.« »Wieso enthält er sie uns eigentlich vor?« »Es handelte sich lediglich um eine Sicherheitsanweisung, die aber bald aufgehoben wird. Die pherolische Republik ist so weit konsolidiert, dass es keinen Grund mehr dafür gibt, noch viel länger die Anweisung aufrechtzuerhalten.« »Das ist schön zu hören, aber uns interessiert alle, was wir nicht wissen.« »Wer die beiden Frauen sind, weiß ich nicht, aber die zwei Männer sind die interessanten Gäste. Wir haben hohen Besuch erhalten. Die Person neben den Frauen ist General Larut Galgion und der andere ist kein Geringerer als Kalaran von Talstal, der Alkt von Alkatar.« Überrascht starrten die Wächter die beiden Männer an. »Wenn Sie schon bei der Vorstellung sind: Mit wem habe ich das Vergnügen zu sprechen?« »Ich bin General Plenoi Karudin, der höchste Militär der pherolischen Flotte und gleichzeitig die rechte Hand unseres Präsidenten Walpa Vuoga.« »Ihr Name ist mir nicht unbekannt, nur bekleideten Sie den Rang nicht in der imperialen Flotte. Sie waren dort nur ein Oberst.« »Das ist vollkommen richtig, General Galgion. Der Präsident verlieh mir den Titel erst hier auf Pherol.« »Was ist das Ziel von Vuoga?« »Was glauben Sie denn, Alkt? Präsident Vuoga denkt nicht in kleinen, sondern in großen Maßstäben.« »Daraus schließe ich, dass Vuoga für den Abfall der Systeme vom Imperium verantwortlich ist.« »Sie sehen das in einem vollkommen falschen Licht. All die Gouverneure entschlossen sich freiwillig dazu, das Imperium zu verlassen und den Anschluss an die Republik zu suchen.« »Das ist doch nur Ihre Sichtweise der Dinge.« Karudin lachte laut und sah Kalaran dann grinsend an. »Präsident Walpa Vuoga bietet den Gouverneuren eine Perspektive, im Gegensatz zum Imperium. Von diesem fühlten sie sich schon seit Längerem allein gelassen.« »Das lag einzig an der Herrschaft von Optuj Uxbeija. Der Diktator verfolgte ganz andere Ziele.« »Die Sie nicht verstanden haben. Auch er hatte einen großen Plan.« »Sein Bestreben bestand nur darin, möglichst schnell reich zu werden, und das auf Kosten des ganzen Staats.« »Ich stelle fest, dass es sinnlos ist, mit Ihnen darüber zu sprechen, Alkt. Sie wollen es einfach nicht einsehen. Ich verschwende hier nur meine Zeit mit Ihnen. Wachen, sperrt unsere Gäste ein und bewacht sie gut. Ich suche den Präsidenten auf und berichte ihm, wessen wir habhaft wurden. Er wird dann persönlich hierherkommen und entscheiden, was mit ihnen geschehen wird.« Karudin stand auf und verließ den Raum. Die Wachen forderten sie auf, sich zu erheben und ebenfalls aus dem Zimmer zu gehen.

* * *

Der Kontaktmann ließ sich Zeit, mit dem Gouverneur ein weiteres Gespräch zu führen, was Vlitom ärgerte. Für ihn blieb die Frage nach dem Grund seines Handelns, wofür er nur zu einem Ergebnis kam. Es stand für Vlitom fest, dass er ihn dafür bestrafen wollte, dass er ihn abweisend behandelte. Während er so sinnierend an seinem Schreibtisch saß und nach einem anderen Grund suchte, riss ihn schließlich das Signal der Kommunikation in die Realität, was ihm nicht ungelegen kam. Er aktivierte die Verbindung und sah genau die Person auf dem Schirm, über welche er gerade nachdachte. »Vlitom, aus Ihrem Ersuchen, mit mir zu sprechen, schließe ich, dass Sie einen Erfolg zu vermelden haben.« »Das ist richtig. Nach zeitweilig zähen Verhandlungen gelang es mir, die Flotte zum Abzug zu bewegen.« »Das höre ich gern. Nun, da diese Angelegenheit erledigt ist, können wir in die Verhandlungen eintreten. Ich frage Sie, ob das auch tatsächlich Ihr Wille ist.« »Warum bringen Sie mir immer noch so viel Misstrauen entgegen?« »Weil ich mir Ihrer noch nicht ganz sicher bin.« »Ich hätte mir nicht die Mühe gemacht, Sie um die Unterredung zu bitten, stünde nicht meine lautere Absicht dahinter.« »Nun gut, lassen wir das für den Augenblick. Wie stellen Sie sich den weiteren Verlauf vor?« »Ich bitte Sie, nach Oibotene zu kommen. Hier können wir uns dann persönlich über Ihr Angebot unterhalten. Noch fehlt mir eine genaue Vorstellung von dem, was Sie mir anzubieten haben.« »Erwarten Sie mich auf dem Raumhafen. Ich werde in Kürze in Oibotene eintreffen. Meine Hoffnung beruht darauf, dass wirklich ernste Absichten hinter Ihrer Bitte stehen.« Der Schirm erlosch und Vlitom atmete hörbar aus. »Das war nicht gerade einfach«, murmelte Vlitom und setzte eine vorbereitete Nachricht ab. »Wieso wird er eigentlich in Kürze Oibotene erreichen? Das ist seltsam.« Kaum dass er sich diese Frage stellte, kam dem Gouverneur die Erkenntnis. Der Kontaktmann rechnete offenbar mit der Einladung und befand sich nicht allzu weit von Oibotene entfernt. Welchen Aufwand musste er betrieben haben, damit er dieses Gespräch auch führen konnte? Vlitom fühlte sich in diesem Moment von dem Mann vorgeführt.

* * *

General Fepulkrt kehrte in die Zentrale seines Flaggschiffs zurück und stellte sich vor den großen Bildschirm. Wäre die Information über die Ankunft nicht vom Zerlgtoxr gekommen, so hätte er Zweifel an deren Richtigkeit gehegt. Die Meldung des Ortungsoffiziers enthob ihn seiner Zweifel. »Ein einzelnes Schiff nähert sich soeben Nmetoxl, General.« »Wie lange wird es noch dauern, bis es hier eintrifft?« »Sie müssen nur noch eine Etappe zurücklegen, dann trifft es hier ein.« Der Kommandant stand auf und ging zu seinem Vorgesetzten. »Jetzt bin ich gespannt, was auf uns zukommt, General.« »Sie nicht allein. Mir geht es ebenso.« Beide sahen gebannt auf den Hauptbildschirm und warteten schweigend ab. Auf jeden Außenstehenden hätte die Stille in der Zentrale bedrückend gewirkt, aber sowohl die Besatzung als auch die beiden Kommandierenden spürten nur die Ungeduld. Es dauerte nicht mehr lange, bis der Orter die erwartete Meldung machte. »Sie nehmen gerade die nächste Etappe.« Er sah auf seine Anzeigen und blickte wieder auf. »Sie sind da und fliegen mit geringer Geschwindigkeit auf das System zu.« »Sobald Sie ein Bild von dem Schiff hereinbekommen, legen Sie es auf den Schirm.« Ohne eine Bestätigung zu geben, arbeitete er an seiner Konsole. Bald darauf wechselte das Bild und alle in der Zentrale sahen den Raumer, der auf sie zukam. »Das glaube ich jetzt nicht, General.« »Ihnen geht es wie mir. Zugegeben, ich bin wirklich überrascht.«

* * *

Der Leiter, welcher im ersten Gleiter saß, hielt die kleine Kolonne an, da er zufällig sah, dass ein Fahrzeug vor dem Gebäude hielt, General Karudin ausstieg und in das Haus ging. Ihre Geduld wurde auf keine allzu große Probe gestellt, denn Karudin kam schon bald wieder aus dem Gebäude, stieg in seinen Gleiter und flog davon. Erst dann legten sie das letzte Stück zu dem Bauwerk zurück und parkten davor. Bis auf die Fahrer sprangen alle aus den Fahrzeugen und hasteten in das Haus hinein. Mit vorgehaltenen Gewehren stürmten sie so leise wie nur möglich die Treppe empor und blieben im ersten Stock stehen, da sie von weiter oben Schritte vernahmen. Der Vorgesetzte gab seinen Leuten eine kurze Anweisung, dann eilten vier Mann weiter, während die anderen stehen blieben. Kaum erreichten sie das Zwischenstockwerk, da sahen sie auch schon die ihnen bereits bekannten Gefangenen, die von der nächsten Etage aus herabkamen. Der vorderste der Männer gab ihnen ein Handzeichen, dass sie weitergehen sollten. »Lauft, wir kümmern uns um den Rest!« Das ließen sich die vier nicht ein zweites Mal sagen und eilten so schnell sie konnten die Stufen hinab. Kaum dass sie die bewaffneten Männer passierten, eröffneten diese auch schon das Feuer auf die nachfolgenden Wachen. Die ersten beiden Bewacher reagierten nicht schnell genug, weshalb sie durch das gezielte Feuer starben und zu Boden fielen. Dadurch gewarnt, feuerten die restlichen vier Männer ziellos nach unten. Einer der Angreifer machte zügig zwei Schritte nach oben und schoss dann in die Richtung des vermuteten Aufenthaltsorts der Wächter. Ein gurgelnder Laut bestätigte ihm, dass er einen Treffer erzielte. Daraufhin erhielten sie als Antwort ein wütendes Feuer, weswegen sie flugs zurückweichen mussten. Einer von ihnen stieß einen Schrei aus, so als sei er getroffen worden, woraufhin der Beschuss aussetzte. Diesen Moment nutzte er aus, rannte nach oben, schoss und lief wieder zurück. Mit einem Röcheln stürzte der Getroffene polternd zu

Boden und rutschte mehrere Stufen hinab, was die Wächter zum Anlass nahmen, das Schießen wieder zu beginnen. Nur ab und zu feuerten die Angreifer zurück und versuchten dabei abzuschätzen, wo die verbliebenen Wachen gerade standen. Sie besprachen sich kurz, dann gingen zwei von ihnen sie so gut es ging vor und deckten die Bewacher mit Schüssen ein. Die beiden anderen stürmten vorbei und sprangen einige Stufen empor, dabei ebenfalls feuernd. Da die Verteidiger nicht mit dieser Aktion rechneten, wurden sie so vollkommen überrascht, was den zwei Verteidigern zum Verhängnis wurde. Die vier Angreifer gingen nach oben und prüften kurz die am Boden Liegenden, dann stiegen sie die Treppe zum ersten Stock hinab, wo der Leiter sie erwartungsvoll ansah. »Die Bewacher sind alle tot.« »In Ordnung, gehen wir, bevor eine Verstärkung eintrifft.« Eilig verließen sie das Gebäude, und der Leiter dirigierte die vier Befreiten in die Fahrzeuge, dann stiegen auch die anderen zu. Kaum dass der Letzte Platz genommen hatte, flogen die Gleiter auch schon mit Höchstgeschwindigkeit davon. Der Leiter sah mit ernstem Gesichtsausdruck zu Kalaran, der neben ihm saß. »Sie machen uns mehr als genug Schwierigkeiten. Ich denke, dass Sie sich an mich erinnern.« »So lange ist es nun nicht gerade her. Es lag nicht in unserer Absicht, Ihnen diese Umstände zu bereiten.« »Umstände nennen Sie das? Durch diese Aktionen gab es sieben Tote. Ich bezeichne das eher als eine sehr schlechte Bilanz. Dass von meinen Leuten keiner zu Schaden kam, ist das einzig Beruhigende an der ganzen Sache. Bevor Sie kamen, war es für uns weitaus ruhiger als jetzt.« Kalaran wusste, dass alles, was er jetzt sagte, unangemessen war, weswegen er in das Schweigen einfiel, denn der Leiter starrte geradeaus und bemühte sich, dabei Kalaran nicht anzusehen.

* * *

Praston, ein imperiales System, das gute Bedingungen für die Landwirtschaft bot, allerdings nur über die notwendigste Industrie verfügte. Die Agrarwirtschaft gestattete den nicht gerade zahlreichen Einwohnern ein vortreffliches Auskommen, weshalb sie hauptsächlich darauf konzentriert blieben. Sie profitierten alle gut von den Exporten ihrer Erträge, was ihnen im Rahmen der notwendigen Arbeit ein beschauliches Leben gestattete. Zurzeit stand nur ein einziger Frachter auf dem Landefeld, in den gerade die letzten Container eingeladen wurden. Auch in der Kontrollzentrale des Raumhafens herrschte eine sehr entspannte Atmosphäre, da es für die kleine Besatzung nicht viel zu tun gab. Zwischen ihren Gesprächen blickten sie routinemäßig auf ihre Konsolen, nur um festzustellen, dass auch weiterhin nichts anstand. Sie mussten zwar immer mit der Ankunft eines Frachters rechnen, aber diese kündigten sich in der Regel sofort beim Eintreffen an. Auch der Orter blickte auf seine Arbeitsstation und erstarrte plötzlich für einen Moment. Hastig überprüfte er das, was seine Kontrollen ihm anzeigten, doch alles zeigte sich unverändert. Seine Kollegen sahen zu ihm und wunderten sich über die unvermutete Aktivität. Der Orter ließ ein Überprüfungsprogramm laufen und wartete nervös auf das Ergebnis. Als ihm die Anzeige bestätigte, dass keine Fehlfunktion vorlag, sah er zu der Frau an der Funkstation. »Ruf sofort den Gouverneur hierher! Er soll sich bitte beeilen! Es ist wichtig!« »Warum machst du so eine Hektik?« »Gib ihm endlich Bescheid, aber schnell!« Die Frau an der Funkstation verstand die Aufregung des Kollegen nicht, setzte aber trotzdem den Gouverneur darüber in Kenntnis, dass sein Erscheinen in der Kontrollzentrale dringend erforderlich sei. »Der Gouverneur wird gleich eintreffen«, bestätigte die Frau mit äußerst gleichgültiger Stimme nach der Beendigung des Gesprächs. »Erklärst du uns bitte jetzt, was eigentlich los ist?« »Später!«, gab der Orter abweisend zurück und bearbeitete weiter seine Konsole, dabei störte er sich nicht an den zweifelnden Blicken seiner Kollegen. Nach einem Augenblick sah der Orter auf und blickte die Frau an der Funkstation an, die offensichtlich an seinem Verstand zweifelte. »Kontaktiere den Frachterkommandanten. Er soll so schnell wie möglich starten.« »Was soll das denn wieder bedeuten?« »Mach es einfach.« Als die Frau nicht auf die Aufforderung reagierte, seufzte der Orter nur. »Bitte!«, fügte er flehentlich noch hinzu. Kopfschüttelnd widmete sich die Frau ihrer Anlage und gab die Information an den Kommandanten weiter, dann drehte sie sich wieder dem Orter zu. »Er wollte sowieso gerade um die Startgenehmigung nachsuchen.« »Das passt wunderbar.« Alle sahen zum Fenster und warteten, bis das Frachtschiff dort sichtbar wurde, langsam nach oben stieg und ihren Blicken entschwand. Eilig sah der Orter auf die Anzeige, bis das Schiff aus dem System verschwand.

* * *

»General Fepulkrt, das ist ein imperiales Schlachtschiff!« »Das seh ich auch. Geben Sie den Befehl an unsere Einheiten, dass Sie den Raumer ein Stück in das System geleiten, bis zu dem Punkt, den ich Ihnen angegeben habe.« Der Kommandant entfernte sich, gab die Anordnung weiter und ging wieder zu Fepulkrt. Sie verfolgten beide, wie ihre Schiffe Fahrt aufnahmen und das Schlachtschiff in ihre Mitte nahmen, bis die vereinbarte Position erreicht war. Danach dauerte es nicht mehr lange, bis der Funker einen Anruf erhielt, den er annahm. Nach einer kurzen Kommunikation drehte sich der Offizier um und sah zu General Fepulkrt hinüber »Sie bitten um das vereinbarte Treffen, General.« »Bestätigen Sie das, aber sagen Sie ihnen nur, dass sie abwarten sollen, bis wir uns wieder mit ihnen in Verbindung setzen.« Der Funker gab die

Information weiter, sprach noch kurz mit der Gegenseite und beendete das Gespräch. »Sie sind ein wenig irritiert. Sie erwarteten von uns, dass wir ihnen den Ort der Konferenz direkt bekannt geben.« »Was sie von uns erwarten, interessiert mich nicht.« »Warum verfahren Sie denn so, General?« »Ganz einfach, Kommandant: Weil ich sie damit wissen lassen will, dass wir hier bestimmen und nicht sie.« Der Blick Fepulkrts ruhte auf dem Schlachtschiff und er überlegte dabei krampfhaft, was ihm an dem Raumer so anders vorkam, doch gelangte er zu keinem Ergebnis. »Orter, vergrößern Sie mir die Ansicht von dem Schiff.« Der Offizier kam der Anweisung nach und das Schiff blähte sich auf dem Schirm auf, bis es diesen fast ganz ausfüllte. Eine Zeit lang starrte er auf den Schirm, bis ihm mit einem Mal klar wurde, was an dem Raumer nicht stimmte. Auch der Kommandant sah dorthin, da er zunächst überhaupt nicht verstand, warum der General die Vergrößerung verlangte, doch dann sah er es auch.

* * *

Gouverneur Vlitom hielt es nicht mehr in dem Regierungsgebäude aus, weswegen er hinausging und zum nahen Raumhafen schlenderte. Er wusste zwar nicht, wann der Kontaktmann auf Oibotene landete, aber das spielte für ihn im Moment keine Rolle. Ihm ging es nur darum, sich abzulenken, um die Gedanken freizubekommen. Er musste sich eingestehen, dass die vergangenen Ereignisse ihn doch mehr mitgenommen hatten, als er es sich bislang eingestehen wollte. Das bevorstehende Treffen bereitete ihm noch dazu ein ungutes Gefühl. Gierig sog er die frische Luft ein und richtete seinen Blick nach vorn, wo das verlassene Landefeld vor ihm lag. In diesem Moment fragte er sich, ob wirklich bald wieder der rege Betrieb hier herrschte, wie es früher Standard gewesen war. Das Summen seines Armbandgeräts riss ihn aus seinen

Betrachtungen und er nahm das Gespräch an. »Vlitom hier. Was liegt an?« »Soeben ist ein kleines Schiff angekommen. Der Pilot bittet um Landeerlaubnis, verweigert uns jedoch die Identifizierung. Er sagte, Sie wüssten Bescheid, deshalb kontaktiere ich Sie.« »Das geht schon in Ordnung. Ich weiß, wer der Pilot ist. Sagen Sie ihm nur, dass ich ihn wie vereinbart erwarte.« »Wie Sie wünschen, Gouverneur.« Vlitom gedachte zuerst, die Bemerkung zu kommentieren, doch er schaltete dann doch einfach ab. Am Rand des Landefelds lief er auf und ab, dabei sah er immer wieder nach oben, bis endlich das Schiff in den Sichtbereich kam und langsam zum Raumhafen hinabsank. Nur scheinbar nahm es an Größe zu, bis es schließlich landete. Sofort lief Vlitom in Richtung des Schiffs los, bei dem sich bis zu seiner Ankunft nichts ereignete. Davor blieb er stehen und wartete auf die Öffnung des Ausstiegs. Gerade als die Vermutung bei ihm aufkeimte, dass die Wartezeit absichtlich in die Länge gezogen wurde, fuhr die Rampe aus und der Ausstieg glitt auf. Bald darauf kam der Kontaktmann aus dem Schiff und trug dabei ein unergründliches Lächeln zur Schau. Langsam ging er auf den Gouverneur zu und blieb am Ende der Rampe stehen. »Gouverneur, es freut mich, dass wir uns endlich persönlich kennenlernen.« »Das war schon lange überfällig. Wenn Sie mich zu meinem Büro begleiten wollen. Es ist nicht weit.« »Das ist mir bekannt.« Jede andere Antwort hätte Vlitom erstaunt, da er ohnehin davon ausging, dass dem Kontaktmann die Verhältnisse bestens bekannt waren. »Ich gratuliere Ihnen, Gouverneur. Es ist erstaunlich, dass Sie es schafften, die Flotte von hier wegzuschicken. Immerhin ist Oibotene ein Teil des Imperiums.« Nach einem kurzen Moment schob der Mann ein Wort hinterher. »Noch.« Vlitom beschloss, nicht darauf einzugehen, denn das musste er noch früh genug. »Ist es inzwischen ruhig geworden oder gibt es hier weiterhin Schwierigkeiten?« »Nein, zurzeit ist alles ruhig.« »Das freut mich, ansonsten hätte ich Ihnen meine Unterstützung angeboten. Ganz sicher wäre es mir gelungen, die Aufständischen zu einem Waffenstillstand zu überreden.« Diese in den Augen Vlitoms äußerst leichtsinnige Bemerkung bewies Vlitom endgültig, wer an den Unruhen auf Oibotene die Schuld trug. Für ihn gab es keinen Zweifel mehr, dass der Mann, welcher neben ihm ging, das ganze Chaos angezettelt hatte, um Oibotene vom Imperium zu lösen. Nur zu gern wäre er jetzt gegen ihn vorgegangen, doch darauf musste er verzichten. Schließlich wollte er sein Angebot hören, denn es könnte sich doch als interessant erweisen. Aus diesem Grund ließ er die Bemerkung von ihm unkommentiert stehen. Schweigend liefen sie nebeneinander her, bis sie das Gelände des Regierungsgebäudes erreichten. »Sie lassen das Gelände immer noch bewachen? Sagten Sie mir nicht, dass es im Moment keine Probleme gibt?« »Das hat einen anderen Grund. Da ich möchte, dass Sie dabei anwesend sind, wartete ich bis zu Ihrer Ankunft.« »Gouverneur Vlitom, Sie verstehen es, mich neugierig zu machen.« Dieses Mal war Vlitom an der Reihe, den Mann unergründlich anzulächeln. Sie durchschritten den Gartenbereich und betraten das Gebäude, in dem Vlitom den Besucher zu seinem Büro führte. Hinter sich schloss der Gouverneur die Tür und blickte den Kontaktmann an. »Da wir jetzt unter uns sind: Was gedachten Sie, mir zu unterbreiten?« »Sie kommen sehr schnell zur Sache, Vlitom.« »Ich verschwende nur ungern meine Zeit mit überflüssiger Konversation.« »Das ist mir auch lieber. Wie Sie bereits mir gegenüber erwähnten, sind Sie mit dem Imperium nicht gerade zufrieden.« »Nicht zufrieden? Wie die hohen Militärs sich hier und vor allen Dingen mir gegenüber aufführten, ist nicht als tragbar zu bezeichnen. Vor allem eingedenk der Tatsache, dass sie vorher meine Anfragen noch nicht einmal beantworteten. Weder meine Bitten noch die Anfragen nahmen sie zur Kenntnis. Plötzlich tauchen sie

dann wie aus dem Nichts auf und verhalten sich mehr wie Besatzer als wie hilfreiche Kräfte. Das ist doch kein Zustand!«
»Ich stimme Ihnen zu. Sind Sie bereit, dieses Verhältnis zu beenden, um es gegen ein besseres einzutauschen?« »Bitte werden Sie konkreter: Was ist die bessere Option?« »Es gibt eine junge Republik, die von einem sehr erfahrenen Präsidenten geführt wird. Viele imperiale Systeme schlossen sich der Republik an, da sie fest in ihrer Überzeugung sind, dass dies die einzig richtige Entscheidung ist.« »Verraten Sie mir, wer dieser sehr erfahrene Präsident ist?« »Noch nicht. Wenn Sie der Republik beitreten, wird er Sie besuchen, um Sie als neues Mitglied der pherolischen Republik zu begrüßen. Das ist schon Tradition bei uns, obwohl die Republik noch nicht so lange existiert.« »Wie ändert sich mein Status, wenn ich dem Beitritt zustimme?« »Selbstverständlich bleiben Sie in Ihrem Amt als Gouverneur von Oibotene. Allerdings werden Ihnen größere Befugnisse zuerkannt. So einen Vorfall wie mit der imperialen Flotte wird es dann nicht mehr geben, denn Sie haben als Gouverneur in diesem System das Sagen. Bei Übergriffen können Sie auch jederzeit den Präsidenten kontaktieren. Er wird das Problem beseitigen und Ihre Autorität bestätigen. Auch wenn Sie Anliegen oder Vorschläge haben, besprechen Sie das mit dem Präsidenten. Er allein ist Ihnen übergeordnet, sonst niemand. Wie lautet Ihre Entscheidung?« »Sie werden sicher verstehen, dass ich solch eine Entscheidung mit dieser Tragweite nicht sofort beantworten kann.« »Selbstverständlich verstehe ich das. Wie viel Zeit benötigen Sie für Ihren Entschluss?« »Nicht sehr lange. Geben Sie mir nur einen kurzen Augenblick.« Vlitom ging zum Fenster, verschränkte seine Hände hinter dem Rücken und starrte hinaus. Außer dem Gartenbereich sah er sein Spiegelbild im Fenster, das ihm in diesem Augenblick wie sein Kritiker vorkam. Fast sah es so aus, als würde das Lächeln, welches er sah, ihm die Bestätigung geben. Nach

einem kurzen Augenblick wandte sich der Gouverneur von seinem imaginären Gegenüber ab und sah den Kontaktmann an. Vlitom atmete mehrmals tief durch, bevor er antwortete. »Wie lautet Ihre Antwort?« »Oibotene tritt mit sofortiger Wirkung der pherolischen Republik bei.«

* * *

Die Kolonne der Gleiter raste durch die Innenstadt und erreichte dementsprechend schnell den Raumhafen von Pherol. In gleichbleibender Geschwindigkeit flogen sie am Landefeld entlang, wobei die Augen von Kalaran, Galgion, Belmnod und Wariot auf die dort abgestellten Schiffe gerichtet waren. Es blieb ihnen jedoch nicht viel Zeit, die Raumer näher zu betrachten, denn ihre Aufmerksamkeit wurde von der jetzt besser einsehbaren beeindruckenden Werftanlage abgelenkt. »Das ist eine gigantische Werftanlage für einen Planeten wie Pherol. Ich kann mich auch nicht erinnern, dass Pheriolan je dafür bekannt war.« »Dem stimme ich bedingungslos zu, Larut«, stellte Kalaran fest. Noch eine Zeitspanne konnten sie die ausgedehnte Anlage auf sich wirken lassen, denn dann steuerten die Fahrer die kleine Kolonne in einen Hangar. In dem Augenblick, als das letzte Fahrzeug eingeflogen war, schlossen zwei Arbeiter die großen Tore hinter ihnen. Die Gleiter stoppten und aus dem Hintergrund kamen Kalkata und Naro auf sie zu. »Ihr bezieht hier Stellung. Keiner darf die Halle betreten. Im Zweifelsfall gestatte ich den Einsatz von Waffen.« Kalkata und Naro liefen zum hinteren Teil der Halle, gefolgt von den anderen, bis sie eine lange und hohe Reihe von Kisten erreichten, in denen Ersatzteile für die Reparatur der Schiffe aufbewahrt wurden. Sie liefen an der Mauer der Behälter entlang, bis sie dahinter verschwanden, dann ging es wieder ein ganzes Stück zurück, bis sie vor der Begrenzung der Halle stehen blieben. Naro öffnete ein unscheinbares Schott und betrat den dahinter liegenden Raum. Auch die ihn begleitenden Personen traten ein und Naro verschloss hinter ihnen den Eingang. Kalaran starrte ebenso wie seine Begleiter den in der Mitte dieses Hangarteils stehenden Raumer an. »Das ist ein außergewöhnlich schönes Schiff«, stellte Kalaran mit beeindrucktem Tonfall fest. »Ja, mir ging es genauso, als ich es das erste Mal sah. Heti wird euch gleich mehr darüber sagen. Ich unterhielt mich mit ihm auch über unser aktuelles Problem, und das seid ihr. Alkt hin oder her, Sie schafften es, mich, Naro und auch meine Leute innerhalb kürzester Zeit zweimal in allergrößte Schwierigkeiten zu bringen. Damit muss jetzt Schluss sein. Ich verspüre keine Lust auf einen weiteren Zwischenfall, denn ich weiß nicht, wie lange das noch gut geht. Aus diesem Grund will ich, dass ihr von Pherol verschwindet.«

* * *

General Fepulkrt ließ sich reichlich Zeit, bis er wieder in der Zentrale erschien und zu dem Funkoffizier sah, der sich bei seinem Eintreten ihm sofort zuwandte. »General, sie fragten inzwischen noch dreimal nach, wo und wann die Konferenz stattfinden soll.« »Meinetwegen können sie so oft fragen, wie sie wollen. Welche Antwort gaben Sie der Gegenseite?« »Ich sagte dem Funker, dass wir mit Ihnen Kontakt aufnehmen werden.« »Liegt die letzte Anfrage schon länger zurück?« »Ja, es ist schon eine geraume Weile her.« »Das passt doch wunderbar. Rufen Sie das Schiff und teilen ihnen Folgendes mit: Die Unterredung findet auf diesem Schiff statt. Der Verhandlungspartner soll mit einem kleinen Beiboot zu uns übersetzen. Unsere Kontrolle wird sie rufen, um das Schiff einzuweisen. Nach der Landung wird er dort von uns empfangen.« »Zu Befehl, General.« Der Funker setzte sich mit der Gegenseite in Verbindung und gab die Informationen

weiter, was auch bestätigt wurde. Indessen stellte Fepulkrt
sich vor den Hauptbildschirm, wo auch bereits der Kommandant
stand. Zusammen betrachteten sie das Schiff, welches
der Orter wieder in die ursprüngliche Ansicht gebracht
hatte. »Mich wundert nur eines, General: Das Schlachtschiff
trägt keine imperiale Kennung.« »Sie haben es also auch bemerkt.
Zu Anfang stellte ich mir die Frage, was mich störte,
doch nach der Vergrößerung war es offensichtlich.« »Es ist
ein Detail, auf das normalerweise nicht geachtet wird.« Ihre
Unterhaltung wurde unterbrochen, da in diesem Augenblick
ein Beiboot das Schlachtschiff verließ und langsam auf ihren
Standort zusteuerte. »Wie wir bereits besprachen: Beordern
Sie den Wachtrupp in den vereinbarten Hangar, Kommandant.«
Fepulkrt verließ die Zentrale und begab sich zum
nächsten Lift, den er bestieg, und ließ sich nach unten tragen.
Auf dem Deck des Hangars stieg der General aus und lief den
Gang entlang, dabei sinnierend. Fepulkrt musste eingestehen,
dass er begierig darauf war zu erfahren, um wen es sich bei
dem besagten Verhandlungspartner handelte. Sicher wartete
auch der Zerlgtoxr genauso neugierig auf den Bericht von
ihm, darüber gab es für Fepulkrt keinen Zweifel. Als er den
Hangar betrat, stand schon der Wachtrupp, bestehend aus
einem Offizier und zehn Soldaten, bereit. Der General blieb
vor dem Offizier stehen und musterte den Trupp. »Sie erhielten
vom Kommandanten Ihre Order?« »Jawohl, General.
Die Anweisungen sind eindeutig.« Fepulkrt drehte sich
um und wartete genauso wie der Wachtrupp ab. Bald darauf
baute sich ein Kraftfeld auf, das nur durch das leichte bläuliche
Flimmern erkannt werden konnte. Bald darauf glitt das
Schott auf und wenig später erschien das Beiboot, welches
mit äußerst niedriger Geschwindigkeit in den Hangar einflog
und schließlich landete. Das Außenschott schloss sich, die atmosphärischen
Bedingungen wurden wieder hergestellt und
das Kraftfeld erlosch. Dem Wachtrupp voran marschierte

der General auf das Beiboot zu und blieb in einem nicht allzu großen Abstand stehen. Die Rampe des Schiffs fuhr aus und das Schott des Ausstiegs glitt beiseite. Nur wenig später erschien der Verhandlungspartner, blieb am Anfang der Rampe kurz stehen und schritt diese dann hinab. General Fepulkrt glaubte es nicht, als er erkannte, wer gerade auf ihn zukam.

* * *

General Kelschin traf sich mit dem Kommandanten seines Flaggschiffs in einem Raum, der Besprechungen diente. »Kommandant, sind denn die Vorbereitungen schon abgeschlossen?« »So weit ist von mir alles in die Wege geleitet worden. Alle Kommandanten erhielten ihre Instruktionen von mir. Ich erwarte nur noch ihre Meldungen der Abflugbereitschaft.« »Sie erklärten den Kommandanten auch genau, um was es geht und wie sie sich verhalten sollen?« »Auch das setzte ich ihnen genauestens auseinander.« »Es ist unabdingbar, dass alles mit der allergrößten Vorsicht ablaufen muss. Sie dürfen nicht das kleinste Risiko eingehen, sonst gibt es Schwierigkeiten, die wir nicht gebrauchen können. Das ist eine sensible Explorermission, die einzig der Informationsgewinnung dient. Ich will zuerst die Ergebnisse prüfen, sobald sie mir vorliegen, dann erst werde ich eine Entscheidung treffen, ob das weitere Vorgehen für Deschkan förderlich ist.« »Befürchten Sie, dass es Probleme für unsere Kommandanten geben könnte?« »Ich befürchte ständig Probleme. Ich sage das nicht nur so daher, es ist einfach nur eine Erfahrungssache. Immer wenn ich dachte, alles läuft glatt, gab es Schwierigkeiten, an die ich mich nicht erinnern will. Ich trage die Verantwortung für Deschkan. Meine Aufgabe ist es, Deschkan weiterzubringen und gleichzeitig die Sicherheit für unsere Heimat zu garantieren.« »Ich weiß das genau, ebenso wie alle anderen Offiziere in der Flotte. Wir vertrauen Ihnen mehr als Farschgu.« Das Summen der Kommunikation unterbrach den Kommandanten in seinen Ausführungen. Er nahm das Gespräch an und änderte die Audioeinstellung, sodass auch Kelschin hören konnte, was die Gegenseite sagte. Der Funkoffizier erschien auf dem Schirm und gab sofort seine Meldung ab. »Soeben ließ mich der letzte bis jetzt noch fehlende Kommandant wissen, dass auch er abflugbereit ist.« Kelschin machte nur eine bestätigende Handbewegung zu seinem Gegenüber. »Die Schiffe sollen starten, und sagen Sie ihnen, dass keinerlei Abweichung von der erteilten Order geduldet wird.« »Zu Befehl, Kommandant.« Er trennte die Verbindung und sah Kelschin an. »Jetzt beginnt es«, stellte der General fest.

* * *

»Ich gratuliere Ihnen zu dieser Entscheidung, Gouverneur Vlitom. Sie werden sie bestimmt nicht bereuen. Sofort nach meinem Abflug unterrichte ich den Präsidenten darüber, dass Oibotene sein nächstes Ziel sein wird, um zur Aufnahme in die Republik zu gratulieren.« »Bitte warten Sie noch mit Ihrer Abreise.« »Warum, gibt es etwa noch einen Punkt zu besprechen?« »Nein, nicht deshalb.« Wie als Ankündigung erhöhte sich ziemlich schnell der Lärmpegel vor dem Gebäude, was den Kontaktmann misstrauisch machte. Aus diesem Grund ging er zum Fenster und sah hinaus. »Wieso versammeln sich so viele Einwohner auf dem Platz vor dem Gelände des Regierungsgebäudes?« Aus seiner Stimme sprach die Unsicherheit, welche ihn bei dem Anblick der zahlreichen Einwohner erfasste. »Es geht nur um eine kleine, aber für mich sehr wichtige Zeremonie.« »Worum geht es dabei?« »Das werden Sie gleich sehen. Ich muss nur eine Anweisung weitergeben.« Vlitom ging zu seinem Schreibtisch und setzte zuerst eine bereits gespeicherte Nachricht ab, dann erst kontaktierte er den Mitarbeiter, wie er es bereits mit ihm abgesprochen hatte. Nach der Beendigung des Gesprächs ging er zu dem Mann zurück, der immer noch ein wenig ratlos dastand. Schweigend warteten sie, bis die Tür zu dem Büro geöffnet wurde und ein Polizist mit den Anführern hereinkam. Der Kontaktmann, der jeden von ihnen kannte, machte ganz unauffällig eine Handbewegung, die ihnen bedeutete, dass sie so tun sollten, als kannten sie ihn nicht. »Öffnen Sie die Türen zum Balkon«, befahl Vlitom dem Polizisten, der die Anweisung ausführte. »Kommt alle mit, wir gehen nach draußen und zeigen uns der Menge.« Der Gouverneur ging als Erster von ihnen hinaus und nahm einen Platz direkt an der Brüstung ein, dann wartete er, bis die anderen zu ihm aufschlossen. Vlitom breitete seine Arme aus und gebot so der Menge, ruhig zu sein, woraufhin auch bald Stille herrschte. »Bürger von Oibotene!«, begann der Gouverneur seine Rede. »Ich bat euch hierher, um eine wichtige Mitteilung von mir zu hören. Die Unruhen, welche seit geraumer Zeit die Gesellschaft erschütterten, sind beendet. Endlich kann jeder von euch wieder ohne Angst sein Haus verlassen. Um eine Spaltung unter der Einwohnerschaft vorzubeugen, gewähre ich allen Aufständischen Amnestie. Neben mir stehen die Anführer der Übergriffe. Um meinen guten Willen zu zeigen, fallen auch sie unter den von mir angeordneten Gnadenerlass. Wir müssen alle wieder zueinanderfinden, um die Entwicklung von Oibotene zum Wohl für die ganze Bürgerschaft wieder voranzutreiben. Möge der erreichte Friede von Dauer sein.« Erneut hob Vlitom seine Arme und ließ sie langsam sinken. Die Menge vor dem Gelände jubelte dem Gouverneur zu und Vlitom genoss diesen Augenblick sichtlich ebenso wie die Anführer. Jeder der sechs Männer winkte der Menge zu, was den bereits abflachenden Jubel erneut aufflammen ließ. Der Mann trat zu Vlitom und legte ihm als Zeichen der Verbundenheit beide Hände auf die Schultern. »Das war eine wunderbare Idee, Vlitom. Das beweist mir, dass Sie der richtige Gouverneur für Oibotene waren und auch weiterhin sind.« »Ich danke Ihnen.«

* * *

Betroffen sah Kalaran den Gouverneur von Pheriolan an und rang einen Moment nach den richtigen Worten. »Ich verstehe Sie nur zu gut, Kalkata. Weitere Unannehmlichkeiten müssen natürlich vermieden werden. Wenn Sie uns mitteilen wollen, wie wir von Pherol wegkommen können?« »Mit diesem Schiff, vor dem ihr gerade steht.« »Dieses schöne Schiff überlasst ihr uns?« »Wir haben kein anderes zur Verfügung. Heti, das Weitere ist dein Part.« Naro trat noch einen Schritt weiter vor und blickte von einem zum anderen. »Was ist das eigentlich für ein Typ? Ich kenne diese Bauweise nicht.« »Natürlich kennen Sie ihn nicht. Ich entwarf und baute das Schiff. Es ist ein Prototyp.« »Ist der Testflug erfolgreich absolviert worden?« »Leider gab es keinen Testflug. Den werdet ihr jetzt absolvieren, Alkt.« »Wir sollen die weite Reise mit einem ungetesteten Prototyp zurücklegen?« »Ihr habt keine andere Wahl, wenn ihr von Pherol abreisen wollt, es sei denn, ihr wünscht, in irgendeinem Keller zu verrotten und dabei ständig in der Befürchtung leben zu müssen, dass ihr schließlich doch noch von den Schergen Vuogas entdeckt werdet. Was danach folgt, kann jeder von euch imaginieren. Vuoga wird die Gunst der Stunde sicher nicht verstreichen lassen, euch in einem Schauprozess zu verurteilen. Wie der Gerichtsentscheid ausfallen wird, ist unschwer zu erraten. Das Todesurteil wird die Folge sein und eure Hinrichtung wird er zu einem Volksfest stilisieren.« »Schon gut, Naro, wir haben es alle verstanden.« »Ich hoffte, dass ihr das versteht«, ergänzte Kalkata erleichtert. »Heti wird euch jetzt das Schiff erklären.« Wie aufgefordert begann Naro mit seinem Vortrag, während er voraus in das Schiff ging, um sie in die Zentrale zu führen. Mit Spannung hörten sie den Ausführungen Naros zu, gleichzeitig dabei jedes Detail des Raumers in sich aufnehmend. Auf dem Weg in den Kommandoraum gelangten die vier zu der Auffassung, dass sie ein gutes Schiff für ihren Rückflug zur Verfügung hatten. In der Zentrale angekommen, führte Naro sie zuerst in die Mitte, um zunächst noch einige allgemeine Anmerkungen zu machen, dann führte er sie von einer Station zur anderen, erklärte ihnen alle Details, soweit sie eine Neuerung an dem Schiff darstellten, dann beantwortete er ihre Fragen. Nachdem Heti Naro ihnen dieses zur Zufriedenheit aller erläutert hatte, wandte er sich von ihnen ab, um die Zentrale zu verlassen. »Wir begeben uns jetzt in den Maschinenraum. Es ist unabdingbar, dass ihr auch dort seht, was anders ist, als ihr einen Antrieb bisher kennengelernt habt.« Die Gruppe folgte Naro in die Antriebssektion und Naro begann erneut mit seinen Ausführungen, bei denen es ihnen allen zuweilen schwerfiel, diesen auch folgen zu können. Vor allem Belmnod und Wariot, die nicht so erfahren mit dieser Materie waren, schwirrte der Kopf dabei. Sobald Naro bemerkte, dass sie seine Erklärungen nur schwer verstanden, versuchte er, es anders darzustellen. Sie verbrachten mehr Zeit im Maschinenraum als in der Zentrale, aber sie sahen ein, dass es absolut notwendig war, über diese Kenntnisse zu verfügen. Nachdem Naro endlich mit seinem Vortrag zum Ende kam, atmeten sie alle auf, da die Einführung sie alle über Gebühr strapazierte, eingedenk der Tatsache, dass sie später nach dem Start keine Möglichkeit mehr hatten, bei aufkommenden Schwierigkeiten nachzufragen. »Damit bin ich zum Ende gekommen. Es wird euch noch interessieren, dass die Beschleunigung dieses Schiffs sein größter Vorzug ist. Dafür musste ich an anderer Stelle Abstriche machen. Es gibt zwar eine einzige Angriffswaffe, die aber nicht sehr stark dimensioniert ist. Die Systeme, welche der Vereidigung dienen, sind ebenfalls nicht sehr stark. Wie lange der Schutzschirm einem Beschuss standhält, kann ich nicht sagen, da es in Abhängigkeit vom angreifenden Raumer steht. In solch einem Fall gibt es nur eine einzige sinnvolle Lösung: Geht jeder Konfrontation aus dem Weg. Mit diesem Antrieb entkommt ihr höchstwahrscheinlich immer, soweit ihr überhaupt die Möglichkeit dazu erhaltet. Das ist alles. Mehr gibt es von meiner Seite nicht mehr zu sagen. Wir gehen zum Ausstieg.« Naro lief wieder voraus, bis sie den besagten Ort erreichten. »Tar, begleite mich bitte. Wir müssen noch etwas abholen. Ihr wartet hier.« Die beiden gingen zum Ausgang des Hangars und verschwanden durch das offen bleibende Schott. Schon bald darauf kamen Naro und Kalkata wieder mit den Taschen in den Händen zurück und gingen zu den Wartenden am Ausstieg. Kalaran und Galgion liefen ihnen ein Stück entgegen und nahmen ihnen das Gepäck ab. »Wir dachten uns, dass ihr das benötigen werdet.« »Danke, das vergaßen wir in der Eile.« »Wir wünschen euch einen guten und ruhigen Flug.« Naro schloss sich dem Wunsch an und lief mit Kalkata die Rampe hinab. »Begebt euch nun in die Zentrale und wartet auf meinen Anruf. Ich sage euch dann, sobald ihr starten könnt. Fahrt die Triebwerke schon einmal hoch.« Mit einem letzten Gruß gingen Kalkata und Naro zum Ausgang, schlossen das Schott und begaben sich dann zu einem abgeschotteten Büro. Naro verschloss die Tür hinter sich und nahm vor einer großen Kontrollkonsole Platz. Tar Kalkata ließ sich neben ihm nieder und beobachtete den Techniker bei der Arbeit. »Sind wir hier drinnen auch sicher, Heti?« »Mach dir keine Gedanken, Tar.« Erst nachdem Naro alle Überprüfungen vorgenommen hatte, gab er einen Befehl ein. Der Gouverneur folgte dem Blick Naros, der nach oben gerichtet war. Sie beobachteten, wie die beiden Hälften des Dachs beiseiteglitten, bis sie die endgültige Position erreichten. Naro kontaktierte das Schiff und Kalaran meldete sich bei ihm. »Übrigens noch ein kleiner Hinweis. Es stehen Wachschiffe der Flotte über Pherol und im System. Ignoriert sie einfach, dann gibt es sicher keine Schwierigkeiten. Sie werden garantiert dem vorgegebenen Prozedere folgen, das gibt euch genug Zeit, Pheriolan zu verlassen. Startet und alles Gute!« Kurz darauf hob das Schiff Naros ab, stieg langsam in die Höhe, bis der Raumer den Hangar verlassen hatte, dann beschleunigte es und entschwand ihren Blicken.

* * *

»General Walpa Vuoga! Mit Ihnen rechnete ich nicht als Verhandlungspartner.« »Auch ich bin überrascht, General Fepulkrt. Ich rechnete damit, den Zerlgtoxr hier anzutreffen.« »Der Herrscher überlässt solche Verhandlungen mir. Befindet sich noch jemand an Bord?« »Nur der Pilot. Er erhielt von mir die Anweisung, das Beiboot nicht zu verlassen.« »Ihre Voraussicht ist bewundernswert, Vuoga. Folgen Sie mir.« Fepulkrt ging voraus, ihm folgte Vuoga und dahinter liefen der Offizier sowie sechs der Soldaten. Die verbliebenen vier Wachen nahmen vor dem Ausstieg des Beiboots Aufstellung. Die Gruppe verließ den Hangar, ging ein Stück den Gang entlang und betrat einen nahe gelegenen Raum. »Ihr wartet hier«, wies Fepulkrt seine Leute an, dann betrat er mit Vuoga das Zimmer. Der Echsengeneral verschloss den Eingang und ging zu dem Tisch, vor dem auf beiden Seiten je ein Stuhl stand. Beide setzten sich und Fepulkrt sah Vuoga durchdringend an. »Wie kommt es, dass Ihr Schiff keine imperiale Kennung trägt, obwohl es eines ist?« »Das Schiff ist kein Teil der imperialen Flotte. Ich habe einen Staat gegründet, dessen Präsident ich bin.« »Jemand anderen hätte ich als großspurigen Lügner bezeichnet, aber einem General Vuoga glaube ich das sofort. Wo befindet sich dieser Staat?«

»Ich gab ihm die Bezeichnung pherolische Republik.« »Das Zentrum ist also das System von Pheriolan.« »Sie kennen es, obwohl Pheriolan immer unbedeutend war?« »Natürlich kenne ich es. Über den Gegner muss ich Bescheid wissen, das hielten Sie doch immer genauso.« »Was wollen Sie mit mir verhandeln?« »Ich fasse mich kurz. Der Republik gehören inzwischen auch einige Systeme, die einst zum Imperium gehörten, an. Sie sagten sich los und traten dann der Republik bei, da die Gouverneure von mir mehr an Perspektive erwarten. Was ich Ihnen anbiete: ein Zweckbündnis zwischen der pherolischen Republik und dem Staat der Echsen. Das, was uns verbindet, ist der gemeinsame Gegner, das Imperium. Lassen Sie uns zum Vorteil von uns beiden zusammenarbeiten.« »Da ich genau weiß, dass Sie das ernst meinen, werde ich darüber nachdenken. Warten Sie hier auf mich.« Fepulkrt stand auf und sah Vuoga an, der gerade ein unergründliches Grinsen sehen ließ, dann ging er aus dem Raum.

*

Eilig suchte Fepulkrt den großen Besprechungsraum auf, ging zur Kommunikationsanlage und stellte eine Verbindung nach Tinokalgxr her. Es kam ihm lange vor, bis die Verbindung, stand, was jedoch einzig seiner Ungeduld zugeschrieben werden musste. Als der Angerufene auf dem Schirm erschien, wurde Fepulkrt sogleich mit einer Frage überfallen. »General, wer ist der Verhandlungspartner?« »Sie werden es kaum für möglich halten, aber es ist niemand anderes als General Walpa Vuoga.« »Vuoga? Wieso erscheint er plötzlich und was will er?« »Vuoga schlug mir einen Pakt vor.« Fepulkrt wiederholte dem Herrscher, was Vuoga ihm erzählte, dann wartete er auf die Antwort des Zerlgtoxr, mit der er sich Zeit ließ. »Was denken Sie darüber, Fepulkrt?«

»Ich bin der Ansicht, dass wir auf das Angebot eingehen sollten.« »Darf ich Ihre Begründung erfahren?« Der General legte dem Zerlgtoxr seine Überlegungen dar, dann dachte der Herrscher kurz nach. »Ich stimme Ihnen zu, General. Diese Allianz ist für uns von Vorteil. Gehen Sie darauf ein, aber lassen Sie es nicht so aussehen, als sprängen Sie freudestrahlend darauf an.« »Wie Sie wünschen, Zerlgtoxr.« Fepulkrt schaltete ab, ging aus dem Besprechungsraum und lief in Gedanken versunken zu dem Raum, in welchem Vuoga auf ihn wartete. Als er eintrat, sah Vuoga ihn mit einem erwartungsvollen Blick an. Ohne sich daran zu stören, setzte er sich ihm gegenüber wieder hin. Eine Weile sahen sie sich an, ohne etwas zu sagen, dann hielt es Vuoga nicht mehr aus. »Zu welchem Ergebnis sind Sie gelangt?« »Nach reiflicher Überlegung kam ich zwar zu dem Schluss, dass ich nicht ganz nachvollziehen kann, was unserem Staat diese Allianz bringen kann.« Der Echsengeneral machte eine kurze Kunstpause, bevor er weitersprach. »Schließlich kam ich doch zu dem Entschluss, diesen Pakt zu befürworten. Ich gebe unserem Bündnis Zeit, um festzustellen, ob diese Entscheidung für uns sinnvoll war oder auch nicht.« Vuoga versuchte, seine Freude zwar zu verbergen, jedoch gelang ihm das nicht ganz. Fepulkrt entging dies nicht, ließ es sich aber nicht anmerken. »Wir bleiben in Kontakt, Vuoga. Ich bringe Sie zu Ihrem Beiboot.« Beide standen auf und verließen den Raum. Im Hangar beorderte Fepulkrt die vier Wachen zu sich, dann ging er zur internen Kommunikation, um die Startfreigabe zu erteilen. Inzwischen verschwand Vuoga in dem Schiff, ohne noch einmal zurückzublicken. Bald darauf glitt der Ausstieg zu und die Rampe fuhr ein. Vor Fepulkrt und seinen Leuten baute sich das Kraftfeld auf, dann öffnete sich das Außenschott. Das Beiboot hob ab und flog langsam aus dem Hangar. Hinter ihm schloss sich das Außenschott und bald darauf erlosch das Kraftfeld. Fepulkrt schickte den Wachtrupp weg und lief zum Lift. Er ließ sich nach oben tragen, verließ ihn und ging in die Zentrale. Dort sah der Kommandant in seine Richtung und wartete, bis sein Vorgesetzter neben ihm stand. Er sah zum Schirm, ebenso wie Fepulkrt, und verfolgte mit ihm, wie das Beiboot zu dem Schiff flog und darin verschwand. Nur einen Augenblick später nahm das Schlachtschiff Fahrt auf und verließ das Basissystem von Nmetoxl. Schließlich entschloss sich der Kommandant zu einer Frage. »Wer ist denn dieser geheimnisvolle Verhandlungspartner?« »Das erzähle ich Ihnen ein anderes Mal. Vorläufig ist über die Verhandlung Stillschweigen zu bewahren. Geben Sie der Flotte den Befehl, zu ihren Stützpunkten zu fliegen, und nehmen Sie Kurs auf Tinokalgxr.«

* * *

Kaum dass sie die Atmosphäre von Pherol verlassen hatten, sahen sie, was ihnen bevorstand. Dreiundzwanzig Schiffe der pherolischen Flotte standen bei dem Planeten und sie mussten an diesen vorbeikommen. Mit angespannten Mienen sahen alle vier zu den Raumern, die noch unbewegt an ihrer Position standen. Kalaran konzentrierte sich wieder auf die Anzeigen, da Naro ihnen geraten hatte, bestimmte Kontrollen zu beobachten, vor allem weil das Schiff noch nie geflogen wurde. Er prüfte die Werte für den Antrieb, weil sie in einem ganz bestimmten Bereich liegen mussten, denn sollte dieser bereits jetzt schon überschritten sein, durfte er auf keinen Fall Volllast geben. Ganz kurz wurde Kalaran von dem Summer der Kommunikation abgelenkt. »Soll ich das Gespräch annehmen?«, fragte Belmnod unsicher. »Ja, es könnte Naro oder Kalkata sein.« Sie aktivierte die Verbindung und stellte auf laut, damit auch die anderen mithören konnten. »Hier ist ein pherolischer Schlachtkreuzer der Wachflotte. Das ist ein nicht genehmigter Flug. Verringern Sie die Geschwindigkeit auf null und ändern Sie umgehend den Kurs. Unsere Kontrolle wird Sie in einen Hangar dirigieren. Kommen Sie dieser Aufforderung nicht nach, werden wir das Feuer eröffnen.« »Das ist weder Kalkata noch Naro.« »Deine Witze waren schon einmal geistreicher, Salka. Sag mir, was ich dem Typ antworten soll.« »Meine Antwort gefiele mit Sicherheit keinem von euch.« Erneut tönte die Stimme des Funkers in der kleinen Zentrale. »Reduzieren Sie sofort Ihre Geschwindigkeit! Das ist die letzte Warnung!« »Ich mag keine Drohungen!«, stellte Belmnod mit ärgerlichem Unterton fest und schaltete einfach ab. »Ich habe den Schutzschirm und die Waffe aktiviert, Kalaran.« »Was soll denn der Blödsinn, Larut? Deaktiviere die Waffe gefälligst wieder. Es ist vollkommen sinnlos, damit auf einen imperialen Schlachtkreuzer zu feuern. Das solltest du als General doch am besten wissen.« »Du hast recht. Nur aus reiner Gewohnheit habe ich die Waffe aktiviert.« Galgion schaltete sie wieder ab und sah zu Kalaran, der in diesem Moment auf Volllast ging. Das Schiff sprang förmlich von seiner bisherigen Position nach vorn und sie warfen sich aufgrunddessen einen Blick zu. »Naro hat nicht übertrieben. Der Antrieb ist vom Allerfeinsten«, stellte Wariot fest. In diesem Moment feuerte der Schlachtkreuzer, und die Energiebahn ging an die Stelle, wo sie sich noch kurz vorher befanden. Das pherolische Schiff nahm Fahrt auf und wurde schneller, doch reichte die Beschleunigung bei Weitem nicht aus, um mit dem kleinen Raumer der Flüchtenden mithalten zu können. Kalaran flog ein Ausweichmanöver nach dem anderen, da der Schlachtkreuzer unaufhörlich auf sie feuerte. Die Energiebahnen gingen mehr als ein einziges Mal knapp an ihnen vorbei. »Können wir denn immer noch nicht von hier weg?« »Nein, noch nicht, aber gleich ist es so weit, Morgi.« In diesem Augenblick erhielten sie einen Streifschuss, weshalb ihr Schutzschirm überlastet wurde und zusammenbrach.

* * *

Nachdem Kalkata von der Werft zu dem Gebäudekomplex der Polizeitruppe zurückgekehrt war, veranlasste er als Erstes die komplette Räumung. Bis auf das nicht benötigte Mobiliar ließ er alles entfernen und zu ihrem neuen Standort bringen. Dazu setzte er alle Fahrzeuge und Leute ein, die ihm zurzeit zur Verfügung standen. Die ganze Aktion ging aus diesem Grund zügig voran und konnte schneller abgeschlossen werden, als der Gouverneur ursprünglich vermutete. Von dem neuen Standort ließ er anschließend nur so viele Fahrzeuge und Polizisten zurückkommen, wie er zum Abtransport der Gefangenen benötigte. Sie holten die Arrestanten aus ihren Zellen und geleiteten sie zu den Fahrzeugen, in die sie einsteigen mussten. Die Gleiter flogen durch Nebenstraßen aus der Innenstadt heraus, dann durch den angrenzenden Vorort, bis sie schließlich die Stadtgrenze überschritten und in die daran folgende Steppenlandschaft kamen. Sie durchquerten diese so weit, bis sie ungefähr einen Tagesfußmarsch von der Hauptstadt entfernt die Fahrzeuge anhielten. Zwei der Bewacher stiegen aus und richteten ihre Waffen auf die Gefangenen. »Los, steigt alle aus.« Die Arrestanten kletterten aus den Gleitern und stellten sich drei Schritte vor den Wächtern entfernt auf. »Wollt ihr uns etwa hier draußen erschießen?« »Nein, wir wollen euren Tod nicht. Wir gönnen euch allen nur einen kleinen Spaziergang, der gut für eure Figur ist.« »Seid ihr verrückt geworden? Bei dieser Hitze sollen wir bis zur Stadt laufen? Das schaffen wir doch nie!« »Ihr werdet die Strecke bewältigen. Gebt ihnen das Wasser!« Mehrere Wachen holten Wasserflaschen hervor und warfen sie den Gefangenen von den Gleitern aus zu. »Teilt euch das Wasser gut ein, dann übersteht ihr auch den Marsch.« Die beiden Wächter stiegen wieder ein und einer von ihnen nahm einen Beutel, hielt ihn aus dem Fahrzeug und leerte diesen aus. »Das ist mein Abschiedsgeschenk für euch. Es sind Kopfbedeckungen, die ihr benötigt. Ich wünsche euch fröhliches Laufen.« Der Mann warf den leeren Beutel neben sich und befahl den Start. Die Gleiter nahmen Fahrt auf und flogen zur Stadt zurück. Die ehemaligen Gefangenen sahen den Fahrzeugen nach und gingen dann zu der Stelle, wo die Kopfbedeckungen lagen. Jeder von ihnen nahm sich eine und zog sie über, dann sahen sie kurz zur Sonne empor und marschierten in Richtung der Stadt ab.

Der Plan Vuogas ....

General Plenoi Karudin erhielt die Mitteilung von der Kontrolle, dass Walpa Vuoga sich auf dem Weg nach Pherol befand. Aus diesem Grund flog er mit seinem Gleiter zu dem Gebäude, in dem die Gefangenen untergebracht waren. Er gedachte, sie zum Raumhafen bringen zu lassen, um damit Vuoga zu überraschen. Vor dem Haus hielt er an, stieg aus und eilte in das Gebäude hinein. Gut gelaunt stieg Karudin die Treppe empor, bis er vor der ersten Leiche stand. Dann ging er weiter nach oben und würdigte die anderen Toten nur eines ganz kurzen Blickes. Obwohl er wusste, dass es überflüssig war, ging er in dem Raum, wo er sich mit dem Alkt unterhielt, und sah in die Runde. Statt der erwarteten Leichen der Arrestanten fand er das Zimmer leer vor, was ihm bedeutete, dass sie befreit worden sein mussten. Wütend eilte er aus dem Raum und verließ das Gebäude. Fluchend bestieg er das Fahrzeug und raste durch die Stadt zum Raumhafen. Karudin machte sich keinerlei Hoffnung, der Personen noch irgendwie habhaft zu werden, denn ein drittes Mal sollte die Gefangennahme nicht erfolgreich sein. Trotzdem gedachte der General, die Angelegenheit weiter zu verfolgen, denn ihn interessierte vor allem, wer die Befreier des Alkt und seiner Begleiter waren. Zumindest diese hätte er gern Vuoga präsentiert, doch dazu reichte die Zeit bei Weitem nicht aus. In Gedanken versunken erreichte er schließlich das Gelände des Raumhafens und stoppte vor dem Kontrollgebäude. Er stieg aus, ging in das Haus und begab sich direkt in die Zentrale, von wo aus er mit der Spezialtruppe Kontakt aufzunehmen gedachte. Dort nahm Karudin vor seinem persönlichen Kontrollpult Platz und kontaktierte den Leiter der Sondereinheit. »General, was kann ich für Sie tun?« »Es gibt ein Problem und dazu will ich von Ihnen Antworten hören. Die Gefangenen sind zum zweiten Mal befreit worden. Was können Sie mir dazu berichten?« »Wie bitte? Sie sind erneut entflohen? Davon weiß ich nichts. Keiner der eingeteilten Leute meldete mir das.« »Das dürfte Ihnen auch schwerfallen, denn sie sind alle tot.« »Die Befreier, wer auch immer sie sind, gehören nicht gerade zur zimperlichen Sorte.« »Versuchen Sie, über die Sache mehr herauszubekommen, am besten wäre natürlich, Sie würden die vier ausfindig machen und festnehmen.« »Warum sind Ihnen diese Personen denn so wichtig, General?« »Das will ich Ihnen sagen: Eine der Personen ist kein Geringerer als der Alkt von Alkatar. Wenn Vuoga das erfährt, wird er nicht darüber begeistert sein.« Der Leiter schluckte hörbar, denn er wusste, wie unberechenbar der Präsident sein konnte. »Offen gesagt glaube ich nicht, dass wir etwas in Erfahrung bringen werden, so unbefriedigend das auch sein mag. Es wird sicher noch genug Leute geben, die dem Imperium anhängig sind und ihn aus diesem Grund unterstützen. Meine Leute werden Nachforschungen vornehmen, aber ich halte selbst das für Zeitverschwendung.« »Auch wenn es mir nicht gefällt, muss ich Ihnen zustimmen. Machen Sie keinen allzu großen Aufwand und lassen Sie die Toten beseitigen.« »Falls ich doch etwas erfahre, melde ich mich bei Ihnen.« »Wenn Sie nichts herausfinden, ersparen Sie mir einen Bericht.«

*

Der Funker in der Kontrollzentrale nahm ein Gespräch entgegen und stand danach auf und ging zu Karudin, der immer noch an seinem Platz saß. »General, das Schiff des Präsidenten ist soeben vor Pheriolan eingetroffen.« »Endlich ist er wieder zurück. Wohnen wir der Landung von hier aus bei.« Der General stand auf, ging zum Fenster und sah ebenso wie der Funker über das Landefeld. Ihre Blicke ruhten auf den dort stehenden Schiffen, die größtenteils aus den umgebauten Frachtern und anderen Modellen bestanden. Karudin fragte sich, ob diese Einheiten wirklich für eine Konfrontation so brauchbar waren. Dabei musste er an das denken, was Vuoga ihm schilderte, weshalb er seinen Zweifel beiseiteschob. Fast gleichzeitig sahen beide nach oben und entdeckten das Schlachtschiff Vuogas, welches langsam herabsank. Sie verfolgten den Sinkflug, bis die Usmida sanft auf dem Landefeld aufsetzte. Sofort verließ der General die Zentrale, dann das Gebäude und lief zu dem Schiff des Präsidenten hinüber. Als er dort eintraf, wurde gerade der Ausstieg geöffnet, weshalb sich Karudin am Fuß der Rampe aufbaute. Binnen Kurzem erschien Vuoga, schritt die Rampe hinab und blieb bei Karudin stehen. »Wie ist es gelaufen, Walpa?« »Es erwartete mich nicht der Zerlgtoxr, sondern unser alter Bekannter General Fepulkrt. Mit ihm führte ich auf seinem Schiff das Gespräch. Das, was ich selbst nicht glaubte, ist eingetroffen: Fepulkrt hat meinem Vorschlag einer Allianz zugestimmt.« »Das ist wunderbar. Damit ist die Republik vor dem Imperium sicher. Leider habe ich eine betrübliche Nachricht für dich. Alkt Kalaran befindet sich auf Pherol.« »Was sucht der denn hier, und vor allem, wie hat er es geschafft hierherzukommen?« »Das weiß ich auch nicht. Wir schafften es, ihn und seine drei Begleiter, einer von ihnen ist General Galgion, zweimal festzunehmen. Leider wurden sie jedes Mal befreit.« »Das ist wirklich ärgerlich, aber nicht zu ändern. Vielleicht ist es sogar besser so. Möglicherweise widerstände ich der Versuchung nicht, ihn öffentlich hinzurichten, aber genau das könnte uns in der Republik einige Gegner bescheren. Lass die Suche nach ihm einstellen. Wer ihn befreite, spielt auch keine Rolle. Wir müssen immer noch mit Bedacht agieren, sonst erwachsen uns Feinde.«

* * *

Sie standen noch eine ganze Weile auf dem Balkon des Regierungsgebäudes und ließen sich von der Menge bejubeln. Erst als die Begeisterung abflachte, hob Vlitom die Arme und sorgte so erneut für relative Ruhe, dann ließ er sie wieder sinken. »Diesen Tag erkläre ich hiermit zu einem Feiertag, den wir jedes Jahr mit Freude begehen wollen. Das, was ich auf dem großen zentralen Platz der Stadt, wie ihr sicher schon gesehen habt, ließ ich alles zu diesem Anlass aufbauen. Geht dorthin, esst und trinkt und genießt das Fest.« Der Gouverneur wandte sich den anderen zu und lächelte. »Das ist doch bestens gelaufen.« »Warum verkündeten Sie denn nicht gleich den Beitritt zur Republik?« Während der Kontaktmann das fragte, drängten sich mehrere Personen durch die abgehende Menge und betraten das Gelände, welches von den Wachen entblößt vor ihnen lag. »Das ist nicht der richtige Zeitpunkt gewesen.« »Wann soll denn dann der richtige Zeitpunkt sein?« »Ich will die Bevölkerung nicht überfordern. Das Ende der Feindseligkeiten ist für heute ausreichend. Sie müssen das zuerst verarbeiten. Den Beitritt verkünde ich über die Medien, aber nicht als Rede, sondern nur als Mitteilung. Die Information soll beiläufig die Bewohner erreichen, dann werden sie diese nicht als ganz so gewichtig wahrnehmen, als wenn ich zu ihnen spreche. Gehen wir hinein.« »Vielleicht haben Sie recht. Ich überlasse es Ihrem Feingefühl, wann Sie die Nachricht verbreiten.« Sie gingen in das Arbeitszimmer des Gouverneurs, doch bereits nach ein paar Schritten hielten sie jäh in ihrem Lauf inne, da die Tür plötzlich aufflog. Zwölf Personen stürmten in den Raum, warfen ihre Umhänge ab und richteten die Waffen auf die mitten im Raum Stehenden. »Das sind doch General Soquezxl und Admiral Muruba!«, rief einer der Anführer aus. »Ihr kennt sie?«, fragte der Kontaktmann überrascht. »Sie nahmen uns gefangen und übergaben uns dann Vlitom.« »Wieso sind sie noch auf Oibotene? Sie sagten mir doch, dass die Flotte sich zurückgezogen hat, Vlitom.« »Das entsprach auch der Wahrheit. Offensichtlich sind sie zurückgekehrt.« »Ich unterbreche euer Gespräch nur ungern. Es ist schön, dass wir euch alle zusammen antreffen«, sagte Muruba und lächelte dann unergründlich.

* * *

Der Orter in der Kontrolle des Raumhafens von Alkaton meldete dem Funker ein unbekanntes Schiff, das soeben vor dem System erschienen war, woraufhin Letzterer Kontakt aufnahm. In der kleinen Zentrale des Schiffs bestätigte die Funkerin den Anruf und sie hörten daraufhin alle, was die Gegenseite sagte. »Fremdes Schiff, bitte identifizieren Sie sich.« »Hier ist die …« Belmnod drehte sich zu Kalaran um und wirkte dabei ratlos. »Das Schiff hat keinen Namen. Wie soll ich ihm das klarmachen?« »Sag ihm den Namen Heti Naro. Naro hat die Ehre wirklich verdient.« »Kontrolle, hier ist die Heti Naro. Wir bitten um Landeerlaubnis.« »Wer kommandiert die Heti Naro?« »Kalaran von Talstal.« »Sie wollen sich wohl über mich lustig machen?« »Keineswegs, das ist mein voller Ernst.« »Landeerlaubnis erteilt. Sie werden auf dem Raumhafen in Empfang genommen. Der Witz wird noch Folgen nach sich ziehen.« Die Verbindung wurde unterbrochen und Morgi blickte erneut ratlos in die Runde. »Vergiss ihn, Morgi. Manche spielen sich einfach nur auf«, gab Kalaran zurück und steuerte das Schiff nach Alkatar und landete auf dem Raumhafen. »Dieser Urlaub hat mir gut gefallen«, stellte Kalaran fest und schaltete alles ab, ebenso wie die anderen. »Das meinst du doch wohl nicht im Ernst?« »Doch, Salka, das meinte ich tatsächlich so. Immer nur diese Bürokratie macht mir mit der Zeit auch keinen Spaß, aber es ist gut, wieder in Alkaton zu sein.« Sie standen von den Plätzen auf, nahmen ihr Gepäck und gingen zum Ausstieg. Vor dem Schiff parkte inzwischen ein Gleiter und daneben stand Oberst Fegobol zusammen mit demjenigen, der das Gespräch mit Belmnod führte. »Ich bin darauf gespannt, diese Frau zu sehen. Sie sagen ihr doch ganz deutlich die Meinung, Oberst?« »Was ich ihr sage, ist meine Sache.« Die Rampe des Schiffs fuhr aus und dann glitt das Schott beiseite. Fegobol ging darauf zu und wartete darauf, dass die Besatzung aus dem Schiff kam. Er konnte sich ein Grinsen nicht verkneifen, als Wariot die Rampe hinablief. Schnell gab er ihr ein Zeichen, dass sie so tun solle, als kenne sie ihn nicht. Daraufhin rannte sie zurück, wechselte ein paar Worte und kam wieder heraus. »Sind Sie die Funkerin?«, fragte der Funkoffizier ungehalten. »Nein, aber sie kommt gleich.« Als Nächstes erschien Galgion, der zu Wariot ging und dann den Offizier musterte. Jetzt verließ Belmnod die Heti Naro und ging direkt auf den Funker zu. »Sprach ich mit Ihnen?« »Ja, Sie haben mit mir gesprochen. Im Übrigen halte ich Sie für unhöflich.« »Was glauben Sie denn, wer Sie sind? Ich mache ordentlich meine Arbeit und lasse es nicht zu, dass jemand sich über mich lustig macht.« Der Offizier war so auf Belmnod fixiert, dass er Kalaran nicht bemerkte, der gerade die Rampe hinabging, weswegen Fegobol ihm auf die Schulter tippte. »Oberst?« »Das ist der Kommandant der Heti Naro.« Belmnod trat beiseite, damit der Funker einen freien Blick auf den Kommandanten hatte. Der glaubte, seinen Augen nicht zu trauen, als er dem ansichtig wurde, der geradewegs auf ihn zulief. »Kalaran, verzeihen Sie, Talstal, äh, Alkt.« Kalaran ließ ein Lächeln sehen und klopfte dem Offizier auf die Schulter. »Ihr Misstrauen in allen Ehren, aber Sie sollten immer berücksichtigen, dass die Gegenseite möglicherweise auch die Wahrheit sagt, sei sie noch so unwahrscheinlich. Entspannen Sie sich wieder. Ihr Verhalten wird keine Folgen für Sie haben. Rinlum, du stimmst mir sicher zu.« »Du bist der Alkt und ich werde dir garantiert nicht widersprechen.« »Fliegen wir hinüber. Du bist bestimmt schon neugierig, was wir dir berichten.« »Davon kannst du ausgehen, Kalaran.« Sie bestiegen den Gleiter und der Funker flog zum Kontrollgebäude hinüber, wo sie alle ausstiegen. »Nehmen Sie für den Rest des Tages frei.« »Vielen Dank und nichts für ungut, Alkt.« Der Offizier eilte davon und die anderen betraten das Gebäude, wo sie zum Büro von Fegobol liefen. Dort nahm sich jeder einen Stuhl und Fegobol ließ vor lauter Neugier niemanden zu Wort kommen. »Was ist mit diesen Händlern? Was habt ihr vorgefunden, Kalaran?« »Wir fanden die Spur von Vuoga.«

* * *

Nach Tinokalgxr zurückgekehrt, suchte Fepulkrt zuerst den Herrscher auf, um ihm von dem Treffen mit Vuoga genau zu berichten, da er sich beim letzten Gespräch kurz fassen musste. »General, bestätigten Sie die Allianz mit Vuoga?« »Ja, aber mit einer kleinen Einschränkung. Ich sagte ihm, dass wir die Entwicklung der Allianz abzuwarten gedenken. Ich wollte mich keinesfalls absolut festlegen.« »Das war ein weiser Entschluss von Ihnen. Mir ist nicht daran gelegen, uns zum jetzigen Zeitpunkt in einen Konflikt mit dem Imperium hineinziehen zu lassen. Der Ärger, den wir mit den Syntagi hatten, erachte ich als vollkommen ausreichend. Wenn Vuoga es zu diesem Zeitpunkt darauf ankommen lässt, wird er keinesfalls mit unserer Unterstützung rechnen dürfen. Dann ist die Vereinbarung sofort hinfällig. Schildern Sie mir nun im Einzelnen, wie alles ablief.« »Walpa Vuoga kam doch tatsächlich mit einem imperialen Schlachtschiff nach Nmetoxl.« »Das sieht ihm ähnlich.« Fepulkrt fuhr mit seinem Bericht fort, wobei der Zerlgtoxr ihm zuhörte, ohne ihn auch nur ein einziges Mal zu unterbrechen. »Das passt ebenfalls zu ihm. Ich glaube Vuogas Behauptungen, ungeachtet dessen müssen wir die Aussage von ihm so unauffällig wie möglich überprüfen.« »Das plante ich bereits.« »Wir sind uns über die Vorgehensweise wieder einmal einig, Fepulkrt. Apropos, Sigoxr beschwerte sich bei mir bitterlich darüber, dass Sie es ablehnten, mit ihm zu sprechen.« »Ich verspürte keinerlei Verlangen danach, seine mit Insulten versehenen Tiraden anzuhören. Vermutlich forderte er sicher meine Absetzung von Ihnen.« »Natürlich verlangte Sigoxr genau das von mir, was er in der Vergangenheit mannigfach verlangte. Allerdings machte ich ihm dieses Mal sehr deutlich, dass ich mir in meiner Eigenschaft als Zerlgtoxr von einem Qtloxr nichts vorschreiben lasse. Es fiel mir nicht schwer, ihn zur Räson zu bringen, indem ich Sigoxr in Aussicht stellte, dass ich ihn seines Amtes enthebe, wenn er weiterhin mit solchen Forderungen auf mich zukommt. Daraufhin beendete Sigoxr das Gespräch ziemlich zügig.« »Sigoxr ist einfach nur lästig.« »Sie müssen ihm aber eines zuerkennen: Seine Arbeit in Nmetoxl ist bis jetzt immer einwandfrei gewesen.« »Das streite ich nicht ab.« »Doch zurück zu Vuoga. Wir müssen ihn genauestens unter Beobachtung halten, denn ob General oder Präsident: Vuoga bleibt gefährlich.«

* * *

Walpa Vuoga und Plenoi Karudin saßen in einem Besprechungsraum im Kontrollgebäude zusammen, da Vuoga ihm das Treffen mit General Fepulkrt schildern wollte. Gespannt hörte Karudin ihm zu, bis Vuoga zum Ende des Berichts kam. »Fepulkrt wollte dich beeindrucken, Walpa.« »Nicht weniger erwarte ich von Fepulkrt, obwohl ich ursprünglich davon ausging, dass der Zerlgtoxr mein Gesprächspartner wäre.« »Der Zerlgtoxr delegiert immer solche Verhandlungen, aber als Fepulkrt sie allein ließ, sprach er garantiert mit dem Herrscher.« »Das vermutete ich ebenfalls.« Das Summen von Karudins Armbandgerät unterbrach ihre Unterhaltung. Er nahm das Gespräch an und nahm die Meldung entgegen. »Wieso erfahre ich das erst jetzt? Das wird Folgen nach sich ziehen!« Verärgert schaltete der General ab und sah zu Vuoga. »Was ist denn passiert, Plenoi?« »Ein Schiff hat ungenehmigt Pherol verlassen. Der Kommandant eines Schlachtkreuzers der Wachflotte forderte sie zwar auf zu stoppen, aber sie reagierten nicht darauf. Er nahm daraufhin die Verfolgung auf, jedoch gelang es ihnen zu entkommen.« »Mit Sicherheit bestand die Besatzung aus Kalaran und seinen drei Begleitern. Vergiss den Vorfall, Plenoi.« »Die verspätete Meldung lasse ich nicht ungestraft.« »Das ist zwar richtig, obwohl ich es für besser halte, kein großes Aufhebens um die Geschichte zu machen. Gib ihnen einen Verweis, der in die Personalakte eingetragen wird, und lasse dann die Angelegenheit auf sich beruhen. Sie dürfen nicht wissen, auf wen sie schossen.« »Ganz wie du willst, Walpa.« »Plenoi, ich brauche zwei Männer, die zu allem bereit sind. Ich benötige sie für eine spezielle Mission, die durchaus tödlich für sie ausgehen kann. Hast du eine Idee, wo wir zwei solcher Leute finden können?« »Ich habe tatsächlich dazu eine Idee.« »Das ist gut. Beschaffe mir zwei solcher Männer und bring sie anschließend zu mir, damit ich die beiden begutachten kann, ob sie für den Auftrag geeignet sind.« »Für welche Mission benötigst du sie denn?« »Sobald du mit den beiden Männern kommst und ich sie für geeignet erachte, erfahrt ihr, um welche Mission es sich handelt. Der Start des Auftrags unterliegt keiner Eile.«

* * *

Gouverneur Saphulon von Praston betrat die Zentrale und sah zuerst in die Runde und blickte dann die Funkerin mit ernster Miene an. »Können Sie mir bitte erklären, was diese unsinnige Hektik zu bedeuten hat?« »Das dürfen Sie nicht mich fragen. Der Orter verursacht die Unruhe, warum auch immer. Er hat sich uns gegenüber bislang darüber ausgeschwiegen, was eigentlich los ist.« »Orter, erklären Sie mir bitte, was das alles bedeuten soll?« »Gouverneur Saphulon, kommen Sie bitte zu mir, dann zeige ich es Ihnen.« Mit ärgerlicher Miene, weil ihn der Orter wie einen Angestellten herumdirigierte, kam der Gouverneur der Aufforderung nach und ging zum Arbeitsplatz des Orters. »Also, was wollen Sie mir zeigen?« Der Orter deutete nur auf einen Schirm, der in seine Konsole eingelassen war. »Sehen Sie sich das an.« Saphulon beugte sich vor, sah auf den Monitor und erstarrte für einen Moment. »Was ist das denn?« »Aus dem Grund ließ ich Sie rufen. Ihre Frage kann ich allerdings nicht beantworten.« »Sie handelten vollkommen richtig, dass Sie mich rufen ließen.« Der Gouverneur stand noch immer vornübergebeugt vor der Konsole und blickte auf die blaue wabernde Wolke, die sich mit nur geringer Geschwindigkeit dem System näherte. »Was ist das nur für ein Phänomen?« »Wenn ich das nur wüsste, Gouverneur. Aus diesem Grund verlangte ich, dass das Frachtschiff unverzüglich startet.« »Das war die richtige Entscheidung. Verfügen wir über eine Möglichkeit, mehr über diese seltsame Wolke zu erfahren?« »Leider nein. Sie sehen selbst, dass unsere Instrumente damit nichts anfangen können. Wir haben ebenso wenig Sonden, die wir einsetzen könnten.« »Das ist mir bekannt.« »Vielleicht sollten wir dem Phänomen ein Schiff entgegenschicken?« »Welches Schiff sollten wir Ihrer Meinung nach dafür einsetzen? Es gibt hier ausschließlich Privatschiffe, die allerdings nicht über das notwendige Instrumentarium verfügen. Auch der leichte Kreuzer, welcher normalerweise hier stationiert ist, flog ab. Die Ablösung kommt leider erst in ein bis zwei Tagen.« »Das erachte ich für zu knapp. Zwar sollte es reichen, wenn die Wolke mit dieser Geschwindigkeit auf uns zukommt, aber davon dürfen wir auf keinen Fall ausgehen, Gouverneur. Außerdem bliebe dem Kommandanten dann keine ausreichende Zeit für eventuelle Gegenmaßnahmen.« »Ihrer Argumentation schließe ich mich an, Orter.« Saphulon richtete sich auf und ging einige Schritte beiseite. Während er sinnierend dastand, kamen die anderen Besatzungsmitglieder zum Arbeitsplatz des Orters, um einen Blick auf den Schirm zu werfen. Entsetzt starrten sie länger darauf und sahen sich dann ratlos an. »Für mich sieht das sehr bedrohlich aus. Es macht mir Angst«, sagte die Funkerin mit einem leicht panischen Unterton in der Stimme. »Bitte bleiben Sie alle ruhig. Es gibt keinen Grund für Panik. Noch wissen wir nichts über die Wolke. Vielleicht ändert sie auch die Richtung und fliegt an Praston vorbei.« »Das ist äußerst optimistisch, Gouverneur. Warum sollte die Wolke plötzlich den Kurs ändern?« Saphulon musste dem Mitarbeiter zustimmen, sagte das aber nicht laut, um die anderen nicht zu beunruhigen. »Orter, Sie beobachten die Wolke weiter. Sobald eine Änderung der Geschwindigkeit oder der Richtung eintritt, geben Sie mir sofort Bescheid. Alle hier Anwesenden halten Stillschweigen über die Entdeckung. Die Einwohner dürfen auf keinen Fall davon erfahren, sonst entgleitet uns die Kontrolle. Ansonsten bricht eine Hysterie aus. Sie werden sich dann um die wenigen Schiffe schlagen und ich möchte danach nicht wissen, wie viele Tote wir zu beklagen haben.« Die Besatzung stimmte dem Gouverneur zu und bestätigte ihr Schweigen in dieser Angelegenheit. »Ich danke für euer Verständnis. Funkerin, kommen Sie mit mir zu Ihrem Platz. Ich muss ein dringendes Gespräch führen.«

* * *

Nach der Beendigung seines Berichts lehnte sich Fegobol ein Stück über den Schreibtisch in Richtung Kalaran entgegen.

»Kalaran, du schwiegst dich darüber aus, dass du an der Mission teilzunehmen gedenkst. Das war unverantwortlich von dir. Du hast eine Verpflichtung als Alkt dem Imperium gegenüber.« »Genau aus diesem Grund nahm ich daran teil. Ich musste mich selbst vergewissern, was im Imperium alles schiefläuft. Das, was ich gesehen und erfahren habe, bestätigt mir, dass mein Entschluss vollkommen richtig war, auch wenn es dir nicht gefallen mag. Ich wusste, dass du und alle anderen versucht hätten, mich an diesem Vorhaben zu hindern. Auf eine Diskussion mit euch verspürte ich keinerlei Verlangen. Ich weiß, dass ihr es gut meint, aber ich denke, auch Corak hätte so gehandelt. Ich war mir des Risikos durchaus bewusst, Rinlum.« Fegobol machte eine wegwerfende Handbewegung, lehnte sich zurück und atmete hörbar aus. »Na schön. Solltest du wieder einmal auf solch eine Idee kommen, dann weih zumindest mich darin ein. Es erspart mir viel Arbeit und ich kann dich dabei auch noch unterstützen.« »Ich werde an deine Worte denken, Rinlum.« »Das hoffe ich doch sehr. Genug davon. Zumindest sind zwei ungeklärte Fragen geklärt worden: Zum einen: Wo ist Vuoga, und zum anderen: Was sind das für Händler? Dafür existiert ein neues Problem in der Gestalt der pherolischen Republik. Ich werde alles Erforderliche veranlassen, um von dort Informationen zu erhalten. Außerdem müssen wir präventiv arbeiten, damit nicht noch weitere Systeme vom Imperium abfallen und zu Vuoga überlaufen. Wenn du nichts dagegen hast, kümmern wir uns beide darum.« »Ich habe nichts dagegen einzuwenden. Wir dürfen in dieser Angelegenheit auf keinen Fall zögern.« Das Summen der Kommunikation quittierte Fegobol mit Brummen. Er nahm das Gespräch an und sah seine Ordonnanz auf dem Schirm. »Was gibt es denn?« »Ich habe ein dringendes Gespräch für Sie. Es ist Gouverneur Saphulon.« »Saphulon? Was will er denn?« »Er sagt, dass er vor einem großen Problem steht.« »Nicht noch ein

Problem. Suchen Sie mir General Zakatek, ebenso Ulneske. Steht zurzeit ein Schlachtschiff abflugbereit?« »Ja, Oberst.« Der Soldat nannte Fegobol den Namen sowie den Standort des Raumers. »Das ist gut. Schicken Sie Ulneske zu dem Schiff. General Zakatek soll so schnell wie möglich zu mir ins Büro kommen. Jetzt stellen Sie mir den Gouverneur durch.« »Saphulon ist doch der Gouverneur von Praston?« »Stimmt ganz genau, Kalaran.« Das Bild wechselte und Saphulon erschien auf dem Schirm. »Gouverneur, ich hoffe doch, dass Sie kein Problem mit Aufständischen haben.« »Nein, unser Problem ist ganz anderer Natur.« In sehr knappen Worten schilderte Saphulon die aktuelle Situation. »Das klingt überhaupt nicht gut. Ich schicke Ihnen sofort Unterstützung.« »Ich danke Ihnen für Ihre Hilfe, Oberst.« »Das ist doch selbstverständlich.« Die Verbindung erlosch und Fegobol sah zu Kalaran. »Was soll ich davon halten?« »Ich weiß es auch nicht. Duroto wird uns die Antwort darauf liefern.«

* * *

Soquezxl ging mit großen Schritten auf den Kontaktmann zu, packte ihn am Hals und hob ihn mühelos hoch. »Genau dich habe ich gesucht!« »Was soll das denn bedeuten?«, antwortete der Mann röchelnd. »Du bist für dieses Chaos hier auf Oibotene der Verantwortliche. Zu allem Überfluss wolltest du auch noch die Abspaltung vom Imperium befördern. Ich werde mir sehr viel Zeit nehmen, dich zu befragen.« Soquezxl setzte den Mann ab, hielt ihn aber weiterhin fest. Muruba ging zu Vlitom und sah dabei kurz zu den Anführern. »Sprachen Sie schon die Amnestie für die Aufständischen aus?« »Ja, Admiral.« »Das ist sehr gut. Ich hoffe, Sie nehmen Ihr Wort nicht zurück.« »Nein, auf gar keinen Fall.« »Ich wollte keine andere Antwort hören. Wie sieht es mit euch aus? Hoffentlich denkt ihr nicht weiterhin an einen

Aufstand.« »Nein, die Sache ist erledigt.« »Das wird auch Major Sinkara mit Freuden vernehmen. Bleibt bei eurem Wort, sonst schicke ich euch wieder den General vorbei.« Die Anführer sahen zu Soquezxl und verspürten dabei kein gutes Gefühl. Vlitom ging zu dem Kontaktmann und blieb vor ihm stehen. »Ich sage es ohne Bedauern. Der Beitritt von Oibotene zur pherolischen Republik wird nicht stattfinden.« »Aber Sie sagten mir das doch mit voller Überzeugung!« »Vielleicht bin ich als Schauspieler gar nicht so schlecht. Es war gelogen, denn mir ging es dabei nur um eines: Ich wollte Sie nach Oibotene locken, damit wir Ihrer habhaft werden, und das hat hervorragend funktioniert.« »Ich hätte Ihnen Ihren Meinungsumschwung nie abnehmen dürfen.« »Sie waren einzig auf das Ziel fokussiert, weswegen Sie Ihr Misstrauen nur zu gern fallen ließen.« Vlitom wandte sich zu Muruba um und ging zu ihm. »Was wird mit dem Mann jetzt geschehen?« »Er wird uns nach Alkatar begleiten. Dort gebe ich Soquezxl die Möglichkeit, sein Versprechen wahr zu machen.« Der Kontaktmann sah zu den Anführern, wobei ihm sein Zorn anzusehen war. »Ihr habt mich alle hintergangen!« »Sie haben uns hintergangen.« Sipor grinste den Mann an, bevor er weitersprach. »Wir kennen die Methode von Soquezxl. Sie werden sehr viel Spaß haben.« »Vlitom, sollten Sie ein Problem haben, dann melden Sie sich bitte.« »Das werde ich machen, Admiral.« Muruba verließ mit seinen Leuten sowie auch dem Kontaktmann den Raum. Vlitom sah ihnen nach, bis sie die Tür hinter sich schlossen, dann wandte er sich an die Anführer. »Kontaktieren Sie all Ihre Leute und sorgen Sie dafür, dass alle ihre Waffen hier im Palast abgeben. Sipor, Sie informieren mich, wenn diese Aktion abgeschlossen ist.« »Wohin sollen die Waffen gebracht werden?« »Die Polizisten sagen Ihnen, welchen Raum Sie aufsuchen müssen. Ich kümmere mich in der Zwischenzeit darum, dass wieder Händler und Touristen nach Oibotene kommen.« Sipor verließ mit seinen Leuten den Raum und Vlitom atmete völlig erleichtert auf, da die Krise nun endlich beendet war.

* * *

General Karudin wurde am Tor des Gefängnisses von Pherol vom Leiter der Anstalt bereits erwartet. »General, Sie verrieten mir nicht, was der Anlass Ihres Besuchs ist.« »Das wollte ich Ihnen über den Kommunikationskanal nicht verraten. Gehen wir doch zuerst einmal hinein.« Zusammen gingen sie in den Hof und eine Wache schloss die Personentür hinter ihnen. Karudin wartete, bis der Mann außer Hörweite kam, dann erst sprach er weiter. »Es geht um eine Order von höchster Priorität. Sie kommt direkt vom Präsidenten.« »Sagen Sie mir bitte, wie ich Ihnen behilflich sein kann.« »Wie viele zum Tode verurteilte Delinquenten sitzen in dem Gefängnis?« »Zurzeit sind es vier Personen.« »Ich wünsche, dass Sie mir jeden von ihnen einzeln in einem Verhörraum vorführen. Ich will mir ein Bild von den Leuten machen.« »Ich verstehe nicht, warum Sie das wünschen.« »Das müssen Sie auch nicht.« Der Leiter machte nur eine hilflose Geste und geleitete Karudin in das Anstaltsgebäude. Dort führte er ihn in den Verhörraum und verschwand anschließend. Karudin lief in dem kleinen Zimmer auf und ab, bis der Erste von ihnen vom Leiter hineingeführt wurde. »Soll ich eine Wache hier drinnen für Sie abstellen?« »Das ist nicht notwendig. Gehen Sie bitte.« Der Leiter verließ den Raum und schloss die Tür hinter sich. Der Verurteilte ließ sich auf einen Stuhl fallen und wirkte dabei depressiv. Auf die Fragen Karudins antwortete er gelangweilt und interesselos, weshalb der General zur Tür ging, sie öffnete und den Leiter hereinrief. »Führen Sie ihn wieder ab. Er ist nicht geeignet.« Der Leiter wollte nach dem Grund fragen, sah aber dann doch davon ab. Nach kurzer Zeit kehrte er mit dem nächsten Kandidaten zurück und Karudin begann erneut zu fragen. Schnell merkte der General, dass auch diese Person seinen Anforderungen nicht genügte, weswegen er sie wegbringen ließ. Als der nächste Mann in den Raum kam, merkte Karudin auf. Dieser machte auf ihn einen ganz anderen Eindruck. »Wie heißen Sie?« »Mein Name ist Rion.« »Sie sind zum Tode verurteilt?« »Wieso fragen Sie mich das, wenn Sie es ohnehin bereits wissen?« Die Antwort gefiel dem General und er beschloss deshalb, direkt zur Sache zu kommen. »Ich unterbreite Ihnen ein Angebot: Die Todesstrafe wird ausgesetzt.« »Ach, und wo ist der Haken an der Geschichte?« »Sie sollen auf eine Mission gehen. Wenn Sie erfolgreich sind, wird die Strafe annulliert. Anschließend sind Sie dann ein freier Mann, Rion.« »Wenn Sie mir schon so ein großzügiges Angebot unterbreiten, gehe ich davon aus, dass es gefährlich werden kann.« »Die Sache ist mit einem Risiko für Sie behaftet. Es kann sogar Ihren Tod bedeuten.« »Als ob mir das nicht egal wäre. Ich bin dabei. Soll ich den Auftrag allein erledigen?« »Nein, Ihnen soll ein Partner zur Seite stehen.« »Das ist gut. Was ist das für ein Auftrag?« »Das wird Ihnen jemand anderes erläutern.« Karudin holte den Leiter herein und bat ihn, Rion zu separieren und ihm den letzten Kandidaten zu bringen. Bald darauf kam der Leiter mit dem Mann herein und ging wieder. »Bevor Sie mich mit Ihren Fragen nerven: Mein Name ist Moxyr. Ich sah gerade, dass Rion nicht in seine Zelle zurückgebracht wurde. Was geschieht mit ihm?« »Ich fasse mich kurz.« Karudin unterbreitete Moxyr dasselbe Angebot, woraufhin Moxyr nur ein unschönes Lächeln aufsetzte. »Ich bin dabei, General. Ich kenne Rion. Mit ihm erledige ich den Auftrag gern. Wir können uns aufeinander verlassen.« »Das ist wunderbar.« Karudin holte den Leiter in den Raum und deutete auf Moxyr. »Moxyr und Rion werden mich begleiten. Die beiden sollen sich einer Reinigung unterziehen. Anschließend versorgen Sie die beiden mit anständiger Kleidung. Sie werden mich begleiten.« »Sie können doch die Gefangenen nicht einfach mitnehmen!« »Bringen Sie Moxyr und Rion zuerst einmal weg.« »Wache!« Zwei Wachleute kamen und der Leiter erteilte ihnen die Instruktionen, dann verschwanden sie mit Moxyr. »Sie sagen, ich kann Moxyr und Rion nicht einfach mitnehmen?« »Nein, das kann ich nicht gestatten.« »Darauf gibt es nur eine Antwort: Diskutieren Sie das mit Präsident Vuoga durch. Ich bringe sie nämlich zu ihm.« »Das wird nicht notwendig sein.« »Entweder, ich bringe Ihnen die beiden wieder zurück, oder Vuoga setzt sich mit Ihnen in Verbindung, um die kleine Formalität zu erledigen.« »Ganz wie Sie wünschen, General.« »Ich warte im Hof auf Sie.«

*

Vor dem Gebäude, in dem Vuoga residierte, parkte Karudin seinen Gleiter und stieg ebenso aus wie Moxyr und Rion. Er führte sie in das Haus hinein und dort zu dem Raum, wo der General sich noch vor Kurzem mit Vuoga unterhalten hatte. Da der General seine Ankunft bereits avisierte, dauerte es nicht lange, bis er Schritte vernahm. Karudin ging hinaus, um Vuoga vor dem Zimmer abzufangen, da er ihm noch etwas mitteilen wollte. »Wo sind die beiden?« »Sie halten sich in dem Raum nebenan auf. Ich holte sie aus dem Gefängnis, wo sie nach ihrer Verurteilung auf die Hinrichtung warteten. Wenn dir die beiden zusagen, musst du dem Leiter noch die Begnadigung übermitteln.« »Wenn es nur das ist. Lass uns hineingehen.« Karudin und Vuoga betraten den Raum und gingen zu den zwei Männern. »Das ist Moxyr, und sein Name ist Rion. Präsident Vuoga kennt ihr sicher?« Eilig bestätigten Moxyr und Rion die Frage des Generals, der dann zwei Schritte zur Seite ging. »Ihr wollt also freiwillig auf diese Mission gehen?« »Wenn Sie uns endlich verraten, worum es dabei geht. Ihr General wollte uns partout nichts sagen.« »Er konnte euch nichts sagen, weil er es selbst nicht weiß, Rion.« »Das ist nur ein schlechter Scherz.« »Fass es auf, wie du willst, Moxyr. Ich erkläre euch nun eure Aufgabe.« Nicht nur Rion und Moxyr erschraken, auch der General glaubte, nicht richtig zu hören. Nachdem Vuoga mit seinen Ausführungen zum Ende kam, ließ er seine Worte kurz wirken. »Ihr wisst jetzt, worum es geht. Seid ihr immer noch dabei oder wollt ihr in eure Zellen zurück?« »Wir sind immer noch dabei, Präsident.« Moxyr bestätigte die Aussage Rions. »Da gibt es noch einen Punkt, über den ich euch in Kenntnis setze: Falls ihr auf die glorreiche Idee kommen solltet, mit dem Geld, das ich euch geben werde, unterzutauchen und euren Auftrag nicht zu erledigen, dann habt ihr euch getäuscht. Meine Leute finden euch und sie haben dann nur einen Auftrag auszuführen: die Liquidation von Moxyr und Rion.« Die letzten Worte spie Vuoga förmlich aus, weshalb beide zusammenzuckten. »Im Übrigen werde ich meine Leute auch anweisen, dass es kein schneller Tod sein soll.« »Wir werden den Auftrag auf alle Fälle zu Ende bringen.« »Das rate ich euch. General Karudin wird euch bei den logistischen Fragen unterstützen. Will einer von euch noch etwas wissen?« Moxyr und Rion verneinten, wirkten dabei aber doch verunsichert. »Plenoi, schaff mir die beiden aus den Augen.« Karudin gab Moxyr und Rion einen Wink, woraufhin sie mit ihm den Raum verließen. Schweigend gingen sie zum Gleiter und stiegen ein. Erst jetzt atmeten die beiden auf, denn obwohl sie schon so einiges über den Präsidenten hörten, hielten sie die Erzählungen für übertrieben. Erst jetzt glaubten sie ihnen voll und ganz, was ihnen ihre Furcht vor dem Präsidenten nicht nahm. Karudin störte sich nicht an der Gemütsverfassung von Moxyr und Rion, stattdessen flog er los, um ihnen eine Unterkunft in einer Kaserne zu besorgen. Für den kurzen Zeitraum ihres Aufenthalts dort hielt er es für ausreichend und ganz nebenbei waren sie immer unter der Aufsicht von Soldaten. Jetzt, nachdem auch Karudin wusste, worum es ging, konnte er planen.

* * *

Nicht lange nachdem Kalaran und seine Begleiter das Büro von Fegobol verlassen hatten, kam auch schon Zakatek herein. »Hallo, Rinlum! Immer wenn du es eilig hast, läuft etwas ziemlich schief.« »Sagtest du eben: Etwas läuft schief? Du machst wohl Witze. Sag mir bitte, was zurzeit nicht alles schiefläuft.« Schnaubend stand Fegobol auf und ging langsam um seinen Schreibtisch herum. Zakatek fragte sich, ob das von seinem Gewicht herrührte oder ob er nur seinen Unmut damit zum Ausdruck bringen wollte. »Duroto, ich habe einen Auftrag für dich. Ich besprach das bereits mit Kalaran, da er zufällig bei dem Gespräch hier in meinem Büro war.« »Kalaran ist wieder zurück? Wo hielt er sich denn auf?« »Er hat nur eine kleine Reise nach Pherol gemacht.« »Pherol, da ist es nur heiß und außerdem nichts los.« »Du irrst dich gewaltig. Es gibt dort massive Veränderungen. Doch für ausgiebige Schilderungen fehlt uns die Zeit.« »Das ist schade.« Das Bedauern in seiner Stimme konnte Fegobol sehr wohl heraushören, doch er nahm daran keinen Anstoß. »Ich veranlasste, dass ein Schlachtschiff für dich abflugbereit steht. Die Abfluggenehmigung liegt auch bereits vor, du kannst also sofort starten. Dein Ziel heißt Praston.« »Praston? Das ist doch dieser Agrarplanet. Dort kannst du zwar gut entspannen, aber ansonsten gibt es dort so gut wie keine Abwechslung.« »Allem Anschein nach hat sich das schlagartig geändert. Gouverneur Saphulon kontaktierte mich und bat um sofortige Unterstützung, die ich ihm auch zusagte. Es gibt dort irgendein massives Problem. Flieg so schnell wie möglich dorthin. Saphulon wird dir erklären, worum es denn geht. Ich begleite dich zum Schiff.« Fegobol schob Zakatek förmlich aus seinem Büro sowie durch das Vorzimmer in den Gang. Er beschleunigte seine Schritte und trieb den General dabei zur Eile an. Sie hasteten aus dem Gebäude und zu einem Gleiter, in den sich Fegobol elegant hineinschwang. Zakatek nahm auf dem Beifahrersitz Platz und musste schnell nach Halt suchen, da der Oberst das Fahrzeug äußerst schwungvoll ausparkte. Mit der höchsten Geschwindigkeit raste er über das Landefeld und stoppte den Gleiter sehr hart vor einem Schlachtschiff, sodass Zakatek nach vorne geworfen wurde. »Du hast einen jämmerlichen Fahrstil, Rinlum.« »Rede nicht sinnlos herum und steig schon endlich aus.« Der herrischen Ansage kam Zakatek schnell nach und stieg aus dem Fahrzeug. »Mach, dass du in das Schiff kommst, und flieg ab. Viel Erfolg und grüße mir Saphulon.« Fegobol wendete den Gleiter hart und raste davon. »Der macht vielleicht eine Hektik.« Zakatek winkte ab und ging ins Schiff.

*

Fegobol hielt seinen Gleiter parallel zum Kontrollgebäude an und sah zu dem Schlachtschiff hinüber. Der siebenhundertachtzig Meter durchmessende Kugelraumer erhob sich langsam vom Landefeld und stieg in den Himmel, bis er den Blicken des Obersts entschwand. »Das ist schon einmal erledigt.« Kaum hatte Fegobol das in einem zufriedenen Tonfall ausgesprochen, als sein Armbandgerät summte. »Fegobol hier!« »Oberst, der Verband unter dem Kommando von Admiral Muruba ist von Oibotene zurück. Ich soll Ihnen ausrichten, dass er in Kürze mit der Gyjadan landen wird. Sie sollen ihn dort abholen.« »Bin ich vielleicht ein Mietgleiter?«, wetterte Fegobol. »Oberst, ich verstehe nicht ganz.«

»Das macht nichts. Vergessen Sie einfach meine Bemerkung. Ich hole Muruba ab.« Fegobol schaltete ab und sah zum Landefeld hinüber, wobei er über den Grund der Bitte des Admirals nachdachte. Der Oberst kannte den Admiral lange genug, um zu wissen, dass er einen gewichtigen Grund dafür haben musste. Sein Blick glitt über die abgestellten Raumer, nur unterbrochen von einem Aufblick zum Himmel. Er musste sich eingestehen, dass er diesen Moment der Ruhe genoss. Fast bedauerte Fegobol schon, dass die Gyjadan bereits in Sicht kam. Entspannt verfolgte er die Landung des Schiffs und flog dann zu dem Standort. Davor stoppte der Oberst, stieg aus und legte seinen rechten Arm auf das Fahrzeug. Gelassen wartete Fegobol, bis der Ausstieg aufglitt, Admiral Muruba aus der Gyjadan kam und die Rampe hinabschritt. Der Oberst löste sich vom Gleiter und lief auf ihn zu. »Wie war es auf Oibotene? Gib mir bitte nur eine Kurzfassung. Den längeren Bericht will ich mir erst später anhören.« »Der Aufstand ist beendet, Vlitom ist nach wie vor im Amt und dann konnten wir des Drahtziehers der Unruhen habhaft werden.« Mit einem irritierten Blick sah Fegobol den Admiral an. »Das ist schon alles?« »Du wolltest doch eine Kurzfassung.« »Schon gut. Habt ihr den Gefangenen bereits befragt?« »Soquezxl konnte nicht abwarten, bis wir hier landen, und hat ihm einige Fragen gestellt.« Fegobol verzog das Gesicht zu einer Grimasse. »Der Gute ist nicht gerade zart besaitet. Lass mich raten: Er arbeitet für Vuoga und versuchte, Vlitom zu überreden, dass Oibotene der pherolischen Republik beitritt.« »Du weißt das alles schon?«, fragte Muruba verblüfft. »Wenn du mir nachher berichtest, erzähle ich dir, was wir in deiner Abwesenheit in Erfahrung bringen konnten. Das, was Soquezxl unbedingt aus dem Mann herauskitzeln muss, ist Folgendes: Ist er der Einzige, der im Auftrag Vuogas zu diesem Zweck unterwegs ist, und wenn ja, in welchen Systemen sind sie?« »Das klingt nach einer ganz groß angelegten Aktion.« »Das klingt nach dem machtgierigen Vuoga, Leytek.« Beide sahen zum Ausstieg, wo gerade Soquezxl mit dem Kontaktmann erschien. Vor Fegobol blieben die beiden stehen und der Oberst musterte den Gefangenen eingehend. »Bring ihn zum Gleiter, Soquezxl.« Alle stiegen ein und Fegobol flog zum Kontrollgebäude, wo sein Büro lag.

* * *

Die Nachrichten, welche im Büro von General Fepulkrt ein-liefen, stufte er weitestgehend als belanglos ein, allerdings befanden sich darunter drei Mitteilungen, die seine Auf-merksamkeit erregten. Er las sie ein zweites Mal durch und führte daraufhin ein kurzes Gespräch. Zufrieden stand er auf, verließ sein Büro und lief zum Audienzsaal, um mit dem Zerlgtoxr zu sprechen. Die Ordonnanz ließ den General so-fort ein und schloss hinter ihm die Tür. Für Fepulkrt war es inzwischen zur Gewohnheit geworden, auf die Formalitäten zu verzichten, weshalb er direkt bis vor die Stufen zum Thron ging. »Was gibt es zu berichten, General?« »Zerlgtoxr, so-eben erhielt ich drei Nachrichten, die unseren gemeinsamen Plan betreffen. Jede Nachricht stammt von einem anderen Ort und die Meldungen sind übereinstimmend im Text: Sie sind da.« »Das gefällt mir, denn damit erfüllt sich unsere Hoffnung, dass unser Bemühen nicht völlig umsonst gewe-sen ist. Besteht noch ein Risiko, dass unser Vorhaben schei-tern könnte?« »Leider besteht noch die Möglichkeit, dass unsere Zielsetzung fehlschlägt. Bei unseren Vorbereitungen ließen wir allerdings die größte Sorgfalt walten, aus diesem Grund bin ich optimistisch.« »Unsere Absicht, die wir da-mit verfolgen, steht und fällt mit dem Gelingen. Die Alter-native ist für mich nicht so erstrebenswert.« »Ich bin ganz Ihrer Ansicht. Die Angelegenheit hat die allerhöchste Priori-tät.« »Halten Sie mich auf dem Laufenden, General.« »Das ist selbstverständlich.« Als Fepulkrt den Audienzsaal durchschritt, dachte er an seine geringe Möglichkeit, regulierend einzugreifen. Wenn eine bestimmte Situation eintrat, war es für die Rettung des Plans zu spät.

* * *

Kalaran hielt sein Fahrzeug vor dem Kontrollzentrum an, nachdem Fegobol ihn darüber in Kenntnis setzte, dass Muruba mit einem Gefangenen von Oibotene zurückgekehrt war, was er zum Anlass nahm, den Oberst aufzusuchen. Als er das Büro von ihm betrat, fand er dort die drei Personen vor, welche er erwartete. »Leytek, Soquezxl, schön, dass ihr wieder hier seid! Wie ich sehe, habt ihr einen Handlanger Vuogas festgesetzt.« Der Kontaktmann sprang vom Stuhl auf und machte zwei Schritte in Richtung Kalaran. »Was soll diese Beleidigung? Wer sind Sie überhaupt?« »Ich hätte erwartet, dass Sie mich kennen, da dem aber nicht so ist, belasse ich Sie im Zustand des Nichtwissens. Setzen Sie sich gefälligst wieder!« Kalaran verpasste ihm einen Stoß, sodass der Mann einen Schritt zurückwankte. »Was fällt Ihnen ein?« »Wenn Sie mich so fragen, dann fällt mir spontan ein, dass Sie mir unsympathisch sind.« Der Mann wurde noch ärgerlicher, was Soquezxl nicht entging, obwohl er hinter ihm saß. Er packte ihn an der Jacke und zog ihn so kräftig zurück, dass er zwar auf dem Stuhl landete, dann aber mit ihm nach hinten umkippte und polternd auf dem Boden landete. »Machen Sie mir meinen Stuhl nicht kaputt!«, fauchte Fegobol den Mann an. »Ich kann doch nichts dafür.« »Wären Sie einfach still gewesen und sitzen geblieben, dann lägen Sie jetzt nicht so lächerlich auf dem Boden.« »Lasst ihn in Ruhe. Erzählt mir lieber, was er alles plauderte.« »Vuoga setzte den Mann als eine Versuchsperson ein. Es sollte versucht werden, ob durch einen Putsch, angezettelt durch viele falsche Versprechungen, ein Gouverneur gestürzt werden kann, um dann das System von Oibotene anschließend in die pherolische Republik eingliedern zu können. Wenn das Projekt erfolgreich gewesen wäre, hätte Vuoga noch weitere Leute in andere Systeme geschickt.« »Das Projekt ist voll und ganz gescheitert. Leytek, Soquezxl, liefert ihn im Gefängnis ab. Dort darf er auf seinen Prozess warten.« »Was wird mir denn vorgeworfen?« »Aufwiegelung, Terror, Putschversuch sowie Anstiftung zum Mord sind schon einmal vier Punkte. Ich überlasse es dem Ankläger, noch weitere Vergehen zu ergänzen.« Soquezxl schob den Mann aus dem Büro und Muruba folgte ihm hinaus. Nachdem die Tür geschlossen war, ging Kalaran zu dem Oberst, der vor seinem Schreibtisch stand. »Die Sache ist erledigt. Der Rest ist die Angelegenheit des Gerichts.« »Ja, darüber bin ich auch froh, Kalaran. Mir kam es schon so vor, als kämen ständig immer neue Probleme hinzu. Es gibt eine Sache, die ich mit dir besprechen will. Es geht mir um diese Gildehändler und ihren Ratsherrn Kondio Xeriot.« »Was ist mit ihnen?« »Seit wir wissen, dass die Gilde Vuoga zuarbeitet, betrachte ich sie als untragbar. Kalaran, verbiete der Gilde den Handel im Imperium.« »Das ist doch vollkommen sinnlos, Rinlum. Zum einen arbeiten sie Vuoga nicht einfach so zu. Für sie ist es ein Geschäft. Vuoga sicherte ihnen das Monopol zu, dafür waren sie zu einer Gefälligkeit bereit, die sie sich aber obendrein auch noch sehr gut bezahlen ließen. Ganz abgesehen von dieser Tatsache nutzt es überhaupt nichts, wenn ich der Gilde verbiete, im Imperium zu handeln. Sie kommt dann mit neutralen Schiffen ohne ihr Signet und geht weiter ihren Geschäften nach. Im Übrigen sehe ich auch keinen Anlass, die Gilde zu verbieten. Zum einen fördert das unsere Wirtschaft und zum anderen verfüge ich auch über keine Handhabe gegen sie. Die Gilde hat sich nichts zuschulden kommen lassen, was ein Verbot rechtfertigt.« »Das ist leider auch wieder wahr.« »Wir lassen sie gewähren, was nicht bedeuten soll, dass wir ihre Aktivitäten nicht beobachten. Es ist wichtig zu wissen, welche Produkte sie erwerben. Das Allermeiste ist mit Sicherheit harmlos, aber wenn sensible Güter darunter sind, können wir möglicherweise daraus schließen, was Vuoga damit plant.« »Das heißt, die ganze Arbeit bleibt wieder an mir hängen?« »Wieso das denn? Willst du alle Überprüfungen etwa persönlich vornehmen?« »Nein, das will ich natürlich nicht.« »Du hast deine qualifizierten Mitarbeiter, die das erledigen.« »Aber die ganzen Berichte, die zu lesen sind.« »Ich glaube kaum, dass du alle Berichte liest. Du hast doch deinen Stab, der nur die wichtigen Protokolle aussortiert, um sie dir dann vorzulegen.« »Ich nehme mich der Angelegenheit an.« »Na bitte, du bist immer so schwer zu überzeugen. Es gibt zurzeit nichts, was wirklich ansteht, Rinlum. Wir sind im Moment in der Position des Beobachters. Der Echsenstaat ist anscheinend mit internen Angelegenheiten beschäftigt, so ruhig, wie sie sich verhalten. Vuoga hat mit seiner Republik genug zu tun und seine Flotte stellt keine Gefahr für uns dar. Die Angelegenheit mit Oibotene ist abgeschlossen und um Praston kümmert sich Duroto. Übrigens, was macht eigentlich Alta? Von dem hörte ich schon lange nichts mehr. Sein letzter Bericht handelt von dem Konflikt mit den Stelkudo und seitdem ist Stille.« »Ich erkundigte mich in Olitra über ihn, da ich schon das Schlimmste befürchtete. Ich erreichte Gouverneurin Penra, die gerade für unbestimmte Zeit das Büro verlassen wollte. Sie erwähnte einen Fund, von dem Alta wohl besessen ist.« »Wenn es um irgendeine rätselhafte Sache geht, ist Alta so gut wie gar nicht davon loszubekommen. Mache dir keine Gedanken. Alta meldet sich schon, wenn er alles erfahren hat. Fühl dich einfach wie im Urlaub, Rinlum.« Kalaran verließ das Büro und Fegobol sah ihm nach, bis er draußen war. »So ein Witzbold von einem Alkt.«

* * *

Saphulon erhob sich vom Platz der Funkerin und bemerkte
erst nach ein paar Schritten, dass alle Besatzungsmitglieder
ihn erwartungsvoll ansahen. »Was ergab denn das Gespräch
und mit wem sprachen Sie, Gouverneur?«, fragte der Orter.
»Ich rief Oberst Rinlum Fegobol auf Alkatar an. Ich schilderte ihm kurz unser Problem und bat um Hilfe, die Fegobol
mir auch zusicherte.« »Worin besteht diese Hilfe überhaupt
und wann kommt sie?« »Der Oberst sagte wörtlich: sofort,
allerdings erwähnte er nicht, wie die Hilfe aussieht.« »Wenn
das Sofort den gleichen Wert hat wie unter Uxbeija, sind wir
alle verloren, Saphulon! Überhaupt, wenn der Oberst erfährt,
dass ohnehin die Ablösung kommen soll, unternimmt er bestimmt nichts.« Die Worte der Funkerin klangen mit jedem
Wort eine Spur hysterischer. »Wir werden alle sterben, sobald die Wolke uns erreicht!« Die Funkerin ging zu ihrem
Platz, legte ihren Kopf auf die Konsole und Saphulon sowie
der Rest der Besatzung hörten ihr Schluchzen. »Jetzt bleibt
bitte alle ruhig. Zum einen ist nicht gesagt, dass die Wolke
tödlich ist, zum anderen seid ihr auch ungerecht gegenüber
dem Oberst. Ihr unterstellt ihm etwas, obwohl ihr überhaupt
keine Fakten kennt.« »Es ist einfach die Erfahrung aus
den vergangenen Jahren«, rief ein Mann dem Gouverneur
in einem ungehaltenen Tonfall zu. »Falls ihr es noch nicht
gemerkt haben solltet: Uxbeija gibt es nicht mehr und stattdessen regiert der Alkt das Imperium. Bislang hatte ich keine
Schwierigkeiten und wenn doch Verzögerungen auftraten,
gab die jeweilige Abteilung mir immer eine erschöpfende
Auskunft.« »Das sehen Sie vielleicht so, Saphulon, aber nicht
wir. Ihr Vertrauen in die neue Führung kann ich nur als naiv
bezeichnen. Sie stehen hier und halten schöne Reden, eben
wie ein typischer Politiker, aber unternehmen nichts!« »Ich
habe etwas getan, indem ich Fegobol kontaktierte, denn wir

verfügen hier auf Praston über keine Hilfsmittel.« »Das sind doch alles nur Ausreden, Saphulon!« Die anderen stimmten dem Aufwiegler in emotional aufgewühlter Weise zu. »Jetzt reicht es mir aber!«, brüllte Saphulon und griff an die rechte Seite seines Gürtels, doch seine Hand fand nichts. Saphulon schalt sich einen Narren, weil er glaubte, die Besatzung ruhig halten zu können, ebenso wie der Umstand, dass er seine Waffe nicht mitgenommen hatte. Die Besatzung war erschrocken über den sehr aggressiven Ausbruch des Gouverneurs, denn so kannte sie ihn nicht. »Es bleibt dabei: Ihr bewahrt Stillschweigen über die Wolke. Kein Wort darüber zu irgendjemandem, denn ich will keine Statistik über aktuelle Todeszahlen lesen!« »Wir lassen uns von Ihnen bestimmt nichts vorschreiben!«, rief der Orter. »Dann schweigt wenigstens noch einen Tag, ich bitte euch darum im Namen eurer Mitbürger!« Die Besatzung tauschte Blicke aus und einer von ihnen gab ihm die Antwort darauf. »Na schön, Saphulon, wir geben Ihnen einen Tag, aber nicht mehr, denn dann sind wir nicht mehr an unser Wort gebunden.« »Ich danke euch im Namen aller Einwohner.« Saphulon hatte das Gefühl, dass ihm die Kontrolle über die Situation entglitt.

* * *

Ein Mann saß auf einem Stuhl in der Kontrollzentrale des Raumhafens von Moloq und las auf dem Bildschirm der Konsole in einer Tageszeitung. Auf Anforderung von Oberst Fegobol stellte der oberste Vorgesetzte der Raumhafenkontrolle ihm den Arbeitsplatz zur Verfügung. Der Mitarbeiter Fegobols wusste nicht so recht, ob er über die ihm zugeteilte Aufgabe froh sein sollte oder nicht. Seine einzige Aufgabe bestand darin, die Angaben über die ankommenden Schiffe zu überprüfen und Auffälligkeiten unverzüglich direkt an den Oberst zu melden. Zwar fand der Mann die Arbeit langweilig, zumal er nicht wusste, wozu das Ganze gut sein sollte, aber er hielt es immer noch für besser als einen riskanten Einsatz. Er las den Artikel zu Ende und erhob sich schwunglos von seinem Stuhl, um sich am Ausgabeautomaten der Zentrale ein Getränk zu holen. Mit dem Gefäß in der Hand nahm er wieder Platz, nippte daran, nur um festzustellen, dass es noch zu heiß war, und stellte es beiseite. Er begann, den nächsten Artikel zu lesen, der ihn nicht gerade fesselte. »Die schreiben viel und sagen nichts. Es ist immer das Gleiche, wenn es keine interessanten Neuigkeiten zu berichten gibt«, murmelte der Mann frustriert und las weiter. Plötzlich ging ein Fenster auf und zeigte ihm die Information über ein ankommendes Schiff an. Mechanisch blickte er auf die Anzeige und sah wieder zu dem Artikel. Schlagartig wurde ihm bewusst, was er gerade gelesen hatte. Sein Kopf ruckte zu der Anzeige und der Mitarbeiter Fegobols las die Angabe, dass das Gildeschiff Präterask in Kürze landen sollte. Dabei handelte es sich genau um die Auffälligkeit, weswegen er dasaß. Er rief die Details auf, griff abwesend zu seinem Becher, nahm einen Schluck und spuckte ihn sofort wieder aus, da er sich an dem heißen Getränk verbrannte. »Verdammt!«, fluchte er und stellte ärgerlich den Becher zur Seite. Aus seiner Hosentasche angelte er ein Tuch hervor, wischte damit die Konsole ab und steckte es wieder ein, dann las er die Details. Der Kommandant der Präterask hieß Kondio Xeriot, was ihn misstrauisch stimmte, denn der Oberst ließ ihm eine kurze Abhandlung zukommen. »Der Ratsherr der Händlergilde kommt hierher und meldet auch noch Passagiere an, die in Moloq das Schiff verlassen? Was soll das denn bedeuten? Seit wann befördert die Gilde Passagiere?« Den Landeplatz, welcher dem Schiff zugewiesen wurde, nahm er zur Kenntnis, dann sprang er auf und eilte zur Funkstation. »Kontaktieren Sie sofort die Einreisekontrolle. Es geht um die beiden Passagiere des Gildeschiffs Präterask. Von ihnen benötige ich eine unauffällig gemachte

Fotografie sowie alle Angaben, die üblicherweise gemacht werden müssen.« »Das ist aber nicht viel.« »Besser wenig als gar nichts.« Während der Funker die Information weitergab, ging der Agent zum Fenster und blieb davor stehen. Er sah zu der Stelle, wo die Präterask bald landete, und war froh, dass sie in seiner Nähe lag.

*

Der Agent starrte aus dem Fenster und wartete ungeduldig auf die Ankunft des Frachtschiffs. »Die Präterask landet in Kürze!«, rief ihm ein Mitarbeiter zu, weshalb er nach oben sah. Es dauerte nicht lange, bis er den Raumer ausmachte und im Blick behielt. Langsam sank der Frachter hinab, bis er schließlich sanft auf dem Landefeld aufsetzte. Eine ganze Zeit lang passierte nichts, bis endlich die Rampe ausfuhr und anschließend der Ausstieg aufging. Tatsächlich kamen bald darauf zwei Personen aus dem Frachter, liefen die Rampe hinunter und dann zu dem Kontrollgebäude hinüber. Er ging zu seinem Arbeitsplatz, nahm das Gefäß von der Konsole und nahm einen Schluck. »Das ist typisch. Zuerst ist es zu heiß und jetzt kalt.« In einem Zug trank er den Rest aus, brachte das leere Gefäß weg und kehrte zu seinem Arbeitsplatz zurück. Träge nahm er auf dem Stuhl Platz, starrte auf den Artikel, der immer noch auf dem Monitor angezeigt wurde, und schloss diesen angewidert. »Die Angaben der beiden Personen liegen vor.« »Sie sollen die Information zu mir schicken. Außerdem will ich es sofort wissen, wenn die beiden von Moloq wieder abfliegen.« Der Funker bestätigte und gab die Mitteilung weiter. Bald darauf erhielt der Agent die Eingangsbestätigung der Angaben, die er abspeicherte, aber stehen ließ. Anschließend verfasste er einen knappen Bericht an Fegobol, band die Angaben der Kontrolle mit ein und sendete ihn ab. Nach Erhalt der Eingangsbestätigung legte er alles in seinem Berichtsordner ab und schloss die Anwendung. Dann lehnte er sich in seinem Stuhl zurück und dachte darüber nach, was die beiden Personen nach Moloq führte. Die Tatsache, dass die beiden Händler waren, machte es für den Agenten nachvollziehbarer, dass der Ratsherr die zwei mit nach Moloq nahm, eben als Gefälligkeit unter Kollegen. Ihr Herkunftsort sagte ihm gar nichts, was ihn allerdings nicht verwunderte, denn wer kannte schon die Namen aller Systeme des Imperiums? »Zenüqy, das ist mir noch nie untergekommen«, brummte der Agent und beugte sich vor, um im aktuellen Sternkatalog nachzusehen, jedoch hielt ihn ein eingehender Anruf von seinem Vorhaben ab. Als er den Namen des Anrufers sah, nahm er freudig das Gespräch an. »Hallo, was hältst du von einem gemeinsamen Mittagessen?« »Jetzt, wo du fragst, merke ich den Hunger.« »Warte vor dem Eingang. Ich treffe dich dort, dann überlegen wir, welchem Restaurant die Ehre zuteilwird, uns zu bewirten.« Im Aufstehen schaltete der Agent ab und dachte nicht mehr an Zenüqy.

* * *

Oberst Fegobol saß in seinem Büro und arbeitete die wenigen Berichte ab, die er von seinem Stab übermittelt bekam. Erst dann prüfte er seinen Posteingang und fand dabei eine Nachricht mit dem von ihm geforderten Vermerk Gilde. Er öffnete die Mitteilung und las, von wem die Information geschickt wurde. »Sie ist von Moloq. Das wundert mich nicht«, murmelte der Oberst und las den Bericht des Agenten. »Das ist nichts Besonderes«, resümierte Fegobol. »Xeriot kommt immer wieder nach Vorjo, um in Moloq seinen Geschäften nachzugehen. Dass er andere Händler mitnimmt, ist auch nichts Besonderes. Der Agent macht sich wichtig oder langweilt sich einfach nur, sonst würde er das nicht als wichtig darstellen. Zenüqy? Wo soll das denn liegen?«, brummte der Oberst. »Wahrscheinlich in der Republik.« Er versuchte, sich an die Namen der pherolischen Systeme zu erinnern, jedoch kam er dabei nicht weit. Ihm fiel ein, dass Kalaran ihm eine Liste zukommen ließ, die er selbst von Gouverneur Kalkata erhielt. In dem Augenblick, als er sie heraussuchen wollte, betrat der Soldat aus seinem Vorzimmer das Büro. »Verzeihen Sie, Oberst, ich sollte Sie nicht stören, aber Admiral Muruba fragte nach Ihnen.« Aus reiner Gewohnheit schloss er die Anwendung, stand auf und ging dann zu dem Soldaten. »Ist der Admiral hier?« »Ja, er wartet im Vorzimmer.« »Dann schicken Sie ihn zu mir herein.« Der Soldat verschwand aus dem Büro und stattdessen betrat Admiral Muruba den Raum. »Hallo, Rinlum, ich störe doch hoffentlich nicht?« »Nein, natürlich nicht. Ich wollte nur in Ruhe die aufgelaufenen Berichte abarbeiten.« »Das kann ich nur zu gut verstehen.« »Gibt es einen bestimmten Grund, weshalb du zu mir kommst?« »Ich wollte nur wissen, ob du wieder einmal etwas von Alta gehört hast. Sind vielleicht die Stelkudo erneut aufgetaucht?« »Nein, sowohl in Veschgol und als auch in Klutags ist alles ruhig.« »Das ist beruhigend zu hören. Ist Alta etwa immer noch auf Veschgol?« »Er befindet sich immer noch dort. Das verriet mir die Gouverneurin.« Fegobol begann zu erzählen und dachte nicht mehr an Zenüqy.

* * *

In einem Café unweit des Raumhafens saßen Moxyr und Rion und nahmen einen Imbiss zu sich. »Was verspricht sich Vuoga eigentlich von dieser Panik, die er verbreitet?« »Ich weiß es auch nicht, Moxyr. Wir hörten davon und er hat es auch mit seinem Verhalten bestätigt. Du hörtest, was Xeriot darüber sagte. Vuoga übertreibt immer und außerdem versucht er auch, die Leute durch die Verbreitung von Angst gefügig zu machen. Zuerst macht er ein Riesentheater und dann geht es darum, dass wir ein Abkommen treffen sollen. Die Ansprechpartner sollen wohl eher den ein wenig zwielichtigen Kreisen angehören.« »Das ist es, was uns tatsächlich in Gefahr bringen kann. Karudin sagte uns doch, dass sie in Verbindung mit Vondal standen und Vuoga nicht wirklich weiß, ob sie ihm gewogen sind. Entweder die Leute hören uns an, es funktioniert und wir können wieder gehen oder sie hören uns nicht weiter zu und lassen uns trotzdem gehen oder …« Rion erschauderte bei der Vorstellung, warum Moxyr den Satz nicht beendete, obwohl sie bis vor Kurzem noch auf ihre Hinrichtung warteten. Das, was Moxyr nicht aussprach, war die dritte Möglichkeit, nämlich dass sie nicht gehen gelassen wurden und dass die sogenannten Geschäftspartner sie töten ließen. »Vielleicht ist es doch nicht ganz so schlimm. Karudin gab uns einen Datenkristall, den wir uns noch nicht ansehen durften. Auf ihm sind zusätzliche Informationen gespeichert, die uns helfen sollen, Moxyr.« »Ich wunderte mich nur über einen Punkt, Rion. Ich fragte Karudin nach dem Inhalt des Datenkristalls, aber er versicherte mir, dass er selbst die Informationen, welche sich darauf befinden, nicht kennt. Vuoga sagte Karudin, dass es besser für ihn sei, über den Inhalt im Unklaren zu bleiben.« »Wir werden es bald erfahren, Rion.« Beide tranken aus, standen auf, nahmen ihre Taschen und verließen das Selbstbedienungscafé. Sie gingen zu der unweit davon liegenden Agentur, die Flüge vermittelte. Dort reservierten sie ihren Weiterflug, erledigten die Formalitäten sowie die Bezahlung und begaben sich dann in den Wartebereich des Kontrollgebäudes, da der von ihnen gebuchte Flug in absehbarer Zeit von Moloq startete und es sich aus diesem Grund nicht lohnte, in die Stadt zu gehen, obwohl sie dies nur zu gern getan hätten.

* * *

In seinem Büro blickte General Fepulkrt auf den Bildschirm
an seinem Arbeitsplatz und las begierig jede Mitteilung, die
hereinkam, doch ließen jene, auf die er wartete, auf sich
warten. Da er nicht lange von seinem Platz wegzubleiben
gedachte, ging er zu seinem Mitarbeiter, der im Vorzimmer
saß, und beauftragte ihn, das Mittagessen zu organisieren.
Fepulkrt setzte sich und blickte auf den Bildschirm, doch
in diesem kurzen Augenblick kam keine neue Nachricht
herein, weshalb er wieder aufsprang und anfing, im Büro
herumzulaufen. General Fepulkrt musste zugeben, dass er
sehr nervös war, was wohl vor allem da herrührte, dass der
Zerlgtoxr bereits zweimal in dieser Angelegenheit nachfragte. Der hereinkommende Soldat lenkte ihn dankbarerweise
von seinen unerquicklichen Gedanken ab. »Stellen Sie das
Essen dort auf den Tisch.« Der Soldat führte den Befehl aus
und verließ das Büro des Generals. Ein letzter Blick galt dem
Bildschirm, dann setzte sich Fepulkrt und begann zu essen.
Das Mitteilungssignal für eingehende Nachrichten vernahm
der General zwar, aber er beschloss, erst später nach der Beendigung des Mahls nachzusehen. Als es noch zwei weitere
Male erklang, fiel es Fepulkrt schwer, seiner Neugierde nicht
nachzugeben, doch blieb er standhaft, aß zu Ende und ging
erst dann zu seinem Schreibtisch. Als er die erste Nachricht
aufrief und die kurze Information las, wurde er ruhiger. Auch
die beiden anderen Mitteilungen gehörten zu jenen drei
Nachrichten, auf die er gewartet hatte. Da sie alle drei den
gleichlautenden Inhalt hatten, führte er ein kurzes Gespräch
und verließ eilig sein Büro. Schon bald darauf erreichte er
den Audienzsaal, der ihm geöffnet wurde. Hinter dem eintretenden Fepulkrt schloss der Soldat die Tür und der General lief nach vorn. »Gibt es endlich Neuigkeiten, General?«
»Aus diesem Grund bin ich hier. Alle drei sendeten mir eine

positive Nachricht. Es ist alles gut gegangen. Der Herrscher wirkte auf Fepulkrt mit einem Schlag völlig entspannt.« »Es hat also funktioniert. Jetzt gibt es für uns eine Weile nichts weiter zu erledigen, General.« »Nein, was uns bleibt, ist, die Lage zu beobachten.«

* * *

Der von Vorjo kommende Raumer landete auf dem Raumhafen von Alkaton und entließ die Fluggäste, welche bald darauf dem Kontrollgebäude entgegenströmten. Nach Erledigung der Formalitäten suchten Moxyr und Rion eine der Flugagenturen auf, buchten dort den Rückflug nach Vorjo für den gleichen Tag und verließen dann die Halle. Außerhalb dieser gingen sie zu einem Verleiher für Gleiter, mieteten ein Fahrzeug und flogen in das Zentrum von Alkaton. Dort parkten sie das Fahrzeug und suchten ein Café auf, wo sie an einem Tisch Platz nahmen, an dem sie auch die Möglichkeit besaßen, den Inhalt des Datenkristalls abzurufen. Sie gaben ihre Bestellung bei der Bedienung auf, warteten, bis die Frau ihnen die Getränke servierte, und bezahlten sofort. Erst als sie genug Distanz zum Tisch gewonnen hatte, legten sie den Speicher in die Aussparung und riefen die Information ab. Eilig entfernte Moxyr den Kristall wieder und steckte ihn ein, dann sah er Rion an. Keiner von beiden vermochte etwas zu sagen und sie nahmen deshalb einen großen Schluck von ihrem Getränk und starrten aus dem Fenster. Erst nach einer Weile brach Rion das Schweigen. »Jetzt weiß ich auch, warum er den Partner nicht selbst kontaktiert, Rion. Ich glaube es immer noch nicht. Vielleicht täuschten wir uns auch. Ich spiele die Nachricht noch einmal ab.« Moxyr legte den Kristall erneut in die Aussparung und startete die Wiedergabe. Gebannt hingen die Blicke der beiden darauf, denn erst dieses Mal bemerkten sie es. »Wir nahmen den Kristall zu früh heraus, Moxyr. Da ist noch etwas, das wir uns ansehen müssen.« Sie sahen und hörten sich den Rest an, schalteten ab und Rion entnahm den Kristall, um ihn einzustecken. »Von hier aus können wir ein Gespräch führen, Moxyr. Ich hoffe nur, dass wir kurzfristig einen Termin bekommen.« »Ich spreche mit ihm.«

* * *

Die Ordonnanz von Kalaran seufzte, da die Kommunikationsanlage schon wieder innerhalb kurzer Zeit summte. »Was ist denn heute nur los? Das sind mehr Anrufe als sonst in einer ganzen Woche.« Seufzend bestätigte der Soldat die Verbindung und hörte sich das Anliegen der Gegenseite an. »Sie wünschen einen Termin mit dem Alkt? In welcher Angelegenheit?« Er ließ sich den Grund schildern, wobei er allerdings schnell gereizt war, da der Anrufer es offensichtlich nicht schaffte, ihn kurz und knapp darzustellen. Zwar hätte die Ordonnanz am liebsten das Gespräch einfach beendet, aber er wusste, dass er das nicht machen durfte, also ließ er den Anrufer aussprechen. Als dieser endlich seine Ausführung beendete, atmete der Soldat innerlich auf. Die Schilderung hielt er für ein wenig verworren, weshalb er auch nicht alles so genau verstand. Aus diesem Grund beschloss er, ihnen den kürzesten Termin zu geben, damit der Anrufer nicht in die Verlegenheit kam, noch ein zweites Mal bei ihm anzurufen. »Warten Sie bitte, ich sehe nach, wann ich Ihnen einen Termin geben kann.« Der Soldat rief den Kalender mit den Terminen auf und ging den heutigen Tag durch. Zufrieden stellte er fest, dass noch ein äußerst kurzfristiger Zeitpunkt zur Verfügung stand. »Ist es Ihnen möglich, schnellstens hier zu sein?« Der Anrufer bestätigte die Frage, woraufhin die Ordonnanz ihm die Zeit bekannt gab. Nach einem knappen Dank beendete die Gegenseite das Gespräch. Der Soldat machte einen Vermerk im Kalender: Händler von Zenüqy. Die Ordonnanz musste sich eingestehen, dass er noch nie von einem System mit diesem Namen hörte. Einen Moment lang sann der Soldat darüber nach, dann kam erneut ein Gespräch herein und er dachte nicht mehr an Zenüqy.

* * *

Vor dem Eingang zu dem Gelände des Regierungspalasts hielt Rion das Fahrzeug an und wartete auf die Wache, welche sofort zu ihnen kam. »Haben Sie einen Termin?«, fragte der Soldat geschäftsmäßig. »Ja, den haben wir.« Moxyr nannte ihm die Namen und den Zeitpunkt, was die Wache nachprüfte. »Ihr könnt passieren. Der Parkplatz für Kurzbesucher befindet sich rechts neben dem Eingang. Folgen Sie einfach dem Verlauf der Straße.« Die Wache öffnete das Tor und ließ den Gleiter passieren. Wortlos flogen sie bis zu der besagten Stelle, parkten das Fahrzeug, stiegen aus und gingen in den Palast hinein. »Ich bin nervös, Moxyr.« »Du nicht allein, Rion. Dass wir den Alkt treffen sollen, konnten wir schließlich nicht ahnen.« Vor dem Arbeitsplatz der Ordonnanz blieben sie stehen und warteten darauf, dass diese ihnen ihre Aufmerksamkeit schenkte. Endlich hob der Mann den Kopf und sah die beiden an. »Wir haben mit Ihnen gesprochen und Sie waren so freundlich, uns kurzfristig einen Termin geben zu können.« In diesem Augenblick kam erneut ein Gespräch herein. »Ihr seid die Händler?« »Ja, die sind wir.« »Geht hinein, der Alkt erwartet euch.« Während er das Gespräch annahm, löste er das Besuchersignal im Büro des Alkt aus. Moxyr und Rion betraten den Saal, schlossen die Tür und durchquerten ihn. Auf halbem Weg kam ihnen Kalaran freundlich lächelnd entgegen. »Ich grüße Sie. Leider konnte mir die Ordonnanz nichts über Ihr Anliegen berichten. Heute ist sehr viel los, warum auch immer. Sie kommen also von Zenüqy?« »Das ist richtig.« »Wo liegt dieses System überhaupt? Mir ist der Name noch nicht untergekommen. Leider fehlte mir die Zeit nachzusehen, da erst kurz vor Ihrem Eintreffen der letzte Besucher ging.« »Wir können gut verstehen, dass Ihnen Zenüqy unbekannt ist, Alkt.« Beide griffen in ihre Taschen, zogen eine Waffe daraus hervor und richteten sie auf Kalaran. »Was soll denn das bedeuten?« »Das bedeutet ganz einfach Folgendes: Ein System namens Zenüqy existiert nicht. Dafür sind wir die Überbringer einer Botschaft.« »Sie überbringen mir eine Botschaft? Von wem ist sie?« »Erinnern Sie sich an Ihren Aufenthalt auf Pherol? Wir überbringen Ihnen Grüße von Walpa Vuoga.« »Wieso lässt Vuoga mich grüßen?« »Weil er Ihren Tod wünscht, Kalaran.« Sowohl Rion als auch Moxyr lösten fast gleichzeitig ihre Waffen aus und Kalaran stürzte getroffen zu Boden. Moxyr und Rion bückten sich zu Kalaran herab und sahen, dass er noch lebte. »Dieser verdammte Vuoga«, röchelte Kalaran und starb. »Er ist tot. Lass uns schnell verschwinden, Moxyr.« Beide stecken ihre Waffen zu sich und eilten aus dem Saal. Scheinbar ohne Eile zog Rion die Tür hinter sich zu und sah zur Ordonnanz, die schon wieder ein Gespräch führte. »Wir sollen Ihnen vom Alkt ausrichten, dass er in der nächsten Zeit nicht gestört werden will, da ihm eine wichtige Angelegenheit dazwischenkam.« »Ist gut«, antwortete die Ordonnanz nur und widmete sich weiter dem Gespräch. Moxyr und Rion gingen ganz normal in Richtung Ausgang, bis sie außer Sicht der Ordonnanz waren, dann begannen sie zu laufen. Draußen liefen sie scheinbar harmlos zum Gleiter, stiegen ein und flogen los. Jetzt mussten Moxyr und Rion nur noch vom Gelände kommen, doch die Wache hielt sie an. »Ach, ihr sei das. Euer Gespräch war aber sehr kurz.« »Der Alkt hatte sofort die Lösung für unser Problem parat. Er ist ein guter Mann.« »Ja, das ist er.« Die Wache öffnete das Tor und sie flogen den Gleiter von dem Gelände auf die Straße. Erst als sie sich außer Hörweite befanden, sprachen sie wieder. »Moxyr, ich hätte nie gedacht, dass es so glattgeht.« »Noch sind wir nicht sicher. Wir müssen von Alkatar weg, und das so schnell wie möglich, Rion.« »Unser Flug geht doch erst sehr viel später.« »Wir buchen um. In Kürze sind wir von hier verschwunden.« So schnell es zulässig war, flogen sie zum Verleih des Gleiters, gaben ihn dort ab und gingen dann in die Halle, um die Agentur aufzusuchen. Moxyr erläuterte dem Angestellten seine Vorstellungen und dieser suchte ihm die kurzfristigste Verbindung heraus. Tatsächlich erhielten sie einen solchen Flug, den Moxyr auch annahm. Eiligst mussten beide sich zu dem Schiff begeben, das von dem Angestellten über die noch eintreffenden Passagiere informiert wurde. Sie rannten zu dem Raumer, vor dem ein Mannschaftsmitglied stand, das nur noch auf sie wartete. Als sie dort ankamen, gab der Offizier den beiden mit einer Handbewegung zu verstehen, nicht zu zögern. »Beeilt euch gefälligst. Wir erhielten bereits die Startgenehmigung. Der Kommandant arbeitet viel mit der Agentur zusammen, sonst hätte er euch nicht mitgenommen«, rief er den beiden zu und folgte ihnen in den Raumer. Er schloss den Ausstieg und informierte die Zentrale, dass sie starten konnten. Bald darauf hob das Schiff vom Raumhafen von Alkaton ab.

* * *

Nach dem Gespräch mit Muruba, das länger dauerte, als sie dachten, widmete sich Fegobol erneut den Berichten. Schnell arbeitete er sie ab, da sich nichts von Bedeutung dabei befand. Die letzte Mitteilung betraf ein Gildeschiff, aber der Agent stufte die Angelegenheit als nicht bedenklich ein. In diesem Augenblick erinnerte sich Fegobol an die erste Nachricht. »Moment mal, ich wollte doch nachsehen, wo dieses Zenüqy liegt«, brummte der Oberst und rief den Sternkatalog auf. Entspannt gab er die Anfrage ein und ließ dann suchen. Erst als Fegobol die Meldung las, dass kein Treffer erzielt wurde, packte ihn das Misstrauen. Er beschloss, sofort den Agenten zu kontaktieren, doch in diesem Augenblick kam eine Mitteilung von ihm herein. Schnell öffnete Fegobol die Nachricht und las sie durch. Sein Mitarbeiter meldete ihm, dass er soeben erst von der Kontrolle erfuhr, dass die zwei Männer nach Alkatar abgeflogen seien. Nun überlegte der Oberst, was das alles bedeuten könnte, und beschloss, gleich mit Kalaran darüber zu sprechen. Er versuchte, ihn zu erreichen, erzielte damit aber keinen Erfolg, weshalb er es bei der Ordonnanz versuchte, die aber ebenfalls das Gespräch nicht annahm. Daraufhin ging Fegobol aus seinem Büro und eilte zu seinem Gleiter vor dem Gebäude, da er entschieden hatte, Kalaran aufzusuchen, statt die Zeit mit dem Versuch zu verschwenden, ihn weiter über die Kommunikation zu erreichen. Fegobol flog mit hoher Geschwindigkeit zum Gelände des Regierungspalastes, da es um diese Uhrzeit vom Verkehrsaufkommen noch leicht war. Dabei dachte er an die beiden Personen, die mit der Präterask nach Moloq kamen und angeblich von Zenüqy stammten. Die beiden Tatsachen, dass sie nach Alkatar flogen und überdies Zenüqy nicht existierte, ließ Fegobol schlagartig nervös werden. Er wurde von einem unguten Gefühl besessen, dass ihn nicht nur fesselte, sondern auch fast beherrschte, weswegen er das Tempo deutlich erhöhte. Ein am Straßenrand stehender Polizist wollte ihn anhalten, doch als er den Oberst erkannte, sah er davon ab. Den Oberst kannten die Ordnungskräfte nur zu gut und sie wussten, dass er nur die Geschwindigkeit übertrat, wenn keine Zeit verloren werden durfte. Als er am Tor anhielt und die Wache auf sich zukommen sah, schien es ihm so, als schlafe der Soldat beim Gehen ein. »Guten Morgen, Oberst Fegobol.« »Machen Sie schon endlich das Tor auf!« Den ungeduldigen Tonfall Fegobols konnte die Wache nicht überhören, weshalb sie eilig zum Tor sprang und es öffnete. Kaum stand es so weit offen, dass sein Fahrzeug hindurchpasste, beschleunigte er den Gleiter und raste weiter zum Palast. Verständnislos sah ihm die Wache hinterher und schloss das Tor wieder. Vor dem Eingang des Gebäudes stoppte Fegobol den Gleiter, sprang hinaus und hastete in den Palast. So schnell es ihm möglich war, rannte er zum Arbeitsplatz der Ordonnanz und blieb davor schwer atmend stehen. Der Soldat sah nur sehr verwundert den keuchenden Oberst an, ließ sich von Fegobol jedoch nicht daran hindern weiterzusprechen. »Beenden Sie sofort das Gespräch!«, herrschte der Oberst ihn laut brüllend an, sodass die Ordonnanz zusammenzuckte und nach einem kurzen Satz die Verbindung trennte. »Wo ist Alkt Kalaran?« »Er ist in seinem Büro, ließ mir aber durch seine letzten Besucher ausrichten, dass er nicht gestört werden wolle, da ihm eine wichtige Angelegenheit dazwischengekommen sei.« »Wie bitte? Das ist nicht ihr Ernst? Kalaran lässt Ihnen doch keine Informationen von Besuchern überbringen! Wer waren die Besucher?« »Zwei Händler von, mir fällt der Name gerade nicht ein.« »Doch nicht etwa von Zenüqy?« »Ganz genau.« »Zenüqy existiert nicht!«, rief er laut aus und stürmte in den Saal, wo er in der Mitte Kalaran liegen sah. Fegobol rannte zu ihm, und bückte sich, um ihn zu untersuchen, doch er stellte nur den Tod des Alkt fest. »Das darf nicht wahr sein!«, brüllte der Oberst und stand langsam auf. Inzwischen kam die Ordonnanz durch die offen stehende Tür herein, sah den Oberst vor den am Boden Liegenden stehen und rannte zu ihm. Der Offizier starrte auf den Alkt und sah dann Fegobol an. »Ist der Alkt tot?« »Ja, und die angeblichen zwei Händler sind die Mörder. Sie kamen nur nach Alkatar, um den Alkt zu ermorden.« »Zenüqy sagte mir nichts, aber mir fehlte die Zeit, um im Sternkatalog nachzusehen.« »Auch ich wurde davon abgehalten. Als ich dazu kam, war es bereits zu spät.« Fegobol eilte in das Büro des Alkt und setzte sich dort vor die Kommunikation, um ein eiliges Gespräch mit dem Soldaten aus seinem Vorzimmer zu führen. Er gab dem Soldaten hastig Anweisungen und trennte die Verbindung, nur um sofort eine neue herzustellen. »Rinlum, was gibt es Neues?« »Kelago, ich sitze hier im Büro des Alkt. Kalaran wurde vor Kurzem ermordet.« Der Vorsitzende starrte den Oberst nur fassungslos an. »Das ist eine Katastrophe. Wie konnte das passieren?« Der Oberst schilderte ihm kurz das Wenige, was er wusste. »Ich hege keine große Hoffnung, dass die Mörder sich noch immer hier auf Alkatar befinden.« »Das nehme ich auch an. Sie werden Vorbereitungen für ihre Flucht von Alkatar getroffen haben. Trotzdem lasse ich nach den beiden fahnden.« »Rinlum, ich übernehme mit sofortiger Wirkung die interimistische Leitung des Imperiums und treffe alle notwendigen Vorbereitungen. Ich informiere Fajana und Cento über den Tod Kalarans.«

* * *

Debegan beraumte den Termin für die Beisetzung unter der Berücksichtigung der Dauer für die Anreisen so kurz wie möglich an. Anschließend gab er eine Verlautbarung an die Presse weiter, in der er unter anderem die dreitägige Staatstrauer verkündete. Nachdem er die letzten organisatorischen Vorbereitungen getroffen hatte, blieb ihm nur noch zu warten, bis alle, die an der Feierlichkeit teilnehmen sollten, auf Alkatar eintrafen. Bis zu diesem Zeitpunkt nahm er sich der Erledigung der notwendigen bürokratischen Arbeiten an. Nach und nach meldeten sich die Teilnehmer der Feier bei ihm, sobald sie in Alkaton eintrafen. Zufrieden stellte der Vorsitzende des Adelsrats fest, dass die Terminierung für das Begräbnis eingehalten werden konnte. Am nächsten Morgen ging er zu der Begräbnisstätte, die links am Ende neben dem Regierungspalast lag. Die Trauergäste standen bereits vollzählig versammelt dort und sahen zu dem Kenotaph Coraks. Rechts davon stand der Sarg Kalarans, da dieser dort beigesetzt werden sollte. Debegan schritt an den Trauergästen vorbei und nahm vor dem Sarg des Alkt Aufstellung. Er blickte über die Anwesenden und sah ihre betrübten Gesichter. »Heute muss ich erneut eine traurige Pflicht erfüllen«, begann er seine knappe Ansprache. »Nach kurzer Zeit wurde uns, dieses Mal aber durch Mörderhand, wieder ein Alkt genommen. Kalaran übernahm das Amt von Corak, der in einer Raumschlacht ums Leben kam. Er erfüllte seine Aufgabe mit dem gleichen Enthusiasmus wie sein Bruder Corak. Auch Kalaran blieb es versagt, seine Arbeit zu einem erfolgreichen Ende zu führen. Die Probleme, welche noch aus der Zeit von Uxbeija stammen, sind noch nicht alle beseitigt. Das wird nun die Aufgabe seines Nachfolgers sein. Die Wahl des neuen Alkt findet drei Tage nach dem Ende der Staatstrauer im Palast des Adelsrats statt. Möge dem neuen Alkt ein besseres Schicksal gewährt sein.« Debegan drehte sich um, blickte auf den Sarg und entfernte sich, da die Arbeiten für das Grabmal erst am nächsten Tag begannen und demzufolge der Sarg noch nicht beigesetzt werden konnte. Auch die anderen Trauergäste gingen nacheinander zu dem Sarg, verweilten dort einen kurzen Augenblick und entfernten sich anschließend von dem Gelände. Als der Letzte von ihnen sich außer Sichtweite befand, kamen zwei Soldaten, nahmen den Sarg auf und trugen diesen in den Regierungspalast, wo sie ihn in der Mitte des Audienzsaals abstellten, und verließen den Raum. Dort sollte er bis zur Fertigstellung des Grabmals und der Beisetzung verbleiben, der nur drei Personen beiwohnen sollten. Ausschließlich Fajana, Cento sowie Debegan waren dabei anwesend, da sie nach nur so kurzer Zeit seit dem Tod von Corak nicht erneut mit so vielen Gästen arbeiten konnten. Zwar gab es anschließend eine Feier, doch

sahen sowohl Fajana sowie auch Cento davon ab, an ihr teilzunehmen. Nachdem der Sarg in das Grabmal gestellt worden war, verließen alle drei diesen Ort. Während Debegan
zu der Feier ging, da sein Amt dies von ihm verlangte, zumal
er zurzeit auch noch der amtierende Herrscher war, begaben
sich Fajana und Cento an einen ruhigeren Ort, um noch eine
Weile die Stille zu genießen. »Ich hoffe, Rinlums Leute finden die Mörder meines Bruders, Cento.« »Ja, das hoffe ich
auch. Wenn sie überhaupt ausfindig gemacht werden. Sollte
dem so sein, wird zumindest das Urteil über sie gesprochen.
Vielleicht erfahren wir dann zumindest, warum sie unseren
Bruder töteten, Fajana.« »Genau das ist es, was mich interessiert.« Fajana blickte zu den Grabmälern ihrer Brüder,
die sie von dem Ort im Garten des Regierungspalastes aus
sehen konnte. Auch Cento richtete seinen Blick zu der Begräbnisstätte und stand so eine Weile schweigend da, ebenso
wie seine Schwester Fajana. Sie löste sich als Erste aus dem
erstarrten Zustand und sah ihren Bruder an. »Lass uns doch
in den Audienzsaal zu den anderen gehen, Cento. Ich spü-
re, wie mich die düsteren Gedanken mehr und mehr erdrü-
cken.« »Genau aus diesem Grund werden diese Feiern abgehalten. Sie dienen dazu, mit der Situation ein wenig besser
umgehen zu können.« Fajana ergriff die Hand ihres Bruders
und lief mit ihm ohne Eile zu dem Regierungspalast, um im
Gespräch mit den anderen ein wenig Ablenkung zu erfahren.
Vor allem dachten sie dabei an Fegobol, der die Suche nach
den Mördern leitete.

* * * * *

Über den Autor

Hans-Günter Wolf wurde am 27. 10. 1959 in Mainz geboren und wohnt ebenda. Zuletzt arbeitete er bei einer Bank in Frankfurt am Main.

Bisherige Veröffentlichung bei Literareon im utzverlag:

Der erste Band der Trilogie *Die Dynastie Talstal: Corak von Talstal*

Bibliografische Information der Deutschen Nationalbibliothek:
Die Deutsche Nationalbibliothek verzeichnet diese Publikation
in der Deutschen Nationalbibliografie.
Detaillierte bibliografische Daten sind im Internet über
http://dnb.d-nb.de abrufbar.

Titelabbildung: diversepixel | stock.adobe.com

Printed in EU
Literareon im utzverlag
Tel. 089 – 30 77 96 93 | www.literareon.de

ISBN 978-3-8316-2340-2